法藏知津

九 編

杜潔祥 主編

第 33 冊

《大正藏》異文大典
（第十四冊）

王閏吉、康健、魏啟君 主編

花木蘭文化事業有限公司

國家圖書館出版品預行編目資料

《大正藏》異文大典（第十四冊）／王閏吉、康健、魏啟君 著

-- 初版 -- 新北市：花木蘭文化事業有限公司，2023〔民112〕

目 2+296 面；19×26 公分

（法藏知津九編 第 33 冊）

ISBN 978-626-344-442-3（精裝）

1.CST：大藏經 2.CST：漢語字典

802.08 112010453

ISBN-978-626-344-442-3

9 786263 444423

法藏知津九編
第三三冊 ISBN：978-626-344-442-3

《大正藏》異文大典（第十四冊）

編 者	王閏吉、康健、魏啟君	
主 編	杜潔祥	
副總編輯	楊嘉樂	
編輯主任	許郁翎	
編 輯	張雅淋、潘玟靜 美術編輯 陳逸婷	
出 版	花木蘭文化事業有限公司	
發 行 人	高小娟	
聯絡地址	235 新北市中和區中安街七二號十三樓	
	電話：02-2923-1455／傳真：02-2923-1452	
網 址	http://www.huamulan.tw 信箱 service@huamulans.com	
印 刷	普羅文化出版廣告事業	
初 版	2023 年 9 月	
定 價	九編 52 冊（精裝）新台幣 120,000 元	

《大正藏》異文大典
（第十四冊）

王閏吉、康健、魏啟君　主編

目

次

橧

曾：[三][宮]2122 巢之居。

螬

僧：[三][宮]2060 具列正。

甋

繪：[乙]1260 蓋頭即。

繒

鐺：[乙]1796 繩。

繪：[三]2060 並到房，[元]1442 輿送至。

綿：[宮]2122 帛，[甲]2266 繫於頂。

雜：[三]1331 旛蓋請。

增：[聖]983 輕衣頭。

憎：[宋]、[元]809 幡。

贈

償：[三][宮]2122 施主。

賜：[甲]2120 故金剛，[甲]2120 司空追。

賻：[甲]2073 甚厚公，[三]2145 甚厚。

曾：[三][宮]2102 寧非陋。

贖：[宋][元][宮]2122 遺於王。

扎

劄：[甲]2036 耳復。

机：[聖]2157 梵夾恭。

禮：[宋]、里[元][明][乙]1092 反囉迦。

吒

叉：[明]2122 領乾闥。

茶：[宋]1336 濘究吒。

姹：[甲][乙]931 二合三，[乙]2394 上字之。

詫：[原]2431 庭也而。

吃：[甲]2261 此云明。

叱：[甲]2035 玄聽制，[甲]2128 上嗔質，[明][甲]1227 迦華於，[明]244 枳印，[明]1217，[明]2154 呵娑印，[明]2154 迦國王，[三][宮]1451 曰，[宋][元][宮]2122 聲動左，[宋]2061 後執闥。

怛：[甲][乙]894 嚕得。

多：[甲]2244，[三][宮][聖][石]1509 羅，[宋][宮][聖][石]1509 字即知。

任：[三]1336 兜。

迦：[三][宮][甲][乙][丙][丁]848 四，[原]、吃[甲][乙][丙]1098 囉二合，[原]1201 是作也。

嗟：[三]2122 稱揚洪。

囉：[乙][丙]1201 耶吽怛。

嚩：[甲]997 上字。

挙：[乙]2393。

尼：[三][乙]1244 簡反。

破：[三][宮]2053。

咊：[三]1336 吒。

他：[甲][乙]850 引蘖帝，[乙]1250 二合。

陀：[甲]2087 山唐言，[三][宮]397 尼二十，[三][宮]2122 甚愁而，

[乙]2263 王殺九。

茶：[丙][丁]1146 利身印，[原]1212 利，[原]1212 利心呪。

吐：[三][宮]443 革反。

託：[原]2431 人示之。

陀：[三]、咤[宮]671 迦種種，[三]187 字時出。

砣：[原][甲]2250。

唾：[乙]1822 等欲。

咤：[丙]2163 薄，[宮]374，[宮]1509，[甲]2000 之，[甲][乙]2390 字應知，[甲]1199 字當用，[甲]1220 引吽吽，[甲]2087 釐國南，[甲]2400 守護莎，[明]279 羅樹四，[明]380 天此名，[明]1019 上字時，[三][宮]、吒嫁切音註[宋][元]、明本吒字下間空 374 羅啅，[三][宮]397 六阿呋，[三][宮]402 娜婆婆，[三][宮]1462 毘林無，[三][宮]1462 者是，[三][宮]1509 字即知，[三][甲]1102 二合鉢，[三][甲]1102 二合五，[三][乙]1092 知，[三]1367 富多那，[三]2145 和羅經，[三]下同 1441 比丘當，[聖]1509 天光不，[宋][元]1019 二合上，[乙][丙]1211 二合，[乙]852 拏荼。

宅：[乙]2394。

置：[丙]982 二合睇。

挓

打：[宋]、[宮]2122 其身其。

撫：[宮]620 身四向。

施：[三][宮][聖]1425 蜜那羅。

柂：[三][宮]1579 南曰。

吒：[三][宮]1462 邪見者。

哳

折：[明]154 多所貪。

楂

櫨：[元][明]515 掣食噉。

擄：[明]、植[宮]1558 掣虛空。

筲

貶：[明]2076 上眉毛。

笝

札：[甲]1736 天衣每。

樐

擄：[明]2016 掣或以。

札

禮：[宮]299 亦如衆。

扎：[甲]2035 由余乎，[三][宮]2053 唯叙暎。

聞

闠：[元][明][宮]2102 愚其皆。

搽

標：[乙]2408 七佛經。

坼：[三]、拆[甲]1003 屈右膝。

襟：[三]1364 迦反怛。

揲：[甲]1222 量鉢徵。

折：[宋][明]、析[乙]921 開。

磔：[丙]930 豎二大，[宮]1804 手廣四，[宮]1428，[宮]下同 1428 手，[甲]、傑[乙]1222 量隨力，[明]25，

[明]1421 手，[三]1440 手壞色，[三]
[宮]、[聖][另]下同 1435 手廣二，[三]
[宮]、卓[聖]1425 手應，[三][宮]1579
或復一，[三][宮][甲]、[乙]901 長短
正，[三][宮][甲]901 許埋其，[三][宮]
[甲]901 一肘惡，[三][宮]1421 手左
掩，[三][宮]1428 手半過，[三][宮]
1428 手內廣，[三][宮]1435，[三][宮]
1435 手是，[三][宮]1559 手或一，
[三][宮]1808 手者律，[三][宮]下同
1425 手爲壞，[三][甲][乙]950 量大
對，[三][甲][乙]950 量或，[三][乙]
950 量窣堵，[三][乙]1200 開豎大，
[三][乙]1261 手或長，[三]25 極受，
[三]1440 手，[三]1440 爲一步，[宋]
[元][宮]、[另]1428 手廣六，[宋][元]
[宮]1435 手廣二。

乍

土：[原]1764 讀迷人。

唯：[原][甲]1851 聞。

無：[明]1451。

笮：[三]、苲[宮]263 香而嗅。

作：[甲]1735 觀似少，[甲]2299
有乍，[明]1817 有依眞。

炸

炮：[甲]2128 也有聲。

咤：[三][宮]2122 之聲已。

柞

笮：[三][宮]2060 器漁者，[三]
150 亦漬橡，[宋]、[元][明]25 壓壓已。

祚：[乙]966。

咤

跥：[聖]222 呵之門。

姹：[明]948 二合三，[三][甲]989
二合甯，[三][甲]1124，[三][乙][丙]
873 二合娑，[三]1087 二合，[宋][元]
[甲][乙]、吒[明]954 二合悉，[乙]
1069 二合。

叱：[三][宮]1442 莫與開。

地：[三]、他[宮]671 現。

咃：[明]1102，[乙]2207 樹果
如。

佗：[三][宮][西]665 咃薄伽。

跥：[宋][明][宮][聖]222 之門燒。

嚊：[三][宮]407 羅闍師。

吒：[宮]542 面如土，[宮]848 字
門一，[宮]1451 離邑無，[甲]2245，
[甲][丙]973，[甲]973 二合，[甲]2400
二合，[明]、姹[甲][丙]1209 二合娑，
[明][乙]1092 印大自，[明][乙]1199，
[三][丙][丁]865 野底丁，[三][宮]
1525，[三][宮]397 十三希，[三][宮]
402 死地三，[三][宮]1462，[三][宮]
2040 跋置迦，[三][乙]970，[聖]1509
字門入，[乙]850 字應知，[乙]1069，
[乙]1199 暗，[元][甲][乙][丁]848 拏
茶多。

宅：[宮]443，[甲]、姹[乙]1069，
[三][宮]1590 迦等空，[乙]1069 二。

詐

讒：[三][宮]2123。

詔：[別]397 者，[三][宮]754 僞
故是。

誕：[三][宮]2103 不。

許：[明]212 轉習世，[明]703 自端礭，[三]2060 故無所，[宋][元]、作[宮]1425。

計：[三][宮]606 淺薄無。

許：[三][宮]2102 咸由祖。

詓：[三][宮]721 方便取，[三][宮]2121 生見埋，[三]100 爲是人。

誰：[聖][另]1442 云夫死。

謂：[三]、化[丙]2087 其父僧。

誣：[三][宮]397 謗又因，[三]2045 彼土。

雜：[三]100 親傷害。

作：[宮]1543，[甲]2801 現威儀，[明]1442 設種種，[三][宮]2104，[聖]1425 喚咩咩，[宋][宮]660 不貪利。

攄

齟：[聖][另]1721 掣者。

榨

迮：[三]1130 之。

笮：[三][宮]2122 其汁以。

雪

雲：[乙]2194。

晻

暗：[元][明]443 許床。

摘

適：[三]152 彼七王。

摘：[宮][另]1435，[宮]2060，[三][宮]1428 解取裁，[三][宮]1442 去舊

裏，[三][宮]2060 文揣義，[宋]、場[元][明]186 蟲隨土，[宋]、剔[元][明]26 除肉擲。

擲：[三]153。

齋

合：[乙]1821 觸身時。

齋：[宮]2122 食訖已，[宋][元][宮]、齊[明]2121 持刀割。

劑：[三]212 至幾許，[元]374 衆生修。

濟：[三]2110 亦大矣，[聖]190 戒我當。

嚌：[三][宮]397 吒戒反。

齊：[丙]917，[宮][聖]1552 日夜及，[宮]2103 出之隋，[宮]下同 1428 優婆私，[甲]1848 會等五，[甲]1906 如不定，[甲]2128 服有玄，[甲]2196 日又自，[甲][乙]2194 忌次更，[甲][乙]2194 前齋，[甲]1782 戒，[甲]1805 有兩舌，[甲]2035 供〇三，[甲]2129 薤反毛，[甲]2261 會新衣，[甲]2266 等何況，[明]2102 必見所，[明]2104 潔故當，[明]2112 威儀整，[三]2088 鄴下大，[三][宮][聖][另]1442 七日來，[三][宮][聖]1425 同淨心，[三][宮][聖]1552 何時答，[三][宮][另]1442 七日，[三][宮]2060 鏡持犯，[三][宮]2060 失，[三][宮]2060 事拘繮，[三][宮]2102，[三][宮]2103 宮於玄，[三][宮]2103 經又云，[三][宮]2103 心力行，[三][宮]2108 心力行，[三][宮]2122，[三][宮]2122 上定林，[三]17

疾病息，[三]202 以是之，[三]2063 肅徒衆，[三]2110 光奈苑，[三]2145 菩，[聖]、一[乙]2157 亦大矣，[聖]26 故殺，[聖][知]1579 法不受，[聖]225 日月滿，[聖]279 戒出家，[聖]1440 日食月，[聖]1451 掉戲不，[聖]1579 戒乃至，[聖]2060 福民百，[聖]2157，[聖]2157 不殺迫，[聖]2157 經一卷，[聖]2157 慶，[聖]2157 慶經右，[聖]2157 時告諸，[聖]2157 又命，[宋][宮]2060 講道俗，[宋][宮]2122 不萎七，[宋][元]24 法增上，[宋][元]25 亦云增，[宋][元]2122 立坐數，[宋]1982 戒處金，[宋]2103，[萬][聖]26 行施莫，[元]2122。

臍：[甲]1007 食呪而，[三]212 生毘奢。

肅：[三][甲][乙]2087 誠爲勤。

同：[乙]1821 短。

憂：[三]184 思不食。

云：[三][聖]1 何名供。

宅

寶：[元]2154 神呪經。

姹：[三]1132 二合。

城：[三][宮]1451。

村：[三][宮]2122。

殿：[三]186 嚴好如，[聖]663 得第一。

定：[三][宮]401 處於意，[另]1721 不。

宮：[元][明]1451 中。

官：[明]1299 舍逃走。

害：[聖][另]1721 也子。

家：[甲]2339 光宅天，[三]192，[三]643 男女大。

降：[明]2104 生已後。

舍：[三][宮]2121 兒違負，[三][宮]2121 之中無。

食：[三][聖]120 之肉即，[元][明]2103 之肉即。

室：[三][乙]2087 王曰爾，[聖]663 隨是經。

他：[宮][甲]1805 意正欲，[甲]2035 設四部。

它：[甲]2128 祭皆聲。

堂：[三]1534 舍田業。

宇：[甲]2128 行反捉。

雲：[乙]1715 寺沙門。

擇：[明]1452 迦。

澤：[元][明]671 野中以。

窄

空：[甲]2270 具。

迮：[甲]1728 三慧意，[甲]1918 隘如獄，[三][宮][聖]1428 者自當，[三][宮]2104 狹若爲，[宋]2122 苦故得，[宋][宮]2122 苦是故。

砦

訾：[三][宮]657 輕賤自。

債

財：[乙]1821 者若還。

償：[三][宮]2121 三反作，[三]202 時。

貴：[宋]193 皆滋倍。

匵：[三][宮]1656 出息不。

犁：[元]1487 主泥犁。

賃：[聖]200 索不肯。

貧：[三]26。

倩：[甲]2000 窽脫得，[宋]、[元][明]2154 天嘉六，[元][明][宮]531 佛即爲，[元][明]188 寧可。

情：[三]、倩[宮]309。

請：[明]1421 長者常，[三][宮]2122 爲營，[三][聖]125，[聖]125 必當。

任：[三][宮][聖][知]1581 爲他所。

責：[宮][聖]1462 出家或，[宮]809 息無有，[宮]1462 主得與，[宮]1647，[宮]2122 主，[甲][乙]2194 主反更，[甲]1718 六千還，[甲]善[甲]、－[甲]1255 其財物，[明]1428 耶汝非，[三][宮]285 而在解，[三][聖]190 求難，[三]2154 爲牛出，[三]下同 1435 死後負，[聖]1579 主之所，[聖]26 如涌泉，[聖]125 我由汝，[聖]225 債人與，[聖]361 主所，[聖]383 爲業所，[聖]1421，[聖]1421 不非他，[聖]1421 人與，[聖]1425 當償願，[聖]1428 久病在，[聖]1509 主反更，[聖]1552 寬期，[聖]1670 作沙門，[聖]下同 1421 女人波，[另]765 主怖畏，[石]1509 得脫重，[石]1509 人依王，[宋][宮]816 者其國，[宋][明][聖]170 望求財，[宋][元][宮]1425 人共行，[元][明]202 我舉錢，[知]741 主三曰。

漬：[明]587。

寨

凋：[三][宮]2112 木之下，[三]2112 木。

塞：[三][宮]1442 怖八無。

療

疒：[甲]2128 病也說。

枊

檀：[甲]2130 摩掘多。

沾

持：[三][宮]2060。

點：[三][宮]381 汚得於，[三][宮]337 汚女白，[三][宮]398，[三][宮]588 汚何謂，[三][宮]588 汚寧復，[三][宮]1548 汚人，[三]129 筆須彌，[三]588 汚是名，[三]1340 汚，[宋][宮]、玷[元][明]337 汚精進，[元]、玷[明][聖][另]342 汚乎文，[元][明]624，[元][明]221 汚觀欲，[元][明]221 汚世尊，[元][明]309 汚所興，[元][明]309 汚亦不，[元][明]309 汚在諸，[元][明]350，[元][明]381 汚世尊，[元][明]624 汚十五，[元][明]810 汚二曰，[元][明]2123 汚親族，[元][明]下同 425 汚如是，[原]1936 正觀旁。

玷：[明]、治沾[宮]460 汚門七，[明]152 汚，[明]292 汚處於，[明]318 汚七曰，[三][宮]588 汚學者，[三][宮]724 汚親族，[三][宮]309 汚是不，[三]198 汚淨哀，[三]397 汚故名，[三]下同 282 汚持，[元][明]、治[聖]125 汚如似，[元][明]292 污菩薩，[元][明]125，[元][明]292，[元][明]397 污，[元][明]397 污復有，[元][明]626 污，[元][明]下同 656 污心。

沽：[宮][丁][戊]、治[甲]1958 遠益也，[甲]2128 淬崔碎，[明]2102 其惠，[宋][明]375 洽當，[宋]2102 其惠而，[元][明]1545 酒渧亦。

露：[三]193 胸衣裳，[宋][宮]、霑[元][明]2060 僧數大。

露：[宮]1998 利益若，[甲]1969 利樂湖，[甲]2036 身人以，[明]460 污譬如，[明]1425 手摩，[明]1425 污如，[明]1452，[明]2060 巾歔欷，[明]2103 法座光，[明]2122 民賴斯，[明]2122 一滴水，[三]、露[宮]2053 於東國，[三][宮][甲]2053 像化叨，[三][宮]2060 巾餘之，[三]375 污佛言，[三]2122 動植。

瞻：[明]2110 法座。

沼：[宮][甲]1805 表魔外。

治：[宮]1808 其分故。

栴

丹：[三]984 反後皆。

梅：[宋]2121 檀樹甚，[元][明][乙]1092 窒。

沈：[三][宮]1451 檀香水。

施：[明][宮]280 陀墮還。

檀：[三]、海[宮]2103 香俾穀。

旋：[聖]613 延白言。

栴：[明]下同 372 檀香末。

旃：[東]643 檀生末，[宮]2103 陀羅及，[宮]673 檀此等，[宮]2040 陀羅若，[宮]2059 檀波斯，[和]293 檀香世，[和]下同 293 檀香水，[和]下同 293 檀足金，[甲]1918 延是非，[甲]1918 延五義，[甲][宮]1799 檀木破，[甲]952 檀，[甲]1969 檀而為，[甲]1969 檀之香，[甲]2087 檀大鼓，[甲]2087 檀刻作，[明][聖]200 檀杖與，[明][乙]1092 檀香泥，[明][乙]1092 檀香沈，[明][乙]1092 檀香水，[明][乙]下同 1092 檀木作，[明][乙]下同 1092 檀香商，[明]5，[明]26 檀蘇合，[明]34 檀之林，[明]70 檀是彼，[明]154，[明]156 檀，[明]156 檀汁塗，[明]159 檀香菩，[明]187 檀天，[明]190 檀散彼，[明]197 沙謗佛，[明]212 陀羅家，[明]229 檀塗菩，[明]992 檀及安，[明]1092，[明]1428 檀爲差，[明]1494 檀種種，[明]1545 檀香水，[明]1646 檀刀斧，[明]2016 延即起，[明]2058，[明]2121 陀越，[明]2131 檀，[明]2131 檀柴等，[明]下同 1092 檀香泥，[三]2153 比丘經，[三][宮]1462 陀，[三][宮]1462 陀鉢，[三][宮]1462 陀跋闍，[三][宮]1462 陀跋受，[三][宮]1521 陀羅邊，[三][宮]1545 酌迦婆，[三][宮][聖]1547 延所而，[三][宮]616 陀，[三][宮]624 陀惟摩，[三][宮]1428 延訕，[三][宮]1451 茶猪蔗，[三][宮]1509 檀爲第，[三][宮]1509 延弟子，[三][宮]1509 延之所，[三][宮]1546 陀羅，[三][宮]1647 延論言，[三][宮]2103 孟奢侈，

[三][宮]2103 檀之炭，[三][宮]2122 延尼箕，[三][甲]2087 檀爲，[三][聖]125 延今唯，[三][聖]125 言正使，[三][聖]158 陀羅，[三]26 檀馨冬，[三]99 延尼㨖，[三]158 檀彌樓，[三]177 陀生一，[三]194 延子阿，[三]197 沙者是，[三]202 陀羅王，[三]203 陀羅往，[三]203 延爲惡，[三]212 陀婦腹，[三]220 茶羅惡，[三]225 檀珍琦，[三]397 陀羅樹，[三]984 陀梁言，[三]1015 提解脫，[三]1335 陀隸，[三]1335 陀羅娑，[三]1356，[三]2122 檀作於，[三]2145 陀羅羅，[三]2145 延子撮，[三]2149 延説法，[三]下同 1341 陀羅阿，[聖]190 檀及，[聖][甲]953 檀，[聖]1，[聖]26，[聖]125 檀，[聖]125 檀林中，[聖]190 檀冷水，[聖]190 檀立於，[聖]190 檀沈水，[聖]190 檀細末，[聖]190 檀香不，[聖]190 檀香等，[聖]1547 檀香華，[倉]1522 檀勝藏，[宋]、[元][明]混用 157 檀及黑，[宋]158 檀之香，[宋][博]262 檀之香，[宋][宮][敦][燉]262 檀起僧，[宋][宮][聖]1421 檀賣與，[宋][宮]225 檀名香，[宋][宮]568 檀香末，[宋][宮]901 檀香水，[宋][宮]2121 檀根莖，[宋][宮]2122，[宋][宮]2122 檀波斯，[宋][宮]2122 檀香還，[宋][宮]2122 檀像緣，[宋][宮]下同 2121 檀林中，[宋][明][宮]374 檀亦不，[宋][明]374，[明]993 檀末香，[宋][聖]158，[宋][聖]158 檀香令，[宋][聖]158 檀之，[宋][元]262 檀香沈，[宋][元]1 檀縱廣，

[宋][元][博]262 檀香如，[宋][元][宮]1566 檀札如，[宋][元][宮]1509 檀色味，[宋][元][宮]2121 檀樹經，[宋][元][宮]2122 檀林，[宋][元][宮]2122 檀貿易，[宋][元][宮]2122 檀塔盛，[宋][元][宮]2122 檀香口，[宋][元][宮]2122 檀像師，[宋][元]1 檀香口，[宋][元]25 檀香口，[宋][元]125 檀香恒，[宋][元]158 檀根刹，[宋][元]185 檀蘇合，[宋][元]203 檀亦燒，[宋][元]212 陀羅女，[宋][元]375 檀林純，[宋][元]1191 檀，[宋][元]1370 檀華，[宋]157 檀及以，[宋]157 檀沈水，[宋]157 檀香，[宋]157 檀種種，[宋]158 檀善安，[宋]172，[宋]187 檀之鉢，[宋]192 檀樹，[宋]901 檀德佛，[宋]1007 檀以如，[宋]1058 檀觀世，[宋]1095 檀，[宋]1161 檀摩尼，[宋]1341，[宋]2122 檀第，[宋]2122 檀像者，[宋]2149 檀樹經，[宋]2151 陀羅兒，[宋]下同 375 檀香炙，[乙]2394 檀及青，[元][明]1341 陀羅輩，[元]1582 延比丘，[元][明][宮]1582 陀羅與，[元][明][聖]1582 陀羅是，[元][明][西]665 茶，[元][明]1 栴大蘇，[元][明]1582 陀羅不，[元][明]下同 423 檀藏天，[元][另]1443 檀圍繞。

祷：[宋]1336 陀羅波。

斾：[三][宮][乙]2087 檀塗飾，[三][宮]397 陀羅提，[三]468 遮摩尼，[聖]1441 檀末香，[宋][元][流]366 延摩訶。

眞：[甲]2879 檀香七，[三][宮]

1522 檀王爲。

　樽：[明]1336 檀沈水。

旃

　從：[甲]1718 陀羅尼。

　抗：[宮]2121 陀梁言。

　坑：[宋][元][宮]、甐[明]1425。

　斾：[三]2154 問。

　旗：[三][宮][聖][另]1459 旆遍
縈，[三]985 藥叉住。

　施：[聖]1458 茶羅意。

　檀：[宮]2078 特者初，[三]2122
遮那摩，[宋][元]、栴[明][宮][西]665
茶。

　斿：[明]2149 延阿羅。

　遊：[三]2149 途。

　栴：[博]262 陀利，[宮]2040 陀
羅及，[宮]2040 延比丘，[宮]2121 陀
羅母，[宮]2121 陀婆羅，[宮]2121 陀
越奉，[宮]2121 延常出，[甲]1239 茶
藥叉，[甲]1700 延，[甲]1718 陀羅五，
[甲]1718 延觸入，[甲]2196 稚女三，
[甲]下同 1718 提羅，[明]165 檀香水，
[明]2122 陀羅伺，[明]2122 陀羅驅，
[明][和]293 檀復以，[明]156 陀羅其，
[明]165，[明]165 檀香水，[明]166 檀
之香，[明]620 延坐白，[明]705 檀之
香，[明]1005 檀香水，[明]1217 陀，
[明]1450，[明]1459 檀等隨，[明]2121
檀斗盛，[明]2122 陀羅等，[明]2122
陀羅王，[明]2122 陀生一，[明]2122
延，[明]2122 延化其，[明]2122 延所
以，[明]2122 延在阿，[明]2122 延子

所，[明]2131 檀或云，[明]下同 1564
陀羅後，[三]190 檀諸妙，[三][宮]
1463 檀持用，[三][宮]425 陀氏其，
[三][宮]1451 檀香水，[三][宮]1458 檀
葉謂，[三][宮]1473 檀欝金，[三][宮]
1490 檀婆師，[三][宮]1559 檀香等，
[三][宮]1648 門而鬭，[三][宮]1648 陀
羅無，[三][宮]2040 延尼，[三][宮]
2042 檀曼陀，[三][宮]2043 檀種種，
[三][宮]2121 陀羅共，[三][宮]2122 檀
即前，[三][宮]2122 檀樹斷，[三][宮]
2123 檀德佛，[三][宮]2123 檀種種，
[三][甲]1332 檀沈水，[三][明]1644
檀，[三]81 檀座下，[三]153 檀樹根，
[三]173 檀香樹，[三]173 檀香水，[三]
186 檀天大，[三]203 檀如來，[三]210
檀多香，[三]882 檀香塗，[三]985 憚
那栴，[三]1116 檀塗其，[三]1336 茶
旃，[三]1336 陀梨女，[三]1340 檀，
[三]2122，[三]2122 檀，[三]2145 檀
眷屬，[三]2145 檀木畫，[三]2153 陀
越經，[三]2154 陀跋闍，[聖]26 延尊
者，[聖][另]1509 陀，[聖]125 延復化，
[聖]375 陀羅等，[聖]375 陀羅而，[聖]
375 陀羅名，[聖]375 陀羅所，[另]1509
陀羅若，[宋]、甐[元][明]152 闐雜繒，
[宋]1579 茶羅子，[宋]1583 陀羅也，
[宋][宮]1509 遮婆羅，[宋][宮]1546 延
子，[宋][宮]1546 延子欲，[宋][宮]
1546 延子欲，[宋][宮]1547 延，[宋]
[明][宮]1443 檀林，[宋][明][宮]2122
檀香，[宋][明]156 陀羅即，[宋][明]
1428 檀輸那，[宋][元]、栴延[明]、旃

延[聖]125 近在不，[宋][元]26 延，[宋]
[元][宮]1547 延世間，[宋][元][宮]
1646 陀，[宋][元][宮]1491 檀吉西，
[宋][元][宮]1546，[宋][元][宮]1546
延答，[宋][元][宮]1547 延此沙，[宋]
[元][宮]2043 陀利龍，[宋][元][宮]
2103，[宋][元][宮]2121 陀生一，[宋]
[元][宮]2121 陀越國，[宋][元][宮]
2122 陀羅家，[宋][元][宮]下同 2043
陀羅舍，[宋][元]26 尼淨與，[宋][元]
117 檀爵金，[宋][元]199 遮摩尼，
[宋][元]991，[宋][元]992 遮隸盧，
[宋][元]993 茶坻祇，[宋][元]1092 檀
香蓮，[宋][元]1336 地利涅，[宋][元]
下同 1092 檀香，[宋]157 陀羅家，
[宋]425 陀，[宋]992 陀低致，[宋]1582
陀羅名，[宋]2122 陀羅家，[宋]2145
啓偏競，[乙]1239 陀，[乙]2390 檀辟
支，[元]400 檀香及，[元][明]190 檀
末，[元][明]190 檀香，[元][明]225，
[元][明]993 檀樹，[元][明]1070 檀作
觀，[元][明]2121 檀樹神，[元][明]
2122，[元][明]2122 檀鉢著，[元][明]
2122 檀持戒，[元]190 檀散香。

袾：[宋][宮]1579。

氈：[三]1441 衣麻衣，[元][明]
1425 豎四角。

遮：[聖]425 延迦葉。

眞：[三]656 陀羅，[三]656 陀羅
摩，[聖]1435 陀羅亦。

旃

栴：[宮]1509 陀羅故，[明]2122

延所説，[明]2121 檀之香，[三]2122，
[宋][元][宮]2121 陀羅姓。

粘

精：[甲]2128 俗字也。

拈：[聖]190 其手皆。

黏：[三][聖]375 手欲脱，[三]
210，[三]945 湛發，[聖]1602 勇或緣。

黐：[三]375 不能。

沾：[明]2060 衣潤旁。

㸷：[宮]1483 不答不。

詀

咕：[三][宮]1459 婆及紵。

沾：[原]2039 解王昔。

詹

薝：[明]100 婆羅樹，[三][宮]
1464 蔔。

薝

苫：[宋]、[宮]瞻[元][明]657。

詹：[三]187 波花婆。

瞻：[宮]279 蔔華色，[甲]2400 甸
花等，[明][聖]279 蔔，[明]201 蔔油
香，[明]278 蔔華清，[三][宮]310 供
養由，[三][宮]657 蔔華婆，[三][宮]
[聖]1462 蔔華，[三][宮][聖]310 蔔華
宮，[三][宮][聖]310 蔔迦華，[三][宮]
278 蔔華曼，[三][宮]2058 蔔花答，
[三][聖]643 蔔華林，[三]1341 波迦
華，[聖]278 蔔華色，[宋][宮][聖]下
同 279 蔔華色，[宋]440。

占：[宮][聖]1425 蔔樹閣，[三]

[宮]、瞻[聖]231 蔔，[宋][元][宮]2041 蔔花林。

霑

點：[宮]401 染觀於，[三][宮]401 汙所可。

沾：[三][宮][甲]2053 厚德加。

空：[宮]1451 汙菩薩。

露：[宮]2108 浹天經，[三][宮]2034，[聖][另]1459 得惡作，[宋][宮]2060 員而已，[宋]397 浮，[宋]2122 便。

其：[甲]2053 心。

沾：[宮]1911 洽一切，[甲]1929 故名爲，[甲]1932 於瓦石，[三][宮][石]、活[聖]1509 洽，[三][宮]278 洽閻浮，[三][宮]616 洽欲界，[三][宮]657 洽舍利，[三][宮]2060 會響又，[三][宮]2102 其惠與，[三]99 洽施主，[三]220 彼海，[三]414 洽於大，[宋][宮]310 灑散布，[宋][元]、沾[明]414 洽。

治：[甲]1718。

噡

譫：[甲]1999 語衲僧。

氈

帒：[宮]1421。

氈

被：[三]26 褥。

稱：[聖]1426。

床：[三][宮]1435 褥被枕。

亶：[聖]99 延尼揵。

疊：[甲][丙]973 或好細。

潔：[聖]425 布。

具：[三][宮][聖]1428 若比丘。

槃：[聖]1440 令中間。

褥：[三][宮]1428 若寒時。

授：[聖]1428 褥枕。

毯：[宋][明]、襜[元]、擔[宮]833 傴身曲。

枆：[宮]2103，[三][宮]1425 枕迦尸。

帒：[宮]1428 手捫摸，[宮]1463，[聖]1421 及未成，[聖]1428 被，[聖]1428 彼比丘，[聖]1428 與被若，[另]1428 故患零，[宋][元][宮]2102 裹之。

褥：[宋][元]、枆[明]、枕[宮]1425 一切乃。

枕：[三]1440 敷者若。

瞻

待：[宋]、瞻[元][明][宮]374 賓客至。

擔：[甲]1227 摩樹華，[宋]1428 視病比。

膽：[甲]2128 也，[明]190 養未曾，[三][宮]394 勇猛健，[三]13 有力盡，[三]483 其形色，[乙]1179 仰文殊，[元][明]13 精進方，[元][明]13 者堅行，[原]920 脈與佛，[原]2362。

瞪：[宮]670 視顯法。

見：[三][宮]2122 誠未證。

臨：[三]212 視女隨。

薩：[明][乙]1092 菩薩如。

贍：[宮]2108 對疏謬，[甲]2073 宏富振，[甲][乙]2393 堪能廣，[甲]1735 敬證入，[甲]2035 氣剛與，[甲]2250 部，[明]、顫[乙]1092 當出種，[明]2016 養是，[明]2131 之富理，[明]191 覩佛既，[明]191 禮畢已，[明]200 待不如，[明]665 仰天上，[明]1435 力還復，[明]1442，[明]1458 相時宜，[明]1459 養，[明]1562 察，[明]1583 養作給，[明]1595 觸途必，[明]2076 禮即，[明]2102 丈六之，[明]2103 敬遐邇，[明]2122 波國西，[明]2131 部洲舊，[明]2131 部洲之，[明]2131 養若令，[三][宮]1462 波國中，[三][宮]、澹[聖]1462 若有所，[三][宮]397 婆華鬘，[三][宮]1458 病者以，[三][宮]1458 部光像，[三][宮]1545 商旅咸，[三][宮]2060，[三][宮]2102 何暇示，[三]1139 伽上，[三]2063 雖曰暮，[三]2125 部光像，[宋]、[明]1139 伽上，[宋][元]2061 多行異，[宋][元]2154 詞理通，[宋][元]2155 部洲經，[宋]984 波國，[宋]2060 言鄉縣，[元][明]1503 養者犯，[元][明][宮]2122 養日月，[元][明]2103 恤之士，[元]1451 侍我我，[元]2060 經論名。

視：[三]1507 見其神。

痰：[三]26 小便猶。

聽：[宋][明]1128 仰而住。

聞：[另]1721 如來請。

檐：[宋]153 戴是王。

簷：[明]26 蔔華鬘。

瞻：[明]187 仰。

詹：[宋]、薝[元][明]1157 蔔花一。

薝：[甲]1929 蔔之教，[明]264 蔔，[明]264 蔔華香，[明]866，[三]、[聖]125 蔔，[三][宮]、占[聖]2042 蔔樹高，[三][宮]310 蔔花，[三][宮]1435 婆果，[三][宮]1463 蔔迦花，[三][宮]2122 蔔華常，[三][宮]2122 蔔以類，[元][明]262。

噡：[明]1069。

膽：[明]1582 養病苦。

占：[宮][石]1509 蔔花諸，[宮]2111 病可用，[甲]1761 察經云，[明]193 相吉凶，[明]1425 者夫人，[明]2121 相吉凶，[三][宮]322 視調均，[三][宮]374 相手脚，[三][宮]538 視同學，[三][宮]1442 之云此，[三][宮]1509 皆異兄，[三][宮]1545 相智覩，[三]6 視人客，[三]186，[三]375 相手足，[聖]223 一心屈，[宋][宮]1509 一心屈，[宋][元][宮]730 視者當，[宋][元][宮]2040，[宋]186 對，[元][明]1，[元][明]1 候吉凶，[元][明]1 相男女，[元][明]2103 鈐映掌。

召：[三]212 衆生欲。

照：[聖]703 明了如。

矚：[三][宮][甲][乙]2087 其，[三][宮]2034 古。

展

辰：[原]2250 轉之所。

厝：[甲]2202 其辨。

度：[甲]2400 當額記。

廣：[三][宮]1433 從上次。

及：[元]606 轉相牽。

麗：[乙]1287 開。

劣：[甲]2196 果隋云。

流：[甲]1821 轉。

鹿：[三][宮]1462 轉如無。

舒：[宋][元]1057 置於左。

屬：[甲]1007 右手仰，[聖]1733 轉無差。

畏：[三][宮][石]1509 故梵音。

輾：[聖]1462 轉乃至，[聖]1462 轉聲至，[聖]1462 轉心，[聖]1462 轉至今。

轉：[明]2123 哀情。

斬

慚：[甲]1805 愧如王。

斷：[和]293 一切煩，[甲][乙]1822 薪等分，[三][宮]2121，[三]99 汝命云，[三]375 王首坐，[原]1841 邪之智。

檢：[宋]271。

漸：[宮][甲]1805 頓乃，[三]2154 備經。

槧：[三][宮]2103 定。

是：[三][宮]721 報。

罔：[三][宮]2085 有罪者。

軒：[甲]2128 也説文。

輒：[宮][聖][另]1442 伐其樹。

軫：[甲]2128 非。

斫：[宮]1525 斷娑羅，[三][宮]724 射賢聖，[三]197 其頭諸，[元][明]、斤[宮]721 之乃至。

盞

處：[甲]2250。

盖：[甲]893 瓦。

盛：[宮][聖]1425 是名瓦。

輾

踐：[三]410 皆悉消。

轉：[乙]2207 本作展。

躡

輾：[三][宮]2121 熱鐵地。

占

白：[甲]2395 云千餘。

竝：[三][聖]189 知太子。

膽：[明]721 蔔，[聖]、－[另]790 星宿然。

古：[甲]1735 人云以，[甲]2128 聲，[甲]2035 寺院子，[甲]2128 反古今，[甲]2128 後有效，[甲]2128 聲闚音，[甲]2128 聲下師，[甲]2129 反切韻，[明]2059 雲館中，[明]2154 察經遺，[元]226 之覺知。

枯：[甲]2128 反韋昭。

名：[三]、口[聖]1428 者不敢。

苦：[三]1325 泥莎訶，[宋][明]、苦[元]1325。

台：[聖]2157 多有徵。

瞻：[宮]1571，[明]、占處[宮]1425 如坐禪，[明]1450 相，[明][乙]1092 蔔迦華，[明]190 看菩薩，[明]1425，[明]1425 顧坐處，[明]1450 相師來，[明]1450 相師善，[明]2121 謝呪願，[明]

2122 之教當，[三][宮]624，[三][宮]810，[三][宮]1435 波，[三][宮]2121 則時悉，[三][宮]下同 1435 波國中，[聖]514 視老病，[聖]754 相吉，[聖]790 星宿外，[宋][宮]2121 謝答對，[宋]187 聖后夢，[元][明]22 對却住，[元][明]418，[元][明]626。

佔：[三]1421 護以是。

止：[聖]225 不行色。

棧

牋：[宋][宮]、[元][明]2103 香各十。

柱：[三]、[宮]2122 上拭不。

湛

寂：[乙]2397 然界之。

堪：[甲]1512 然不空，[甲]1735 淨，[聖][甲]、湛[甲]1851 非隱非，[原]1205。

甚：[甲]1926 深如來，[三][宮]650 清淨其。

圓：[甲]1799 寂衆生。

戰

顫：[元][明]721 動難忍。

鄲：[聖]1670 寺中有。

虤

虎：[甲]2207。

戰

顫：[宮]2121 二，[明][宮]377 慄從定，[明][宮]1509 怖如初，[明]997 掉十一，[三]212 慄顏，[三]1374 掉，[三][宮]379 慄手足，[三][宮]411，[三][宮]639，[三][宮]656 慄懼，[三][宮]1428 不，[三][宮]1442 其鉢，[三][宮]1509 慄如，[三][宮]1545 掉復生，[三][宮]1647 掉如臨，[三][宮]2034 慄，[三][宮]2060 自驚返，[三][宮]2121，[三][宮]2123 掉故，[三][乙]1092 怖馳散，[三][乙]1092 懼不安，[三]25 慄其諸，[三]153 掉目視，[三]179 不安諸，[三]188 慄解，[三]189，[三]189 掉不能，[三]190 怖身毛，[三]190 掉不能，[三]190 惶身毛，[三]190 慄，[三]190 慄不祥，[三]190 慄忽然，[三]190 慄驚悸，[三]190 慄身毛，[三]190 慄臥於，[三]190 身動，[三]201 動而作，[三]201 懼，[三]201 懼不自，[三]374 慄涕泣，[三]374 慄五體，[三]1313 慄而白，[三]1314 慄而白，[三]2053，[三]2110 慄而氣，[宋][明]969 慄不安，[元][明]374 動專心，[元][明]184，[元][明]377 大震驚，[元][明]479 掉不能，[元][明]512 惶怖衣。

單：[聖]2157 于吐火。

敵：[甲]1736 其王憂。

鬥：[三]192。

戟：[三]193 備。

賤：[甲]2130 也勝鬘。

黔：[明]261 慄自在。

獸：[三][宮]720，[三]1357 題攤那，[宋][宮]299 聲。

我：[甲][乙]2261 法等事。

栴：[宋]、旃[元][明]1343 陀羅。

諍：[三]201 時。

蘸

濯：[甲]952 浴。

章

礙：[乙]2317 依地門。

輩：[三][宮]630 可。

草：[宮]1912 安序竟，[甲]1765 凡成聖，[甲]1268 將去，[宋]、會[宮]2103 章分上，[乙]2408 長等，[元]2110 陵爲。

禪：[元]2016 門及修。

車：[宮]2103 律輕三。

乘：[甲]2183 昉撰，[原]2339 三句所。

當：[三][宮]741 句。

悼：[聖]1723。

等：[三]190 又彼地。

帝：[甲]2339 但深淺。

諦：[原]1744 即爲四。

反：[三][宮][甲]2053 之。

華：[三][宮]2104 服利在。

甲：[宮]2102 言即是。

經：[宮]1435 説章章，[三]152 第三，[宋]、－[元][明]152 第五。

論：[元][明]1442 諸苾芻。

事：[甲]2266 法故事，[原]、[甲]1744 中第一。

首：[三][宮]2060 五。

疏：[甲]2348 昌行世，[原]1834 問此中。

童：[宮]2034 經一卷，[另]1721

義耳，[宋]2154 九眞度。

韋：[甲]1781 陀又。

文：[乙]2263 如次配。

意：[甲]1789 生身此，[甲]2261 中會，[甲]2269 竟此一，[甲]2305 云，[甲]2371 也故不，[三]2059 隱質諸，[乙]2261 云七歸，[元][明]1340 本然後，[元]2060 疏六駄。

音：[甲]2128 弱反下。

原：[宮]2122 百姓寔。

彰：[甲][乙]1709 修行是，[甲]1805，[甲]2073 行符隣，[甲]2300 服異常，[甲]2748 初二偈，[明]2103，[三][宮]1631 以聞令，[三][宮]2103 舉統，[三]76 天中之，[三]2102 博約載，[乙]1736 地位者。

漳：[明]2076 濱。

憧：[三][宮][博]262 悶走其，[三][宮]262 惶怖不，[三]1644 馳走無，[三]2122 不知所，[三]2122 窮覓乃，[三]2122 求食了，[聖]1723 此應爲，[宋][元][宮]2122 甫之。

樟：[三]2122 多在門。

障：[甲]2261 云其六，[甲]2266 者謂執，[原]2196 此中梁。

中：[甲]2196 釋後道。

諸：[三][宮]278 文字悉。

裝：[元][明]2016 雖改變。

張

長：[宮]2034 玄伯孫，[甲]2128 蔵云小。

帳：[甲]1785 五胞攬，[甲]2176

行。

持：[三][宮]2122 大圓蓋。
居：[乙][丙]2092 大帳方。
卷：[甲]2167。
離：[原]1851 名。
裂：[原]2339 或説法。
彌：[元][明]1336 舍彌。
懸：[元][明]278 其上無。
眼：[甲]2266 根舌。
姚：[三][宮]2104 責。
陰：[原]853 罸越聖。
引：[三]186 弓弓即。
漲：[明]2102 於後邪，[三][宮]2103 天晦及。
帳：[宮]2103 玉机福，[甲][乙][丙]973 青傘蓋，[明]2122 令人得，[三]1096 乘及坐。
紙：[甲]2174，[乙]2174。
縱：[三][宮]2123 狀似狂。

郭

影：[甲][乙]1822。
彰：[甲][乙]1822 故若遇。

獐

罋：[甲]2881 鹿若得，[三]212，[元][明]658 鹿不害，[元][明]658 鹿虎豹。

彰

教：[聖]2157 雜別。
旀：[三]2110 羅漢之。
剖：[三]章[聖]211 告未聞。

傷：[甲]2304 無極之。
勝：[乙]2261 故論。
是：[三][宮]1458 説戒緣。
熟：[甲]1830 自體義。
顯：[甲]1840 同品，[乙]1736 勝言百，[乙]1736 一時頓。
形：[甲]1723 於言悔。
依：[甲]1744 未即佛。
影：[甲]1875 理不殊，[甲]1851 其行相，[甲]2217 橫攝之，[三][宮]1442 惡聲故，[三]2122 法身乃，[聖]1579 顯所以，[元][明]2016 事不契，[原]1744 於五時。
章：[甲]2087 佩日祕，[明]2076 爲古鏡，[三][宮]1546 故，[三][宮]2102，[三]2145 勝緣條，[宋][宮]1523 説行諸。
郭：[原]1781 必不須。
障：[甲][乙]1822 不言不，[甲]1700 一乘勝，[甲]1781 內爲肉，[甲]1781 智故，[甲]1816 前，[甲]1851 道及盡，[甲]1851 之心名，[甲]1851 種種也，[甲]2266 止者止，[甲]2748 其惠目，[三]、章[宮]2102，[三]2122 善惡隨，[三][宮]263 現露如，[三][宮]1513 煩惱盡，[三][宮]1591 顯，[三][宮]1622 其過復，[三][宮]2121 別災禍，[三][明]1513 福利於，[聖]397 己名及，[聖]1425 我，[聖]1788 法身勝，[宋][宮]2034 遠年，[宋][元][宮]、陣[明]1591 顯相領，[乙]1724 令取大，[乙]1744 恒，[原]1780 礙，[原]2001 隔，[原]1744 故究竟，[原]1744

諸德不，[原]1776，[原]1776 多世積，[原]1776 離衆魔，[原]1776 説之爲，[原]1776 外細遠，[原]1776 無明眠，[原]1776 於平等。

箸：[明]、章[甲]2087 自茲厥。

粻

粮：[甲]2129 糧也郭。

糇：[甲]914 餱又作。

漳

章：[明]2076 州羅漢。

憧

憧：[宮]2122 苦，[聖]26。

章：[甲]2255 遑，[聖][另]613 馳走遍，[聖]310 惶緣路。

障：[東]643 求，[三]1563 故此業，[宋][宮]1509。

周：[三][宮]、章[聖]411 惶有能。

嫜

童：[三][宮]2122 嫗性狂。

章：[聖]1425 財或伯，[宋][宮]566 夫。

璋

章：[甲]2053 等給侍。

麞

麋：[三]174 鹿爲皮，[三][宮]323 鹿飛鳥，[三][宮]723 鹿諸野，[三][宮]1435 鹿獼猴。

涱

長：[三][宮]1428 若爲強，[三][宮]1435 漂去爾，[三][宮]1442 渡水之，[三][宮]1650 多所損，[三]193 盈溢譬，[三]194 必成大，[三]212 駛流盡，[三]375 多諸音，[宋]、漲[元][明][宮]374 選擇高，[宋][元]、漲[明]1114 毒藥重。

漲：[宮]374 悉隨，[三][宮]、長[聖][另]1463 漂，[三][宮]、長[聖]1428 不，[三][宮]376 流漫携。

帳：[三][宮]2059 下督富。

掌

寶：[三]125 護如來。

常：[丙]1184 至心想，[甲][乙]2390 斷一切，[甲][乙]2390 右，[甲]955 中復出，[甲]1248 心中胸，[甲]1302 安自心，[明][宮]278 安住一，[明]969 而乘機，[三][宮]2121，[聖]1509 菩薩等，[宋][元]2060 而嗟曰，[乙]2092 中臨。

甞：[甲][乙]2390 須彌山。

嘗：[甲]2266 不於後。

償：[宮]2123 此物而。

當：[甲][乙]2390 心相到，[甲]900 背安左，[甲]1238 背後二，[乙]2385 中地水，[原]1112 想妙香。

光：[乙]、掌[乙]852 於寶上。

花：[丙]1184 二火絞。

華：[三][甲]1102 智入進。

面：[乙]2391 向外是。

目：[明][聖]、月[甲][乙][丙][丁]

1199。

拿：[明]658 頂禮曼。

擎：[明]2076 鉢。

拳：[丙]2392 舉頂上，[甲][乙]973 置於頂，[甲][乙]2391 母指不，[明]1119 近乳如，[乙]1032 豎二大，[乙]2391 或作，[乙]2393 向外一。

賞：[明]2060 有則依，[三][宮][聖]1425 衣典知，[聖]1428，[聖]1428 之，[聖]1428 之若得，[另]1428 護佛言。

裳：[宮]2121。

聲：[甲]2274 有無常。

勝：[原]2409 佛平等。

事：[聖]1437 供養釋。

手：[宮][石]1509 言我某，[甲]2230 仰而，[明][甲]1119，[三][宮]509 自就功，[三][宮][甲]901 即以右，[三][宮][聖][石]1509，[三][宮]1428 問訊迎，[三][宮]1428 作禮作，[三][宮]1509，[三][宮]1509 恭敬一，[三][聖]211 中而說，[三]945 中所持，[聖][石]1509 白佛，[另]1428 白，[宋][元][宮][聖]1509，[乙]2390 之上心，[原]855 菩薩次。

守：[原]2722 晝夜十。

堂：[宮]2103，[甲][乙]2254 中告後，[明]901 中屈二，[明]2060 禮瓊一，[三]、當[宮][聖][另]1442 告。

宰：[甲][乙][原]2190 別異是，[甲]1728 人間者，[甲]1813 持大眾，[甲]2223，[甲]2223 印主群。

指：[三][宮]2122 開良由。

著：[甲]1238 中無名。

漲

長：[宮][聖][另][石]1509 眾穢渾，[宮]2121 五百幼，[三]375 暴急荷，[三][宮][聖]1421 或遭八，[三][宮][聖]1435，[三][宮]616 岸上諸，[三][宮]1421 漂沒食，[三][宮]1428 或被強，[三][宮]2121 五百彌，[聖]1421 不得還，[聖]1421 於是覆，[聖]1428 時諸比，[聖]1428 王者所。

彌：[宮]1435 不能得。

張：[三][宮]2059 天而房。

浜：[聖]1428 界內道，[聖]1428 漂失衣。

丈

八：[原]1239 尺四面。

步：[三][宮]2102 所昧還。

尺：[丁]2089，[甲][乙]2207 彌，[明]2076 竿頭五，[明]2122 許叢草，[三][宮]2102 矣何多，[三][宮]2121 餘從我，[三]5 皆有四，[三]2060，[宋][宮][甲][乙]2087 而後成，[元]397 正東。

大：[宮]2121 火坑化，[甲]、之[甲]1816 夫力，[甲]1816 夫力果，[甲]1816 夫相福，[甲]1863 之質上，[甲]2207 夫士也，[甲]2339 夫食少，[明]384 夫天人，[明][宮]1509，[明]2060，[三][宮][聖]223 光明三，[三][宮]425 夫，[三][宮]1509 光足不，[三][宮]2122 夫所，[聖]613 夫天人，[聖]2157

夫應權，[聖]2157 問端斯，[另]1442
夫若，[乙]1199 夫得如，[乙]2215 夫
時方，[乙]2215 故如，[乙]2297 質，
[原]2409 亦彌精，[知]2082 理丞李。

士：[甲]、大[甲]1816 夫力得，
[三][宮]263 夫覿面。

疋：[三]、尺[宮]2122 許直上，
[三][宮]2122。

天：[三][宮]1545 髻外道。

文：[宮]1912 六三十，[宮][甲]
1912 同又神，[宮]1912 六佛，[宮]2025
陪于右，[甲]1778 臥疾託，[甲]2181
軌疏記，[甲]1735 六爲，[甲]1786 二，
[甲]2008 室請問，[甲]2035 上剎高，
[甲]2128 孟反脛，[甲]2266 夫與贏，
[明]2122 帛殘弊，[三][宮]2122 交映
託，[聖][甲]1723 甲反字，[元][明]
2154 夫宮也。

用：[元][明]212 勸我還。

又：[乙]1744 六遠求。

杖：[宮][聖]1595 終朝靡，[宮]
1593，[三][宮][聖]613 許下入，[宋]
2110 論之於。

支：[宮]2121 八者，[甲][乙]1831
傳流於，[甲]2266 熏，[甲]2299 之義
也，[三][宮]2122 毨作百。

仗

拔：[三]187 劍前趨。

被：[三][宮]820 荷給贍。

大：[三][乙][丙][丁]865 器。

伏：[宮]801 以歸依，[宮]1425 止
息舍，[宮]1546 鬥戰所，[宮]2122 那

國舊，[甲]1269，[甲]1733 之良詮，
[甲]1736 無不剋，[甲]2261 互相斫，
[甲]2366 權謀之，[明]1097 赤瘡黑，
[三]、一[宮]2122 麁人致，[三][宮]
1562 補特伽，[三][宮]2122 甲而召，
[三][宮][甲]2053 以，[三][宮]1458，
[三][宮]2103 威須見，[三][宮]2122 兵
收，[三]2145 經書然，[聖][甲]1763 物
爲況，[聖]1459 鼓等皆，[聖]2157 內
及兩，[另]279 一切業，[宋][宮]1674
掃棄怨，[宋][元]2059 信乃與，[宋]
1536 六一火。

付：[甲]2128 謂兵器。

好：[三]2145 大乘志。

伎：[三][宮]2122 刀稍槍，[宋]、
技[元][明]190 智不是，[宋]190。

節：[三]、杖[宮]2102。

披：[三]、拔[宮]2060 辯之徒。

器：[三]156 帶持弓。

稍：[三][宮]、鎖[聖][另]1435 好
不兵。

文：[三][宮]2103 衛濟濟。

依：[甲]1733 之以顯，[明]1116
若有供，[三][宮]1562 經勿令。

扻：[宮][聖]1585 他變質，[聖]
278 本形相，[聖]278 不用自，[聖]
1585，[聖]1585 之，[聖]1585 質同不，
[聖]下同 278 何等爲，[另]1585 託皆
說，[宋]、杖[元]374。

杖：[丙]908 投彼，[丙]2134，
[宮]、扻[聖]278，[宮][聖]272 自然
隨，[宮][聖][知]1579 亦令滅，[宮]
[另]1435，[宮]606 持刀及，[宮]649

熾盛時，[宮]737，[宮]2053 鉞麾戈，[宮]2102 理忘言，[宮]2121 不令得，[甲]1806 遮開若，[甲]2402 或手，[甲][乙][丙]1184 左，[甲]1080 種種衣，[甲]1239 弓箭之，[甲]1733 二象，[甲]2266 義即依，[甲]2879 各發慈，[久]397，[明]1442 而能鬪，[明]2066 藜於桂，[明]2076 親蹤跡，[三]、伏[甲]2087 謂菩薩，[三]220 來見加，[三][宮]2122，[三][宮][聖]272 依於，[三][宮][聖]1425 也說法，[三][宮][聖]1579 鬪訟違，[三][宮]310 諍訟譏，[三][宮]480 所不害，[三][宮]579 若出家，[三][宮]606 來擲罪，[三][宮]664 毒，[三][宮]1421 列陣乃，[三][宮]1421 徻護，[三][宮]1425 若見能，[三][宮]1425 止息樹，[三][宮]1466 梵本音，[三][宮]1546 鬪戰之，[三][宮]1562，[三][宮]1581 布施諍，[三][宮]2060 不敢獨，[三][宮]2102 戈虎嘯，[三][宮]2122 不，[三][宮]2122 當起慈，[三][宮]2122 囚執，[三][宮]2122 人極衆，[三][宮]2122 如是南，[三][宮]2122 以法教，[三][宮]2122 亦入鬼，[三][宮]2122 云將此，[三][宮]2122 者二十，[三][乙]1092 印印印，[三]20 彈丸擲，[三]186 於，[三]193 上城戰，[三]193 狀如地，[三]211 品第十，[三]220 等互相，[三]220 隣國怨，[三]374，[三]643 如林甚，[三]984 不傷悟，[三]984 住毘，[三]988，[三]1092 印廣博，[三]1257 刀劍之，[三]1301 刀刃不，[三]1559 與一下，[三]1562 同故一，[三]2154 那唐翻，[聖]278 囚執將，[聖]278 一切衆，[聖]375 牢自莊，[聖]639 順惡人，[聖]120 來，[聖]125 貪著財，[聖]278，[聖]278 何等爲，[聖]278 名伏，[聖]278 無瞋恨，[聖]278 一切怨，[聖]291 名，[聖]1437 不應，[聖]1440 自在取，[聖]1585，[石]1509 具足不，[石]1509 是菩薩，[石]1509 則能破，[宋][宮][久]397 刀箭，[宋][宮][知]266 嚴整衆，[宋][宮]403 毒藥施，[宋][宮]403 捨之一，[宋][宮]721 打其身，[宋][宮]721 縛地獄，[宋][宮]2122 弓箭販，[宋][明]下同 220 之所，[宋][聖]125 共相攻，[宋][聖]125 入軍戰，[宋][元]1257 令，[宋][元][宮]、伏[宮]294 自然太，[宋][元][宮]1579 等惡行，[宋][元][宮][聖]310 復次自，[宋][元][宮]376 人共俱，[宋][元][宮]1466 也更有，[宋][元][宮]1571 防衆蠱，[宋][元][宮]2059 者安，[宋][元][宮]2060 云，[宋][元]201 圍遶持，[宋][元]1057 世，[宋][元]1092 印一切，[宋]374 戒是滅，[乙]2231 被戴甲，[元]2110 守護六，[元][明][宮]221 支解意，[元][明]1 戰鬪之，[元][明]190 殺怨無，[元][明]310 得於八，[元][明]323 如怨家，[元][明]2122，[元]125 入軍戰，[元]190 譬如大，[元]882 復如擊。

枝：[三][宮]1558 彼住故，[聖]、杖[石]1509 般若波。

狀：[宮]2102 理無違。

壯：[三][宮]2059 氣。

扙

杖：[三][宮]341 處所有，[宋]
[宮]、仗[元][明]443 捨如來，[宋][元]
[宮]、仗[知]266 戰，[宋][元][聖]1429
頭著肩。

杖

拔：[元][明]2145 山説法。

跋：[元][明]、支[聖]224 那佛佛。

材：[宮]1425 木瓦石，[甲]1870
蘊依止，[三][宮]1562 雖斷其，[宋]
[元][宮]、林[明]1648 竹或施。

持：[元][明]1552 方便是。

杵：[宋][宮]2122 打我三。

箠：[三][宮]2059 捶之曰。

打：[三][宮]754 使役不，[三]
100，[聖]、－[另]1463 打他復，[元]
[明][宮]374 閉繫飢。

伏：[宮]1911 向之，[宮]2060 鉢
一床，[宮]2103 吳景等，[明]885，[三]
[宮][聖]341 菩薩妙，[三]187 圖爲惡，
[聖]1509 毀害所，[聖]1563，[宋]、仗
[元][明][宮]1605 憤發所。

斧：[三]24 鞭打楚。

根：[明]1559 勝。

伎：[三][宮]1509 種種諸。

禁：[元][明]155 閉之於。

救：[三][宮]398 令成。

林：[宮]602 痛極是，[三]、材[宮]
1470 木上，[三][宮]1442 梵志沙，[三]
[宮]2122 拔掘出，[三]643 當上而，
[聖]2157 節，[元]99 持水瓶。

枚：[甲]2035 錫宮門，[聖]1509

鞭之不，[原]1695 殘叢而。

祕：[宋]99 爲最勝。

殺：[三]197 釋種是。

託：[甲][乙]2263 第六所。

文：[甲]2266 質有無，[宋]、丈
[元][明][宮]2060 則究。

俠：[元][明]397。

挾：[明]2121 釋種女。

扰：[聖]1459 絡及皮。

又：[聖]1421 絡囊若。

枅：[甲]2266。

丈：[宮][聖]1425 外道制，[三]
[宮]1499 見所未，[聖][另]285 如四
方，[宋][元][宮]、大[明]1428 瓶盛水，
[元][明]190 其二十，[原]974 於壇中。

仗：[博]262 不加，[德]26 有慚
有，[宮]310 加害於，[宮]374，[宮]310
之難要，[宮]310 罪人隨，[宮]579 加
害於，[宮]657 東西推，[宮]837 若惡
行，[宮]1501 埵打傷，[宮]1548，[宮]
2043 火毒不，[甲][乙]1822 之用，[甲]
[乙]2087 變爲蓮，[甲]1828 彼爲依，
[甲]2266 明詮道，[明]220 瓦石競，
[明]722 治罰其，[明]2122 無有瞋，
[明][聖]1579 傷害其，[明][元]397 莊
嚴，[明]201，[明]220 競來加，[明]343
擊人用，[明]344 恐怖人，[明]1033 花，
[明]1217 印作大，[明]1450 不殺害，
[明]1521 無有瞋，[明]1525 能到能，
[明]1602 鬭罵諍，[明]2122 拔好利，
[明]2122 至於夜，[明]2145 茲論，[明]
下同 1450 悉皆屏，[明]下同 1538 不
傷毒，[明]下同 1538 器械諸，[三]、

伏[宮]1559 網等由，[三]、扴[聖]278
捶擊摧，[三]220 之，[三]220 之所，
[三]1340 種種莊，[三][宮]、扴[聖]278
自莊嚴，[三][宮]653 衞護是，[三][宮]
1521 常無瞋，[三][宮]1559 所害故，
[三][宮]1605 發起一，[三][宮]1647 等
自作，[三][宮]1648 或以弓，[三][宮]
[另]1442 劍輪箭，[三][宮]263，[三]
[宮]286 無瞋恨，[三][宮]310，[三][宮]
310 無，[三][宮]376 俱爲非，[三][宮]
383 而來攻，[三][宮]397 如善化，[三]
[宮]416 毒害所，[三][宮]420 瓦石有，
[三][宮]451，[三][宮]592，[三][宮]673
并諸幢，[三][宮]721 弓刀矛，[三][宮]
721 互相殺，[三][宮]765 違害，[三]
[宮]1421 自然，[三][宮]1428 及餘物，
[三][宮]1428 在寺外，[三][宮]1442
者，[三][宮]1443 者得惡，[三][宮]
1451 臨悉，[三][宮]1451 人並皆，[三]
[宮]1451 左右觀，[三][宮]1462，[三]
[宮]1464 我及汝，[三][宮]1484，[三]
[宮]1509 毒蛇之，[三][宮]1509 而入
敵，[三][宮]1521 施無奪，[三][宮]
1521 繫縛，[三][宮]1521 行尸，[三]
[宮]1536 不爲損，[三][宮]1536 非隔
鐺，[三][宮]1536 樂，[三][宮]1545 等
驅逐，[三][宮]1545 在生死，[三][宮]
1546 從阿修，[三][宮]1558 同故一，
[三][宮]1559 治罰事，[三][宮]1570 防
衆蠱，[三][宮]1604 酒等施，[三][宮]
1605 興諸戰，[三][宮]1644 互，[三]
[宮]1646 等苦喪，[三][宮]1646 等是
名，[三][宮]1646 止如平，[三][宮]

1650 猶如犀，[三][宮]1656 是行慈，
[三][宮]2042 時，[三][宮]2121 逼是，
[三][宮]2121 會遇狹，[三][宮]2121 事
應當，[三][宮]2121 威力故，[三][宮]
2121 爲雜花，[三][宮]2123 亦入鬼，
[三][宮]2123 雜，[三][宮]下同 1484
一切苦，[三][宮]下同 1509 等不能，
[三][甲]950 黑鹿皮，[三][聖]125 備
諸戰，[三][聖]125 兵刃秃，[三][聖]
190 兵戈如，[三][聖]190 可斫射，[三]
[聖]190 身著，[三][聖]190 悉棄，[三]
[聖]1509 莊嚴不，[三]1 不用天，[三]
1 弓矢之，[三]1 懷慙愧，[三]1 之事
或，[三]14 從有刀，[三]20 不用其，
[三]23 騎，[三]25 中劫二，[三]53 於，
[三]55 於中或，[三]125 往至父，[三]
125 者復畏，[三]153 人無侵，[三]156
以此爲，[三]187 前路而，[三]187 人
復有，[三]190 鬥輪及，[三]200 安置
左，[三]203，[三]209 尋即遣，[三]220
隣國怨，[三]411 不舉威，[三]985 之
所侵，[三]1023 水火焚，[三]1137 怨
家橫，[三]1139，[三]1333 怖畏一，
[三]1336 兵凶毒，[三]1341 捶打比，
[三]1354 不，[三]1393 起時皆，[三]
1441，[三]1534 共魔王，[三]1644 互
相怖，[三]1662 斷肉百，[三]2103，
[三]2123 尋即，[聖]1537 而行，[聖]
190 人邊受，[聖]278 加，[聖]1354 不
傷蠱，[聖]1462 沙門念，[聖]1509，
[聖]1509 共相加，[聖]1509 傷害，[宋]
[宮]、伏[聖]1579 者謂能，[宋][宮]
1588 毒藥如，[宋][宮]310 不應，[宋]

[宮]310 及於瓦，[宋][宮]310 降伏諸，[宋][宮]322 蠕動之，[宋][宮]421 若刀不，[宋][宮]2123 當起慈，[宋][明][宮]310 勇猛，[宋][明][宮]1451 觀見彼，[宋][明][宮]2122 鬼由前，[宋][元]、枚[明]2137 來相救，[宋][元][宮]2122 不能爲，[宋][元][宮][聖][知]1579 不加，[宋][元][宮]639 莫能傷，[宋][元][宮]1488 枷鎖等，[宋][元][宮]2121 瓦石打，[宋][元][宮]2121 爲雜花，[宋][元]375 者共爲，[宋][元]1227 又於北，[宋][元]2061 錫而來，[宋]1 捶使愚，[宋]310，[宋]375 常以正，[宋]1081 兵，[宋]2061 錫離燕，[乙]1069 所不能，[乙]1821 所緣及，[元]375 擁護如，[元][明][宮]374 侍從當，[元][明]220 亦能除，[元][明]220 中恒隨，[元][明]374 傷身，[元][明]375 侍從，[元][明]410 而入戰，[元][明]476 爲欲荷，[元][明]2053 受戒而，[元]221 具足悉，[元]421 手不執，[知]2082 入寺遙。

扰：[甲]2266 本質現，[聖]125 梵志遙，[宋][宮]、仗[元][明]443 捨如來，[宋][元][宮]317 搒笞閉，[宋]99 觸其毛。

枝：[宮]2122 擲地良，[甲]1912 懸在空，[明][宮]1462 鉢支，[明]978 令降惡，[三][宮]1549，[三]193，[三]198 得腹者，[三]201 用打比，[三]2154 聊摀井，[聖]2157 鉢經一，[石]2125 張開尺，[宋][元][宮]1546 作髀骨，[宋][元]2122 後有五，[元]1546 捶牛

能。

箒：[三][宮]768 皆共諍。

狀：[甲][乙]2387 恐刀字，[三][宮]2122 化爲鄧，[三]99 如毒瓶。

壯：[甲]、仗[丙]、狀[丙]1823 同故一。

子：[三][宮]2122 手自緘。

作：[三][宮]323 大慈受。

帳

長：[甲]2035 桑尾左，[聖]2157 助運莊。

悵：[三][宮]2122 遂即，[聖]99 即，[宋][宮]2060 留餘，[宋][宋][宮][甲]2087 遷徙往。

根：[宮]2060 累日連。

幢：[明]下同 989 雲海以。

蓋：[三][宮][聖][另]281。

墓：[三][宮]2053 所者三。

張：[原]2410。

杖：[明]2076 子平生。

脹

悵：[甲]2266 快奘勉。

厨：[原]2270 從大生。

胖：[三][宮]602 見白當。

腹：[三][宮]1435 壞女人。

膿：[聖]613 爛潰難。

障

礙：[甲][乙]2219 正以無，[三][宮]1562，[三]99，[聖][知]1579 最極清，[聖]1488 礙無有，[原]1818 俱盡名。

臂：[原]2408 除者。

病：[原]、病[聖]1818 成四因。

部：[甲]893 大印西，[甲]1512 此，[甲]1512 體非有，[甲]1816 等義，[甲]2266 故偏厭，[三]2154 經，[聖][另]1453 法，[聖]1452 礙我宜，[乙]2795。

纒：[甲]1924。

除：[甲]、障[甲]1782 二乘作，[甲]2313 歟併有。

幢：[丁]2089 子一具。

敵：[甲]1863 受變易。

諦：[甲]1828 解脱等。

動：[甲]1700 礙住處。

對：[三][宮]675 於佛地，[三][宮][聖][另]675 觀世自，[三]1602 治應知。

二：[甲][乙]1822 種有斷。

蓋：[甲][乙]2390 佛頂廣。

隔：[甲]1821 時相續。

罣：[甲][乙]2211 礙義又。

過：[三]1532。

即：[甲]1709 勝定及。

際：[甲][乙]2254 事。

結：[三][宮]1599 者障除。

解：[甲][乙]2219 三是治。

淨：[甲]1828 等了知，[甲]2266 於無學。

境：[甲][乙]1822 實義，[甲][乙]2219 者謂有，[甲]1823 五明三，[元][明]953 昆那夜。

軍：[原]904 退散馳。

苦：[明]1636 淨盡無。

所：[甲][乙]2219 非心此。

習：[三]1598 氣所依。

性：[甲][乙]2263 等十一，[甲][乙]2263 何現行，[甲]1816 所治金，[乙]2263 緣二作。

耶：[三][宮]721。

業：[乙]2263 種子，[原]1966 由念阿。

意：[元][明]1025 悉得解。

翳：[三][宮][聖]1428 消滅善。

陰：[甲]2299 脱三界。

章：[甲]1080 礙第十，[甲]1816 廣説一，[宋][宮]、彰[元][明]627 莊嚴平。

彰：[丁]2187 故云清，[宮]310，[宮]1425 法和合，[甲][乙]1822 礙等無，[甲][乙]1822 未成就，[甲][乙]2309 無事不，[甲]1080 印第二，[甲]1512 分盡於，[甲]1710 無生法，[甲]1763 薄于時，[甲]1763 令不見，[甲]1763 重，[甲]1795 圓四校，[甲]1816 根本，[甲]1816 相應之，[甲]1828 功能於，[甲]1828 故六名，[甲]1828 果增後，[甲]2290 建立第，[三][宮]708 顯是説，[三][宮]767 愚人道，[三][宮]790 故國，[三][宮]1562 禀賢聖，[三][乙]1092 觀見至，[三]1424，[聖]99 罪故即，[聖]1549 諸報實，[宋][明][宮]2122 水山上，[乙]、障[乙]1744 顯釋方，[乙]1744 弊不同，[乙]1821 見修，[元][明]2122 聖道故，[原]、[乙]1744 一切佛，[原]2196 果隋云。

漳：[甲]1728 或以口，[三][宮]

2060 洪山釋。

憧：[宮]744 不識，[聖]1723 惶觸緒。

嶂：[三][宮]2122 重疊巖。

幛：[明]672 之所覆。

瘴：[三]2145 氣惡鬼，[元][明]2122。

遮：[三][宮]1509 礙不得，[三]1426 道法是。

諍：[乙]2263 之故三。

證：[甲]1863 明有學。

滯：[甲]2301 義顯道。

種：[甲]2263 者爲助。

諸：[三][宮]613 礙想見。

滓：[甲]2130 譯曰毘。

罪：[甲]952 垢乃得。

嶂

障：[甲]2053 危峯，[宋][元][宮][乙]、瘴[明]2087 氣氛。

瘴

障：[甲]2128 也前經。

招

保：[甲][乙]2309 二深信。

抱：[聖]425 致道乘。

報：[原]2290 故無報。

怊：[甲]2087 集五。

臣：[三]、耳[宮]2122 因呼恪。

成：[三][石]2125 譏議故。

承：[三][宮]2122 其死。

感：[原]1861 種子能。

根：[宮]1457 罪，[乙]1821 若眼等。

拈：[三][宮]2122 盤而雨。

起：[甲]2313 後生雜。

舌：[宋][元][宮]2122 致捶杖。

攝：[甲]1830。

拓：[宮]2103。

握：[甲]1030 之呪曰。

相：[原]、相招[甲]1744。

貽：[聖]1509 欺。

昭：[明]2076 慶囑汝，[宋]2063 明寺釋。

召：[明][丙][丁]、指[宮][甲][乙]866 集以金，[明][乙]994 即前滿。

詔：[明]1636 威儀遠，[明]1636 爲說聲，[三][宮]2122 便即經，[元][明][宮]2123 便即，[元][明]1341 令尊重。

照：[甲]2263 引滿異，[聖][另]790 患快心，[聖]125 提僧唯。

指：[三]1227。

致：[三][宮]1581 本作罪，[乙]1736。

總：[乙]1821。

昭

肥：[甲]2036 懷愼聲。

堅：[三]2149 作。

叟：[三]2145 然心明。

然：[甲]1512 物之。

韶：[宮]2104 穆，[明]2076 州慈光，[宋][宮]2060 穆，[宋][宮]2104 穆失序，[宋][元][宮]2060 穆安。

紹：[三][宮]2059 玄寺復，[三][宮]2060 隆之事。

俗：[三]2063 義道莫。

胎：[甲]2290 釋云菩，[聖]2157 玄統沙。

招：[甲][乙][丙]2092 提櫛比，[明]2076 慶省億，[三][宮]2059 常夜中，[三][宮]2122 比，[三][宮]2122 玄游賢，[三]1435 梨漿牟，[三]2125 遠意斯，[乙]2092 德里里。

沼：[元]2122 德寺於。

照：[宮]2104 而文教，[宮]2122 動寶意，[宮]2123 乎耳目，[甲]1736 著解十，[甲]1928 著法華，[甲]2006 大師可，[甲]2035 宣，[甲]2036 覺勝，[甲]2053 蘇之惠，[甲]2087，[甲]2087 景，[甲]2087 勝業寡，[甲]2087 宣何以，[甲]2087 著執長，[甲]2119 冥昧伏，[甲]2120 鑒不空，[甲]2184 述，[甲]2261 瞻仰，[甲]2266 察所知，[甲]2837，[明]896 然無，[明]2103 路於道，[三]、胎[宮]2059 德，[三]1435 梨漿莫，[三][宮]2053 仁寺沙，[三][宮]2053 象萬品，[三][宮]2059，[三][宮]2059 而，[三][宮]2060 達之涉，[三][宮]2060 融三制，[三][宮]2102 鏡塵蒙，[三][宮]2102 列於千，[三][宮]2102 洗敬覽，[三][宮]2103 光赤書，[三][宮]2108 乎，[三][宮]2108 華，[三][宮]2122 乎，[三][宮]2122 乎耳目，[三][宮]2122 明四主，[三][宮]2122 然清論，[三][宮]2122 玄，[三][聖]639 暢，[三]1337 反鑠上，[三]1808 練，

[三]2145，[三]2145 進後學，[三]2145 其實也，[三]2152 盧藏用，[聖]2034 玄沙門，[聖]2157 名錄詮，[宋][元][宮]2122 然顯，[宋][元][宮]2122 玄大統，[宋][元]2060 覺並官，[宋][元]2102，[乙]2309 察，[元]2154 然可見，[原]2126 靖康建。

剑

創：[甲]2120 如晏郭。

劉：[甲]1719 師有弟。

啁

呪：[三]下同 1336 詛方道。

爪

采：[宋]、毛[元][明]158 眼耳鼻。

叉：[甲]1723 又作抓。

辰：[甲]2128 説文云。

齒：[三][宮]374 鋒，[三][聖]375 鋒。

爾：[三]201 指欲盡。

分：[宮]606 骨肉及，[三][宮]607 生，[三]202 裂面目，[聖]613 爪上金，[聖]1579。

瓜：[宮]1461，[宮]1546 掌於大，[宮]2121 先脫肉，[甲]2035 牙是也，[甲]2128 反也，[甲]2266 如初月，[明]2016 皮謂殺，[明][宮]1462 四者齒，[明]613 齒皆悉，[明]614 長齒衣，[明]643，[明]643 利，[明]721 甲如，[明]730 下垢，[明]1462 掌叉手，[明]2154 梵志請，[三][宮]1459 苗果

謂，[三][宮]2103 繫而，[三]1336 子二七，[東]721 嘴火燃，[宋]、又[宮]397 甲悉能，[宋][元]、抓[宮]1435 起塔佛，[宋][元][宮]1442 牙勇力，[宋][元]25 取彼地，[宋][元]1462，[宋][元]2149 顏延年，[宋]125 齒形體，[元]1484 鏡。

苽：[三][宮]1545 長者來。

狐：[甲]1733 者亦求。

坅：[聖]125 齒爲從。

扴：[宮]721 既抱得，[聖][另]1428 傷內血，[聖]1460 掌敬心，[聖]1509 捆，[另]1428 長佛言，[石]、抓[宮]1509 其足安，[石]1509 如淨赤。

界：[明]2034 甲取土。

皮：[三][宮]1425 淨應受。

脾：[宋][元]26 齒矙細。

四：[三][宮]2040 牙長利。

勿：[乙]2128 反爪曰。

牙：[宮]2058 齒狼藉。

折：[石]1509 齒薄皮。

指：[三][宮]462 端許所，[聖]639 掌面向。

彖：[另]1721 論義得。

抓：[燉]262 掌白，[宮][聖]1435 刀針刀，[宮]374，[宮]374 齒不淨，[宮]374 四如意，[宮]721，[宮]721 處處遍，[宮]721 火焰熾，[宮]721 新爪，[宮]1435 招招時，[宮]1509 解此諸，[宮]1546 齒各各，[宮]1548 髮因母，[宮]1646 等諸分，[宮]2034 甲土譬，[宮]2121 自，[甲]1733 五十從，[三]、扴[聖]26 摘，[三][宮]671 身體，[三][宮]397 夜叉波，[三][宮]1421 捆傷其，[三][宮]1428 取使斷，[三][宮]1478 是十八，[三][宮]1505 彼報，[聖]125 長三，[聖]125 齒骨髓，[聖]190 皆紅赤，[聖]190 攪裂四，[聖]223 如赤銅，[聖]278 爲求正，[聖]278 牙頭髮，[聖]375，[聖]375 上告迦，[聖]1440 佛說犯，[聖]1462 根皮，[聖]1462 筋肉膿，[聖]1546 齒等乃，[聖]下同278，[另]1428，[另]下同1428 長如是，[石]1509 梵志經，[宋]190 以用作，[宋]2145 塔緣記，[宋][宮]、瓜[明]、扴[石]1509 爲羅刹，[宋][宮]1509 中欲因，[宋][宮][石]1509 薩遮祇，[宋][宮]309 而不能，[宋][宮]721 鋒利焰，[宋][宮]1509 讀十八，[宋][明]397 天女黑，[宋][元][宮]1425，[宋][元][宮]2040 或頭在，[宋]190 甲等隨，[宋]190 傷我婦，[宋]2145 塔記第。

叉

又：[聖]125 手。

沼

超：[甲]2183 撰出。

池：[聖]1579 其水盈。

湟：[聖]201 及河泉。

林：[三][宮]2059 極。

濼：[三][宮]895 或得飲。

洺：[宋][宮]、洛[明]2122 州僧先。

泊：[宋][宮][甲][乙]、濼[元][明]895 有名。

源：[三][宮]2121 一切盈。

治：[甲]2087，[聖]2157 等證義，[宋][元]2103 及草內。

注：[三]、住[宮]456 自然。

召

多：[宮]2121 長者子。

告：[宋][元]155 八萬四。

故：[宋]991 集此會。

果：[三]2059 如來慈。

即：[甲]1268 須發願。

盡：[乙]2228 法界。

令：[三][宮]2041 爲。

呂：[乙]2408 草一說。

名：[宮]895 發遣皆，[宮]1566 伴，[宮]2103 僧而受，[甲]952 一切佛，[甲]1718 文殊即，[甲][乙]1724，[甲][乙]1821 義謂隨，[甲]866 依教請，[甲]952，[甲]1735 有縁衆，[甲]2035，[甲]2036 入宿衛，[甲]2053 宗人語，[甲]2207 義謂隨，[明]1 喚鬼神，[明]2131 三德，[三][宮]587 諸天龍，[三][宮][聖]1451 之事或，[三][宮]481 色色不，[三][宮]901 印，[三][宮]1544 此於五，[三][宮]1579 而受用，[三][宮]1606 往，[三][宮]2121 獄鬼無，[三][宮]2122，[三][宮]2122 僧弘講，[三]152 妾爲某，[三]186，[三]202 之聽汝，[三]985 始可，[三]2060 爲文士，[三]2125 聲便成，[聖]953 帝釋及，[聖]1458 聲如喚，[聖]1462，[聖]1579 假名二，[聖]2157 門人有，[聖]2157 入大，[聖]2157 爲文士，[聖]

2157 宗人語，[另]1451 父子二，[乙]1239 天龍阿，[元][明]231 菩薩作，[原]904 一切如，[原]2196 彼云彌。

命：[三][宮]2122 夏坐。

遣：[宮]2121 畫師圖。

色：[甲]908。

善：[甲]2412 七曜爲，[西]665 我時應，[乙]2232 入即是。

石：[宮]2102 非所，[甲]974 及療病，[三]2122 綱佐及。

首：[三][甲]951 結請佛。

台：[乙]2394 此四准。

現：[三]189 諸臣。

印：[甲]、即[乙]1239 之爲元，[甲][乙]894 此是蓮。

招：[甲][丙]1184，[甲][乙]2390 之三，[甲]994 請三遍，[甲]2255，[乙]852，[乙]2390 之別記，[原]1840 火但取。

詔：[丙]2092 諸音樂，[甲]1736 而至令，[明]2060。

兆

地：[甲]1921 經云刀。

非：[宮]2111 之於皇，[甲]1512 狀可，[元]1451 乎既至。

師：[甲]2073 長安人，[宋]2061 禪定寺。

逃：[甲][乙]2426 役者衆。

肇：[三][宮]2059 自陳思。

炤

曜：[三][宮][聖]285 巍巍無。

照：[宮]263 寶光天，[宮]425 心莫不，[宮]425 燿所觀，[宮]618 無量莊，[宮]2121 四天下，[宮]2121 王身與，[三][宮][石]1509 微闇不，[三][宮]263 耀彌廣，[三][宮]671 曜如，[三][宮]2103 下寧濟，[三][宮]2103 遺形不，[三]152，[三]210 世間，[三]2103 動群心，[石]1509 二法和。

棹

掉：[明]1538 舉多舌，[三][宮]1545 舉亦非，[宋][元][聖]1544。

櫂：[甲]1786 可喻施，[明]2076 別波瀾。

攉：[三][宮]2103 方舟以。

詔

筆：[乙]2092 來朕自。

勅：[三][宮]1515 譯。

訪：[元][明]163 召經歷。

告：[三][乙]1092 諸眞言。

誥：[宮]310 譯，[聖][宮]310 譯，[聖]310 譯，[宋][宮]310 譯，[宋][宮]310 譯，[宋][元][宮]310 譯，[元]310 譯。

記：[甲]2035 云，[明]1128 譯。

教：[三][宮]263 若。

練：[甲]1802 油故曰。

律：[聖]1562 譯。

名：[原][甲]1781 於人佛。

諸：[明][甲]997 他人以，[聖]1859 實際爲，[原]、詔[甲]1781 波旬爲。

韶：[甲][丁]、乙本詔字斷缺 2092

祕書，[甲]2035 徑山欽，[三]2045 之次兄。

紹：[甲]2035 趙郡法，[三][宮]2059 諮，[元]2103。

事：[明]2103 并表請。

授：[三][宮]1425 若畜衆。

誦：[甲]1724 詐果如。

謟：[甲][乙]1816 害心悉，[甲]1852 於佛此，[明]1540 九憍十，[明]1542 云何。

語：[宮]263 諸族姓，[明]2145，[三][宮][聖]639 兒言汝，[三][宮]263 諸，[三]291 猶如菩，[聖]291，[宋][宮]2121 曰更增。

招：[博]262 無數衆，[三][宮]2123 九善能，[另]1451 言不同。

昭：[三]、照[聖]2034 玄統。

召：[宋][宮]1484 天竺法。

照：[三][宮]2053 霈臨不，[三][聖]190 顯示不，[三]190 示導，[聖][石]1509 則失般，[聖]223，[聖]223 分。

制：[宮][聖]310 譯，[明]1450 譯，[三][宮]568，[三][宮]599 譯，[三][宮]680 譯，[三][宮]1513 譯，[三][宮]1570 譯，[三][宮]1598 譯，[三][宮]1609 譯，[三][宮]1655 譯，[三][宮]1657 譯，[三][宮]下同 2034 曰門下，[三]968 譯，[三]2149 譯，[聖][德]1563 譯，[聖][另]765 譯，[聖]310 譯，[聖]691 譯，[聖]765 譯，[聖]1562 譯，[聖]1563 譯，[聖]2157 訖又崩，[另]765 譯，[另]1563 譯，[宋][元][宮]310 譯，[宋]

[元][宮]1562 譯，[宋]1006 譯。

諾：[三]2060 葬郊。

照

必：[乙]2263 然。

遍：[宮][聖]425 佛土處。

超：[甲]1733 世間是，[乙]1978 曜超千，[元][明]624 於日月。

觸：[宮]2042 於衆生。

從：[乙]2397 之慧但。

發：[明][甲]1177 性入寂。

共：[甲]1828。

建：[宮]2123 八萬四。

鏡：[三][宮]276 上下晌。

叟：[宋]、炅[元][明]152 然冥退。

朗：[三]360 世間消，[原]1858 於外結。

滿：[宮]278，[三][宮]233 三千大。

滅：[甲]1775 澄若靜。

明：[甲]1705 眞幻化，[甲]1841 解宗故，[三]1545 於十二，[三][宮]1537 了除闇，[三]1644 遍滿所，[聖]279 法界器，[聖]613 如此四，[聖]1522 威德王，[宋][明][宮]2122 見覆塔，[乙]2396 常住三。

能：[三][宮]2122 除昏。

破：[甲]1929 此。

普：[三]2122 身人人。

然：[乙]2391 即入三，[元][明]285 高遠堅，[原]2227 悲無量。

燒：[乙]2192 故先隨。

劭：[宮]2060 華梵並。

紹：[原]2431 堅慧眞。

時：[明]870 一切衆，[三]158 彼無垢。

説：[甲]1705。

俗：[原]2264 世間苦。

天：[宮]545 雨。

謂：[甲]1851 四。

無：[聖]2157 明三昧。

煦：[明]2103 琉璃之，[三][宮]588 育諸人。

嚴：[明]411 察會今，[聖]1509 恒河沙。

耀：[三][宮]403 積德奉。

陰：[三][宮]1484 非。

映：[甲]2006 膽寒。

與：[甲]2266 本質更。

月：[甲]1735 出現故。

昭：[丁]1958 山，[宮][戊]1958 長夜，[甲]2207 云以其，[甲]2035 聰禪師，[甲]2087 慈慧鏡，[甲]2120 再入金，[甲]2128 注漢書，[甲]2173，[甲]2255 王瑕二，[甲]2425 了之德，[明][宮]2060 隨妄普，[明]2103 心不自，[明]2145 其本也，[三][宮][聖]1595 晞相雜，[三][宮]1593 晞相雜，[三][宮]2053 晰迷塗，[三][宮]2059，[三][宮]2059 示後昆，[三][宮]2060 融然後，[三][宮]2060 無勞，[三][宮]2060 胄出守，[三][宮]2060 助及至，[三][宮]2102 隔於道，[三][宮]2102 如發，[三][宮]2103 仁濟物，[三][宮]2103 四果十，[三][宮]2103 往疑斯，[三][宮]2108 仁濟物，[三][宮]2122 德

佛圖，[三][宮]2122 帝後在，[三]210 然明，[三]2063 冑出守，[三]2087 怗，[三]2087 著二人，[三]2110 俗以書，[三]2154 僧律等，[聖]643 地，[宋][宮]683 達三界，[元][宮]1521 明此正，[元][明][宮]664 然，[元][明]2060 揚經典，[元][明]2087 怗釐而，[元][明]2087 明冠帶，[元][明]2103，[元][明]2103 被象譯，[元][明]2145 列矣是。

沼：[三][宮]2122 萬影現。

召：[甲]2195 乃至方，[宋][元][宮]1509 之亦應。

炤：[三][宮]、燈[聖]222，[三][宮]222，[三][宮]222 有三昧，[三][宮]2121，[三][聖]158 牟尼智，[聖]222 已以此，[聖]381，[聖]425，[聖]425 門，[宋][宮]222。

詔：[明]99 喜示，[三][宮][聖]223 開示分，[三][宮]394 愚冥何，[三][宮]1509 令，[三]100 禪定之，[宋][宮]、利[元][明]2121 喜出佛，[元][明]99 喜已從，[元][明]310 眾生以，[元][明]624 各令得，[元][明]624 人，[元][明]624 吾等令，[元][明]624 一切三，[元][明]626 令各得。

知：[甲]2397 了是悲，[甲]2778 而未常，[聖][另]1733 眞諦如。

至：[三][甲]1085。

趙

削：[甲]2035 膠西三。

越：[聖]2157 錄及始。

肇

掌：[宮]2060 運便業。

嫯

詔：[三][宮][甲]2053 不許諸，[三][宮][甲]2053 賜使翻，[三][宮]2053 令。

蜇

蛆：[聖]172 螫。

螫：[元][明]1442 害於我，[元][明]1442 疾入宮。

蠍：[三][宮]1591。

遮

避：[宮]1591 遣於此，[甲]1922 內非亦，[甲][乙]2263 過取之，[甲]2196 煩是則。

遍：[宮]1558 位應知，[和]293 那而爲，[甲]2217，[三][宮][聖]626 阿難陀，[三][宮]1562 遣故，[三][甲]1335 迦香與，[三]1562 此責不，[聖][另]1459 外，[元][明]1562 故如。

塵：[三][宮]1571 遍。

麁：[宮]721 防既到。

道：[甲]2262 劣非。

闍：[甲][乙]2219 利言宜，[三][宮]397 處於如，[三][宮]397 夜叉羅。

度：[元][明][宮]310 迹解度。

遏：[甲]1733。

癈：[聖]1509 眾生十。

廣：[甲]2787 過調達。

過：[宮]397 止便罵。

呵：[元][明]1335。

迦：[三][乙]1092。

建：[乙]2397 立誹謗。

禁：[三]375 即便還。

救：[甲]1736 其引難。

離：[乙]2263 生滅等。

遼：[明]2154 大會四。

鹿：[聖]1462 前後以。

滅：[元][明]1579 斷撥無。

摩：[元][明]984。

那：[原]2175 經疾大。

逆：[明]1484 即。

其：[明]2076 僧却會。

起：[聖]1425 二事應。

遣：[乙]2263 實有執，[原]2426 羊車三。

若：[三][宮]、－[甲]895 難分品。

沙：[甲]2195 之演說。

舍：[甲]2217，[甲]2291 那金翅，[甲]2397 那有四，[甲][丙]2381 那自性，[甲][乙]2328 那體清，[甲][乙][丙][丁]2089 那殿前，[甲][乙]2397 那之異，[甲]1273 遮那佛，[甲]1287 那以降，[甲]2245 那如來，[甲]2291 那始，[甲]2396 那如來，[甲]2396 那心出，[甲]2396 那行妙，[甲]2397 那，[甲]2397 那身，[甲]2401 那若作，[甲]2401 那世尊，[甲]2402 那初從，[甲]2427 那則智，[甲]2434，[甲]2434 那，[甲]2434 那佛，[甲]2434 那佛用，[乙]2192，[乙]2396 那佛爲，[乙]2397 那佛是，[乙]2397 那經云。

捨：[甲]2217 取義兩。

舍：[甲]1733 那品云，[甲]1733 那盧舍，[甲]2167 那五字。

手：[明]2076 裏曰恰。

庶：[甲][乙]1822，[甲]1735，[甲]1789，[三]23 留遮，[原]1311，[原]1872 却蒙雲。

通：[乙]2296 趣寂今。

違：[甲][乙]1822 罪謂不，[甲]1961 菩提門。

選：[宋][宮][知]598 諸妨礙。

遜：[宋][明][乙]1092。

夜：[甲]2401 羅及訶。

有：[明]261 罪有漏。

障：[三][宮][聖]223 道法。

者：[明]2076 便是否，[明]2076 裏來還，[明]2076 裏作麼，[明]2076 頭得恁，[明]2154 師子吼。

這：[明]2076 竭斗，[明]2076，[明]2076 鈍漢禮，[明]2076 箇便是，[明]2076 箇更別，[明]2076 裏無水，[明]2076 野狐精，[明]下同2076，[明]下同2076 箇便是，[明]下同2076 箇作什，[明]下同2076 阿師也，[明]下同2076 邊僧曰，[明]下同2076 便是麼，[明]下同2076 箇阿師，[明]下同2076 箇便是，[明]下同2076 箇煩惱，[明]下同2076 箇人曰，[明]下同2076 箇語顯，[明]下同2076 箇作拳，[明]下同2076 裏徹底，[明]下同2076 裏有桶，[明]下同2076 裏有一，[明]下同2076 裏作麼，[明]下同2076 皮袋。

蔗：[甲]1828 變味者，[三][宮][博][敦][燉]262 若富單，[三]264 若富。

　知：[宮]1425 時尊者。

　脂：[明]1341 大地獄。

　左：[明][丙]931 二十六。

折

　柏：[三][甲]1080 一云象。

　別：[乙]2261 故義説。

　拆：[宮]1998 東籬補，[甲]2317，[甲]1763 五陰無，[甲]2266，[甲]2296 常住，[明]、折[宮]1579 葉者，[明][甲]1988 了也忽，[三][宮]2122 婉章，[元][明]639 求其堅。

　坼：[明]2076 曲爲今，[三][宮]2060 無滯貞。

　持：[甲]2434 義理。

　杵：[甲]923 碎身如。

　打：[明]2076 破某甲，[三][宮]1425 犢子脚，[三][宮]1646 著勢，[乙]2408 物，[原]、打[甲]2006 北。

　斷：[三]203 翅不能，[聖]1509 薄，[石]1509，[元][明][石]1509 能淨菩。

　伐：[三][宮]1425 好薪。

　股：[甲]901。

　柯：[甲]2257 條。

　柳：[原]1758。

　坼：[甲]2130 上城也。

　祈：[丁]1831 解脱上，[元]、祈一作折[明]2103。

　日：[内]877，[三][丙]1202 囉二合。

　攝：[乙]2376 僧籍。

　逝：[甲][乙]1796 窣都醫，[三][宮]2103 夫日御。

　損：[三]1546 減問曰。

　所：[明]2122 損後，[宋][元][宮]、析[明]372 爲百分。

　柝：[三]2154 權大悦，[乙]2218。

　枡：[三]6 所疑阿，[宋][元]211。

　析：[宮]443 時列，[宮]443 之列，[宮]2060 動神，[宮]2060 剖磐隱，[宮]2060 重關更，[甲][乙]1929 戒大乘，[甲][乙]1929 體拙巧，[甲]1723 指由造，[甲]1778 若體爲，[甲]1828 實觀，[甲]1828 者方説，[甲]1828 真言遂，[甲]1929，[甲]1929 色至隣，[甲]1929 體見真，[甲]2128 聲，[甲]2254，[甲]2296 法空大，[甲]2296 之方，[甲]2296 中乎答，[明][宮]671 爲微塵，[明]155 骨爲筆，[明]400，[明]1119，[明]1424 石斷首，[明]2016 骨爲筆，[明]2122 骨寫經，[明]2122 其名數，[三][宮]1545 應説，[三][宮]1563 則有無，[三][宮]1545 除自體，[三][宮]1545 作九品，[三][宮]1546 木多用，[三][宮]1563 名辯緣，[三][宮]1563 制伏令，[三][宮]1579 諸色極，[三][宮]1584 色究竟，[三][宮]1808 大石分，[三][宮]2034 疑略二，[三][宮]2059 句綺麗，[三][宮]2059 宣暢，[三][宮]2060，[三][宮]2102，[三][宮]2103 滯，[三][宮]2122 骨，[三]6 疑將幾，[三]212 體之惱，[三]220 爲百分，[三]293 骨爲，[三]375，[三]1341 底攝取，[三]2063 名實其，

[三]2087 一墮南，[三]2106 疑甄解，[三]2122，[三]2123 煩呈妙，[三]2125 毫芒明，[三]2145 護所集，[三]2145 乃見前，[三]2145 槃暢礙，[三]2145 顯元寫，[三]2145 以漢義，[三]2149 疑甄解，[三]2149 中解一，[三]2154 刀經一，[三]2154 妙得本，[宋][元]1441 伏羯磨，[宋][元]2103，[宋]2145 中道場，[宋]2149 流轉之，[宋]2149 十演論，[乙]1796 推求十，[乙]2192 一句入，[乙]2261 除麁至。[元][明]210 自然惱，[元][明]2103 解，[元][明]2145 疑略序，[元][明]2149 中解，[元][明]2123 骨爲筆，[元][明][宮]2122 骨爲筆。

忻：[宮]2074 洲東北。

欣：[甲]1778 折圓頓。

抑：[甲]2270 難至稱。

游：[三]2103 體盡於。

曰：[乙]973 囉二合，[乙]973 囉二合。

捴：[甲]十五 1120，[甲]1120。

指：[甲]1805 歸。

制：[三]1435 伏得擯，[三]1435 伏得擯。

斫：[三][宮]768 不入用，[知]2082。

砒

妌：[甲]2392 砒者捧。

哲

辯：[三]2125 之徒近。

德：[三]291。

誓：[宮]2122 人忽來，[三]152，[聖]210 守戒內，[宋][宮]2060 交侵至。

晰：[宋][元]、晰[明]2103 遺筌標，[宋][元]、晰[明]2103 遺筌標。

折：[宮]2053，[宮]2053。

惢：[甲]2266 解云若。

喆：[聖]481 聰明諸。

惢

哲：[三]2151 善梵書。

輒

便：[宮]1437 坐者波。

輗：[宮]2102 仰刊碑，[宮]2102 仰刊碑。

共：[三][聖]425 詣賢者，[三][聖]425 詣賢者。

徑：[宮]635 度何則。

能：[甲][乙]1822 說相別。

輕：[宮]292 受奉持，[宮]2042 入禪坊，[三][宮]401 慢無言，[三][宮]2059 樹十科，[三][宮][另]1442 爲陳說，[聖]1442 現微笑，[聖]1421 坐其床，[宋]1331 毀辱，[宋][元][宮]2059 談講道。

取：[三]2103 悅世情，[三][宮]2122 與官軍，[聖]1428 著入聚。

趣：[丙]2231 爾故其，[宮]309 使其人，[三]1242 除滅，[三][宮]1425 爾，[三][宮]1808 爾持故，[三][宮]2122 悲哀六，[三][宮]2040 出告諸，

[三][宮]2121 死此滅，[三][宮]1425 向人説，[宋][元]2061 入毘奈。

宛：[三][宮][聖]285 轉亦無。

輆：[甲]1763 改，[甲]2036 共尋詳，[乙]2296 何有三。

轉：[原]1819 還復調。

轉：[宮]309 成亦不，[宮]585 到永安，[宮]2121 顧一斛，[宮]263 如其言，[宮]318 成嚴，[宮]565 奉行無，[甲]2415 クト云，[甲]2270 言何所，[明]819，[三]2145 分食飛，[三]221 却一劫，[三]398 獲安報，[三]1521，[三]199 如意具，[三][宮]285 堅，[三][宮]481 得，[三][宮]635 微輕當，[三][宮]656 得有所，[三][宮]708，[三][宮]2046 不以理，[三][宮]285 得超越，[三][宮]811 見十，[三][宮]544 卑賤，[三][宮]2121 復罵辱，[聖]481 奉受如，[宋]211 共雙生，[宋]291 如所願，[宋][宮]403 成以成，[宋][元]225 歡，[宋][元][宮]318 當欺諸，[元][明]425 勝如來，[元][明]425 勝，[元][明]2059 聞闇中。

樀

摘：[三][甲]1100。

軥

軌：[甲]2129 反合作，[甲]2129 反合作。

輕：[明]191 起毀辱。

趣：[元][明][聖]512 出告。

轉：[三]154 遣鳥師，[三][宮]2121 更續。

礋

圻：[三][甲]1227 量佛手。

桀：[甲]2128 罪也，[甲]2128 罪也。

欖：[甲]、檪[乙]1250 手上層。

礋：[乙]2394 之令至。

挓：[三][宮]1548 裂以繩。

挓：[三]42 開因取。

搩：[三][宮]2122 手短者，[三][宮]1421，[三][宮]1428 手廣，[三][宮]1430 手内廣，[三][宮]1431 手廣二，[三][宮]1463 短者四，[三][宮][聖]1423，[三][宮][聖][另]1463 手長短，[三]下同 1426 手爲壞，[聖]1425 手洗已，[宋][元][宮]1462 手廣一，[宋][元][宮][聖]下同 1437 手廣六，[宋][元][宮]下同 1436 手内廣。

張：[聖][另]1442 手，[聖][另]1442 手。

檪：[甲]、搩[乙]966 竪於空。

蟄

熱：[甲]2092 攢育蟲。

執：[甲][乙]1929 未。

縶：[三][宮]2103 土榯示。

讁

常：[明]2076 爲舒州。

譎：[宮]2122 阿難一。

譴：[三][宮]2122 有教推。

摘：[甲]1335 罰自此，[甲]1335

罰夜叉，[聖]125 罰時諸。

　　譎：[宮]407 罰之收。

轍

　　徹：[甲]2281 豈嫌違，[甲]1924 入修滿，[甲]2281 只是大，[甲]2296 謂顯，[三]2103 玄蹤惜，[三][宮]2060 緝續亡，[宋]213 迹沙門。

　　微：[甲]2261 解心不。

　　輒：[甲]2036 縷指忘，[甲]2270 改論文。

　　輙：[宮]1451 中倒地，[明]2060 藏親臨。

譎

　　譎：[三]411，[三][宮]411 罰善男。

　　賞：[宋]203 罰貧長。

　　適：[宋][明][聖]361 壽命終，[宋][明][聖]361 五百歲。

　　摘：[聖]410 罰身受。

　　譎：[三][宮]411 罰被赤，[三][宮]411 罰。

謩

　　懾：[三]2060 蔡晃等，[三]2103 謹啓。

褶

　　縵：[乙]1900 也從有。

　　攝：[甲]1717 牒但是，[甲]1735，[三][宮]1425 杭甀，[三][宮]1425 左邊，[三][聖]99 褥枕各，[聖]1421 著下衣，[聖]1427 著內衣，[聖]1421，

[聖]1421 居士見，[另]1428 諸居士，[宋][元]1443 如多羅。

　　葉：[聖]、襧＋（衣）[三][宮]1425 者多作。

者

　　八：[明]2103 老子序，[明]2103 老子序。

　　百：[三]2154 非也天。

　　背：[甲][乙]2250 言四不，[甲][乙]2250 言四不。

　　本：[乙]1736 師。

　　彼：[三][宮]2122 重與財。

　　便：[原]2339。

　　表：[聖]1721 學無學。

　　幷：[原]2303 無問自。

　　並：[甲]2035。

　　病：[甲][乙]1822 佛如。

　　不：[原]1856 以有殊。

　　不：[宮]2122 答曰若，[甲]1736 行，[三][宮]1546 言是衆，[宋][明]1272 先擇作。

　　部：[三][宮]1435 捨得名。

　　藏：[三]2060 仍取之。

　　差：[甲]、著[乙]1816 定故不。

　　常：[原]1879 說以爲，[原]1879 說以爲。

　　車：[甲]2304 四。

　　臣：[三][宮]2108 竊尋付，[元][明][聖]754 齎。

　　乘：[三][宮]263 比丘比。

　　赤：[甲]2193 如頻婆，[宋][元][宮]488 斯人眼。

出：[甲]、出者－[甲]2195 名衣裓。

初：[甲]2218 第三劫。

處：[三][宮]653 以爲喜，[聖][另]1541 謂見所，[乙]2249。

此：[三][宮]309 彼求此，[聖][另]1435 比。

答：[甲]2250 纔解人。

大：[三][宮]532 菩薩樹，[宋][元]、〔者〕－[聖]1462 財富者。

當：[三][宮]263 分別當，[三][宮]313 自餓寫。

道：[甲]1813 之根本，[三][宮]2109 初名鬼，[乙]2249 支中正，[元]1604 此是果。

得：[宮]2122 定無，[甲]1813 僧用，[三][宮]1425，[三][宮]1425 波羅夷。

等：[宮]659 爲十一，[甲]2262 即等取，[甲]2266 非也義，[甲]2323 爲除有，[甲]1823，[甲]1863，[甲]2219 金剛者，[甲]2266 爲四一，[甲]2270 名假想，[甲]2274 驚覺心，[甲]2434 亦則不，[明]1565 法無自，[三][宮][聖]411，[三][宮]461 爲二，[三][宮]657 常用是，[三][宮]1428 三人婦，[三][宮]1443 犯捨墮，[三][宮]1509 爲勝，[三][宮]1520 爲四一，[三]99，[三]945 即我眷，[三]1331 是耶願，[三]1509 是方便，[三]1532 是耶如，[三]1566 不然取，[乙]2261 非，[原]1818。

第：[甲]1705 三，[甲]1705 三正

住。

諦：[明]1647 亦爾，[元][明]、諦者[宮]374 當知魔。

定：[甲]1828 有涅槃，[三][宮][聖]586，[聖]272。

斷：[三]99 斯有是。

而：[甲]1786 陵有弱，[甲]1816 即是次。

兒：[三][宮]1425 殘殺衆，[三][宮]1552 後生爲。

二：[甲]1736 此，[甲]1805，[明]2103 道德經，[原]2339。

法：[高]1668 爲欲度，[宮]221 見現在，[宮]421 彼即示，[甲]1741 大衆獲，[甲]2263 同懈怠，[甲]2263 以，[甲]2274 由法爲，[甲]2376 皆無常，[三]、法者[聖]125 便有所，[三]397，[三]1485 是下品，[聖]663 心不顧，[乙]2263 何云法，[乙]2391 以一切，[元][明][宮]632，[元][明][聖][石]1509 極數不，[元][明]278 無佛無。

犯：[三][宮]1425 越比。

方：[甲]2305 開，[甲]1735 古有五，[甲]2250 由此名。

夫：[三][宮]374 求食。

佛：[元][明]310。

婦：[元][明][宮]374 是義不。

復：[宮]279 見於地，[明]1520 有七種，[三][宮]638 變爲人。

縛：[三][聖][另]310 佛子離。

各：[宮]2122 自相追，[乙]1709 以三脫。

共：[乙]2254 十五識。

故：[宮]653 汝等應，[宮]1425 於此生，[宮]1467 於此生，[宮]1552 名家家，[甲]1361 應知，[甲][乙]1822 不立爲，[甲][乙]1822 謂於佛，[甲]2129 通名爲，[甲]2339 然自受，[明][甲]1216 應畫忿，[明]1522 是十二，[三]、一[宮][聖][石]1509 乃至不，[三]、[宮]1579 已入正，[三][宮][聖]1428 默然誰，[三][宮]638 名曰博，[三][宮]657 當爲轉，[三][宮]1431 知，[三][宮]1545 佛，[三][宮]2123 勤求不，[三]1532 其，[三]1532 以世間，[三]1602 淨持戒，[宋]374 是故示，[乙]2263 無有說，[乙]2317。

官：[三]196 似已無。

觀：[明]1581 謂菩。

光：[聖]643 三匝一。

果：[三][宮]341 更無少，[三][宮]749 私自食。

好：[聖]341 世尊我。

號：[三][宮]443 不曾生。

乎：[甲]1775 但念惡。

化：[三][宮]325 無增損。

惠：[甲][乙]2434 身不由。

慧：[甲][乙]1821 能於所，[甲]1709 能自開，[三][宮]278 諸業悉，[三]203 分別如，[聖]397，[元][明][宮]632 壞生死。

即：[甲]1778 無十地，[甲]1828 此後文，[乙]1723 攝。

疾：[甲]2299 速者何。

跡：[三]193 具滿五。

家：[宮]1425 失。

間：[明]、明註曰北藏作間 310，[三]184。

見：[宮]1451 非見非，[甲]2249，[三]125 女者是，[三]186 一切衆，[原]1829 以與想。

教：[甲]1821 論望聖，[原]、教[甲]1821 能生。

皆：[宮]1435 姦我宮，[甲]、者皆[乙]867 歡喜能，[甲]1918 一法異，[甲]2274 是無常，[甲]2337 云三乘，[甲]2434 從能入，[明][乙]994 令，[三][宮]286 殊勝，[三][宮]1644 衆寶所，[三]2110 歡喜譬，[宋][元]451 常應如，[元][明]1552 是上斯。

結：[三][宮]1557 爲何等。

戒：[明]2122 願樂於，[三]116 所行無。

界：[三]2122 災害可。

今：[三]125 當勸令，[三][宮]2042 補處生，[乙]2263 指何乎。

近：[甲][乙][宮]1799。

經：[明]1216 若忿閻，[三][宮]664 菩提已，[聖]2157。

淨：[三]99 執與不。

九：[甲][乙]1871 皆各具。

居：[甲]1828 後爲利。

具：[乙]2261 故彼定。

看：[宮]1462 得，[宮]1808 不出過，[甲][丁]2244 地，[甲]1733，[甲]1828 意無別，[三][宮]1425 不得前，[聖]1425 越，[宋]155 得視，[乙][丙]973 臨時改，[乙]2376 皆各至。

考：[宮]1547 彼衆生。

空：[三]212 究其源，[元][明]212 究其源。

苦：[宮]397 是故無，[甲]1912 佛告長，[甲]1782 本，[甲]1816 乃至攝，[甲]1828 謂三界，[甲]1839 樂事，[甲]2266 生彼事，[三][宮]1488 應，[三]375 譬未。

老：[宮]278，[甲]1733 等未來，[甲]1805 所說文，[甲]1828 死收，[三]、－[宮]2121 宿年共，[三][宮][聖]1451 誦習，[三][宮]478 及與死，[三][宮]1435 是何等，[三][聖]26，[三]1 常言當，[三]196 病苦劇，[三]1464 得婆羅，[聖][另]1463 年十七，[聖]210 有死衆，[聖]211 居士，[聖]1451 同座復，[宋][元]1545 勿怖勿，[宋][元]99 西毛，[宋][元]2061 僧笑令，[元][明]212 甚難制，[元][明]2016 陵弱天，[元]631 學貴無。

離：[原]1776 見惑。

禮：[三][丙]1076 字復以。

力：[明]278 安住此。

劣：[甲]2266 如婆沙，[甲]2274 若對根。

令：[宮]1502 念。

六：[明]2103 五練經，[宋][元]1617 即界入。

路：[三][宮]638。

輪：[三]271 佛說障。

論：[甲]2299 天說四。

馬：[乙][丙]2092 十餘匹。

名：[甲]2255 爲色，[甲]2337 利遲受，[甲][乙]2397 覺謂四，[甲]1512

此，[甲]1731 鑿是三，[甲]1733 遍修行，[甲]1828 無記解，[甲]1912 相似見，[甲]2230 現法樂，[甲]2266 意，[甲]2269 可解○，[明]721 常，[明]1646 則不名，[三][宮][聖]376 鹽二，[三][宮]1506 向彼或，[三][宮]1509 善有漏，[三]1 堅固持，[三]125，[三]125 難陀浴，[三]193，[三]1331 印人宅，[三]1549 一切行，[聖]2157 多以父，[宋]、除者[元][明]212 盡，[乙]1822 不善惡，[乙]850 爲眼，[乙]2227，[元][明][宮]、秦言[聖][石]1509 大薩埵，[元][明]720 金剛主，[元][明]1552 出作入，[原]2288 開會之，[原]2339。

明：[原]1855 三論立。

命：[明]2016 相謂諸。

噂：[乙]1022 者。

那：[甲]1735 梵云禪。

乃：[三][宮]2109 紹。

能：[明]212。

念：[甲]2313 是故一。

女：[三]682 不能動。

普：[明]1549 德至。

其：[甲]2250 大乘金，[另]1442 與汝重，[乙]2263 隨一也，[乙]2263 所棄捨。

祇：[三]1440 迴向餘。

耆：[甲]2261 年雖，[三][宮]1470 傴七者，[三][甲]1332 蜜，[三]984 利苟多，[三]1335 利斯毘，[三]1336 比律吒，[三]1336 比輪陀，[三]1336 羅悉波，[三]1336 摩帝烏，[三]1336 其力呵，[聖]1670，[元][明]626 陀令嚴，

[元][明][宮]637 而華熾，[元][明]1331 梨恕，[元][明]1336 婆但尼，[元][明]2121 二人共。

起：[甲][乙]1821。

器：[三][宮]1458 貝。

前：[甲]1828 六品亦。

且：[三][宮]2059 篤性仁。

青：[甲]2274 黃赤白。

取：[三][宮]1610 爲貪此。

去：[甲]1304 都地波，[甲]1717 若權教，[甲]1839 處犢子，[明]1450 我欲出，[三][宮]1421 聽作糞，[三][宮]1462 不犯，[三][宮]1476 若以官，[聖]225 無能壞，[宋]1564 不去者，[乙]2261 西明疏，[乙]2390 風本是，[原]2271 斥不正。

然：[三][宮]1428 彼怨自。

染：[三]211。

人：[甲]1969 名，[甲][乙]2259 強者見，[甲][乙]2263 不，[甲]997 不生愛，[甲]1736 名爲見，[甲]1920 失眞道，[明][異]400 雖入大，[明]201 彼生䏑，[明]2087 問曰首，[三][流]365 白言大，[三]212 不得觀，[三][宮]1509 無陀羅，[三][宮][聖]1421，[三][宮][石]1509 見受，[三][宮]656 彼浴池，[三][宮]671 不成聖，[三][宮]1425 使利已，[三][宮]1425 外道出，[三][宮]1428 如上作，[三][宮]1431 説法除，[三][宮]1442 時蘇，[三][宮]1442 以言出，[三][宮]1458 及無戒，[三][宮]1459 任充常，[三][宮]1646 法中者，[三]100，[三]100 放逸不，[三]196

愛戀貪，[三]203 況能信，[三]1096 所欲之，[三]2063 密加覘，[聖]99，[聖]223 不可得，[聖]1428，[聖]1428 偸蘭遮，[另]1509 心，[宋][宮]403 後得佛，[宋][元]2112，[乙]1723 無坐，[乙]2263 如理，[乙]2263 暫斷善，[原]1251 又壽命。

日：[宮]461 文殊師，[明]2122 遭值於，[明]67 知想，[明]190，[明]481，[明]1428 先至坐，[三][宮]268 欲得，[三][宮]1452 獲，[三][宮]2043 悲泣而，[三][聖]200 改先制，[三]185 父王，[三]189，[三]201 宜應加，[聖]200 超出三。

如：[明]994。

若：[宮]1547 是止觀，[甲]1828 依新論，[甲]2250 或，[甲][乙]1822 雖執有，[甲]1512 解意上，[甲]1709 後地必，[甲]1782 善男子，[甲]1806 皆不犯，[甲]1826，[甲]2193 舉能聞，[甲]2255 有罪福，[甲]2274 佛法，[甲]2297 一切，[明]220 於諸學，[明]99 於色生，[明]220 何若能，[明]1472 作衆事，[三]1646 應生，[三][宮][聖]1462 禪房爲，[三][宮]607 觀已，[三][宮]1545 彼所起，[三][宮]1547 有百千，[三][宮]2122 好，[三][聖]311 無地大，[三]150 人亦有，[三]196 遊止有，[三]1464 我亦不，[聖]200 貧窮當，[聖]1509 譬如盲，[聖]1602，[宋][元]228 善男子，[宋][元]721 近善知，[宋][元]1428 突吉羅，[乙]1796 一歲十，[元][明][宮]283，[元][明][宮]310

見如來，[元][明]1465 非時復，[元][明]2016 會歸平，[元][明]2016 無事行，[元]1435 所應，[元]1579 此顯無，[原]899 誦心地，[原]2339 如來出。

三：[明]2103 太上三。

色：[甲][乙]2263 豈非定。

善：[甲]2362 字又智，[乙]1796 爲攝伏，[元][明]375 及六大。

奢：[甲]2434 此翻爲。

身：[三][宮]1509 之中今，[三][宮]294 顯現無，[三]397 我還得。

生：[宮]1522 未至報，[甲][乙]2263 相分貱，[明]125 正謂此，[明]316 壽者，[三][宮]1421，[原]1201 怛。

省：[甲]2128 作毫算，[甲]2366 繁文粗，[三][宮]263 衆庶苦。

剩：[甲]1782 此。

聖：[三]、聖者[另]310 行於一。

失：[三][宮]1521 若有人。

師：[明]1558 釋此文，[明]2076，[三]203 捕得五，[三][宮]2123 迷失津，[三][宮][石]1509 入林見，[三][宮]1484 一切，[三][宮]2121 雖爲沙。

十：[明]2103 文始傳。

食：[明]1199 以置於，[三]1440 吉凶相。

時：[宮][聖][另]310 一切衆，[明]1690 著花鬘，[明]2122 便生渴，[三][宮]1458 當共言，[三][宮]1471 當背向，[三][宮]1562 應許，[三]23 相殺七，[三]125，[聖]475 有二比。

實：[甲]、眞[乙]2261 唯一地，[三][宮]2058 可得涅。

識：[乙]1736 請詳斯。

使：[聖]1541 一切。

士：[丙]2081，[宮]2122 風清概。

示：[丙][丁]866 天女。

世：[三][聖]643 有。

事：[三][宮]1472 不得有，[三]152 和焉識，[三]397 必當稱。

是：[宮][聖]1579 五法於，[宮]271，[宮]816 拘利佛，[宮]1509，[宮]1509 先，[甲]2290 玆例，[甲]1733 集衆所，[甲]2193 故云始，[甲]2219 是三角，[甲]2261 既說極，[甲]2299 以小乘，[三]、一[宮]1435 索，[三]1440 客人三，[三][宮]、一[另]1435 善若比，[三][宮][聖]1509 無有婬，[三][宮]221 當學般，[三][宮]1521 當精進，[三][宮]1592 他性二，[聖]26 彼即滅，[聖]292 何若有，[宋][元][宮]771 三事雖，[乙]2263 大乘法，[元]1509 則不堪，[原]1851 故能到。

視：[三]193 悅之水。

勢：[甲]2409。

首：[甲]2039 第沙洋，[宋][宮]1442 我是知。

受：[宮]397。

書：[三][宮]397 到於。

疏：[甲][乙]2254 且約七。

署：[三]1011 得爲法。

數：[甲]2263 說云云。

誰：[宋][元]1434 默然誰。

水：[宮]374。

說：[宮]270，[三][宮]、哉[聖]272 善哉若，[元]156 譬甘露。

死：[甲]2266 而死名，[三][宮]
720 二字三。

四：[明]2103 三天正。

寺：[三][宮]1458 苾芻若，[三]
2125 斯乃。

宿：[明]2076 盡扶背，[三][宮]
1464 見自相。

所：[明]1516 無餘義。

天：[甲][乙]2254 文四王。

田：[三]100。

土：[三]2063 願於七。

托：[明]1464 貝逸提。

王：[宋][元]2061 出家及。

爲：[甲]1202 於，[甲]1736，[甲]
2337 諸劫相，[明]1470 不，[三][宮]
222 當學般，[三][宮]753 甚苦，[三]
221 欲得虛，[聖]1763 躓，[乙]2376
一向。

未：[宮]346，[原]853 有阿聲。

位：[甲][乙]1822 至謂彼。

謂：[甲][乙]1821 中有，[甲]1736
取像者，[三][宮]639 身證慢，[三][宮]
1520 文殊師，[三][宮]1579 顯示攝，
[宋][元]、者謂[明][甲]1173 諸法無。

文：[甲][乙]2263 唯說決，[甲]
1929 華嚴，[甲]2259 未至定，[甲]2266
對法略，[甲]2300 四論玄。

問：[三]203 何。

我：[明]671 修行是，[三]1515 非
有分，[三]212 常護已。

無：[宮]1503 我食時，[甲][乙]
[丁]1199，[甲][乙]2261 三亦同，[甲]
2262 生無，[甲]2434 非密印，[甲]

2434 所動作，[乙]2261 二定已。

物：[甲]、財[乙]2381，[甲]2434，
[三]100。

希：[甲]2214 有諸佛。

昔：[宮]1592 爲滿毘，[甲]1763
所未明，[甲]1782 者至宴，[甲]1912
故今爲，[三][宮]1545 有佛名，[三]
[宮]2122 舍衛城，[三][聖]190 行精
進，[原]2339 犢子外。

悉：[三]1082 皆無障，[乙]1736
明徹不。

習：[三][乙]1092 則得一。

喜：[聖]26 得大果。

下：[甲]1698 人既不，[甲]1705
二徵，[甲]1705 四明，[甲]1736 然合
文，[甲]2193 結經力，[聖]、－[另]
1721 總結菩，[原]、[甲]1744 第三廣。

先：[甲]、室[乙]2385 儞奉教，
[甲]1980 具三心，[甲]2195 授二，
[甲]2262 說邪見，[甲]2263 變云云，
[甲]2299 南北兩。

咸：[三]192 速馳。

相：[宮]430，[甲]1736，[原]2270
缺也有。

香：[宮]2123 量者等，[甲]1786
十八，[甲]2401 皆具置，[明]999 速
疾往，[三]1257 灰用前，[三][宮]1648
若人入，[三][聖]310 扇清涼，[聖]170
變成爲，[宋][元]210 所生轉，[元][明]
2122 面。

心：[宮]263 是爲四，[宮]721 此
是智，[明][乙]1092 不空心，[三]192。

行：[三]950 各持童，[聖]99。

形：[明]2121 即沒乃。

性：[明]374 何因緣，[原]2271。

虛：[三][宮]1435 偷。

苟：[甲]1921 執心有。

言：[宮]761 以説空，[宮]2060 銜泣故，[和]293，[甲]、既言[乙]2277 我所説，[甲]1708，[甲]1924 以事約，[甲]2193 俱皆稽，[甲]2217 唯此報，[甲]2271 非所聞，[甲]2277，[甲]2300 上座部，[三][宮]1484 皆順一，[三][宮]1546 諸，[三]1339 何人來，[聖]26 作如是，[聖]99 便可從，[聖]1462 得偷蘭，[宋]374 我爲憐，[宋]1509 亦無受，[宋]2122 凤興惡，[乙]2254 謂信先，[乙]2261 有二一，[元]99，[元][明]1453 過此若，[原]1855，[原]2271 並。

仰：[三][宮]2060 仍爲幽。

肴：[甲]1728 得攝一。

要：[甲]2261 有二二。

耶：[三][宮]1425 我爲諸。

也：[甲]2271 如立聲，[甲][乙]1822 智德不，[甲]1763 佛上無，[甲]1763 既備前，[甲]1775，[甲]1775 必，[甲]2075 無相識，[甲]2128，[甲]2219 方所方，[甲]2255 雖妙非，[甲]2263 付樞要，[甲]2339 不得是，[甲]2748，[三][宮]606 口言剛，[三][宮]2066 春中也，[宋][元][宮]1462，[乙]2385 謂右手，[元][明]212，[元][明]212 斯墮，[元][明]361 諸泥，[原]1796 謂即此。

夜：[三][宮]2122 反夜戈。

業：[原]1828 況在餘。

一：[三][宮]2102 冥默歷。

亦：[甲][乙]2263 可云愛，[甲]1736 老也長，[甲]2266 此中意，[甲]2395 開九流，[三][宮][聖]1428 波逸提，[乙]2263 不然。

意：[宮]1458 苾芻不，[三]101 亦諍能，[三]186 歡悦皆，[原]2271 一令相。

義：[甲]2219 大莊嚴，[三][宮]1545 謂。

議：[明][宮]380 必獲不。

因：[甲][乙]1709 五現未。

音：[丙]2396 皆是阿，[宮]310 成清淨，[甲]、音[乙]1796，[甲][乙][丙]1866 或二三，[甲][乙]1866 或二三，[甲]1731 釋迦説，[甲]1781 聲語言，[甲]1821 唯生得，[甲]1983，[甲]2128 也，[甲]2261 聲，[甲]2299 兼見本，[甲]2400 讚之，[三]186 三，[三][宮]、一[知]741，[三][宮][甲][乙]866，[三][宮]285 普，[三][宮]637 無名處，[三][宮]721 以無量，[三][宮]1463 心緣不，[三][宮]1641 最勝無，[三]145 震國詣，[三]186 宿億載，[三]291 則演隨，[三]1532 示現彼，[聖]222 皆得安，[聖]291 皆爲，[聖]1721 總，[宋][元][甲]1031 中含迦，[宋]1546，[乙]1775 發響猶，[乙]1822 此，[元][明]403。

印：[原]1223 右慧押。

用：[甲]1821。

有：[丙]2231 實相智，[宮]328 四法爲，[宮]1542 一非心，[宮]1566 非

一切，[宮]638 施誨以，[宮]1536 謂不離，[宮]1551，[宮]1562 所釋有，[甲]1736，[甲]1736 如云示，[甲]2274 舉因已，[甲]2305 別若辨，[甲]2324 學及九，[甲][乙]1751 自在，[甲][乙]2404 多義，[甲]1708 此者兩，[甲]1775 示應聞，[甲]1781，[甲]1781 境智及，[甲]1781 兩句初，[甲]1782 念食，[甲]1782 情堪忍，[甲]1782 色死後，[甲]1782 爲福受，[甲]1813 謂假有，[甲]1816 起也執，[甲]1816 三不住，[甲]1821 名，[甲]1828 對者與，[甲]1828 法受現，[甲]1828 妨此生，[甲]1828 異住處，[甲]1830 學，[甲]1851 爲義分，[甲]1863 唯有本，[甲]2129 十數圍，[甲]2174，[甲]2195 出所持，[甲]2250 等取色，[甲]2250 一四天，[甲]2261 卽是十，[甲]2261 婆羅門，[甲]2261 無色，[甲]2266 阿賴耶，[甲]2266 此義不，[甲]2266 而目端，[甲]2266 苦無常，[甲]2266 情義利，[甲]2266 三解者，[甲]2266 生起法，[甲]2266 施，[甲]2266 十一種，[甲]2266 是也，[甲]2266 思想，[甲]2266 學不共，[甲]2266 學應知，[甲]2266 養未來，[甲]2266 亦微得，[甲]2266 有生死，[甲]2266 於見，[甲]2266 罪等者，[甲]2270 法及極，[甲]2274 瓶電爲，[甲]2274 微盛等，[甲]2299 方爲眞，[甲]2299 何所以，[甲]2299 破群那，[甲]2299 普賢品，[甲]2299 其所破，[甲]2299 前明終，[甲]2299 是一諦，[甲]2299 所不通，[甲]2299

外道大，[甲]2299 要須得，[甲]2300 道吐氣，[甲]2305 今，[甲]2337 世界海，[甲]2400 皆悉一，[甲]2434 敢不謂，[甲]2434 何一地，[明]823 所謂欲，[明]1522 五神通，[明]1581 智慧梵，[三][宮][聖]586 聽者不，[三][宮][聖]816 拘翼東，[三][宮][聖]1602 三相色，[三][宮]458，[三][宮]721 則近無，[三][宮]732，[三][宮]1435 如上，[三][宮]1463 四指弟，[三][宮]1505，[三][宮]1509 悲心或，[三][宮]1520 十六句，[三][宮]1545 十九劫，[三][宮]1546 體亦爾，[三][宮]1566，[三][宮]1581 二種，[三][宮]2060 弟子僧，[三][宮]2121 衆商人，[三][宮]2121 諸五通，[三][宮]2122 方便重，[三]83 應此四，[三]99 罪無罪，[三]152 梵志年，[三]152 國王號，[三]152 菩薩爲，[三]159 空性亦，[三]204 兄弟二，[三]1427 病時衣，[三]1428，[三]1562 是慢類，[三]2109 名治，[三]2110 學，[三]2123 恩二觀，[聖][甲]1763 百，[聖][甲]1763 故屬聞，[聖]99 以正法，[聖]1435 應受是，[聖]1471，[聖]1509，[聖]1546 攝緣現，[聖]1552 聖人極，[聖]1733 四無礙，[聖]1763 必三世，[聖]2157 日月彌，[另]1509 滅者，[宋]、一[宮]468 非六入，[宋]99 離欲心，[宋][宮]322 又遊於，[宋][元]1603 如來無，[宋]21 便嗟歎，[宋]1545 無上界，[宋]2123 爲說慈，[乙]2249 此位容，[乙]2249 遍行隨，[乙]2249 而不起，[乙]2393 授之第，[乙]2795

異僧來，[元]、子[明]212 吾今目，[元]2016 所以經，[元][明]1530 此難不，[元][明]346，[元]125 死者善，[元]1579 根是果，[元]2059 必爇，[原]2248 立九種，[原]1856 所共信，[原]2196 實自在。

於：[甲]2035 如來即，[三]2122，[原]、[甲]1744 未來也。

餘：[甲]2400 肩。

歟：[乙]2263 指四食。

與：[甲]2195 多寶佛，[聖]1440 墮若。

語：[三][流]360 貫心思，[三]1427 波夜提。

浴：[三][宮]1435 不犯。

曰：[甲][乙]1709，[甲]2266 方怡我，[三]200 飢困一，[三][宮]606 言美而，[三][宮]1509 日光不，[三]200 遭值，[三]820 心，[宋][元]、因[明]212 三義故，[宋]374 亦復如，[元][明][宮]374 純受上。

云：[甲]、一[乙]2263 是七種，[甲]1805 言無寄，[甲][乙]2263 佛果五，[甲]1512 此是斷，[甲]1705 具足應，[甲]1705 若云是，[甲]1736 先拂上，[甲]1782 能分別，[甲]1828 有釋知，[甲]2195 二乘，[甲]2195 明，[甲]2195 前爲，[甲]2195 無，[甲]2195 主若，[甲]2204 爾時須，[甲]2263 不放逸，[甲]2263 開導依，[甲]2273 雖德業，[甲]2274 如非有，[甲]2274 往，[甲]2274 我自先，[甲]2274 小乘對，[甲]2281 敵者若，[甲]2290 何得去，

[甲]2409 凡獻中，[甲]2412 是也不，[甲]2434 佛種從，[三][宮]2034 出家宜，[乙]2263 安立智，[乙]2263 何云，[乙]2408 疏問，[原]2271 其有一，[原]2408 劍首。

哉：[明]1341 快哉今。

在：[甲]2195 卽七法，[元]1546 在辟支。

則：[甲]2289 大光妙，[甲]1969 通連妙，[甲]2289 前重，[三][宮]721 捨離云，[三]375 執鎌是。

賊：[宋][元][宮]1425 不應與。

遮：[甲]2270 空喻不，[聖]1428 善若不。

這：[甲]2012，[甲]2012 簡見解，[明]1988 簡田地，[明]2076 保社師。

着：[宮]221 所以者。

正：[宮]2040 次第正，[甲]1822 正釋頌。

之：[甲]2362 語愍喻，[甲][乙]2219 與地喻，[甲]2207 百姓釋，[三]125 欲滅其，[三]202 宜，[聖]26 我必取，[聖]1421 以還施，[元][明]2122 得一者。

知：[甲]1705 答略爲，[甲]2012 上起見。

旨：[甲]1775 謂現迹，[甲]1782 應理義，[甲]2217 擇地義，[甲]2269 同隋〇。

至：[三][宮]602 凡六事，[三][聖]178 三。

志：[宮]598 示現大，[甲]2415 仁，[甲]2195 聽，[甲]2290 而住山，

[甲]2415 也，[聖]1425 應賣取，[原]1774 因立名。

智：[甲]1708 慧是故，[甲]2230 成就即，[甲]2299 智障障，[甲]2300 名爲，[甲]2339 如來知，[三][宮]1525 慧道方，[三][宮]1548 非住，[三]1545 此中餘，[宋][元]、明註曰者北藏作智 1666 有四種，[元][明]227 勝一切，[原]2261。

中：[甲][乙]2194 三藏三，[甲][乙][丙]1866 問，[甲][乙]1822 上二界，[甲]1717 爲三初，[甲]2195 外利，[三][宮]231 日日，[三][宮]1435 僧伽婆，[三][宮]1520 無功用，[三][宮]1646 不待餘，[三][宮]1646 無，[三][聖]211 一人有，[三]201 爲有爲，[乙]1736 疏文有，[乙]2194 問大乘。

種：[甲]2296 二諦八。

衆：[甲]、衆[乙]1709 梵云僧，[明][乙]1225，[乙]2227 釋曰四。

珠：[三]、一[宮][聖]278 成滿菩。

諸：[宮]226 佛言是，[宮]1421 從，[甲]874 縛，[甲]1700 令得，[甲]1735 一橫竪，[甲]1805 戒先須，[明]293 釋種如，[明]1545 之所讚，[三][宮]299 愛樂生，[三][宮]2102 檀越疑，[三][宮]2122，[三]154 天，[三]231 世間國，[乙][丙]873 縛，[元][明][甲]893 弟子云，[元][明]1435，[元]1 樂，[元]1581 菩薩先。

主：[聖]375 施。

著：[宮]221 何以故，[宮]1462 取完全，[宮]2060，[甲]895 是名正，[甲]

2255 之心故，[甲]893 病，[甲]953 濕衣忿，[甲]1268 寺死居，[甲]1709 無明謂，[甲]1763 衆生説，[甲]1786 散亂，[甲]1816 此便解，[甲]1816 各據一，[甲]1816 謂説實，[甲]1958 相噉不，[甲]2036 意怎麼，[甲]2130 水大智，[甲]2196 自利利，[甲]2255 求欲取，[甲]2255 我，[甲]2270 之，[甲]2400 左拳頭，[明][聖]190 居處被，[明]204 文殊師，[明]316 於欲樂，[明]672，[明]1440 上衣欝，[明]1462 是不故，[明]1563 有法能，[三]310 我當教，[三]606，[三][宮]721 得報如，[三][宮]818 汝先欲，[三][宮]1647，[三][宮]1664 共相，[三][宮][甲]895 中，[三][宮][聖][另]1459 不應便，[三][宮]309，[三][宮]309 復爲衆，[三][宮]313 得生彼，[三][宮]397 脱復有，[三][宮]423 香湯自，[三][宮]443 無有總，[三][宮]585 世俗所，[三][宮]653 邪者於，[三][宮]670 外性非，[三][宮]825 於，[三][宮]1462 偷蘭遮，[三][宮]1507 皆歸滅，[三][宮]1662，[三][宮]2102，[三][宮]2121 婢，[三][宮]2122 查浮，[三][聖]210，[三]1，[三]194 佛覺不，[三]212，[三]682 如磁石，[三]682 無明愛，[三]1341 義不觀，[三]1344 虛空亦，[三]1441 發心已，[三]1549 是人問，[三]1604 分別有，[三]2122 隨業受，[聖]1763 至佛果，[聖][甲]1763 當依智，[聖]225 爲生死，[聖]291 而無吾，[聖]291 一切悉，[聖]376 又向下，

[聖]1435，[聖]1435 善是事，[聖]1440 波逸提，[聖]1509 我所住，[宋][宮]、善[元][明]330，[宋]234 都不言，[乙]、者[乙]1744 三，[乙]1861 此説，[乙]1816 即我，[元][明]1509 心若供，[元][明]1522 縛五障，[元][明]2123 食訖還，[元]81 出，[元]1579，[原]1764，[原]2196 是治心，[知]1579 而不捨。

子：[宮]263 賜，[甲][乙]2263 既因緣，[明]663，[明]1451 童子，[三][甲]1332 聰明勇。

自：[甲]2207 聲若無，[甲]2255 行功德，[甲]2274 語相違。

字：[甲]2299 別字也，[三][宮]2121 此。

足：[明]310。

罪：[宋][宮]、者罪[元]、罪者[明]443 誹謗正。

左：[甲]994 那引，[甲]1120，[甲]2399 娜麼攞，[三][乙][丙]1076 字者一，[乙]1211 攞吽。

作：[三][宮]1579 謂能和，[三]1426 波夜提，[三]2060 五百餘，[宋]、是[宮]1509 見者皆。

者

惠：[原]2263 有智得。

請：[甲]2386。

也：[乙]2263 強不可。

義：[乙]2263 即上。

云：[甲][乙]2263 大乘因。

種：[原][乙]2263 既有力。

諸：[甲]2386 縛便。

褚

楮：[明]2110 叔度風。

褚：[宮]2103 球年六。

赭

頳：[宋][宮]、[元]1435。

都：[甲]2087 時國自。

堵：[宮]1435 土白灰。

柘

妠：[三]397 若女我。

榎：[甲]1238。

荊：[元][明]125。

枯：[宮]397 陛蒱履，[甲][乙]1072 羅上耶。

拓：[三]2053 制爰始，[聖]397 那渠竭。

相：[宮]1596 者若顯。

祐：[甲]1007 囉白芥。

遮：[元][明]125 比丘尼。

枳：[甲]1092 囉柘囉，[宋][明][乙]1092 攞枳攞。

這

道：[聖]1763 生曰若。

蓮：[原]2001 開夢覺。

適：[宮]263 度終始，[明][宮]810 興起乎，[三][宮]、過[聖][另]790 出，[三][宮][聖]292 聞法已，[三][宮][聖][另]285 坐已，[三][宮][聖][另]790 便立精，[三][宮][聖]222，[三][宮][聖]285 初發意，[三][宮][聖]285

消化諸，[三][宮][聖]292 生墮，[三][宮][聖]292 照應時，[三][宮][聖]627 說此已，[三][宮]222 獲，[三][宮]263 得佛成，[三][宮]263 發無上，[三][宮]263 開七寶，[三][宮]263 説斯諸，[三][宮]263 聞名稱，[三][宮]263 現天下，[三][宮]285 得近已，[三][宮]288 得之者，[三][宮]288 有念金，[三][宮]292 三昧已，[三][宮]292 著其中，[三][宮]309，[三][宮]313 等耳天，[三][宮]317 生墮地，[三][宮]338 見之以，[三][宮]378，[三][宮]381 覩斯已，[三][宮]381 立此願，[三][宮]403 得其中，[三][宮]403 見，[三][宮]425 被麁言，[三][宮]425 起尋滅，[三][宮]425 生尋滅，[三][宮]458 有是念，[三][宮]565 可照掌，[三][宮]566，[三][宮]585 出蔽日，[三][宮]624 等，[三][宮]809，[三][宮]810 得聞之，[三][宮]810 燕坐三，[三][宮]1487 行菩，[三][宮]2121 念，[三][宮]2121 入穴爲，[三][宮]2121 欲出城，[三][宮]2121 至宮中，[三][宮]下同810 發，[三][宮]下同 817 發起已，[三][聖]291 逮法已，[三][聖]627，[三][聖]627 設斯念，[三]125 得稱南，[三]186 定意教，[三]186 異則爲，[三]291 生天上，[三]425 等無異，[三]425 見安救，[三]425 選，[三]1093 囉這，[三]1341 伽呵拏，[宋]、滴[元][明]186 滅尋。

數：[原]1774 等。

遙：[三][宮]338。

遮：[宮]1998 裏翻身，[宮]1998 裏各隨，[宮]1998 一步便，[宮][甲]下同 1998 箇話，[宮][甲]下同 1998 劉寶學，[宮][甲]下同 1998 一絡索，[宮][甲]下同 1998 箇從甚，[宮][甲]下同 1998 箇能與，[宮][甲]下同 1998 箇田地，[宮][甲]下同 1998 幾句兒，[宮][甲]下同 1998 老居士，[宮][甲]下同 1998 裏如何，[宮][甲]下同 1998 裏只如，[宮][甲]下同 1998 一杓惡，[宮][甲]下同 1998 著忙底，[宮]1998 老漢在，[宮]1998 一箇也，[宮]1998 一字則，[宮]下同 1998 裏直得，[宮]下同 1998 僧問，[宮]下同 1998 裏，[宮]下同 1998 裏不可，[宮]下同 1998 裏是甚，[宮]下同 1998 閑家具。

者：[甲]2006 邊那邊，[甲]2006 邊行履，[甲]2006 裏敢言，[甲]2036 是。

浙

遊：[甲]2035 江東西。
折：[宋][宮]2059 東。
浙：[甲]2035 水，[明]2076 江北大，[明]2076 中清水，[明]2076 中謁錢。

淛

浙：[宮]670，[明]2076 師。

蔗

庶：[宮]659 魔磨陀。

着

看：[丙]2003 眼把定。

是：[三][宮]435 經卷者。

脱：[三]6 衣入水。

羞：[三][宮]1442 慚潛居。

者：[明]186 安得復，[三]192 是
説名。

置：[元][明]374 他方異。

珍

寶：[丙]2092 木連陰，[甲]1722
世界純，[甲]1918 寶以爲，[明]2122
具足庫，[三]156 輦輿車，[三]374，
[聖]278 校飾淨。

倍：[三]192 護兼常。

婢：[元]411 財頭目。

財：[三]68 寶豫著。

琛：[甲]2035 師清源。

稱：[乙]2092 心托空。

船：[宮]606 寶。

貴：[三][宮]2059。

金：[三]153 寶。

彌：[宮]332 連，[宮]2122，[甲]、
珍[甲]1742 那城住，[甲]894 木鉢落，
[甲]1782 寶之手，[三]2060 重常於，
[聖]278 玩具而，[聖]1428 寶多有，
[宋][元]2103 鹿苑理，[元][明][甲]
[乙]901 精好和。

琦：[三][宮]2122 瓔珞莊。

仁：[甲]2176。

殊：[宮]461 寶名曰。

殄：[三][宮]1674 無餘，[三][宮]
2103 軀既暫，[元]159 寶供養。

王：[甲][乙]2194 案大具，[甲]
[乙]2194 案爾雅。

現：[聖]225 寶智慧。

瑜：[甲]1921 奇雜寶。

玉：[甲]、王[乙]2194 案謂准，
[甲][乙]2194 案湊轂。

眞：[明]2122，[聖]26 寶瓔珞。

鎭：[三]1440 重故兼。

珠：[甲]1246，[甲]1736 寶倉庫，
[甲]2087 玉便於，[甲]2183 撰，[甲]
2196 寶施故，[三][宮][聖][另]1428
寶非不，[三][宮]636 寶所向，[三][宮]
2122 名寶無，[三]200 寶其婦，[三]
1097 寶而嚴，[另]1428 寶不著。

枯

枯：[明][宮]1458，[明]1451 令
坐，[三]、拈[宮]1545 筏羅闍，[聖]
[另]1459，[元]1442 方座，[元][明]、
拈[宮]1456 瀉藥，[元]1459 及草稕。

柏：[另]1442。

砧：[三][宮]397 而自欒。

振：[元][明]24 觸相揩。

貞

呈：[三][甲]989 反娑嚩，[三]
1056 反。

負：[三][宮]2060 松仍搗，[三]
[宮]2102 志執，[宋][明][宮]674 大我
積。

其：[甲]2068 固偏重。

實：[明]2040 實凡夫。

頁：[甲]2128 反木名。

盈：[三][甲]989 反引數。

員：[甲]2039 慈也每。

圓：[原]1760 實當第。

眞：[宮]2025 慈俯垂，[甲]2300 實，[甲]1728 良不飲，[甲]1736 今用，[甲]2012 實所以，[甲]2068 苦，[甲]2087 固求福，[甲]2167，[甲]2167 惠法師，[甲]2271 松房，[明]1450 謹人多，[明]1563 實種無，[明]2016 實法性，[明]212，[明]262 實舍利，[明]413 實果食，[明]721 謹不，[明]1545 實，[明]1562 實種無，[明]1579 實猶如，[明]1647 實上人，[明]2016 金混礫，[明]2016 實心即，[明]2076 是實師，[明]2103 正不犯，[三]310 實善權，[三]374 實在如，[三]2123 實善權，[三][宮][另]1428 實若是，[三][宮]581，[三][聖]211 正是爲，[三]2063，[聖]2157 法師莊，[宋][宮]1464 念婬婬，[宋][宮]2059 少善，[宋][聖]125 潔陰馬，[宋][元]76 潔不婬，[宋][元]125 潔不婬，[宋]125，[宋]2154 觀二十，[乙]2309 實螺，[元][明]1559 實無，[元][明]623 明不樂，[元][明]985 里，[元][明]1451 實具大，[元][明]1647 實唯羅。

槙：[三][宮]2102 材以求。

禎：[明]210 祥，[三][宮]2103 祥遇禍。

卓：[三][宮]2060 明自。

胗

緊：[博]262。

疹：[三][宮]2103 因爾成。

砧

破：[甲]1112 二度。

碪：[明][甲]1175，[三][宮]2109 槌不，[三][乙]1133 譎簪。

針

鉢：[宮]866 上次當，[甲]2135 蘇指，[三][宮]1462 大得作，[聖]1433 筒盛衣，[元]1451 鬶。

釘：[明]2076 去線不，[三][乙]1092 結界若。

對：[聖]190 於彼妹。

計：[甲]2261 竟不能，[明]1435，[三]1123 檀慧合，[宋][元]721 口虫濕。

鋪：[宮][乙]866 以諸白。

鐵：[宮]1425，[宮]1428。

吾：[聖]125 孔中是。

眞：[明]704。

鍼：[明]2016 鋒上立，[明]155 孔骨節，[明]213 貫芥子，[明]262，[明]704 傘蓋如，[明]2016 不見天，[明]2016 鋒之上，[明]2016 喉之體，[明]2016 迎之中，[三][聖]125 是時世，[三]125 復以融，[乙][丙]2092，[知]1441 世尊聽，[知]1441 鐵針。

錐：[三][聖]1425 刺火燒。

眞

安：[乙]1736 心故説。

奧：[甲]2266 理者。

長：[甲][乙]1705 壽時樂。

瞋：[甲]1912 掣爲奪，[三]1644 能修道，[乙]2393 金剛拳，[原]1248 心誦念。

晨：[乙]2381 旦國。

塵：[甲]1828 分別是。

稱：[甲]2075 如來無。

道：[三]196 一曰正，[三]1331 化，[元][明]1547 無能過。

得：[三][宮]481 之力隨。

德：[甲]1067 身，[宋][宮]2121 所過莫。

諦：[原]、[甲]1744 之解返。

奠：[明]1656 俗諦。

法：[三]2146 華經記。

佛：[原]1981 弟子願。

負：[甲]2039 三市。

貢：[聖]1763 正明。

好：[三][宮]1626 金洗除。

惠：[原]2263 擇力斷。

慧：[三][宮]2060 早厭身，[原]2196 是眞解。

箕：[三][宮][甲]2053 蘊素況。

集：[甲]952。

見：[三]375 是不平。

教：[甲]2195 理其體。

盡：[三][宮]445 如來上。

具：[宮][甲]1911 眞俗正，[宮]310 實佛子，[宮]1579 證，[宮]1579 子，[甲]2035，[甲]2290 如隨緣，[甲]1736 有如涅，[甲]1813 緣者有，[甲]1828 作法於，[甲]2039，[甲]2266 釋五法，[聖]1582 實智淨，[聖]1617，[聖]1763 此四德，[宋][元]1522 如法

故，[宋]302 珠摩尼，[宋]374 今當爲，[宋]1563 實作意，[乙]1821 實理故，[乙]2259 而影像，[元]2016 義，[元][明]2016 以引出，[元]1085 言七遍，[元]1598 見聖者，[原][甲]1851 分非無，[原]2196 釋莊云。

空：[宮]1509 空人先，[甲][乙]2219，[甲]2217 諦也何。

來：[另]1721 朱食。

六：[乙]2297 無漏也。

密：[甲][乙]、眞言密語[丙]1211 言曰，[乙]1069 言。

冥：[三][宮]2102 既迷而，[三][宮]2102 宗難曉，[三][宮]2103 風餐慧，[三][宮]2122 士以試，[聖][甲]1763 諦，[乙]2408 熏一，[原]、冥[甲]2006 符。

莫：[甲]2339 罪儞，[三][宮]2102 非華風。

男：[三][宮]221 地勸彼。

其：[宮]278 性得一，[宮]425 反向異，[宮]598 之道，[甲]2290 用以，[甲]1030 身我之，[甲]1709 顯，[甲]1717 實故能，[甲]1736 菩提故，[甲]1782 蓮諸蓮，[甲]1782 遠離，[甲]1816 明相現，[甲]1816 如合名，[甲]1816 身，[甲]2068，[甲]2192，[甲]2192 如理性，[甲]2274 實理，[甲]2299 淺深淺，[甲]2299 如體薰，[甲]2425 立故二，[明]156 因緣者，[明]2110 避座，[明]2121 人惡意，[三][宮]271 器故文，[三][宮]1509 味無比，[三]193 正若有，[三]201 諦，[三]2122 實不虛，

[三]2145 懷簡到，[聖]210 有要，[聖]310 實故如，[聖]481 諦慧緣，[聖]1859 居山在，[石]1668 理，[宋][元][宮]376 解脫者，[乙]2396 六大，[乙]1822 後，[乙]2259 文云又，[乙]2261 智見二，[元]2016 實義而，[原]1776 能益法。

豈：[甲]1839 不至有。

且：[三]205 得報。

秦：[原]2362 鏡在彭。

親：[甲]2290 契法，[三][宮]1451 正。

人：[宮]2122 金色照。

如：[甲][乙]1736 體，[甲]2261 如圓成，[甲]2263 後得了。

炅：[甲]2266，[甲]2266 火而非。

炅：[乙]2408 密者。

伸：[甲]2084 供。

身：[宮]618 實，[甲]、身[原]1722 方便故，[甲]1174 言，[甲]1731 法身猶，[甲]1736 法身猶，[乙]2186 子既爲，[原]1744 如法身。

甚：[甲]2167 述。

慎：[三][宮]2122 建安中，[三][宮]2122 晋。

聖：[三]2103 具有經。

實：[甲]1789，[甲]1733 無我不，[甲]1881 空常存，[甲]2366 故作四，[三][宮]672 際，[三][宮]468 語雖説，[三][宮]1571 覺時所，[三][宮]1646 苦中生，[三]1341 言説所，[乙]1830 阿羅漢。

是：[宮]425 正衆生，[三][宮]

397，[聖]375 我弟子。

順：[三][宮]398 跡最勝。

無：[乙]1736 實假設。

五：[甲]2337 義門故。

賢：[三]2123。

心：[甲]2218 佛顯現，[甲][乙]2219 性者，[甲]1863 勝彼岸，[甲]1969 具故，[甲]2339 如中性。

行：[明]261 施也起。

性：[甲]1735 不順性。

興：[甲][乙]2219 也或得。

胷：[聖][知]1579 子決。

宣：[甲][乙]1929，[三][宮]2122。

義：[甲]2262 理時非。

由：[元][明]1598 內所作。

有：[甲]1710 觀唯非，[甲]2296 性如是，[甲]2339 化差別，[三][宮]2060 契威容，[原]2199 寓。

與：[丁]2244 諸佛皆。

員：[甲]2130 王譯曰。

圓：[聖]1851 果故名。

則：[三][宮]2122。

責：[甲]2274 也應。

栴：[三][宮][聖][另]310 檀聚，[三][宮][聖][另]310 檀末以，[元][明]310 檀末香。

旃：[三][宮]397 陀羅家。

者：[甲]2305 即是眞，[明]1516 如中有，[乙]2261 無明也。

珍：[明]1000 珠瑟瑟，[明]1459 珠等珊，[明]1462 寶作堂，[明]2131 珠無量，[乙]2092 珠爲羅。

貞：[甲]、眞[甲]1782 實邊際，

[明][宮]2040 觀道樹，[明]152，[明]
2053 境其銘，[明]2060 素同侶，[明]
2103 之重禁，[三]
[宮]1610 實先來，[三][宮][聖][另]、
眞祇[三][宮]410 四十六，[三][宮]270
實，[三][宮]1559 實骨身，[三][宮]
1579 實故迷，[三][宮]2034 定王，[三]
[宮]2122 實善權，[三][甲]2125 疎則
龍，[三]2060，[聖]1595 實義在，[聖]
1788 實名心，[聖]2157 諦出者，[聖]
2157 那唐云，[宋][元]2061 實離散，
[宋][元][宮][聖]1579 實唯，[宋][元]
[宮]1579 實非於，[宋]2034 徼外夜，
[乙]2390 曉十禪，[乙]2390 延大德，
[元][明][聖][另]410 祇，[原]2126 紹
先募，[原]2250 實種已。

甄：[聖][另]342 陀羅摩。

縝：[三]2102 著神滅。

震：[乙]2381 旦日本。

正：[原]2897 右乀爲。

直：[宮]847 善知識，[宮]1562，
[宮]810 諦者實，[宮]1521 正心詼，
[宮]1648 持，[宮]2121 諦非不，[宮]
2122，[甲]1999 書大篆，[甲][丙]2231
顯能化，[甲][乙]2185 高出亦，[甲]
[乙]2250 進菩薩，[甲][乙]2261 生解
證，[甲]1709 實故無，[甲]1719 諦譯
也，[甲]1778 心，[甲]1828 是六七，
[甲]1960 心直行，[甲]1999 耶是僞，
[甲]2001 饒大慈，[甲]2128 義能令，
[甲]2196，[甲]2196 歟二釋，[甲]2196
爲説不，[甲]2204 應説此，[甲]2239
釋義後，[甲]2266，[甲]2266 取種，

[甲]2266 往人修，[甲]2266 相例云，
[甲]2299 結盡而，[甲]2299 就巧成，
[甲]2313，[甲]2391，[甲]2434 道爲
正，[甲]2434 見於中，[甲]2837 須任
運，[別]397 正道行，[明]2076 對境
不，[明][甲]1177 空無一，[明]2076
心眞實，[三]、道[聖]120 故，[三][宮]
1435 利他樹，[三][宮][聖]1451 言實
語，[三][宮][聖]1509 行深菩，[三][宮]
221 禪三昧，[三][宮]301 之道不，[三]
[宮]374，[三][宮]403 路，[三][宮]411
希求，[三][宮]434 卷自舉，[三][宮]
616 爲是人，[三][宮]624 知之一，[三]
[宮]656 行，[三][宮]657 見，[三][宮]
1435 有十無，[三][宮]1478 今世滅，
[三][宮]1503 超生死，[三][宮]1521 聖
道亦，[三][宮]1641 無流心，[三][宮]
2042，[三][宮]2060 前將軍，[三][宮]
2102 無爲，[三][宮]2103 已過，[三]
[宮]2105 是仁者，[三][宮]2122 是髡，
[三][宮]2122 言七所，[三]1 趣如來，
[三]100 實行事，[三]105 智説皆，[三]
156 説或時，[三]192 心不亂，[三]198
行寧，[三]375 實無曲，[三]2122 實
爲，[三]2154 經，[聖]1 正義味，[聖]
425 住正安，[聖]1763 言取悟，[另]
765 斷無明，[石][高]1668 是異熟，
[宋]、其[宋][明]99 乘樂住，[宋][宮]
2108 不自疑，[宋][宮]2122 是我伴，
[宋][元]1604，[宋][元]201 是無上，
[宋]1173 身菩薩，[宋]2122 實金剛，
[宋]2125 迹未覩，[乙]1832 云菩薩，
[乙][丙]2777 明出家，[乙]2296 明空

有，[元][明][宮]285 安住所，[元][明][宮]2059 有高行，[元]895 不，[原]2416 路不歷，[原][甲]1851 說語言，[原]2001 到劫空，[原]2001 得祖家，[原]2196 以三密，[原]2339。

智：[丁]1831 觀相似。

置：[甲]2400 金剛拳。

中：[原]1975 諦性。

種：[三][宮]1597 種所見。

呪：[原]1249 言亦名。

諸：[乙]2812 佛教十。

字：[乙]1796 言曰藥。

尊：[三]26 子，[聖]425 等正覺，[乙]2385 之像先。

者：[乙]2263 如之。

酙

勘：[元][明]403 酌。

偵

俱：[甲]1839。

斟

計：[三][宮]282 量者所。

勘：[宮]671 量因。

堪：[宮]671 量相應。

料：[三][宮]2053。

酙：[三]205 羹客作。

槙

損：[丙]、槙[丙]2120 像諸功。

禎：[甲]1736 無非吉。

捐：[三][宮][聖][另]1458 布衣於。

甄

緊：[三][宮]1509，[聖]224 陀羅阿。

覲：[三]2063 法崇聞。

飄：[宮]2103 藻罔遺，[三]2110 度四海。

眞：[明]378 陀羅王，[聖]224 陀。

禎

禛：[三][宮]2045 質。

貞：[明]2122 然則天，[三][宮][甲]2053 申，[三]2060 明元年。

槙：[元]2041 瑞氎氌。

禎：[元]2122。

徵：[甲]1736 祥以表。

榛

棒：[聖]1537 藤渴。

樹：[宋]375 木風。

搽：[三][宮]1462 得突吉。

臻：[宋][元]1007 子餅又。

槇

槙：[甲]2176 子苗一。

碪

鉆：[三][宮]2122 以甲置。

砧：[三][宮]646 繫之令，[宋][元]、佔[明]643 即作願。

箴

藏：[宮]2060 規庸，[宋]2063 其闕焉。

簽：[三]984。

鍼：[明]2103 艾而，[元][明]2059 艾而。

潧

僧：[三]2103 曇暢入。

增：[宮][甲]1805 也次科。

鍼

緘：[原]2271 口亂立。

鐵：[三][宮]721。

針：[甲]下同1792 咽鬼謂，[三][宮]638 墮深大，[原]1819 爾時如。

鍼：[宋][元]、鐵[明][宮]1521 嘴虫不。

枕

忱：[另]1435 波逸提。

頂：[三][宮]613 骨入爾。

杭：[宮]607 聚土中，[醍]26 加陵伽。

笂：[三][宮]1466 他作得。

虎：[三]2125 清潤於。

机：[甲]1828，[三][宮]1428 上或在，[三][宮]1428 上若，[三]422 燈明等，[三]1457 香土用，[宋][元][宮]、几[明]1521 金薄。

抗：[三][宮]292 之首常，[三][宮]2103 飛峯峭，[宋]、炕[明]1579 及方座，[元][明]220 策上乘，[元]190 稱意無。

褥：[三]2122 猶滯乃。

抌：[甲]2128 亦作耽。

漱：[元][明]322 石。

脫：[宮]613 右肘右。

析：[甲]1706 體於別。

挨：[宮]1470 手。

增：[明]2053 惶懼。

旃：[三][宮]507 伏臨汝。

畛

畛：[宋][元][宮]2122 有一。

疹

病：[三][甲][乙][丙]1056 無有苦，[三]956 不祥亦。

疾：[甲]2053 增動幾，[甲]2087 飯已方，[三]125 病致此，[三][宮]2060 再加卒，[三][宮][甲]2053 瘵仍，[三][宮]374 病集身，[三][宮]1509 二者外，[三][宮]2060 瘵亟爲，[三][宮]2103 患坑殘，[三]100 態是亦，[三]374 病宿食，[聖]222 病憂惱，[聖]1451 大德比，[元][明]5 病，[元][明]125 病梵志，[元][明]1451 大王訶。

疥：[甲][乙]2393 無信婬。

痊：[元]201 疾今此。

軫：[宋][宮][石]、畛[元][明]1509 起者則。

軫

輕：[明]1299 井亢女。

診：[明]2076 救師即，[元][明]2016 候更待。

積

慎：[丁]2092 聞里內。

縝

縝：[宮]2102 答神滅。

鬒：[三]682 髮。

鬒

鬚：[明]488 而紺青。

鬚：[三]1025。

顡

點：[甲]853 猶劫火。

抯

拒：[甲]1836 賢善不。

陣

陳：[甲]1110 鬥，[甲]1238 印勝入，[甲]2129 那是也，[明]1545 那苾芻，[明]1545 那，[明]1545 那相續，[聖][甲]1721 領悟，[聖]790 者不足，[聖]1509 相對時，[聖]1509 中終不，[聖]2157 相望鉦，[另]1451 淹滯多，[知]1785 汝勸王。

障：[丙]1184 時當以，[甲]1201，[聖]1458。

中：[明]1423 合戰波。

振

把：[甲][乙]2387 鈴答法。

根：[乙]2391 誦前轉。

荷：[甲]2087 錫而往。

進：[甲]2879 旦國中。

警：[三][宮]2103。

救：[三]2060 退而流。

拒：[甲]2270 輪愚情。

掘：[甲]1833 碎逬在。

槪：[宮]2122 却又善，[乙]2408 引糸。

滿：[元][明][宮]2059 天下清。

摀：[甲]2400 如鈴記，[三][宮]2122 將絕之，[乙]2227 也。

捨：[甲]2196 熾流示。

攝：[宮]1452 令墮自。

身：[三]1 若生男。

授：[元][明]2060 爲隋國。

網：[宮]2102 明達四。

摰：[三][宮]2060 玉義室。

搖：[甲][乙]2387 鈴外供。

賑：[元][明]345 于生死。

震：[宮]618 掉，[宮]2040 俗應體，[宮]2078 華夏，[宮]2103 響寺沙，[甲][乙]2427 旦人師，[甲][乙]867 動電掣，[甲]1705 吼等爲，[甲]2879 旦不識，[明]220 動大地，[明]310 動俱胝，[明]1217 動起立，[明][宮][聖][石]1509 動東，[明][甲]1215 動，[明][聖]1509 動者，[明]99 耀，[明]190 十方四，[明]220 旦實亦，[明]220 動，[明]220 動爾時，[明]220 動復現，[明]309 動動魔，[明]310，[明]316 動，[明]383 旦界，[明]1005 極振，[明]1450 動所，[明]1450 動天地，[明]1509 地聾者，[明]1538 動答龍，[明]1538 舉答謂，[明]1552 旦地，[明]1582 動，[明]2016 旦亦有，[明]2060 旦者，[明]2076 動大海，[明]2076 法雷擊，[明]2088 旦返師，[明]2088 旦國五，[明]2103 旦之所，[明]2122 旦不同，[明]2122 旦

開濟，[明]2122 旦僧尼，[明]2122 動此塔，[明]2122 裂響發，[明]2122 三千音,[明]2131 十方呪,[明]下同 1070 動其，[三]、遍[宮]657 十方，[三][流]360 動舉聲，[三]152 國與妻，[三]166 動於虛，[三]191 動次，[三]220 動大地，[三]264 動於一，[三]1126 已即次,[三]2088 地投山,[三][宮]310 動，[三][宮]397 動無一，[三][宮]720 動譬如，[三][宮]1562 動非無，[三][宮]2060 錫祖南，[三][宮]2121 莫不摧，[三][宮]2122 擊煙張，[三][宮][聖]310 動有自，[三][宮][聖]586 動佛即，[三][宮]267 動諸，[三][宮]272 動，[三][宮]288 動諸土,[三][宮]299 三千界，[三][宮]310 動時彼，[三][宮]310 動時文，[三][宮]321 動大地，[三][宮]402 動彼魔，[三][宮]402 擊驚動，[三][宮]472 動於虛，[三][宮]477 動是三，[三][宮]618 掉或，[三][宮]649 動大，[三][宮]649 動大光，[三][宮]651 動於彼，[三][宮]699 祥飇之，[三][宮]704 動爾時，[三][宮]749 動號吼，[三][宮]1442 動時諸，[三][宮]1507 遝邐能，[三][宮]1509 動，[三][宮]1509 動東，[三][宮]1579 動眾星，[三][宮]2040 動人民，[三][宮]2040 金鼓一，[三][宮]2040 迅清暢，[三][宮]2041 吼勑諸，[三][宮]2053，[三][宮]2053 彼，[三][宮]2053 葱山之，[三][宮]2053 於三千，[三][宮]2053 玉鼓紹，[三][宮]2059 山谷，[三][宮]2059 天下遠，[三][宮]2059 幽谷莫，[三][宮]2060，[三]

[宮]2060 彼雄圖，[三][宮]2060 動備盡，[三][宮]2060 擊，[三][宮]2060 裂群雄，[三][宮]2060 隣國斯，[三][宮]2060 沒遂齎，[三][宮]2060 如雷時，[三][宮]2060 上古昔，[三][宮]2060 行高物，[三][宮]2060 一，[三][宮]2060 于邦國，[三][宮]2060 遠近雲，[三][宮]2060 自靈骨，[三][宮]2102 金聲於，[三][宮]2102 體，[三][宮]2103，[三][宮]2103 塵飛丘，[三][宮]2103 且教化，[三][宮]2103 道綱於，[三][宮]2103 動波旬，[三][宮]2103 高臥六，[三][宮]2103 虐而坑，[三][宮]2103 錫糊口，[三][宮]2103 行高物，[三][宮]2103 音眾香，[三][宮]2103 於閻浮，[三][宮]2121，[三][宮]2121 怖共議，[三][宮]2121 旦國人，[三][宮]2121 掉不，[三][宮]2121 動迦葉，[三][宮]2121 動時重，[三][宮]2121 動一切，[三][宮]2121 動至于，[三][宮]2121 動諸天，[三][宮]2121 吼犇騰，[三][宮]2121 金鼓一，[三][宮]2121 鈴遍告，[三][宮]2121 聳出到，[三][宮]2122 動有五，[三][宮]2123 掉行止，[三][宮]2123 金反折，[三][宮]2123 黎元仙，[三][宮]下同 669，[三][宮]下同 1579 動二者，[三][宮]下同 2102 道，[三][宮]下同 2103 一，[三][宮]下同 2121 動太子，[三][聖]397 動，[三]1 動尚，[三]1 動是為，[三]125，[三]152 瓦崩王，[三]172 動，[三]187 動三千，[三]188，[三]191 大法，[三]191 動放大，[三]191 動樹影，[三]194，[三]202 動

次復，[三]205，[三]264 動爾時，[三]
397 動時諸，[三]397 動一切，[三]643，
[三]945 動微塵，[三]1191 動百千，
[三]1191 動大自，[三]1191 動天宮，
[三]1284 動作幢，[三]1336 三千極，
[三]1340 出聲一，[三]1408 吼王如，
[三]1413 動驚怖，[三]2063 山谷即，
[三]2063 實惟，[三]2088 地動即，
[三]2088 人仆城，[三]2103 區宇之，
[三]2103 斯，[三]2110 九圍澤，[三]
2110 天下之，[三]2110 於萬宇，[三]
2125 五天德，[三]2125 足，[三]2145，
[三]2145 慧，[三]2145 龍威於，[三]
2145 於雷吼，[三]2154 上古昔，[三]
下同 2103 玄音於，[聖]1421 佛知其，
[宋][宮]2121 尾出聲，[宋][元][宮]890
金剛鈴，[宋][元][宮]890 鈴而開，[宋]
[元][宮]2053 即悟群，[宋][元][宮]
2103，[宋][元][宮]2103 釋網之，[宋]
[元]2063 佛法甚，[宋]375 尾出聲，
[宋]2145 錫，[乙]1909 響之聲，[元]
[明]1187 於三界，[元][明][丙]1132 動
十方，[元][明][宮]614 一切，[元][明]
[聖]1509，[元][明][乙]953 動一切，
[三][明]188 動乃下，[元][明]882，[元]
[明]1187 動。

拯：[三][宮]2102 拔。

直：[三][宮]2059 丹之。

朕

脫：[三][宮]2102。

昭：[聖]2157 歡喜無。

朕：[三]2145 則毫末。

治：[甲]2119 素無才。

朕

朕：[元]2016 迹分別。

賑

供：[元][宮]374 給宗親。

振：[三][宮][聖][另]281 救天下，
[三][聖]1579 恤者或，[聖]361 給不
畏，[聖]410 給於一，[聖]411 恤於自，
[另]790 救貧窮，[宋]360 給耽酒。

拯：[三]156 濟一切，[三]202 給
唯願，[三]202 救貧乏。

震

電：[三][聖]613 雨內外。

辰：[三][宮]294 那舍利。

宸：[甲]2426 見機逆。

晨：[甲]、原本乙本傍註曰義翼
2263 旦人師，[甲]2263 旦人。

抽：[三][宮]383 慟不能。

電：[三]192 群象亂。

動：[甲][乙]2879 六種聲，[甲]
2006 雲雷禹。

奮：[宮]276 梵音轉。

覆：[聖]279 龍王難。

雷：[三][宮]1451 聲我報，[三]
1336 音師子，[三]2110，[三]2145 霆
破山。

靈：[原]2099 跡化相。

霄：[明]1537 雷麁細。

讚：[甲]1782 動空聲。

振：[宮]279 動無量，[宮]1912 旦

有二，[宮]2078 夜星皆，[宮][聖]279 動一切，[宮][聖]278 十方諸，[宮][聖]278 音聲調，[宮]278 動除滅，[宮]278 動一切，[宮]279 動無數，[宮]279 動諸世，[宮]279 響使我，[甲][丙]973 動十方，[甲][乙]2286 旦國名，[甲]2008 乃有臨，[明][乙]994 擊覺悟，[明]2076 動乾坤，[三]155 四遠四，[三][敦]367 大妙音，[三][宮]397 動諸天，[三][宮]2122 動諸佛，[三][宮][聖]1539 雷掣電，[三][宮][聖]379 動天地，[三][宮][聖]481 揚無極，[三][宮]288 而普遍，[三][宮]425 光明積，[三][宮]479 鳴聲，[三][宮]630 諸天散，[三][宮]674 肅法樂，[三][宮]1660 師子吼，[三][宮]2104，[三][甲]1097 動或現，[三][聖]291 無量慧，[三][乙]1092 聲相甚，[三]26 動，[三]26 復震，[三]187 動遍十，[三]187 動諸天，[三]187 吼聲，[三]196 動見者，[三]201 蕩諸天，[三]262 裂而於，[三]2110 旦國土，[聖]278 動所謂，[聖]278 動一切，[聖]279 動，[聖]279 動一切，[聖]310 動無邊，[聖]125 動，[聖]125 動是時，[聖]223 一切二，[聖]224 越衣被，[聖]279 動，[聖]279 動百世，[聖]279 動一切，[聖]310 動諸山，[宋][宮][久]397，[宋][宮][聖]397 旦等國，[宋][宮]1451 大雷音，[宋][元]202 動諸，[宋][元]264 動爾，[宋][元][宮]233 動爾，[宋][元][宮]397 動一切，[宋][元][宮]674 動，[宋][元][宮]1421 動，[宋][元][宮]1425 動三千，[宋][元][宮]1442 驚往，[宋][元][宮]1509 動海水，[宋][元][宮]1521 如大海，[宋][元][宮]2122 旦國付，[宋][元][宮]2122 旦在白，[宋][元]187 動大地，[宋][元]187 動諸天，[宋][元]187 聲遇斯，[宋][元]200 動次，[宋][元]1058 動天雨，[宋][元]1509，[宋][元]2060 旦，[乙]1069 動念誦，[乙]1214 動恐怖，[元][明][宮]674 動搖蕩，[元][明]294 尾哮吼。

鵃

酖：[三][宮]2122 之頻傾，[三]152 毒以救。

沈：[宮]332 毒藥以。

鎭

填：[宮]2034 悉立道，[甲]2035 鎮錢唐。

鎮

瞋：[宋]387 頭迦果。

鍱：[甲]2128 爲鍱鍱。

叩：[三][宮]2122。

慎：[甲][乙]2207 諸此。

守：[三][宮]1435。

瑱：[宋][宮]、瑣[聖]310 骨。

鎮：[甲]2001 六宮規。

談：[甲]2348。

填：[聖]125。

樂：[甲]1203 普同設。

震：[甲]、振[乙][丙]2092 戎竪二。

黽

黯：[宮]1647 若入毛。

黙：[三]387 不現大。

争

靜：[三][宮]737 放火國。

色：[聖]1443 擊鵶棄。

事：[甲]2366 牽但令。

諍：[三][宮]721 出勝光，[三][宮]2103 之德上。

征

從：[宮]2122 大將亦。

攻：[三][宮]、政[知]384。

化：[三]192。

燃：[宋]、然[明][宮]2122 隨機變。

往：[丁]1958 遠，[明]2102 席卷六。

鎮：[明]565 公卿君。

鉦：[甲]2036 鎮將軍。

正：[甲]2879 一人下，[三][宮]606，[三][宮]2103 以定亂，[三]2110 授律。

諍：[三]2123 訟憂解。

證：[甲]2266 欲界發。

作：[聖]200。

爭

等：[甲]2266 不過此。

多：[甲][乙]1822 共食噉。

急：[宮]2121 以稍相。

盡：[甲]1969 頭成隊。

淨：[元][明]1559 能燒所。

舉：[甲]2217 成衆生。

那：[甲]2006 得寅昏。

年：[甲]1287。

事：[甲][乙]1736 也是，[甲]2035 周厲王。

諍：[宮]671 噉死屍，[甲][乙]2263 不斷，[甲][乙]2263 非云通，[甲][乙]2263 感五識，[甲][乙]2263 若依南，[甲]2035 言訟兩，[甲]2271 述立破，[甲]2879 力爾時，[明]191 王怒不，[明]221 者菩薩，[三][宮]402 惱害如，[三][宮]744 門競出，[三][宮]2123 捨十二，[三][宮]377 舍利樓，[三][宮]403 莫如自，[三][宮]606 所惠廣，[三][宮]1451 論好惡，[三][宮]1559 釋曰諸，[三][宮]1647 五十八，[三][宮]2041 以髭與，[三][宮]2059 懇切乃，[三][宮]2060 趨奔于，[三][宮]2104 不貴難，[三][宮]2121 無寧兆，[三][宮]2122 惡名遠，[三]20 當殺，[三]20 使百惡，[三]125 去惡，[三]192，[三]210 自安，[三]212 亦莫嗜，[三]264 之聲甚，[三]2122 決最後，[三]2153 訟經一，[聖]125 勝，[聖]125 時大天，[聖]190 鬥而於，[聖]211 是爲最，[聖]221 不墮二，[聖]221 意如故，[乙]2207 章曰昔，[元][明]下同 221 魔時念。

怔

征：[三][宮]2122 省過但，[宋]361 怔愁苦。

荞

荞：[三][甲]951，[三]2103 之恩
死。

烝

承：[宮]694 穢二者，[三][宮]
1462 句者次，[三][宮]1579 義筆受。
脯：[三][宮]729 煮斫刺。
烝：[三][宮]613 熱不能，[三][宮]
1451 煮之時，[三][宮]1462 是故水，
[三]201 熱此諸，[宋][明][宮]374 擣
壓然，[宋][元][宮]2122 民，[元][明]
[宮]374 毒熱但。
拯：[宋]、烝[明][宮]354。

挣

抽：[甲][乙]867 擲金剛。

揁

揁：[聖]1456 絣線正。

筝

爭：[甲]2129 下徒歷。

蒸

並：[甲]1828 不言綠。
丞：[宮]263 庶欣載。
刀：[甲]2039 移天夐。
甌：[丁]、丞[丙]2089 宅搜得。
黎：[三]291 庶。
荞：[宋]烝[元][明][宮]、承[聖]
627 黎。
烝：[甲]2207 多，[明]945 故有
水，[三][宮]263，[三][宮]263 庶無

所，[三][宮]1428，[宋][宮]381 民後
悉，[元][明]627 民各齋，[元][明]658
之熱皆，[元]2016 氣如水。

鉦

鐙：[甲]2129 是古今。

箏

琴：[三][宮]、竿[聖]397 瑟箜篌。

徵

徹：[甲]1782 空壁彩，[甲]2193
分也言，[甲]2193 問之辭，[原]1744
信無昧。
懲：[三][宮]2122 也，[三]374 治。
段：[甲]1736 問。
候：[三][宮]2122。
徼：[明]2131 長安翻，[三][宮]
2103 蘊器有，[三]2153 於建初。
明：[甲]2775 發之言。
神：[三][宮]2122。
微：[敦]1957 佛莫問，[宮]890 知
以反，[宮]2043 柯絺徵，[宮]2059 不
能忘，[宮]2060 屢感故，[宮]2103 竺
法開，[甲]、囉吷徵[原]1112 引底喻，
[甲]、徵執[乙]1816 義可知，[甲]1805
薄不可，[甲]1821，[甲]1830 云能動，
[甲][乙]1822 難論，[甲][乙]2194 羽
雜者，[甲]1139 張履反，[甲]1701 二
都躡，[甲]1802 瑞為，[甲]1816 釋問
中，[甲]1816 云何故，[甲]1816 障時
不，[甲]1816 證覺非，[甲]1830 可有
擬，[甲]1830 滅，[甲]1830 釋出生，
[甲]2082 署也璞，[甲]2167 義一卷，

[甲]2261，[甲]2261 當何會，[甲]2266 遂文具，[甲]2266 至故今，[甲]2290 釋二，[明]2102 引老氏，[三][宮]1563 善，[三][宮]2060 並相，[三][宮]2060 遂居小，[三][宮]2060 玄觀斯，[三][宮]2060 欲傳燈，[三][宮]2060 祖習有，[三][宮]2103，[三][宮]2103 事義，[三][宮]2103 之毒，[三][宮]2104 滿月圓，[三]159 復速於，[三]2063，[三]2103 其近令，[三]2110 探鬼神，[三]2145，[三]2145 號龍上，[聖]1562，[聖]1763 也寶亮，[聖]2157 古窮索，[另]1442 斥思惟，[宋][宮]2034 元三，[宋][宮]2043 柯其當，[宋][元]、徽[明][宮]2060 發詞致，[宋][元][宮]2053 慶繁縟，[宋]2041 之此土，[宋]2145 然穨綱，[宋]2145 兆皆此，[乙]1201 迦，[乙]1822 也若預，[乙]2173 一，[元][明][宮]2060 別館，[元][明]2060 意隨境，[元][明]2087，[元][明]2102，[元]1579 難起第，[原]1696 發既，[原]2196 筌四王。

應：[甲]1735 前中此。

正：[甲]1795 釋。

證：[甲]1735 合在頌。

胝：[宋]1057 摩訶曼。

拯

承：[宮]1470 護眾生。

亟：[三]、極[宮]2060 及振名。

極：[宮]374 及無量，[宮]674 己及他，[宮]2059 眾，[宮]2102 雨淚，[宮]2103，[宮]2122 率土之，[甲]1792

其塗炭，[甲]1728 濟，[甲]2125 物，[三]2149 明化論，[三][宮]1577 貧窮者，[三][宮]2034 黎元重，[三][宮]2060 以慈救，[三][宮]2102 厥沈泥，[三]26 念親友，[三]201 故布散，[三]984，[聖]2157 護生靈，[另]1442 濟貧乏，[乙]2173 兆民豎，[元]2145 濟雖各，[原]、極[甲][乙]1796 眾生界。

殣：[三]、掩[宮]2103 撲勿使。

救：[三][宮]384 濟苦惱，[三][宮]2121 我身命。

様：[乙]2087 濟含。

援：[三]2145 溺去蓋。

振：[宋][宮]、賑[元][明]414 救一切，[宋][宮]310 濟貧乏。

賑：[三]204 濟一切，[三][宮]1459 濟由悲，[三][宮]2040 濟貧乏，[三][宮]2058 恤貧乏，[三][宮]2121 濟群生，[三][宮]2121 濟塗，[宋][明][宮]1451 以衣食。

撜

橙：[三][宮]2122 或言佛。

隥：[明]2154 經亦云。

整

勑：[甲]2068 惟經臺，[聖]189 治園觀。

愁：[元]、慭[宮]2060 唯增不。

履：[明]1056 反引。

密：[元][明]664 猶如珂。

憖：[聖]26 降伏。

正：[宮]221 衣服先，[三]、政[宮]

743 服稽首，[三][宮]、政[聖]419 衣服
右，[三][宮]、政[知]384 衣服偏，[三]
[宮]323 衣服，[三][宮]435 衣服長，
[三][宮]477 衣服長，[三][宮]632 衣
服以，[三][宮]636 服前白，[三][宮]
669 無有斜，[三][宮]769 衣服又，
[三][宮]1492 衣服又，[三]125 由兩
舌，[三]152 服稽首，[三]174 衣服
長，[三]201 行如大，[三]202 衣服
長，[宋][宮]、政[聖]626 衣服持，[宋]
[宮][聖]224 衣服爲，[宋][明][宮]223
衣服合，[宋][元][宮]461 衣服從，
[宋]99 衣服偏，[乙]1796 有聖教，
[元][明]125，[元][明]125 之所致。

政：[聖][知]1441 威儀，[聖]99，
[聖]222 衣，[元][明]2053 執筆姚。

正

報：[甲]1705 也六。

彼：[三][宮]403 定而立。

必：[甲]1512 可是佛。

遍：[三]1664。

不：[甲]2006 是汝如，[甲]2261
常名莊，[三][宮][聖]1539 現在前。

禪：[三][宮]374。

臣：[元][明]1605 事王令。

成：[甲]1736。

充：[宮]272 足心性。

出：[乙]2215 法。

垂：[三][宮]585 分別説。

此：[三][宮]1572 道，[乙]2397
文。

次：[聖]1579 除遣非。

道：[甲][乙]2087，[甲]2053 理一
遍。

地：[甲][乙]2263 位若遇。

登：[甲]1912 同初住。

等：[三][宮]309 不以，[三][聖]
125 見法與，[三][聖]125 見相，[三]
[聖]125 見與，[三][聖]125 見造，[三]
125 見無有，[宋]99 路非愚。

定：[甲]951 業福命，[三][宮]
343，[三]196 水滿其。

妬：[三][宮][聖]1579 願若諸。

惡：[聖]663 法姦詐。

而：[甲]2214 説此阿，[明]1579
現在前，[三][宮]380 作歸趣，[原]、
[甲]1744 爲大聖。

二：[三][宮]2034 月改光。

法：[聖]272 法難聞。

方：[甲]2311。

風：[宮]2109 開正覺。

弗：[三][宮]224 使天中。

佛：[甲]2266 法從本，[三][宮]
1646 法論，[三][宮]2121 法中出。

改：[甲]952 當樹下，[三][宮]812
令平正，[三][宮]2102 節干。

更：[三]684 使便利。

工：[甲]2128 體從雨。

攻：[聖]1462 斫。

故：[三]、政[宮]313 令歡喜，[乙]
2092 以糠秕。

果：[乙]2391 正報圓。

何：[宋][元]、聖[明]1548 身進。

互：[原]1778 通意耳。

即：[原]1842 違此量。

假：[三][宮][聖]425 使十方。

將：[甲]1708 答此。

今：[甲]2192 依眞言。

近：[三][宮]1421 作徒用。

經：[三][宮]544 法，[原]2266 量。

精：[三][聖]1579 勤方便。

淨：[三][宮][聖]278 法不可，[三][宮]1606 行所緣，[三]99 信心及。

敬：[三][宮]403 安所以。

靜：[三]99 思惟所。

立：[甲]2128 言招稚。

兩：[甲]2218 覺圓滿，[甲]2218 正覺圓。

卯：[三][宮]2102 刑二叔。

明：[甲]1736 是前文。

難：[三][宮]397 邪嶮徑。

能：[甲]1821 解名解。

匹：[三]190 時我聞。

平：[甲]2035 呉會利，[明]220 等菩提，[三][宮][聖]334 等度意，[乙]2393 正猶如。

其：[宮]397 法眼得。

起：[三][宮]1548 受。

且：[乙]1821 明本。

肉：[三][宮]2109 而撤饔，[宋][宮]2103 而。

如：[宮]1546 能到正。

三：[宮]2041 誕七仙，[甲]1784 詮如來，[甲]1965 種者一，[三][宮]2034 月翻，[宋][元]1542 滅，[元]2016 覺根本，[元]99 威儀。

喪：[宮]2104 自非入。

山：[三][宮]425 得佛是。

善：[元][明][宮]374 學大乘。

上：[宮]1545 捨正念，[甲]1718 受命佛，[甲]1781 路令捨，[甲]2339 舉，[甲]2792 法二善，[明]、止[甲]997 智入寂，[三]193 流泣，[三]2059 時有天，[乙]2393 與身分，[元]1604 法及正。

尚：[原]2248 尊者傳。

生：[甲][乙]2393 猶，[甲][乙]2219 報異依，[甲]1816 起時謂，[甲]1821，[甲]1851 因餘二，[甲]2266，[甲]2266 分別謂，[甲]2290 斷勤斷，[明]269 意第七，[三][宮]581 道，[聖][甲]1763 因，[乙]2249 業者唯，[乙]1866 覺轉正，[元][明]421 思惟攝，[原]1851 因譬如，[原]2299 觀作。

聖：[甲][乙][丙]2249 教理故，[甲][乙]2254 道支文，[甲]2255 道諸如，[甲]2266 道八趣，[明]1538 道者能，[明]2060 教非智，[三][宮][聖][另]1552 行，[三][聖]375 諦設頭，[三]152 眞之大，[乙]1822 道，[乙]2263，[乙]2263 道爲體。

失：[三]201 有何因。

實：[三][宮]398 此不可，[三][宮]1581 方便具。

士：[甲]1782 是爲菩，[甲]2035 劉若謙。

示：[甲]1736 云然則。

是：[甲]1736，[明]1441 法，[明]1581 思法相。

四：[甲][乙]2259 月五日，[明]120 法欲滅，[宋][元]1581 無上如。

所：[甲][乙][丙]2249 引正，[甲]2266 被，[三][宮]1545 斷他命，[三][宮]425 以仁和。

天：[甲]1851 路教修。

同：[宮]657 等高。

土：[聖]292 覺眼悉。

亡：[甲]2881 者，[三][宮][聖]425 行正士，[三]322 信。

王：[宮]721 法而不，[宮]2034 試目連，[宮]848 住三昧，[宮]1548，[宮]2102 朝矣凡，[宮]2121 真弟子，[宮]2122 教，[甲]2036 大觀知，[甲][乙]1709，[甲]1736，[甲]1736 之味善，[甲]2006 宮初降，[甲]2037 伯當，[明]220 斷神足，[明]120 法演説，[明]524 化法恩，[明]639 以癡故，[明]665 法而化，[明]1450 乃至一，[明]1545 斷，[明]2110 法，[明]2122 法治世，[明]2154 恭敬經，[三][宮][甲]901 位王四，[三][宮][聖]1562 言非應，[三][宮]628 如來言，[三][宮]754 位已，[三][宮]1462 爲阿蘭，[三][宮]1562 理皆不，[三][聖]26 欲見者，[三]196 聞正言，[聖]663 論品第，[聖]1509 問知作，[聖]1579 修行，[宋]228 命堅固，[宋]310 法中令，[乙]1736 者人靈，[元]1500 法，[元][明]2149 法經，[元][明]153 法治化，[元][明]627 法律未，[元][明]674 中紺寶，[元][明]1332 法攝，[元][明]2041 真可爲，[元][明]2110 國若漢，[元][明]2149 法爲衆，[元]26 法律已，[元]125 是時爾，[元]901 位蓮花，[元]1341 無正名，[元]1355 法爾時，[元]1532 問等示，[元]1605 行爲，[元]2149 理門論，[原]2425 化。

忘：[乙]2227 念之時。

無：[宮]1547 受一切。

五：[甲]1765 如筏運，[明]1563 在定中，[明]2016 緣五塵，[三][宮]222 根五力，[宋]2122 食四相，[乙]2259 識身答，[乙]2263，[原]1778 不即脱。

武：[甲]2039 謁爲輔。

下：[甲]1816 是中，[甲]2266 生。

邪：[宮]1646 定，[甲]1781 道者見。

心：[宮]278 法輪，[宮]282 莫，[宮]425 覺度脱，[宮]1548 住獨處，[甲]、心[原]1832，[甲][乙]1822 疑之時，[甲][乙]2328 性故如，[甲]1700 願斷一，[甲]1736 理既顯，[甲]1736 意結前，[甲]1775 能堪受，[三]、止[宮]2102 水，[三][宮]1595 行得成，[三][宮]414 正念，[三][宮]1579，[三][甲][乙]2087 明言以，[三]192 爲枝幹，[聖]272 法云何，[聖]125 行實非，[聖]1509 憶念生，[聖]1509 憶念我，[另]1509 憶念，[乙]2309 □□，[元][明]192 止諍訟，[原]1776 觀力見，[原]2339 性虛融。

信：[三]159 解趣。

行：[宋][元]2042 法必當，[元][明]26 以此爲。

性：[甲]2218 實因，[甲]2266 符順之，[甲]2270。

修：[三][宮][聖]278 行十。

學：[三]1332 道。

言：[甲]2301 此則與。

耶：[聖]1818 法種種。

也：[三][宮]237 世尊不。

一：[甲]1736 義則傍。

已：[三][聖]99 論於異，[另]1721。

以：[宮]2103 則敵者。

亦：[甲]2266 斷故如。

應：[乙]1909 當慚。

永：[元][明]310 盡衆苦。

又：[三]、－[宮]2122。

於：[明]382 殿堂樓。

欲：[明]1507 當字爲。

云：[原]2248 釋名云。

在：[甲]1813 縄名正，[甲]1969 定位也。

障：[甲][乙]1796 道因縁，[原]1829 慧身及，[原]2264 中。

者：[三][宮]2102 則。

眞：[甲]2271 因攝，[甲]2410 哉吾勝，[三]187，[原]2897 常行正。

震：[宮]2080 且至曹。

征：[知]384 爾令辦。

整：[甲][乙]1214 是時汝，[明]100 衣服右，[明]501，[明]517 衣服爲，[明]561 衣服前，[明]613，[明]643 衣服爲，[三]100 衣服從，[三][宮]310 出入，[三][宮]1478 衣服叉，[三][宮][甲][乙][丙][丁]848 善好具，[三][宮][聖]268，[三][宮]263 領爾時，[三][宮]414 衣服合，[三][宮]414 衣服右，[三]

[宮]414 至直無，[三][宮]425 三曰諷，[三][宮]425 衣，[三][宮]428 衣服畫，[三][宮]532 衣服右，[三][宮]544 衣服儼，[三][宮]623 齊俱發，[三][宮]624 衣服，[三][宮]814 於衣服，[三][宮]1435 不若不，[三][宮]1521 頭相皆，[三][宮]2042 甚大寬，[三][宮]2121 服稽，[三][宮]2121 衣服往，[三][宮]2122 言音風，[三]33 衣服前，[三]76 服五體，[三]99 衣服爲，[三]125 衣服便，[三]418 衣服叉，[三]506 衣，[三]1013 衣，[三]1331 衣服頭，[三]1336 衣服偏，[三]2123 理而去，[聖]1428 衣服，[乙]2376 理衣服，[元][明]、政[宮]225 衣服，[元][明][宮]225 衣服爲，[元][明]310 衣服偏，[元][明]382 於，[元][明]462 於衣，[元][明]2145 衣服邊，[知]418 衣服叉。

政：[德][聖]26 如掌觀，[東]643 挺特天，[宮]459 行自懷，[宮][甲]1912 拜爲東，[宮][聖][石]1509 淨潔人，[宮]225 使如來，[宮]263，[宮]403 住不搖，[宮]520，[宮]606 教即捐，[宮]743 譬如，[宮]1425 法久住，[宮]1435 隨愛隨，[宮]1545 不，[甲]1775 教既弘，[甲]1775 可使情，[甲]1821，[甲]2879 身下若，[久]1486 見出家，[明][宮]1597 任持能，[明]68 使有財，[明]2149 殄之遺，[三][宮][甲]2053 以摛章，[三][宮][聖][另]281 行學法，[三][宮]263 太子行，[三][宮]403，[三][宮]514 法無失，[三][宮]742

不樂沙，[三][宮]795 教後教，[三][宮]1425 共諍，[三][宮]1425 毀德靡，[三][宮]1442 映蔽諸，[三][宮]1571 爲破定，[三][宮]2102，[三][宮]2102 在，[三][宮]2103 受誑於，[三][宮]2103 之酷暴，[三][宮]2121 化不平，[三][宮]2121 以此衣，[三][宮]2122，[三][宮]2122 德所禳，[三][宮]2122 生草細，[三][宮]2122 一，[三][宮]2122 欲入籠，[三][聖]99 使迦葉，[三]6 四當同，[三]14 本佛自，[三]68 使有財，[三]98 已，[三]152 力如師，[三]152 使天帝，[三]154 能似人，[三]184 戒德十，[三]202 法治國，[三]2110 而成罪，[聖]、攻[石]1509 嚴好是，[聖]664 如何一，[聖][另]281 二身色，[聖][另]790，[聖][另]1428，[聖][知]1441 若説法，[聖]1 四者持，[聖]1 無能及，[聖]26，[聖]26 覩者，[聖]26 法聞者，[聖]26 可愛衆，[聖]26 形，[聖]26 一切嚴，[聖]26 有端，[聖]99 法離垢，[聖]99 法律，[聖]99 復以百，[聖]99 使過上，[聖]99 使愚癡，[聖]125 不長不，[聖]125 二者好，[聖]125 復以死，[聖]125 面如桃，[聖]125 身作黃，[聖]125 世之希，[聖]125 受樂無，[聖]125 無比語，[聖]125 無雙，[聖]125 無雙如，[聖]125 顏貌奇，[聖]125 顏貌殊，[聖]125 與世殊，[聖]189 聰明智，[聖]189 相好，[聖]200，[聖]222 不自咨，[聖]224，[聖]224 當爾怛，[聖]224 當號如，[聖]224 女人與，[聖]224 使生已，[聖]224 使餘，[聖]225 如是何，[聖]278 十方，[聖]361 不，[聖]627 無倫諸，[聖]663，[聖]664 微妙形，[聖]1425，[聖]1425 法幢建，[聖]1428 必不與，[聖]1428 路始於，[聖]1428 偸蘭難，[聖]1509 貴族大，[聖]1509 色，[聖]1582 有德勝，[聖]1670 所，[聖]1723 而，[另]1428 比丘見，[另]1428 資財無，[另]1721 下上標，[石]1509 醜陋若，[石]1509 淨潔女，[石]1509 能利益，[石]1509 所化衆，[宋]146 赤王夢，[宋][宮]、整[元][明]1425，[宋][宮]224 使不，[宋][宮]263，[宋][宮]263 可欽敬，[宋][宮]403 姝好棄，[宋][宮]403 衆緣是，[宋][宮]403 諸法故，[宋][宮]483 意入於，[宋][宮]721 行相，[宋][宮]778 道亦不，[宋][宮]807 使數千，[宋][宮]820 行用惠，[宋][宮]2043 當阿育，[宋][宮]2102 應，[宋][明][宮][聖]222，[宋][明][宮]2122，[宋][明]151 譬如國，[宋][元]、止[明]603 四倒故，[宋][元][宮][聖]446 明，[宋][元][宮]1545 非，[宋]42 汝行，[宋]99 復不，[宋]99 應有二，[宋]99 者伴者，[宋]152 法治國，[宋]156 爾，[宋]171 法治國，[宋]263，[宋]263 相好如，[宋]264，[宋]384 所行慚，[元][明][宮]272 善法堂，[元][明]152 紛亂鬼，[元][明]2059 請，[元][明]2122 我等當，[知]384，[知]384 法服齊，[知]384 身披，[知]384 殊妙世，[知]418 使久。

證：[甲]1735 落出家，[甲]1736

道三祇，[甲]1795 今初，[甲]1795 覺性問，[甲][乙]1736 名及所，[甲]1717 教門次，[甲]1735 明得法，[甲]1736 成常恒，[甲]1736 冥境時，[甲]1736 念也疏，[甲]1751 信序即，[甲]1786 示教利，[甲]1912 聖行品，[甲]1918 咄哉丈，[甲]2274 了因也，[明]220 當證無，[明]220 等覺云，[明][甲]1177 等覺乃，[明]220 當得阿，[明]220 當證應，[明]220 等菩，[明]220 等菩提，[明]293 修行悉，[明]1537，[明]1546 決定彼，[明]1600 斷，[三]、一[宮]1548 寂靜滅，[三][宮]263 住一處，[三][宮]1543 門眼根，[三][宮]2122 說三災，[三]190 得諸通，[三]2137 論外，[宋][元]1092 獲不空，[元][明]310 法舍利。

之：[明][聖]663 法，[三][宮]2109，[宋]、至[元][明]174。

脂：[甲]2266 根下文。

直：[三][宮]、正直[聖]271 是沙門。

止：[丙]2777 覺無相，[高]1668 濁亂一，[宮]1546 性罪遮，[宮]1598，[宮]345 立於時，[宮]397 法輪無，[宮]481 意在一，[宮]482 定者不，[宮]602 意八行，[宮]796 以，[宮]1421 值五百，[宮]1509 憶念如，[宮]1522 覺依轉，[宮]1546 觀不雜，[宮]1547 受，[宮]1548 止，[宮]1562，[宮]2059 復玄高，[宮]2060 論爰與，[宮]2121 射我腹，[宮]2122 典，[甲]2223 有此一，[甲]2255 以等，[甲]2299 約起

作，[甲][丙]2397 若密嚴，[甲][乙]1929 可仰信，[甲]1512 見者亦，[甲]1709 觀，[甲]1709 觀福智，[甲]1718，[甲]1731 性是五，[甲]1733 他過失，[甲]1763 住修於，[甲]1811 犯性罪，[甲]1909 可自利，[甲]1921，[甲]1958 得壽命，[甲]2006 者，[甲]2035 此義也，[甲]2128 道進勸，[甲]2128 梵音云，[甲]2192 由，[甲]2250 說者故，[甲]2266 下者顯，[甲]2266 也依之，[甲]2266 座滅謂，[甲]2313 觀妙行，[甲]2366 發心之，[甲]2401 正定假，[甲]2434 法則緣，[甲]2434 緣因佛，[甲]2434 證說成，[甲]2434 之，[甲]2792 念念，[明]1440 一月遊，[明][宮]1425 觀除增，[明]196 有一子，[明]197 千歲力，[明]211 有此法，[明]212 爾滅盡，[明]423 法，[明]721 念觀察，[明]1425 一人何，[明]1425 有是衣，[明]1428 有一，[明]1435 有，[明]1435 有馬，[明]1435 有是苦，[明]2059 可至九，[明]2063 得二升，[明]2076 慧大師，[明]2085 有鬼神，[明]2121 生八子，[明]2122 五三年，[明]2123 有一，[明]2154 可才明，[明]2154 有一，[三]、上[宮]1646，[三]210 觀無忘，[三][宮][聖]419 定意從，[三][宮][聖]1579 性又於，[三][宮][聖]1602 惡不善，[三][宮][聖]2034 萬餘偈，[三][宮]374 觀爾時，[三][宮]397 住如來，[三][宮]598 佛教無，[三][宮]611 讀，[三][宮]618 觀暢散，[三][宮]618 觀爲現，[三][宮]

618 觀相行，[三][宮]618 住已，[三][宮]721 不能思，[三][宮]730 取阿羅，[三][宮]1425 得此更，[三][宮]1425 得一房，[三][宮]1425 得一日，[三][宮]1425 觀除增，[三][宮]1425 有一張，[三][宮]1435 有馬麥，[三][宮]1470 上蓋十，[三][宮]1500 住自成，[三][宮]1505 受，[三][宮]1507 可觀我，[三][宮]1509 八種時，[三][宮]1525，[三][宮]1537 等持心，[三][宮]1550 次第生，[三][宮]1559 有成實，[三][宮]1579 法或省，[三][宮]1648 受何差，[三][宮]2060 觀察微，[三][宮]2102，[三][宮]2102 其分虛，[三][宮]2102 欲繁育，[三][宮]2102 緣報故，[三][宮]2121 可，[三][宮]2121 沒其踝，[三][宮]2121 作五百，[三][宮]2122 爾當到，[三][宮]2122 可有十，[三][宮]2122 乃屈請，[三][宮]2122 燒紙頭，[三][聖]99 於空閑，[三][聖]125 觀相應，[三][聖]190 高四指，[三][聖]1579 行於內，[三]6 於此編，[三]20 無宣人，[三]26 有一瓶，[三]26 住舊，[三]47 當觀是，[三]99 觀，[三]152 共聽經，[三]190 爲諸，[三]194 觀於，[三]198 著持，[三]203 害一身，[三]205 有一子，[三]209 食一雉，[三]588 住於中，[三]639 住如實，[三]656 度無極，[三]1331 住安，[三]1332 得，[三]1440 制著泥，[三]1485，[三]1527，[三]1559 得先業，[三]2059 可才明，[三]2087 足論，[三]2103，[三]2104 可以道，[三]2122，[三]2145 靡不由，[三]2149 獲題目，[聖][另]1458 諫隨教，[聖]26 念正智，[聖]354 作如是，[聖]375 有四緣，[聖]1440 齊三學，[聖]1464 是時各，[聖]1579 法爲所，[聖]1579 將御或，[聖]1818 力者十，[宋][宮]2103 之心等，[宋][元]、上[明]2110 食一粒，[宋][元]26 定是名，[宋][元]603 止七爲，[宋][元]603 止攝止，[宋][元]1647 因，[宋][元]2061 將，[宋]449 法壞時，[宋]1509 因，[宋]1694 止七爲，[乙]2157 可才明，[乙]2795 一問僧，[乙]1736 等方便，[乙]1909 可自利，[元]、明註曰正南藏作止 2122 見塢壁，[元][明]99 慢無間，[元][明][宮]398 歸是爲，[元][明][宮]588 生死處，[元][明][宮]1547 受非想，[元][明]186 有二，[元][明]210，[元][明]211 有一子，[元][明]212，[元][明]309 觀乃得，[元][明]384 觀定意，[元][明]1425 有一，[元][明]1428 有，[元][明]1428 與羹飯，[元][明]1470 戒二，[元][明]1509 以蓮華，[元][明]2016 終日炳，[元][明]2121 見我一，[元][明]2122 此亦如，[元][明]2123 佛行地，[元]1479，[元]1579 教誡如，[原]、[甲]1744 觀一滅，[原]、乙]1744 爲一味，[原]、止[甲]1722 有此三，[原]1898，[原]1936。

只：[三][宮]1428 有一，[三][宮]2121 爾當般。

至：[宮]345 眞之道，[宮]425 誠道行，[宮]598，[宮]1912 路雜阿，[甲][乙]2309 丙丁，[明][宮]732 三定者，

[明]1 覺十號，[明]310 眞道意，[明]1636 成於自，[明]2103 化潛通，[三][宮]381 眞等正，[三][宮]398 眞無有，[三]100 眞等正，[三]205，[三]311 法不久。

致：[宋]1694 業三爲。

主：[甲]2128 以一點，[三]、至[宮]2060 玄機獨，[三]192 人喪道。

注：[甲]2128 云諸侯。

自：[甲]1705 勸修。

宗：[原]2261 義此說。

坐：[明]186 姝好在。

政

改：[宮]2103，[宮]2103 績布露，[甲]1115 令若成，[甲]1828 繫村燒，[元]2154 所刪難。

故：[甲]2367 行妙中，[三]125 意在兵。

教：[原]1251 即牛頭。

岐：[宮]2103 襲昏明。

生：[宮]2058 容貌甚。

王：[明]293 法。

嚴：[原]2425 於四天。

整：[三]、正[知]418 衣服長，[三][宮]585 理攝顚，[三]26 頓可，[三]129 服。

正：[宮]672 法曉名，[宮]459 律以爲，[宮]2045，[宮]2058，[宮]2058 即字名，[宮]2058 智慧希，[甲]2792 女人見，[甲][乙]1822，[甲]1775 法也教，[甲]1821 欲往僧，[甲]2006 威無比，[甲]2787 好顏色，[甲]2792 可割

分，[明]524 不閑憲，[三][流]360 專精行，[三]170 好平等，[三]190 可憙名，[三]361 令轉，[三]2145 后之太，[三][東]643 住經二，[三][宮]627 無有塵，[三][宮]2102 以容養，[三][宮][博]262 太子擊，[三][宮][聖]790 放縱劫，[三][宮][聖]1509 加以嚴，[三][宮]263 其身臭，[三][宮]263 無，[三][宮]263 勇猛有，[三][宮]292 鼓百千，[三][宮]309 增上智，[三][宮]323 使是三，[三][宮]349 姝好從，[三][宮]385 炷佛初，[三][宮]425，[三][宮]425 好醜長，[三][宮]425 好令，[三][宮]425 絶好有，[三][宮]425 殊妙見，[三][宮]425 行，[三][宮]425 行禪思，[三][宮]434 未曾受，[三][宮]483，[三][宮]512 治國不，[三][宮]544 衣服從，[三][宮]564 甚可愛，[三][宮]611 坐叉手，[三][宮]624 道非，[三][宮]624 三十諸，[三][宮]626 故則無，[三][宮]630 心多煩，[三][宮]636 意是樂，[三][宮]692 身體手，[三][宮]693 身體手，[三][宮]741 辯，[三][宮]743 心爲本，[三][宮]754 堪適意，[三][宮]761 精進，[三][宮]790 行步有，[三][宮]820 頗有漏，[三][宮]1421 當以其，[三][宮]1425 向智向，[三][宮]1435 女身在，[三][宮]1462 食請比，[三][宮]1462 使往到，[三][宮]1462 聽諸大，[三][宮]1462 爲我故，[三][宮]1487 蹈地足，[三][宮]1506 千如是，[三][宮]1507 無雙天，[三][宮]1509 醜陋惡，[三][宮]1509 得樂及，[三][宮]1509 而所行，

[三][宮]1509 廣學多，[三][宮]1509 名聞智，[三][宮]1509 殊妙便，[三][宮]1557 盡政，[三][宮]1593 民譽早，[三][宮]1595 民譽早，[三][宮]1644 應雨時，[三][宮]1647 悦他心，[三][宮]1648 當資昔，[三][宮]1650 殊特如，[三][宮]2034 之功處，[三][宮]2042 法王號，[三][宮]2058 法王家，[三][宮]2085 可五十，[三][宮]2102 應謹守，[三][宮]2103，[三][宮]2103 教陵替，[三][宮]2103 之，[三][宮]2104 必求性，[三][宮]2108 之道亦，[三][宮]2121，[三][宮]2121 而生憍，[三][宮]2121 法，[三][宮]2121 法治國，[三][宮]2122 大弘佛，[三][宮]2122 是我耳，[三][宮]2122 著膝耳，[三][宮]下同 292 勢力第，[三][甲]951 具大精，[三][聖][知]1441 入眾時，[三][聖]120 五者遠，[三][聖]125 面如桃，[三][聖]125 世之希，[三][聖]125 所以然，[三][聖]125 無雙世，[三][聖]170 行學無，[三][聖]211 不枉人，[三][聖]211 無比父，[三][聖]643 等執持，[三][知]418 無有能，[三]1 我等當，[三]5 心六者，[三]20 欲平亦，[三]26 可愛沐，[三]26 姝好猶，[三]26 勇猛無，[三]99 欲縛沙，[三]99 者其唯，[三]99 之色作，[三]125 面，[三]125 面如桃，[三]125 年壯可，[三]125 世之希，[三]125 音，[三]125 眾中獨，[三]125 自喜沐，[三]129 黑恐墮，[三]152 不枉人，[三]153 於諸人，[三]186，[三]190 放天光，[三]190 可，[三]190 種種相，[三]192 素輕躁，[三]194 頭生，[三]194 無，[三]194 諸天塞，[三]196 即令宗，[三]196 清，[三]200，[三]200 殊妙世，[三]202，[三]203 不答言，[三]203 到王門，[三]203 光照一，[三]203 解，[三]203 殊妙於，[三]203 殊特佛，[三]203 威儀庠，[三]203 心中惑，[三]205 矣遍，[三]210，[三]220 醜陋，[三]585 使億國，[三]606，[三]606 齊，[三]643 四角時，[三]1336 殊妙光，[三]1339 之事付，[三]1509 淨潔妙，[三]1644 坐集時，[三]2059 法令苛，[三]2103，[三]2145 使水濁，[三]2145 意經一，[三]2149 焚書人，[三]2154 斷經一，[三]下同 1352 有氣力，[聖]200 天下王，[聖]211 三者恃，[聖]1670 使一，[宋][宮]790，[宋][元][宮]、整[明]559 衣服長，[宋][元]坐[明]26 姝好猶，[宋]2109 三十七，[乙]2157 斷經一，[元][明][宮]624 法持於，[元][明][聖]278 治國，[元][明][聖]475 法救護，[元][明]42 心政，[元][明]225，[元][明]263，[元][明]328，[元][明]664 使國飢，[元][明]742 法毀民，[元][明]2060 恩霑六，[元][明]2060 以天，[元][明]2103 論御世，[元][明]2103 之路，[元][明]2145 斷經一，[原]1112 坐身，[原]1781。

止：[三][宮]2122 故當隨。

致：[元][明]2122 復出。

幀

幰：[明]894 或制多，[三]、計[元][明]2053 又造。

証

説：[甲]2266 知諸法。
謂：[乙]1821 得滅由。

諍

謗：[三][宮][聖]397。
彈：[甲]2270 成問若。
諦：[甲]1828 遍知者，[三][宮]403 而墮，[聖]1509 乃至一。
煩：[三][宮]、順[聖]425。
忿：[三][宮][另]1458 競而住。
誥：[三][宮]2103 辭不獲。
許：[甲][乙]1822 應息不，[甲]2261，[甲]2263 潤一小，[甲]2266 法處有，[甲]2270 故言極。
錏：[三]1548 事鬪戰。
諫：[三]2103 古來出，[三][宮]1810 事後遂。
淨：[宮]1542 法云何，[宮]1545 根過餘，[宮]221 當學般，[宮]397 調諸根，[宮]443 如來南，[宮]461 亂不脫，[宮]761 以無分，[宮]1542，[宮]1542 法無，[宮]1550 故，[宮]1566 論者故，[宮]1596 願智四，[甲]、諍[甲]1782 入里乙，[甲]2339 法出緣，[甲][乙]1816 謂，[甲]1709 名阿囉，[甲]1709 願智諸，[甲]1780 智但以，[甲]1782 訟是不，[甲]1816 行所以，[甲]2261，[甲]2261 即異，[甲]2299 觀去至，[甲]2425 行者我，[明]1454 事已除，[明][宮]397 語所言，[明][宮]1605 有爾所，[明]228 三昧行，[明]293 法生隨，[三][宮]632 亦非不，[三][宮]

1459 折草爲，[三][宮]1563，[三][宮]1605 有爾所，[三][宮]1644 風業所，[三][宮]2060 根業，[聖]1421 法若有，[聖]225 又與闍，[聖]1426 法今問，[聖]1464 不使我，[聖]1509 三昧第，[另]1721，[宋][宮]2121 念金輪，[乙][丙]2777 今既詣，[元][明]220 波羅蜜，[元]2122，[原]2248 罪體，[知]266 不起不。
靜：[甲]1934 攝遷神。
靜：[宮]279 滅怖死，[宮]1632 論者是，[甲]1795 力靜斷，[甲]1742 三昧讚，[三][聖]99 其心善，[宋]1602 名勝義，[元][明]2016 本來平。
競：[三][宮][聖]271 論大人。
亂：[三][宮]425 者令和。
論：[甲]2271 者是能，[甲]2195 不如三，[甲]2250，[甲]2271 所故初，[甲]2271 一有法，[甲]2273 量相違，[甲]2299 出支提，[三][宮]1545 二我執，[原]2208 偏執有。
滅：[三][宮]1425 事者四。
請：[丙]1184 家不和，[三][宮]399 定三昧。
事：[明]、[聖]1435 以何爲，[三]192 嫌恨競，[宋]、爭[元][明]21 亦説各。
説：[德][聖]26 事順時，[三][宮]1562 憂根當。
訟：[三]212 之德是。
誦：[甲]1333 爲縣官，[聖]26。
體：[乙]1822 出家，[乙]2263 也法師。

詳：[甲]2870 共譏嫌。

想：[乙]1821 定滅盡。

有：[元][明]675 論處爾。

語：[三][宮]1428 以此遂。

争：[宮]732 一者，[三][宮]729，[三][宮]1650 國復。

爭：[博]262 競，[宮][聖]1579，[宮][聖]1595 三摩提，[宮]1559 釋曰有，[宮]下同 1549 世與我，[甲]2017 論如今，[甲]2281 宗在二，[甲][乙]1821 得體故，[甲]1727 競意在，[甲]2075 不定來，[甲]2274 同即名，[甲]2281 故云云，[明]125 競或以，[明]2058 拊道力，[明]2121，[明]2121 遂徹大，[三]375 斷諍，[三]1341，[三]1341 競墮愚，[三][宮][聖]294 第二無，[三][宮][聖]1595 等故名，[三][宮]345 訟無想，[三][宮]384 競此衆，[三][宮]626，[三][宮]1451 勝上作，[三][宮]1505 詐言諂，[三][宮]1509 如鳥競，[三][宮]1549 復次當，[三][宮]1579，[三][宮]2041 訟乃立，[三][宮]2053 論凡數，[三][宮]2060 競，[三][宮]2085 阿育王，[三][宮]2121 鬪夢日，[三][宮]2121 功足神，[三][宮]2121 計子現，[三][宮]2121 學道日，[三][宮]2122，[三][宮]2123 奪何，[三][宮]2123 如鳥競，[三][宮]2123 之諸邪，[三][聖]361 欲無，[三]1 佛舍利，[三]154 功分衞，[三]198 生結不，[三]210，[三]360 是以，[三]362 財鬪訟，[三]375 訟得壽，[三]375 訟爲欲，[三]375 於諸大，[三]646 競，[三]1015，[三]1301 多少時，[三]1331 財寶已，[三]1341 鬪，[三]1341 論何以，[三]1440 故又日，[三]2060，[三]2122 門競出，[三]2154 訟經一，[三]二十四字 375 善男子，[聖]125 競之心，[聖]324 訟自貪，[聖]475 離諸，[聖]639 世間最，[聖]1763 也，[聖]2157 說經一，[聖]下同 1441 波夜提，[聖]下同 1441 居士鞭，[聖]下同 1441 默然屏，[另]1721 出火宅，[另]1721 走，[宋][元]375 三昧知，[宋]374 訟如拘，[宋]375 訟各自，[宋]1559 等諸德，[宋]1559 論宿舊，[元][明]2108 競相害，[元][明]2123 以法化，[知]1441 相言鬪，[知]1441 訟不能，[知]1441 相言不。

正：[甲][乙]1822 理中橫。

證：[明]310 論句即。

濁：[宋][宮]、染[元][明]2123 開導天。

成：[甲]2274 瓶處爾，[甲]2273。

鄭

鄂：[三]2060。

郭：[甲]2128 注禮記。

恃：[三][宮]2122 重傍視。

下：[甲]2128 注云之。

猷：[三][宮]2060 重奉爲。

證

謗：[甲]1851 涅槃者。

畢：[三][宮]1509。

稱：[丁]1263。

成：[甲]2195 無上果，[乙]2263 也，[乙]2317 俱生惑。

誠：[甲]2366 文何耶。

澄：[丁]2089 修等四，[甲][乙]2254 明器宇，[甲][乙]2263 湛境，[甲][乙]2309 義眞法，[甲]1709 淨名加，[甲]1733 淨爲體，[甲]1782 淨故餘，[甲]1795 諸念之，[甲]2181 撰，[甲]2183 集，[甲]2183 録，[甲]2266 淄州撲，[甲]2299 記出二，[甲]2299 記也已，[三]2060 公，[三][宮][聖]1537 心淨是，[三][宮]1579 淨不能，[三][宮]2059 口誦經，[三][宮]2102，[三][宮]2103 明所由，[三][聖]1537 心淨，[乙]2218 然而靜，[乙][丙]2397 淨名法，[乙]2391 心諦想，[乙]2397 五若以，[元][明]384 靜，[原]923 寂悦意，[原]1744 靜義邊，[原]2339 淨故上。

橙：[甲]1922 第六行。

處：[乙]2263 據可成。

從：[甲][乙]1822 此生無，[甲]2217 此遍一。

達：[乙]2397 悟已無。

道：[甲][乙]1823 者亦思，[聖]1425 果分是。

得：[甲]1911 不可思，[明]220 無上正，[三][宮]1579 所有，[三][乙][丙]1076 法雲地，[乙]1736 菩提，[元][明][甲]、登[宮]901。

德：[三][甲]951。

登：[丙]1141，[宮]1672 道場果，[明]415 寂靜三，[明]1450 菩提道，[三][宮][甲][乙][丙][丁]848 悉地果，

[三][宮]1609 清淨覺，[三][宮]2060 聖引入，[三]187 無上佛，[三]951 地大菩，[元]1675 亦知非，[元][明]2016 眞之路。

燈：[丙]2381 明生生，[宮]1526，[甲]2266 此等師，[甲]2907 盡證等，[三][宮][聖]1548 是依是，[三][宮]222 而閑復，[三][宮]671 離言語，[三][宮]720 證寂滅，[三]1340 明而，[三]2122 持是功，[宋][元][宮]446，[宋][元][宮]801 於其壇。

鐙：[三][宮][聖]425 侍者曰，[三][宮]425 明，[三]585 明便能，[聖]626 方便而。

諦：[宮]309 究暢其，[甲]1821，[聖][另]1543 時得須，[聖]1509 是，[知]1579 淨即以。

牒：[甲]2214 也謂。

豆：[甲]2266 也文又。

斷：[三][宮]1545。

發：[三][宮]2104 明釋部，[聖]1859 智慧故。

法：[甲]1733 起同體。

觀：[甲][乙]2362 生空眞。

果：[三][宮]2040。

護：[甲]2246 喜頂十，[聖]1788 故第六，[西]665 此法爲。

疾：[甲][乙]1072 瑜伽願。

髻：[三]2153 品第四。

鑒：[三]2153 自誓三。

謹：[宮]2102 也曩者。

經：[甲]1736，[甲]1821 言不通，[聖]、證[聖]1818 三者釋，[乙]2250

三祇外。

覺：[明][宮]841 私入涅。

隆：[原][甲]2199 欲飾内。

論：[甲][乙]1821 可知，[甲][乙]1821 知如是，[甲][乙]2223 不，[甲][乙]2328 成佛時，[甲][乙]2328 文也而，[甲]1717，[甲]1782 佛覺慧，[甲]1821 小三災，[甲]2270 者生一，[甲]2397 四智即，[三][宮]639 解脱觀，[三][宮]1579 得諸行，[聖]1579 得衰損，[乙]、證[乙]1736 不成論，[乙]2261 眞，[乙]2263 也何關，[知]1581 證。

能：[明]1536 入空遍。

啓：[甲]2778 教他故。

訖：[甲]、談[甲]2274 故是宗，[甲]2262。

清：[甲]1735 淨即離。

丘：[明]2112 經亦。

取：[宮]355 無可滅，[甲]1781 涉。

詮：[甲]2270 無常宗，[甲][乙]2263，[甲]1512 法非不，[甲]1512 言教然，[甲]1735，[甲]1828 所證，[甲]1831 旨性初，[甲]2196 下明不，[甲]2274 解生由，[甲]2274 同，[甲]2285 教也，[甲]2305 所顯名，[甲]2378 無上正，[甲]2434 阿字等，[三]1019 持，[三][宮]1571 若言是，[乙]1736 三所被，[乙]2263 理四涅，[原]1776 前所依，[原]1898 量深會，[原]2270 義爲顯，[原]2270 宗故此。

入：[甲]1851，[三]1331 泥洹道，[三]1982 涅槃永。

捨：[甲]1816 大功德。

攝：[甲]2266 廣大無。

生：[聖]425 正法存，[乙]2250。

勝：[甲][乙]1816，[甲][乙]2328 涅槃者，[甲]1816 名不可，[甲]1816 行也自，[甲]2250 是上婆。

聖：[甲]2366 位者從，[三][宮]672 智見凡。

識：[甲]1924 即不起，[甲]2223 乃自知，[甲]2266 得平等，[聖]223 知入是，[聖]1562 結生時，[宋][宮]403 所謂，[宋][宮]1509 實際故，[乙]2328 菩提。

謚：[甲]2128 法云知。

說：[乙]2263 耶。

說：[宮]761 者名爲，[甲]2271 無決定，[甲]2290，[甲][乙]1821 刹那無，[甲][乙]1821 以無漏，[甲][乙]1822，[甲][乙]1822 此之二，[甲][乙]1822 第三解，[甲][乙]1822 第五解，[甲][乙]1822 甘露界，[甲][乙]1822 無常，[甲][乙]1832 有身證，[甲]1512 之人此，[甲]1724 以此十，[甲]1924 故即是，[甲]2250，[甲]2254 文論云，[甲]2254 五，[甲]2266 擇滅無，[甲]2273 異喩之，[甲]2299 也，[甲]2339 解脱不，[明]828 善男子，[三][宮]310 一切法，[三][宮]672 境依此，[三][宮]1509 諸人不，[三][宮]1562 闇，[三][宮]1595 得類故，[三]159 眞如佛，[三]682 解脱性，[三]1579 不説四，[聖]、證[聖]1733 就緣是，[聖][另]1543 十門竟，[聖]1428 成須陀，[宋]

18 得行住，[乙]1736 法菩薩，[乙]2254
何不入。

隨：[原]2262 地五根。

談：[甲]1863，[甲]2068 妻子親，
[宋][宮]2060。

體：[乙]2261 建。

謂：[宮]765 常樂涅，[宮]329 我
貧仁，[甲]1736 入要須，[明]1602 得
者，[宋]1545 如，[知]1734 理玄故。

悟：[甲]2266 入俱名，[乙]2396
佛。

習：[原]2416 前後實。

顯：[甲][乙]1822 成現無，[甲]
2371 三德是。

心：[乙]2261 假説又。

信：[甲]2036 於本。

性：[甲][乙]1822 知第三，[甲]
2266 文七十，[甲]2412 之位法，[甲]
2412 中自，[乙]1736 益。

修：[甲]2290 三昧得，[甲]1821
果是，[甲]2801，[乙]2397 普賢行，
[乙]2263 獨覺，[乙]2408，[原]、[甲]
1744 之未圓。

汎：[甲][乙]2254 可含有。

訊：[久]485 入諸佛。

也：[甲]1929 一無文。

亦：[甲]2371 有之智。

應：[乙]2261 智。

於：[甲]1733 眞性故。

語：[甲][乙]1823，[甲][乙]2254
取無明，[甲]1512 也見法，[甲]2262
言因故，[甲]2271 多分無，[甲]2434
遍法界，[三][宮]310 故，[三][宮]1425

乃至漏，[三][宮]1579 面門眼，[聖]
1441 知居士，[元][明][宮]310 答賢
王，[元]1566 知得成。

緣：[甲]2322 爲能所，[乙]2221
而已復，[乙]2263 眞理於，[乙]2263
正智也。

擇：[甲][乙]1822 滅得及。

征：[甲]2250 思食義。

正：[宮]1912 明言果，[宮]1912
同不名，[甲]1735 淨法界，[甲][乙]
1736 辯通所，[甲][乙]1736 釋後良，
[甲][乙]1736 體等此，[甲]1729 難以
古，[甲]1736 契合二，[甲]1795 信解
不，[甲]2250 異品殊，[明]100 法已
尊，[明]229 皆超一，[明]316 無上菩，
[明]1450 見不得，[明]1530 平等，[三]
[宮]426 是時衆，[元][明]1341。

之：[甲]2196 理所說。

執：[甲]2305 究竟爲。

至：[三]1004 菩。

智：[宮]1522 而不可。

種：[甲]2266 答第七，[甲]2305
一者始，[三][宮]1594 自界故。

諸：[宮]416 此三昧，[甲]874 法
眞實，[甲]1833 名言安，[甲]1842 人
但爲，[甲]2015 法一心，[三][宮][聖]
1549 見十二，[三][宮]310 功德，[三]
[宮]310 獲如斯，[三][宮]481 入諸分，
[三][宮]1546 解脱得，[乙][丙]873 法
眞實，[乙]2397 觀法若，[元][明]1571
法有體，[原]、[甲][乙]1744 法自有。

住：[乙]2296 大。

綴：[三][宮]1579 文三摩。

尊：[甲]1735 實際於。

幨

損：[甲]950 是像依，[甲]950 應畫先，[甲]950 於壁行。

幀：[明]2076 曰如何。

之

安：[三]193 長壽。

闇：[甲]1828 時無明。

抱：[三][宮]687 十月身。

本：[明]285，[乙]1909 行我等。

比：[甲]2195 可會就。

彼：[甲]2195 實又種，[乙]2263 報今所。

必：[三]1462 次第今。

畢：[甲]2263 二釋諍，[乙]2254 以上。

邊：[明]2087 境然山。

便：[三][宮]500 爲福身。

別：[甲][乙][丙]1866 事以，[乙]2263。

並：[甲]1828 如前又。

不：[甲]2274 共故至。

常：[甲]2255 則天人，[三][宮]224。

塵：[甲]1799。

成：[三][宮]2103 業非神。

持：[三][宮]2121 號慟絕。

勑：[三][宮]2121。

出：[甲]2082 僧令人，[乙]2207 以敬讓，[元]200 家即生。

初：[三][宮]2053 生也母，[宋]

[元][宮]1541 二。

處：[明]24 處亦二。

船：[三][宮]2060 若有愧。

此：[甲]1782，[甲]1805 點之或，[甲]1829 謬也此，[甲]2274 五失，[甲][乙]2259 云，[甲][乙][丙]1073 珠已即，[甲][乙]1751 水不，[甲][乙]2263 可會，[甲][乙]2263 可作能，[甲]1782 妙智名，[甲]1816 故言生，[甲]2195 豈此中，[甲]2196 也就初，[甲]2214 身五佛，[甲]2263 若論能，[甲]2263 造福不，[甲]2270 即，[甲]2270 中宗至，[甲]2274 敵証者，[甲]2274 也言同，[甲]2274 有因，[甲]2274 知云云，[甲]2299 知之，[三][宮]263，[三]202，[聖][另]1733 故名之，[聖][乙][丙][丁]1199，[乙]、此[甲]、－[甲]1796 如鏡之，[乙]1866，[乙]2263 此義，[乙]2408，[原]904 經是故。

大：[甲]2299 用故，[明]414 衆空中，[三][宮]500 所賤，[三]125，[三]425 哀以化，[聖]、之[聖]1733 之智離，[原][甲]1825 也問中，[原]1858 道。

但：[乙]2263 至餘處。

道：[三][宮]401 意，[乙]2263 理因在。

德：[三]1339 力能致，[三]2145 聲被於。

地：[聖]663，[乙]2408 印明是。

等：[甲]1924 相攝既，[三][宮]397 身經無，[三][甲]1181 事若發。

第：[宮]670 三，[宮]670 四，[明]

1421，[明]1421 二，[明]1421 二羯磨，[明]1421 三尼律，[明]1421 四尼律，[明]1421 五，[三][宮]1522，[三][宮]1522 二，[三][宮]1522 四，[宋][元][宮]1584 三。

定：[丁]1830 寂靜此，[宮]397 性其性，[宮]606 要義如，[宮]1505 前五第，[宮]1558 不調由，[宮]2103 寄四衆，[甲][乙]1822 次，[甲]1709 言是佛，[甲]1717，[甲]1816 言，[甲]1816 中大分，[甲]2249 可爲相，[甲]2253 根本必，[甲]2262 中奢摩，[甲]2299 保延六，[甲]2305 有自性，[甲]2408 印，[明]1646 斷，[明]1299 事並吉，[三][宮]309 室意之，[三][宮]397 心無退，[三][宮]459 然澹，[三][宮]477 慧乃曰，[三][宮][聖]606 因，[三][宮]225 師云菩，[三][宮]309，[三][宮]385 三十七，[三][宮]403 意根專，[三][宮]414 剎土一，[三][宮]630 後，[三][宮]2040 無有即，[三][宮]2042 法百八，[三][宮]2053，[三][宮]2060 互相敦，[三][甲]1332 節食少，[三][聖]291 事如來，[三][聖]310 法極善，[三]6 思惟通，[三]76 焉以空，[三]194 香香聞，[三]212 時尊者，[三]1537，[三]1579 自性當，[三]2153 行品，[聖]225 言却後，[聖]397 處如來，[聖]190 真義我，[聖]211 謂爲命，[聖]288 慧何謂，[聖]1421 所牽無，[聖]1509，[聖]1585 門及所，[聖]2157 今並無，[宋]、乏[元][明]2125，[宋][宮]397 性實不，[宋][宮]2121 其

室即，[宋]839 業無所，[乙]2157，[乙]1832 類，[乙]2370 不定故，[元][明]6 滅淨具。

東：[原]、甲本冠註曰遼東之部漢書本傳作遼東東部 2039 部都尉。

毒：[聖]26 雜煩熱。

讀：[原]2410 也即身。

多：[元][明]329 德願令。

惡：[甲]2290 香梵檀。

而：[甲][乙]1736 本之者，[甲]2006 起無差，[甲]2255 住半不，[明]2102 長役拱，[三]、－[宮]2123 所知，[三][宮]1421 問於行，[三][宮]2103 被繫臣，[三][宮]2104 非潤專，[三]2103 雙照，[原]2395 所造也。

耳：[甲][乙]1866 三明三，[宋][元]1057 不得向。

二：[宮]2108 教雖曰，[宮]2122 塚相望，[甲]1924 食悉，[甲]2434 身成所。

乏：[宮]263，[宮]408 無福相，[宮]721 所逼切，[宮]738 不貪身，[宮]2025 叙話而，[宮]2059 加信光，[甲]1333，[甲]1781 苦故從，[甲]1969 慧識託，[甲]2037 太后稱，[甲]2039 其人也，[明]266 華衆寶，[明]2121 糧莫有，[三][宮]281，[三][宮]398 而爲説，[三][宮]1425 流汗乃，[三][宮]2122 疲冥如，[三][宮]2122 至死不，[三][宮]2123 人誰當，[三][宮]2123 也，[三][甲]1039 苦皆消，[三]158 十，[三]193 渴迷惑，[三]618 短，[三]721 患，[三]2102 皆不，[三]2145 聖，[三]

2145 文重無，[聖]1763 六道差，[宋][宮]2040 凡諸，[宋][宮]2123 時乃可，[宋]125 家衣食，[宋]374，[宋]606 苦非爲，[元][明]754，[元][明]2060 錢不復，[元][明]2102 研折且，[元]1503 二者苦，[原]1771 耳此三。

法：[宮]279 母爾時，[甲]893 先以紙，[三][宮]839 位成就，[聖]816 行，[原]、[甲]1744 所依名。

反：[甲]2128 也。

方：[甲]2006 印可也。

分：[甲]1816 爲二初。

佛：[甲]1722 與淨土。

父：[宋][宮]、父堅[元][明]2034。

箇：[乙]2261 字無。

給：[甲][乙]2263 耶答祕，[乙]2263 耶答。

更：[甲]2339。

功：[三]2123 德與瞿。

故：[甲]952 於時世，[甲]2266 無色諸，[元][明][宮]1545 所摧伏，[原]1780 生死名。

冠：[明]2122 服光相，[原]1098 瓔珞。

光：[甲]1736 十相即，[三][宮]632 明還繞。

歸：[甲]1782 者所執。

後：[甲]1736 四段，[乙]2391 徐徐前。

候：[甲]2281 故也病。

乎：[甲]2035。

呼：[三][宮][聖]376 爲。

許：[三]202 共議已。

互：[甲]2266 上有更。

華：[乙]2391 上有伏。

火：[三]154 於是天，[三]185 又不可，[三]2060 一澤之。

擊：[明][甲]1177 揵椎椎。

及：[甲]1821 與起，[三]100，[三]193 諸佛，[原]1239 眷屬必。

即：[丁]1831 不繫七，[甲]1733 名終教，[甲]1733 實是故，[甲][乙]2390 以右手，[甲]1708 初也於，[甲]1733，[甲]1733 迹亦不，[甲]2266 果名三，[原]1781 妙食，[原]2271 合二百。

己：[甲][乙]1822 中三是。

既：[甲][乙]1821，[明]2087 知也增。

假：[甲]1929 中即有。

兼：[甲]1828 有善護。

間：[三][宮]657 智慧。

見：[甲]2299 者意顯，[三][宮]638 而爲講，[三][宮]1421 過患有，[乙]1822 取義。

皆：[甲]1736。

劫：[甲]1828 滿已前。

戒：[三]、足[宮]2060 後聽餘。

界：[三]1485 外獨在。

今：[甲]2195 伽，[甲][乙]2261 爲八通，[三][宮]1424，[三]1339 所說陀，[乙]2261 教亦有。

金：[三][宮]2121 金化作。

淨：[甲]1238 衣。

久：[丙]2120 貧破伏，[甲]1763 者名發，[甲]2087 言猶爲，[三]2103

則有，[三]212 乃剋蛇，[聖]953 即成發，[乙]2396。

酒：[三][宮]581 酒之亂。

就：[明]2087 次東二。

舉：[甲][乙]2390 印頂側。

懼：[三]2063 祀神求。

卷：[甲]2250 八紙右，[甲]2250 十右倒，[甲]2266 九紙云。

可：[宮]2121 馬四腳。

空：[甲]、之空[乙]1929 聖行次，[甲]2204 義説爲，[甲][乙]1821 外應執，[甲]1709 所以，[乙]2394 也等位。

孔：[三][宮][另]1451 中共諸。

苦：[乙]1822 者容得。

快：[明]1577。

了：[甲][丙]2227 時復應，[原]2349 即迴立。

類：[甲][乙]1821 言。

禮：[三]2063 觀覽經。

立：[甲]2801 而不欲，[甲][乙]1822 無間生，[甲][乙]2397 誓云對，[甲]1780 名耳若，[甲]1782，[甲]2231 位故名，[甲]2271 法作故，[甲]2273 我，[甲]2434 甚深名，[聖]2157 中即言，[乙]2309 加行名，[乙]2391 中今決。

靈：[甲][乙]2087。

令：[甲]2261 種族經。

亂：[甲]2128 見也。

沒：[宋]10 想以是。

沒：[三][宮]2103 流沙途。

妙：[丙]1823 樂名離，[明][甲][乙]1000 舌相，[三]2145 明易啓。

滅：[甲]2792 憶念不。

名：[明]1549 具足者，[乙]1821 增上果。

魔：[聖]227。

母：[三][甲]1033 眞言一。

乃：[甲]2266 至涅槃。

惱：[乙]1909 觸不覺。

能：[三]、－[宮]2103。

念：[宮]2122 如掌所，[甲]2075 時無，[甲]2434 遷轉皆。

七：[甲]1512 意也是。

其：[宮]2112 祭，[甲]2195，[甲]2195 尤可說，[甲]2263 義可爾，[甲]2428 事何答，[三][宮]2060 愚非魯，[三][聖]178 言即，[三]2063 不可量，[乙]2254 命連持，[元][明]637 惡是爲。

起：[聖]476 因緣。

前：[甲]2266 心所至。

乾：[聖][另]1458 數數翻。

欠：[甲]2036。

求：[三]2103 法於此。

去：[甲]1828 根塵約，[三][宮]1435 乏少時，[三]2063 從外國，[乙][丙]2777 體超越。

趣：[三][宮]1458 寺，[三][宮]1521，[聖]99，[石]1509 不增。

人：[甲]1709 來問難，[甲]1780，[明][甲]1177 身皆，[明]620 法或有，[三][宮]263，[三][宮]263 使入佛，[三][宮]586 演說如，[三][宮]606 喜求他，[三][宮]1421，[三][宮]1488 所壞處，[三][宮]2040 安止使，[三][宮]

2121 便不肯，[三][宮]2122，[三][宮]2123 所不尚，[三][聖]211，[三]94 欲令安，[三]190 所覆，[三]263 察所講，[三]374 父母大，[三]2060，[聖]285 國土，[宋][元][宮]2103 儔命駕，[宋]152 畜不，[宋]197 王聞是，[元][明]119 然此沙，[元][明]1509 義遍闇，[原]1819 大體，[原]1849 厥號馬。

仁：[三][宮][聖]425 人真審。

肉：[三][宮]493 者雖處。

如：[甲]2299 智故就，[元][明]410。

汝：[三][宮]2040 時迦毘。

入：[三][宮]401 所感動，[三]6 水，[三]309 鬥達於，[三]2112 流沙至。

若：[三]193 大海心。

三：[甲][丙]2397 身從無，[甲][乙]1816 靜慮下，[甲][乙]950 時燒佉，[甲][乙]1821 種故故，[甲][乙]1822 隨相，[甲][乙]1830 第六，[甲][乙]1833 支無過，[甲][乙]2390 衣次入，[甲]893 簸多者，[甲]1239 指一切，[甲]1816 事理不，[甲]1821 行相極，[甲]2211 區我等，[甲]2215 賢位菩，[甲]2259 行非凡，[甲]2266 解第二，[甲]2266 無失，[甲]2273 上能非，[甲]2281 宗比，[甲]2339 說破責，[三][宮]534 明大慈，[三][宮]2102 典獨以，[聖]375 業是人，[乙][丙]2397 義二義，[乙]1723，[乙]1821 極促謂，[原]、[甲]1744 歡諦甚，[原]1700 文次兩，[原]2369 兒也其，[原]2428 句

六大。

色：[宮]288 面七寶，[甲]2217 中我如。

善：[乙]1238 人若不。

上：[甲]2339 七句約，[甲]2266 讀之意，[甲]2339 處，[三][宮][甲][乙][丙][丁]869，[三][宮][聖]272 菩提，[三]985 或白羯，[乙]2215 問無故，[乙]2254。

捨：[三][宮][另]、－[聖]1442 與善芯，[元]2122 而不顧。

攝：[甲][乙]1866 是則諸。

身：[丙]2810 所起者，[宮]1911 意障難，[三][宮]2043 以肉泥，[三]2123 影。

生：[甲]2782 蘊名之，[三][宮]1442 嫌恥作，[原]2196。

聲：[甲]1512 性便謂。

聖：[甲]974 者是以，[三]360 眾彼菩。

失：[甲][乙]2286 故發宿。

師：[乙]2296 義今言。

食：[三][宮]2121 若謂不，[三]125 表當共。

時：[和]261 不應卒，[三]1 爾時世，[元][明][宮]614 既。

示：[甲]、亦[乙]、－[丙]2381 有三種。

世：[明]291 界或如，[三][宮]403 所，[三][宮]2034 最下劫，[乙]2263 間是假。

事：[甲]1921 彼不來，[三]125 故不赴。

是：[丙]2231 不當佛，[甲][乙]
1822 答問何，[甲][乙]2309 第七末，
[甲][乙]2778 果説諸，[甲]900，[甲]
1851 慧説爲，[甲]2204 現，[甲]2266
因緣不，[甲]2300 眞實義，[甲]2323
甚不是，[明][甲][乙]1225 若敷蓮，
[明][甲]1177 人得遇，[三][宮]263 於
其衆，[三][宮]266，[三][宮]285，[三]
[宮]397，[三][宮]399 以等上，[三][宮]
650 者當有，[三]190 善男子，[三]399，
[三]2149 時復致，[聖]586 爲得菩，
[乙]1821 異熟者，[乙]2227 爲聖位。

誓：[甲]2397 願令。

釋：[甲][乙]2261 等者，[甲]2195
大王求。

手：[乙]2390 胸。

受：[宮]2123 福其三，[甲]2269
境界雖。

述：[三]2125 自久不。

水：[三]2122 手淨尚。

説：[三]375 善男子。

思：[甲]1829 遂便發。

巳：[原]2208 外乎然。

四：[甲]2035 天爲男，[甲]2274
如立我。

所：[甲]2396 依之土，[明]1563
生等相，[三][宮]345 欲幸勿，[三]
2145 之居鐵，[乙]2263 説經論，[元]
[明]263 難則於。

題：[聖]1788 中解別。

體：[甲][乙]2288 言下可，[甲]
2337。

天：[甲][乙]1822 言論。

土：[甲]1782 亦現空。

退：[元][明]649 者策進。

王：[宮]2053 言尚訛，[甲][乙]
2228 后加，[甲]1728 何況其，[原]、
王[甲]1781 淨飯王，[原]2211 宮是也。

威：[甲]893 德。

微：[甲]2414 塵數之。

為：[三][宮]724 癩病何。

爲：[甲]1736 復顯即，[三][聖]
375，[三]375 檀波羅，[三]2063 何后
寺，[元][明][宮]374 實諦。

文：[宮]2034 到國十，[宮]2060
爲義，[甲]、－[乙]2249，[甲]、－[甲]
2261 出故，[甲]、但作細註 2266，
[甲]1828 廣辨諸，[甲]2218，[甲]2249
思之第，[甲]2266 細也學，[甲][乙]
1866 則同時，[甲][乙]2263 也言彼，
[甲]1805 詞爲即，[甲]1805 若村若，
[甲]1816 云此顯，[甲]1828 自下解，
[甲]1929 理也問，[甲]2128 務准古，
[甲]2128 心動也，[甲]2129 忍反，[甲]
2183 名，[甲]2250 中許第，[甲]2262
言唯欲，[甲]2266，[甲]2266 處尚不，
[甲]2299 今明皆，[甲]2299 又新婆，
[甲]2339 不許昔，[甲]2339 義含衆，
[甲]2434 意何答，[明]1605 詞問答，
[三][宮]2122 故如來，[三]1058 者以
石，[三]2112 妙宗自，[三]2122 控引
經，[三]2122 唯，[宋]、－[宮]2103 文
脚蹋，[乙]2385，[元][明]2123 理乃
爾，[原]2248 先須簡，[原]2196 爲十
七，[原]2248 上由似。

聞：[三]2088 勅送像。

問：[元][明][宮]374 言此是。

我：[三]125 曰從羅，[元][明]292 而慈愍。

臥：[元][明]407 具娑婆。

無：[元][明]125 底斷諸，[原]1721 也例如，[原]1776 明是妄。

五：[甲][乙]2194 種有四，[甲]1782 地雖皆，[三][宮]2121，[聖][甲]1733 行積集。

西：[明]994 來莫。

細：[原]1849 故無王。

顯：[甲]1805 不開下，[甲]2266 理不就。

想：[甲]1700 心更長，[原]2339 受等及。

心：[甲][乙]2219 本性，[甲]1799 分不留，[甲]1922 相以爲，[明]310 所集起，[三][宮]1525 願答曰，[三]125 所，[三]2058 起輒，[宋]26 功德謂，[宋][元][宮]2111 用權道，[乙]1202 口加念，[乙]2261 相緣所，[元][明]626 其福出。

行：[甲][乙]2207 阿難所，[甲]2299 勝身子，[三][宮]721 人既呵，[元][明]227 樹諸池。

性：[甲][乙]2309，[宋][宮][聖]376 眞實迦。

兄：[三][宮]2121 辭喻悽。

修：[甲]1873 儀則故。

須：[三]189 凡諸。

熏：[甲]2263 勝種耶。

焉：[甲]2289 彼，[甲]2289 已上十，[三][宮]2060。

言：[甲][乙]1736 於一其，[甲][乙]1822 若准，[甲][乙]1822 所言不，[甲]1736 五對然，[甲]1781 嫌又欲，[甲]1782 我，[甲]1828 由勝處，[甲]2195 略，[甲]2254 故也已，[甲]2362 能緣智，[甲]2748，[三][宮]425 不肯信，[三][宮]1442 六衆白，[三][宮]1442 三衆皆，[三]202 衆臣咸，[三]203 曰二俱，[乙]2215 證道門，[原]、[甲]1744 一乘德，[原]1899 置之言。

養：[知]2082 女年七。

爻：[三]2088 蒼。

堯：[原]1308 失夏至。

耶：[甲][乙]2277 答俱無，[甲]2254 答修練，[原]2271 答因親。

也：[宮]2112 別名禮，[宮]2122 秤也汝，[甲]、一[乙]1929，[甲]、之也[乙]2263，[甲]1815 且上品，[甲]2128，[甲]2255 餘部，[甲]2263 由之見，[甲]2271 故彼疏，[甲]2277 第六問，[甲]2305 謂阿陀，[甲]2402 傲字，[甲][乙][丙]2778 旨意也，[甲][乙]1866 第四修，[甲][乙]2249 泰法師，[甲][乙]2263，[甲][乙]2263 不論故，[甲][乙]2288 大綱尤，[甲][乙]2390 意大德，[甲]871 大，[甲]1775，[甲]1775 也然無，[甲]1781，[甲]1781 正行善，[甲]1802 若有衆，[甲]1823 不在見，[甲]1828 復有乃，[甲]2068，[甲]2128 應言鞞，[甲]2195 後五十，[甲]2195 自利爲，[甲]2196 生死長，[甲]2217，[甲]2217 次逐月，[甲]2217 時地中，[甲]2217 之，[甲]2227 中皆具，[甲]

2231 疏云我，[甲]2254 正文，[甲]2263，[甲]2263 汎爾不，[甲]2263 論下文，[甲]2263 若爾不，[甲]2263 意者彼，[甲]2266 五識相，[甲]2270 果實便，[甲]2271，[甲]2273 比量難，[甲]2273 離實大，[甲]2274 明知所，[甲]2274 云云，[甲]2277，[甲]2290 其旨又，[甲]2290 外中具，[甲]2299，[甲]2299 故唯説，[甲]2299 今此品，[甲]2299 爲佛故，[甲]2299 爲六重，[甲]2299 性名爲，[甲]2299 言菩薩，[甲]2299 又大師，[甲]2408 故，[甲]2414，[甲]2414 明朝，[甲]2415，[甲]2415 答不爾，[甲]2415 意四，[三][宮]1433，[三][宮]1464 若過三，[三][宮]1488 終不以，[三][宮]2103 無求蠹，[三][宮]2104 廣，[三][宮]2123 我阿闍，[三]7 彼諸力，[三]2154，[聖]625 所歸，[聖]1763，[乙]2393，[乙]2394 施功不，[乙]2215 行偏所，[乙]2223 所歸向，[乙]2263，[乙]2263 大概記，[乙]2263 但法義，[乙]2263 但瑜伽，[乙]2263 二各，[乙]2263 故付十，[乙]2263 其緣若，[乙]2263 若定，[乙]2263 時代相，[乙]2263 所以由，[乙]2263 又有定，[乙]2309，[乙]2309 謂本識，[乙]2390 別記云，[乙]2408，[乙]2408 即表壽，[乙]2408 云云但，[原]、之口[原]2196 祥即取，[原]、之相[原]、身[原]2196 隋云種，[原]、之初初也[原]2196 初又二，[原]2196，[原]1721 非人之，[原]1771 今上下，[原]1780 自餘衆，[原]2196，[原]2196 初中有，

[原]2196 二主寶，[原]2196 有二上，[原]2196 有二一，[原]2196 語言與，[原]2231 然今明，[原]2339 大集所，[原]2409 云云。

業：[甲]1828 果報於。

一：[甲]952，[甲]1736 處，[明]889 心念懺，[三][宮]397 心一色，[三][宮]2121 摩尼珠，[聖]125 時彼商，[乙]1736 德及遍。

衣：[甲]1804 方法三，[甲]1805 方法求，[三][宮]563 當得五，[三]171 欲得金，[宋][宮]598 義如來，[宋][元]44 婦藏臣。

依：[甲]2195 義不依。

已：[丙]2185 訖猶有，[甲][乙][丙]2778 前兼涅，[甲]1816 上便無，[甲]1821，[三][宮]374，[三][宮]1425 競驚而，[三][宮]1428 然後，[三][宮]1428 疑佛問，[三][宮]1428 自念言，[三]125 後更不，[三]196 又不可，[聖]200 既盡猶，[元][明][聖]643 於幢幡，[元][明]209。

以：[甲]、之言以之[乙]2192 言爲門，[甲]1723 沐浴必，[甲]1735 分爲六，[甲]1821 所映奪，[三]、已[宮]2026 法，[三][宮]638 滅盡，[三][宮]2112 玉藏，[乙]2263 後。

矣：[三]2088 城已頹。

亦：[甲]、名[甲]、必[乙]2174 多時綵，[甲]2390 意大德，[甲][乙]2391 能持摩，[甲]1828 不具十，[甲]2400，[三][宮]462 如幻不，[三]2110 爲此形，[聖]625 所，[乙]2396 有如來，

[原]1771 云貨牛。

異：[三][宮]322 同想以，[三]2059 有羅漢，[元][明]2122 有羅漢。

意：[甲]2300 淺深亦，[甲][乙]1822 時恒成，[甲][乙]1822 義。

義：[乙]2263。

因：[甲]2337 行既成，[三][宮]420 緣而行。

飲：[三][甲]1313 食供養。

印：[明]894。

應：[甲]1744 故名爲。

用：[甲]2837 而常空。

有：[甲]2281 名，[甲]2299 者則不，[明]1591 異爾者，[乙]1724，[原]1840 三相亦。

又：[甲]2128 訓狐論，[甲]1828 言詮所，[宋][宮]396 後數千，[乙]1736 不得更，[乙]1821 生本者，[乙]2362 名濫涉，[原]895 行者喫，[原]1782 此徵。

于：[乙]1736 有仁鬼。

汚：[三][宮][另]1428。

於：[甲][乙]1796 名趣，[甲][乙]2391 中，[甲]1828 中第一，[甲]1969 安健之，[甲]2017 化城示，[三][宮]2122 皮所戲，[三]375 淨水中，[三]2103，[聖]627 起塔寺。

餘：[甲][乙]1736 波一波，[原]920 不。

歟：[甲]2249 他相。

與：[甲]2195 何時乎，[甲]1736 妄競性，[甲]2255 舊義，[三][宮]425，[三][宮]1428 我當與，[三]1082 爲其

給，[原]2271 聲自性。

語：[三]202 者斯。

欲：[甲]1828 貪二於。

喻：[聖]1512 以星外。

元：[甲]2281，[甲]2395 小分。

緣：[元][明][宮]374 故我説。

曰：[甲]1030 通三，[三]156 惡友太。

約：[甲]1805 縱不同。

月：[乙]2408 也女人。

樂：[宋][宮]387 王所入。

云：[甲]、－[乙]2254 假地水，[甲]、言[乙]2261 色聲二，[甲]、也[乙]2263 意依，[甲]、云云[乙]2434 審慮之，[甲]、之一[甲]2195 權門經，[甲]1708 一句讚，[甲]1736 義相類，[甲]2255 以漚和，[甲][乙]1821，[甲][乙]1822 非得已，[甲][乙]1822 即身前，[甲][乙]1822 相理合，[甲][乙]1822 一行相，[甲][乙]2228，[甲][乙]2254 淨無記，[甲][乙]2254 路行施，[甲][乙]2254 下釋第，[甲][乙]2254 義內又，[甲][乙]2261 論師也，[甲][乙]2263，[甲][乙]2263 間有二，[甲][乙]2263 生住成，[甲][乙]2263 師，[甲][乙]2263 釋不正，[甲][乙]2263 釋宗家，[甲][乙]2263 文此是，[甲][乙]2263 文爲證，[甲][乙]2263 義引，[甲][乙]2263 義與前，[甲][乙]2263 因，[甲][乙]2296 能説是，[甲][乙]2390 次阿闍，[甲]1512 解，[甲]1512 心所得，[甲]1708 二句就，[甲]1708 一偈對，[甲]1717，[甲]1717 亦如明，[甲]1724 不

謗故，[甲]1733 爲力今，[甲]1736 則順今，[甲]1778 不受汝，[甲]1802 我，[甲]1813 張大教，[甲]1816，[甲]1816 以功德，[甲]1828 從彼天，[甲]1828 謂於其，[甲]1828 亦爾眞，[甲]1829 解釋此，[甲]1887，[甲]1921 是也然，[甲]2068 先王治，[甲]2195 文爾，[甲]2214 大印正，[甲]2239，[甲]2239 自性寂，[甲]2261 無著上，[甲]2263 處，[甲]2263 難又要，[甲]2263 釋判，[甲]2263 釋凡因，[甲]2263 釋也，[甲]2263 依想，[甲]2263 義安如，[甲]2263 義不擧，[甲]2263 義也若，[甲]2263 義也應，[甲]2263 義引，[甲]2263 義由此，[甲]2263 義自性，[甲]2263 餘惑不，[甲]2263 諸，[甲]2266，[甲]2266 或，[甲]2270 由以所，[甲]2274 前是遮，[甲]2274 天生能，[甲]2274 緣瓶之，[甲]2274 自相之，[甲]2281 時第一，[甲]2299，[甲]2299 今推以，[甲]2299 無生無，[甲]2299 心深愛，[甲]2300，[甲]2336 爾耶，[甲]2339 人功窮，[甲]2397 性是三，[甲]2408 意，[甲]2409 六字神，[甲]2434 何，[甲]2434 也次第，[甲]2837 楞，[甲]2837 異，[三]、六[宮]2122 於大河，[三][宮]2059 見，[聖]1733 用是心，[乙]、云[丙]1833 因果受，[乙]2249 若云下，[乙]2263 文依菩，[乙]1822 傳説正，[乙]1822 等，[乙]2249 第二釋，[乙]2261 名不同，[乙]2261 能證故，[乙]2261 人未擧，[乙]2263，[乙]2263 等無間，[乙]2263 時以，[乙]2263 釋，

[乙]2263 釋疏要，[乙]2263 義不爾，[乙]2263 義也豈，[乙]2263 義諸佛，[乙]2263 種子，[乙]2296 若法，[乙]2296 醉於寂，[乙]2391 定普，[乙]2396 現，[乙]2408 印八，[元][明]2040 有畏，[原]、[甲][乙]1744 波羅蜜，[原]2339 無有餘，[原]1744 靜説爲，[原]1780 智爲境，[原]2196 即圓滿，[原]2271 宗無因，[原]2339 到阿耨，[原]2339 云何修，[原]2395 眞言教，[原]2408 聖位也，[原]2409，[知]1785 長行擧，[知]2082 止因至。

哉：[甲]2313。

則：[三][宮]683 歡悦即。

章：[明]2060 體勢非。

召：[三][丙]982 始可隨。

者：[宮]1545，[甲]1735 言無僧，[甲]2269 或在色，[甲]1969 佛爲醫，[甲]2195 是第一，[三][宮]1488 是優婆，[三]211 爲賢，[乙]2263 別無依，[原]1862 謂如有，[原]2263。

眞：[甲]2837 理既融。

正：[甲]1705 義試爲，[三][宮]534 水底有。

支：[宮]848 猶如鈴，[甲]1821 不可正，[三][宮]1451 天女手。

芝：[三][宮]2122 寺門外。

枝：[三]185 迦葉復，[元][明]189 於是迦。

知：[宮][甲]1912 答中先，[宮][甲]1912 出法我，[甲]1795 身心亦，[甲]1789 性離故，[甲]1924 義從業，[明]206 此龍蓋，[明]2029 故正法，

[明]2076 即解如,[明]2102 慮,[三]、一[宮]1579 相所謂,[三][宮]309 者如吾,[三][宮][聖][另]1451 王見是,[三][宮]2122 心念而,[聖]790 苦樂有,[元][明]、之患患之[聖]125 患誰作。

止:[聖]1763 謂之從。

旨:[三]2154 者。

至:[甲]1698 難示化,[甲]1735 深攝衆,[甲]1929 眞性理,[甲]2036 魏隱于,[甲]2748 佛果故,[明]1646 畏處不,[三][宮]665 山下安,[三][宮]2059 曛浩不,[三][宮]2121,[三]1,[三]161 婆羅門,[三]2121 佛所側,[乙]1709 峯跨壑,[乙]1744,[原]1764 此先明。

志:[元][明]276。

治:[三]209 醫以酥。

中:[宋][元]1646 爲上行。

終:[三]100 時即是。

種:[甲]950 光,[乙]2192 機緣以,[原]1818 義一者。

衆:[三][宮]403 心二曰,[三]125 中亦復。

呪:[三]1331 術以化。

諸:[宮][甲]2008 法乃至,[甲]1718,[三][宮]1428 人等晝,[三][宮]2104 經非此,[三]152 獵士分,[三]201 繫縛,[三]477 法乃曰,[三]682 愚夫執,[原]1858 道皆因。

主:[甲]1873 分唯,[甲]2036,[三][宮]2122 不疑,[乙]2249 四種善。

住:[明]398 於信樂。

箸:[三][宮][另]1451 火生既。

准:[甲]、准之[甲]2195 於菩。

茲:[三]2103 齊貫染。

子:[宮][甲]1911 胎,[宮]869,[甲]2036 師缺則,[三][宮]816 有園名,[三][宮]2042 即名此,[三][宮]2104 孫豈有,[三][宮]2121 遣信報,[聖]224 是時弊,[元][明]329。

自:[乙]2263 性。

字:[甲]1783 爲身如,[三][宮]2060 經紛碎。

恣:[元][明]362 意憍慢。

足:[宮]895 教宜速,[宮]2040 我自憶,[甲]2255 分等,[甲][乙]1822 前毛孔,[甲][乙]1822 與妙無,[甲]1709 非不住,[甲]1709 爲定量,[甲]2039 矣何願,[甲]2087,[甲]2196 三顯現,[甲]2391,[明][聖][丁]1199,[明]293,[三][宮]425 乃勸化,[三][宮][另]1442 淤泥歡,[三][宮]222 在賢劫,[三][宮]288 興造廣,[三][宮]397 彼得如,[三][宮]553 盡其壽,[三][宮]565 德少欲,[三][宮]848,[三][宮]1546 時彼比,[三][宮]2060 諦,[三][宮]2060 後仍住,[三][宮]2121 今,[三][宮]2122 將還山,[三][宮]2122 色如雲,[三]212 清淨非,[三]291 變化,[三]310 異口同,[三]682 可窺鑑,[三]896 後如法,[三]1440 比丘在,[三]2104 過,[聖]271 前百千,[宋][元]263 所以者,[宋]2103 而獲後,[乙]1709,[乙]2408 即是天,[元][明]158 以法味,[原]2196 沼。

最:[乙]2408 後必。

作：[甲]2195 何答。

支

艾：[三][宮]2122 料既足。

拔：[三][宮]、枝[聖][另]1548 欲。

跋：[三][宮]2085 提可有。

被：[聖]1421 往白衣。

表：[聖]1563 數等無。

叉：[明][甲][乙][丙]1277 二中指。

處：[丙]1141 即成清，[甲]973 其五輪，[乙]1141 便成，[乙]1141 即成金，[原]973。

發：[甲][乙]2317 身語思，[甲]1828 今依後，[甲]1828 趣果又，[甲]1828 悟者景，[甲]1828 心義意，[甲]1839 正願者，[甲]1839 性因於，[甲]1839 語之端，[原]1782 心修行。

反：[甲]2244 毘沙門，[甲]2269 出方，[三]、[甲]1227 麼囉，[三][宮]2102 飛靈餀，[原]2196。

分：[宮][聖]341 退轉因，[明]1653，[聖]99 牟尼之，[石]1558 離已成，[乙]2261 聖道中。

故：[宋][宮]、枝[元]、文[明]278 得一切。

光：[甲]2339 得光增，[甲]1782 顯相類。

核：[宮]1596 緣生是。

及：[甲]2266 五業種。

伎：[宋][元][宮]、技[明][知]1579 屬或弊。

技：[宮]397 解其，[三][宮][聖]

[石]1509 共一切，[三][宮]310 道也彼，[三][宮]397 所謂無，[三][宮]1435 朽則軟，[三][宮]2060 將逾喜，[聖]305 故四，[聖]410 節，[宋]、肢[元][明]、枝[宮]263 節和懌，[宋][元][宮]、肢[明]405 節。

交：[三][宮]1613 杖僧佉，[三][宮]2102 伯，[三]606 拄相連，[聖]1440 一富羅，[乙]2795 頭。

夸：[三][宮]2102 父。

枚：[聖][另]1548 道説故。

門：[甲]1912。

萌：[甲]2231。

破：[宮]、鈹[聖]1421。

岐：[聖]1723 大熱鐵，[乙]2379 美能彌。

取：[原]2339 二種。

尸：[甲]1781 佛心無。

師：[甲]2434 利白佛，[聖]627 利普超。

史：[甲]2425 多天者。

氏：[甲]2250 非不相，[明]631，[三]362，[三]2149 國遇沙，[乙]2263 譽美。

天：[宋][明][宮]2122 竺所出。

文：[宮]1912 但至四，[甲]1782 多少界，[甲]2250 名種末，[甲]2261 分三，[甲]2266 等無染，[明]2034 讖世高，[元]1464 舍支鬼。

央：[甲]、史[乙][丁]2244。

鈸：[三][宮]1425 上若葉。

義：[甲][乙]2263 亦功能。

友：[宮]310 能成六，[宮]659 留，

[宮]1521 經除罪，[宮]2059 法防共，[宮]2060，[宮]2122 六情完，[甲][乙]1816，[甲]850，[甲]1772 故盧，[甲]1813 次三於，[甲]1828 八，[甲]1828 第四解，[甲]1851 成是故，[甲]2087 隣陀龍，[三][宮]、反[聖]627 則是其，[三][宮]1545 乃至爲，[三][宮][甲][乙][丙]876 不厭捨，[三][宮]1579 故入微，[三][宮]1625，[三][宮]2121 四人一，[三]2088 清論勝，[三]2154 集或十，[聖]446 味，[宋][宮]2122 淨三業，[宋][元]、肢[明][宮]2112 以去形，[宋][元][宮]1443，[宋][元][宮]1604 成熟由，[宋][元][宮]2102 道，[乙]867，[乙]1822 因十一，[乙]2157，[乙]2157 西域人，[乙]2397 力謂善，[原]1819 反乃稱。

有：[甲]1736 唯修所。

又：[甲]2266 云至勝。

與：[甲]2266 攝故此。

丈：[聖]1562 一尋。

杖：[宮]402 寶無垢。

者：[三][宮]2121 國王與。

之：[丙]2778 謙於武，[甲]853 分也，[甲]1268 譯。

枝：[德][聖]26 於聖正，[德][聖]26 正見乃，[宮]462，[宮]1546 未來一，[宮]1546 緣雖是，[宮]2123 葉耳聖，[宮][聖]278 有味著，[宮][聖]1541 品一界，[宮][聖]1552 非一切，[宮][聖]1552 五支，[宮][聖]下同 1541 謂念覺，[宮]397 故若持，[宮]397 解具足，[宮]1425 及餘衣，[宮]1548 聖道

正，[宮]2058 禪，[宮]下同 1546 體者學，[宮]下同 1546 耶答，[宮]下同 1546 緣幾在，[甲]1847 末無明，[甲][乙]2194 無漏七，[甲]908 皆安右，[甲]1718 林如盆，[甲]1733 者依菩，[甲]1828 葉者景，[甲]2128 者此乃，[甲]2879 燈一，[明][宮]374 拄地頂，[明][宮]1548 網能生，[明]1450 圓滿衆，[三][宮]1548 欲，[三][宮][聖]223，[三][宮][聖]223 不取相，[三][宮][聖]223 共一切，[三][宮][聖]2042 禪，[三][宮][聖]混用 1552 戒，[三][宮][聖]混用 1552 者五支，[三][宮][石]1509，[三][宮][石]下同 1509，[三][宮]397 發起慈，[三][宮]397 故持智，[三][宮]397 無智慧，[三][宮]606 解各散，[三][宮]785 法四，[三][宮]1425 尼耶螺，[三][宮]1425 提，[三][宮]1435 法者佛，[三][宮]1435 澡罐，[三][宮]1488 不具足，[三][宮]1525 故四十，[三][宮]1546 力外，[三][宮]1581 生是名，[三][宮]1647 節，[三][宮]2060 比曜時，[三][宮]2060 花，[三][宮]2060 江禪慧，[三][宮]2060 三，[三][宮]2060 葉窮討，[三][宮]2103 廣惟祺，[三][宮]2103 育蟲妙，[三][宮]下同 397 名，[三][宮]下同 1546，[三][宮]下同 1552 轉至於，[三][聖]26 節悉御，[三][聖]643 示胸，[三]1 成就梵，[三]1 一者信，[三]125 著我耳，[三]1301，[三]2145 尋不全，[三]2154 派編末，[聖]26 依捨離，[聖][另]285 體衣，[聖]26 八支，[聖]26 漏盡，[聖]26 聖

道，[聖]26 聖道正，[聖]99 緣起如，[聖]223 皆不可，[聖]278 緣起，[聖]375 也有從，[聖]627 體頭眼，[聖]1421 或如，[聖]1425 八正道，[聖]1440 二禪四，[聖]1441，[聖]1462 一者念，[聖]1552 當知是，[聖]1763 之起雖，[石]1509，[石]1509 節內外，[宋]、肢[元][明]190 節時諸，[宋][宮]、枝不[聖]1509 取相不，[宋][宮]、肢[元][明]263 體，[宋][宮]、肢[元][明]724 節斷壞，[宋][宮][聖][石]1509 皆不可，[宋][宮][聖][石]1509 取相生，[宋][宮]270 無盡意，[宋][宮]374，[宋][宮]397，[宋][宮]397 復次心，[宋][宮]397 一切寂，[宋][宮]648 分能隨，[宋][宮]下同 397 觀，[宋][明]156 持名八，[宋][聖]、肢[元][明]26，[宋][聖]26 攝正見，[宋][聖]26 必得，[宋][聖]26 聖道耶，[宋][聖]26 已復，[宋][聖]26 云何欲，[宋][聖]26 正道正，[宋][元][宮]1546 雖體性，[宋][元][宮]1546 在未來，[宋][元][宮][石]1509 三昧，[宋][元][宮]278 普令，[宋][元][宮]1425 提諸，[宋][元][宮]1428 白佛，[宋][元][宮]1546 道支，[宋][元][宮]1548 道中廣，[宋][元][宮]1548 定五智，[宋][元][宮]1550 思惟道，[宋][元][宮]下同 1546 以於法，[宋][元][宮]下同 1546 與喜覺，[宋][元]1441 相應偷，[宋]24 拄地悉，[宋]25 拄地有，[宋]26 禪定常，[宋]26 斷俗，[宋]26 汝，[宋]26 齋居士，[宋]375 拄地頂，[宋]397 觀諸禪，[原][甲]1851 作，[原]

2408，[知]26 道大龍。

知：[明]1336 反五，[明]1602 於眞諦。

肢：[甲]1736 節與形，[甲]1735 節毛孔，[明]261 節菩薩，[明]1545，[明][丁]1199 體苦痛，[明]190，[明]220 節與，[明]261 節，[明]261 節故云，[明]261 節心肺，[明]376 節血，[明]722 節枯乾，[明]856 分結護，[明]1450 節將散，[明]1536 體散髮，[明]1545 體天帝，[明]2122 損弱，[三]、技[聖]201 節皆火，[三]、枝[宮]263 體解憚，[三]、脂[宮]402 婆呵六，[三]190 節而將，[三][宮]411 體廢缺，[三][宮]411 體無缺，[三][宮]1547 節若眼，[三][宮]1647 節如解，[三][宮]2045 節煩痛，[三][宮]2103 屈於君，[三][宮]294 體捶，[三][宮]310 節等及，[三][宮]310 節於茲，[三][宮]310 體於千，[三][宮]374 節手足，[三][宮]387 節手足，[三][宮]513 體身，[三][宮]618 節，[三][宮]619 節悉已，[三][宮]639 亦復割，[三][宮]664 節，[三][宮]720 節如赤，[三][宮]720 節行言，[三][宮]801 節悉分，[三][宮]840 體不具，[三][宮]847 節百段，[三][宮]1421，[三][宮]1522 節手足，[三][宮]1536 體或時，[三][宮]1543 節完具，[三][宮]1545 節如，[三][宮]1545 節痛痛，[三][宮]1547 節，[三][宮]1547 節一時，[三][宮]1552 節聖説，[三][宮]1558 節應立，[三][宮]1562 雖未離，[三][宮]1577 體者心，[三][宮]

1579 節不動，[三][宮]1579 節疑命，[三][宮]1672 節，[三][宮]2053 體救，[三][宮]2058 節，[三][宮]2059 節都，[三][宮]2059 解投之，[三][宮]2060，[三][宮]2060 不勝至，[三][宮]2060 節分遣，[三][宮]2103 百體之，[三][宮]2103 神爲八，[三][宮]2104 那大國，[三][宮]2121，[三][宮]2121 復滿十，[三][宮]2121 節，[三][宮]2121 節放，[三][宮]2121 節解王，[三][宮]2121 解，[三][宮]2122 分皆悉，[三][宮]2122 手足骨，[三][宮]2123，[三][宮]2123 分皆悉，[三][宮]2123 節，[三][宮]2123 節等，[三][宮]2123 節身分，[三][宮]2123 節委臥，[三][宮]2123 解種種，[三][宮]2123 流注諸，[三][宮]下同 411 體具足，[三][宮]下同 2123 解其形，[三][宮]下同 411 節或斷，[三][宮]下同 411 節令無，[三][宮]下同 1547 節異足，[三][宮]下同 2123，[三][宮]下同 2123 節煩痛，[三][宮]下同 2123 尪，[三][甲]1227 節少，[三][聖]26 節彼人，[三][乙]895 沈重無，[三][乙]953 分斷及，[三][乙]1076 節痛加，[三]99 體端正，[三]125 節壞形，[三]153 解默受，[三]154 體骨肉，[三]190 節放箭，[三]194 節筋骨，[三]198 體以故，[三]200 節間皆，[三]201 節緩，[三]202 節極患，[三]212 節各在，[三]220 節相連，[三]220 體於彼，[三]374 節，[三]375 體隨其，[三]411 體廢缺，[三]865 分三昧，[三]873 節不，[三]987 節痛一，[三]1582

節同，[三]2087 體糜散，[三]2106 不安自，[三]2122 五藏壹，[三]2149 不安自，[宋][宮]2121 拄地莊，[宋][元][宮]223 節，[宋][元][宮]1548 節諸入，[宋][元][宮]1558 節觸便，[宋]2088 解，[乙]953 取血於，[乙]1796 體垂欲，[元][明]384 節煩惱，[元][明]1558 節遂致，[元][明]1562 是髮毛，[元][明][宮]310 體髓腦，[元][明]24 節轉復，[元][明]25，[元][明]25 燒節燒，[元][明]26 體，[元][明]86 生，[元][明]184 節萎曲，[元][明]189 節及以，[元][明]194 節與首，[元][明]201 節佛爲，[元][明]201 節皆有，[元][明]201 節悉解，[元][明]203 若爲正，[元][明]204 六情，[元][明]263 體妻子，[元][明]310 脈生，[元][明]375 節當於，[元][明]507 解寸斬，[元][明]511，[元][明]619 節有刀，[元][明]639 節，[元][明]738 解身體，[元][明]768 六情完，[元][明]1443 體彼便，[元][明]1451 節痛苦，[元][明]1451 節悉皆，[元][明]1451 謂頭及，[元][明]1458 及卵若，[元][明]1490 節耶天，[元][明]1508 百四骨，[元][明]1509 不完或，[元][明]1544 節苦受，[元][明]1545 節有説，[元][明]1545 乃，[元][明]1545 肉或賣，[元][明]1558 節一一，[元][明]1562 節觸便，[元][明]1562 節一一，[元][明]1563 體然，[元][明]1581 節不，[元][明]1581 節殘毀，[元][明]2041 節相好，[元][明]2122 至毛髮，[元][明]下同 1581 節具足，[元][明]

下同 1581 節血肉，[元]556 解消爲，[元]1451 節。

肵：[三]、肢[宮]481 體妻子，[三][宮]1464 不啻七，[宋][宮]、肢[元][明]639 節夢寱，[宋][宮]、肢[元][明]639 節時菩。

脂：[三][宮]374 夫，[元][明][甲]901 好墨。

揩：[明]1450 頰思惟。

楷：[三][宮]721，[宋][元][宮]、揩[明]、伎[聖]1462 置堈擬。

止：[宋][元]2061 那也乃。

至：[三][宮]1545 那國雖。

志：[甲]2202 此云覺，[宋][元]2154 譯，[宋][元]2155，[原]2362 三藏金。

諸：[宋][元][宮]310。

子：[宋][元][宮][聖]、干[明]1451 傘蓋佛。

足：[三][宮]1552。

汁

非：[宮]1546 想乃至。

付：[宮]1425 如上三。

汗：[甲]2067 不破但，[明]1547 彼病比，[宋][元]2155 施經西。

計：[宮]1483 都不用，[聖]1441 作非時。

什：[三][甲]1228 吻。

十：[宋]2145 聞其至。

行：[宮]721 與水相。

汚：[三][宮]378 勒栴檀，[三][宮]1425 園民聞，[聖]2157 灌。

珠：[宋]643 時阿修。

芝

芬：[三][宮]2122 蘭峻旨。

蓍：[三]375 草楊枝。

兎：[三]2122 遂即殺。

脂：[明]1546 阿修羅。

吱

吠：[宮]721 羅陀邊。

厄

支：[三][宮]1428 與。

枝

拔：[宮]649 得十力，[甲]2067 塵。

被：[三][宮]2042 杭，[聖]1509 殺人若。

遍：[甲][丙]1202 燒。

扠：[三][宮]2121 猶如羅。

抄：[元][明]993 皆悉示。

成：[三][宮][聖]1421 術而反。

段：[甲][乙][丙]973。

根：[宋][宮]1545 欲界爲，[元][明]263 黨群從。

故：[宮]1509 葉華實。

花：[宮]397 爾時諸。

華：[三]185 葉潤漬。

伎：[宮]1911 能四學，[甲]1921 能，[三][宮]263 神異類，[三]220 瓦石杖，[宋]25 能工巧，[宋]100 能次集，[宋]190 能，[元][明][另]310 梵聲悉。

技：[甲][乙]2309 而，[甲][乙]

2390 君論定，[甲]2130 提山譯，[明]2123 節呪剎。

妓：[元]721 赤蓮華。

林：[宮]2121 可以自，[三][宮]1451 間歡，[三]643，[宋]192。

枚：[宮]310 優鉢羅，[甲]1733 諸，[明]1035 二，[三]193 一萌五，[元][明][宮]425 新華。

披：[乙]2408 越斧。

奇：[三]2122 逐水。

曲：[三]196 令吾牽。

數：[原]2220 之修行。

樹：[宮]613 折擣此，[甲]2082 遇見一，[三][宮]2122 天因此。

扷：[聖]278 或名壞。

雅：[明]2104 絕訪時。

葉：[宋][元][宮][別]397 葉生當。

友：[三]1301 黨咄且，[宋]、支[元][明]291。

仗：[三][宮]1545 同故一，[宋][元][聖]190 殺應不，[元][甲]1092 印三界。

杖：[宮]901 呪，[甲]、救[乙]2261 條亦盡，[甲][丙]1210 一呪一，[甲]1832 質非自，[甲]2322 質，[甲]2400 菩薩三，[三][宮]1509 上灰上，[三][宮][甲][乙]901 於天像，[三][宮]2122 拒之汝，[三][乙]1092 同上娜，[三]2154 鉢經一，[宋][元][宮]606 著連樹，[乙]1075 念誦一，[乙]2394 稍側頭，[乙]2408 也常，[元][明]2016 段段俱，[元][明]991 光輪海，[原]、於[甲]2270 立宗言，[原]1065 手是為。

支：[煌]262，[宮]618 皆如是，[宮]397 葉悉共，[宮]1558 及縷生，[甲]2266 末論，[甲下同 2255 非不在，[明]1546 八道，[明]26 財物主，[明]1425 提者佛，[明]1546 力外，[明]1547 非道品，[明]1550 正方，[明]1602 屬言不，[明]2076 荷如生，[明]2076 江人也，[明]2110 維翰列，[明]下同1546 猗隨順，[明]下同1547 五枝定，[明]下同1550 今覺觀，[三]、伎[宮]425 身行道，[三][宮]1546 猗覺，[三][宮]1648 離喜成，[三][宮][聖]混用1552，[三][宮]606 散，[三][宮]618 轉生死，[三][宮]1425 得臥，[三][宮]1425 定，[三][宮]1425 雨浴衣，[三][宮]1428 節呪剎，[三][宮]1435 覆，[三][宮]1506 不逼，[三][宮]1546 彼依佛，[三][宮]1546 能得離，[三][宮]1546 緣端正，[三][宮]1546 正定應，[三][宮]1547，[三][宮]1548 道乃至，[三][宮]1550 有覺觀，[三][宮]1550 緣起此，[三][宮]1552 乘一剎，[三][宮]1648 故成心，[三][宮]1648 為禪不，[三][宮]1648 義彼，[三][宮]2121 節皆火，[三][宮]2122 謂之瘣，[三][宮]下同1547 五枝五，[三][宮]下同1547 答曰信，[三][宮]下同1547 餘者無，[三][聖]1435 用覆胸，[三]1 一者比，[三]1546 五枝，[三]1546 耶答曰，[三]1552 者不殺，[三]1646 初禪亦，[三]下同1441 提，[聖]224 掖般若，[聖]1425 承令，[聖]643 葉其華，[聖]1537 香葉香，[另]1721 末法輪，[宋][宮]

384 葉故名，[宋][元][宮]1425，[宋]2061 相，[乙]1736 分本即，[乙]2249 轉至，[元][明]1 法戒淨，[元][明]25，[元][明]99 成六，[元][明]1509 因，[元][明]2121，[原]909 皆安右。

肢：[明]310 節皆相，[明]721 骨一切，[三][宮]2123 節斷壞，[三]99 節筋骨，[三]2103 節如何，[三]2110 柱地或，[三]2145 者也發，[元][明]99 節筋骨，[元][明]2122 體便持。

忮：[元][明][宮]1509 羅非翅。

致：[三][宮]2103 之易息。

子：[原]2410 云是。

知

彼：[三][宮][聖]421 見衆生。

別：[三][宮][聖]278。

不：[三][宮]1543 非斷知。

長：[甲]2219。

癡：[甲]2266 凡夫無。

持：[甲]951 呪者亦。

踟：[元][明]585 遮。

籌：[宮]1435 量乃使。

出：[甲]1828 聲如庸，[乙]2263 此故耶。

此：[明]337 法所生。

達：[三][宮]1598 菩提近，[三]2122。

答：[三][宮]1544 見現在。

得：[甲]1736 如是，[甲]2266，[三][宮]1549 其力勢，[三]1610 故名自，[聖]210 不善愚，[石]1509 諸，[知]384 痛佛告。

典：[三][宮]1435 僧臥具。

定：[明]886 如是八，[三][宮]1507 吉凶沙。

覩：[宮]263 之見能。

短：[甲][乙]1822 即，[明]1562 彼後入。

斷：[聖]278 一切衆。

而：[三]2154 俊朗體，[聖]272 漏盡。

法：[明]2123 可度化，[三][宮]1428。

犯：[宮]1808 數者隨。

分：[宋][元]1646 受。

各：[乙]2393 可反字。

根：[明]1525 迴向方。

垢：[甲]2266 有漏種。

故：[宮]1545 所依故，[甲]1709 若屬此，[甲]1828 雖非執，[甲]2400 是異，[明]220 大乘亦，[明]1596 釋曰二，[石]1509 之須菩，[宋][宮]2122 行人發，[元][明][宮]1646 不應言。

觀：[三]375 者則，[聖]1579 無常性，[宋][宮]270 苦樂是。

和：[宮][聖]421 集亦知，[宮]1458 醋及醋，[宮]1808，[甲]2300 其，[甲][乙][丙]2163 有勑不，[甲][乙]912 爐起入，[甲][乙]1072 者向馬，[甲]1782 故諦法，[甲]1805 飯提亦，[甲]2035 佛七日，[甲]2135 上，[金]1666 宿命過，[明][甲][乙]1276 蜜燒，[明]2076 智者只，[三][宮]、利[聖]285 同，[三][宮]1579 仁會昌，[三][宮]2103 之號用，[三]154 沙門梵，[三]1331 敬

上，[聖][甲]1763，[聖]425 見度無，[聖]1509 口説不，[聖]1509 十，[乙]877 出句及，[元]2016 萬法施，[原]2126 平矣魏。

弘：[宮]2060 道有歸，[甲][乙]1709 有教次，[甲]2348，[三]1582 一切界，[三]2103 道勝而，[乙][丙]2777 道者要。

會：[乙]2263。

慧：[三][宮]1563 名故此。

或：[宮]1547 時已知。

及：[宋]374 爾時世，[知]384 諸。

加：[甲]2036 解所謂，[甲][乙]1225 之，[甲][乙]2391 私云羯，[甲][乙]2394 之次以，[甲]1782 行智不，[甲]2274 簡別言，[明]997 護念，[三][宮]2108 僧等詣，[三]2110，[宋]279，[宋][宮]、嘉[元][明]509 其，[宋][宮]617 麻米豆，[宋][知]418 見過去。

見：[宮]374 苦樂無，[甲]2299 之問，[明]1451 已各還，[三][宮]1545 易了非，[三][宮][聖]1425 四眞諦，[三][宮]222 之足跡，[三][宮]223 法法不，[三][宮]397 次第心，[聖]211 之應當，[元][明][宮]374 月六月，[元][明][宮]374 云何肉。

皆：[三][宮][聖]1646 念念滅，[三]384 成爾時。

結：[甲]1782 集者聲。

解：[甲]1929 不須，[三]1，[聖][甲]1733 第三佛，[乙]1822 論愛。

戒：[甲][乙]1822 道支等。

今：[乙]1723 有大乘。

九：[甲][乙]2259 得邊二。

覺：[宮][聖][石]1509 無識如，[甲]1799 何待合，[甲]2036 歲之將，[聖][石]1509 無識摩，[元][明]375 愛不如。

口：[元]1 自念言。

苦：[三][聖][另]、若[宮]1548 無常。

來：[三][宮]1657 出世彼。

了：[宮]1799 四嘗報，[甲]1735 第二大，[乙]1821 如香。

禮：[甲][乙]2390 四禮金。

滅：[甲]1920 無餘。

名：[甲][乙]2194 若准三。

明：[甲]1851 障佛種，[甲]2801 等所覆。

那：[明]1336 那知四。

能：[甲]2266 起知相，[明]1450 有是力，[三][宮]397 平等悉，[三][宮]2123 休息如，[三]397 酬報，[三]2121 識遠但，[聖]375 出。

念：[三][宮]1808 食同別。

奴：[甲]2128 里。

破：[三]156 一切法。

其：[三][宮]1488 心調已。

奇：[三][宮]1425 之云何。

起：[甲][乙]1822 恚慢，[甲][乙]1822 亦無有，[原]2317 非也。

前：[乙]2261 自心。

切：[三][宮]1809 法白衣。

丘：[明]721 思惟天。

取：[和]261 足支身。

去：[甲][乙]1822，[甲]1723 爲諸

衆，[甲]1839 因喻簡，[甲]2006 同一國，[甲]2814 來内外。

却：[甲]2001 深乞與，[宋][元]、明註曰知南藏作却 1547 於是捕。

如：[丙]1141 是發母，[丙]2396 毘盧遮，[宮]、明註曰知南藏作如 1522 世間，[宮]224 是菩薩，[宮]1505 是因緣，[宮]1562，[宮][甲]1912 未見融，[宮][石]1509 似有後，[宮][知]1581 種種分，[宮]222 世俗慧，[宮]223 是三昧，[宮]263 所生處，[宮]272 是衆生，[宮]273 之大力，[宮]310 此四大，[宮]310 諸衆生，[宮]325 諸衆生，[宮]356 所趣向，[宮]374 是苦行，[宮]382 是菩薩，[宮]397 句假不，[宮]397 色眞相，[宮]397 時隨時，[宮]397 是等，[宮]468 此世，[宮]483 悉覺令，[宮]617 親里老，[宮]627 如來甚，[宮]650 法無有，[宮]671 寂靜法，[宮]694 是故若，[宮]732 微意故，[宮]810 五陰起，[宮]817 一切衆，[宮]848 本尊已，[宮]1458 是合食，[宮]1505，[宮]1509 一切語，[宮]1526 無垢稱，[宮]1545 食未銷，[宮]1558 名斷非，[宮]1558 色，[宮]1563，[宮]1566 虛空定，[宮]1647 是有，[宮]2031 亦有猶，[宮]2074 聞是經，[宮]2122 苦之本，[宮]2122 捨癡者，[和]293 彼佛所，[甲]、以[乙]2261 障體即，[甲]、知[甲]1718 道非道，[甲]997 一切法，[甲]1828 是名爲，[甲]1828 於其眼，[甲]1912 調達誦，[甲]1919 是心光，[甲]2249 法亦爾，[甲][乙]1822 長行中，[甲][乙]

2397 言佛陀，[甲][乙][丙]2396，[甲][乙]1705 大經中，[甲][乙]1709 餘文今，[甲][乙]1821 我生盡，[甲][乙]1822 離，[甲][乙]2250 光記詳，[甲][乙]2250 訖栗枳，[甲][乙]2263 佛境也，[甲]893 是祈請，[甲]895 是惡相，[甲]950，[甲]1232 諸，[甲]1700 故五吉，[甲]1709，[甲]1709 佛地論，[甲]1744 一苦中，[甲]1782 分別所，[甲]1782 心本空，[甲]1795 五蘊之，[甲]1804 僧次一，[甲]1816 不見有，[甲]1816 見二是，[甲]1816 是人能，[甲]1816 應如是，[甲]1823 上所言，[甲]1828 草覆地，[甲]1828 來中亦，[甲]1828 梁攝論，[甲]1830 本來至，[甲]1830 夢後釋，[甲]1830 緣心所，[甲]1870 自他平，[甲]1921 二經半，[甲]1922 世鬼神，[甲]1922 虛妄意，[甲]1926 是，[甲]2036 此見聞，[甲]2128 臘之，[甲]2214 先佛宣，[甲]2250 此起以，[甲]2255 法句中，[甲]2261 如佛名，[甲]2262 下第七，[甲]2266，[甲]2266 德業總，[甲]2266 釋曰不，[甲]2266 義燈分，[甲]2266 者正智，[甲]2300 是正憶，[甲]2309 是世界，[甲]2339，[甲]2396 維摩經，[甲]2434 彼果分，[明]293 其普遍，[明]1603 法處天，[明][宮]636，[明]49 彼，[明]189 未來世，[明]221 是人久，[明]221 痛如泡，[明]223 不見如，[明]261 是已願，[明]278 刹知衆，[明]293 諸衆生，[明]310 寂滅，[明]310 諸法同，[明]403 諸情樂，[明]588 此不計，[明]

654 是義者，[明]1470 上事者，[明]1546 根知已，[明]1549 此姦穢，[明]1550，[明]1552 無色界，[明]2131 是因緣，[三]、智如[聖]278 無所，[三]1 所禁忌，[三]65 是禍變，[三]267 彼平等，[三]1441 法舉是，[三]1552 名，[三]1598 斷煩惱，[三][宮]721 餓鬼道，[三][宮]1461 法自性，[三][宮]1545 然如契，[三][宮]1547，[三][宮]1558 何由教，[三][宮]1562 心願與，[三][宮]2122 從多聞，[三][宮][甲]895，[三][宮][聖][另][石]1509 相不知，[三][宮][聖]225 是非不，[三][宮][聖]481 幻若，[三][宮][聖]1509 而從，[三][宮][聖]1595 此義何，[三][宮][石]1509 是等一，[三][宮]292 衆人，[三][宮]313 於阿閦，[三][宮]318 是塵數，[三][宮]318 諸法一，[三][宮]341 眞諦速，[三][宮]342 爲恍，[三][宮]381 其大海，[三][宮]397 法性諸，[三][宮]420 佛能拒，[三][宮]462 怨賊相，[三][宮]468 後邊身，[三][宮]606 審諦本，[三][宮]618 上所說，[三][宮]629 文殊師，[三][宮]630 法等於，[三][宮]637 歌氣笛，[三][宮]656 本度無，[三][宮]656 此身識，[三][宮]657，[三][宮]671 世間分，[三][宮]681 其了悟，[三][宮]721 法律依，[三][宮]731 佛道者，[三][宮]732 身非身，[三][宮]848 地相即，[三][宮]1425 是利雖，[三][宮]1425 是物若，[三][宮]1428 犯，[三][宮]1435 佛說法，[三][宮]1451 前安欄，[三][宮]1462 是非法，[三][宮]

1464 法者教，[三][宮]1466 如來衣，[三][宮]1509，[三][宮]1509 比，[三][宮]1509 法，[三][宮]1509 是衆生，[三][宮]1522 經書意，[三][宮]1545 已說靜，[三][宮]1546 其燒盡，[三][宮]1547 是故說，[三][宮]1548 實人若，[三][宮]1548 因門物，[三][宮]1549 是時無，[三][宮]1557 是名爲，[三][宮]1562 此別有，[三][宮]1562 契經意，[三][宮]1562 前說業，[三][宮]1581 一切諸，[三][宮]1595 法界常，[三][宮]1595 外內境，[三][宮]1608 色界是，[三][宮]1646，[三][宮]1646 從禪定，[三][宮]1646 能知假，[三][宮]1646 色中貪，[三][宮]1646 無因緣，[三][宮]1646 因形有，[三][宮]1647 有何，[三][宮]1662 女人不，[三][宮]2032 一切法，[三][宮]2060 歸侍，[三][宮]2060 實，[三][宮]2103 蛇穴求，[三][宮]2121 是四世，[三][宮]2122，[三][宮]2122 華戎之，[三][宮]2122 母壽命，[三][聖]125 是諸比，[三][聖]1579 其量受，[三][聖]1 此深妙，[三][聖]100 節量不，[三][聖]190，[三][聖]211，[三][聖]1509 淨行者，[三]1 此，[三]13 有持慧，[三]16 汝父，[三]21 是所知，[三]99 食處內，[三]153 日月及，[三]153 是王，[三]157 實法故，[三]186 時在佛，[三]193 時限節，[三]193 是者，[三]201 之右肩，[三]209 半餅能，[三]418 有是三，[三]588 此不計，[三]682 識分別，[三]1012 行天子，[三]1341 是六處，[三]1532 初說得，

[三]1559 此此心，[三]1579 親附已，[三]1582 諸法義，[三]1644 六十，[三]2060 何所治，[三]2137 此以樂，[三]2145 真際也，[聖]1463 是比丘，[聖]1579 來乘相，[聖][另][甲]1733 正智以，[聖][另]285 衆會者，[聖][另]310 受無我，[聖][另]1428 是學家，[聖][另]1543 過去他，[聖][另]1543 他人心，[聖][另]1548 想是名，[聖][石]1509 一切衆，[聖]1 我所見，[聖]222 人心念，[聖]223 是法住，[聖]223 行生滅，[聖]225 來已當，[聖]268 道無始，[聖]268 如是諸，[聖]292 義觀察，[聖]318，[聖]354 因陀羅，[聖]627 六趣慧，[聖]1427，[聖]1428，[聖]1428 彼人，[聖]1440 是物是，[聖]1458 佛之弟，[聖]1470 常若小，[聖]1509 何以故，[聖]1509 見，[聖]1509 苦，[聖]1509 已説般，[聖]1509 衆生深，[聖]1536 法得大，[聖]1548 根，[聖]1548 無瞋恚，[聖]1562 然如本，[聖]1562 然餘經，[另]1552 牟尼説，[另]1509 是亦，[另]1548 滅解滅，[另]1563 此彼差，[石]1509 佛爲祐，[石]1509 是菩薩，[宋]、智[宮]425 不發道，[宋][宮][聖]268 如如，[宋][宮][石]1509，[宋][宮]310 我不得，[宋][宮]397 見，[宋][宮]468 風痰，[宋][宮]837 彼所行，[宋][宮]1509 憍，[宋][宮]1509 諸，[宋][宮]1571 其次第，[宋][宮]2122 僧德，[宋][聖]210 慚行身，[宋][元][宮]310 大德舍，[宋][元][宮]765 此心，[宋][元][宮][聖]446 見佛南，[宋][元]

[宮]308 第六心，[宋][元][宮]1425，[宋][元][宮]1459，[宋][元][宮]1548 過去語，[宋][元][宮]1670 那先言，[宋][元]31，[宋][元]99 是名不，[宋][元]397 是名菩，[宋][元]2145，[宋]23 是如是，[宋]220，[宋]224 人，[宋]375 何法見，[宋]421 彼界法，[宋]730 阿羅漢，[宋]1509 惡人多，[乙]1709 諸法無，[乙]1816 我，[乙]2092 癭之爲，[乙]2218 此事生，[乙]2249 今料簡，[乙]2261 是四大，[乙]2296 十方土，[乙]2391 此一印，[乙]2795 外，[元]2016 識若見，[元]2016 應如是，[元][明]415 前際後，[元][明]628 是法不，[元][明][宮]325 法實相，[元][明]26 出入善，[元][明]99 悉放捨，[元][明]100 愚癡猶，[元][明]278 空如夢，[元][明]278 身中悉，[元][明]606 是者，[元][明]810 空無棄，[元][明]1530 自相由，[元][明]1598 異門説，[元]223 身所，[元]397 未來，[元]671 境界世，[元]1541 除滅智，[元]1582 不，[原]、[甲]1744 苦智知，[原]1744 迷南爲，[原]1818 是二種，[原]1818 是增上，[原]1819 多，[原]1851 前二品，[原]2339 今所説，[原]2339 實相好，[知]353 世尊有。

甚：[甲][乙]1822 爲。

生：[甲]1786 後三例，[甲]1816 佛在可，[元][明]387 一念惡。

省：[三]202 三世如。

失：[甲][乙]1822 論諸，[甲]2219 異也至。

時：[三][宮]2121 超術作。

識：[甲]1722 兼爲惡，[甲]2217
其外道，[三][宮][聖]1428 不見者，
[乙]1736 師資傳，[元][明]375 況復
遠。

始：[三][宮]2042 憍慢心。

似：[甲][乙]2263 此義故。

是：[三][宮]1425 心，[三][宮]
1646 慧，[宋]1545 起惡事。

恕：[三]2145 其鄙。

說：[甲]1961，[甲]2305 已上所，
[三][宮]657 者跋陀。

思：[甲]1782 第二出。

死：[宮]2122 非饒益。

雖：[甲]1775 優波離。

隨：[甲]1851 心得自，[宋][宮]
286 是生時。

所：[宮]1581 言說是。

他：[聖]99 衆。

爲：[甲][乙]2254 故不云，[宋]
[元]99 我心，[原]2317 彼。

委：[三][宮][甲]2053 從足。

畏：[乙]1909 餓鬼道。

聞：[宮][聖][另]1435 若彼比，
[聖][另]1435。

無：[明]660，[三][宮]292 斷絕
亦，[三]331 故貪愛，[元]228 此人是，
[原]2126 復奈何，[原]1780 問般若。

悟：[甲]1742 乃至佛，[甲]2314
程。

悉：[乙]1816。

喜：[宋][元][宮][聖]、善[明]1544
足具杜。

下：[甲]2328 退有三。

先：[甲]893 作承事。

相：[宮]279 異相悉，[甲][乙]
1822 何能作，[三][宮]2121 惡雨見。

詳：[甲]2250 誰是問。

劾：[原]864 應發願。

心：[甲]2015 知，[明]316，[聖]
765 心雜染，[乙]2263 非量所。

信：[甲]2006 吾擇法，[甲]2337
大乘故，[原]920 佛常住。

性：[明]382 實性常。

婿：[明][宮]1462 已。

焉：[三][流]360 不但我。

言：[宮]1421 比丘尼，[甲]2266
幾眼用。

依：[三][宮]681 心妄計，[乙]
2263 言可通。

疑：[三][宮]1458。

遺：[三]202 今藏垂。

以：[甲]2290 鑒物又，[甲]2339
見，[三][宮]、一[宮]1509。

於：[三][宮]310 一切事，[乙]
2362 界內界。

與：[聖]1427 賊。

欲：[三]26 忍樂是，[聖]99 見賢
聖，[聖]1509 即是知。

樂：[宮]1451 足。

云：[甲]1795，[甲][乙]2219 觀嗔
實，[甲][乙]2328 不動性，[甲]2083
叩頭叩。

在：[三][宮][聖][另]1431 有比
丘。

障：[甲]2262 覆所知。

照：[原]2208。

者：[甲]1708。

眞：[聖]1763 善耶。

正：[甲]2006 覺想生，[三][宮]410 見應聽。

之：[甲]、以[乙]2263 無，[甲]1729 問上，[甲][乙][丙]1866 又問有，[甲][乙]1866，[甲]1735 所以第，[甲]1736 非言能，[甲]1886 由隱覆，[甲]2017，[甲]2035〇南海，[甲]2782 所要文，[明]2016 法亦如，[明]152，[明]626 諸法一，[明]631 弟子，[明]1450 彼報師，[宋][元][宮]1483 便發遣，[宋][元]59，[乙]2782 地及果，[元][明]2122，[元][明]2125 決死當。

脈：[甲]2125 二嘔呾，[明]1005 魔軍及，[三]945 四天王，[三]1005 那庾，[三]1005 那庾多，[元][明][甲][乙]950 遍照。

值：[三][宮]2122 有佛如。

至：[明]197 意爲大，[明]278 十地無。

治：[甲]1816 法執，[甲]2217 等文故。

致：[三][宮]2122 敬得道。

智：[丁]2089 子檳榔，[宮]294 一切智，[宮]1509 非，[宮][宮]656 所歸趣，[宮][聖]272 力見，[宮]271 世讚世，[宮]374 不壞正，[宮]397 方便不，[宮]656 身本無，[宮]671 不取，[宮]1425 如是見，[宮]1425 者是等，[宮]1509 者，[宮]1543 未知智，[宮]1545 法決定，[宮]1546，[宮]下同 1509 後

深入，[和]293 法界無，[和]293 衆生，[甲]、去[乙]1822 境雖，[甲]1736 凡，[甲]1828 基云若，[甲]1828 離言法，[甲]1828 於十方，[甲]1842 見共同，[甲]1848 見力，[甲]1851 不少問，[甲]1857 大覺無，[甲]1884 無用不，[甲]1999 音一笑，[甲]2217 自心故，[甲]2266 緣如云，[甲]2297 疑悔即，[甲]2311，[甲][丁]2187 見以下，[甲][乙]2250 不緣色，[甲][乙][丙][丁][戊]2187 佛所得，[甲][乙]850 印，[甲][乙]1098 南謨，[甲][乙]1821 見轉謂，[甲][乙]1821 者問，[甲][乙]1821 者總指，[甲][乙]1822 等言或，[甲][乙]1822 故在見，[甲][乙]1822 經現，[甲][乙]1832 不無可，[甲][乙]1909 次佛南，[甲][乙]1929 似解得，[甲][乙]2219 障者以，[甲][乙]2250 見已，[甲][乙]2254 與四法，[甲][乙]2261，[甲][乙]2296 延，[甲][乙]2390 空眼七，[甲]1268 耶那智，[甲]1512 見之義，[甲]1709 從三昧，[甲]1709 說法音，[甲]1709 無見不，[甲]1710 實名爲，[甲]1718，[甲]1729 冥應拔，[甲]1733 初三攝，[甲]1733 由聞法，[甲]1735 無不盡，[甲]1744 痛痒，[甲]1763 不應染，[甲]1775 法無異，[甲]1795 殊皆佛，[甲]1816，[甲]1816 矣，[甲]1816 願智力，[甲]1816 則知如，[甲]1816 障種子，[甲]1816 者此教，[甲]1816 眞諦理，[甲]1821 人覆是，[甲]1821 增上忍，[甲]1823 一切苦，[甲]1828，[甲]1828 事等先，[甲]1828 修名爲，

[甲]1828 依處有，[甲]1828 有差，[甲]1828 緣應發，[甲]1830 如前還，[甲]1833 周撰，[甲]1848 證佛一，[甲]1851，[甲]1863，[甲]1911 解溢胸，[甲]1912 有礙若，[甲]1925 起一切，[甲]1960 俗士並，[甲]2006 總持門，[甲]2035 環瑰爲，[甲]2036 見晦迹，[甲]2211 之義如，[甲]2219 見者即，[甲]2219 者阿字，[甲]2249 故是共，[甲]2250 能知，[甲]2254 不斷定，[甲]2255 第一義，[甲]2261 差別一，[甲]2261 有二一，[甲]2261 障爲集，[甲]2266，[甲]2266 此中四，[甲]2266 佛無五，[甲]2266 故然依，[甲]2266 假合生，[甲]2266 善巧六，[甲]2266 他心若，[甲]2266 影像，[甲]2266 應知，[甲]2266 之所得，[甲]2269 釋曰此，[甲]2269 無顛倒，[甲]2270 也宗既，[甲]2273 果於宗，[甲]2274 也有火，[甲]2290 不二一，[甲]2290 何異乎，[甲]2290 唯二門，[甲]2290 相，[甲]2290 義於此，[甲]2290 之後重，[甲]2290 諸法皆，[甲]2300 般若名，[甲]2304 習氣故，[甲]2305，[甲]2337 一切衆，[甲]2339，[甲]2366 見出現，[甲]2371 者可知，[甲]2397 耶答沒，[甲]2415 院般，[甲]2425 者一切，[甲]2748 義同衣，[甲]2837 惠，[甲]2870 出過三，[明]165 者答曰，[明]316 若斷若，[明]1536 若法若，[明]1562 彼非決，[明]2016 非知也，[明][宮]1522 平等攝，[明]220 一切佛，[明]261 結，[明]278 分別説，[明]278 無量諸，[明]1430 男子，[明]1442 賊至便，[明]1451，[明]1522 故，[明]1536 者云何，[明]1544 集智諸，[明]1552 是未至，[明]1562 此同依，[明]1563，[明]1597 若名若，[明]1602 者彼眞，[明]1648 之於是，[三]220 見蘊，[三]220 見蘊亦，[三]301 者悉知，[三]1340 故，[三][宮]聖 1606 遍知果，[三][宮]278 身佛國，[三][宮]310 求菩提，[三][宮]357 文殊師，[三][宮]723 見，[三][宮]1425 於正法，[三][宮]1451 我生已，[三][宮]1509 見，[三][宮]1521 三昧若，[三][宮]1523，[三][宮]1536 者，[三][宮]1546 不復名，[三][宮]1549 三界時，[三][宮]1549 問若一，[三][宮]1552 差別三，[三][宮]1563 不知見，[三][宮]1566 及所知，[三][宮]1571 二者希，[三][宮]1579 於一切，[三][宮][聖]1548 衆生如，[三][宮][聖]1617 四四種，[三][宮][聖][另]1552 及諸使，[三][宮][聖]397 淨故知，[三][宮][聖]397 有障礙，[三][宮][聖]476 見所生，[三][宮][聖]625 行，[三][宮][聖]627 於彼而，[三][宮][聖]649，[三][宮][聖]1425 見者所，[三][宮][聖]1437 寂一心，[三][宮][聖]1552 者亦無，[三][宮][知]1579 見蘊名，[三][宮][知]1579 若見不，[三][宮][知]598 成衆事，[三][宮]226 成其力，[三][宮]263 不令墮，[三][宮]263 度無極，[三][宮]263 思惟解，[三][宮]271 勝法以，[三][宮]271 樹如刀，[三][宮]272 不自，[三][宮]274 己無所，[三][宮]285 以入此，

[三][宮]286 故而令，[三][宮]286 神，[三][宮]288 無想念，[三][宮]302 諸假名，[三][宮]309 不相違，[三][宮]309 往降觀，[三][宮]310 於諸靜，[三][宮]310 眞實性，[三][宮]322 者所現，[三][宮]329 爲現事，[三][宮]329 一切，[三][宮]339 大寂，[三][宮]378 但作強，[三][宮]397，[三][宮]397 之境界，[三][宮]397 之人其，[三][宮]398 見於衆，[三][宮]402 心善解，[三][宮]403 了，[三][宮]410 不見有，[三][宮]414 性諸佛，[三][宮]415 辯才具，[三][宮]587 見如是，[三][宮]588 是爲四，[三][宮]589 慧而憍，[三][宮]618 度法愚，[三][宮]618 境界，[三][宮]618 境界究，[三][宮]618 決定義，[三][宮]618 退，[三][宮]619 者自見，[三][宮]627 者，[三][宮]635 心等慈，[三][宮]638 文殊師，[三][宮]639 者不迷，[三][宮]639 者同名，[三][宮]649 者令其，[三][宮]651 者爲導，[三][宮]656 見，[三][宮]657 見無生，[三][宮]657 舍利，[三][宮]671 觀名捨，[三][宮]721 見爲諸，[三][宮]721 明無明，[三][宮]730 分爲十，[三][宮]765 者應尋，[三][宮]814 爾時舍，[三][宮]821 現此無，[三][宮]1425 見殊勝，[三][宮]1425 無羞淨，[三][宮]1428 必能作，[三][宮]1436 寂一心，[三][宮]1505 也如惡，[三][宮]1509 得阿耨，[三][宮]1509 見者諸，[三][宮]1509 者必有，[三][宮]1511 知則知，[三][宮]1519 境以鼻，[三][宮]1522 故自證，[三][宮]1523 名

爲眞，[三][宮]1525 有過去，[三][宮]1530 於餘無，[三][宮]1531 證聲聞，[三][宮]1541 知及不，[三][宮]1542，[三][宮]1542 六識識，[三][宮]1543 隨前法，[三][宮]1545，[三][宮]1545 見蘊問，[三][宮]1545 能知他，[三][宮]1546 法次問，[三][宮]1546 見能斷，[三][宮]1546 聚，[三][宮]1546 未知欲，[三][宮]1546 性除滅，[三][宮]1548 身，[三][宮]1548 我及世，[三][宮]1548 云何念，[三][宮]1549 三界然，[三][宮]1552 及意識，[三][宮]1552 見，[三][宮]1552 三分別，[三][宮]1552 善分別，[三][宮]1552 亦如是，[三][宮]1562 慧非相，[三][宮]1563 都無罣，[三][宮]1571 境不由，[三][宮]1572 合故我，[三][宮]1579，[三][宮]1579 故不待，[三][宮]1579 故復有，[三][宮]1579 見現觀，[三][宮]1579 如，[三][宮]1579 謂欲繫，[三][宮]1581 礙是名，[三][宮]1581 入胎住，[三][宮]1592 覺已故，[三][宮]1592 意故，[三][宮]1594 無相，[三][宮]1596 實有，[三][宮]1596 隨順三，[三][宮]1598 若見無，[三][宮]1601 但由相，[三][宮]1605 爲體於，[三][宮]1620 境，[三][宮]1646 慧能斷，[三][宮]1646 見應當，[三][宮]1646 生先於，[三][宮]2048 而敬我，[三][宮]2058 見高遠，[三][宮]2060 命傳七，[三][宮]2060 士安其，[三][宮]2103 遂爲愚，[三][宮]2121 才智相，[三][宮]2123 者小壞，[三][宮]2123 證，[三]

[聖]1 云何十，[三][聖]99，[三][聖]190 福，[三][聖]190 見者我，[三][聖]224 中曉了，[三][聖]397 應當堅，[三][乙]1092 買反，[三]5 有善者，[三]26 事沙門，[三]75，[三]99 而行捨，[三]99 明慧辯，[三]99 善，[三]99 宿命見，[三]100 者自知，[三]125 見成就，[三]125 具，[三]125 無聞亦，[三]154 諸佛超，[三]158 炬妙世，[三]184 見坐自，[三]194，[三]194 迴轉是，[三]194 無有，[三]199 明正覺，[三]203 了説告，[三]211 德向五，[三]212 定意快，[三]212 愍識，[三]220 見蘊及，[三]286 故名爲，[三]375 人求無，[三]382 方，[三]425 如來本，[三]671 婆羅門，[三]675 證果法，[三]761，[三]1301 者不犁，[三]1340 不，[三]1340 無有光，[三]1341 者讚歎，[三]1435 人言此，[三]1485 住不可，[三]1509 雖無量，[三]1522 大知我，[三]1545，[三]1549 捷度第，[三]1582 方便故，[三]1582 如，[三]1646 佛於衆，[三]1648 之以業，[三]2087 樂，[三]2102 得異夫，[三]2102 返愚歸，[三]2103 之率任，[三]2122 業報，[三]2122 者小作，[三]2145 之業焉，[聖]、知[聖]1733，[聖]、知[另]1733 斷證修，[聖]99 道不復，[聖]99 識，[聖]272 時卒隨，[聖]278 法了衆，[聖]397，[聖]1509 名字，[聖]1509 諸法相，[聖]1549 及餘自，[聖]1733 其業用，[聖]1763 不具足，[聖][另][甲]1733 故云上，[聖]26 者亦當，[聖]99 而學是，[聖]99 亦，[聖]125 阿

難便，[聖]189，[聖]200 今者云，[聖]210 解一心，[聖]224 習之爲，[聖]225 言是經，[聖]231，[聖]272 漏盡智，[聖]285 衆聖慧，[聖]291 一切界，[聖]397 對治捨，[聖]425 菩薩本，[聖]425 其身，[聖]425 其至尊，[聖]425 三世瘡，[聖]626 盡而不，[聖]675 能取義，[聖]1428，[聖]1509，[聖]1509 般若，[聖]1509 皆是空，[聖]1509 是如夢，[聖]1509 是爲魔，[聖]1509 無染心，[聖]1509 一切衆，[聖]1509 一切諸，[聖]1509 者但，[聖]1509 諸法各，[聖]1522 百千億，[聖]1536 諸身惡，[聖]1537 見是界，[聖]1541 他心智，[聖]1542 我已，[聖]1546 後際增，[聖]1547 根如是，[聖]1548 諸衆生，[聖]1582 善，[聖]1582 因果故，[聖]1595 得諸地，[聖]1602 爲有無，[聖]1721 我心，[聖]1788 清淨法，[聖]1851 之義闇，[聖]2157 便曳之，[另]、知[另]1733 諸佛深，[石]1509 無比遍，[石]1509 者見者，[石]1509 者言何，[宋][宮]382 法如水，[宋][宮]421 陰陽智，[宋][宮]656 菩薩行，[宋][宮]1646 所知法，[宋][明][宮][聖]278 不捨方，[宋][聖]210 動搖譬，[宋][元][宮]1505 覺一義，[宋][元][宮]1562 能於所，[宋][元][宮]1653 與業識，[宋][元]202 慧巧便，[宋][元]1546 時爲知，[宋]2137 自性有，[宋]2145 之不，[宋]下同 1509 是慧非，[乙]1816 是此，[乙]1821 一切非，[乙]2215 解皆是，[乙]2221 實相者，[乙]850 印，[乙]1709 除世貪，

[乙]1709 心非所，[乙]1816 後於聲，[乙]1816 如闇俱，[乙]1816 亦無得，[乙]1816 諸法之，[乙]1822 比丘，[乙]1822 也并頌，[乙]2173 見故能，[乙]2211 空等虛，[乙]2223，[乙]2223 舊經云，[乙]2254，[乙]2254 處非處，[乙]2254 位方立，[乙]2261 其得道，[乙]2261 是敬，[乙]2296 盍，[乙]2296 也須眞，[乙]2309 引無分，[元][明]、一[宋]397 聲力如，[元][明]、知智智知[宮]440 智佛南，[元][明]212 行以盡，[元][明]310 迴施衆，[元][明]310 爲他有，[元][明]670 清淨是，[元][明]2016 慧用是，[元][明][宮][聖]1585 故有漏，[元][明][宮]374 相非諸，[元][明][聖][石]1509 者二乘，[元][明]99 調，[元][明]99 而住，[元][明]212 學人聞，[元][明]221 可作亦，[元][明]278 菩提心，[元][明]310 記九地，[元][明]310 行捨所，[元][明]387 微妙，[元][明]425 如來所，[元][明]468 者得解，[元][明]545 一切見，[元][明]598 立於衆，[元][明]630，[元][明]814 何以故，[元]222 慧脫現，[原]、[甲]1744 聖諦佛，[原]、[甲]1744 也佛爲，[原]、[甲]1744 照於此，[原]、智[甲][乙]1796 障也由，[原]1840 所有煙，[原]2211 法王乘，[原]920 等與我，[原]1065 也，[原]1251 了即印，[原]1744 諦無餘，[原]1744 者知苦，[原]1819 深廣不，[原]1840 此無體，[原]1957 非，[原]2248，[原]2362，[知]1785，[知]384。

中：[三][宮][聖][另]1459。

種：[甲]2255 功德具。

衆：[三]212 病之所，[乙]1723 生心。

諸：[明]191 王眷屬，[明]638 本淨世。

准：[甲][乙]2223 此義即。

作：[甲]874，[三]158 福德不。

肢

般：[三]125 平蹲口。

眵：[三]2123 淚此。

詗：[三][宮]279 成就。

股：[三][宮][聖]416 體供奉，[宋][明][宮]、服[元]415，[宋]184 平蹲力。

技：[宋]、枝[宮]374 時六者。

黠：[乙]2254 江南謂。

校：[聖]663 節。

支：[宮]279 分均調，[宮]618 節妄想，[宮][聖]278 節香則，[宮][聖]279 體時汝，[宮][聖][另]279 分悉皆，[宮][聖]279 節長於，[宮][聖]279 節一一，[宮][聖]下同 278，[宮][聖]下同 278 節屬提，[宮][聖]下同 278 體具足，[宮]278，[宮]399 體具足，[宮]1537 體斑黑，[和]293 節痛一，[和]293 體圓滿，[和]下同 293 節毛孔，[明][和]293 分具，[明][和]293 體心無，[明]293 節長於，[明]293 節一一，[明]705 體十如，[明]896 節疼痛，[明]1450 節將來，[三]、枝[宮]1521 節脊腹，[三]220 節病如，[三]279 體屬提，

[三][膚]、枝[聖][福]375 節戰動，[三][宮]279 節一切，[三][宮]1579 節除天，[三][宮][聖]278 節種種，[三][宮][聖]279 分皆得，[三][宮][聖]279 體其心，[三][宮][聖]279 體所有，[三][宮][聖]278 節端嚴，[三][宮]279 分端正，[三][宮]279 體雖具，[三][宮]309 節盡爲，[三][宮]397 節皆悉，[三][宮]397 體處處，[三][宮]397 種種割，[三][宮]618 節五種，[三][宮]1543 節彼得，[三][宮]1546 體，[三][宮]2042 體，[三][宮]2060 節軟暖，[三][宮]2121 節斷壞，[三][宮]2122 斷戚夫，[三][宮]2122 節，[三][宮]2122 節皆火，[三][宮]2122 節無有，[三][宮]2122 節蠅，[三][宮]2122 節正等，[三][宮]2122 體具足，[三][聖]1354 節呪皆，[三]1，[三]156 節骨，[三]156 節筋，[三]156 節痛如，[三]187 體食雜，[三]220 節病帶，[三]220 節筋骨，[三]220 節受諸，[三]220 其心，[三]220 體不具，[三]220 體於彼，[三]1529 解當自，[聖]278 節寶如，[聖]278 節皆悉，[聖]279 節悉具，[聖]411 節手足，[聖]411 體廢缺，[聖]663，[聖]663 節手足，[聖]下同 278 節手足，[聖]下同 278 節一切，[宋][宮]618 體苦痛，[宋][宮]1558 體骨肉，[宋][明][宮]2122 節舉動，[宋][元]、枝[宮][另]、伎[聖]1428 節殺，[宋][元][宮]、枝[聖][另]1428 節具足，[宋][元][宮]1558 體圓滿，[宋]196 節斷壞。

枝：[三][宮]397 四日四，[聖]190

節，[宋]、支[元][明][宮]374 節戰動，[宋][宮]、支[元][明]、枝柱[聖]310 挂地白，[宋][宮]、支[元][明]2122 節斷壞，[宋][聖]99 節及諸，[宋][元][宮]、支[明]1525 節及以，[宋][元][宮][甲]895。

泜

坻：[三]1336。

祇

禰：[甲]1715 爲序難。

柢：[甲]2036 可。

祇：[宮][甲]1805 初明四，[宮][甲]1805 初明知，[甲]1805 由律關，[甲]1969 如稱念，[甲]1717 四階成，[甲]1969，[甲]1969 是非此，[甲]1969 心傳，[甲]1969 應悲願，[甲]1969 與彌陀，[甲]2012 劫修亦，[甲]2012 精進修，[甲]2132 耶當是，[甲]2132 音日里，[明]2016 功德一，[明]2131 是歸，[三]1341 邏舊名，[三]2145 難支謙。

祗：[甲]1795 緣計我。

祇：[宮]2078 此一義，[宮][甲]1912 是前漸，[宮]1911 是一念，[甲]1969 增惑亂，[甲]2017 爲不異，[甲]2017 爲是故，[甲]2017 讚如説，[乙]1715 諮大乘。

祗：[甲]1765 先陀婆，[甲]2017 如見佛。

只：[甲]1718，[甲][乙][丙]1866 祇由無，[甲]1718，[甲]1718 此法華，

[甲]1718 是一，[甲]1718 是一譬，[甲]1718 爲五濁，[甲]1718 以，[甲]1718 在小乘，[甲]1811 可準望，[甲]1811 有一佛，[甲]1884 在空界，[甲]1912 緣實惡，[甲]下同 1717 是福中，[甲]下同 1717 是下中，[甲]下同 1717 是一而，[甲]下同 1717 是一實，[甲]下同 1717 是眞，[甲]下同 1717 隱下明，[甲]下同 1717 於貪瞋，[甲]下同 1718 是相耳，[甲]下同 1719 應如今，[甲]下同 1785，[乙]1736 爾欲窮，[知]1785 弘經聽。

椎：[三]2154 法一卷。

胝

支：[三][宮]456 體受，[三][宮]456 拄地嚴，[三][別][宮]397 節身分。

肢：[三]173 斷截手，[三]173 自然柔。

胝

般：[宋]、波[元][明]125 休迦㨖。

低：[甲]950 印以爲，[三]1332 三握瘦，[宋][聖]99 子阿，[原]1212 心莫作。

底：[甲]2266 丁里反。

股：[宮]1461 提。

矩：[宋][乙]2087 者唐言。

梨：[甲][乙]1866 名第一。

璃：[甲][乙]2309 縱，[乙]2309 所成月。

眠：[甲]2266 蜜胝，[原]1230 即見境。

昵：[三][宮]383 舍。

祇：[宋]310 諸。

勝：[甲]1709 菩薩皆。

眂：[宮]397 張夷反，[聖]1788 準華嚴，[元]594 日月團。

陀：[聖]2157 陀羅尼。

胲：[明]1442 衣將一。

知：[丙]1076 佛母與，[宮][聖]823 迦赤色，[甲][丙]1076 佛母所，[甲]950 劫世尊，[甲]1038 菩，[甲]1038 菩薩同，[明]1153，[聖][甲]953 銀色照，[宋][宮][明]449 那由他，[宋][元]1005 那庾多，[宋][元][宮]901 諸佛皆，[宋][元][宮]1596 那由他。

胝：[宋][元][宮]2123 剡浮洲。

致：[三][宮]2122 諸佛所，[聖]379 諸衆生。

衼

支：[三][宮]2121 帶著目。

祇

氏：[三]2102 敬將無。

坻：[三][宮]1462 迦他跋。

抵：[明]2103 淨宮羽，[三]2122 速死耳。

秖：[宮]2102 行於今。

祗：[宮]2122，[甲]2036 三月即，[甲]2250 所謂相，[明]2131 夜此云，[明]2131 時大茅，[明]2131 此云大，[明]2131 須知三，[明]2131 云此林，[宋][宮]2034 洹寺譯，[宋][元][宮][聖]225 陀頗羅，[乙][丁]2244 利此

云，[元]2087 懼隣。

祇：[甲]1912 供無德，[甲]1911 發有漏，[宋]、祇[明]1191。

祇：[明]2131 陀或云。

祇：[甲]1911，[甲]2036 對和上。

祇

祇：[甲]2018 爲虧眞，[三][宮]1451 由此。

祇：[甲]2035 是中道。

只：[甲][乙]、亦[丙]1866 由不，[甲][乙][丙]1866 由不失，[甲][乙]1866 如思禪，[甲][乙]1866 在，[甲]1742 是行故，[知]1785 圓一事。

袘

伽：[宋]1336 朱地蛇。

隻

侯：[宮]1543 竟若成，[三]1656 身入未，[原]1772 譯下。

候：[宋][宮]2060 卷飄返。

集：[元]212 樂山。

雙：[宮]2103 輪於鹿，[甲]1728 火水無。

準：[明][乙]1254。

脂

暗：[宋]2122 鏤水費。

胎：[宮]2122 消鼎肉，[甲]、支[乙]1724 者此是，[三]159 血，[三]984 彌里，[三]987 鬼食，[三]987 遮所爲，[另]1428 魚脂。

詣：[乙]1239 迦。

油：[明]1191 麻合和。

之：[聖][另]1435 請夏四。

支：[甲]1071 一，[甲]1239 大將摩，[三][宮]2122 那國書，[三]2034 那或云。

芝：[三][宮]1425 味如石。

指：[甲]1007 血及毒，[三]987 膩阿婁。

疷

疤：[丁]2244 女點反。

栀

支：[三]956 子花香，[聖][另]790，[宋][宮]696 子權代。

柜

矩：[宋]1336 畔茶。

搘

支：[三]、枝[聖]170 拄如幻，[三]1440 床脚不，[三][宮][聖]379 頭涕淚，[三][宮][另]1428 肩物作。

枝：[宋]搘柱枝扗[宮]310 柱皮肉。

褆

提：[三]2154 婆蓋是。

楮

支：[三][宮][聖]1428 床脚持，[三][宮][聖]1428 大若脱，[三][宮]1425 床脚爾，[三][宮]1428 若地敷，[三][宮]1443 頰，[三][聖]200 頰甚用，

[宋][元][宮]、枝[明][聖]1435 除上。

枝：[三][宮]1428 上若鉢，[三][宮][聖]1435 禪鎮除，[三][宮][聖]1435 禪鎮如，[三][宮]1435 云何床，[三][宮]1471 著人案，[三][宮]1472 六者當，[三][宮]1552 持瓶安，[三][宮]2122 著水以，[三]2154 鉢經一。

揩：[明]2076 令侍者，[元][明]191 頤再三，[元][明]191 頤再三，[元][明]549 頤不悅。

織

熾：[明][宮]2103 徒愍衣，[三][宮]2102 況下斯。

錦：[原]2006 地滿林。

縷：[三][宮]1442 師。

色：[三][宮]1435 著如是。

生：[三][宮]1462 謂。

銛：[元][明]24 利雜色。

緣：[另]1442 我酬汝。

直

哀：[三]639 定故。

並：[原]904 真言曰。

不：[甲]2075 旨心地。

嗔：[元][明]2103 有時或。

持：[三][宮]、值[聖]425 百千價。

但：[三]895 真言不，[三][宮]1509 去莫還，[三][宮]2122 夫人得，[石]1509 以無畏。

道：[三]198 身意著。

而：[三]375 取水精。

耳：[三][宮]397 得聞無。

服：[三][宮]2042 湯藥之。

負：[三]2121 妄。

亘：[甲]1512 以證智，[乙]2408 各一。

貢：[甲]2036 獨高麗。

互：[乙]2263 轉理。

價：[三][宮]1435，[三][宮]1451 凡所須。

今：[三][宮]2103 就道書。

近：[乙]2263。

具：[三][宮]1602 正見第，[三][甲]2125 衣，[聖]、直[聖]1733 陳可得，[元][明]1509 行十善。

立：[甲][乙]1822 言諸境，[甲]1830 言惡，[甲]1842 有法為，[甲]2337 一重即。

緤：[原]1238 頭相，[原]1239 頭相。

其：[三][宮]720 前以其，[知]1785 言護。

豈：[甲]1719 守一隅。

前：[三]125 前便捨。

且：[宮]276 纖皮膚，[甲]1709，[甲]1717 示十二，[甲]2261 約第七，[乙]1909 戲，[乙]2263 說色。

實：[元][明]99 已然後。

所：[丙]2286。

惟：[三][宮]443 有。

五：[甲]952 入宮殿。

享：[石]1509 好樂實。

信：[宋]374。

宣：[乙]1822 說色處。

亘：[聖]99 見悉入。

宜：[宮]616 令斷疑，[宮]1805 應更立，[宮]1808，[甲]、立[乙]2174 筆校八，[甲]1830 往者唯，[甲][乙][丙]1866，[甲]1134 舒進力，[甲]1775 推其體，[甲]1816 深實作，[甲]1851，[甲]2036 指人心，[甲]2201 翻無惡，[三][宮]1478 低頭而，[三][宮]2121 自往改，[三]155 斫，[三]212 可時還，[聖]99 搏於是，[聖]158 淨除諸，[聖]211 如，[聖]1462 一分得，[宋]624 住，[宋]901 竪頭相，[乙]1715 分六段，[原]2270 云同品，[原][甲]1851 須共住。

已：[另]1721 明四智。

應：[甲]1851 以道理。

有：[宋]2061 時歌舞，[元]2122 還向兵。

圓：[三][宮]2121 主受牛。

樂：[三][宮]1509 幡蓋金。

云：[宋][元]2155 阿毘曇。

在：[甲]2281 作能違，[原]、在[甲][乙]、直[甲]1796 大日之。

貞：[三][宮]600 順母及，[元][明]2145 觀道樹。

眞：[丁]2244 之，[宮]721 一切善，[宮]1452 索價返，[宮]1595，[宮]2112 以，[甲]、直[甲]1799 果招紆，[甲]893 但是諸，[甲]2339 妙此段，[甲][丙]2397 云意第，[甲][乙]1929 正得佛，[甲]897 慈，[甲]952 有，[甲]1007 上獨生，[甲]1512，[甲]1512 云菩薩，[甲]1718 善能成，[甲]1816 于時不，[甲]1830 往菩薩，[甲]1884 以

精義，[甲]1913 教兩謂，[甲]1929 但以五，[甲]1929 言沙門，[甲]2036 心無散，[甲]2087 性婆羅，[甲]2130 且應云，[甲]2157 言安，[甲]2181 云東抄，[甲]2217 心正念，[甲]2227 下明一，[甲]2261 説爲空，[甲]2261 云等者，[甲]2266 依論作，[甲]2290 明法體，[甲]2290 也定建，[甲]2299 理無違，[甲]2299 明實入，[甲]2299 云世諦，[甲]2396 以四陀，[甲]2779 實，[別]397 隨順眞，[明]2123 心正見，[明][宮]445 世界正，[明]293 心，[明]1442 詮爲是，[明]2016 見性人，[明]2102 聖神入，[三]201 進得解，[三]1097，[三][宮]1507 亡國，[三][宮]1545 正願念，[三][宮][知]598 見不，[三][宮]278 希望集，[三][宮]339 見彼得，[三][宮]403 而無有，[三][宮]477 無邪，[三][宮]1507 雖復五，[三][宮]1537 性心無，[三][宮]1646 聖田戒，[三][宮]1647 離爲相，[三][宮]1662 至於四，[三][宮]1692 如捨命，[三][宮]2066 勢於門，[三][宮]2102 布之空，[三][宮]2102 空説而，[三][宮]2103 納九條，[三][宮]2122 乘樂住，[三][宮]2122 是幽居，[三][聖]100 未曾虛，[三]99 住，[三]198 覺行知，[三]246 心，[三]478 精進不，[三]531 金千萬，[三]649 得，[三]1618 思擇義，[三]1641 正趣不，[三]1646 是凡夫，[三]2103 忘彼我，[三]2151 理，[三]2152 本未違，[聖]953 修梵行，[聖]1536 可欣悦，[聖][另]1442 道去

處，[聖][另]1509 信著善，[聖]231 遠離詒，[聖]613 下身中，[聖]703 設復讚，[聖]1425 九鉢直，[聖]1425 罪應至，[聖]1463 入坑者，[聖]1509，[聖]1602 説攝諸，[聖]1721 滅則，[聖]1733 因力歸，[聖]1763 之見案，[聖]2157 共玄暢，[聖]2157 云孩童，[宋][宮]414 端嚴心，[宋][宮]2034，[宋][明]945 果招紆，[宋][元][宮]446 諦日，[宋][元]1096 百俱胝，[宋]1017 以書持，[乙]1816 釋，[乙]1866 進等是，[乙]1866 往菩薩，[乙]2261 生解名，[乙]2263 論，[乙]2394 護弟子，[乙]2394 畫而已，[乙]2394 以金剛，[乙]2394 云諸仙，[乙]2404 遍於如，[元][明]2016 説不煩，[元][明][宮]1662 至如是，[元][明]99 心敬禮，[元][明]190 是父母，[元][明]190 是眞天，[元][明]2016 悟道者，[元][明]2034 經，[元][明]2145 割而去，[元][明]2145 者，[元]1 上無有，[元]2122 龍，[原]2271 比必取，[知]384 信不疑，[知]1579 二十二。

正：[甲]1736 引起信，[明]24 不曲大，[三][宮]1435 爾便首。

值：[宮]1703 佛獲聞，[甲]1912 佛聞教，[甲]2036 或萬錢，[明]212 一萬即，[聖]99 向誠向，[聖]663 我無情，[乙][丙]2092 萬金我。

只：[宮]1998 是據欸。

置：[甲]1851 略觀心，[宋][元]1471 還三者，[乙]1816 答言不，[元][明]100 多聞者，[原]1251 心合掌。

重：[宮]2103 犯復是，[甲]1512 依此經。

宗：[甲]2035 史館編。

真：[丙]2396 是自受。

侄

經：[甲][丁][戊]2187。

姪：[三]1018 茶思儻。

姪

怛：[原]1091 那阿阿。

地：[三][宮]402 也他。

恔：[宋][元][宮]665 他嘔篅。

経：[明]1094 他闍折，[三][宮]397 他一捨，[三][宮]2123 咃此言，[三]918 他黍睇，[三]992 他摩訶，[三]993 他摩訶，[三]1093 他一唵，[三]1336 夜他咩，[三]1340 他阿迦，[宋]、[元][明]1339 咃。

經：[三]468 咃此言，[三]1015 提離甚，[元][明]1071 他闍一。

哇：[元][明]1256 他。

嫌：[聖]1537 虛詪耽。

姓：[甲]1782 離咕，[甲]2036 異見王。

洗：[三]361 瞋怒愚。

婬：[甲]、姪字麁注並恐誤[原]2135 梅土囊。

姉：[甲][知]2082 視之璟。

值

但：[甲]1512 如來從。

道：[元][明]2121 遇世尊。

得：[宮]839 能大利。

逢：[三][聖]375 一人。

復：[聖][另]1435 惡獸得，[宋][宮]397 遇五百。

挂：[原]、擲[甲]2006 不相饒。

俱：[三][宮]618 佛興于，[三]193 遇俱現，[三]1102 句嚧六，[元]481 供億姟。

事：[乙]1909 無量無。

通：[甲]2250 故。

位：[甲]2339 七萬七。

信：[宮]810 若復有。

遇：[三]125 聞法亦。

直：[丙]2092 母亡，[甲][乙][丙][丁][戊]2187 者彼謂，[明]316 閻浮檀，[明]1371 遇者作，[明]1462 國土荒，[三]202，[元][明][宮]664 我無情。

植：[宮]1509 佛，[三]200 何福乃，[元][明]624 本今欲。

殖：[宋][元]、植[明]200。

至：[明][甲]1177 佛土劫。

治：[明][甲]1177 若。

致：[三]、置[聖]200 貧窮困。

住：[三][宮]398 其頂上。

埴

埴：[甲]2128 土也孔，[甲]2217 等者陶。

執

拔：[明]212 草者。

把：[三][乙]1092 寶杖一，[三]1058 寶。

抱：[三][宮]2122 孔雀拂。

報：[宮]329 事須賴，[宮]565 持何法，[宮]656 不見無，[宮]720 汝非枉，[宮]1451，[宮]1566 破故復，[甲][乙]2296 佛無常，[甲][乙]2309 利益受，[甲]853 蓮華杵，[甲]1512 一難異，[甲]1700 生慢，[甲]1705 言如來，[甲]1709 菩提有，[甲]1765 故是出，[甲]1778 者如菩，[甲]1804 鉢盂即，[甲]1816 倒學，[甲]1816 體性，[甲]1816 由執種，[甲]1828 基云此，[甲]1960 作功能，[甲]2087 觸每有，[甲]2337 攝，[明]220 乃至見，[明]1675 眞空生，[三]、勢[宮]1545 增益故，[三][宮]1596 果不成，[三][宮][聖]292 聖之義，[三][宮][聖]292 意無二，[三][宮]1428 持刀杖，[三][宮]1443 事人來，[三][宮]1542 受等者，[三][宮]1552 正，[三][宮]1602 麁重二，[三][宮]1675 有世間，[三][宮]2033 少有阿，[三][宮]2122 口誦男，[三]152 善靡，[三]154 將歸謂，[三]1559 初至故，[三]1616 以無，[三]2103 罷之河，[三]2149，[聖]371 箜篌琴，[聖]272 燈去處，[聖]376 犯法者，[聖]425，[聖]425 持諷誦，[聖]481 若干種，[聖]515 神劍三，[聖]1428 事亦復，[聖]1442 持衣鉢，[聖]1442 耕犁今，[聖]1442 作，[聖]1451 筹欲，[另]、執師執法[宮]1442 師衣角，[另]281 受經道，[另]1442 持利刀，[另]1442 無鏃箭，[宋][元]415 諸事業，[宋]2103 焉尠有，[乙]2087 峯峙，[元]2016 時但名，

[元][明][宮]310 金色之，[元][明]156 功勳菩，[元][明]204，[元][明]721 何故心，[原]1159，[原]1700 見過去，[原]1851 我心故，[原]1851 心是知，[原][甲]2250 仇故。

部：[甲][乙]1822。

藏：[甲]2434 識所爲。

乘：[三][宮][聖]1602 空者亦。

持：[甲]950 白拂此，[甲]2228 五千劍，[甲]2229 寶金剛，[明]594 三股叉，[明]1191 三戟叉，[明]1257 鈴誦鈴，[三]、攝[聖]99 扇扇，[三][宮]263 此經卷，[三][宮]1464 利刀斷，[三][聖]190 於樂我，[三][乙]、－[宮][甲]895 金剛杵，[三][乙]1092 白拂瞻，[另]1428，[元]1092 澡罐一，[原]1141 蓮華於。

達：[聖]1585 無不俱。

耽：[三][宮][聖]1579 著廣大。

得：[甲]1912 法不同。

法：[甲]、報[乙]2296 佛如來，[甲]1816 故不見，[甲]1816 皆所對。

犯：[甲]1828 現行障。

封：[甲][乙]2397 著然以，[三][宮]1562 著彼謂。

諷：[三][宮]638。

服：[甲][乙]1822 藥人故。

告：[宮]1436 事人。

故：[甲]1816 名。

軌：[甲]1782 後正陳，[甲]1782 二居家，[甲]1782 後正陳，[甲]2073 等筆受，[三][乙]2087 是悔即，[聖]125 在心懷，[乙]2391 金剛薩。

集：[三][宮][聖]676 言辭所。

記：[聖]1494 故諸法。

見：[乙]2263 相應猶。

教：[三][宮][聖]1435 作應更。

接：[三]1341 師足禮。

解：[甲]2223 又彼經，[甲]2263 故已斷。

競：[甲]1973 權而謗。

九：[甲]1828 者如文。

就：[乙]1821 斯傳字，[元][明]2122。

厥：[三]2059 志貞確。

慢：[乙]2263 自性起。

迷：[甲]2263 體名法。

能：[甲][乙]2263 藏種能。

瓶：[甲]1815 有情等，[三][宮]1570 爲現見。

破：[甲]2299 小乘執。

起：[甲]2266 相分爲，[三]212 行不自，[乙]1816 我度慢，[乙]2261 色者謂。

擒：[三]2034 送向平。

取：[甲][乙]2219 由迷，[甲]2217 著爾時，[甲]2305 著造種，[乙]2263 亦名唯。

趣：[甲]1828 纒對治，[甲]2266 其體是。

熱：[宮]1552 自具愚，[甲][乙][丙]1833，[甲]1709 惱光能，[甲]1723 杖索及，[甲]1830 取緣取，[甲]2266 觸，[三][宮]461 教爲佛，[三][宮]606 扇除，[三][宮]606 鐵鋸火，[三][宮]1548，[三][宮]1647 相爲煩，[三]220

電光三，[聖][另]765 受等究，[聖]1462 作此比。

　善：[宮]522 蓋小兒。

　燒：[宋]1558 定非應，[原][甲]1829 能燒之。

　攝：[三][宮][知]598 降，[三][宮]263，[三][宮]590 欲六齋，[三][宮]1425 褥兩頭，[三][宮]1425 臥具未，[三][宮]1435 雜色諸，[三]158 神通其，[宋][聖]99 長毛在。

　失：[甲]1736 有生者。

　識：[乙]2261 妄情所。

　勢：[甲]1816 爲常我，[甲]1828，[三][宮]1571 力強故，[聖]1509 可難可。

　釋：[甲][乙]1822 邊見。

　收：[三]2137 時其亦，[元][明]397 無放無。

　埶：[元]1579 著遍計。

　熟：[甲][乙]1822 也彼相，[甲]2250 無中有，[明]2121 行，[聖]1579 膏炷外，[乙][丙]2777。

　說：[甲]2261 空有答。

　説：[宮]1656，[甲]2301 異釋類，[甲]2312 我也而，[三][宮]1451 己見或，[乙]2223 金剛出，[元]2016 有豈成，[原]2362 一。

　所：[元][明]1602 受又由。

　我：[甲]2305 者緣。

　杌：[甲]2217 爲人非。

　繫：[另]1428 持刀劍，[原]2897 盜賊牽。

　相：[乙]2261 獨頭貪。

　想：[甲]2219 分別故，[聖]1595 一期生，[原]1695。

　携：[三][宮]534 持應器。

　訊：[聖]、言執曰訊[甲]1723 問通問。

　疑：[甲]1733 既，[乙]1724 法執。

　於：[三]1616 以動轉。

　緣：[甲]2218，[甲]2250 勢用猛，[乙]2263 我三世。

　約：[甲]2266 色觸破。

　運：[甲]2339 晴心王。

　着：[明]197 衣持缽。

　證：[甲]2339 文七地，[乙]2263 實理故。

　帙：[明]2087 茲興而。

　摰：[另]1428 比丘足。

　種：[甲]2195 總是於，[乙]2263 是執，[乙]2263 異論云，[原]2339 性聲聞。

　衆：[宮]263。

　住：[乙]981 而失如。

　轉：[甲]1828。

　准：[甲]2263 想蘊體。

　捉：[三][宮]1451 有，[三][宮]2122 鐵椎互，[三]125 汝脚擲，[聖]200 彼長者。

　穀：[乙]2408 灌頂之。

植

　持：[宋]1585 習。

　杜：[甲]1828 多者或。

　根：[明]220 善根久。

　恒：[明]、桓[宮]2034 詳定見。

橫：[乙]2261 引發勝。

桓：[甲]2266 者仍要。

牧：[三][宮]2121。

食：[三]152 福巍巍，[宋][元]220 眾善根。

隨：[甲]2274 等事。

想：[明]2110 辨道。

搖：[元][明]681 之物譬。

植：[甲]2128 種也考。

禔：[宮]2108 福莫先。

直：[甲]1973 淨緣，[明]1086 髮裸黑。

值：[和]293 下至，[甲][乙]2250 宿與光，[三][宮]1525 施二者，[元]2122 並。

殖：[宮][聖]278 眾德本，[宮]292 眾德本，[宮]2103 脩竹檀，[和]293 一切智，[甲]1718 習因隱，[甲]1718 根於地，[甲]1718 善，[甲]1718 眾德本，[甲]1728 德本，[甲]1733 善根除，[甲]1775 栽絲髮，[甲]1781 眾德本，[甲]1786 種也愧，[甲]1851 因者如，[甲]2320 順決擇，[甲]2362，[明]1450 汝可檢，[三]220 無量殊，[三]220 眾德本，[三]220 諸善根，[三][宮]1425 園果施，[三][宮]397 修習無，[三][宮]598 大林樹，[三][宮]770 老病死，[三][宮]1552 者有二，[三][宮]2085 種，[三][宮]2103 嘉，[三][宮]2103 善因何，[三][宮]2122 何業生，[三][聖]下同 475 善本得，[三][聖]下同 475 眾德本，[三]567 眾德本，[三]1300 樹造蓋，[聖]278 十行寶，[聖][石]1509，

[聖]1 必獲，[聖]99 果無窮，[聖]278 寶，[聖]278 蓮華，[聖]278 善根能，[聖]278 善根所，[聖]278 善根則，[聖]278 種必滋，[聖]310 其中心，[聖]376 五穀除，[聖]397 園林果，[聖]1733，[另]717 眾苦種，[另]1721 福奉持，[宋][宮]2122 何福與，[宋][宮]479 善根厚，[宋][元]、種[明]1300 禾稼當，[宋][元]220 福者即，[宋][元]2061 此地而，[宋][元]2061 五株柏，[宋][元]2061 在於神，[宋][元]2061 之力也，[宋][元][宮]294 眾德本，[宋][元][宮]310，[宋][元][宮]665 諸善根，[宋][元][宮]1546，[宋][元][宮]2040 焚燒山，[宋][元][宮]2040 眾德本，[宋][元][宮]2053，[宋][元][宮]2103 根栽，[宋][元][宮]2121 焚燒山，[宋][元][宮]2122 園果施，[宋][元]220 善根多，[宋][元]220 善根久，[宋][元]1057 列切，[宋][元]2060 德本業，[宋][元]2061 根深出，[宋][元]2061 利根翛，[宋][元]2061 蔬任山，[宋][元]2061 悟解天，[宋][元]2061 一松可，[宋][元]2102 栴檀於，[宋][元]下同 1300 雜穀立，[原][丁]2190 良因。

種：[甲]1008 善根文，[甲]1909 福相與。

殖

補：[三]、植[宮]2123 何業。

墮：[原]1700 生死恒。

施：[宋][宮]、植[元][明]598 眾德本。

在：[原]1782 生死化。

值：[甲]1782 無，[明]212 根勿如。

植：[宮]263，[宮]263 治以，[宮]263 眾，[宮]292 德本欲，[宮]310 眾德本，[宮]374 販賣市，[宮]633 諸，[宮]638 諸本用，[宮]720 造作窟，[宮]2112 德本功，[宮]下同 300 諸種子，[甲][丁]2187 善微神，[甲][乙][丙]2394 善根供，[甲]1733 多善，[甲]1781 外道便，[甲]1821 解脫分，[甲]2370 三乘因，[明][流]360 德本布，[明][流]360 德本積，[明][流]360 菩薩無，[明]220，[明]220 善根乘，[明]311 初業云，[明]402 善根故，[明]658 德本不，[明]1579 數習力，[明]1579 種功用，[明]1582，[明]2016 善，[明]2154 眾德本，[明][宮]310 眾德本，[明][聖]627 德本不，[明]100 而樂此，[明]135 暐曄繁，[明]153 毒林，[明]156 眾德本，[明]190 善根，[明]193 樹木亦，[明]200 何福乃，[明]220 良田隨，[明]220 善根多，[明]220 善根久，[明]220 眾善本，[明]223，[明]223 諸善根，[明]225 志守淨，[明]263 眾德本，[明]281 福德不，[明]291 不可議，[明]291 眾德本，[明]310 滿足根，[明]310 其地自，[明]310 然彼種，[明]310 善根今，[明]310 無上正，[明]310 眾德，[明]310 諸善根，[明]345 諸德本，[明]354 樹行人，[明]399 德本諸，[明]401 眾德本，[明]402，[明]489 一切吉，[明]585 不，[明]623 德本具，[明]

627 斯德本，[明]627 眾，[明]657 諸善本，[明]665 諸善本，[明]1425 德本雖，[明]1425 有功，[明]1440 若僧和，[明]1464 善根各，[明]1562，[明]1562 佛乘順，[明]1646 善根住，[明]2053 德，[明]2063，[明]2103，[明]2103 德玄津，[明]2122，[明]2122 阿福受，[明]2122 德有情，[明]2122 光，[明]2122 何福生，[明]2122 何業爲，[明]2122 其地自，[明]2122 若僧和，[明]2122 善不懈，[明]2122 善根久，[明]2122 王種今，[明]2122 眾德，[明]2131 道，[明]下同 1581 因四者，[三][流]360 眾德本，[三]、造[聖]200 何，[三]、值[宮]742 念道根，[三]1 五穀不，[三]99 諸梵行，[三]100，[三]220 善根久，[三]264 德本於，[三]291 眾德之，[三][宮]、殖諸[三][宮]666 德本供，[三][宮]221 眾善本，[三][宮]262 德本眾，[三][宮]307 德，[三][宮]310 因力生，[三][宮]310 諸善本，[三][宮]397 諸善根，[三][宮]456 來緣，[三][宮]585 洗一切，[三][宮]1425 汝客來，[三][宮]1545 稼穡，[三][宮]1546 秋大，[三][宮]1562 少分善，[三][宮]1579 福田，[三][宮]1659 善不懈，[三][宮]2123 眾果必，[三][宮][煌]262 眾德本，[三][宮][甲][乙][丙][丁]848 無智諸，[三][宮][聖]310 眾善本，[三][宮][知]414 眾善本，[三][宮]221 福寧爲，[三][宮]221 眾善本，[三][宮]221 諸德本，[三][宮]222 德本皆，[三][宮]222 金寶蓮，[三][宮]222 眾，[三]

[宮]223 諸善根，[三][宮]232 善根淨，[三][宮]262 德本於，[三][宮]262 衆德本，[三][宮]262 諸善本，[三][宮]262 諸善根，[三][宮]263，[三][宮]263 德本，[三][宮]263 德本淨，[三][宮]263 積神足，[三][宮]263 稼劫名，[三][宮]263 莖幹華，[三][宮]263 之香栴，[三][宮]263 衆，[三][宮]263 衆德本，[三][宮]292 德本將，[三][宮]292 衆德本，[三][宮]294 十行，[三][宮]309 而致奇，[三][宮]310 德本心，[三][宮]310 衆善本，[三][宮]310 諸善本，[三][宮]324 八千寶，[三][宮]371 諸善根，[三][宮]374 果樹林，[三][宮]376 五穀草，[三][宮]376 衆德本，[三][宮]380，[三][宮]383 衆善根，[三][宮]384 衆功德，[三][宮]389 及諸財，[三][宮]397 衆德本，[三][宮]397 諸善，[三][宮]397 諸善根，[三][宮]398 德本已，[三][宮]398 德本志，[三][宮]403 而得，[三][宮]403 所種各，[三][宮]410 好，[三][宮]410 善根未，[三][宮]411 善根，[三][宮]411 於荒田，[三][宮]414 德，[三][宮]416 善種子，[三][宮]425 德本皆，[三][宮]435 衆德本，[三][宮]485 善根復，[三][宮]497 福必，[三][宮]545 諸德本，[三][宮]565 衆德本，[三][宮]569 適無所，[三][宮]586 善根，[三][宮]588 泥洹本，[三][宮]598，[三][宮]598 衆德本，[三][宮]606 善根昔，[三][宮]636 德行爲，[三][宮]639 及耕田，[三][宮]639 善本聞，[三][宮]639 善根之，[三][宮]639 於善根，[三][宮]639 衆善根，[三][宮]639 諸善根，[三][宮]656，[三][宮]656 功德，[三][宮]657，[三][宮]657 無量果，[三][宮]664 園林果，[三][宮]680 無量功，[三][宮]702 諸善業，[三][宮]721 福德，[三][宮]721 及餘一，[三][宮]721 商賈販，[三][宮]721 種沙鹵，[三][宮]738 以爲常，[三][宮]810 德本修，[三][宮]813 衆祐之，[三][宮]816 者，[三][宮]817 德本志，[三][宮]821 諸善根，[三][宮]825 衆德本，[三][宮]1425 德故見，[三][宮]1428 樹木鬼，[三][宮]1428 園果樹，[三][宮]1471 五穀船，[三][宮]1474，[三][宮]1507 根見地，[三][宮]1509，[三][宮]1509 德本種，[三][宮]1509 福於佛，[三][宮]1509 果樹，[三][宮]1509 善根以，[三][宮]1509 是爲甚，[三][宮]1521 如意若，[三][宮]1530 無量功，[三][宮]1530 諸善，[三][宮]1536 淨信，[三][宮]1545 三乘種，[三][宮]1545 順解脫，[三][宮]1545 展轉增，[三][宮]1558 少分善，[三][宮]1558 順解脫，[三][宮]1562 施，[三][宮]1562 樹根修，[三][宮]1562 種愛非，[三][宮]1562 衆苦種，[三][宮]1563 少分善，[三][宮]1563 深善本，[三][宮]1579 彼，[三][宮]1579 增長義，[三][宮]1581 奉事王，[三][宮]1598 彼種子，[三][宮]1602 彼種子，[三][宮]1646 而穢草，[三][宮]1646 福獲報，[三][宮]1646 善，[三][宮]1648 泥洹者，[三][宮]2040 於，[三][宮]2060，

甚，[元][明]474 浴此無，[元][明]622
德本具，[元][明]658 德本於，[元][明]
1442 端正業，[元][明]1509 七寶行，
[元][明]1602 種子，[元][明]2085 福
者各。

壙

捄：[三][宮][聖]1462 都圍度。

摭

撫：[宋][元][宮]2112 實足爲。

樴

諸：[三][宮]2122。

膱

膩：[甲]2128 也。

縶

潔：[宋][宮]、[元][明]281 已各
稽。

勢：[三][宮][甲][丙]2087 羅國
西。

繫：[丙]2087 而此怨，[三][宮]
2104 之縲紲。

蟄：[宋][元]657 民伽羅。

執：[甲][乙]1909 繫其身，[三]
[宮]2121，[宋][元][宮]2121 二。

職

盛：[三]212 寧。

識：[甲]2194 位，[三][宮]671 及
三昧，[三][宮]2123，[三]360，[乙]
2087 望隆重，[乙]2396 入諸佛，[元]

[明]361 當不可，[原]2208 而由此。

位：[宮]1435 亦名爲。

蹠

蹉：[三][宮]2121 跌不得。

履：[三]152 翁緣處。

跖：[三][宮]2103 凶暴而，[元]
[明]2103 耳聽詩。

壙：[元][明]2059 達翹心。

轍

椷：[甲]2128 釋名云。

躑

踔：[丙]2218 難可禁。

擲：[明]2121 置我上，[三]187 奔
走皆，[三][宮]1509 以有餘，[三][宮]
[另]1442 而墮便，[宋]190 作是語，
[宋][明][宮]1435 絕返行，[乙]1796 騰
躍是。

夂

久：[甲]2128 也說文。

止

北：[元]1566 有起故。

比：[宋]273 不，[元]400 有上。

便：[三]125 休息。

不：[三][宮]1487 復念貪，[另]
1458 威儀者。

齒：[三]1336。

出：[甲]2087 蓋，[甲]2250 葉糞
虫，[三]192 覺觀，[聖]158 以是知。

處：[甲]1775 於魔宮，[三]152 斯山吾。

此：[甲][乙]2087 周給不，[甲]2305 我想取，[明]1506 是法智，[三][宮]263，[三][宮]1425 舍衛城，[三]192 如雪山，[元]1545 此等種，[原]、[甲]1744 名字。

大：[宋][元]194 觀成就。

地：[甲]2250 獄一日。

等：[甲]1333 若有善。

二：[明][乙]1146 羽當心，[明]1458 所得利，[明]1593 處此中。

夫：[三][聖]1 阿難吾。

觀：[原]1201 羽掌禪。

河：[三]985。

火：[三]1092 食灰白。

唧：[丙]982。

結：[甲]2408 止一字。

近：[三][宮]2103 未若參。

盡：[三][宮]1546 彼亦。

決：[甲]2367 六云信。

可：[原]2248 攝何不。

力：[宮]411 名眞實。

立：[乙][丙]2089 者當使，[元]2122 處。

忙：[甲]2128 搆反。

滅：[三][宮]1435 諍法。

內：[三][宮]611。

乞：[三]1092。

且：[三]196 止瞿曇。

請：[宋]2145 莫之能。

丘：[甲][乙]901 欲不行，[元]2149 得。

山：[宮]419 是定爲，[宮]749 林間仙，[宮]790 必先行，[宮]1549 處所，[宮]1549 淨行者，[三][宮][聖][石]1509 置九十，[三][宮]425 師子有，[三][宮]2059 歲許復，[三][宮]2060 寺權停，[三][知]418，[三]153 悉不持，[三]1485 迦秦言，[聖]225 善業，[聖]225 生死念，[宋][元]351 山澤二，[宋]984，[宋]2122 住，[元][明][宮][知]384 皆同一，[元][明]400 等智常，[元]26。

上：[丙]1141 無人敢，[宮]1458 少，[宮]1522 者復從，[宮][甲]1911 正是入，[宮]234 亦無侶，[宮]278 菩薩摩，[宮]282 足菩薩，[宮]323，[宮]338 不須，[宮]347 一座天，[宮]374 處，[宮]1421，[宮]1454 足受用，[宮]1462 六者得，[宮]1471 陰樹下，[宮]1478 處所爲，[宮]1505 信增軟，[宮]1541，[宮]1541 一云何，[宮]1543 覺意具，[宮]1546 緣諦增，[宮]1546 中愚忍，[宮]1548 燈明是，[宮]1598 久已過，[宮]1604 觀二道，[宮]1613 無貪乃，[宮]1809 還解，[宮]1810 不須諫，[宮]1911 具一切，[宮]2034，[宮]2034 是第四，[宮]2060，[宮]2103 座衆龍，[宮]2108 於仁義，[宮]2121 長者愍，[宮]2122 者亦爲，[甲]、正[甲]1782 心惛睡，[甲]1203 宿亦各，[甲]2128 牙故也，[甲]2290 觀行，[甲][乙]2250 觀望也，[甲]1763 取抄前，[甲]1782 根，[甲]1805 持後三，[甲]1805 四五釋，[甲]1813 所，[甲]1887 本，[甲]1918 觀成，[甲]1921 觀心有，[甲]1969

有願等，[甲]2035 故在本，[甲]2035
世釋迦，[甲]2128 聲也，[甲]2192 觀，
[甲]2207 於帝上，[甲]2266 處名土，
[甲]2270 景行行，[甲]2290 觀中，[甲]
2299 門見一，[甲]2312 息惡行，[甲]
2362 捨及於，[甲]2362 行，[甲]2400
觀三十，[明]1636 願諸衆，[明][甲]
1175 觀師子，[明][聖]1602 出，[明]
99 慢無間，[明]109 往者吾，[明]1119
至磬令，[明]1209 鈴悅喜，[明]1439
以空靜，[明]1442，[明]1453 安樂乞，
[明]1810 羯磨遮，[明]2122 婁至山，
[三]186 一己，[三]2110 是訓導，[三]
[宮]1602 捨，[三][宮][聖]1462 風四
者，[三][宮][聖]1602 品樂斷，[三][宮]
351 三十者，[三][宮]353，[三][宮]603
要至竟，[三][宮]1421，[三][宮]1505
最好利，[三][宮]1530 因緣生，[三]
[宮]1536 福田世，[三][宮]1547 妙離
道，[三][宮]1646 色貪色，[三][宮]
1689 宿若普，[三][宮]2060 臨川晋，
[三][宮]2060 正見方，[三][宮]2123 涼
臺冬，[三][甲]951 演説大，[三][乙]
1008 藍，[三]101 中柏樹，[三]152，
[三]154 樹間，[三]198，[三]362 壽無
央，[三]831 尊住一，[三]866，[三]
1227 之亦摧，[三]1341 滅六心，[三]
1530 意樂事，[三]1547 聖道，[三]1595
身或下，[三]1644 安，[三]2149 列兼
正，[三]2149 蜀齊王，[聖]26 息處云，
[聖]26 息摩納，[聖]397 流鳩槃，[聖]
953 殺害令，[聖]1199 地水火，[聖]
1509 受罪受，[聖]1579 故執有，[聖]

1579 順流而，[聖]1670 留，[聖]2157，
[聖]2157 保壽，[聖]2157 經一卷，[另]
1451 事不共，[宋]、子[元][明]984 龍
王母，[宋]313，[宋][宮]273 無有起，
[宋][宮]292 本，[宋][宮]639 山林中，
[宋][宮]2060 圓禪師，[宋][宮]2103 繫
中國，[宋][明]1579 品所攝，[宋][聖]
26 息世，[宋][元][宮]269 無，[宋][元]
[宮]1462 我有母，[宋][元][宮]1478 床
立不，[宋][元][宮]2060 泊嘉，[宋][元]
[宮]2103 沙汰表，[宋][元][宮]2104 老
教亦，[宋][元]1092 除風霜，[宋][元]
1442 客舍或，[宋][元]1487 是故，[宋]
99 處云何，[宋]286 生，[宋]606 住
除，[宋]982，[宋]1441 當爲作，[宋]
1598 説，[宋]1694 要至竟，[乙]1816
即四念，[乙]2391 羽，[元]99 三，[元]
1425 我依，[元]1579 故證得，[元]2016
猶谷神，[元][明][宮]1464 時有獵，
[元][明]99 慢無間，[元][明]361 壽無
央，[元][明]381 舍宅譬，[元][明]
1522，[元][明]1546，[元][明]2059 鍾
山定，[元]109 於是佛，[元]189 於樹
下，[元]222 意斷神，[元]224 亦入，
[元]400 有下四，[元]481 處無所，[元]
614 心一處，[元]620 水盡復，[元]732
內三事，[元]984 龍王母，[元]1536 不
捨嗔，[元]2103 夢金人，[元]2122 見
平地，[元]2122 哭而還，[原]1960 止
見神，[知]1579 觀略，[知]1579 損益
增。

尚：[三]2149 萬餘偈，[聖]2157
乾陀裁。

生：[宮]419 亦書受，[宮]1546 諸法生，[甲][乙][丙]1199 大風雨，[甲]1846 門無生，[宋]212 眾。

盛：[元][明]26 煩熱如。

屬：[宮]1509 誰能讚。

死：[三][宮]1557 非常名。

殄：[另]1458 息者無。

停：[三]192 足隨後。

土：[宮]419 地，[宮]1548 獨，[宋][元]882 息如本，[元]98 得解脫。

退：[宮]810 之所開，[三]156 即前抱。

亡：[宮][三][聖]221 遠離墮，[甲]2128 甫反廣，[甲]1783 宜應兩，[甲]2128 失則行，[三][宮]731 天神惡，[三][宮]2102 而非滅，[三][宮]2102 者乎不，[三][宮]2121，[三][宮]下同2102，[元][明][聖]225 還是明。

忘：[三][宮]1458 而事成。

五：[甲][乙]1822。

息：[和]293 行善知，[甲][乙]2263 若立現，[三][宮]617 眼流眵，[三][宮]2053 皆裘，[三][宮]2123 類斯。

仙：[宮]603。

現：[三]26 如意足。

相：[甲]2371 在行者。

小：[宮]606 在閑居。

心：[德]26 生樂生，[宮]483 人不得，[宮]616 若心迷，[宮]657 為眾説，[宮]671 風而去，[宮]1464 還揚舉，[宮]1548 獨處得，[宮]1552，[宮]2040 頓一時，[宮]2121 得，[宮]2121

矣又有，[宮]2123 遏，[甲]、上[乙]2087 其妻令，[甲]1735 觀明此，[甲]1512 汝莫作，[甲]1709 斷故偈，[甲]1736 觀並起，[甲]1736 名為他，[甲]1736 能障事，[甲]1736 如經法，[甲]1736 疏又上，[甲]1736 相緣，[甲]1851 照境説，[甲]1922，[甲]1924 此即由，[甲]1924 觀，[甲]1924 觀門者，[甲]1924 問曰何，[甲]1924 中以何，[甲]2036 之唯身，[甲]2087 七日斷，[甲]2212 位觀於，[甲]2255 貞信之，[甲]2313 分別都，[甲]2362 觀隨機，[甲]2362 行故而，[明][甲]1174 二羽金，[明]2076 焉，[三]607 不遠離，[三][宮]284 八者謂，[三][宮]602 者謂覺，[三][宮]1537 等持，[三][宮]1550 生無，[三][宮]1579 色聚種，[三][聖]190 如法行，[三]22 除欲樂，[三]193 宿地獄，[三]1341 行處若，[聖]99 何等人，[聖]210，[聖]376 護，[聖]1452 息准式，[聖]1509 問訊等，[聖]1546 惡，[聖]1546 時尊者，[聖]1579 後因緣，[另]613 遂，[宋][元]682 悉非真，[宋]100 不數數，[宋]202 其中上，[乙]1822 觀等，[乙]2397 凡夫觀，[元][明]1341 知處伊，[原]1764 不進，[原]1776 前正修，[原]1851 安住即。

一：[甲][乙]2261 為。

依：[甲]1924 中何。

疑：[甲]2084 有異術。

已：[甲][乙]2250 得必在。

於：[乙]1821 師等説。

約：[三]、一[宮]2103 之旨事。

悦：[甲]2053 至其月。

云：[甲]2274 有眼識。

正：[宮]1537，[宮]1545 如是他，[宮]1545 於此多，[宮]1648，[宮][聖]425 有是，[宮]225 法當云，[宮]397 處所或，[宮]604，[宮]1421，[宮]1425 得一，[宮]1425 俱舍彌，[宮]1462，[宮]1552 記論者，[宮]1552 妙出道，[宮]1674 息無由，[宮]1808 可義准，[宮]2034 經一卷，[宮]2040 於空空，[宮]2040 住於此，[宮]2060，[宮]2122 豈得互，[宮]2122 薩薄主，[甲]1852 恐多雜，[甲]1912 謂防濫，[甲]1928 觀安，[甲]2128 渴聲類，[甲][乙]897 音反部，[甲][乙]1822 觀如何，[甲][乙]1929 明界內，[甲][乙]2296 者哉云，[甲]952，[甲]1333 不得出，[甲]1709，[甲]1735 業八，[甲]1736 病若未，[甲]1782 法贊曰，[甲]1783 四卷七，[甲]1786 斷見思，[甲]1805 量戒本，[甲]1828 見，[甲]1828 是此，[甲]1911 觀破法，[甲]1925 列大集，[甲]1928 觀安故，[甲]2036 如死灰，[甲]2227，[甲]2266 悼悔障，[甲]2270 故云合，[甲]2299 不依，[甲]2299 能破即，[甲]2366 向西方，[甲]2792 善爲體，[甲]2792 師捨教，[甲]2837 心則沈，[明]、上[宮]1598 離種種，[明]1470 五，[明][宮]2103 善身口，[明][和]293 諸善伴，[明][聖][另]1451 無奈之，[明]400 行修一，[明]502 聚落乃，[明]1471 住持師，[明]1545 處小魚，[明]1558 故有餘，[明]2108 等議

状，[明]2121 頓彼樹，[明]2154 法上錄，[三]150 爲生癡，[三][宮]309 觀法亦，[三][宮]1463 説，[三][宮]1602 觀俱品，[三][宮]2033 所了，[三][宮]2034 取六年，[三][宮]2122 噉彼一，[三][宮][聖] 1579 ，[三][宮][聖][另] 1509 答三事，[三][宮][聖][石]1509 可得，[三][宮][聖][石]1509 齊無，[三][宮][聖][知]1581 住係念，[三][宮][聖] 278 裸者得，[三][宮][石]1509 住是時，[三][宮]309 法，[三][宮]385 觀除愛，[三][宮]414 捨，[三][宮]425 度無極，[三][宮]425 門向泥，[三][宮]483 展轉相，[三][宮]503 住天，[三][宮]602 便歡喜，[三][宮]602 意也行，[三][宮]637 度之以，[三][宮]820，[三][宮]1442 進，[三][宮]1471 住避之，[三][宮]1559 非同分，[三][宮]1562 觀勝故，[三][宮]1571 傍言推，[三][宮]1571 邪，[三][宮]1580 觀衆行，[三][宮]1592 事勇健，[三][宮]2059 四倒反，[三][宮]2059 宜可時，[三][宮]2103 可爲帝，[三][宮]2104 是此處，[三][宮]2121 從止，[三][宮]2122 管子曰，[三][宮]2122 黑義，[三][宮]2123 心即得，[三][聖]190 如是耳，[三][聖]278 道世相，[三][聖]278 觀如來，[三]60 阿，[三]99 聖柔和，[三]185 説經即，[三]190 爲怖畏，[三]192 素妖冶，[三]197 於樹園，[三]210，[三]210 身止，[三]361 臣事其，[三]664 法自性，[三]985 那嚕，[三]985 輸止，[三]1013 心莫念，[三]1340 及

六入，[三]1560 邪不定，[三]1579 行
三根，[三]1600 等相中，[三]1644 住
其中，[三]2060 觀掩關，[三]2110 之
心等，[三]2122 觀二寺，[三]2145 觀
寺重，[三]2153 觀寺譯，[三]2154 觀
寺重，[聖]、止[聖]1733 故即是，[聖]
211 觀四諦，[聖][另]1453，[聖][另]
342 足亦無，[聖][另]1442 不爲開，
[聖]1 觀具足，[聖]26 絕斷者，[聖]99
愛，[聖]99 觀不修，[聖]99 思惟未，
[聖]120 不犯是，[聖]125 觀相應，[聖]
190 欲休罷，[聖]278 觀力具，[聖]397
行第三，[聖]475 觀生從，[聖]566 一
耶何，[聖]1549 觀，[聖]1579 於有爲，
[聖]1723 能行行，[聖]2060 可登機，
[另]1442 此樹今，[另]1721 住無常，
[宋][宮][聖][石]1509 有比丘，[宋]
[宮][石]1509 說此四，[宋][宮]309 處
現無，[宋][宮]309 止撿惡，[宋][宮]
810 門，[宋][宮]2060 方稜敷，[宋][明]
[宮]278 觀功德，[宋][元][宮]2122 有
一貍，[宋][元]1581 眾具而，[宋][元]
1597 住食謂，[宋][元]2122 略家，[宋]
[知]26 俱定坐，[宋]721 於惡法，[宋]
1579 行彼由，[乙]2296 三中而，[乙]
2397 故譬，[乙]2782 觀雙行，[元]1579
眼根了，[元][明]2122 處是故，[元]
[明][宮]1571 歸邪故，[元][明][宮]327
觀皆遠，[元][明][另]717 觀諸瑜，[元]
[明]100 住出入，[元][明]212 觀係意，
[元][明]403 是故戒，[元][明]607 相
若在，[元][明]730 佛，[元][明]842 智
慧，[元][明]1579 觀性巧，[元][明]

2103 鄙人，[元]26 不廢坐，[元]263
阿逸欲，[元]1428 與婬女，[元]1579
故意識，[元]2154 于中興，[原]2248
勘善，[原]2271 也問爾，[原]1764，
[知]1579 息故於，[知]598 意斷根，
[知]1579 無，[知]1579 相或思。

證：[明]220 無上菩。

之：[宮]790 念避危，[三]125 不
受死。

知：[明]397。

只：[三][宮]397 有一星，[三][宮]
397 有一星，[三][宮]2085 供養佛，
[三][宮]2103 有三十，[三][宮]2104 著
五千，[三]正[聖]125 有神足，[宋][宮]
2034 利一。

趾：[甲]2087。

至：[內]2777 貪法二，[明]196 舍
邊大，[明]1005 若有惡，[明]1435 覆，
[三][宮]569 人心喜，[三][宮]2122 天
竺進，[三][甲][乙]1022 一園名，[三]
125 此泉邊。

志：[三][宮]754 大無利。

智：[甲]1816 品也言。

中：[三]1562 行中得，[宋]1421
或不恭。

住：[三][宮]1425 不和云，[三]
1340 如彼眾。

足：[甲]1965 天宮同。

只

但：[甲]1960 如此經，[聖]1818
導大乘，[乙]2263。

即：[甲]2194 六，[明]2076 是，

[明]2076 今事作，[明]2076 今在什。

俱：[原]1744 六世。

口：[甲]2075 言傭作。

六：[甲]2195 七百人。

品：[甲]2196 第二諸，[甲]2214 是阿，[甲]2290 由持戒，[甲]2391 開手末，[甲]2395，[聖]2157 如第一，[乙]2394 是大日。

祇：[甲]1792。

且：[甲][乙]2263 云六依，[甲]2217 在一眼，[乙]2396 斷界內，[原]、但[甲]1851 據一門。

却：[明]2076 具一隻。

釋：[甲]2195 如舍利。

唯：[甲][乙][丙][丁][戊]2187 就當時，[甲][乙]2390 是前本，[甲][乙]2390 用堅實，[甲][乙]2390 有重際，[甲]2298 就有中，[甲]2299 依一世，[甲]2299 應，[甲]2370 云眞如，[乙]2391，[乙][丙][丁][戊]2187 由我等，[乙][丙][戊]2187 譬在因，[乙][丙][戊]2187 是鬼神，[乙]2263 可，[乙]2263 可屬業，[乙]2390 表第一。

位：[乙]2249 五。

五：[甲]2195 供。

心：[甲]2410 是一切。

已：[三]45 可共還。

亦：[甲]2277 案唯是，[甲]2293 名發菩，[甲]2299 爲偏，[甲][丙]2286 絕不流，[甲][丙]2396 以他受，[甲][乙][丙]2397 名金剛，[甲][乙]1822 可，[甲][乙]2261 名隨斷，[甲][乙]

2261 是依非，[甲][乙]2263，[甲]895 可時時，[甲]1715，[甲]1715 是聖人，[甲]1733 應暫現，[甲]1932 是一一，[甲]1960 如凡夫，[甲]2195 滿慈領，[甲]2195 是前佛，[甲]2223 就一經，[甲]2223 是此經，[甲]2263 同見戒，[甲]2286 依，[甲]2392，[甲]2396 取相不，[甲]2396 隨彼教，[甲]2400 云次示，[甲]2401 須集彼，[甲]2425 一刹那，[乙]1821 可識隨，[乙]2261 説爲障，[乙]2261 以此，[乙]2263 以定地，[乙]2263 緣境界，[乙]2390 佛眼亦，[乙]2404 是長途，[原]1840 是宗攝，[原]1851 如是，[原]2404 修供養。

正：[原]1724 似亂辭。

祇：[宮]2080 滅在天，[甲]1929 自聖人，[明]2016 益自勞，[明]2076 是遮，[宋]945 見伽藍。

祇：[甲]1733 在門外，[甲]1751 就不空，[甲]1751 是一三，[甲]1799 目東，[甲]1751 淨由，[甲]1799，[甲]1929 是空見，[甲]1929 是一摩。

止：[甲]1960 作兩持，[三]、正[宮]1428 有此一，[三]2149 云高出，[聖]1465 有百數。

択：[高]1668 娑阿。

指：[三][宮]2102 五千其。

枳：[甲]2193 城言者，[三]984 訶離，[三]987 阿。

質：[甲]2779 領盛只，[乙][丙]873 多鉢囉。

旨

百：[宮]2122 成暉儁，[宋][宮]2060 在斯法。

稟：[宋]、志[元][明]125 乘虛而。

並：[甲]1736 可。

方：[甲]2204 大綱在。

告：[三][宮]2060 於南山。

誨：[三][宮]2102 無以。

極：[三][宮]1593 正法之。

間：[甲][乙]2263 不成此。

句：[甲]2068。

可：[甲]2195 如餘抄。

肯：[甲]1828，[甲]2274 除之因。

首：[甲]2195 故，[甲]2217 更不得，[宋][宮]2121 即日。

四：[甲]2266 諦。

台：[原]2261 一音頓。

習：[三]2060 望通理。

言：[甲]859 二合，[明]2076 觀何得，[三][宮]2102 爾來，[三]192，[乙]2393 在於字。

詣：[三]2110 姿才秀。

意：[甲][乙]2263 所以或，[甲][乙]2263 也圓鏡，[甲][乙]2263 歟或七，[甲][乙]2263 在，[甲]1846 故云總，[甲]2195 之故也。

義：[甲][乙]2263 護，[甲][乙]2263 例五見。

音：[三][宮]292 亦是黎，[聖]1859 之妙唱，[宋][元][宮]2102 但郗克，[元][明]、明註曰音南藏作旨1509。

有：[甲]1816 難，[甲]2261 如空，[甲]2434 無別意，[三]2112 不俟僕，[乙]2297 相符兼。

召：[甲]2073。

者：[甲]2299 等文具，[宋][宮]292，[宋]263 化諸愚，[乙][丙]2777 善吉群，[原]1819 而願。

眞：[明]62 威神之。

正：[三][宮][另]1443 即便默。

脂：[明]11191 明王如。

止：[甲]2017 但隨入，[甲]1007 慈悲護，[三]2151 寺請譯，[聖]2157 宣慰譯。

指：[宮][聖]2060 不存文，[宮]2103 蓋虛無，[甲]1736 訓彷彿，[三][宮]2102 歸疑笑，[三][宮]2102 天曰天，[三][宮]2102 直語，[三][宮]2103 通局第，[三][宮]2103 也未見，[三][宮]2103 專擬帝，[三][宮]2104 也則老，[三][宮]2108 趣深謂，[三]2110，[三]2110 者世雄，[宋][元][宮]2109 論者對，[元][明]125 授彼，[元][明]2053 歸。

恉：[宋]、指[元][明]2150 詣不加，[宋][宮]、指[元]2103。

智：[明][甲]1177 與諸大，[乙]2263 也。

咎：[明]2103 冉在四。

自：[甲]2036 趣能無，[甲]2036 住持昭，[聖]376 趣如是。

宗：[甲]1792 備斯四，[原]1744 也二。

阯

阯：[三]2060 人早出。

址

壙：[元][明]、掖[宮]2121 都圍度。

止：[宋]1341 於上空。

趾：[宋][宮]2060 而處所。

坻

隄：[三][宮]397 天天寶。

祇：[三]1336 利利帝。

泜

坻：[三]1343。

江：[三][宮]2040 比丘。

泯：[明][乙]、泜二合夾註[甲]1225 散儞啊，[三][宮]397 二十七，[三][宮]397 十三，[三][甲]1101 提夜須，[元]1343 迦羅竭，[元]1343 泜闍伐。

泒：[三]1357 泒殊。

治：[三]1336 反呵阿。

扺

枳：[丙]1076 帝幡悉，[宮]1545 尼池中，[宮]397 薩羅國，[甲]2130 由譯曰，[明][甲]1277 孃二合，[三]187，[三]1130 羅繫縛，[三][宮]、扺上丑兒反下同音註[元]374，[三][宮]1443 羅鳥命，[三][宮][聖]397，[三][宮][聖]397 羅聲次，[三][宮][西]665 捨伐，[三][宮]387 羅鳥白，[三][宮]387 羅娑山，[三][宮]402 弸，[三][宮]1545 尼池邊，[三][甲]1080 諦濕，[三][乙]下同 1100 吽弱婆，[三]99 跋滯文，[三]930，[三]991 利扺，[三]1132 吽，[三]1341 者奴盧，[三]1644 羅其樹，[乙]1244。

祉

秕：[宋]1336。

恥：[乙]2393 帝三以。

社：[甲]2036 及其後。

祐：[甲]2053 日繁摽。

指

伯：[元]2108 南爲北。

持：[甲]1805 詣油家，[甲]1698 經，[原]1819 法藏菩。

斥：[甲]1833 似共。

抽：[甲]866 於其中。

搯：[甲]2250 上座光。

此：[甲]2270 彼文何。

措：[甲]1782 意無非，[甲]1886 此空教，[元]2122 廟女像，[元]2122 座謂山。

抵：[三][宮]2060 掌解頤。

端：[乙]2408 向外。

二：[甲]1238 大指各。

反：[甲][乙]1929 掌是以。

根：[甲]2193 岐有合。

故：[三]1569 是能若。

揮：[原]1112 心開兩。

教：[甲]1973 念佛遂。

節：[甲]1200 入掌中。

拘：[元]2060 竃旁去。

舉：[宮]1998 前。

捐：[宮]2060 法依爲，[甲]2039 骸焉機，[甲]2087 誨然我，[甲]2128 麾衆因，[聖]292，[聖]1563 等光闇。

揩：[宮]721 磨滅壞。

楷：[甲]2339 定故問。

榴：[甲]1238 枝一。

明：[甲]2266，[原]1842 法中云。

木：[三]1341 還有若。

拍：[甲]、其地[甲]894 其成結，[甲][乙]894 左手掌，[甲][乙]2391 印第四，[甲]2392 左印三，[甲]2400 成聲口，[三][宮][甲][乙][丙]876 印加持，[三][宮]2123 掌等名，[三][乙][丙]873 平掌而，[三]125 胸說曰，[聖]190 此地作，[乙][丙]873 印儀如，[乙]2391 了頂散，[元]2106 之初不。

岐：[宮]901 岐間向。

奇：[乙]2394 向上。

屈：[甲]1268 從外。

攝：[甲][乙]2263 餘四種，[明]1450 授爾時，[乙]2263 薩波多，[原]1829 在種種。

尸：[甲]936 陀四囉。

示：[甲]1805 中屏露。

釋：[乙]2249。

手：[甲]2255 以指著，[元][明]1058 側相拄。

宿：[聖]1462 示果於。

損：[甲]1816 經文配，[甲]2036，[甲]2270 繁，[甲]2299 障風力，[聖]953 或六，[乙]2249 伏所依，[乙]2309 大乘。

投：[三]2145 音殊俗。

頭：[甲][乙]957 像佛身，[乙]901 後側上。

推：[宮]2060 二萬餘，[甲]2339 餘用言。

爲：[甲]1781 此瑞，[甲]2401 捻花餘。

謂：[甲]2195。

相：[丙][丁]866 去二三，[宮]657 以衆好，[宮]1509 動十方，[甲]2035 實爲權，[甲]2261 佛地二，[明]99 所閱，[聖]1441 淨聚落，[宋]619 洗除心，[宋]1032 虛其掌，[乙]2227 也，[乙]2391 柱掌轉，[乙]2404 方位但。

廂：[三][甲]901。

押：[甲][乙]957 左掌内。

掩：[甲]2035 於實名。

抑：[甲]2195 付。

詣：[明][宮]374，[明]24 阿，[三][宮]2040 拘尸城，[三][宮]2059 洛，[三][宮]2122 餘血塗，[乙]、至[原]2190 寶處淺，[乙]2157 中，[元][明]945 唯願世。

猶：[乙]、依[乙]1822 經釋後。

有：[甲]1727。

於：[甲]1921 衆生是，[甲]2299 無始。

緣：[三][宮]2122。

曰：[三][宮]2122 庭前槐。

占：[三][宮]544 曰。

掌：[三][宮]2122 合而。

招：[乙]2263 正位善。

爪：[三][宮]2040 甲白佛。

之：[三][宮]397 反夜閣。

秖：[明]2110 如韓子。

脂：[明]643 端文相，[明]1458 取其下，[三][宮]606 油塗火，[聖]639 水中像。

止：[宮]2108 終會儒，[三][宮]2122 常聞鍾。

旨：[宮]309 示道門，[甲]1775 舉此，[甲]1799，[甲][乙]1736 歸但次，[甲]1698 歸翻云，[甲]1736 歸云常，[甲]1775 萬物一，[甲]2017 歸聖賢，[甲]2255 故言行，[甲]2296 問子未，[明]2102 可知豈，[三][宮]627 趣則應，[三][宮]2060 誦文掐，[三][宮]2102 其在老，[三][宮]2102 已明俗，[三][宮]2102 云爾夫，[三][宮]2103 及養生，[三][宮]2103 且道之，[三][宮]2103 要採彼，[三][宮]2104 説二事，[三]2103 趣則曡，[三]2108 可知豈，[三]2110 弘，[三]2146 明，[元][明]2102。

至：[甲]2075 無所指，[甲]2787 授處所。

諸：[甲]2263 法之時，[元]873 端安時。

拄：[三][甲][乙]1200 以此印。

總：[甲]1816 答三問。

枳

吉：[乙]1132 羅金剛。

計：[乙]1069 曳二。

扣：[甲]1813 機宣唱。

訖：[乙]1069 穰二合。

楧：[三]1301 棗栗杏。

只：[甲]2392，[三][宮]721。

択：[高]1668 鄔帝，[甲]997，[甲]1037 帝濕嚩，[甲]1122 隸咩，[三]158 由邏三，[聖]1788 羅此云，[宋][宮]665 般宅，[乙]1069 北置金，[乙]1069 帝濕。

咫

尺：[甲]2119 步匪乘。

紙

筆：[甲][乙]1822 墨自云。

城：[三]1。

澄：[三]2149。

底：[宋][元]2155 此云正。

經：[甲]2174 策子。

卷：[聖]2157，[宋][元]2154 同帙。

絹：[三][宮]2122。

泯：[甲]2217 絕無寄，[三][甲][乙][丙]908。

神：[甲]2129 祷祝祭。

十：[甲]2266 左云謂。

四：[甲]2266 左如是。

帖：[乙]2174。

維：[宮]2122。

張：[乙]2174，[乙]2174 策子説。

止：[明]984 反後皆，[三]984。

左：[甲]2266 瑜伽。

趾

迹：[甲]2223 猶不臻，[乙]2244 尚存傳。

跡：[三]2059 則結，[聖]170 其，[宋]2087 昔經部，[乙]2087 是具史。

題：[宮]2122 交趾獨。

正：[三]184。

止：[元][明]2125 故五天。

阯：[三][宮]2059 會年十，[三][宮]2059 之仙，[三][宮]2103 風雲之。

址：[明]1545 故，[三][宮]2060，[三]2087 是如來，[三]2145 也何，[乙][丙]2092 丞相一，[乙][丙]2092 雖頹猶，[元][明]2060，[元][明]2060 講十誦，[元][明]2060 咸由勸，[元][明]2060 壖，[元][明]2087 對郊阜，[元][明]2087 所崎周，[元][明]2103 況於己，[元][明]2104 尚存中。

峙：[元][明]656 立不傾。

跱：[元][明]656 立四海。

阤

圯：[三][宮]2102 曾莫之。

杝：[聖]1723 或有爲。

至

半：[宋][元]、今日[明][宮]1435 半由。

報：[三][宮]2043 無得脫。

貝：[明][聖]125 得甘露。

備：[三]192 稽首接。

遍：[甲][乙][丙]1141。

并：[甲][乙]2261 第二第。

並：[甲][乙]1816 皆刪略，[甲]1828 起然名，[甲]2068 非閻浮，[甲]2250 云何我，[甲]2266 取佛地。

不：[甲][乙]1822 共功德，[甲]2337 能自知，[三]1546 及陀那，[宋][宮][聖][另]1451 死大藥。

常：[甲]1828 離慧明。

成：[三]125 至滅盡。

誠：[三][宮]、誠[甲]2053 謹遣弟。

持：[甲]1816 爲後攝，[甲][乙]1822 亦等，[甲]1828 戒者定。

出：[甲]2217 毘盧遮，[三][宮]1545 數習所，[三][宮]2059 寺側以。

處：[甲][乙]1821 壽隨色。

慈：[三]、怨[宮]2122 親長爲。

此：[明]1562 身觸應，[乙]2397 七地猶。

次：[乙]2397 第。

大：[甲]1736。

待：[甲]2218 處〇而。

到：[宮][聖]586 故，[甲][乙]1832 此是隨，[甲][乙]2328 十信第，[甲]2219 正等覺，[甲]2870 爲汝略，[明]1435 山林中，[三]101 命爲如，[三]2122 五年方，[三][宮]1435 某家坐，[三][宮][甲]2053 彼安置，[三][宮][聖][另]1435 寺，[三][宮][聖]222 梵天不，[三][宮][聖]223 東方過，[三][宮][聖]223 官，[三][宮][聖]278 於彼岸，[三][宮][聖]1421 迦葉適，[三][宮][石]1509 菩薩所，[三][宮]588 大乘，[三][宮]671 彼岸出，[三][宮]808 婆，[三][宮]1425，[三][宮]1425 彼住處，[三][宮]1425 獼猴邊，[三][宮]1428 世尊清，[三][宮]1435 阿耨，[三][宮]

1435 此住處，[三][宮]1435 著衣持，[三][宮]1442，[三][宮]1442 僧許可，[三][宮]1463 舍，[三][宮]1521 聲聞地，[三][宮]1650 不得有，[三][宮]2034，[三][宮]2040 佛所出，[三][宮]2059，[三][宮]2059 罽賓國，[三][宮]2059 義熙十，[三][宮]2060 房欲屈，[三][宮]2121 歡豫家，[三][宮]2121 天女所，[三][聖]99 此欲，[三]1 之處無，[三]125 世尊所，[三]129 三摩竭，[三]156 優波離，[三]192 此園林，[三]192 其舍供，[三]202，[三]202 大國佛，[三]202 當説次，[三]203 百年復，[三]203 彼塔寺，[三]1344 彼，[三]2110 天監三，[聖]99，[聖]211 其所使，[聖]211 一國入，[聖]1470 明者，[石]1509 大海復，[宋]374 我所頭，[元][明]229 緣覺及。

得：[三][宮]721 樂處後。

豆：[聖]1462。

多：[三][宮]2059 及勝亡。

墮：[聖]1428 三宿明。

而：[甲]1736 安帝義，[三][宮]1421 第三日。

法：[宮][知]598 莊挍何，[明][甲]1216 於深井。

互：[三][宮]332 求方便。

更：[三]24 退下無。

觀：[明]99 鹿林梵。

歸：[三][宮]1435 時有七。

果：[甲]1763 緣覺以。

合：[原]1828 能取謂。

乎：[甲]1921 如薩。

互：[元][明]790 相殺傷。

及：[敦]1957 信心預，[甲][乙]1866 佛，[甲]1733 其得果，[甲]2895 彌悉皆。

即：[知]2082 屈前兩。

堅：[甲]1806 一人不。

賤：[聖]157 餓鬼。

曁：[元][明]2103 而聞。

盡：[甲]2195 此經既，[明]376 心恭敬。

經：[甲]1925 論深廣，[甲]2173，[甲]2195 請既有，[甲]2250 千歲正，[甲]2250 五念心，[甲]2261 無著等，[甲]2266 教，[甲]2299 論無淺，[三][宮][聖][石]1509 七歲答，[三][別]、於[宮]397 常有爲，[三]125 七死七，[三]203 一日一。

居：[甲]2035 洛陽大。

巨：[三][宮]2121 富隣。

具：[明]125 得甘，[明]125 得甘露。

可：[聖]125 不滅。

空：[元]1425 七月十。

箜：[乙]2391。

苦：[乙]1909 到用。

來：[宮]1559 定爲地，[三][宮]2040 當復付，[三][宮]1428 時迦葉，[三][宮]1547 中間根，[三][宮]2121 罽賓國，[三]206 唯大王，[三]1559 地中間。

力：[三]1562 窮盡時，[乙]1978 一心稽。

立：[宮]721 胸中爲，[甲]2266 其

名即，[甲]2266 一來果，[甲]2339 一乘名。

勵：[三]2063 住洛陽。

六：[甲]1709 偈。

名：[甲]2266 爲得菩，[三][宮]2122 爲五輪。

明：[乙]、並[丙]917 於究竟。

命：[三]1。

牟：[聖]1462。

乃：[甲]2339 過去世。

能：[明]1636 斷，[明]1530 虛空亦，[三]158 不著樂。

年：[三]185 七歲而，[三]2063。

平：[三]2122 正。

其：[高]1668 像量須，[甲][乙]、乙本冠註曰其原作至依釋經改 2190 毘，[甲]1839，[甲]1839 事云何，[甲]1839 因何以，[甲]2299 後釋文，[甲]2823 釋文一，[明]1442 門前憧，[三][宮]397 心不濁，[三][宮]1808 上座所，[乙]2249 梵世故，[原]957 綱要略，[原]1744 後釋然，[原]2271 實我若。

迄：[甲]2339 二百。

訖：[三][宮]1476 到菴。

丘：[聖]2157 且行數。

去：[甲]1733 以夢無，[甲]2255 即，[三]100 強親，[三][宮]721 而人不，[三][宮]1421 餘處時，[三][宮]1425 比舍，[三][宮]1509 無量千，[三][乙]1092 處常爲，[三]154 未久更，[三]2106 關可十，[聖]211 一國國，[聖]1509 遠國彼，[元][明]1509

時與。

趣：[三][宮]1458 高或從。

全：[甲]2337 攝。

人：[三][宮]1435。

如：[明]375 惡趣常，[三][宮]1559 海增減。

入：[三]、－[聖]100 得眼林，[三][宮]1442 究竟處，[三][宮]1428 比丘後，[三][宮]1435 所住處，[三][宮]2034 如來影，[三][宮]2085 葱嶺山，[三][宮]2109 獄不離，[三]23 其，[另]1442 其舍告。

若：[明]220 般若波。

三：[原]1788 大衆願。

睒：[元]175 年過十。

涉：[三][宮]2059 流沙北。

身：[聖]953 死此是。

深：[三][宮]669 心渴仰。

生：[宮]、至生[聖]224 中復學，[宮]262 道場，[宮]459 於佛，[宮]606 到百歲，[宮]1552 離欲地，[宮]1571 近，[宮]2103 自法師，[和]293 淨寶洲，[甲]、主[乙]2261 繁不細，[甲][乙]2261 合有六，[甲][乙]1822 非，[甲]1039 之處，[甲]1782 處贊曰，[甲]1816 細展轉，[甲]1863 果又八，[甲]2300 何以故，[甲]2339 空法空，[甲]2735 修惠第，[明]220 乃至滅，[明]672 於非處，[明]2040 眞坐鉢，[三][宮]1545 無量愛，[三][宮][甲]901 染著遠，[三][宮]285 諸著衆，[三][宮]351 死不，[三][宮]425 惡趣勤，[三][宮]425 梵，[三][宮]615 行，

[三][宮]721 於天中，[三][宮]801 非想處，[三][宮]1543，[三][宮]1546 斷三界，[三][宮]1563 轉初故，[三][聖]26 善處所，[三]25 彼處命，[三]26，[三]26 善處生，[三]79 善處天，[三]100 三惡，[三]190 諸根損，[三]278 湛然不，[三]682 諸佛刹，[三]1582 心能施，[三]2122 于太康，[聖]221，[聖]291 又其法，[聖]1509 大惡如，[聖]1646 耶，[聖]1763 無常之，[另]1548，[石]1509 後世而，[石]1509 後世復，[宋]220 耳觸，[宋][宮][石]1509 佛，[宋][宮]2122 無數阿，[宋][元]1509，[宋]190 於帝釋，[宋]839 圓滿十，[宋]2122 死不休，[乙]2192，[元][明]、王[聖]120 此世界，[元][明][聖]425 將護諸，[元][明]125 此世，[元][明]210，[元][明]318，[元][明]385，[元][明]721 天中，[元]1435 十日過，[知]598 所住無。

昇：[三][宮]656 道場全。

聖：[三][宮]2122 人善取，[乙]、乙本冠註曰聖如前後恐有脫字 2190 如念風，[乙]2081 教親承，[乙]2263 教量通，[原]、[甲]1744 人所依。

失：[三][宮]、出[聖]1428 黃赤白。

示：[甲]1932 爾許。

世：[聖]663 尊。

是：[宮]1509 佛道復，[甲]1828 種種擾，[甲]2250，[甲]2299 中道第，[明]278 上方亦，[明]721 涅槃是，[明]1334 七遍即，[三][宮]397 清淨，[三]

[宮]1421 意法亦，[三]1566 邪慢外，[聖]663 父，[聖]1548 即得阿，[另]613 遍滿一，[宋][明]1128 一切眾，[元]2016 説是諸。

室：[明]509 中佛便，[三][宮]1547 冥餘燈，[乙]1796 護摩方。

受：[宮]1421 至十七。

疏：[甲]2266 十處所。

死：[宋][元][宮]、寧[明]2121 死不爲。

所：[三][宮]222 到亦。

天：[宮]798 無爲。

同：[甲]2214 也云云。

亡：[甲]1848 失月藏。

王：[丙]2120 化於東，[宮]2102 冥，[甲]1728 三禪宮，[甲]2035 那揭，[甲]2068 彼，[明]1450 大門亦，[三][宮]443 如來，[三][宮]644，[三][宮]820 太子聞，[三][宮]1421 殺人處，[三][宮]1465 心伏蠱，[三]2122 毘舍離，[聖]279 於地上，[宋][明]1170 魃魅，[元][明]2034 道論一，[元][明]2043 不復得。

往：[三][宮]1442 軍中過，[三]100 刪闍耶，[三]202 毘紐乾，[三]202 推，[三]203 中間有，[三]278 彼刑戮，[三]278 難海，[聖]125 世尊所。

望：[甲]1717 牛傍自，[原]2306 重斷見，[原]2339 佛果故。

唯：[甲][乙]2261 爲所説。

爲：[甲]1733。

文：[甲]2266 第一七，[原]2369。

屋：[宮][甲]1804 送食置。

吾：[三][宮]2104 王悉。

無：[甲]1782 我外處，[三]2034 所，[乙][丙]2777 一念。

五：[宮]1559 定中間，[甲]2207 行之端，[三][宮]1521 十百千。

哇：[三]1336 室耽薩。

下：[甲]2395 官符今，[明]2076 法堂。

賢：[原]2395 賢。

現：[三][宮]263 於此衆。

香：[宋]220 鼻。

行：[宮]2053。

言：[三]193 而答其。

一：[甲]2286 心勸乃，[三]189 十九心，[三]440。

以：[甲]1828 下又依，[三]196 誡此人。

詣：[三][宮]512 稽首佛，[三][宮]1425 佛所，[三]100 佛所頂，[三]125 彼城是，[三]125 彼山中，[三]125 婦所而，[三]190 彼苑與，[三]1339 此娑婆，[三]1339 我所執，[聖]211 佛所爲，[聖]375。

意：[甲][乙]1821 後文中。

有：[甲][乙]1822 羯栗底，[三][宮]1462 九，[三][宮]2121 彌勒佛，[三][宮]2122 臭氣。

于：[宋]、於[元][明]2154 澠池卒。

於：[甲][乙]2263 本，[甲][乙]2263 今論文，[甲][乙]2263 演，[甲]2263 瑜伽論，[三][宮]、笒[聖]1425 石蜜家，[乙]2263 燈，[乙]2263 唯識觀，

[乙]1736 一康家，[乙]2263 燈，[乙]2263 論文者。

元：[三]2103。

約：[甲]2006。

縎：[甲]2250 解此文。

云：[甲]1828 何有相，[甲]1828 名色者，[三][宮]381 曩昔久。

再：[三][宮]376。

在：[宮]356 羅閱祇，[宮]397 造作五，[甲][乙]1822 現在未，[甲][乙]2263 八地已，[甲]2266，[明]220 他化自，[明]1428 小食大，[明]2016 之法不，[明]2122 此洲人，[明]2122 谷口木，[三]212 於，[聖][石]、聖本有傍註在或本三字 1509 後心，[宋]481 德不可。

造：[原]2264 謗滅業。

照：[知]1785 十法界。

眞：[三]152 誠之，[乙]1709。

正：[宮]2060 二十年，[甲]1848 解不謬，[甲]1786 釋經三，[明]1005 傍生鹿，[明]2085 無畏山，[明]2123 覺，[三][宮]398 眞所入，[三][宮]1599 得眞實，[聖][另]342 眞等正，[宋][元][聖]210 本我所，[元][明]656 眞等正，[元][明]2122 道，[元]2145 受決經。

證：[三][甲][乙]1125 七。

之：[甲]1268，[甲]1775 實，[甲]2399 次第也，[明]212，[三]192 彼園，[三]2063 著更受。

知：[宮]674 煩惱本，[宮]802 成等正，[明]220 識故隨，[明]1442 我觀十，[明]1513 當知是，[明]2103 涅

槃夜，[三][宮]656 爲大。

止：[宮]446 佛南無，[甲]1799 十方衆，[甲]2266 彼品類，[明][聖]663 宮殿講，[明]225 處百千，[明]1421 諸羯磨，[三][宮]497 達嚫願，[三][宮]2041 龍窟當，[三][宮]2122 空中經，[聖]613 從我。

指：[甲]1717 偏門名，[久]1486 佛爲授。

志：[宮]397 心稱我，[宮]416 心求此，[宮]435，[宮]2042 心諦聽，[宮]2123 所生如，[甲]、至[乙]1822 遠入，[甲]951 學一切，[甲]1909 心五體，[甲][乙]1909 心等，[甲]1101 求圓滿，[甲]1103 求作此，[甲]1728 心存，[明][甲]1177 誠親受，[明]381 誠建立，[明]638 大乘躊，[明]682 心禮自，[明]994 誠頭面，[明]994 心供養，[明]1052 誠愨重，[明]1331，[明]1443 心善聽，[三]、王[宮]349，[三][宮]1493 心發露，[三][宮][聖]1552 等方便，[三][宮]397 心稱我，[三][宮]397 樂發深，[三][宮]444 心聽十，[三][宮]585 不計有，[三][宮]585 於堅強，[三][宮]606 息入如，[三][宮]627 無亂三，[三][宮]1425 心看不，[三][宮]2034 心發露，[三][宮]2040 心念阿，[三][宮]2053 誠禮讚，[三][宮]2053 誠所感，[三][宮]2053 誠通神，[三][宮]2059 好學明，[三][宮]2122 生情難，[三][宮]2122 心故今，[三][宮]2122 心自手，[三][宮]2123 心遙禮，[三]172 心，[三]172 意堅固，[三]201 心歸命，[三]202

意欲，[三]203 從地踊，[三]212 群徒魚，[三]665 盡形日，[三]982 心，[三]995 心誦念，[三]1012 心隨喜，[三]1082 心，[三]1339 心諦聽，[三]1396 心受持，[三]2059 父不能，[宋]、一[元]1982 心歸命，[宋]190 心諦聽，[宋]1288 意持念，[宋][宮]329 心故我，[宋][宮]397 心一聽，[宋][明][宮]2122 心，[宋][元]2061 學，[宋][元]360 無上道，[宋][元]1982 心歸命，[宋]100 心修，[宋]190 心諦聽，[宋]985 心，[宋]1103 心，[宋]1145 心禮拜，[宋]1181 心誦，[宋]1182 心依呪，[宋]1348 心七日，[宋]1982 恭敬合，[宋]1982 心懺悔，[乙]1909，[乙]1909 日月推，[乙]1909 心五體，[元][明]2122，[原]、至無上智[原]904 求圓滿，[原]1309 心拜宿，[原]1311 心帶佩。

治：[宮]2059 罽賓寺。

致：[甲]2006 焉高祖，[甲]2035 謝曰弟，[甲]2263 理觀者，[明]1129 七日内，[明]585 誠講説，[明]1538 謝滅已，[明]2060 也大業，[明]2108 闕重參，[三][宮]606 清淨是，[三][宮][聖]1421 反俗乃，[三][宮]285 無限一，[三][宮]630 無有不，[三][宮]768，[三][宮]1545 那人來，[三][聖]99 此尊者，[三][聖]125，[三]2145 庶可以。

智：[明]220 心聽聞，[明]220 一切相，[明]278 於道智，[明]425 慧皆今，[明]721 未解脱，[明]1570 境色遠。

置：[甲]2035 補陀山，[甲]2035

七寶床，[明]1459 宜應用，[三][宮][聖]224 處毒皆。

中：[明]882 遍自身。

終：[三]125 竟無解，[三]2151。

重：[甲]2277 因，[三][宮]2053 又同。

主：[宮]397 嘍羅，[宮]532 度脫海，[宮]1421 明相，[宮]2060 患者，[宮]2108 於，[甲]2299 三果，[甲]2339 佛所非，[甲][乙][丁]2092 都久闊，[甲][乙][丁]2244 而道不，[甲][乙]1821 非一刹，[甲][乙]2263 以心爲，[甲]1512 無取，[甲]1512 以無物，[甲]1709 今巨唐，[甲]1816 不可，[甲]1816 得身報，[甲]1816 菩，[甲]2195 也海會，[甲]2262 教故説，[甲]2266 此有二，[甲]2266 無明了，[甲]2269 圓淨，[甲]2273 難淨眼，[甲]2274，[甲]2274 釋者彼，[甲]2281 外道執，[甲]2299 得遂法，[甲]2299 得通三，[甲]2299 果起故，[甲]2299 金剛心，[甲]2300 人以天，[甲]2300 者也無，[甲]2305 諸境故，[甲]2317 開彼爲，[甲]2434 如來祕，[三][宮]2122 者案名，[三][宮][聖][另]1548 是緣是，[三][宮][另]1435 城中買，[三][宮]1548 後法，[三][宮]2059，[三][宮]2060 東都造，[三][宮]2122 主百怪，[三]193 水神名，[三]2041 矣便至，[三]2102，[三]2103 難明大，[三]2108 以權居，[三]2149 摩伽陀，[聖]425 要是曰，[聖]1509 阿耨多，[聖]1537 成就，[聖]2157 處謂天，[聖]2157 止王即，[另]

1543，[宋][宮]1670 爲師持，[宋][元]1809 僧中具，[宋]1331，[乙]、至經[原]2408 聚也，[乙]1200，[原]1981 願往生，[原]1311，[原]2196，[原]2339。

住：[甲]1782 道中舊，[明]1584 劫，[三][宮]2053 其間乃。

捉：[三]1441 長老難。

子：[甲][丁]2092。

自：[原]1201 等覺。

作：[三][宮]1435 起欲恚，[三][宮]631 癡不可。

坐：[三][宮]1471 屏處，[聖]1428 住處以。

志

表：[原]2339。

誠：[甲]893 心懺悔。

出：[宮]2122 曰藿香。

慈：[宋][元]2103 請不爲。

存：[三][宮][聖]481 在。

大：[元][明]2016 智心如。

惡：[甲][乙]1822 性不定。

急：[聖][另]790 欲不同。

記：[甲][丙]2087 曰六十。

了：[三][宮]2122 不知豈。

立：[明][宮]585 聲聞緣，[三][宮]309 精進一，[三][宮]656 勤苦行，[宋][宮]585 菩薩供。

戀：[三][宮]401 慕此典。

令：[明]278 意常安。

迷：[三][宮]606 惑忽忽。

念：[三]109 八曰正。

乞：[元][明][宮]403 求修道。

氣：[明]2076。

勤：[明][甲]1177 求不退。

去：[甲]1111 路迦塵，[明]213 其邪僻，[三]212 離放逸，[三]401 超絕無。

趣：[三]184。

忍：[三][宮]1421 非吾謂。

上：[三][宮][聖][另]281 是爲次。

士：[三][宮][聖]425 勉出五，[三][宮]635 忽至此。

事：[三]184 就神智，[三]201 求。

思：[三]1 邪，[三]1 邪語邪，[三]1 正語正，[三]26 正語正，[乙]2370 求亦復，[元][明]425 雜碎勤，[元][明]425 至。

天：[三]193 立王唯。

土：[宋][明]2122 人別不。

亡：[元][明]225 還云何。

妄：[甲]1828 心者無，[三][宮]602 念是爲。

忘：[宮]425 存聽法，[宮]585 不馳騁，[宮]817 色欲女，[甲]1721 斯意故，[甲]1805 或明是，[明]2123 念女色，[三][宮][聖]1462 都無供，[三][宮]2103 之所之，[三]213 樂亦然，[三]221 失須，[聖]1723 念無智，[聖]2157 榮辱潔，[另]1543 等方便，[宋][宮]222，[宋][明]212 十力四，[宋][聖]425 邪本是，[元]2016 氣眇然，[元]2103 三女邪。

望：[三][宮]310 饒財珍，[元][明]425。

悉：[甲]1718 二乘常，[甲]1782

陀此名，[甲]1823 如是菩，[甲]1925 令，[甲]2249 兩本是，[三]6 諷當從，[三][宮]381 平等何，[三][宮][聖]627 懷恐，[三][宮]263 存法要，[三][宮]263 能忍彼，[三][宮]263 無上正，[三][宮]415 令群生，[三][宮]425 無所著，[三][宮]604 不忘，[三][宮]637 意大歡，[三]20 善，[三]198 不畏或，[三]291 發，[聖]318 佛道解，[聖]2060 尋籌致，[元][明]266 無著，[知]266 無爲其。

仙：[三]192 王仙及。

想：[明]598 得智慧。

心：[明]310，[三][宮][知]598 同等當，[三][宮][知]598 則爲度，[三][宮]266 諸法無，[三][宮]310 清淨無，[三][宮]496 富梵志，[三][宮]496 即念言，[三][宮]606 不復隨，[三][宮]627，[三][宮]2042 於諸樂，[三]118 所奉王，[三]493 所願或，[元][明]125 二。

行：[三]26 捨離諂。

性：[明]2060 淳直。

羞：[三]2149 沿波討，[元][明]2145 沿波討。

已：[三][宮]、以[知]598 願無上。

逸：[宋]、忘[明]2145 妙極躡。

意：[明]2076 參尋屬，[三][宮]384 要堅固，[三][宮]2053 過護浮，[三]184 有一臣，[原]905 甘味多。

應：[原]1297 有增減。

在：[甲]2035 在安養。

者：[乙]2393 當坐少。

眞：[甲]、志純眞淳[乙]1736 純源莫。

之：[三][宮]590。

支：[甲]2035 結壇祈，[甲]2173。

止：[明]185 三四出，[三][宮]323 居家多。

至：[宮]310 清淨無，[宮]425，[宮]2122 言世有，[甲][乙]1909，[甲][乙]1909 心五體，[甲]850 心聽，[甲]974 意修行，[甲]1103 心誦呪，[甲]1728 即願未，[甲]1922 誠心，[甲]2053 誠願力，[明]321，[明]1217 誠心日，[明]321 心恭敬，[明]565 求道所，[明]978 心於舍，[明]1168 心持誦，[明]1217 心作法，[明]1376 心憶念，[明]1409 誠，[明]2034，[明]2153 長者經，[三][流]360 願願己，[三]546 心不退，[三]956 誠專心，[三][宮]635 故與，[三][宮]2122 長者經，[三][宮]2122 心即從，[三][宮]273 念堅固，[三][宮]281 典籍得，[三][宮]342 云何豈，[三][宮]401 執禪定，[三][宮]425 大，[三][宮]589 泥洹修，[三][宮]627 堅，[三][宮]627 志王阿，[三][宮]635 乘順，[三][宮]2122 心三自，[三][宮]2122 心受不，[三][宮]2122 於善二，[宋][宮]、行[明]2034 就莫不，[乙]1909 佛南無，[元][明]438 誠信禮，[元][明]889 心，[元][明]890 誠持誦，[元][明]890 心持誦，[元][明]999 心受持，[元][明]1392 心誦持，[元][明]1398 心懺悔，[元][明]1400 心受持，[元][明]－[宋]46 在貪欲，[元][明][聖]211 心供設，[元][明]244 心持誦，[元][明]244 心專注，[元][明]259 心作佛，[元][明]491 巍十方，[元][明]594，[元][明]843 誠歸命，[元][明]845 誠心能，[元][明]882 誠彼人，[元][明]882 心，[元][明]882 心持誦，[元][明]934 心持，[元][明]940 心誦，[元][明]1105 心諦聽，[元][明]1165 心專注，[元][明]1191，[元][明]1191 念，[元][明]1191 心持誦，[元][明]1191 心供養，[元][明]1191 心於彼，[元][明]1191 心專注，[元][明]1235 誠讀誦，[元][明]1257 心持，[元][明]1283 心清淨，[元][明]1283 心依法，[元][明]1284 誠齋，[元][明]1301 則無殊，[元][明]1347，[元][明]1359 心故獲，[元][明]1370 心持誦，[元][明]1371 心受持，[元][明]1383 心受持，[元][明]1404 心以乳，[元][明]1407 心持誦，[元][明]1408 心於一，[元][明]1411 心持誦，[元][明]1473 心恒觀，[元][明]2122 求出世，[元]937 心稱念，[元]1257 心歸命，[元]1257 心虔誠，[元]1257 心齋童，[元]1418 心供養，[元]2122 心敬禮。

治：[乙]2092 輒以山。

致：[明]433 大道無。

智：[甲]2017 切冥加，[明]2154 樂經，[明]293 求不能，[明]293 求究竟，[明]1543 非等智，[明]1547，[明]2154 求一妙。

誌：[宮]1912 等腥等，[甲][乙][丙]2092，[甲]2012 公云本，[甲]2012

公云佛，[甲]2183 記十五，[明]2145
深，[三]2088 卷下，[三][宮]2034 典
墳僧，[三][宮]2060 何耶最，[三]
2088，[三]2149，[宋][元]2088 封疆
篇，[宋][元]2088 卷上，[元][明]2060
上分身。

忠：[聖]2157 筆受。

主：[元]、至[明]1392 心念誦。

子：[甲]1771 父名修。

忝：[甲]1805 受。

豸

螺：[宮]2121 唯取崩。

彖：[宮]2060 得存性。

郅

邸：[宋][宮]2103 諦之因。

帙

怢：[宮]1545 略聰，[宋][元][宮]
1562 略所造。

卷：[三]2060。

袂：[宋][宮]2060 橫經。

七：[宮]2060。

裘：[三][宮]2103 斯。

秩：[宮]310，[甲]1737 改名分，
[三]、袟[宮]2122 莊飾。

袟：[甲]1913 不與他。

絍：[甲]1717 故。

軸：[甲]2202 六百五。

撰：[乙]2173 未到南。

制

別：[甲]2128 事之辝。

掣：[甲][乙]852 諾，[甲]874 於
自心，[三][宮]2121 衣，[原]2408 開。

持：[宋][宮]1428 戒癡狂。

剌：[三]1162 喃頰奴。

剒：[宮]598 者所以，[三][宮]
2122，[聖]26 阿難若，[石]1509 止若
違，[元][明][聖]158 眼如來。

斷：[甲][乙]1822 自地，[三][宮]
332 心意從。

對：[甲][乙]1822 伏嗔等。

翻：[聖][甲]1733 作故名。

副：[甲][乙]2390 風指私，[甲]
2290，[甲]2293 記之道，[原]、添[甲]
2410 無。

或：[甲][乙]1822 不畜金。

教：[三][宮]1491 戒或。

結：[三][宮][聖]1428 戒癡狂，
[三][宮]1428 戒癡狂，[聖]1428 戒癡
狂，[另]1428 戒癡狂。

利：[宋][元]、判[明][宮]784 命
不死。

例：[三]2154 即是毘。

判：[三]、則[石]2125 不窺看，
[三]2125 不許爲，[三][宮]2060 儀共
遵，[三][宮]2102 因，[三][宮]2122 命
不死，[三][甲]2125 在亡愆，[三]2110
入儒流，[三]2123 命不死，[聖]1721
名則以，[原]1819 無生於，[原]1829
有無學。

齊：[原]2248 未捨執。

刹：[三][宮]2034 諸菩薩。

時：[甲]2255 屬煩惱。

説：[三][宮]1435。

問：[原]2408 比丘。

五：[三][宮]2109 禮。

削：[宮][甲]1805 去或可。

則：[宋]468 戒。

詔：[明]310 譯，[明]1591 譯，[三][宮]681 譯，[三][宮]1455 譯，[三]110 譯，[三]310 譯，[宋][明]1081 譯，[宋][元]1452 譯，[元][明]985 譯。

折：[宮]403 等如虛。

止：[明]210。

至：[明]2102 無期哀。

製：[丙]2163 爲傍以，[宮]411 摧伏諸，[甲][丁]2092，[甲]1723 朝談講，[甲]1786，[甲]1816 多，[甲]1846 述，[甲]2087 無，[甲]2087 也聞諸，[甲]2092 甚精佛，[三]2125 造詩篇，[三]2154 作眾經，[三][宮]1548，[三][宮]2103 案二教，[三][宮]1562 造安置，[三][宮]1593 禮作訓，[三][宮]2034 序，[三][宮]2053 法泣麟，[三][宮]2060，[三][宮]2060 銘兩叙，[三][宮]2060 銘宗正，[三][宮]2060 請戒文，[三][宮]2060 疏乃行，[三][宮]2060 序具見，[三][宮]2060 制新序，[三][宮]2102 明佛論，[三][宮]2102 去食則，[三][宮]2103，[三][宮]2103 聖人不，[三][宮]2122 六師而，[三][甲][乙]2087 奇諸處，[三]2103 文面之，[三]2110 治丈六，[三]2145 唄記第，[三]2149 遠鴈門，[宋][宮]2121 七女言，[元][明]2149 序，[原]1700 般若之，[原]1818 論之大。

剬：[宮]1547 飲食使，[三][宮]1547 亂故若。

炙

便：[聖]1428 身若比。

吹：[三]194 盡捨離。

灰：[宮]2121 之或焚，[三]125 地，[聖]157。

灸：[明]2016 病得穴，[明]2076 瘡瘢上，[三][宮]2121 不得，[三]1 藥石療，[三]2125 頂無假，[宋]2122 合和湯。

疢：[宮]614 苦藥入。

然：[三]2123 千燈一。

燒：[三][宮]2123 燈而婆。

炭：[明]、灰[宮]720 還冷水。

天：[乙][丁]2244 身苦。

心：[三]201 如。

亦：[聖]1462 瘡隨一。

煮：[聖]211 之。

治

白：[三][宮]1428 彼比丘。

懲：[三]374 之王雖。

池：[三]2103 其花大，[元][明]2122 因搆堂。

持：[宮]1425 故塔得，[甲]、法[乙]2879 守，[甲]1003 彼等難，[甲]897 已次應，[甲]2263 門十一，[別]397 戒衆，[明]1579 故若有，[明][甲]964 壇場受，[三]190 光澤之，[三]2043 若衆僧，[三][宮]828 地菩，[三][宮]279，[三][宮]657 無價寶，[三][宮]812 床臥具，[三][宮]1523 此文顯，[三]

[宮]2122 犯憲章，[三][甲]955 地等作，[三][甲]1333 房舍香，[三]125 阿練行，[三]374 於戒菩，[三]682 八支聖，[三]988 一切衆，[三]1564 舍汝所，[三]1593 四，[聖]231 正行報，[聖]1426 若波羅，[宋][甲]901 病之時，[宋]374 行路以。

除：[甲]1829 釋中有，[甲][乙]1821 中際餘，[甲]1744 彼，[甲]1924 其病而，[聖]1721 衆生心。

楚：[三][宮]1442 於我今。

地：[甲]2217 心地時，[甲]2219 波羅蜜，[乙]2396 建立大。

斷：[甲][乙]1822 顯色等，[甲][乙]1822 緑供奉。

塢：[明]232 打無能。

對：[宮][聖][另]675 心增長，[原]1851 往。

法：[甲][乙]1822 不同也，[甲]1828 相對者，[甲]2261 以立，[甲]2266 文對法，[明]1562 遠分對，[三][宮]1810 同前作，[三][宮]285 事現在，[三][宮]1595，[三][宮]1610 四惡道，[三][宮]1809 應至僧，[三][宮]2060 舟，[三]99 城壁門，[三]161 國民貧，[三]1563 故非非，[三]2122 三被殘，[聖]、去[宮]425 衆瘡心，[聖][另]1458，[聖]272 國理民，[另]1443，[宋][宮]620 噎法，[宋][元]2154 無經字，[原]1763 也更就。

伏：[乙]2263 迷理之。

涪：[三][宮]2060 水而集。

復：[元][明]658 嚴飾如。

蠱：[聖]224 道。

害：[三][宮]2103 于家。

誨：[明][聖]663。

活：[宮][知]741 法分別，[宮]397 畢竟不，[宮]607 病痛病，[宮]2121 病罪人，[宮]2123 生致財，[甲]1816 體故對，[甲]2250 命名仰，[甲]2266 道尚有，[甲]2266 畏惡，[三][宮]376 身體作，[三][宮]607 設，[三][宮]624 不恐不，[三][宮]1425 法比丘，[三][宮]1474 沙彌尼，[三][宮]2059 若不啓，[三][宮]2122，[三]212 百秋見，[聖]225 法與道，[另]1442 道，[宋]2146 經一卷，[宋][元][宮]、污[明]1442 汝不以，[宋]908，[乙]2390 路次，[元][明][宮]349 五者直。

及：[三][宮]374 心王。

將：[三][宮]1425 令淨然。

苦：[三][宮]639 療。

理：[和]293 咸令除，[三]153 務終，[三]187 之。

立：[三][宮]2109 一年。

療：[石]1509 治將。

論：[甲][乙]1822 故依第。

名：[聖]2157 禪病祕。

洺：[三][宮]2122 州。

洽：[甲]1735 者對治，[甲]2035 漢武帝，[明]1425 若有焭，[明]1545。

清：[三][宮]1604 淨。

去：[三][宮]812 之。

若：[甲]1805 賊下明。

沙：[元]1562 門立法。

苦：[三][宮]1466 者犯二。

奢：[三]1441。

沈：[甲]2217 有異也，[明]2076，[原]2416 有異也。

識：[甲]1828 身遍。

始：[三][宮]2060 巡行處，[三][宮]2121 王主治，[三]1441 病差比，[三]1579 故，[三]2146 年沙門，[聖]2157 意經上，[宋][宮]2102，[元][明][宮]2103 朕意如。

恃：[三]100。

授：[三][宮]585。

俗：[三][宮]481 不失精。

隨：[聖]663 其罪不。

所：[三][宮]1435 衆官問。

胎：[甲]2266 得爲因。

塗：[三][宮]1463 眼。

為：[宮][聖]790 國不正。

限：[三][宮]1809 者是。

相：[宮]2121 罪王。

行：[甲][乙]1098 法決定，[甲]1709 行動念。

沿：[三][宮]2102 不隔五。

冶：[福]279 眞金作，[宮]2059，[甲]1736，[甲]2128 也從金，[甲]2128 也謂姿，[甲]2290 方，[明]1646 金先除，[明]2103 城，[明]2103 斤田粟，[三][宮][甲]2087 取正典，[三][宮]681 容而進，[三][甲][乙]901 二合三，[三][甲]901 那去，[三]2059 丈六金，[三]2145 即收拾，[聖][知]1581 轉增明，[宋][明][宮][甲][乙]901 二合下，[宋][元][宮]2123 家，[乙]1796 平地畫，[乙]2157 理教圓，[元][明]、洛[宮]2059 城寺釋，[元][明][宮]2102 城慧琳，[元][明]2059 城，[元][明]2059 城寺今，[元][明]2059 城寺焉，[元][明]2060 城，[元][明]2060 城寺二，[元][明]2060 城寺釋，[元][明]2102 籍之心，[元][明]下同 2059 城寺春，[原]、冶[甲][乙]1796 亦無所。

詣：[甲]2410 山。

意：[宮]1593 種。

於：[甲]1003 四種妄。

欲：[宮]1545 法。

緣：[乙]1821 細故苦。

造：[甲]1795 業曠劫。

沾：[宮][甲]1805 舌故二，[甲]1733 及無際，[三][宮][聖]425 波其佛，[三][宮]2102 受萬有。

沼：[甲]2196 云病有，[原]2244 反或作。

詔：[三][宮]2104 書侍御，[元][明]2060 曰。

知：[乙]1822 下等正。

智：[甲]2250 欲見修。

諸：[甲]1733，[甲]1828 餘受數。

住：[明]624 於功德。

峙

崎：[宮]2087 刻雕奇。

相：[明][宮]657 當取如。

有：[三][宮]2122 同王者。

跱：[三]、時[聖]190 立猶如，[宋]152 刹于茲。

袄

袄：[宮]2102 望之義，[明]1545 略有姓。

陟

德：[宋]152 重自。

涉：[明]261 諸山谷，[三]、師[宮]2103 幽神季，[三][宮]397 捨山能，[三][宮][甲][乙][丙][丁]848 他方所，[三][宮]2053 履山川，[三][宮]2060，[三][宮]2060 清信之，[三][宮]2103 講肆以，[三][宮]2122，[三]212 王位，[元][明]224 者彌，[原]、[甲]1744 路而行。

他：[宮]272。

桎

至：[甲]2128 地也梏。

挃：[聖]1464 鎖王日，[元][明][聖]545 邏莎亦，[原]2001 僧退後。

致

阿：[明]1336 蜜致致。

拔：[甲]1792 苦大哉。

被：[甲][乙]2254 麁垢染，[甲]2263 會文有，[甲]2281 加言。

別：[三][宮]1563 問諸識。

常：[明]291 逮得諸。

絺：[三][宮]1464 平旦著。

皷：[三]984 反伊。

達：[三]2145 奇。

到：[宮]425，[宮]481，[宮]486 具表上，[甲][乙]1866 三十二，[甲][乙]2426 本源何，[甲][乙]2426 極底，[甲]1700，[甲]1775 解脫，[甲]2186 之前爲，[甲]2204 心源但，[甲]2792 過初乞，[明]2042 此命已，[三][宮]285 慧所歸，[三][宮]429 正覺今，[三][宮]816 他方國，[三][宮]1646 阿耨多，[三][宮]2123 但當食，[三]101 求如是，[三]206，[聖]200，[聖]200 成佛故，[聖]210 諍，[聖]225，[宋][元][宮]269，[宋][元][宮]1442 敬問曰，[宋]193 得道，[乙]2391 口從小，[乙]2391 口二風，[乙]2391 口三誦，[乙]2391 左拳，[元][明]190 此時彼，[元][明]125 無爲，[元]2122 毀大行，[知]418，[知]598 平等諸。

倒：[三][宮][聖][知]1579 教授所，[三][宮]585 行有，[三][宮]720 掣，[原]2339 薩婆若。

得：[三][宮]425 相好諸，[聖]210 滅度從。

改：[原]2397 也文。

故：[甲]2271 惑而已，[三][宮]481 衆行來，[三][宮]607 無爲從，[三][宮]2123 序，[聖]1763 問以遣，[宋][明]403 究竟根，[乙]1709 言品者。

還：[宮]1421 報偸羅。

獲：[三]125 斯報若。

假：[宮]817。

教：[甲]2068 殊不足，[甲]2250 誤錯光，[明]2076 師上堂，[明]2076 師上堂，[明]2076 有僧問，[宋]2110 也裂見。

敬：[甲][乙]1832 禮由敬。

救：[聖][甲]1763 苦衆生。

然：[宮]425 成佛度，[宋]186 得佛今。

殺：[甲][乙]2309 生罪得。

設：[乙]2263 會釋也。

世：[甲]1736 即其義。

受：[聖]211 重殃。

數：[甲]2128 此云釁，[甲]2269 可知○。

説：[聖]1421 初敬。

思：[明]2154 患經一，[乙]2157 經一卷。

戲：[宋][宮]817 之世尊。

形：[聖]2157 此妄談。

與：[三][宮]2060 此嘗講。

欲：[三]、故[宮]607 無爲是。

政：[元][明]2109 但欲，[元][明]2122 使始末。

之：[三]76 虔直自。

知：[甲]、智[乙]931 二合，[三][甲][乙]1125 二合娑，[三]291 如。

胝：[久]485 天，[明]379 彼國土，[明]480 劫當得，[明]1341 百千等，[明]1341 百千算，[明]1341 等數又，[明]1341 劫而可，[明]1341 劫中所，[明]下同 1341 百千事，[三][宮]、胝[甲]901 那由他，[三][宮][聖]485 諸比丘，[三][宮]379 數，[三][宮]379 有佛刹，[三][宮]664 那由，[聖]485 百千菩，[聖]下同 485 那由他，[宋][元]1341 阿字與，[元][明][聖]664 菩薩及。

止：[宋]1694 利也。

至：[宮]2025 敗德誤，[甲]1775 令報應，[甲]1969，[甲]1973 遠者獲，[甲]2036 亡國二，[明]213 憂樂，[明]553 夭亡父，[明]220 命終或，[明]263 轉輪聖，[明]433 寂滅遵，[明]460 彼土應，[明]541 於，[明]606 所，[明]624 菩薩二，[明]638 識從識，[明]651 比丘第，[明]1331 死末世，[明]1341 等數將，[明]2053 殷，[明]2123 此，[明]2123 大怨各，[明]2154 此歌詠，[明]2154 致涼州，[三][宮]309 此，[三][宮]589，[三][宮]754 如是復，[三]375 大般涅，[三]1331 重能消，[三]2121 貴莫得，[宋][宮]2123 涅槃不，[元][明]152 短恍惚，[元][明]152 短身安，[元][明]212 身證得，[元][明]1451 疑惑，[元][明]2103 尊居萬，[原]、至[甲]2006 諸家多。

智：[甲]1698 不乖也，[明]425 慧力乃，[三][宮]317 慧得報。

置：[甲]893，[甲]1092 禮拜當，[甲]2778 使命故，[三][宮]2121 井，[三][宮]2122，[三][甲]1332 太平我，[三]212 眞珠車，[三]1191 敬足下，[三]2112 惑案三，[宋][元][甲]1080，[宋]1092 令章異，[乙]1821 甘蔗園。

秩

袠：[三][宮]2103 法河依。

帙：[宮]2102 豈徒然。

脛

脛：[甲]2128 也經作，[三]、[宮]657 爲梯。

猕

狡：[三]793 狗蚖蛇。

袟

帙：[宮]2122 除新翻，[三][宮]2034 一閱，[宋][宮]2049 底也譯。

秩：[元][明]2060 永徽二。

偫

待：[宋][元][宮]541 水火糒。

猘

掣：[三][宮]2122 狗。

獢：[三][宮]1462 亦如前。

袠

帙：[三]201。

窒

空：[原]947 底十三。

窟：[甲]1098 嘯枳耶。

室：[三][宮]2122 利隋言，[三][乙]1092 隸拽，[宋][元]985 里迷邏。

咥：[三][宮]1458 里迦僧。

㽉：[宋]1095 叵窒。

喹：[宮]1459。

質：[明]2076。

絑

絑：[甲]2128 也郭注。

喹

帝：[三]1343 律沙。

喞：[宮]263 其地處。

室：[明][乙]1110 邏二合。

智

實：[宮]443 焰海如，[原]2409 冠背圓。

報：[甲]、智[甲]1782 三化身。

悲：[甲]2214 證心大。

彼：[甲]1733 門以能。

不：[乙]1736 斷。

部：[原]2431 灌頂學。

禪：[丙]1056，[甲][丙]1056 度相捻。

乘：[三][宮][聖]376 者是則，[三][宮]673 同。

癡：[甲]951 趣福有，[甲]2266 如是六，[甲]2266 增方說。

持：[甲]923 功德海。

慈：[甲][乙]1929 力弘深。

大：[元][明]545 慧大導。

得：[甲]2214 故二手，[三][宮]1545 於彼身。

德：[原]2196。

地：[甲]1733 雲及，[甲][乙][丙][丁][戊]2187 者合第，[甲]1724 業初地，[甲]1816 初發勝，[甲]1851 境界聞，[甲]2428 薩埵摩，[三][聖]1579 論卷第，[聖]、智[聖]1733 等法光，[聖][甲]1733 論摩尼，[乙]901 八娑地，[乙]1736 諸佛法。

燈：[甲]1736 體釋曰。

諦：[甲]1786 皆觀十，[三][宮]2104 不觀空。

短：[三][宮]2123 者。

斷：[聖]1548 若智生。

法：[三][宮]278 觀察無，[宋][元]1545 者謂無，[原]2397，[知]1522 求佛大。

夫：[三]1485 所能思。

佛：[甲][乙][丙]2397 餘四維，[原]2412 五佛功，[原]2362 慧力應。

福：[元][明][宮]614 故有。

根：[三][宮]1521 易可開。

故：[甲][乙]1822 果三，[甲]1736 而起化，[甲]1828，[甲]2337 五分法。

果：[甲]2035 成身與。

海：[明][和]293 勇猛。

和：[三][宮]616 柔軟猶，[三]2060 慈二禪。

弘：[聖]2157 仁筆受。

後：[甲]2266 得智故。

化：[丙]2396。

壞：[宮]278 願。

惠：[甲]2219 而作，[甲][乙]2263 也文，[甲]2219 佛説。

會：[聖]278 一切佛。

慧：[甲]1912 燈圓照，[甲]2410 一智也，[甲]2812 是無學，[甲][乙]1822 及論故，[甲]1782 資糧贊，[甲]1821 或名劣，[甲]1929 破果報，[明]261 我亦當，[三][宮]425 消衆塵，[三][宮]671 問，[三][宮]801，[三][宮]1546 境界地，[元][明]1043 解脱知，[元][明]2060 達遠公。

即：[甲][乙]1822。

濟：[宮]310 者來教。

見：[聖][另]1543 現在，[另]1543。

教：[甲]2362 者分文。

皆：[甲]1778 即法性，[甲]2193，[甲]997 清淨，[甲]1728 菩提涅，[甲]1733 契眞於，[甲]1778 名爲，[甲]1782 斷煩惱，[甲]1816 資，[甲]1973 是故一，[甲]2274 具三相，[甲]2274 無礙故，[聖][甲]1733 大益物，[乙]2296 是用耳，[原]、[甲]1744 不見得，[原]2339 彼文故。

解：[甲]1709 解云如，[甲]1841 正取，[宋][元]1545。

界：[甲]1709 普照。

矩：[甲]2068 者。

牢：[甲]2400 法薩埵。

理：[甲]2214 明之位，[甲]2274 證所觀。

力：[明]、－[元]2122 挑頭而。

利：[原]2897 慧福德。

良：[甲]2130 亦云好。

兩：[宮][聖]2060 雲。

妙：[宮]761 慧無戲。

滅：[甲]1920 定。

難：[甲]952 無二無。

能：[三][宮]1521 有三相。

品：[乙]1736 總攝佛。

齊：[甲]1851 知世俗，[甲][丙]938 前於白。

起：[甲][乙]1822，[甲][乙]1822 依身定，[甲]1728 圓明，[甲]1733 念

常行，[甲]1733 善根五，[甲]1733 無寄名，[甲]2337 依果海，[甲]2778 萬行故，[聖][甲]1733，[乙]1821 果雖作，[乙]2309 二種身，[原]1744 心，[原]1818 也爲何。

切：[三][宮]266 無有二。

取：[乙]2782 實有非。

忍：[三][宮]1546，[聖][另]1458 如次配。

如：[宮]403 勤心受，[甲]1709 有無，[甲]1733 難測故，[甲]1828 彼虛妄，[甲]1924 幻之門，[乙]1225。

三：[聖]99 實成就。

僧：[宋][元][宮]630 之士入。

刹：[宮]279 境界清。

善：[宋][元]397 慧皆悉。

神：[宮]1530 通多分。

聖：[明]1656 人識佛。

施：[甲]850 無畏大。

時：[甲]1735 差別有。

實：[丙]2397 業中云。

世：[甲]2255 所言種，[三]186 寶得無。

事：[甲]2263。

是：[甲]2266 至非凡。

四：[乙]1141 波羅蜜。

訟：[三][宮]721 見他田。

所：[甲][乙]1822 成德，[甲]1733 起。

體：[聖]305 一切法。

替：[甲]1782 贊曰雖。

通：[乙]2263 所變。

脫：[三][宮]1646 義中説。

未：[明]1547 未。

謂：[甲]2287 雖顯一，[原]、[甲]1744 求。

聞：[三][聖]375 弟。

無：[三][宮]、－[聖][另]1543 力。

習：[宮]310 慧菩薩，[宮]1543 未知智，[甲][乙]1816 讚法，[甲]1828 氣我慢，[三][宮]278 慧聖行，[三][宮]278 金剛輪，[三][宮]1543 結不悉，[三][宮]1550 他心智，[三][聖]158 樂調伏，[三]2125 禪師也，[聖]190 諸諦及，[聖]1509 是人得，[宋][宮]721 斷除於，[乙]1816 因已下。

點：[三]125 慧面目。

相：[甲]2219 自然智，[甲]2410 也以此，[甲][乙]1822 二智何，[甲][乙]2397 四，[甲]1733 寶幢海，[甲]1733 四大願，[甲]2274 智智，[宋][元][宮]268 此智無。

香：[甲]1709 謂遠麤，[元]3 觀現前。

行：[聖]397 故永斷。

形：[明]921 形。

性：[宮]1513 及定彼，[三][宮]2059 聰。

婿：[三][宮]2121 還國禍。

也：[三][宮]1546 聖人離，[原]、[甲]1744 問今明。

益：[乙]2397 慧令，[知]414 勤苦行。

義：[甲]1736 即是妙，[甲]2195 備。

因：[甲]2273，[甲]2273 與無常。

音：[三][宮]278 問答無，[元][明]278 令一切。

有：[宮]1552 依於諸，[三]1667 之所證，[三][宮]421 能知一，[三]397 相貌無。

於：[甲]1828 悲擬利。

欲：[聖]1763 是識之。

緣：[甲]1828 智緣過，[原]1840 謂見机。

哉：[三][宮]887 出現大。

贊：[甲][乙]914 智。

增：[三][宮][聖]397 句即平。

者：[宮]342 慧是眞，[宮]1547 攝一切，[宮]1610 以通達，[宮]618 明見此，[宮]1530 爲所緣，[甲]2219 菩提心，[甲]2230 具足是，[甲][乙]2211，[甲]1709 斷此故，[甲]1778 爲二今，[甲]2219 謂佛樹，[甲]2219 謂能求，[甲]2219 也文又，[甲]2271 不孤起，[甲]2274 能照顯，[甲]2312 境離言，[甲]2339 不令得，[明]99 心解脱，[三]201 極爲淺，[聖]1548 云何思，[乙]2263 斷，[元][明]2016 普賢大，[元][明]639 速證解，[原]、者[甲]、智[甲]1781 所，[原]1744，[原]2317 爲。

諍：[宮]397 説是法。

之：[原]2231 別名能。

知：[內]2381 藏海中，[內]2778 無知體，[丁]1830 如第二，[宮]、一[別]397 法性平，[宮]461 昔，[宮]649 能，[宮]721 去涅槃，[宮]882，[宮]1522 故以，[宮]1571 人妄分，[宮]1633 相違故，[宮]1646 謂如實，[宮][聖]425 心見勝，[宮][聖]1547 云何立，[宮][石]1509 四無所，[宮]223 者知法，[宮]278 信三昧，[宮]314 然彼智，[宮]357 名爲淨，[宮]376 説而言，[宮]402 覺智，[宮]421 心堅固，[宮]598 順所度，[宮]632 無礙智，[宮]656 行度無，[宮]671 不見，[宮]741，[宮]821 不以憍，[宮]1435，[宮]1451 作如是，[宮]1509 而，[宮]1522，[宮]1546 是念前，[宮]1552 未來修，[宮]1592 法界一，[宮]1598 於所詮，[宮]1604 説有衆，[宮]1648 至此時，[宮]2121，[宮]2121 天，[宮]2123 人守，[和]293 能明了，[甲]1718 寶，[甲]1733 無妄能，[甲]1735 與理冥，[甲]1736 海難思，[甲]1736 相爲方，[甲]1821 見卵，[甲]1821 令邪念，[甲]1821 取下分，[甲]1828，[甲]1832，[甲]1839 然既頌，[甲]2128 反王逸，[甲]2130，[甲]2266 及後得，[甲]2290 身也又，[甲]2337 故如經，[甲]2366 論成約，[甲][乙]2250 夜減文，[甲][乙][丙][丁][戊]2187 見，[甲][乙][丙]1074 二合婆，[甲][乙]1796 者一切，[甲][乙]1821 故故，[甲][乙]1821 類至加，[甲][乙]1822 暗故或，[甲][乙]1822 得永不，[甲][乙]1822 慧住要，[甲][乙]1822 見卵，[甲][乙]1822 見勝餘，[甲][乙]1822 見蘊，[甲][乙]1822 亦得名，[甲][乙]1929 動無明，[甲][乙]2194 圓明是，[甲][乙]2207 友三十，[甲][乙]2211 不生不，[甲][乙]

2219 不生名，[甲][乙]2219 見義具，[甲][乙]2250 應不名，[甲][乙]2259 諦現觀，[甲][乙]2261 障淨智，[甲][乙]2390 金剛，[甲][乙]2393，[甲]951 見狹劣，[甲]952 者見，[甲]1512 力現見，[甲]1512 則知如，[甲]1708 眞如第，[甲]1709，[甲]1709 見故，[甲]1709 識起相，[甲]1709 所求果，[甲]1710 簡名正，[甲]1728 成就能，[甲]1733，[甲]1733 不思議，[甲]1733 之德八，[甲]1735 由此佛，[甲]1735 有棲止，[甲]1736，[甲]1736 境，[甲]1742，[甲]1744 者明此，[甲]1775 之因亦，[甲]1781 見功德，[甲]1781 諸佛祕，[甲]1782 衆生畢，[甲]1783 之光能，[甲]1792 證，[甲]1806 命根不，[甲]1816 彼岸故，[甲]1816 即五分，[甲]1816 淨中經，[甲]1816 同一住，[甲]1821 或名邪，[甲]1821 境界唯，[甲]1828 遍計無，[甲]1828 斷諦名，[甲]1828 見無學，[甲]1828 三昧方，[甲]1828 則是，[甲]1828 障故法，[甲]1828 者知分，[甲]1830 境遍故，[甲]1833 問若爾，[甲]1839 宗，[甲]1841 生故故，[甲]1848 者世人，[甲]1918 人開，[甲]1918 外道也，[甲]1925，[甲]1929 見見佛，[甲]1929 若斷同，[甲]1969 識隨方，[甲]2008 心無病，[甲]2128 也尚書，[甲]2186 衆生根，[甲]2196 境言我，[甲]2214 見，[甲]2217 院又云，[甲]2219 見等者，[甲]2219 者理無，[甲]2254 根亦知，[甲]2254 名，[甲]2261 此論主，[甲]2261 境界問，[甲]2261 之人既，[甲]2262 依所變，[甲]2263 遙知依，[甲]2266，[甲]2266 導悲而，[甲]2266 諦現觀，[甲]2266 而，[甲]2266 根乎，[甲]2266 即緣彼，[甲]2266 離虛妄，[甲]2266 乃至有，[甲]2266 品三假，[甲]2266 若自性，[甲]2266 識善巧，[甲]2266 識無聞，[甲]2266 所取非，[甲]2266 無分，[甲]2266 相，[甲]2266 一切境，[甲]2266 依殊勝，[甲]2266 云何得，[甲]2266 云何知，[甲]2266 障淨智，[甲]2266 自性本，[甲]2269 故是明，[甲]2269 證眞如，[甲]2274 答佛恒，[甲]2274 是，[甲]2284 義，[甲]2285 眞如一，[甲]2290 廣字記，[甲]2297 障未來，[甲]2299 顛倒性，[甲]2299 能知常，[甲]2299 意矣云，[甲]2324 斷證修，[甲]2378 作大導，[甲]2415 院第一，[甲]2748 願，[甲]2814 名識相，[別]397 無，[明]、明註曰智北藏作知 1551 根，[明]220 見應學，[明]220 見蘊若，[明]220 見蘊中，[明]1536 如是智，[明]1545 遍知二，[明]1545 學見學，[明][宮]1428，[明][宮]1552 心法但，[明][甲]997 見不著，[明][聖][另]1541 知及不，[明][聖]199，[明]100 者應當，[明]156 名於一，[明]220 見名無，[明]220 見蘊亦，[明]294 雜業力，[明]330 當省察，[明]380 觀此利，[明]670 生我，[明]721 者，[明]1433，[明]1450 我生已，[明]1544 者應遍，[明]1597 已入唯，[明]1636 邪，[明]1648 知此謂，

1541 知及斷，[三][宮]1543，[三][宮]1545 故名法，[三][宮]1545 見義復，[三][宮]1545 諸法性，[三][宮]1546 何所，[三][宮]1546 見他心，[三][宮]1546 所知故，[三][宮]1546 相是不，[三][宮]1546 耶答曰，[三][宮]1546 愚闇者，[三][宮]1547 更得智，[三][宮]1548 揣食不，[三][宮]1548 見解，[三][宮]1548 見解射，[三][宮]1548 見解脫，[三][宮]1548 如實，[三][宮]1549 現在前，[三][宮]1549 餘行，[三][宮]1550 男女長，[三][宮]1551 攝持義，[三][宮]1552 故說比，[三][宮]1552 忍，[三][宮]1558 廣說乃，[三][宮]1558 見皆不，[三][宮]1562 廣說乃，[三][宮]1563，[三][宮]1571 者觀諸，[三][宮]1572 始生若，[三][宮]1579 一由不，[三][宮]1581 故，[三][宮]1592 故亦如，[三][宮]1595 釋曰前，[三][宮]1599 是無倒，[三][宮]1602，[三][宮]1610 不，[三][宮]1610 見由自，[三][宮]1610 境如來，[三][宮]1646 隨性生，[三][宮]1646 以不除，[三][宮]1646 者則有，[三][宮]1648 此諦智，[三][宮]1648 是故名，[三][宮]1649 不從彼，[三][宮]2060 多事不，[三][宮]2102 如神既，[三][宮]2104 覺若非，[三][宮]2121 動搖譬，[三][宮]2122 者即語，[三][宮]2123 即說偈，[三][宮]2123 識愚鈍，[三][宮]下同 1537 見故我，[三][甲][乙]2087 之悟部，[三][聖][石]、－[宮]1509，[三][聖]99 諸比丘，[三][聖]1441 法人神，[三]1 明解經，

[三]99 實義實，[三]99 所知了，[三]99 足能令，[三]100 及渡，[三]100 衆生邊，[三]118 想吾定，[三]119 者自修，[三]125 者當作，[三]187 故求法，[三]192 識想忍，[三]203 見以其，[三]203 如燈滅，[三]212，[三]212 受正教，[三]220 見蘊而，[三]220 見蘊及，[三]220 見蘊若，[三]220 解脫到，[三]311 增益聞，[三]311 增益已，[三]374 弟子是，[三]374 若如是，[三]375 汝意若，[三]422 若來若，[三]639 故云何，[三]682 非所知，[三]682 及如如，[三]848 者，[三]984，[三]1011 亦不知，[三]1096 甚難得，[三]1341 解脫之，[三]1364 爲諸天，[三]1426 男，[三]1533，[三]1562 起唯緣，[三]2059 新安道，[三]2112 不悟立，[三]2122 者所噬，[聖]26 已若得，[聖]99 富蘭那，[聖]99 慧力增，[聖][宮]1552 宿命者，[聖][甲]1733 第九許，[聖][甲]1763 有常非，[聖][另]285 奉一切，[聖][另]1543 非未，[聖][另]1543 竟未知，[聖][另]1543 現在前，[聖]1 如實觀，[聖]26，[聖]26 梵行者，[聖]26 慧勝逮，[聖]99 力所知，[聖]99 能贏智，[聖]99 繫正念，[聖]99 應，[聖]125 但未犯，[聖]125 人不問，[聖]158 無上正，[聖]189 慧勇健，[聖]210 壽中，[聖]210 者能斷，[聖]211 委悉問，[聖]211 者是爲，[聖]221 遠，[聖]222 不，[聖]223，[聖]224 者甚，[聖]225，[聖]272 波羅，[聖]279 光一切，[聖]397 力名之，[聖]425 積菩薩，[聖]

627 者不當，[聖]1425 慧於正，[聖]1425 見成就，[聖]1509，[聖]1509 其力甚，[聖]1509 如佛利，[聖]1509 是，[聖]1509 以是故，[聖]1509 緣盡無，[聖]1522 諦以信，[聖]1541 謂道智，[聖]1542 六識識，[聖]1542 自遍知，[聖]1546 色，[聖]1582 性是故，[聖]1585 攝說正，[聖]1617 者菩薩，[聖]1721 錯亂等，[聖]1721 見諸法，[聖]1733，[聖]1763 煩惱斷，[聖]1788 名眞對，[聖]1859 也謂之，[聖]1859 之章下，[聖]2157 仁筆受，[聖下同 225 不起想，[倉]1522 見道時，[另]675 可知法，[另]1543，[另]1543 所更持，[另]1721，[另]1721 也無師，[石]1509 見知故，[宋][宮]310 見，[宋][宮]630 之士，[宋][宮]1509 有何等，[宋][聖]157 相三昧，[宋][元][宮]、如[明]338 者而捨，[宋][元][宮]1541 及滅智，[宋][元][宮]1571 者樂著，[宋][元]99，[宋]5 無螢燭，[宋]99 所知了，[宋]99 正念調，[宋]212，[宋]671 非智虛，[宋]671 者之問，[乙]2223 也心要，[乙]2232，[乙]2254 當，[乙]2254 等言或，[乙]2254 苦斷，[乙]2362 斷證修，[乙]1092 見無退，[乙]1816 他有貪，[乙]1821，[乙]1821 見等八，[乙]1821 今望八，[乙]1821 論云頗，[乙]1821 云何無，[乙]1822 無障住，[乙]2207 出百人，[乙]2218 也舌身，[乙]2223 印故云，[乙]2227 者知何，[乙]2254 已斷已，[乙]2254 之文私，[乙]2261 故，[乙]2263 所緣攝，[乙]2263 現行唯，[乙]2296 名爲有，[乙]2309 定性無，[乙]2385 之宮一，[乙]2408 心也汗，[元]99 尊重梵，[元][宮]1548，[元][明]310 是法相，[元][明]618 故修退，[元][明]649 者，[元][明]1537 見具足，[元][明]1602 若見明，[元][明][宮]720 因緣最，[元][明][聖]224 是輩菩，[元][明]26 見阿那，[元][明]26 見極大，[元][明]212 牢善說，[元][明]212 受正教，[元][明]225 行此道，[元][明]285 眾會寂，[元][明]423 身，[元][明]585 無信而，[元][明]658 見又心，[元][明]761 滅彼處，[元][明]1579 見又有，[元][明]1579 見云何，[元][明]1579 若見增，[元][明]2060 慮何如，[元]2122 到菩提，[原]、[甲]、智[甲]1744 故名聲，[原]、[甲]1744，[原]、[甲]1744 藏名爲，[原]863 彼最眞，[原]904 尾儞耶，[原]1744 者四住，[原]2196 無色界，[原][乙]917 密要禪，[原]1695 圓利他，[原]1744 名之爲，[原]1776，[原]1778 法眼，[原]1780 十二入，[原]1780 未來一，[原]1816 障，[原]1819 法性無，[原]1851 名爲依，[原]2362 義且刹，[知]1579 見二由，[知]1579 力若信，[知]1579 清淨故。

執：[三][宮][聖]1579 如。

止：[三]、志[聖]99 正語正。

旨：[甲]1816 後福智，[原]、[甲]1744 今具兩。

至：[甲]1735 輪圍上，[三][宮]471 者得智，[元][明]2110 毫又。

志：[甲]2035 禪師玉，[甲]1735 名之爲，[甲]1795 別求名，[明]635 光明演，[明]814 得自在，[明]821 心堅，[明]2076 滿禪師，[三]186 故獨步。

致：[宮]681 舍陵波，[明][乙]1092 地耶應，[三][乙]1092 上品，[三][乙]1092 授菩提，[乙]1736 謂十甚。

置：[甲]1122 身以三。

種：[甲]2312 雖皆遍，[三][宮]664 智如昔，[三][宮]831 智之門，[聖]278 智遠離，[乙]957 之本，[元][明]387 大雲衆，[原]1744 功德中。

諸：[甲]1828 相及意，[三][宮]585 法亦無，[三][宮]618 相相，[三][宮]627 慧超越。

著：[三][宮]268 亦無諸。

子：[乙]867 字。

滯

帶：[甲]1733，[甲]1733 眞隨俗。

滴：[三][宮]459 之水可。

融：[甲]1733 同一際。

泄：[原]2362 定無性。

豕

豕：[三][宮]263 鷄鶩豩，[宋][宮]2122 後呂后。

掫

致：[宋][元]2125 呵利所。

跱

時：[聖]383。

嵵：[三][宮]2103 立西土，[三]192，[三]2063 金聲玉，[元][明][宮][知]384 山中我，[元][明]638 立上至，[元][明]2121 立不墮。

待：[三]17 厄時可。

置

安：[三][宮][另]1428。

案：[甲]2263 如實義。

並：[甲]2249 唯，[乙]2263 也謂。

撮：[宮]720 于右手。

方：[甲][乙]2390 金剛。

亘：[甲][乙]1866 生死海。

堅：[三][石]2125 甄上或。

京：[原]1311 午生人。

景：[宮]2074 波崙惠。

具：[乙]2394 如是五。

禮：[乙]901。

立：[宮]2034 道壇十。

量：[甲]1709 中，[甲]2068 辨，[甲]2231 之處也，[甲]2261 成言後，[甲]2281 此旨哉，[甲]2290 歸命事，[甲]2299 象，[明]1450 寺具壽，[聖]2157 之於，[乙]2261 等言所，[乙]2394 十二字，[乙]2777 於上也。

列：[三]2122 人衆而。

羅：[三][宮][聖]639 於塔所，[三]1332 胡兜羅。

罵：[原]1098 我。

買：[三][宮]1488 毒作，[三]202 一新瓶，[聖]1428 餘，[另]1435 寶物城，[宋][元]264，[宋][元]264 切二十。

冑：[三][宮]332 荆棘可，[三]192 風露寒，[元][明]720 死戰。

盛：[元][明]2122 之。

世：[宮][另]1428 尊在毘。

違：[甲][乙]2385 若不聞。

謂：[乙]2385 一切執。

宜：[聖]676 於，[另]1442，[另]1451 於露地，[原]1829 困。

印：[三][宮][甲]901 於頂上。

於：[三][宮]1458 多汁。

欲：[三][宮]2122 毒害佛。

遠：[元][明]153 猶如形。

徵：[元][明]893 迦置酪。

知：[聖]1602 造作了。

直：[三][宮]272 前而，[三][宮]2040 至，[宋]2060 佛，[元]901 壇中心。

止：[甲]1999 作麼，[宋]657 凡夫一。

至：[明]158 無畏，[明]1428 比丘前，[明]312 大悲幢，[明]2121 九十九，[三][宮]1462 更始，[宋]、〔置茂頃〕二十二字－[宮]2034 茂陵邑，[元]2122 本處欲。

致：[甲]893 害之復，[明]310 遠去以，[明]843 問今遍，[三]187 空中其，[三]187 空中時，[三]187 苦行即，[三][宮]630 者是十，[宋][宮]2123 地解放，[元][明][乙]1092 禮召請，[元][明][乙]1092。

著：[宮]1425 不淨，[三]1339 於右掌，[三][宮]512 於師子，[三][宮]

1425 無憂園，[三][宮]1435 項上亦，[三][宮]1428 日中欲，[宋]161 邊而告。

最：[宮]278 深寶藏，[甲]893，[甲]893 爲祕密，[甲]893 無過運，[三][宮]1506，[三][宮]310 爲，[三][乙]1092 勝。

雉

鷄：[三][乙]1028。

矩：[三]984 多柯龍，[三][宮]665 畔稚囉，[三][甲][乙]901 嚕四十，[宋]901 嚕蹄去。

羽：[三][宮]593 扇嚴儀。

稚：[甲]1912 等四，[甲]2036，[甲]1912 重朝。

稚

搥：[三][宮]、推[聖]1435 無人掃，[三][宮]、推[聖]1435 無人掃。

槌：[宋][元][宮]、稚[明]2123 音即便。

雛：[原]1744 劣因此。

推：[甲]2087 扣擊召，[甲]2087 唱如是，[甲]2087 聲初此，[三][宮]2122 問婢云。

惟：[元][明]1442 聲便報。

維：[明]1650 本誓願。

小：[三]196 比丘僧。

雅：[甲][乙]2194 蒙教授，[明][宮]2059 恭鎮襄，[三]2154 古之野，[宋][元]2145 珪疑惑。

擇：[三][宮]1458 迦，[三][宮]

1458 迦女若。

雅：[和]293 一切，[宋]190 及到盛。

釋：[明]下同 2087 求。

釋：[明]下同 2087 女候王。

椎：[宮]1421，[宮]1421，[宮]2087 因即誠，[明]1435 集僧僧，[明]1442 集衆僧，[明]1442 集衆已，[明]1451 言白既，[明]1458 集大衆，[明]1509 鈴貝，[明]2053 唱法師，[明]1442，[明]1442 敷座具，[明]1442 如常集，[明]1442，[明]1442 應先言，[明]1443 便，[明]1443 便，[明]1452 言白，[明]2076 集僧囑，[明]1443，[明]1443 集衆先，[明]1443，[明]1451 言白復，[明]1453 乃至教，[明]1453 作，[明]1443，[明]1050 聲未曾，[明][宮]1435 集僧僧，[明] [聖][另]1453 作前方，[明]下同 0749 集，[明]下同 0749 聲尋聲，[明]下同 1442 今欲作，[三]、搥[聖]125 集諸，[三][宮]1442 棒等如，[三][宮]1442 木打，[三][宮]1442 聲方始，[三][宮]1456 鼓告時，[三][宮]2122 聲絶當，[三][宮]1442 欲爲捨，[三][宮]2121 竟即白，[三][宮]2122 音即便，[三][宮]1428 若告語，[三][宮]1459 隨力悉，[三][宮]1471 聲即當，[三][宮]2122 聲尋，[三][宮][聖]1421 集僧來，[三][宮] [聖][另]1459 有五種，[三][宮][另]1459 齊心急，[三][宮]下同，搥[聖]下同 1421 若唱令，[三][聖]、推[知]1441 時上座，[聖][另]1453 言白既，[宋][明][宮]1442 集衆與，[元][明]1442 衆既集，[元][明]1442 四顧而，[元][明]2122 應知入，[元][明]1442 來并及，[元][明]1442 聲時乞，[元][明]1443 若彼聞，[元][明]1453 令其俗，[元][明][聖]1435 時。

准：[甲][乙]1822 小論雖，[甲][乙]1822 小論雖。

筫

覓：[原]1764 其果名。

廗

薦：[宮]2103 毀愛惡，[三]2087 肴羬牛，[三][宮]1464 席拘柘，[元][明]2145 而誓焉。

寘

寡：[三][宮]322 斯家之。

冥：[三][宮]2103 此法既。

塡：[三]157。

置：[三][宮]2104 嚴科以，[三][宮]2104 嚴科以。

製

別：[宮]2034 序同。

掣：[宋][元]2154 序屬，[乙]1709 東闚其，[元]2154 序見。

制：[甲]2119 序文，[甲]2261 爲八伽，[甲]1964 佛名勝，[甲]2274 立千名，[甲]2261 八伽蘭，[甲]2270 也，[甲][乙]2261 此，[明]2060 碑立于，[明]1595 禮作訓，[明]1595 立十地，[三]2088 極華博，[三]2122 毘尼，[三]

2125 也四足，[三]2145 三科第，[三]2063 普賢，[三]2154 録討論，[三]2149 序皆是，[三][宮]2034 年，[三][宮]2060，[三][宮]2103 陵，[三][宮]2103 置宏壯，[三][宮]1595 立諸地，[三][宮]2123 轉讀七，[三][甲]2125 非是人，[三][乙]2087 諸論令，[宋]2145 讚菩薩，[宋]2149 序，[宋][宮]2066 山池希，[乙]1821 絹白等，[乙]2376 一。

注：[甲]2035 圓覺經。

著：[明][宮]2060 述具如。

撰：[三][宮]1522。

誌

記：[宮]2034 一名維。

志：[宮]2059 十六，[宮]2112 之殊目，[宮]1912 云東九，[三]2088 西域傳，[宋][元]2106。

滯

常：[宮]656，[宮]656。

帶：[宋][宮]、[元][明]310 下。

滴：[三][宮]285 樂滅衆。

諦：[甲]2186 只在文。

券：[三][宮]2060。

凝：[甲]2227。

殢：[三][宮]2122 不可出。

住：[三]、染[宮]656 於生死。

幟

熾：[宮]674，[甲]1719 炬明法，[甲]2397 咸，[甲]853 普通眞，[甲]2396 非謂眞，[甲]853，[甲]867 皆以微，[三]152 火以煙，[三][宮]885 盛光明，[宋]171 火者以，[宋]220 無，[乙]2394 第法中，[乙]2394。

幢：[三][宮]1644 象馬四。

識：[三][宮]2122 令，[三][聖]1435 作幟故，[聖]1425 伸手相，[宋][元][宮][聖]、織[明]1423 若青若，[乙]2394 所爲事。

式：[宮]1435 有外道，[宋][明]156 我今若。

誌：[三][宮]1421 有比丘，[三][宮]1421，[三][聖]、識[宮]1421 若青若。

質

貿：[原]1788 成大小。

白：[三][宮]274 如來無。

寶：[甲]1763 神慮之，[另]1442 書其券。

變：[甲]1709。

此：[甲]2132 里。

答：[明]220 言非心。

定：[内]2397 天台法，[内]2397 天台法。

喞：[甲]1120。

見：[乙]2263。

決：[元][明][宮]614 所疑是。

絶：[甲]2323 有。

質：[甲]2299 字正可。

貿：[甲]1782 易而觀，[三]212 天福故，[三][宮]2103 禽委，[三][宮]2108 殃咎推。

毘：[甲]1335 多，[甲]1335 多。

貧：[宋][元][宮]2121 家兒俱。

其：[元][明]1 色清徹。

躯：[甲]1736 則展轉。

失：[甲]2299。

實：[甲]2263 故。

識：[原]2262 有他變。

雙：[甲]1731 異見四。

説：[甲]2261 同別者。

所：[宮]2102。

簀：[石]1558 彼言。

制：[明]2125 底是積。

智：[明]2016 境眞如。

躓：[三][宮]585 闐於，[元][明]984 多耶瞿。

鑽：[宋][明]615 寸斬鋒。

姿：[三][宮]2053 狀端嚴，[三][宮]2053 狀端嚴。

資：[三]2063 野言不，[三][宮]2104 自然不。

緻

経：[三][宮]837 他一阿，[三][宮]837 他一阿。

稚：[知]384 不踈漏。

釋：[宮]1521 相離諸，[宮]下同1521 不疏漏，[宋][元][宮]、明註曰緻南藏作釋1521 而不亂。

縄：[宮]、釋[石]1509 種類又。

擲

捶：[乙]2263 等難忍。

掉：[三]99 著空中。

都：[明]261 虛空中。

撖：[三]746 坌沙門。

娜：[甲]1227 拏黑月。

儞：[原]864。

攝：[聖][另]1442 木上因。

桃：[三][宮][聖]1425 團食應。

填：[三]125 著他方。

挑：[三][宮]517 置空中，[三][宮]1425 團食。

下：[三][宮]1425 第二籌。

執：[明]1257 金剛杵，[明]890 金剛杵，[明]1450 輪刀樹。

躑：[明]1450 忽被枯，[明][宮]1425 時作，[三][宮]1442 或爲象，[三][宮]1647 散動難，[聖]1462 置我上，[元][明][乙]1092 躑花薑。

㮈

靡：[元][明][聖][石]1509 十。

稚：[甲]1718 者舊云，[宋]2061 齒好朴，[乙]1736 子因。

緻：[原]2425 長而不。

椎：[三][宮]1545 少晚彼。

價

躓：[三]186 礙歌舞，[三]186 礙歌舞。

鷙

摰：[三][乙]2087 鳥棲伏。

躓

躓：[宋][元][宮]、續[明]2102 乃止，[宋][元][宮]、續[明]2102 乃止。

中

哀：[三]201 所以者。

半：[三][宮]2122 夜聞誦，[聖]99。

寶：[宮]374 一切諸。

本：[原]2339 故。

本：[三]2154，[三]2154。

鼻：[三]2103 根得。

比：[元][明]99。

必：[甲][乙]2254 無退文。

邊：[聖]1509 少許分，[聖]1509 少許分。

并：[原]920 及菩薩。

不：[明]1272 思惟所，[元]221 知，[元][明]401 造所著。

才：[宮]2123 說我施，[宮]2123 說我施。

藏：[聖]1544 若生欲，[聖]1544 若生欲。

長：[三]2154 阿含，[三]2154 阿含。

勅：[三][宮]2122 使王長。

沖：[三][宮]2102 挹之。

出：[乙]2249。

出：[宮]1470 二十，[甲]1736 作，[三]192 生。

初：[三][宮]397 護法品。

處：[三]125 恒得善，[三][宮]1546 猶不能。

辭：[三][宮]338 常讚叙。

此：[甲]1736，[三][宮]587 過往聽。

次：[三]212 者入畜。

大：[宋]2154 無盡意。

道：[甲][乙]1822 隨麁。

等：[乙]2249 不修當，[原][甲]1851 緣事而。

等：[甲]1736 二義一，[甲]1877 開，[甲][乙]1821 前四種，[甲][乙]1822 發生苦，[甲][乙]1822 加信等，[甲][乙]1822 應言超，[明]310 者必不，[乙]1723 正證解，[乙]1736 何藏教。

諦：[明]261 眞智菩。

定：[原]1851 解脫。

定：[宮]1509 無此事。

東：[三][宮]374 天竺地。

惡：[宋][元][宮]397 色生死，[宋][元][宮]397 色生死。

而：[三][宮]675 坐即依。

法：[三][宮]1582 不說顚，[知]741 事事懈。

佛：[甲]2410 四處威。

佛：[甲]1811 義第二。

復：[三][福]375 生熱彼，[三][宮]374 生熱彼。

伽：[三][宮]382 貧苦惱。

各：[甲]1733 先明土。

公：[甲]2173。

共：[三][聖]211 有一長。

谷：[三][宮]2121 呼聲。

故：[宮]1592 說偈，[甲][乙]1866 於煩惱，[元][明]1602 顯示界。

觀：[三]125 親觀比。

過：[三]523 未知禮。

害：[三][宮]721。

河：[宮]224 沙佛受，[聖]224 沙
劫布。

吽：[丙]1132，[乙]2408。

後：[甲]2249 造品類，[三][宮]
[聖]、1602 眞實智。

呼：[宮]1425 自恣若。

及：[聖]1429 寶莊飾。

即：[元][明]374 起塔廟。

甲：[甲][乙]2391 且約通。

間：[甲][乙]1929 生是時，[甲]
[乙]2219 大悲萬，[三]203 見王起，
[三]211 便有三，[三][宮]720 放逸死。

見：[三]221 二百踰，[三]1341 或
墮地，[三][宮]1546 道中修，[乙]
2263。

解：[甲]1828 有三初，[甲]1828
有四初。

界：[明]1550 者欲界，[明]279 所
有莊，[三]220 眞如可，[三]649 林人
姓，[聖]790 觀民，[乙]2408 二非不，
[元][明][宮]1558 依無漏。

巾：[甲]1736 即圓成，[甲]1736
有生滅，[甲]2128 戢蒸食。

井：[元][明]2123 水。

句：[甲]1805 標位次。

可：[原]2339 因果同。

可：[甲]2261，[甲]2263 破小乘，
[甲][乙]1822 故然於，[甲][乙]1822
理。

孔：[三][宮][聖]625。

口：[三]2121，[三]2122 順入腹，
[聖]272 善解是，[宋][元][宮]2122 常

食人，[元][明]200 逢一婆。

苦：[甲]1964 望救今。

裏：[甲]1089 又取濕，[三]1341
不得以，[三][宮]2122 舊有猛，[三]
[宮]2122 汝自。

力：[三]125 最爲第，[三]125 最
爲第。

歷：[明]277 汝今應。

兩：[甲][乙]897 間非近，[聖]210
斯勝。

流：[三][宮]532 人。

路：[宮][聖]1435 檐油行。

律：[知]26 若有好。

門：[丙][丁]866 間月輪，[甲]
1828 想即是。

名：[三][宮]1435 安居得。

明：[三][聖]643 有百億，[宋]643
無量化。

木：[元][明]1227 立前壇，[元]
[明]1227 立前壇。

南：[甲]2837 天竺國。

內：[原][甲][乙]2219 答曰此。

內：[宮]1545 上上下，[和]293 普
現，[甲]1722 肇公百，[甲]2068 從，
[甲]2204 千，[甲]1733 初偈中，[甲]
2339 若，[甲][乙]1929 即有，[甲][乙]
[丙]1866 準此知，[明]2076 遊塵遣，
[明]1094 供養賢，[明]1636 水衆寶，
[三]202 沙門婆，[三]2103 析輕軒，
[三]2110 生於空，[三]202 遍行推，
[三]202 遍行推，[三]1582 受男子，
[三]、〔中〕－[宮]2053，[三][宮]223
男女大，[三][宮]317，[三][宮]1435 洗

浴時，[三][宮]1464 鑿坑盛，[三][宮]
1644 毘沙門，[三][宮]2060 凝血不，
[三][宮]397 若處靜，[三][宮]479 無
受化，[三][宮]1428 作屬著，[三][宮]
1509 繫心一，[三][宮]2060 外陵轢，
[三][宮]1452 煙熏損，[三][宮][甲]901
相開即，[三][宮][聖]310 亦不在，[三]
[宮][聖]1451 蝨螫其，[三][宮][聖]
1546，[三][聖]157 有六十，[聖]1425
不得看，[聖]1723 呼佛是，[乙]1736
一一各。

年：[甲]2299 中譯非，[三]2153
曇摩伽，[三]2153 竺佛念，[三]2154
衆經錄。

牛：[甲]1851 行求水。

品：[三][宮]657 博聞正，[三][宮]
657 親近善，[三][宮]1581 説，[三][宮]
1611 言。

平：[明][甲]2131。

普：[明]2076 蓋責其。

其：[宮]664 珍寶奉，[甲]1736 智
持不，[甲]2901 間是爲。

前：[甲][乙]1816 煖頂，[明]2122
還如夢。

趣：[宋][元]1057。

人：[宮]1435 有喜者，[宮]1611
一人行，[甲]2068 乃是待，[三][宮]
2059 有劫，[原]2870 一切俗。

日：[宮]721 持戒，[三][宮]2042
復還。

肉：[三][宮]1546 其形。

如：[宮]887 應當依，[元][明]
1562 決定亦，[元]656 像如夢。

入：[三]203 供養此。

若：[元]、所[明]1442，[知]418
有前得。

色：[原]1744 心生死。

殺：[三][宮]1488 他人不。

山：[三][宮]2059 道罔臨，[元]
[明]195 爲陀崛。

上：[宮]1912，[甲]1825 之本，
[甲]2214 周匝寶，[甲][乙]1823 地生
順，[甲]871 清淨法，[甲]1735，[甲]
2167 下，[甲]2274 非定有，[甲]2400
節上名，[三][宮]1425 有諸彌，[三]
[宮]1443 如來大，[三]44 聞説法，
[三]203 而獲聖，[三]375 復有無，
[三]397 虛空中，[聖]1463 見上座，
[宋][元]220 天帝座，[乙]850，[乙]
1736 即有十。

少：[宋]1425 年中年。

申：[宮]1451 還或晡，[甲]2129
反論語，[甲][乙]2391 二，[甲][乙]
1709 報効故，[甲][乙]1709 問答問，
[甲]1816 正述之，[甲]2128 反，[甲]
2299 但是前，[甲]2392 五輪攪，[三]
2102 所至道，[聖]1509 此中應，[石]
1509 以五大，[乙]2392 師師説，[元]
[明][宮]2060 情纒事，[原]1776 卑闕
文，[原]1834 難已下。

身：[甲]2263 此依實，[明]657
各有，[三]203 既到火，[元]1451 身
無燒。

生：[明]1187，[明]402 有一大，
[明]1548 衰耗戰，[三]1652 佛説無，
[三][宮]721 聖衆最，[三]212 衆草

極，[三]375 有，[三]1562 有即中，
[三]1582 若有一，[三]1604 善說法，
[聖]1509 說法勝，[元][明][宮]1550
生者必。

聲：[甲]1782 告答。

剩：[原]851 觀枳二。

師：[甲][乙]2263 且雖引。

十：[宮]606 年精神，[宮]661，
[宮]1434 戒師應，[甲]2269 釋曰爲，
[甲]1709 其如一，[甲]1733 初十辨，
[甲]1736 言有通，[甲]1786，[甲]1851
三品眾，[甲]1873，[甲]2250 俗智經，
[甲]2250 也答論，[甲]2266 云有名，
[明]1544 不善納，[宋][元]2122 即愁
不，[宋]1559 若有受。

石：[甲]923 指背入。

使：[三]2123。

士：[甲]1828 下各有。

世：[聖]200 舍衛城。

事：[甲][乙][丙]2397 非自受，
[甲][乙]2249 云問此，[甲]2409 記，
[甲]1999 奇特畢，[甲]2263 少分化，
[甲]2266 莊子天，[甲]2305 識處不。

是：[甲]2249 色法攝。

釋：[甲][乙]2249 後解爲。

手：[宋][元][宮]、乎[明]2122 宿
世弟。

守：[宮][甲]1805 護不令，[明]
2146 論序一。

樹：[甲]2128 名也此。

水：[明]1451 飲飲他，[明]2154
大聚沫，[三][宮]477 不與其，[三][宮]
2122 有，[三]185 暫乾。

說：[甲]1735 上二。

四：[宮]2122 劫合名，[聖]271
劫善逝。

歲：[三][宮]721 於一切。

所：[宮]454 恭敬信，[三]375 與
增上，[原]1248 起不善。

壇：[乙]2394。

頭：[宮]1435 住，[甲]2391 指膝。

土：[三][宮]337 諸菩薩，[三]
[宮]493 其時人。

外：[乙]2317 問若爾。

王：[聖]190 是故彼，[元][明]
2103 之極寧。

妄：[三][宮]403 無所侵。

爲：[甲]2261 依世間，[宋]、一
[宮]224 爲證心。

文：[甲][乙]2263 釋說佛，[甲]
1709 復分二，[甲]1735 三初讚，[甲]
2195 說三草，[乙]1822。

聞：[甲][乙]1822 思色。

問：[甲]1733 此十平。

無：[元][明]478 靜其心。

五：[甲]2366 陰有四，[三]1058
指。

午：[三][甲]1038 時二十。

物：[聖]1670 皆由地。

夕：[三]201 轉到日。

下：[宮][聖]1428 埋死屍，[甲]
1732 初身業，[甲]1912 作隨宜，[甲]
1736 第二重，[甲]1775 者以隱，[甲]
1782 此第，[甲]1782 有平滿，[甲]
1826，[甲]1963 品下生，[甲]2128，
[甲]2214 有字，[甲]2217 句之比，

[甲]2250 文論主，[甲]2274，[甲]2299 論獨，[甲]2339，[明]461 亦善其，[明]671 不生信，[三][宮]1435 王出，[三][宮]285 此經如，[三][甲][乙][丙]954 節眞言，[三]201，[聖]200 見佛世，[另]1451 多根樹，[乙]1075，[元][明]2122 探得小，[原]904 又想利，[原]1141 觀金剛。

相：[甲]1736 言約眞，[明]482 而不戲，[三]400 如理伺。

小：[甲]、十[乙]2387 雄聲黃，[三][宮]2104 賢並以，[原]2247 兩本文。

邪：[宮]1435 見婦與。

心：[明]901 所願成，[三][宮]272，[乙]1736 今借用。

虛：[三][宮]721 爾乃得。

也：[甲]2239 又初後。

一：[甲][乙]1822 斷五部，[乙]2157 阿含第。

衣：[三]1435 有棄弊。

以：[甲]1741 震爲木。

義：[甲]2299 實知過。

因：[甲]1733 結，[聖]376。

印：[甲]1067 揚之安，[三][乙]、－[甲][丙][丁]869 一印曼。

用：[三][宮]2122 愴然。

由：[宮]1559 安立在，[甲]1736 無住涅，[甲]2262 生無自，[甲]2266 是品類，[明]220 盡等，[明]1442 清淨不，[三][宮]2122 度女人，[宋][元]1595 藤顯現，[元][明]1579 密護一。

有：[丙]2397 上捨染，[甲][乙]

1822 六句應，[甲]2207 作阿毘，[甲]2259 論文云，[甲]2263 起有勝，[三]1646 見衆生。

右：[三][宮]2059 有浮馱，[元]2122 有。

汙：[甲]2266 含。

於：[三]2154 間又翻。

曰：[明]1669 總有十。

云：[甲][乙]2263 法華分，[甲][乙]2263 問頗有，[甲]1734 破微塵，[甲]2263，[甲]2400 有四大，[原]2231。

雲：[元][明]、界雲[甲]1080 明一百。

雜：[宮]1547 阿含。

者：[宮]224 弊魔一，[甲]1719 光宅等，[甲]1728 假，[甲]2434 心行言，[明]224 有嬈者，[三][宮]1425 應時取，[乙]2782 菩薩乘。

眞：[原]1975 諦性具。

證：[甲]2266 一。

之：[甲]2300 一姓也，[明]1539 第二嘔，[三][宮]2121 中有一，[三]202 第，[聖]211，[聖]1428 間更不，[元][明]156 罪我以，[原]1818 意明如。

至：[三][宮]1611 勝衆生。

志：[宋][元][宮]、至[明]2122 堅者置。

忠：[甲]2266 心疑則，[明][宮]、忠下明本有疑是意字、但作夾註1593 當相應，[三]1 順唯願，[三][宮]403 正故，[三][宮]2060 恕少，[三][宮]2103 君子惡，[三][宮]2122 順唯願，[三]212 直之人，[三]2154 心經亦，[三]2154 心正行，[宋][聖][另]310 心念之。

衷：[明]2102 君子范，[三]2103 事形於。

終：[明]199 噉麥，[明]205 財物盡，[明]362 世世累，[明]1669 焉且依，[宋]、中不離不相雜[宮]671 不。

種：[乙]1736 初二。

仲：[甲][乙]1821 及藕，[甲]1249 華天寶，[甲]1934 詵還逮。

重：[明]1451 興王處，[三]26 猶如食，[三]125 受隨時。

衆：[宮]2048 佛僧爲，[甲]1717 明，[聖]397 生亦不，[元][明]1582 難勝地。

諸：[甲]2274 他隨一，[明]278 出生諸，[聖]2157 國王。

住：[甲]1851 差別非，[三][宮][另]1459 及有情。

宗：[宮]1628 由不共，[甲]2214 祕密謂，[甲]2387 反那能。

足：[三][宮]278 一一各。

卒：[宋]1336 惡陀羅。

成：[乙]2408 尊耳四。

妠

公：[明]153 即向其，[明]571 爲安隱，[三]、但本文記號畧 202 殺下人，[元][明]141 之。

來：[聖]200 求索。

翁：[宋]、公[元][明]143 姑夫婿。

忠

臣：[乙]1724 事。

惡：[三][宮]1458 或不對，[三]198 言世惡。

良：[三][宮]2108 胡寧此。

融：[原]2408 書之畢。

思：[甲]2299 惟文也，[甲]2336 菩薩世。

信：[三][宮]2104 誠。

中：[甲]1775 良耆長，[甲]2157 心經一，[甲]2263 安記引，[明][甲]1177 誨是時，[三]186 正守眞，[三][宮][聖]224 阿，[三][宮]544 信念，[三][宮]701 賢良出，[三][宮]743 心經，[三][宮]754 臣嚴駕，[三]22，[三]190 正心，[三]196 直，[聖][另]790 告可知，[聖]790 敬長愛，[宋][宮]754 良。

衷

哀：[三]2103 故不復，[宋]2103 遂有。

裏：[甲]2119 遠超繫，[宋][宮]2122 南方記。

衰：[元]2061 聽受者。

畏：[三][宮]616。

中：[三][宮]2060 意以所，[三][宮]2060 者數過，[三][宮]2103 諒爲侮。

忠：[原]1831 其兄處。

終

崩：[三][宮]2060 於開善。

不：[明]、－[宋][元][宮]2102 弊
衡石。

曾：[宮]810 不興移。

純：[三][宮]310 以金。

次：[聖]1851 相同成。

從：[原]1829 老死逆。

從：[宮]1912 至九地，[甲]2266
初發大，[明]1450 殞歿聞，[三]1340
事我應。

存：[明]1450 更不殺。

得：[甲]2339。

德：[甲]1802 以無上。

法：[三]196 終齋法。

給：[甲]2290 教故在。

過：[聖]1428 汝可居，[另]1428
今次應。

後：[三][宮]1552 乃至綺。

及：[三]159 不捨離。

繼：[三][宮]2122 至。

教：[甲]2339。

結：[宮]1549 也如是。

今：[宮]2103 朝善敬。

盡：[甲][乙]2250 故，[三][宮]
2060 小僧，[三]2110 救愍兵。

經：[宮]2029 日笑歌，[甲]2897
之，[三][宮]、終心[聖]224 心不有，
[三][宮]1562 無理趣，[三][宮]813 無
恐懼，[三][宮]2060 始合，[三]159 於
十月，[三]2110 不徒然，[原]2248 生
三四。

究：[乙]2215 竟不淨。

絕：[甲]1718 後見金，[三][宮]
765 不毀犯，[三][宮]1442 此二苾，

[三][宮]2122 既得抱，[三]26 不復生，
[三]100 馬師即，[三]2060 矣，[三]
2063 年七十，[三]2106 口如吞，[知]
2082 須共他。

令：[甲][乙]2254 不續故，[三]
[宮]721 得涅槃。

隆：[聖]1859 孔安國。

絡：[甲][乙]1821 若爲羊，[三]
[宮]2060，[聖]2157 隱，[另]285 不能
逮，[宋]26。

沒：[宮]1545 畏五惡，[三][宮]
1442 其子憂，[元][明]1579 沒已後。

沒：[明]816 生。

鳴：[元]154 日無來。

命：[明]1648 終心。

歿：[宮]310 之後當，[明]1441 者
如餘，[三][宮]1545 生梵世，[三]
2149。

納：[宮]1545 不。

乃：[甲]1736 至歡喜。

年：[甲]2036。

迄：[甲]、原本註曰終至迄經玄
贊作迄至經終 2299 至迄經。

訖：[三]2145 而泉流。

強：[甲]2263 難有輕。

頃：[原]2208 日之談。

全：[聖]1435 形體不。

然：[甲]2261 不。

汝：[三]192 是不正。

尚：[三]159 不能得，[聖]200 無
恨心。

燒：[三]、時[宮]2122 謂同學。

始：[甲]2299 非謂有，[原]2339

初。

壽：[三]211 百歲奉。

殄：[甲]1122。

亡：[三][宮]2059。

尾：[甲]2266。

無：[宋]621 不復更。

下：[甲]1750。

修：[己]1958，[甲][乙]2385 此，[甲]1512 不虛説，[甲]1887 行得聖，[甲]2068 不愈祈，[甲]2217 同小究，[甲]2219 事例最，[甲]2249 成之位，[甲]2249 有不攝，[甲]2255 苦行受，[甲]2299 不壞也，[甲]2299 而不知，[甲]2299 離四句，[甲]2299 無中，[三][宮]1507 四等時，[乙]2263 故次第，[乙]2408 行故，[原]、修[甲]2006 有，[原]1744 因，[原]1851 方，[原]1851 起名之。

於：[甲]2335 一一法，[乙]2795 處三部，[原]2006 是也難。

欲：[甲]2195 滅度但，[元][明]1486 不説婬。

緣：[宮]221 不墮羅，[宮]1548 不發起，[甲][乙]2394 壇，[甲]1799 之，[明]1552 及受生，[三][聖]125 比丘當，[三]193 愛則有，[三]2110 莫，[聖]1562 還生欲。

約：[甲][乙][宮]1799 塵辨無，[甲][乙]1866 頓教説，[元][明]2053 不可成。

在：[聖]200 生此唯。

證：[甲]1828 大菩提，[甲]2217 教，[元][明]1616 體既覩。

知：[元][明]1509 不遠離。

中：[甲]1736 不斷善，[甲]1736 無有合，[明]1 天福成，[明]223 不見不，[明]613 來生人，[明]2121 生六趣，[元]671。

忠：[乙][丙]2092 爲莊帝。

種：[三][宮]2059 始是眞。

衆：[宮]263 始患，[宮]585 不能堪，[宮]624 不爲邪，[甲]2879 盡日出，[三][宮][聖][石]1509，[三][宮]310 流，[三][宮]500，[三]2060 異致，[聖]99 獲大果。

縱：[甲]1813 非同願。

鍾

杵：[明]、舂[宮]2122 擣鐵臼。

鏡：[宋]2108 明。

中：[宮]2025 特爲後。

終：[三]2103 馗無大。

鐘：[甲]2039，[甲]1973 恰如賊，[甲]2035 集衆虜，[甲]2039 鼓寺中，[甲]2039 莫逆恩，[甲]2128 反考聲，[甲]2128 聲鏗鏗，[明]、法[聖]410，[明]81 鈴布施，[明][宮]2122 聲説經，[明][宮]2122 聲慷慨，[明]80 鈴得十，[明]125 鳴鼓懸，[明]155 鳴鼓作，[明]156 鳴鼓遠，[明]158，[明]158 鈴，[明]187 鼓琴瑟，[明]189 擊鼓作，[明]201 鼓等衆，[明]309 鼓音樂，[明]414 鼓雷吼，[明]414 音絃歌，[明]415，[明]415 鈴彼王，[明]416 鼓鏗鏘，[明]639 鼓美妙，[明]656 鼓樂器，[明]1435 振鈴令，[明]1451 鳴鼓人，[明]1509

鼓欲吹，[明]1582 鈴之屬，[明]2045 鳴鼓作，[明]2060 大小七，[明]2060 鼓雷動，[明]2060 鼓之音，[明]2060 靜言澄，[明]2060 鈴捷均，[明]2060 任扣子，[明]2060 聲，[明]2060 聲忽見，[明]2060 聲乃命，[明]2060 夕梵交，[明]2060 響發，[明]2060 造像所，[明]2060 自響良，[明]2102 啓發俟，[明]2103 之應響，[明]2121 伐鼓聲，[明]2122 不發聲，[明]2122 鼓之聲，[明]2122 聲答，[明]2122 聲飛響，[明]2122 聲振發，[明]2122 響山於，[明]2122 依時僧，[明]2122 召十方，[明]2122 召四方，[明]2122 自響山，[明]2153 磬貧乏，[明]下同 2106 聲相顯，[三][宮]2121 鳴鼓乘，[三][宮]262 聲鈴聲，[三][宮]479，[三][宮]1559 作聲若，[三][宮]2121 鼓伎樂，[三]186 擊鼓却，[三]186 及鳴鼓，[三]196 鳴鼓觀，[三]2122 始於此，[宋]2061 中俄遭，[乙]2092 聲罕聞，[元]220 欲吹諸，[元][明]80 鈴得十，[元]657 摩訶迦。

種：[丙]2190 善果氏，[宮]2040 此等當，[宮]2059，[三]154 其壽薄，[三]682 律聲。

踵：[甲][乙][丁]2092 其人巨。

螽

蟲：[三][宮]2122 蝗暴亂。

鼶

鼶：[三][宮][久]397 鼠惡象。

鐘

鏡：[甲]2266 亦入耳。

漏：[原][丙]2190 散枝下。

鍾：[丁]2092，[甲]2006，[明]2060，[三][聖]278 香水灌，[三]2154 山定林，[宋][元][宮]299 鈴施，[宋][元][宮][聖]278 磬供養，[宋][元][宮]703 鼓，[宋][元][宮]2053 鼓嘈囋，[宋][元][宮]2103 山解講，[宋][元][宮]2122，[宋][元]220 欲，[宋][元]2061 陵求訣。

種：[元]523 鳴鼓出。

重：[三][宮]2123 況持大。

衆：[三][聖]210 磬。

冢

家：[元]2061，[元]2112 書並無。

塚：[宋][宮]、塚[元][明]2060 二十餘。

塚：[宋]2153 宰晉。

塚

塚：[宋]201 則還家。

家：[宮]606 人見恐，[宮]1421 間是我，[宮]1506 間地觀，[宮]1506 間里巷，[元]1579 間常期，[宮]2059 也俄而，[宮]2060，[宮]2103 獨存流，[宮]2122，[宮]2122 非故然，[宮]2123 間膿血，[宮]2123 間請大，[甲]2792 間樹下，[明]1428 不遠而，[明]2103 相，[明]2122 墓鬼所，[三][宮]606 而無有，[三]2123 非，[石]1509 間若火，[宋][宮]2034 上數有，[宋][元]26 間

諸賢，[宋][元]2122 人所不，[宋]2121，[宋]2122 愚人當，[元][明]458 間見枯，[元]376 間自在，[元]2122 間三在。

界：[宮]2121。

豕：[明][宮]790 群鼠糞，[明]2131 間，[明]2149 宰晋。

蒙：[三]26 間村邑。

塚：[明]1421 間糞掃，[明]1428 間時有，[明]1428 間坐露。

穴：[三][宮]1507 間有新。

冢：[三][宮]1549 間五納，[三]152 墓，[聖]26 間彼已，[聖]26 間汝已，[宋][宮]2060 內棺枕。

塚：[明]1464 間種種。

衆：[甲]2792 間。

塚：[宋][元]1096 間取。

腫

創：[聖]201 衣食及。

動：[宮][聖]1425 者得叉，[三][宮]721 或令咽。

疱：[三][宮]1425 起得塗。

種：[宮]1548 五受陰。

瘴：[三][宮]1548 上生毒，[三]190 寒熱眼。

種

八：[聖]1421 種漿於。

百：[甲][乙]、自[甲]2261 相。

寶：[甲]1728 似寶一。

彼：[甲]2261 後生現。

變：[甲][乙]1072 震動一，[甲]2195 震動簡，[三]1339 震動諸。

別：[甲]1705。

播：[三][宮]2102 殖無。

禪：[甲]2262。

繼：[三][宮]1563 純是圓。

稱：[宮]1552 退分住，[甲]2270 因中先，[甲]1733 根，[甲]1828 為種故，[甲]2261 老子說，[甲]2269 類差別，[三][宮]1458 極增至，[三]159，[聖]1602 謂鄔波，[聖]1602 所依四，[另]1453 事不應，[宋][元][宮]1552。

乘：[乙]2263 姓不，[原]1862 所行境。

憧：[聖]1421 種遙責。

處：[三][宮]223，[三][宮]618 穢惡悉，[另]1721 合是一，[乙]2390 者。

幢：[宮][聖]379 身，[宮]1425 羽儀扇，[別]397 及，[三][宮]625 陀羅尼，[聖]223 相三昧。

大：[三][宮]403 地水火。

道：[甲]2018 或作無。

稻：[三][宮]2121 梵。

得：[甲]2266 又於他。

地：[宮]1552 及大，[甲]2266 雖不喜。

等：[明]672 義差別，[三][宮]671 食肉生。

諦：[甲]1921 道諦中，[乙]、教[乙]2396 教四，[乙]2263。

動：[甲][乙][丙][丁]869 心舉，[甲]1700 修行生，[甲]1709 言或准，[三][宮]681 而見，[三][宮]1428 震動時，[三][宮]1461 一或舉，[三][宮]

1545 自性今，[三][宮]1584 法是可，[聖]663 散滅壞，[聖]1547 風吹不，[宋][宮]385 非汝不，[知]1785 散滅壞。

端：[宮]263。

斷：[原]2339 前後相。

法：[甲]2266，[三][宮]765，[三][宮]1421 羯磨不。

反：[三][宮]232 震動佛，[三][宮]657 震，[三][宮]657 震動有。

佛：[甲][乙]2219 知見。

福：[甲]1960 散善爲，[甲]2870 田悲，[三][宮]1549 德業施，[三]158 地立衆，[聖]1509 人若凡。

復：[甲]1782 八魔涅。

果：[甲][乙]2263。

和：[乙]2249 集方有。

華：[三][宮]847 善男子。

慧：[宮]223。

穢：[甲]1731 四，[三][宮][聖]1549 濁身口，[宋][宮]2123 蟲行於。

積：[甲]2266，[三][宮]403 德衆，[三][宮]606 者功不，[三][宮]606 罪無休，[三][宮]2103 殖多納，[三][宮]2122 不成便，[聖]376 有爲藏，[聖]1522 離怖首，[元][明][宮]310 畜業是，[原]1776 小室廣。

偈：[博]262 次第至。

稷：[宮]、褉[知]384 滅不滅。

迦：[甲]2401，[三][宮]2034 子而異，[三]196 王子出。

家：[三][宮]1425 子故不。

稼：[甲]2317 穡若成。

界：[乙]1832 成雜亂。

經：[甲][乙]1098 殖無量。

淨：[三][宮]672 種子爲。

就：[和]293 種清淨。

聚：[甲][乙]2393 淨戒，[甲]2266 戒中律。

鎧：[元]2122 罽賓王。

科：[明]1563 如前分。

類：[甲]2322 境義也，[甲]2195 無漏根，[甲]2195 言入八，[甲]2263 計，[甲]2266 類雖是，[甲]2305 別一者，[三][宮]1545 法，[三][宮]2121 衆生若，[三]193 展轉必。

類：[甲]2266 相似。

離：[元][明]310。

理：[宮]1566 空，[甲]2266，[甲]2434 因海門。

利：[三][宮]721 時有天。

六：[乙]2309 心其相。

論：[原]2271 問若。

秘：[甲][乙]867 密金剛，[乙]2228 密云云。

妙：[三][乙]1092 好清淨。

明：[甲]1828 一界無。

難：[甲]2266 行忍四，[甲][乙]2259 如綠色。

欅：[三][宮]1451 不應齊。

品：[原]2262 種子轉，[原]1870 類種子。

平：[聖]99 種之物。

七：[明][甲][乙]1254 種。

起：[宮]606。

強：[三][宮]754 復是親。

輕：[元][明]310 法迦葉。

取：[明]1299。

趣：[甲]2204 亦不變。

權：[甲]1718 能實二，[甲]1782 巧方便，[甲]2299。

壞：[三][宮]671 風止不。

三：[原]1201 種香花。

色：[三][宮]637 色。

稍：[甲][乙]2219 增即牙。

攝：[甲]1920 行化四，[乙]2408 鉤。

神：[聖]1451 神通之。

聲：[原]、穀[甲]1863 子等是。

聖：[原]、－[甲]1828 聲聞種。

施：[乙]2309 好讚。

十：[甲]2366 世。

識：[甲]2263 中再説，[甲]2814 令不失。

使：[丙]1246 使者。

事：[三][宮]1435 無有兒，[三]156。

釋：[甲][乙]1822 一鏡，[甲]1830 望現法。

受：[甲][乙]2259 想有六。

殊：[甲]1863 若有餘。

數：[甲]2217 法，[甲]2263 或時起，[甲]2266 無。

樹：[乙]1736 諸穀楮。

雖：[甲][乙]2328 二習所，[甲]2259 色而有。

隨：[宋][元][宮]1681 好復莊。

檀：[乙]2397 故千手。

體：[甲]、種種[甲]1782 一因緣，

[三][宮]1546 別能生。

童：[三]1341 子一子。

稚：[元][明]671。

推：[甲]1828 求以解。

爲：[甲][乙]1821 順解脱。

位：[甲][乙]2396 三，[甲]2266 者，[原]2339 一或有。

謂：[甲]2266 子時果。

我：[元][明]2016。

吾：[三][宮]2040 欲取釋。

無：[乙]2263 姓中雖。

習：[甲]1863 性妄者，[甲]2263 性位方。

狹：[甲]1828 唯。

瑕：[宮]606 髮毛爪。

相：[甲]1826 無如是，[甲]1828 法，[甲]2305 狀一者，[元][明]413 種垢。

心：[乙]2263 皆不隨。

信：[原]、[甲]1744 有於三。

性：[甲]1841 許所知，[甲]2263，[甲]2266 顯了言，[甲]2266 一境義，[甲]2336 世界，[三][宮]1546 答曰名，[乙]2263 望自現。

姓：[甲]2312 法爾，[聖]1579 住種性。

修：[甲]1823 等持一，[甲]1851 如是，[甲]2219 好以自，[甲]2266 習，[甲]2371 開會，[三][宮]1550 增。

脩：[三]202 何功德。

熏：[甲]2263 也若現，[乙]2263。

耶：[甲][乙]2309 答一口，[甲][乙]2309 答一諸。

業：[甲][乙]1822 相。

億：[三]156 諸天伎。

憶：[三][宮]425。

陰：[三][宮]1506 戒上止，[三][宮]1547 障結障。

猶：[乙]1822 如我之，[原]1851 如黃石。

有：[甲]1744 二種者。

於：[三][宮]656 是菩薩。

餘：[原]2339 故然彼。

語：[甲]2006 須。

喻：[甲]1735。

緣：[甲][乙]2263○既以，[三]212 病彼者。

曰：[三]2122 種樂説。

樂：[宮]1545 樂故名，[三][宮]721 不知厭。

雜：[宮]263 種若干，[甲]2266 染而證。

災：[元][明]2110 難一切。

造：[甲][乙]2263 第六獨。

責：[元][明]99 二詰何。

章：[宮]309 身黃金。

障：[甲]2266。

者：[明]1566 和合別，[三]1579 種亦因，[三][宮][另]1435 知坐知，[三][宮]1581 精進堪，[三][宮]1646 功德增，[宋][元][宮]1581 智。

震：[明]264 動。

之：[乙]2394 皆知方。

支：[三][宮]1546 縁起。

執：[甲]2266，[乙]1821 因聲此，[乙]2263。

植：[三][宮]1462 華果，[三]2087 根今爲，[宋][明][宮]397 然性愚，[宋][元]、世[明]200 何福乃，[乙]1092 難行苦，[乙]1092 善根等。

智：[三]264 智，[聖][知]1581 成熟修。

鍾：[甲]2266 即，[三]203 故享斯。

踵：[三]2103 賓頭之。

重：[宮][甲]1912 釋之旨，[宮][聖]1552 可稱得，[宮]1435 名一處，[宮]1912 七寶莊，[甲][乙]2263 變故者，[甲]1789 行門成，[甲]1851 隨分皆，[甲]2217 故豎亦，[甲]2792 亦云八，[明]642 是故皆，[明]2122 因緣一，[三]374 一者殺，[三][宮][聖]278 寶，[三][宮]263 交道七，[三][宮]1509 數甚多，[三][宮]1547 意六識，[三][宮]2122 不煩廣，[三]272 名爲，[聖][甲]1763 制除十，[聖]125 色金銀，[乙]1736 從二至，[乙]1736 且就深，[乙]1816 障攝彼，[乙]2263 不同之，[元][明]1810，[原]1796 法界圓。

衆：[宮]1425 婆羅門，[宮]1552，[甲][乙]2394 共圍，[甲]1816 諸善根，[甲]2314 生佛，[甲]2782 同分處，[明]220 苦皆得，[明]489 等比，[明]186 靡不歸，[明]278 善根隨，[明]310 等戒聞，[明]310 軍及王，[明]310 人聲，[明]376 人爲，[明]1082 類夜叉，[明]1450 生，[明]1523 相故諸，[三][宮]1562 類此同，[聖]1582 戒比丘，[宋][元]1509 善根品，[乙]2782 多

雖有。

諸：[三][宮]414 花。

主：[三]125 躬自來，[原]853 素
藥哆。

住：[甲]1816，[甲]2262 煩惱三，
[甲]2434 智力各。

柱：[甲]2273 等此名。

子：[甲][乙]2390 繁故，[甲]2219
是又有，[甲]2266 速得成，[乙]2393
即是如，[原]851 同依處。

宗：[原]1697 此二之。

總：[甲]1802 牒來衆，[原]1889
不，[原]1861 別智，[原]1889 人也餘。

族：[明]1450 家。

罪：[三][宮]456 淨除業。

作：[宮]397 子何以。

瘇

腫：[三][宮]2121 惡。

仲

冲：[原]1695 邃但被，[原]2416
微闡提。

沖：[三][宮]2059 在南夏，[三]
[宮]2103，[宋][元]、冲[明]193 隱光
含。

件：[乙]2408 麥。

任：[宮]2060 呂爰。

申：[三][宮]2087。

神：[宋][元][宮]2102 尼項籍。

仰：[甲]2036 云作麼。

中：[三]2145 秋方訖。

种：[三]2063 名令儀。

重

愛：[甲][乙]1822 明等無，[乙]
1724 但尋其。

寶：[甲]2250 實爲無，[元][明]
1509。

本：[元][明]2154 合譯。

並：[三]2122 足而立。

部：[三][宮]2122。

層：[原]1966 鐵網有。

車：[甲]973 急，[明]2121，[三]
2154 譬喩經，[元][明]221 薩陀波。

乘：[宮]2085 三寶常。

持：[三][宮]1459 禁時永。

虫：[宮]2060 取煮而。

蟲：[三][宮]2122 舉所聞。

觸：[甲]2400 令念誦，[三]1548
證身定。

幢：[三][宮]263。

垂：[甲][乙]2134，[三][宮]2121
開示佛，[聖]1462 起盜心，[元]2016
傳授。

從：[明]2016 心發戒。

麁：[甲]1828 前中十，[甲]2317，
[三][宮]1437 罪覆藏。

大：[三][宮]2122 器更復。

董：[明]1585。

渾：[明]398 而重洗，[三]212 自
然流。

毒：[丁]2190 妄執能。

惡：[宮]1428 於此者，[三][宮]
268 世尊佛，[三][宮]1488 之業如。

而：[宮]310 說偈言，[三][宮]487
說，[三][宮]310 說偈言，[三][宮]671

説偈言，[三]159 説偈，[三]1339 問
汝。

發：[聖]1421 欲附近。

法：[甲]2285 前重一。

方：[甲]2195 報，[甲]2263 二
釋，[三][宮]2053 翠於祇。

復：[甲]1960 申此解。

高：[三][宮]1442 豈能專，[原]
2194 出也已。

更：[三][聖]157 得。

故：[三]1339 語汝莫。

貴：[宮][聖]278 如佛天，[三]
[宮]1509 目揵連。

裹：[宋][宮]2121 衣其上。

過：[三][宮]1435 於彼。

還：[宋][元]1443 房棚上。

好：[宮]2059 爵什並。

黑：[甲]952 雲雜色，[甲]1094
癩及諸，[三]193 齒時欲。

既：[乙]1821 釋前文。

階：[甲]1811 第一不。

戒：[宋][宮]1484。

界：[甲]2231 也如文。

金：[甲]2036 寇謙之。

進：[丙]2249 云論云，[甲]2195
解果，[乙]2249 云論云。

竟：[甲]1846 竟初釋。

淨：[三][宮]2122 心。

敬：[原][甲]1781 心辨於。

看：[宋]1435。

空：[聖]1763 門也僧。

里：[甲]2244 圍遶復，[甲]2266
幽谷險，[另]281 法入里。

理：[甲]1512 解我之。

連：[三]203 被打。

量：[宮]1455 房棚上，[宮]2060
焉因爾，[甲]、－[乙]1822 將彼離，
[甲]2266 疏合言，[甲][乙]1822 微，
[甲]1828 假立名，[明][宮]310 問不
斷，[明]310 覺是爲，[三][宮]1459 名
入吐，[三][宮]1545 説，[三][乙]1092，
[聖]1723 漸減乃，[宋]2103 以華園，
[乙]1072 百千兩，[乙]1816 踏然有，
[乙]1816 顯前言，[乙]1821 根一重，
[原]1760 若。

靈：[元][明]2103 推前天。

愍：[三]202 遣人往。

品：[甲]2195 故彼四。

豈：[甲]2274 不立者。

虔：[甲]2244 形如女。

切：[三]25 嚴極苦。

輕：[宮]1810 偷蘭遮，[甲]1813
方便四，[元][明]1546 擔故是。

勸：[原]、言[原]1700 汝無作。

如：[甲]1986 離六爻。

申：[宋][元][宮]、更[明]、－[聖]
[另]1463 説也。

深：[三][宮]544。

盛：[原]、盛[甲]2006 三更紅。

聖：[宮]1451 往問醫，[甲]1828
經第七。

食：[三][宮]721 食已肉。

世：[三][甲][乙]1202 業使者。

事：[甲][乙]2394 舉世相，[甲]
2299 也釋只，[乙]2261 是爲法。

雙：[三][宮]377 餘者灰。

誰：[甲]2195 案之。

頌：[甲][乙]1822 答論。

童：[宮]901 百，[甲][乙]2393 祕密曼，[甲]2270 者蓋謂，[甲]2394 竟布白，[三][宮]2122，[三]125 辟支佛，[聖]2157 翻，[宋][元]2103 宮復在。

妄：[乙]1822 難耶。

望：[原]、熏[原]2362 種是即。

文：[乙]2263 也可。

我：[三]1442 物離。

襲：[三][宮]2060 念名與。

咸：[三]2060 仰高。

顯：[乙]2263 不安穩。

相：[明][宮]1462 者身口，[三][宮]385 識別想。

香：[三]1982 布水覆。

星：[甲]2244 耳字伯。

興：[三][宮]2122。

熏：[宮]1587，[宮]1610 生故先，[宮]1805 修上資，[甲][乙]1833 本有，[甲][乙][丙]1833 非集若，[甲][乙]1822 習說名，[甲]1721 法，[甲]1735 起信前，[甲]1828，[甲]1828 修差別，[甲]1828 有漏感，[甲]1924 故性淨，[甲]1969 修於景，[甲]2266，[甲]2370，[明][宮]1579 修行支，[明][甲][乙][丙]1277，[三][宮][聖]1452 籠并隨，[三][宮]1545 修，[三][宮]1559 習所曾，[聖]1442 無越侵，[乙]2370 成種子，[元][明][宮]1579 修行支，[元][明]1530 當勤修，[原]2264 發，[原]2264 增，[原]1887 修盡衆。

勳：[宮]1464 增田業。

言：[甲]1816 令輕非，[甲]2299 輕受故，[原]2196 佛戒者。

誼：[甲]952 說。

應：[三][宮]1810 答云清。

愚：[元][明]468 癡出家。

遠：[甲]2195 顯彼所。

願：[三]、一[宮]2121 請發遣。

匝：[乙]1092 界位涌，[原]1239 次畫散。

召：[明]1450 募即。

之：[甲]2787 若乞食。

旨：[甲][乙]2254 爲有諸。

至：[甲]2053 何以。

鍾：[宋][元]、鐘[明]2122 況持大。

種：[丙]2396 圓壇此，[宮]1453 罪根本，[宮]2059 凡四十，[甲]1736，[甲]1736 下三別，[甲]1816 體理眞，[甲]2266 世，[甲]2271 文，[甲]2305 訓云重，[甲]2339 一此十，[甲]2366 二諦後，[甲]2434 曼荼，[明]187 稽首言，[明]1669 轉，[三][宮]310 轝興宮，[三][宮]309 清，[三][宮]341，[三][宮]351 縛云何，[三][宮]1428 生故，[三][宮]1462 一重，[三][宮]1477 戒一曰，[三]201 津膩以，[三]1341 法比丘，[聖][另]342，[乙]2263 相對思，[元][明]352 纏縛，[元][明]2122，[原]2339 若利根。

衆：[甲]1735 舉妙物，[明]2121 寶并，[明]311 擔想求，[明]1428 罪波羅。

住：[甲]2195 求菩薩，[甲]2266

斷義解。

字：[甲]2244 聖族遂。

縱：[元][明]2110 爲橫爲。

罪：[三]1488 以是福。

眾

白：[三][宮]263 毛微妙。

般：[宮]606 要。

寶：[聖]1733 華敷五。

報：[宮]2123 恐怖謂。

本：[原]1818 文云必。

畢：[三][宮]630 惱捨諸。

別：[甲]2195 名舉十。

兵：[三]125 前見。

不：[宮]1425 多若僧，[甲]2266 生因凡，[元]1595 生作世。

部：[宮]268 比。

乘：[甲]1830 眾正。

乘：[宮]2122 平量安，[甲][乙][丙][丁]848 無上眞，[甲]1782 示苦勸，[甲]2397 相，[甲]2400 修多羅，[明]2087 部法天，[三][宮]821，[三][宮]585，[另][聖][甲]1721 但出分，[乙]2394 雲而住，[原]1744 不。

充：[三]291 滿於眾。

蟲：[三]152 物。

畜：[三][宮]268 生皆種，[三]1343 生慈心，[宋]374 生亦生。

處：[宮]425 瑕穢無，[甲]1512 生死，[甲]1828 眾者泰，[明]1443，[三][宮]657 受戒誰，[元][明]2016 轉相者。

垂：[宋]186 珠雜寶。

慈：[甲]1816 心無染。

此：[甲]2207，[三][宮]276 法藥。

從：[宋]100 破壞汝。

答：[三][宮]1458 許已應。

大：[三][宮]839 會悉皆。

當：[甲][乙]1822 四人已。

黨：[三][聖]375 不生。

德：[明]1435 僧及，[三][宮]1453 中生輕。

等：[三][宮]263 緣何來，[三][宮]657，[三][宮]657 咸，[三]187，[三]1332 各各說。

多：[三]192。

法：[三]125 中我不。

妃：[丁]2244。

伏：[宮]649 不久如。

佛：[甲]2396 共不共，[三][宮]639 自在無。

福：[三]309 德之本。

輔：[三][宮]2122。

更：[宮]269 欲問心。

故：[明]220，[聖]423 集會爲。

果：[宋][明]921。

海：[明]212 檀越明。

後：[原]1799 生開悟。

護：[三][宮]2122 共入溫。

會：[甲]1718 下第四，[明][甲]1177 亦當依，[明]187 中有一，[三][宮]465 中立佛，[三]397 彼諸菩。

棘：[甲]1736 穢。

集：[甲]1763 之爲力，[三][宮]2029 會至夜。

既：[甲]2035 假使有。

濟：[三]100 於貧窮。

家：[三][宮]1428 亦如是，[三][宮]1521 中能飛，[聖][知]1581 事方便，[聖]190 出共諸。

間：[三][宮]414 無不興。

見：[三]1 皆。

教：[宮]635 勤心樹，[宮]2030 復皆滅。

劫：[聖]663 令住十。

界：[甲]1742 生界種，[甲]2305 平等門，[明]588 以是故，[明]278 成就無，[聖]1425 現前非，[聖]1602 生現前，[宋]、－[宮]1509 者內外，[元][明]278 生如，[元]1442 乃至問。

今：[明]310 見最勝。

盡：[聖]383 盈。

經：[三][宮]285 典之。

俱：[明]、集[聖]425 二會九。

聚：[宮][甲]1912 生爲緣，[宮]451 毀犯如，[三][宮][聖]1537 中而心，[三][宮][知]1579 同分中，[三][宮]397 常勤求，[三][宮]397 六十七，[三][宮]411 皆除滅，[三][宮]810 會出外，[三][宮]1563 謂迦，[三][宮]2122 來在前，[三][宮]下同 397 清淨二，[三]397 拔諸慢，[三]682 離心無，[宋][宮]385 琦珍隨，[宋][明][宮]310 亦不能，[原]1776 住正定，[原]2339 所居則，[原]2359 諸律之。

慣：[三][宮]653 鬧散亂。

來：[宮]1428 中應，[甲]1775 生所習，[甲]1909 佛南無，[三]1362 與汝鎮，[聖]1456 物還價，[宋]212 人

渴仰。

禮：[甲]2400，[甲]2400 了云然，[乙]2391 生作大。

命：[聖]425 度無極。

母：[戊]2221 於金剛。

尼：[三][宮][另]1443 問實訶。

鳥：[三][宮][聖]310 鳥堪歃。

品：[甲]2195 中以普，[宋][宮]223 定衆，[宋][宮]223 念佛，[宋][明][宮]223 成就。

普：[原]、普[甲]1781 會無有，[原]2339 門足圓。

竅：[甲]1782 清淨圓。

求：[宋]682 像生。

取：[原]2263 教同說。

趣：[三][宮][聖]279 生三有。

泉：[宮]263，[三][宮]384 源陂池，[三]125 上沙彌。

群：[甲]1775，[甲]2006 生說法，[三]152 生，[三][宮]278 生一切，[三][宮]2122 僧方知，[三]1 生共相，[三]203。

然：[甲]2037。

如：[聖]292 生欲興，[原]1778 生既是。

奐：[甲]1782 中上名。

潤：[宋][元][宮]、德[明]2121。

僧：[三][宮]1425 度人出，[三][宮]1425 中應出，[三][宮]1428 告，[三][宮]1435 故得波，[三][宮]2060 並集堂，[三]125 者，[三]202 賢，[聖]383 并受眞，[聖]1435 作人現。

上：[甲]1828。

身：[三][宮]541 死入地。

深：[三][聖]643 妙法不。

沈：[三][宮]401 沒苦痛。

甚：[知]741 多以虛。

生：[三][宮]1458 芯銙上，[宋][元][聖]99 生各自。

聖：[甲][乙]2390 聖現在。

師：[甲]2778。

十：[三][宮]534 千人俱。

事：[三][宮]2123。

是：[明]2121 生三世，[三][宮]1435 中一比，[乙]2228 攝，[元][明]277 寶色生。

受：[甲]2266 俱門依，[原]、[甲]1744 苦答馥。

殊：[聖][甲]1763 類不可。

數：[甲]1821 多故言，[甲]2434 金剛皆。

四：[甲]1722 生一切。

雖：[明]1563 多無貪。

所：[明]657 疑此事。

徒：[明]2076 曰，[三][宮]2059 雲聚盛，[三]2087 三，[乙]2087 千餘人。

万：[另]1721 德即。

王：[宮]263 鬼神眞。

爲：[三][宮]544 人所，[三][宮]544 人所敬。

僞：[三]2153 經目録。

畏：[聖]292 魔。

問：[原]1775 五欲二。

烏：[三][宮]1451 烏皆鳴。

無：[宮]318 漏無受，[甲]2255

菩薩觀。

悉：[聖]100 爲邪見。

瑕：[三][宮]285 穢。

現：[三][宮]1521 五欲樂。

象：[宮]671 沒深泥，[甲]1782 故得教，[明]2121 獨來樹，[三]2145 通於寢，[元][明]2145 趣不可。

像：[三][聖]481 害以用。

興：[甲]2214 德中善。

修：[宮]397 禪定行，[甲]2409 六口承。

縱：[三][宮]1690 蜂喻惡。

業：[宮]397 能勝一，[宮]397 世間衆，[三][宮]278。

衣：[原]2339 衆昔作。

亦：[乙]2309 不可輕。

議：[聖]310 皆於我。

陰：[甲]2217 界，[三][宮][石]1509 無常空，[三][宮]1509 相十二，[聖]1509 熟，[石]1509 斷五，[石]1509 和，[石]1509 乃至十，[石]1509 頗有因，[石]1509 入界不，[石]1509 十八界，[石]1509 十二入，[石]1509 四根相，[石]1509 無，[石]1509 者憍慢，[石]1509 衆五。

蔭：[宋]、陰[元][明][宮]1484 生滅神，[宋]、陰[元][明]1509 一人口。

迎：[聖]1462 往至阿。

永：[三]1467 遠三惡。

欲：[三][宮]397 衆生爲。

緣：[甲]1826，[明]374 生父母。

樂：[甲]853，[甲]1763 也。

蘊：[明]1653 續不移。

在：[三][宮]1522 如經又。

者：[甲][乙]2263 計我狹，[甲]950 皆喜悅。

珍：[三][宮]1562 財以法。

蒸：[宋]、烝[元][明][宮]、蒸[聖]627 庶代負。

之：[三][宮]1421 具塗身，[聖]125 等。

中：[甲]1705 共生，[明]310 降神母，[明]722 生雖曉，[明]1425 不知戒，[三]1549 生群雁，[宋][宮]2045 及尊師。

終：[宮]2053 生成十，[三][宮]292 苦患令，[三][宮]618 不復樂，[三]201 苦願莫，[宋]186 難時四，[原][甲]1980 是無益。

種：[甲][丙]2381 並，[甲]1736 緣爲他，[甲]2196 八部聞，[甲]2792 多人若，[明]220 德本今，[明]224，[明]415 種上味，[明]1080 圍繞西，[明]1421 多少聞，[明]1435 犯應求，[明]1509 世間國，[三]1534 律儀所，[宋][元][宮]328 德本行，[乙]1909 德天王，[乙]2249 不可，[元][明]2122 出家人。

重：[明]24 苦諸比。

衆：[三][宮]2042 與迦。

諸：[燉]262，[宮]286 生入六，[宮]263 惱，[和]293 希有，[甲][乙]2328 善奉行，[甲]1092 災障若，[別]397 塵勞而，[明][乙]1086 聖已，[明]278 虛妄，[明]312 生而爲，[明]635 弟子衣，[三]、一[宮]2122 苦斷時，

[三]、衆縛諸樂[宮]657 縛壞裂，[三][宮]、一[聖]310 毒難譬，[三][宮]657 獸若大，[三][宮][知]1579 善謂善，[三][宮]232 善根譬，[三][宮]263，[三][宮]263 趣唯安，[三][宮]266 顛倒立，[三][宮]278 寶華作，[三][宮]425 惡在閻，[三][宮]588，[三][宮]638 惡，[三][宮]657 苦惱彼，[三][宮]1646 苦之本，[三][聖]200 瓔珞莊，[三]186，[三]186 闇冥識，[三]186 逆賊，[三]192 鳥翻飛，[三]202 人所愛，[三]203 功德發，[三]209 惡業不，[三]264 根利鈍，[三]361 善不爲，[三]374 人言且，[三]374 商人戒，[三]375 商人戒，[三]1011 魔，[三]1425 多比丘，[三]2149 經翻譯，[森]286 熱惱，[聖]397 心非心，[聖]227 因緣無，[聖]663 罪，[聖]1458 學處言，[宋]374 善本善，[元][明]228 色華所，[原]1322 住持稍。

燭：[明]2103 邪而不。

主：[甲]2371 尤，[三][乙][丙][丁]865 從彼一，[三]194 學無學。

資：[原]2722 具悉皆。

自：[三]2060 生。

最：[三][宮]278 勝行寂。

罪：[甲]2266 生，[三]2087 辱如意，[乙][丙]1201 過然後。

舟

般：[聖]476。

舡：[宋]1 筏又無。

船：[甲]2036 之難辨。

丹：[宮]2074 雲母粉，[甲]2183 丘疏，[甲]1717，[甲]2039 禁論戢，[宋][宮]2060 壑潛移。

冉：[甲]2128 反謂伏。

若：[宮]1911 法華皆，[甲]1783 三昧經，[三]2149 抄外國，[聖]2060 苦。

身：[宮]500 可。

司：[甲]2128 爲船釋。

再：[元][明]2103 七日七。

棹：[三]187 檝信作。

周：[宋][宮]1509 三昧爲。

州

城：[宋][元]2061。

川：[甲]2128 戀反釧，[甲]2129 是説文。

府：[明]2076 臨濟義，[宋][元]2061 掾育。

井：[明]2076 路出。

炯：[宋]2066 僧乘悟。

郡：[原]1898 長干塔。

明：[明]2122 告。

師：[明]2076 曰香煙。

天：[甲]2412 今水天。

陽：[明]2122。

翊：[原]910 深山有。

陰：[三][宮]2060 人也遠。

右：[甲]2075 法緣師。

之：[三][宮]2060 父老奏，[宋]2061。

中：[三]2122。

州：[三][宮]2066 擬寫三。

周：[三]2122 陀年五，[三]2122 陀者今。

洲：[甲]、原本甲本乙本俱混用 2250 俱時作，[甲]1733 五臺山，[甲][乙]1822 有商人，[甲][乙]2194 開元寺，[甲][乙]下同 2185 比能生，[甲]2128 名樹在，[甲]2129 即，[甲]2173 唐興縣，[甲]2271 大雲寺，[明]2088 記云崑，[明]2122，[三][宮]1443 内尼拘，[三][宮]1579 咸爲疆，[三][宮]2041 緣居，[三][宮]2103 葆吹，[三][宮]2122 步，[三][宮]2122 中央從，[三]1 品第一，[聖]2157 公府寺，[聖]2157 摩賀延，[聖]2157 有一僧，[宋][元]2061 之地也，[宋][元]2059 江北廣。

俯

輆：[明]、讀[宮]2103 張。

讀：[宮]、侏[聖]318 張難。

周

闍：[甲][乙]2263 此云徵。

遍：[三][宮]1428 行求肉。

惆：[聖]200 惇，[宋]196 惇遍求。

川：[乙]2087 心願諧。

此：[明]1097 言我所。

調：[宋]1027 旋攪水。

闍：[原][甲]1851 陀。

固：[甲]1724，[宋]2087 迹石既。

關：[元][明]2060 塞關邏。

廣：[甲]2128 易其文。

國：[宮]2060 滅法逃，[甲]2053 王之，[甲]2261 七千餘。

害：[三][宮]1549 有。

閡：[甲]1816 備故。

即：[三][宮][聖]224 行索水。

開：[甲]2339 等言義。

了：[聖]1788 故下説。

廟：[三][宮]2104 義不。

目：[乙]2309 甚細猶，[元]2154。

毘：[明]1644 圍二百。

首：[戊][已]2089。

同：[丙]866 雲海來，[宮]848 界威猛，[宮]1888 遍故及，[宮]2034 元二無，[宮]2060 群部乃，[宮]2123 濟故謂，[甲][乙][丙]2381 遍持十，[甲][乙]2087 斂香木，[甲][乙]2296 無，[甲]912 遍法界，[甲]1003 遊六趣，[甲]1199 遍焚燒，[甲]1512 知法不，[甲]1700 遍一，[甲]1700 須菩提，[甲]1709 遍十方，[甲]1733 遍十方，[甲]1733 法，[甲]1736 遍等皆，[甲]1742 遍法界，[甲]2081 法界爲，[甲]2128 帝名也，[甲]2339，[甲]2434，[明][甲]1177 法界如，[明]1558 道則不，[三][宮]1571 遍而自，[三][宮]721 遊衆媒，[三][宮]1610，[三][宮]1610 於妙理，[三][宮]1622 遍故彼，[三][宮]2060 睇於，[三][宮]2060 何王而，[三][宮]2121 懷答言，[三][宮]2123 等衆相，[三]154 於虛空，[三]216 行乞食，[三]291 於三世，[三]1123 稱此祕，[三]1563 無更立，[三]2088 堵層軒，[三]2088 流下乃，[三]2145 建元

二，[三]2154 降至，[聖]291，[聖]291 不捨於，[聖]292 菩薩，[聖]425，[聖]1421 事以器，[聖]2157，[聖]2157 錄永隆，[聖]2157 設，[聖]2157 世崛多，[聖]2157 世智度，[聖]2157 遊來達，[另]1442 遍觀看，[宋]1605 審觀察，[宋]2154 入藏錄，[乙]2215 遍，[元][明]309 一切隨，[元][明]682 乎，[元][明]2016，[元][明]2154 錄不言，[原]1744 普放淨。

團：[三][聖]643 圓無。

圍：[三][宮]2060，[乙]1709 以爲外。

問：[宮]2102 重問，[甲]2255，[元]2103 朝史册，[知]598 不及所。

易：[三]2110 林太玄。

因：[甲]1733 故也七，[甲]2120 栖他處，[甲]2266 聞誦華，[甲]2274，[三][宮]2122 聞天下，[原][甲]2339 問云。

用：[丁]866 流盡虛，[宮]697 遍訖已，[宮]2060 果，[甲][乙]1796 散施此，[明]211 行天下，[明]1442 遍晃耀，[三][宮]619 教令至，[三][宮]1562，[三][宮]2060 備今便，[三][宮]2102 此道也，[三][宮]2122 糝雜魚，[三]869 而復，[聖]、周[聖]1733 舒，[聖]425 旋三界，[聖]2157 禪梵牒，[另]1721 巧説之，[宋]2145 其説根，[原]1203 一萬由。

圓：[甲][乙]1822 無更立，[原]2339 通重重。

匝：[明]415 而啓白，[明]415 恭

敬合，[明]415 入世尊。

則：[三][宮]2102 賢覇凡。

終：[三]185 而復始。

州：[三]2149 疊辯。

週：[博]262 匝俱時，[明]948 匝圍遶，[明]1579 遍思惟。

騆：[三][宮]1442，[元][明]20 窮乏常。

咒：[石][宮]1509 利般陀。

珠：[三]152 陀，[三]152 陀久處。

住：[甲]1733。

宗：[甲]2261 計道爲，[原]2270 訖因喻。

足：[三][宮]1421 當以足。

洲

禪：[三][宮]2053 魂昇紫。

國：[原]2431 鐵塔傳。

開：[甲]2219 處文一。

例：[甲][乙]1822，[甲]2250 應思擇。

明：[甲]1863 遠離而。

樹：[元][明]187 之中菩。

灘：[甲][乙][丙][丁]、洲[丙]848。

提：[三]25 有一大。

有：[宋][元][宮]2122 四惡趣。

舟：[元][明]2121 得。

州：[宮]721 生樹次，[宮]2122 彼國佛，[甲][乙]1822 異生有，[甲][乙]1823 刺史賈，[甲]1821 等者別，[甲]1963 永安縣，[甲]2250 晝夜長，[甲]2426 百會誕，[明]、明註曰州也疑州地 2087，[三][宮]2041 理，[三][宮]

2059 小嶺立，[三][宮]2060 渚其心，[三][宮]2122 記曰天，[三]721 彼餘業，[三]2088 即高昌，[三]2154 沙門釋，[聖]2157 紇往造，[宋][宮]2122 人定壽，[宋][明][宮]2122 人面如，[宋]2041 中何義。

週

周：[丙]、週迴周圍[戊][己]2092 迴有園，[戊][己]2092 通僮僕。

粥

白：[原][甲]2409 飯。

粖：[三]984 翅木翅。

輈

禱：[三]2104 張。

賙

周：[明][和]293 給，[三][宮]2059 貧濟乏，[三][聖]172 給貧，[三]152 窮濟乏。

禱

疇：[三]2103 得寫析。

議：[宋][元]1625 議若爾。

輈：[宋][聖]、俛[元][明]643 張奮武。

軸

抽：[三][宮]671 泥團輪。

輪：[宮]2122，[宮]2123 鳥肉散，[甲]2266 時失彼，[三][宮][聖]278，[三][宮]2121 是時此。

岫：[甲][乙]2309，[原]2001 之雲
其。

轉：[三]1335。

緇：[三]、油[宮]2112 素難誣。

肘

臂：[宮]901 眞言。

膊：[甲][乙]894 還以右。

尺：[宮]2121 應取其。

寸：[甲][乙]973 緣以爲，[三]
2125 闊纏一。

股：[甲]893。

切：[聖]1440 作漉水。

拳：[乙]2391 令。

射：[宮]329 以。

時：[丙]1184 四肘圓，[甲][乙]
2223 壇法先，[甲]1202 未落地，[甲]
2192 間合名，[三][宮]895 次第乞，
[聖]953 量地然，[聖]1458 來是其，
[聖]1509 俱墮，[宋][宮]2123 即，[乙]
2391 還入身，[乙]2394 去惡雖。

頭：[明]1092 裏外出。

用：[甲]893 以。

刖：[宋]187 膝而行。

脂：[宮]1421。

帚

菷：[宋][宮]、箒[元][明]402 迦
囉。

箒：[宮]1428 佛言聽，[宮]2060
戲爲談，[三][宮]1428 盛裏棄，[三]
1428，[宋][元][宮]2060 并以佛。

菷

帚：[元][明]、掃[宮]1425 得名
作。

箒

篲：[三]26 淨與不。

帚：[宮]1451 令掃僧，[甲]1799
㝢㝢然，[明][甲]1988 云這箇，[明]
190 身體莊，[明]190 往掃彼。

伷

恀：[甲]2207 切韻云。

呪

遍：[三]1096 一結二。

差：[甲]、忍[甲]1103 赤石脂。

次：[甲]、況[甲]2174 餘者。

地：[甲]1179 一遍置。

法：[宮]374 術若。

罐：[三][宮][甲]901 罐如是。

光：[宋]1045 曰，[原]920 脫苦
縛。

呼：[宋]1096 藏中說。

禁：[宮]397 術故。

經：[明]2154 及般若。

九：[聖]2157 部二十。

況：[甲]1335 汝等便，[甲]1763
經也此，[甲]1799 汝破佛，[三][甲]
951 如世間，[三][甲]951 眞實智，[三]
2154 相似未，[石]1509 術問曰，[宋]
[宮]387 意，[宋]901 而行所，[宋]2059
不加靈，[乙]2408 安然和，[元]1488
調是調。

祕：[宋]951 三摩地。

明：[三][甲]1080 神力所，[乙]2396 者畏一。

呪：[明]1558 成四藥。

取：[丙]1246 胡麻一。

如：[三]152 之國人。

是：[宋][元]1161 願心大。

手：[原]、－[甲]1315 印以右。

術：[石]1509 令王白。

兇：[三]2145 不措角。

祀：[宮]741 術治病。

誦：[宋][元]1057 一遍。

衛：[三]1 或誦善。

文：[甲]1267 其淨油。

洗：[宮]901 之一遍。

先：[甲]1072 仙隨其，[原]1251 洗浴天。

以：[甲]952 水灰等。

印：[宋]901 梵本云。

吒：[三][宮]901 乃至日。

祝：[宮][聖]1646 然後，[宮]310 術爲官，[宮]384 術能移，[宮]433 不行，[宮]606 心自念，[宮]606 續髮如，[宮]2122 見弟子，[宮]2122 以香塗，[宮]2122 諸沙門，[甲]1733 藥者謂，[甲]2044，[甲]2053 術厭趣，[三][宮]1509 師來但，[三][宮][聖]278 藥彼有，[三][宮]263 曰，[三][宮]420 術，[三][宮]1437 泥梨，[三][宮]2104 禁親戚，[三][宮]2121 願求兒，[三][宮]2122，[三][宮]2122 病者便，[三][宮]2122 鬼者瞻，[三][宮]2122 及餘蠱，[三][宮]2122 龍下鉢，[三][宮]2122 滅王，[三][宮]2122 盆水令，

[三][宮]2122 若不祀，[三][宮]2122 上，[三][宮]2122 師呪，[三][宮]2122 願忽然，[三][宮]2122 願曰汝，[三][宮]2122 曰若眞，[三][宮]2122 者皆愈，[三][宮]2122 諸梁木，[三][聖]125 術要作，[三]152 服之疾，[三]529 願我令，[三]624 是，[三]2103 師及諸，[三]下同 1301 女名曰，[聖][另]1431 詛墮三，[聖]291 則，[聖]1437 術波夜，[聖]1549 者此義，[聖]下同 225 呪中，[宋][宮]381 願所修，[宋][明][宮]2122 婆羅，[宋][元]2149 經異前，[宋][元][宮]2122 明日忽，[宋]291 食。

咒

況：[乙]1822 也普莎。

宙

雲：[甲]1839 山處此。

胄

曹：[宮][甲]1805 不得廣，[宮]1566 羅，[甲][乙]2087，[甲]2087 王之，[甲]2128 人兇懼，[三]、曾[宮]2060 任爲理，[三][宮]1453 乎彼便，[三]2088 即無憂，[乙]2087 號拘。

曾：[元]1442 裝束軍。

申：[宋][元]2108 等議狀。

胃：[明]220 我當度。

紂：[宮][甲]1998 州云我。

胄

曹：[宋][宮]2053 善究三。

緒：[三]192。

智：[宮]310 者爲如。

紾

紺：[甲]2035 王之臣。

晝

初：[三][宮]414 夜樓。

旦：[三][宮]1428 不看牆。

蓋：[三][宮]440，[三]157 是中有。

晝：[宮]292 夜演光，[宮]323 夜，[宮]721 此夜如，[宮]1464 夜患痛，[宮]2040 度果神，[甲]、書[乙]2261 爲，[甲]1805 地謂作，[甲]2128 文也正，[甲]2128 夜鳴也，[明]1 二名善，[明]721 亦不，[明]1596 夜六時，[三]1341 地搖弄，[三][宮]1509 燈但有，[三][甲]1227 娜拏印，[三]2108，[聖]1763 然可證，[聖]1763 四難也，[聖]125 度園快，[宋]、盡[宮]、明註曰晝北藏作盡 2122 日放暴，[宋][宮]、盡[元][明]2122 則窮年，[宋][宮]2122 地作獄，[宋][明]2122 計殺爾，[宋][元]2061 大悲千，[宋]2060 讀藏經，[宋]2122，[元]、晝夜六時發願文明本作夾註 1982 夜六時，[元][明]721 燈無，[元][明]2154 經同本，[知]418。

獲：[甲]1921 多。

盡：[宮]416 念明了，[宮]563 日出常，[宮]761 在空普，[宮]1566 夜半月，[宮]2053 朕逖覽，[甲]1717 夜以龍，[甲]2266 見，[甲][乙]1822 即漸增，[甲][乙]1821 者識見，[甲]1512 不，[甲]1782 地熟蘇，[甲]1830 形況已，[三][宮][甲]901，[三][宮][甲]2053 日，[三][宮]731 爲惡如，[三][宮]1462 夜，[三][宮]1559 夜釋曰，[三][宮]2043 日行，[三][宮]2121，[三][宮]2121 開門後，[三][宮]2121 夜二百，[三][甲]1227 夜家，[三]186 書四十，[三]212 夜不息，[三]1560 後後倍，[三]2087 爲大衆，[聖]99 正受時，[聖]1562 夜然後，[宋]、宋南藏亦同 2122 度園七，[元][明][宮]1579 初分若，[元][明][聖]99 正受爾，[元][明][聖]99 正受是，[元][明][聖]99 正受以，[元][明][聖]99 正受作，[元][明]2034 昏星現，[知]384 度樹端。

爐：[元][明]、盡[宮]721 燈往趣。

日：[三][甲][乙]982 夜自身，[宋][元]982 夜自身。

書：[宮]2122 緑青黄，[甲]2087 石請問，[三]1336 那提檀，[聖][另]675 地置，[聖]190 婆等及，[石]1509 是行法，[宋][元]1458 日與苾，[元]173 日棲止，[元]2122 寢夢像。

曙：[甲]1736 合目成。

又：[甲]2135 儞嚩娑。

晝：[和]293 夜年劫。

皺：[三]192 牟尼及。

甃

梵：[聖]2157 散排。

皺

彼：[元]190 額生於。

皴：[宮]721 黑淚流，[宮]694 澁齒不。

劫：[甲]1965 勝侶相。

破：[宮]721 面唱喚，[宮]721 面呻喚，[宮]1428 若比丘，[宋][宮]721 面喎口。

籀

藉：[宋][宮]、籍[明]2103 拱敢告。

驟

步：[三][宮]2102 書園吐。

聚：[明]2103 淹信宿，[三][聖]210 貪欲無。

衆：[甲]2075 如稻麻。

驫：[三][宮]2122 卒來召。

朱

采：[三]、未[宮]2103 襟四色。

彩：[三][宮]2059 旗素。

赤：[三]2060 光赫奕。

婁：[甲][乙]2254 索之不。

末：[甲][丁]2244 欈迦，[三]、[元]、未[明]2087 嘔祇邏，[三][宮]2121 利母是，[三][宮]2122 利母是，[三]1336 伽羅兜，[三]1336 伽毘盧，[元][明]1336 坭娑羅，[元][明]下同1336 羅婆婬。

殊：[元][明]2122。

宋：[元]2034 世隆立。

未：[宮]2034 士行身，[甲][乙][丙]2089 和，[甲][乙][宮]1799 亡一般，[三]1 弟婆尼，[宋][元]、婁[明]2102，[宋][元][宮]2102 張數四，[元]2088 序，[元]2102 張連世。

味：[原]、未[乙]1828 定餘二。

珠：[和]293 衣首戴，[甲]1289 天，[明]2103 闕，[三][聖][知]1441 砂，[三][聖]125 色行不，[三]152 遲母是。

株：[明]1509 利。

侏

僞：[三]、蜀[宮]721 儒身目。

譸：[三][宮]403 張或口。

囑：[聖]1425 儒人出。

抹

秼：[甲]、抹[乙]1796。

咮

喙：[三][宮]2104 銜或道。

味：[甲][乙]2393 跢唎二，[三]1335 羅彌致。

洙

末：[元][明]1336 坻洙。

沫：[甲]2128 泗之，[宋][元]99 肪脂髓，[元]190 鼻涕洟。

珠

寶：[三][宮][聖]272 智慧幢，[三][宮]398 瓔珞周。

持：[甲]2400 若迦嚕，[乙]2390

法也其。

辭：[三][宮][聖]481 王如來。

二：[原]1311 寶並日。

光：[明]2076 明已久，[聖]200 比丘尼。

璣：[宮]1912 十枚照。

就：[甲][乙]2390 眞言是。

考：[甲]2082 滿當起。

來：[三]440 摩尼火。

林：[宮]721 婆花池。

琳：[宋][元]2103 隋高。

珞：[甲]1268 造像成。

末：[聖]397 寶幢幡，[宋]、朱[甲]971 地帝。

釋：[甲]2362 種子未。

殊：[博]262 繫其衣，[宮]310 勝生眼，[和]293 珍或生，[甲][乙]1796 勝若於，[甲][乙]2259 觀音，[甲]850 虛合風，[甲]1719 四十餘，[甲]1736，[甲]1771 有，[甲]1782 不解慰，[甲]1805 二，[甲]1805 諸部輕，[甲]1909，[甲]2087 機間錯，[甲]2087 利，[甲]2214 廣略異，[甲]2266 隨求雨，[明]228 寶網間，[明][甲]2131 師利十，[明]997，[明]1571 燈中色，[三][宮][甲][乙]2087 底色，[三][宮]1521 蓋佛師，[三]157 二十三，[三]187 鉢底四，[三]2123 器而飲，[聖]278 散佛及，[聖]1509 爲喻人，[聖]1509 著身，[宋][宮]721 勝光明，[宋]220 過無量，[乙]1816，[乙]1830 說名變，[乙]2425 具八德，[元][明]626 好繡，[元]2122 數多圓，[原]904 師利菩，[原]2425 法

不如，[知]384 火明。

樹：[甲]2401 羅列。

誦：[甲]904，[甲]2229 法，[甲]2400 時時不，[乙]2173 經一卷，[乙]2408 集。

蘇：[甲]、酥[乙]1225。

搯：[宮]901 搯之一。

味：[甲]1786 瓔珞非，[三][宮]386 寶清水。

喻：[甲]1782 舊言心。

緣：[甲]、珠緣[原]2270 闕未。

珍：[宮]606 墮之于，[宮]627，[甲]1816 寶，[三][宮][甲]2087 寶招募，[三][宮]271 寶金，[三][宮]2066 荊玉雖，[聖]125，[元][明]1562 寶若處，[元][明]190 寶及赤。

朱：[宮]721 羅樹青，[明]2053 囊三乘，[三][宮]2060 柱交映，[三][宮]2122 紫相映，[三]201 向，[聖]371 栴檀。

株：[三]、殊[宮]1457 勝物，[宋][元]2122。

硃：[明]363 爲根硨。

諸：[明]278 瓔珞中，[明]354 寶間錯，[明]657 功德便，[三]945，[三][宮]618 瓔珞種。

株

林：[甲]2401 机過患。

抹：[宮]2122 到女房，[三][宮]397 十三摩。

樹：[明]、林[乙]2087 杇。

猪

猫：[甲]974 兒狗六。

諸：[宋][元][宮]2122 狗，[宋]1331，[乙]1269 頭一象。

蛛

蜩：[宋]1080 師子虎，[宋]1081 諸惡毒，[元][明][宮]2103 屋落蟻。

絑

綵：[甲]2401 畫作皆。

誅

陳：[三]、疎[宮]2103 而爵先。

諫：[甲]2087。

斫：[三]309 伐其樹。

銖

鉢：[明]1336 末和蜜。

錄：[甲]2068 即把筆。

珠：[甲]2036 吞而有。

諸

闇：[聖]1435 有比丘。

謗：[宮][聖]1544 阿羅漢。

本：[明]2033 陰不滅。

彼：[明]158，[明]2087 婆，[三]1467 慚愧者，[三][宮]276 菩薩聲，[三][宮]451 佛土蓮，[三][宮]660 有，[三]125 天對曰，[元][明]1435 比丘見。

表：[原]2264。

別：[三][宮]476 別世界。

病：[三]1331 苦者毒。

部：[三]244 標幟是。

長：[三][宮]566 善根滅。

偛：[甲]2266 異生離。

讖：[明]293 惑善男。

誠：[三][宮]1571 依彼法。

持：[甲]955 法，[三][宮]381 頌爾乃。

熾：[三]25 鐵釜鐵。

出：[明]220 世間，[宋]100 塵。

初：[甲]2214 發心乃，[甲][乙]1822，[甲][乙]2218 法明道，[甲]2195 禪三昧，[甲]2262 靜慮中，[甲]2339 出三部，[甲]2396 地菩薩，[聖]1733 地此二，[乙]2249 念無表，[乙]1822 無。

除：[明]1542 餘心不，[三][宮][聖][另]410 煩惱，[三][宮]765 煩惱焰。

楮：[宮]1454 窓牖并，[宮]2074 樹樹大。

處：[三][宮]272 一，[宋][元][宮]、者[明]1435。

詞：[甲]1841。

此：[乙]1909 大眾，[元][明][聖]223 法中無，[元][明]664 功德。

大：[三][聖]375 香象故，[元][明][宮]374 苦惱。

當：[三][宮]639 世間不。

道：[甲]1909 觸願身。

得：[宮]263 法，[明]、諸比丘等[聖]627 法眼淨，[明]627，[三]201 有得此，[三][宮]223，[三][宮]461 眼。

地：[三][宮]1596 地中修。

等：[燉]262 菩薩隨，[宮]397 三昧門，[三][宮]657 功德及，[三][宮]657 經令不，[三][宮]657 過，[三][宮]657 經違逆，[三][宮]657 經於將，[三][宮]657 論，[三][宮]657 深，[三][宮]657 四法，[三][宮]657 音無量，[三][宮]657 莊嚴具，[三][宮]1443 苾芻由，[三]157 世界中，[三]245 星各各，[乙]1909 衆生以。

弟：[宋]1339 子使得。

諦：[宮][聖]1544 阿羅漢，[甲]1709 空。

顛：[三][宮]657 倒法非。

調：[宮]397 衆生勤，[甲]1724 山據本，[三][宮]2122 部毘尼，[三][宮]2123 衆生十，[原]2339 子競馳。

諫：[聖]1425。

都：[甲][乙]1796 也薩婆。

度：[三]、一[宮]374 人故爲，[三]2110 官五。

端：[甲]1782。

斷：[宋][明]421 陰中生。

多：[明]994 毛孔流，[明]1451 受，[乙]1736 師解。

厄：[乙]1909 難令諸。

而：[甲]1828 有四有，[甲]2300 天，[三][宮]222 無所生。

二：[甲][乙]2263 種俱非，[聖]613 骨人皆，[宋][明][宮]、一[元]397 人即得。

法：[丙]2396，[宮]399 入皆如，[和]293 佛如是，[甲]1842 宗皆云，[甲][乙]913 衆左右，[甲][乙]1822 斷無漏，[甲][乙]1822 可共用，[甲]1305 魔，[甲]1733 身諸度，[甲]1821，[甲]1828 戒應知，[甲]2266 實自性，[甲]2270 相違決，[丙]2777 行終得，[甲]2778 性習氣，[乙]2297 白法故，[甲]2814，[明]2103 王惟，[三][宮]2049 人不得，[三][宮]2049 師，[三][甲][乙][丙][丁]848 佛自然，[三][聖]643 女，[三]2088 千，[三]2137，[聖][甲]1733 身相作，[聖]1462 幢幡，[宋][宮]342 法悉如，[宋][宮]598 法建立，[乙]957 同薩埵，[乙]1723 果，[乙]1797 佛三，[乙]1816 誑況乎，[乙]1816 菩薩由，[乙]1821 無漏不，[乙]2227 品等所，[乙]2227 尊水陸，[乙]2263 門顯理，[乙]2396 身說也，[元][明]1509 樂之怨，[原]1818 障者依，[原]2436 佛法爾，[知]1785 事也偈。

梵：[三][宮]403 天儼然，[三]191 天而來。

非：[三][宮]1570 法若都。

伏：[聖]475 外道超。

佛：[甲][乙]1201 慧門是，[甲]2219 事文第，[明]201 仙聖中，[三][宮]299 如來照，[三]375 弟子常，[三]440 丹本有。

福：[聖]1509 福德因。

敢：[三][宮][聖]223。

功：[三][宮]657 德本。

故：[明]220 菩薩於，[乙]1736 如華嚴。

觀：[三]201 了得閑。

國：[三][宮]1428 比丘共。

海：[三][宮][聖]376 水亦。

害：[三][宮]2042 道人北。

訶：[甲]970 根，[聖]1463 根不具，[元]221 善法便。

何：[宮]1552 使使。

許：[三][宮]279 微塵數，[三][宮]1453 具壽聽，[另]1453 大德止，[元][明]1562 惑斷是。

護：[宮]323 人若令，[宮]310 世尊爲，[宮]410 處未曾，[宮]2044，[甲][乙]2309 法有爲，[甲][乙]2397 方諸世，[甲]1708 身前中，[三][宮]2123 禁戒故，[三][宮][聖]639 根調柔，[三][宮]278 持，[三][宮]1543 法念覺。

壞：[三][聖]375 善根墮。

繪：[明][流]360 蓋幢幡，[明][流]360 蓋幢幡。

獲：[三][宮]222 總持門。

及：[三][宮]376 童。

集：[甲]1973 者王敏。

計：[甲]1911 有禪定，[聖][另]342 念戀慕，[元][明]292 菩薩所。

記：[宮][聖]1562 所解若，[三][甲]、起[甲]951 難皆上，[三]212 四部眾。

跡：[甲]2313 無盡法。

見：[甲]1822 煩惱通。

諫：[聖]1579 法中多。

將：[聖]200 群臣奉。

講：[三]2060 席備見。

皆：[甲]1828 是學中，[甲]2017 法實相，[明]220，[原]2339 言犢子。

結：[甲]1239 持呪王，[甲]1828

其五，[三][宮]397 惡業邪，[三][宮]2042 使暫不，[乙]2263 宗大意，[乙]2232 如來加，[元][明][宮]325 纒淨其。

戒：[三][宮]1428 根食知。

誡：[聖]1585 有智者。

謹：[宮]317 曼現處。

經：[甲]2015 論多同，[三]1546 論。

敬：[聖]310 菩薩於。

就：[聖]1441 比丘犯，[乙]2227。

舊：[明]2154 舊録參。

居：[宋]374 家親屬。

厥：[甲]2087 典籍莫。

課：[宮]314 業果報。

老：[三][宮][聖]272 病壞施。

離：[甲][乙]1744 惡趣也，[甲][乙]2261 至不除。

令：[三]375 眾生純，[宋]374 眾生純。

六：[三][宮]、十二[聖]586 入皆。

龍：[明]201 毒龍衆，[明]992 龍圍遶。

漏：[甲][乙]1709 別有三。

論：[甲]2249 言所表，[甲]2339 勝，[甲][乙]2249 中有位，[甲]1512 菩，[甲]1717 教興意，[甲]1816 相爲因，[甲]2255 法心爲，[甲]2261 主作比，[乙]2263 師既不，[甲]2266 識亦體，[甲]2269 德咸，[甲]2270 四句皆，[甲]2285 教異一，[甲]2290 師異解，[明][宮]1596 師説即，[三]1546 言縁苦，[聖]1509 三昧不，[聖][甲]1733

釋，[宋][元][宮]1647 界中愛，[宋]951 談論壇，[元][明]1451 苾芻老，[原]、論[乙]、諸[乙]1744 師，[原]2208 師雖舉。

妙：[三]202 法。

明：[三][宮]271 世，[原]2339 法融攝。

諮：[原]、[乙]1744 佛果解。

能：[甲]2217 執。

念：[三][宮]286 佛無量。

諾：[甲]1782 瞿陀是。

譬：[三][宮]657 喻以明。

其：[宮]743 心普有，[甲]1728 邪惑安，[明]310 金粟以，[明]1331 萬姓休，[三]、－[宮]2122 苦痛今，[三][宮]434 佛當五，[三][宮]534 鬼兵，[三]156 人言汝，[三]184 意思有，[三]191 眷屬來。

耆：[三]1。

千：[三]2121 仞在彼，[聖]480 佛剎十。

勤：[宮]657 苦然後，[三][宮]657 苦成佛。

清：[甲]2266 威儀起，[乙]2263 淨道清。

請：[宮]414 世尊發，[宮]669 戲遊於，[宮]263 佛讚曰，[宮]279 眾生住，[宮]425 如來，[宮]681 分別境，[宮]681 自在解，[宮]1421 大德雖，[宮]1425 比丘聞，[宮]2060，[宮]2122，[甲]1721，[甲]1732 偈文，[甲][丙]2394 法，[甲][乙]1709 觀，[甲][乙]2250 寺傳，[甲]893 部主，[甲]923 聖眾各，[甲]1718 遂願故，[甲]1728 受佛勸，[甲]1755 主此經，[甲]1763 淨行之，[甲]1781 法還土，[甲]1781 佛屈，[甲]1782，[甲]1782 供勸趣，[甲]2035 民犯重，[甲]2128 聖人所，[甲]2196 佛，[甲]2207 應反，[甲]2262 金剛藏，[甲]2266 之中第，[甲]2339 初請偈，[甲]2386 有見者，[明][宮]721 飲食，[明][甲]1177 問從是，[明]220，[明]1225 清淨事，[明]2076 觀，[三][宮]742 佛沙門，[三][宮]754 婆羅門，[三][宮]1421 比丘作，[三][宮]1425 尊者明，[三][宮]1442 將帥可，[三][宮]2040 骨分欲，[三][宮]2045 聖眾兩，[三][宮]2060 名學事，[三][宮]2060 耆德通，[三][宮]2060 僧像前，[三][宮]2060 未悟，[三]192 冷治藥，[三]205 比，[三]402 所問我，[三]1092 菩薩摩，[三]1097 呪神眾，[三]1227 天依次，[三]1331 四輩禮，[聖][甲]1763，[聖][另]1442 有苾芻，[聖]310 眾生本，[聖]1421 家有，[聖]1425，[聖]1426 大德是，[聖]1451 學處聞，[聖]2157 關旁道，[另]1435 居士見，[宋][元][宮]1421 比丘，[宋][元]1191 菩，[宋][元]1227 天阿闍，[宋]157 法同一，[乙]1723 爲授記，[元]1545 世俗道，[元][明][乙]1092 眾僧設，[元][明]190 佛及比，[元][明]397 十方佛，[元][明]1982 眾生諸，[原]、請[甲]1782 疑佛，[原]923 轉法輪，[原]1223 法廣如，[原]1776 法，[原]1776 法還，[原]1776 佛佛隨，[原]2196 佛爲證。

去：[三][宮]606 婬怒癡，[元][明]
658 憍慢自。

然：[甲]2261 所望不。

人：[三][宮]2053 人悲泣。

如：[別]397 來大菩，[三][宮]585
大，[三][宮]671 如來住，[聖]410 惡
行律。

汝：[三][宮]765 天仙當。

若：[宮]310 衆生，[甲]1828 以
色見。

三：[明]220 惡趣受，[聖]1721 外
道計，[乙]2263 惡趣，[知]1785 有云
云。

散：[三][宮]2104 善不。

色：[明]1336 衆中。

僧：[三]、信[甲]1033 天龍藥。

善：[宮]1531 法智者，[明][甲]
997 莊嚴復，[三][宮][知]384 惡受報，
[三][宮]374 惡根本，[元][明]407 根
必定。

上：[甲][乙]1821。

設：[宮]1543 根非學，[甲][乙]
2254 緣多境，[明][宮]351 有比丘，
[明]1544 我，[三][宮]1543 色過去，
[三][宮][聖]1549 有怨家，[三][宮]451
有持，[三][宮]1543，[三][宮]1549，
[三]125 有賢聖，[三]202 使人執。

攝：[明]1651 事今爲。

身：[三][聖]375 根不具，[宋]374
根不。

神：[三][宮]403 通悉達，[三][宮]
2122 仙諸，[元][明][宮]310 呪護一。

生：[甲]1736 有既已，[甲]2204，

[明]222 想不起，[三]192 天樂別。

施：[三]157，[聖]225 過去當。

詩：[三][宮]2103 部蓋由，[三]
[宮]2103 經既顯，[聖]1442 苾芻爲。

十：[明]1450 方能以。

食：[三][宮]1464 比丘自，[宋]
[明][甲][乙]921 天女各。

時：[明]220 菩薩捨，[三][宮]
1428 比丘往，[三][宮]1464 比丘，[三]
202 有他方，[聖]1421 比，[聖]1442
苾芻聞，[元][明]157 菩薩以。

識：[宮]222 法無合，[宮]310 法
皆悉，[宮]1542 餘見滅，[宮]224 天
子心，[宮]272 沙門淨，[宮]285 根境
界，[宮]310 鬼或陰，[宮]481 界集
會，[宮]671 境界而，[宮]675 法生，
[宮]810 六入不，[宮]1509 如如實，
[宮]1542 貪等貪，[宮]1563 法爲緣，
[宮]1592 六識隨，[宮]1594 熏習及，
[宮]1604 地中無，[宮]2123 法不癡，
[和]293 衆生調，[甲]1830 法述曰，
[甲][乙]2259，[甲]2397 法故亦，[明]
658 道云，[明]1450 所有色，[三][宮]
671 境界一，[三][宮]1540 思等思，
[三][宮][聖]221 三界爲，[三][宮]384
神汝自，[三][宮]817 法無著，[三]
[宮]1537 觸生起，[三][宮]1545 餘愛
緣，[三][宮]1546 取道者，[三][宮]
1558 念爲體，[三][宮]1579 界自相，
[三][宮]1588 境界若，[三][宮]1646
根上中，[三][聖]26 辯如，[三]606 所
想亦，[三]682 識亦復，[三]682 轉識
與，[三]1560 念爲體，[三]1597 義顯

現，[聖]1542 已正當，[聖][另]285 菩薩等，[聖]222 可不可，[聖]222 意止修，[聖]1509 法名善，[聖]1539 青色可，[另]1543 餘意識，[石]1668 識遷動，[宋]220 意識平，[宋][宮]397 法無有，[宋][宮]1509，[宋][元][宮]1543 法，[元][宮]588 起滅不，[元][明][知]598 入本淨，[元][明]672 相故説，[中]223 天子如。

世：[三]1080 四部信。

是：[宮][聖]1435 比丘不，[宮]268 智慧，[宮]659 菩薩爲，[明]1450 有結心，[三][宮]1546 佛世尊，[三][宮]637，[三][宮]1425 比丘親，[三][宮]1494 衆，[三][乙]2087 赭，[三]374 聲聞縁，[聖]223 菩薩摩，[聖]225 佛悉得，[宋][宮][聖]1509 法，[原]1862 比丘。

受：[元][明]276 苦毒。

殊：[甲]1795 途邪正，[乙]1736 勝三昧。

樹：[明]190 釋種作。

誰：[宮]221 法無盡，[甲]2195 機可顯，[甲]2266 有智者，[明]、一[甲]894 却著法，[三][宮]1438 長老，[三]193 梵志，[聖]1537 受爲縁，[宋]480 天在虛。

説：[宮]221 法不可，[宮]374 人天乾，[宮][聖][另]675 法無自，[宮]325 法常應，[宮]653 佛菩提，[宮]671 境如風，[宮]1435 學家僧，[宮]1509 天得道，[宮]1509 字無讚，[宮]1546 見於縁，[宮]1548 沙門婆，[宮]1566

法得解，[宮]1593 法如如，[宮]1646 比丘樂，[甲][乙]1821 菩薩學，[甲][乙]1822 草藥，[甲][乙]1822 誑所引，[甲][乙]2218 相可一，[甲][乙]2263 佛所現，[甲]1782，[甲]1830 根得故，[甲]2250 入右脇，[甲]2313 依他皆，[甲]2901 諸布施，[久]761 佛如來，[別]397 法滿足，[明]1545 有情行，[明][宮]1545 結但依，[明][宮]1604 菩薩以，[明]212 瘡孔中，[明]721 有怖畏，[明]1458 戒能善，[明]1544，[明]1610 見外一，[三][宮]1562 了義經，[三][宮]1563 多聞聖，[三][宮][丙][丁]869 天，[三][宮]244 龍而説，[三][宮]278 法中三，[三][宮]310，[三][宮]310 無量勝，[三][宮]633 衆生智，[三][宮]895，[三][宮]1442 義故名，[三][宮]1509 法中得，[三][宮]1519 佛實相，[三][宮]1545 成就過，[三][宮]1545 大河水，[三][宮]1545 法無常，[三][宮]1545 男子展，[三][宮]1545 善法首，[三][宮]1545 有，[三][宮]1546 邊及無，[三][宮]1558 蘊處界，[三][宮]1562，[三][宮]1562 異生怖，[三][宮]1563 有爲相，[三][宮]1597 煩惱雜，[三][宮]2045 有男女，[三][聖]200 外道六，[三][聖]291 如來無，[三]189 瑞相已，[三]192 數復説，[三]193 世尊邊，[三]194 彼，[三]268 法無言，[三]651 名諸著，[三]1424 比丘結，[三]1435 比丘不，[三]1545 倡伎婬，[三]1562，[聖]272，[聖]99 無上淨，[聖]231，[聖]279 衆生各，[聖]383 法，

[聖]626 法根本，[聖]675 凡夫顛，[聖]1421，[聖]1421 比丘過，[聖]1421 比丘今，[聖]1427 阿梨耶，[聖]1428 比丘制，[聖]1458 俗人見，[聖]1509 師尊如，[聖]1552 大罪有，[聖]1579，[宋]220 菩薩摩，[宋][宮]384 衆生，[宋][宮]225 法本空，[宋][宮]401 人義無，[宋][宮]671 和合法，[宋][元][宮]1571 無，[宋][元]1546 煩惱除，[宋]671 見離分，[乙]1822 有，[乙]2215 小乘師，[乙]2263 師宗宗，[乙]2296 眞，[乙]2396 法開合，[乙]2397 轉識得，[元][明]421 法皆如，[元][明]1545 有情久，[元][明][知]384，[元][明]1435 比丘尼，[元][明]1509 法當須，[元][明]1562 師議論，[元]125 女當知，[元]228 餘沙門，[元]1428 作惡行，[原]2262 法種於，[甲]2263 二乘不，[乙]2263 無爲自。

斯：[三][宮]770 根本欲。

誦：[甲]952 山頂住，[宋][元]1288 病即除，[宋]1421 沙門，[原]974 千遍并。

隨：[乙]1978 通慧。

所：[宮][聖]278 説大乘，[甲]2219 行道生，[甲][乙]2250 説意同，[甲][乙]2254 歸敬文，[甲]1782 有諸毛，[甲]1828 説諸相，[甲]2196 願三持，[甲]2230 有塵垢，[甲]2266 説諸法，[甲]2270 立等者，[甲]2339 有聲聞，[甲]2801 欲自性，[三][宮]310 説眞實，[三][宮]374 守王人，[三][宮]399 諦根羅，[三][宮]425 不逮，[三]

[宮]653 想念深，[三][乙]1092 希求法，[三]1532 有衆生，[聖]278 説，[原]920 有大。

他：[明]1435 家。

談：[甲][乙]2263 定通所，[甲]2312 愚夫妄。

討：[宮]1451 左右急。

天：[三][宮]379 眼第一，[三]1343 伎樂雨。

童：[宋][宮]639 子滿足。

王：[明]784 侯之位。

往：[三][宮]2041 佛以鉢。

妄：[甲]1775 見而遠。

謂：[丙]2218，[丁]2244 青緑赤，[宮]1565 法皆亦，[宮]263，[宮]283 所有刹，[宮]345 受佛，[宮]657 有能，[宮]672 愚夫分，[宮]681 業習，[宮]684 比丘當，[宮]1509 法實，[宮]1544 根因有，[宮]1545 住律儀，[宮]1546，[宮]1558 所有色，[宮]1596 佛法界，[和]293 熱惱故，[甲]1736 佛五蘊，[甲]1789 我與諸，[甲]1823 法異名，[甲][乙]894 金剛數，[甲]2266 梵稱一，[甲][乙]1822 已離第，[甲]1361 所有波，[甲]1512 法斷滅，[甲]1512 佛雖，[甲]1708 欲是集，[甲]1722 佛菩薩，[甲]1733，[甲]1733 入是境，[甲]1735，[甲]1736 於諸境，[甲]1742 蘊，[甲]1782 如，[甲]1821 同分識，[甲]1821 有情，[甲]1828 一切衆，[甲]1830 能引生，[甲]1884 惑者，[甲]2192 如來作，[甲]2254 我未得，[甲]2266 有，[甲]2270 舉總取，[甲]2434

人天令，[明]220 苾芻等，[明]310 天，
[明]2145 魔堅固，[明][宮]1488 解脫
分，[明][乙]994 佛菩薩，[明]99 佛世
尊，[明]220，[明]220 菩薩摩，[明]220
菩薩衆，[明]225 天世凶，[明]524 群
臣等，[明]717 分，[明]1515 菩薩住，
[明]1538 天子衆，[明]1543 此種成，
[明]1545 器世間，[明]1552 有漏識，
[明]1558 愛行者，[明]2087 僧伽藍，
[三]99 不信者，[三]125，[三]220，[三]
220 有惡魔，[三]1545 瑜伽，[三]1613
心心法，[三][宮]1442 具壽我，[三]
[宮]1531 如來智，[三][宮]1536 意，
[三][宮]1544，[三][宮]1545 色皆有，
[三][宮]1545 異熟果，[三][宮]1545
餘無漏，[三][宮]1545 智雖可，[三]
[宮]1571 法性相，[三][宮][聖]376 持，
[三][宮][聖]606，[三][宮][聖]1428，
[三][宮][聖]1617 菩薩於，[三][宮]221
法如無，[三][宮]222，[三][宮]222 以
過去，[三][宮]263 聲聞黨，[三][宮]
266 菩薩成，[三][宮]288 法以光，[三]
[宮]309 菩薩摩，[三][宮]309 天及人，
[三][宮]313 弟子但，[三][宮]380 善
知識，[三][宮]398 四方域，[三][宮]
721 衆生如，[三][宮]765，[三][宮]765
離憍慢，[三][宮]765 有一類，[三][宮]
1435 比丘以，[三][宮]1442 世間勝，
[三][宮]1443 羂索等，[三][宮]1462 煩
惱漏，[三][宮]1509 法先有，[三][宮]
1509 佛法一，[三][宮]1530 衆生自，
[三][宮]1544 阿羅漢，[三][宮]1545 過
去者，[三][宮]1545 有爲法，[三][宮]

1545 餘遍行，[三][宮]1545 餘現在，
[三][宮]1546 外，[三][宮]1546 中間，
[三][宮]1547 本有不，[三][宮]1547 所
色覆，[三][宮]1558，[三][宮]1558 得
後後，[三][宮]1562 業，[三][宮]1563
有情闕，[三][宮]1570 眞常，[三][宮]
1579 修靜慮，[三][宮]1584 行自生，
[三][宮]1585 感後有，[三][宮]1592 不
著不，[三][宮]1596，[三][宮]1596 法
皆隨，[三][宮]1596 佛作，[三][宮]
1604 佛知一，[三][宮]1604 菩薩由，
[三][宮]1604 菩薩欲，[三][宮]1604 識
依，[三][宮]1646 世間萬，[三][宮]
1660 學無學，[三][聖]1579 佛所許，
[三]1 沙門婆，[三]26，[三]125，[三]
220，[三]374，[三]468 陰界入，[三]
1301 梵志亦，[三]1340 菩薩捨，[三]
1537 聖弟子，[三]1545 地中皆，[三]
1562 我能，[三]1563 是世俗，[三]1564
論師種，[三]1579 王可愛，[三]1646
識不念，[三]2145 爲密今，[聖]1602，
[聖][甲]1733 佛菩，[聖][另]310 境界
無，[聖][另]1543 法因無，[聖]291 有
世，[聖]476 求法者，[聖]626 天及人，
[聖]1451 苾芻當，[聖]1537，[聖]1539
不還者，[聖]1544 結盡何，[聖]1562
非業及，[聖]1562 聖法極，[聖]1563
行必藉，[聖]1579 行共相，[聖]1579
行如前，[聖]1579 行是無，[另]1543
苦智不，[宋][宮]288，[宋][宮]668 衆
生依，[宋][元]、－[宮]1545 巧便智，
[宋][元][宮]310 衆生中，[宋][元][宮]
1545 染，[宋]26 結不善，[宋]99 種子

不：[宋]375 佛，[宋]1462 法初滅，[宋]1558 惑下下，[乙]2249 欲界遍，[乙]2376 菩薩旆，[乙]2394 尊方位，[乙]859 有所作，[乙]1816 見亦應，[乙]1821，[乙]1821 心所所，[乙]1822 從靜慮，[乙]1822 我能感，[乙]2254 大地，[乙]2317 重罪，[乙]2408 半月黑，[乙]2408 此三種，[乙]2425 外道等，[元][明]1579 所有，[元][明]671 外道凡，[元][明]1542 緣身慧，[元][明]1562 識所依，[原]1851 何宜輒，[原]1863，[知]1579 色境界，[知]1579 界及盡，[知]1579 利養體。

無：[宮]626 所想已，[明]212 漏更不，[明]1562 色想皆，[三][宮][聖][另]342 華果樹，[三]157 佛世界，[宋]286 佛。

五：[三][宮]1553 蓋是謂，[聖]227 神通，[乙]2263 天竺簡。

習：[宮]374 正勤何。

喜：[明]312 信樂。

下：[明][甲]1227 准此頗，[三]1056 同賀娑。

賢：[三][宮]657 聖便於。

現：[宮]813 佛國如。

相：[宮]586 緣得無，[和]293 雜有五。

象：[三][宮]588 勇辯得。

邪：[三]2053 見之稱，[聖]1721 見具足。

諧：[甲]2266 四空有。

謝：[三]156 群臣國。

心：[三][宮]1521 智。

新：[三][宮]2122。

行：[三]125 功德奉。

修：[甲]2801 沙門想。

脩：[聖][另]410 苦所因。

須：[明][甲]1988 勿兩般。

緒：[甲]2036 及，[宋][元]2149 既崩其，[原]899。

學：[三]99 弟子身。

訊：[宋]99 論廣問。

言：[三][宮]760 若，[三]1428 比丘白，[宋][元][宮]1520。

揚：[三][宮]810 大。

養：[三][宮]657 佛，[聖]476 大眾其。

耶：[聖]99 見。

一：[三][宮][聖]1421。

益：[三][宮]310 眾生乃，[三][宮]310 眾生以，[三]291 眾生。

異：[明]997 想永皆。

詣：[宮]1912 文定故，[宮]263 佛境界，[宮]626 菩薩在，[宮]1421 比丘尼，[宮]1428 比丘此，[宮]2060 巧麗龕，[甲]1782 佛贊曰，[甲]2035 佛懺悔，[甲]2196 佛等事，[甲]2261 僧，[明]1435 居士語，[明]1562 無表業，[明]2087 印度，[三][宮]498 王舍城，[三][宮][聖]278 佛剎，[三][宮]272 佛國種，[三][宮]278 道場，[三][宮]309 佛樹是，[三][宮]461 解脫審，[三][宮]639 佛國，[三][宮]1435 比丘尼，[三][宮]1482，[三][宮]2121，[三][宮]2122，[三][甲]1253 佛所頭，[三]99 里巷頭，[三]125 比丘，[三]202 門勅勿，

[三]212 天闕見，[三]2145 塔作願，[聖]279 世界，[聖]1437 佛一心，[聖]1452 聖者常，[聖]1723 反嘗至，[宋][宮]565 家所到，[宋][元][宮]1443 苾芻尼，[宋]231 菩薩聰，[乙]2390 羅仙異，[乙]2391，[元][宮]721 天中有，[元][明]26 長者家，[元][明]378 力士所，[原]、[甲]1744 佛所頂，[原]1760 佛佛爲。

意：[聖]1539。

億：[三]375 魔不能。

議：[宮][聖]294 菩薩行，[聖]278 智業得，[聖]421 義名法。

因：[三][宮]657 緣無一，[宋][宮]、衆[明]657 緣離非。

蠅：[三][宮]1425 蚊虻覆。

有：[宮]272 怨，[宮]1421 比丘尼，[宮]1428 居士婦，[明]311 無漏法，[三][宮]、者[聖]627，[三][宮]1546 漏，[三][宮]662 缺減二，[三][甲]1080 有情修，[三][聖]157 結縛及。

於：[宮]1525 凡夫，[宮]761 佛於一，[甲][乙][丙]1866 衆生，[甲]893 當部所，[久]1488 財物是，[明][宮]397 魔業到，[明][和]293 法樂隨，[明][乙]1260 恐怖若，[明]278 法界說，[明]278 衆生身，[三]310 貪欲此，[三][宮][知]598 十力用，[三][宮]263 世尊，[三][宮]278 惡道除，[三][宮]376 我所世，[三][宮]414 群生種，[三][宮]414 如來，[三][宮]588 癡冥三，[三][宮]589 禁戒有，[三][宮]1521 大衆集，[三][宮]1562 增上義，[三][宮]

1604 境界，[三][聖]26 天樂百，[三][聖]157 苦惱如，[三]99 菩薩，[三]100 愛然後，[石]1509 林野告，[宋][元]、于[明]682 火風如，[宋][元]、于[明]682 相分別，[宋][元]、于[明]682 異論外，[元][明]157 佛土或，[元][明]310 智慧增，[原]2299 佛永離。

餘：[宮][知]、－[聖]1581 衆生壽，[明]220 如來應，[明]156 天皆墮，[三]99 外道，[三][宮][甲]2053 經論自，[三][宮][聖]586，[三][宮]1425，[三][宮]1435 人但比，[三][宮]1559，[三][宮]1631 法皆不，[三]202 所須當，[三]375 經所有，[三]982 厄難隨，[聖]99 貪嗜心，[聖]383 比丘言，[石]1509 佛所多，[甲]2263 行也若。

與：[三][宮]1530 有情利。

語：[宮]587，[宮]647 比丘説，[宮]1425 比丘當，[宮]1425 比丘復，[宮]1530 所應作，[宮]2122，[和]293 法自性，[甲]1782 贊曰讚，[甲]1782 讚嘆詞，[甲]1828 麁，[明]293 言音海，[明]361 深奉行，[明]1428 比丘諸，[三]、－[聖]1427 比丘尼，[三]198 賢者正，[三][宮]310 言於十，[三][宮]339 蓋不障，[三][宮]1442 女曰汝，[三][宮]1507 釋曰若，[三][宮][甲][乙][丙][丁]866 天等，[三][宮][聖][石]1509 辭，[三][宮][聖][石]1509 言隨生，[三][宮][聖]397 方便常，[三][宮][聖]566 妄語以，[三][宮][聖]1549 使憶乃，[三][宮]340 業淳淨，[三][宮]377 四天王，[三][宮]606 矇矇，[三]

[宮]730 弟子調，[三][宮]1425 比丘，[三][宮]1425 檀越施，[三][宮]1428 村，[三][宮]1435 比丘比，[三][宮]1435 比丘去，[三][宮]1436 比丘言，[三][宮]1462 比丘亦，[三][宮]1536 所有，[三][宮]1545 惡行，[三][宮]1546 餘助道，[三][宮]1595 法隨類，[三][宮]1646 經者何，[三][宮]2042 人民使，[三][宮]2123 法七念，[三][聖]99 王舍城，[三][聖]125 法者便，[三][聖]1425 優婆夷，[三][另]1435 比丘云，[三][乙]950 意所求，[三]23 巢，[三]26 閻浮洲，[三]125 弟子汝，[三]203 臣，[三]212 村落師，[三]361 音聲者，[三]397 言音隨，[三]885 心業三，[三]1394，[三]1546 煩惱或，[三]1549 藏依法，[聖][另]310 經本生，[聖][另]765 苾芻，[聖][另]1543 餘口惡，[聖]125 法之，[聖]225 行者中，[聖]234 飢渴永，[聖]292 法悉無，[聖]1421 天魔梵，[聖]1425 長老當，[聖]1425 長老僧，[聖]1435 比丘應，[聖]1441 比丘下，[聖]1451 苾芻彼，[聖]1460 比丘言，[聖]1488 眾生受，[聖]1509 法邊，[聖]1509 佛道何，[聖]1670 弟，[聖]2042 賢聖弟，[石]1509，[石]1509 法常住，[石]1509 五，[宋]1566 有爲，[宋][宮]222 法盡，[宋][宮]397 法深妙，[宋][宮]477 佛法饒，[乙]2391 言印説，[元][明]202 眾人諸，[元][明]624 所，[原]1856 者諸佛，[知]、護[聖]1581 外道經，[知]1579 取已。

欲：[三]100 結吾當。

願：[三][聖]178 佛説。

讚：[另]1442 寶類王，[宋]414 沙門，[元][明]1053 所施，[元]1161 佛菩薩。

則：[聖]278 深妙道。

繒：[乙]2207 蓋廣韻。

障：[東][元]721 河水急。

者：[宮]221，[宮]481，[甲]1736 法性本，[甲][乙]1250 徒侶，[甲]1227 無比力，[甲]2266 對治門，[明]1594 災橫故，[明]1636 龕窟寂，[明]2076 辭句與，[三][宮]327 朋友不，[三][宮]1545 不放逸，[三]190 苦，[聖]222 法，[聖]1509 佛一切，[聖]1509 聖人，[宋][元][宮]1549 園果或，[宋][元]1582 謬根本，[宋]186 光明令，[宋]440 佛母同，[乙]2261 相所壞，[乙]2878 佛語大，[元][明]1579 法，[元]1579 有情憍，[元]1579 餘，[甲]2323 大乘宗。

諍：[宮]1435 比丘不，[宋]、淨[元][宮]1484 菩薩友，[元][明]1340 事破戒，[元][明]1435 道勸令。

證：[甲]899 者乃知，[甲]1709 法現，[甲]2262 文耶，[甲]2299 無三界，[三]220 佛無上，[三][宮]1546 結苦智，[三][宮]1562，[三][宮]1646 禪定則，[三][聖]26，[聖]341 法漏盡，[乙]1816 佛同證，[元]228 阿羅漢。

之：[宮][聖]606 空計體，[宮]461 義向者，[宮]1521 天宮，[甲]1727 法不出，[甲]1881 法更不，[甲]1929 迷闇故，[明]682 所取，[三][宮][博][敦]262 人等於，[三][宮]397 所須故，[三]

[宮]2104 苦遠曰，[三]375 人咸謂，[三]682 冷水棄，[聖]475 所有十。

支：[明]1016 佛，[三]2122。

枝：[三]220 葉花果。

知：[明]1453 苾芻自，[三][宮][聖]416 如來時，[三]642 見亦復，[三]2040 佛。

指：[聖]643 光滿足。

至：[明]1217 軍馬吹。

治：[甲]1929 經論者。

智：[宮][聖]278 境界，[明]624 慧二於，[聖]606 慧義心。

誌：[甲]2281 體，[明]154 比丘汝。

中：[三]192 群馬。

種：[宮]374 種成就，[宮]664 功德聞。

眾：[宮][聖]268 天華積，[宮]397 根法故，[甲]1736 縁互望，[甲][乙]2263 事令喻，[甲]1750 戒者道，[明]187 魔怨，[明]816 天眾中，[明]1450 人聞已，[三]125 善功德，[三]375 流如，[三]1096 花樹枝，[三][宮]、一[聖][石]1509 善根久，[三][宮]、集[聖]1537 法蘊普，[三][宮]285 苦惱則，[三][宮]1430 惡，[三][宮][聖]425 魔，[三][宮]263 黎庶，[三][宮]263 蓮華億，[三][宮]397 苦以不，[三][宮]397 魔利眾，[三][宮]403 功德而，[三][宮]425 伴黨是，[三][宮]425 惡尋，[三][宮]456 名香其，[三][宮]581 惡王，[三][宮]585 會中諸，[三][宮]627 群黎想，[三][宮]656 德本權，[三][宮]657 怖畏佛，[三][宮]657 苦我於，[三][宮]657 欲無厭，[三][宮]1464 比丘觀，[三][宮]1646 法和合，[三][宮]2122 善奉行，[三][聖]1426 惡，[三]100 塵勞，[三]186 聲聞，[三]264 德本三，[三]291 國土宮，[三]374 流，[三]375 苦當除，[三]375 善奉行，[三]1331 痛哀哉，[三]2149 經，[聖]397 生云何，[聖]664 罪，[石]1509 賈客我，[宋][明]1081 相具足，[元][明][聖]223 冥佛告，[原]920 佛剎，[知]741 毒亦能。

珠：[甲]2879 寶爾時，[明]1288 寶華及，[三][宮][石]1509，[三][宮]657 瓔珞何。

猪：[甲]2410 口，[三][宮]2122 狗尋更。

潴：[三][宮]2053 之吞雲。

豬：[明]1257 血和合。

藷：[三][宮][聖][另]1459 藕諸根。

註：[甲]2270 師更立。

諸：[三]2063 學者眾。

總：[甲]2261 無爲法，[知]1579 大種總。

足：[別]397 禪，[三][宮]278 善，[聖]663 威德是。

罪：[元][明]1549 犯罪業。

作：[宮]1425 比丘以，[甲]893 事業不，[三][宮]2122 天梵王，[甲]2297 佛三乘。

漢：[乙]2385 經及疏。

竹

何：[明]383 利反。

什：[甲]2207 凌反説。

時：[甲]2036 爲之一。

所：[甲]893 持部主。

行：[三]191 樹翁囂。

杖：[三][宮]2041 林中普。

竺：[甲]1802 多有珍，[甲]2128
法。

作：[甲]2128 皆反，[甲]2130 亦
云姓，[甲]2250 圓盛穀。

竺

策：[乙]2174 書。

地：[聖]1721 之中央。

豐：[宋][元]185 語釋迦。

宮：[聖]1522。

漢：[三]2149 佛朔。

笠：[聖]1859 道生也。

哩：[三]201 又尸羅，[宋][明]、
哩[元]201 又尸羅。

生：[宮]1428 佛念，[宮]2112 乾
有，[甲]1828 諸見五。

釋：[三][宮]2122 僧朗者。

五：[三]2154 卷未詳。

笑：[宋]2149 道祖魏。

竹：[三]2145 法汰難，[三][宮]
2034 出者文，[三][宮]2122 難提譯，
[三][宮]2122 王水及，[聖]347 國沙
門，[聖]2157 園寺出。

逐

逼：[三][宮]2122。

遲：[元][明][聖]189 速還於。

逮：[三]20 生死亦，[三]201 彼
人譬。

患：[三][聖]190 人。

建：[三][宮]1548 利。

豕：[宮]1509 提舍星。

述：[知]741 邪學者。

隨：[明]100，[三][宮]2060 豐四
出，[三]171 去婆羅，[聖][另]1458 伴
遠行，[原]、隨[甲]2006 處。

遂：[丙]2396 供養次，[宮]618 常
欲加，[宮]1425 比丘應，[宮]2060 至
已被，[宮]2123，[甲]1721 近前釋，
[甲]1770 意，[甲]2184 義述文，[甲]
[乙]1816 難解中，[甲][乙]1816 難釋
爲，[甲][乙]1816 依行相，[甲][乙]
1821 故者答，[甲][乙]2254 友故名，
[甲][乙]2261，[甲][乙]2261 第四句，
[甲][乙]2397 召請，[甲]970，[甲]1007
法四法，[甲]1080 擬，[甲]1239，[甲]
1280 任其所，[甲]1721，[甲]1728 緣
豈局，[甲]1763，[甲]1763 法爲別，
[甲]1771 語則，[甲]1786 之名處，[甲]
1805，[甲]1816，[甲]1816 難，[甲]
1816 難解世，[甲]1816 難釋此，[甲]
1816 難釋云，[甲]1816 義具而，[甲]
1816 應起現，[甲]1821 王重如，[甲]
1823 大種如，[甲]1830，[甲]1830 令
離實，[甲]1830 難説者，[甲]1830 隨
所有，[甲]1841 水處異，[甲]1851 以
何義，[甲]1861 故成其，[甲]1918 物
情有，[甲]1924 及是故，[甲]1924 及
云，[甲]1960 得見佛，[甲]2087 斥世

親，[甲]2087 出邑外，[甲]2087 利遠近，[甲]2087 勢邑居，[甲]2087 外道而，[甲]2087 物清濁，[甲]2131 分別所，[甲]2217 去地底，[甲]2266 風來，[甲]2266 求施八，[甲]2266 有答所，[甲]2274 有問生，[甲]2299 得緣，[甲]2339 泥污菩，[明][宮]749 可意處，[明][甲][乙]1225 成頂契，[明]220 而守衞，[明]1451 省者任，[明]1596 故即此，[明]2060 而去至，[明]2060 聽法建，[明]2122 緣感會，[三][宮]749 隨意選，[三][宮]1421 到僧，[三][宮]1649 依說人，[三][宮]2122 後捉腰，[三][宮]2122 生龍駒，[三][宮]2123 捶折其，[三][明]1648 父語，[三]202 乃能得，[三]209 食，[三]1690 疲，[三]2122 師語不，[三]2122 音颺而，[聖][石]1509 人不置，[聖]231，[另]1509，[石]1509，[石]1509 非造者，[石]1509 菩薩譬，[石]1509 去山石，[宋][明][宮]2103 密讖於，[宋][明][宮]2122 問之乳，[宋][明]2122 意趣漸，[宋][元]209 奔馳絶，[宋]125 馬生駒，[乙]1816 難，[乙]1816 難釋此，[乙]1816 生喜動，[乙]2261 有答所，[乙]2394 便安之，[元][明]2122 及知禮，[元][明][宮][甲]2053 誤生疑，[元][明]190 後行自，[元][明]1421 及問之，[元][明]1435 去是道，[元][明]1563 身中腐，[元][明]2122，[元]1476 是居，[元]1545 浪高，[原]2369 以諸方，[知]1785。

尋：[三][宮]1476 是賊若。

遜：[明]212 路前進。

用：[明]2122 或借貸。

遠：[甲]1821 怨等，[甲]2792 取向白。

追：[三]212 汝，[乙][丁]2092。

逐：[宋][元]2110 鹿之意。

舳

軸：[乙][丙]2089 邊衆人。

燭

觸：[甲]1000 一。

燈：[三][宮]649 明佛乘，[宋][元]、鐙[明][乙]1092 油燭。

獨：[三][宮]2040 熾炎。

二：[甲]2128 反尚書。

放：[明]2087，[明]2087 光明，[明]2087 光明從，[明]2087 光明聞，[明]2087 光明昔。

炬：[三][宮]377 大如車。

屬：[宮]2078 者表其，[三][宮][甲]2053 天凡預，[三][宮]2122 天漢下，[聖]2157 帝城禁。

應：[三][宮]603 爲斷習，[宋]1694 爲斷習。

矚：[明]293 開物成，[元][明]152 道士仁。

濁

師：[原]2271 作此判。

爥

屬：[三][宮]2060 院宇舍。

厥

斸：[甲]1007 斤形次。

斵：[三][宮]1655 象頭。

斷：[三][宮]、[聖]1451 象頂不，[三][宮][另]1458 掘生地，[三][宮]下同 1443 而昇其。

蠋

蚛：[三]152 蟲殘身。

主

安：[明]1421 人言餘。

寶：[宮]625。

差：[甲][乙]1822 別論。

出：[三]171 行採。

方：[宮]1509 名。

貴：[甲][乙]1909 墜。

懷：[甲][乙]1775 而用之。

苦：[三][宮]1588 爲彼所。

匡：[三][宮]2122 以興運，[三][聖]190 領大眾，[聖]225 作，[宋][元]、住[明]682 乾闥婆。

禮：[三][丙]1076 字當心。

立：[宮]2121 遠人當，[甲]1736 以迴向，[甲]1842 己義但，[甲]2266 此，[甲]2274 所，[甲]2274 之因本，[三]1043 西方有，[宋][元]1594 圓滿。

領：[明][宮]632 人民。

呂：[甲]2039 劉漢興。

妙：[明]279 光天之。

末：[甲]2266 歸本不。

人：[明]200 各共諍，[三]1 吾於中，[三][宮]2112 可，[三][宮][聖]1442

請佛及，[三][宮]2122 受割截，[三]125 報曰此。

三：[宮]1452 以所施，[甲]2266 種者謂，[乙]1866 異謂此，[原]1774 劫中既。

色：[甲][乙]2396 羅聲多。

上：[宮][甲]1804 座白言，[聖]2157 施行佛。

神：[三]982。

生：[宮]1598 應無我，[宮]1911 之恩當，[宮][甲]1804 人信，[宮][甲]1805 從作起，[宮]374 受者及，[宮]397 作賊致，[宮]610 者不得，[宮]1509 故發大，[宮]1552 或，[宮]1558 語必俱，[宮]1656 感民愛，[宮]2122 五不狂，[宮]2123 凡聖，[甲]、至[乙]2249 無間地，[甲]899 爲苦所，[甲][乙]1822 之聲有，[甲][乙]1876 名曰寂，[甲][乙]2194 是名，[甲][乙]2194 逃亡他，[甲][乙]2261 等於計，[甲][乙]2263 貪嗔等，[甲]867 身如佛，[甲]1706 謂之神，[甲]1724 釋，[甲]1735 解因果，[甲]1736 等意云，[甲]1782 彼要，[甲]1805 法即非，[甲]1806 想自斷，[甲]1828 差別七，[甲]1846 自是不，[甲]1925 無定物，[甲]2006 一切染，[甲]2207 字亦，[甲]2239 義耶答，[甲]2250 故取者，[甲]2261 之勝流，[甲]2266 會經唯，[甲]2266 名之，[甲]2266 者多迷，[甲]2428 住等諸，[明]847 世尊現，[明]2154 天子所，[明][甲]1177 者造作，[明]152 知菩薩，[明]220 於一切，[明]658 而生歡，

[明]710 無我授，[明]1301，[明]1509 遠處，[明]1552 天主問，[明]1552 心故令，[明]2102，[明]2131 病亦名，[三]、至[宮]1558 所居非，[三]、住[宮]556 噉死人，[三]1552 義是根，[三][宮]278 生無，[三][宮]278 屬衆因，[三][宮]341 一切法，[三][宮]397，[三][宮]460 故諸法，[三][宮]606 所觀是，[三][宮]636 十方尊，[三][宮]637 是，[三][宮]673，[三][宮]731 蔽風名，[三][宮]764 無憎愛，[三][宮]1451 二人悉，[三][宮]1484 者結縛，[三][宮]1509 等四種，[三][宮]1521 所種福，[三][宮]2060 受菩薩，[三][甲]951 三世一，[三]86 啄人頭，[三]154 九物與，[三]159 故亦如，[三]436 彼土有，[三]710 無我法，[三]721 時實，[三]1440 惱，[三]1559 能壞德，[三]1644 故，[聖]347 資産豐，[聖]397 無音無，[聖]1462 者非他，[聖]1509 亦無知，[聖]1552 第，[另]310，[宋]、王[宮]2103 至誠歷，[宋]、子[元][明]738 散用父，[宋][宮][石]1509 三千世，[宋][宮]397，[宋][宮]639，[宋][宮]721 死王皆，[宋][宮]2034 平王宜，[宋][元]882 宰自智，[宋][元][別]397 無作無，[宋][元]125 其事不，[宋]310 名爲吉，[宋]374 相無煩，[宋]625，[乙]869 藏天等，[乙]1796 如天降，[乙]2309 是界趣，[元][明]1562 因滅故，[元][明]401 救濟一，[元][明]656 因縁生，[元][明]1563 識隨界，[元]419 便度量，[元]455，[元]1451 喬答

彌，[元]1463，[原]1159 重見如，[知]1785 未亡未。

師：[乙]2263 立比量。

時：[明]312。

士：[甲][乙]2263 釋或此，[甲]2263，[甲]2263 釋，[甲]2266 釋也論，[三][宮]1598 釋。

收：[原]2001 上堂泥。

手：[甲]1077 菩薩。

疏：[乙]2263 實義歟。

數：[甲]1736 多少如。

土：[宮]272 是法王，[三]212 生亂念。

王：[丙]1141 等，[丙]2087 智足，[丙]2092 改號曰，[敦]1957 主慶所，[宮]279 伏諸怨，[宮]433 其色紫，[宮]468 住家者，[宮]882，[宮]1451 是佛所，[宮]1462 物，[宮]1545 處，[宮]1912 凡有釋，[宮]1998 化者，[宮][甲]1804 比丘未，[宮]228 大梵天，[宮]278 盡禮不，[宮]309 菩薩言，[宮]310 能得自，[宮]374 人民皆，[宮]414 威儀恒，[宮]531 不能制，[宮]532 破，[宮]598 猶得自，[宮]721，[宮]721 飢渇常，[宮]721 山，[宮]848 周匝放，[宮]866，[宮]882 等尊皆，[宮]1462 人不得，[宮]1509 久故謂，[宮]1630 菩薩造，[宮]2060 當先行，[宮]2060 者以負，[宮]2121，[宮]2122，[和]293 威勢能，[甲]1735 言下正，[甲]1735 者佛爲，[甲]1771 身，[甲]1804 爲僧立，[甲]1852 破迷申，[甲]1973 之眞子，[甲]2035 秋旱詔，[甲][丙]2087

建，[甲][丁]1222 及依最，[甲][乙][宮]
1799 臣請齋，[甲][乙]867 自身悉，
[甲][乙]2207 無統御，[甲][乙]2228 自
身悉，[甲][乙]2390 羅剎斯，[甲]912
明王或，[甲]952，[甲]975 金剛手，
[甲]1705 但人非，[甲]1709 如佛無，
[甲]1717，[甲]1728 也淨名，[甲]1735
德固已，[甲]1735 又一切，[甲]1782
逼迫生，[甲]1830 但言心，[甲]1863
聖主住，[甲]1969 得生極，[甲]1973
西竺也，[甲]2037，[甲]2039 與莊穆，
[甲]2039 之廟則，[甲]2073 何風流，
[甲]2087 乃臨海，[甲]2087 易位，[甲]
2087 猶曰不，[甲]2129 反玉篇，[甲]
2129 也輩也，[甲]2183 記室，[甲]2207
也論，[甲]2217 自在文，[甲]2218 義，
[甲]2239 即無量，[甲]2261 也，[甲]
2263 簡臣不，[甲]2266 所敬梵，[甲]
2270 未閑此，[甲]2271 滿胃王，[甲]
2396 領義二，[甲]2434 之法身，[甲]
2434 自，[明]310 世尊具，[明]1421，
[明]1558 世尊愍，[明]1636 昇法界，
[明][宮]279 以無盡，[明][宮]1425，
[明][宮]1545 勝，[明][甲]1177 并諸
梵，[明][元]154 八萬烏，[明]2 四天
下，[明]99 阿闍世，[明]125 時釋提，
[明]154，[明]163，[明]189 藏臣寶，
[明]190 既作王，[明]196 波斯匿，[明]
211 及民皆，[明]229 即無河，[明]279
身雲護，[明]280 十方，[明]293 富貴
尊，[明]293 四天，[明]310 大聖尊，
[明]312 此金剛，[明]414 者是名，[明]
443 髻摩尼，[明]649 勤來給，[明]665，

[明]866，[明]893 等於其，[明]1024 菩
薩觀，[明]1053，[明]1421，[明]1450
名曰修，[明]1450 與我食，[明]1451
勒二夫，[明]1462 若，[明]1463 針箭
中，[明]1545 故若心，[明]1563 異由
信，[明]2034 四百八，[明]2041 等是
也，[明]2045，[明]2060 救世，[明]
2103 主害彭，[明]2110 星三公，[明]
2122 令鞭，[明]2131 既不知，[明]2145
于時有，[三]125 人民悉，[三]159 若
不，[三]1459 應隨彼，[三][宮]278 光
明妙，[三][宮]721 牟修樓，[三][宮]
1425 或捉或，[三][宮][甲][乙]、生[內]
[丁]848，[三][宮][甲]895 次復供，[三]
[宮][甲]895 名曰何，[三][宮][甲]2053
及安城，[三][宮][聖]278 智慧莊，[三]
[宮]244，[三][宮]286，[三][宮]294，[三]
[宮]303 雷音菩，[三][宮]376 領此，
[三][宮]376 制謂之，[三][宮]383 波斯
匿，[三][宮]387 如海衆，[三][宮]397，
[三][宮]401 無有志，[三][宮]415，
[三][宮]433 轉輪聖，[三][宮]443 如
來南，[三][宮]544 一切敬，[三][宮]
566 菩薩摩，[三][宮]598 十六四，[三]
[宮]665 及以人，[三][宮]665 我等四，
[三][宮]666，[三][宮]721 共諸天，[三]
[宮]721 牟，[三][宮]721 牟修樓，[三]
[宮]721 四天下，[三][宮]721 同業向，
[三][宮]721 又復告，[三][宮]724 大
臣四，[三][宮]742 將復何，[三][宮]
744 四天，[三][宮]810 德過須，[三]
[宮]816，[三][宮]1421 以自號，[三]
[宮]1435 共語何，[三][宮]1442 欲取

笈，[三][宮]1451 與我通，[三][宮]
1462 如，[三][宮]1491，[三][宮]1509
臣下請，[三][宮]1644 波利夜，[三]
[宮]1810 説言學，[三][宮]2034 所行
檀，[三][宮]2042 所願群，[三][宮]
2043 當聽我，[三][宮]2043 更無，[三]
[宮]2058 發生大，[三][宮]2058 斯事
可，[三][宮]2059 虚己相，[三][宮]
2060 秉爲荆，[三][宮]2060 崇爲國，
[三][宮]2060 爲神寶，[三][宮]2103 領
四，[三][宮]2121 所行六，[三][宮]
2122 不，[三][宮]2122 所行檀，[三]
[宮]2122 之明年，[三][甲][乙]950 心
生大，[三][甲][乙]1092，[三][聖]99
勿，[三][聖]211 更爲父，[三][乙]953
内或流，[三][乙]953 速疾皆，[三][乙]
2087 訛也，[三]1 四天下，[三]6 四，
[三]24 説如是，[三]26 法由世，[三]
26 今，[三]125 四天下，[三]153 若不
能，[三]200 心懷喜，[三]220 常隨左，
[三]246 即依過，[三]278 摧諸魔，[三]
279，[三]279 入，[三]310，[三]397 以
我因，[三]425 子曰聞，[三]664 摩羅
子，[三]682 威神不，[三]721 牟修樓，
[三]895 耶爲，[三]1335 利益安，[三]
1335 能，[三]1335 使得善，[三]1339
佛告雷，[三]1442 合改常，[三]2103
安拘越，[三]2103 劉義隆，[三]2103
以降，[三]2108 幽顯之，[三]2108 之
道使，[三]2122 既作王，[三]2122 名
優，[三]2122 平王之，[三]2122 作何
方，[三]2154，[聖]278，[聖]1723 四
天下，[聖][甲]1733，[聖][另]1451 大

王而，[聖]125 沙門已，[聖]157 四天
下，[聖]1509 利根，[聖]1549 或作是，
[聖]2157，[聖]2157 賜紫沙，[聖]2157
矜其遠，[聖]2157 菩薩造，[另]1459
學人如，[石]1668 如意二，[宋]、生
[元]125 不寧各，[宋]190 言，[宋]231，
[宋][宮]1488 邊得罪，[宋][元]2123 不
必能，[宋][元][宮][另]1442 即往就，
[宋][元][宮]341，[宋][元][宮]1521 是
善來，[宋][元][宮]2053 莫不以，[宋]
[元]447 佛南無，[宋][元]1003 成就
故，[宋][元]1435 言此有，[宋][元]
1442 或兄弟，[宋][元]1451 兵臣寶，
[宋][元]1563 於此作，[宋][元]1679
南，[宋][元]2061 持付屬，[宋][元]2061
蘇湖戒，[宋][元]2122 大梵天，[宋][元]
2149 行檀波，[宋]125 第一夫，[宋]
402 梵主摩，[宋]1559 於應憶，[宋]
1562 釋故契，[宋]2085，[西]665 即
便爲，[乙]、曼荼羅主[原]2408 菩薩，
[乙]1736，[乙]1796 令餘幻，[乙]895
來見，[乙]950，[乙]1201 能作如，[乙]
1822 也正法，[乙]1909 佛南無，[乙]
2087 役屬突，[乙]2194 甚極近，[乙]
2227 名，[乙]2228 十二臂，[乙]2254
不爲損，[乙]2254 能造萬，[乙]2261
破輪要，[乙]2391 藏神新，[乙]2394，
[乙]2396 何應受，[乙]2396 見悦愛，
[元]、明註曰主南藏作王 665，[元]15，
[元]99 如是一，[元]187 北方天，[元]
228 白佛言，[元]1185 人非人，[元]
[宮]415 帝釋須，[元][明]、主眞言[甲]
893 用護自，[元][明]843 如來，[元]

[明]887 與金剛，[元][明]1679 南無，[元][明]2122 不必能，[元][明][宮]1579 教，[元][明][另]310 一切皆，[元][明][乙]950 西北方，[元][明]100，[元][明]125 本以法，[元][明]185 四天下，[元][明]201 語彼夫，[元][明]271 雷音，[元][明]308 猶轉輪，[元][明]310 人王阿，[元][明]402 地天水，[元][明]403 四天下，[元][明]443，[元][明]649 此經希，[元][明]665 必當聽，[元][明]693 名拘翼，[元][明]721 牟修樓，[元][明]721 與阿修，[元][明]882，[元][明]1104，[元][明]1341 及四大，[元][明]1341 諸夜叉，[元][明]1451 瞋難知，[元][明]1451 但唯内，[元][明]1509 品第二，[元][明]1509 尚，[元][明]1531 世尊親，[元][明]2016 兵寶取，[元][明]2016 心爲萬，[元][明]2053 子育蒼，[元][明]2102 稟以玄，[元][明]2108 之大，[元][明]2122 不，[元][明]2122 不必能，[元][明]2149 建康録，[元]10 復見於，[元]24 大城，[元]25 前是時，[元]100 弟子衆，[元]125 牛已，[元]125 七日之，[元]159 以天善，[元]163 以充其，[元]170 閻浮利，[元]191 星賀賀，[元]200 瓶沙及，[元]228，[元]228 大梵天，[元]400，[元]414 難陀天，[元]847 而堪受，[元]1154 形所將，[元]1331 相護念，[元]1336 梵天王，[元]1425 言我來，[元]1452 供其飲，[元]1521 帝王地，[元]2122 深怪異，[元]2122 我等無，[元]2122 曰母人，[元]2122 昭王瑕，[元]2145 唯

斷爲，[原]1721 以孝慈，[原]1796 故曰祕，[原]904 名號密，[原]1251 中央吉，[原]1851 齊得爲，[原]2190，[原]2196 三求所。

唯：[原]2319。

未：[甲][乙]1775 得已有。

文：[乙]2263 意者立

心：[甲]1225 契請降。

性：[原]1744 是常是。

言：[宮]1421 跋耆比，[甲]1512 將，[甲]2792 檀主知，[三][宮]2121 見汝正，[三]171 行，[聖]1562 同今詳。

眼：[三]187 歸命牟。

以：[三]201 施設飲。

亦：[明]1191 諸佛。

意：[甲]1825 不欲直。

於：[甲]952 三世一。

云：[甲]2266 然此論，[甲][乙]1821 爲俱舍，[甲]1828 有色性，[甲]2270 不許二，[甲]2395 三周也。

正：[三]、王[宮]2060 題已告，[元]1579 或作，[元]2122 典又以。

之：[原]、[甲][乙]1744 身文殊。

至：[甲][乙]2194 發，[甲]1512 設此，[甲]1736 次第釋，[甲]1736 客之言，[甲]1782，[甲]1813 異色，[甲]1816 入證道，[甲]2135 娑縛引，[甲]2207 朝市朝，[甲]2207 於情也，[甲]2239 天王宮，[甲]2250 釋也非，[甲]2255，[甲]2298 道耶答，[甲]2299 假立種，[甲]2313 誰言無，[三]2060 清虛滿，[三][宮]403 其無僕，[三][宮]1425 多聞精，[三][宮]2121 我法住，

[三][宮]2122 既還至，[三]214 受，[三]682 妙允恭，[三]984 反多多，[三]1104 宰母示，[聖][另]1442 世尊今，[聖]224 行誹謗，[聖]425 除四大，[聖]2157 二十四，[宋][元][宮]328 我曹當，[乙]2194，[乙]2296 決斷故，[元][明]、立[丙][丁]869 形像瑜，[元][明]2103 人法體，[原]、主得至得果[聖]1818 得佛性，[原]2409 於精室。

中：[明]887 本尊常，[宋]2122，[乙]2263 對經部。

衆：[乙]2381 悔滅菩。

煮：[宋][元]1644。

住：[丙]10982，[和]293 夜神爲，[甲]2035，[甲]1003 藏等四，[明]、生[聖]1509 是，[明]2122 彼雨斷，[明]1443 伏藏勿，[三][宮]279，[三][宮]708 亦不專，[三]212 人其駒，[三]310 無護應，[聖]272，[聖]1462 共長老，[宋][元][宮]1425 人言我，[元]1428。

注：[三][乙]、祖[甲]1075 隸六。

宗：[甲]2299 爲自宗。

祖：[甲][丙]1075 隸准，[三][乙][丙]1076 字者一。

作：[甲]1839 無常法，[三][宮]837 導師須。

座：[甲]1781 則應言。

扗

持：[三][宮]537 杖取食。

付：[原]1238 二食指。

掛：[三]2125 在壁牙。

桂：[甲]2250 地表菩。

委：[宋][宮]582 杖吐舌。

相：[甲][乙]2390 合又云，[三][甲][乙][丙]1056 背禪智。

於：[甲]1238 中指背，[乙]1250 地翼兩。

住：[明]、跡[甲]1199 如環，[三][宮]1425 前三，[宋][元][宮][聖]1421 何物用。

注：[聖][另]1435 爾，[聖]223 不令，[聖]1421 頰或。

柱：[甲]、跓[乙]1069，[甲][乙]1239 之右手，[甲]1030 優其指，[甲]1225 眞言如，[甲]2035 杖荷布，[甲]2400 誦眞言，[三][宮]1425 梁不尊，[三][宮]876 上齃止，[三][宮]2123 獄鬼然，[三][乙]1092 知古，[聖]、[另]613 亦相連，[聖]1421 杖人説，[聖]1421 杖人，[聖]26 杖而行，[聖]172 頰涕淚，[聖]189 杖羸步，[聖]1421 杖人説，[聖]1421 杖使人，[宋][宮]1425 他鼻言，[宋][宮]2123 其齒困，[宋][明][宮]1548 杖羸，[宋][元]、任[宮]2123 杖行此，[宋][元][宮][聖]1425 脣而飲，[宋][元][宮][聖]1443 著膝佛，[宋][元][宮]770 杖短氣，[宋][元]43 杖，[宋][元]46 杖病者，[宋][元]190 地，[宋][元]1033 如環是，[宋]185 杖羸步，[乙]1032，[乙]1171 成覺悟，[乙]1239 頭二中，[元]1092 知古反。

跓：[丙]1056 即誦眞，[丙]1076 以二大，[甲][乙][丙]1184，[甲][乙]1056 禪智背，[甲][乙]1069 安右掌，[甲][乙]1069 大指各，[甲][乙]1132 欲

結此，[甲][乙]1211 禪智並，[甲]1031 置於頂，[甲]1072 水下節，[甲]1112 進力少，[甲]1122，[宋]1057 先以左，[宋]1058 開，[宋]1103 無名指。

駐：[聖]、跓[甲][乙][丙]1199，[聖]99 地聖王，[宋][甲][乙]866 即説密。

渚

儲：[三]2060。

上：[三][宮]2122 買材路。

緒：[三][宮]2103 降祥協，[原]1819 者陼丘。

諸：[甲]2068 次，[甲]2266 脈中攝，[甲]2362 皆依閣，[三][宮]1507 國興，[三][宮]1507 國興隆。

煮：[三][宮]1464 人不得。

煮

煎：[三][宮]1435 取脂是。

看：[三][宮]721 之則。

熟：[三][宮]1425 隨病食。

暑：[三][宮]585 等諸音，[石]1509 如釜熟。

性：[三][宮]1646 彼人。

者：[宮]731 之人居，[宮]1435 我等乞，[甲]2396 爲，[三][宮]274 當，[三][宮]637 故知生，[三][宮]1428 吐下，[聖]190 豆或或，[聖]1421 餘報受，[聖]1509 菩薩知，[宋][元][宮]721 彼地獄，[宋]1509，[乙]913 洗蜜和。

炙：[甲]1828 故呼佛。

蝫：[宮]1466。

諸：[三][宮]724 衆生身。

作：[三][宮]1435 何等答。

嘱

付：[原]1744 汝亦應。

教：[三]1644 因是度。

屬：[宋][元]2061 累一夜。

塵

塵：[三]2103 而高談，[宋][明]2122，[元]2059 尾行每。

囑

喉：[原]2199。

嚀：[甲]1973 家人及。

蜀：[甲]1811 之門宣。

屬：[宮][另]1442 授去世，[宮]379 時衆中，[宮]1808 至白衣，[宮]1810 客比丘，[宮]1912 意在於，[宮]2122 毘，[宮]2122 友人慧，[宮][下同]1810 授法若，[甲]1778 流通，[甲]2348 法進彼，[甲][乙]2186 因也從，[甲][乙]1866 差，[甲][乙]2186 化主且，[甲]1065 於多聞，[甲]1080 於汝，[甲]1089 等法，[甲]1700，[甲]1709 累即重，[甲]1715，[甲]1733 阿難如，[甲]1780 竟今何，[甲]1805 小淨人，[甲]1816 者由以，[甲]1918 令於，[久]397 法眼饒，[三][宮]1442 不可隨，[三][宮]1459 授捨去，[三][宮][聖]397，[三][宮][聖]1458 我某舍，[三][宮]434 汝等諸，[三][宮]479 授，[三][宮]1435 人取者，[三][宮]1442 苾芻施，[三][宮]1442 我今不，[三][宮]1442 曰此

之，[三][宮]1451，[三][宮]1454 授除餘，[三][宮]1458 授十得，[三][宮]1459 授，[三][宮]1459 信并求，[三][宮]1507 優多羅，[三][宮]1549 授及訓，[三][宮]1809 授法諸，[三][宮]1809 授在現，[三][宮]1810 比丘尼，[三][宮]1810 授在現，[三][宮]2060 慧端具，[三][宮]2060 於群，[三][宮]2122 扶疾筆，[三]152 隣獨母，[三]2063 法育尼，[三]2122，[三]2122 之璃，[三]2145 授清淨，[聖]190 摩訶波，[聖][另]342 累懃懃，[聖][另]1431 餘比丘，[聖]125 累，[聖]190 王位灌，[聖]224 累汝阿，[聖]225，[聖]375 是故我，[聖]1425 長老優，[聖]1425 尚欲經，[聖]1429 授餘比，[聖]1458 授而去，[聖]1462 此二子，[聖]1462 餘比丘，[聖]下同 1441 臥具出，[另]1442 授應，[宋][宮]402 汝等手，[宋][宮][聖]324 累汝心，[宋][宮]402 誰，[宋][宮]402 一切天，[宋][宮]425 累音而，[宋][宮]1442 當須憶，[宋][宮]2122 何人安，[宋][元]、囑累累教[宮]227 累品第，[宋][元]2122 而埋至，[宋][元][宮]1434 比丘説，[宋][元][宮]1442，[宋][元][宮]1442 已鳴鼓，[宋][元][宮]1458 授此物，[宋][元][宮]1810 授法使，[宋][元][宮]1810 授告尼，[宋][元]1425 彼人無，[宋]380 於汝乃，[宋]381 累汝於，[宋]1341 汝病者，[元]2106 已結集。

喻：[甲]1831 猶豪氄。

囑：[甲]1734，[甲]2837 豈或，

[三][宮]2103 於章華，[三][宮]2121 向無勝，[三][聖]190，[三][聖]190 少時即，[宋][元]2122 授進。

矚

觸：[三][宮]721。

屬：[甲][乙][丙]922 殄災除，[明]2016 於境，[三][宮]2059 建安王，[三][宮]2060 不敢通，[宋][宮]2059 靈異乃，[宋][元]2103 其雲少，[乙][丙]2092 此芳景。

想：[三][宮]2060 顏色及。

曜：[聖]1721 故名天。

瞻：[明]293 一切是，[三][宮]2053 三藏之。

燭：[甲]1733 廣大復，[三][宮]2060 如火行。

茅

茅：[甲]2128 茨上夘。

助

財：[三][宮]1562。

持：[明][甲]1177 衆。

此：[甲]1733 道。

刞：[甲]1782 利三月。

動：[宮]1598 心受用。

而：[乙]1723 爲一乘。

功：[別]397 智不從。

化：[聖]425 佛道亦。

歡：[三]125 令歡喜。

即：[宮]397，[宋]425 於道欲。

加：[甲][乙]2404 顯云如，[乙]

2404 顯云依。

敬：[甲][乙]1822 自在。

救：[三][宮]2104 姚即發。

勒：[聖]375 出如朽。

勵：[宋]、沮[元][明]2154 不亦大。

令：[明][聖]221 眾生行。

律：[三]1426 破僧事。

眤：[甲]1920。

明：[甲][乙]1709 已修習，[甲]1717 一家用，[明]192 鮮，[三][宮]1595 道，[三][宮]2122，[聖]1509 佛說法，[宋][宮]222 布施，[宋]152。

念：[三][乙]1075 亦能成。

趣：[元][明]1509 不可得。

勸：[甲]1921 不，[三][宮]425 化眾生，[三][宮]1442 伴。

善：[聖]1427 道。

時：[明]950 伴或取。

物：[甲]2266 以贈行。

邪：[甲]1782 命善法，[原]、耶[乙]1724 解。

延：[三][宮]1579 利供養。

眼：[甲]2068 畢一部，[三]1563 識，[宋][宮]657 卿作眼。

樂：[聖]481 眾生行。

則：[宮]278 我修習，[三][宮]225 一切人，[宋][元][宮]1443 定慧莊。

照：[甲]1786 發之緣。

者：[三][宮]263。

總：[甲]2277 所依因。

坐：[明]1554。

住

阿：[宮]310 奢摩他。

礙：[甲]1733 四知眞。

安：[甲]、住安[甲]1851 唯善解。

胞：[宋][元]1544。

彼：[三][宮]1592 爲不分。

病：[明]1545 無常。

不：[元][明]225 當。

布：[甲]1742 無中無。

曾：[聖]375 於波羅。

長：[三][宮]618 念頃不。

車：[聖]125 吾體疲。

成：[明]25。

持：[甲][乙]2263 麁細懸，[明]212 正法，[乙]2391 蓮華，[元][明]586 此經者。

出：[聖]613。

除：[明]721 無垢。

處：[宮][聖]397 夫無住，[甲][乙]1822 現在修，[明]220 清，[明]1428 欲說戒，[明]1463 比，[三][宮][聖]397 於涅槃，[聖]278，[元][明][宮]374 王位我。

從：[甲][乙]1822 金，[原]920 此而出。

促：[甲]1863 無餘依。

存：[甲]1851 爲住持，[三][宮]374 法是故。

答：[三][宮][聖]383 我已許。

大：[三][宮]2121 沙門世。

但：[宮]223 般若波，[三][宮]607 當一切，[知]1785 境自樂。

得：[甲]1733 菩提名，[明]220 菩

薩摩，[三][宮]657 聖道，[聖]223 斯
陀含，[宋][元]305 口業不。

　　地：[宮]309 復從初，[甲]1816 十
行十，[甲]2367 退墮，[甲]2396 也其
十，[三][宮]656 中便當，[三][宮]2121
二恒河，[三][聖]375 菩薩，[三]2153
斷結經，[聖][甲]1717 中説壽，[聖]
[石]1509 所聞何，[聖]663 逮十力，
[乙]2263 菩薩○，[乙]2408 菩薩，[元]
[明]157 我於爾，[元][明]656 菩薩摩，
[元][明]656 三禪所。

　　等：[明]1597 業住甚。

　　堆：[三][宮]、埠[聖]1464 阜邊
宿。

　　惡：[石]1509 世間是。

　　而：[甲]1828 念世。

　　法：[宮]263，[宮]656 無所住，
[甲]1782 無實生，[三][宮]309 云何
爲，[三][宮]1546 中，[三][聖]210 臥
安世，[三][聖]278 不違世，[三]99 乃
至得，[原]1863 能生一。

　　非：[宮]310 法界故，[元]220 捨
性無。

　　佛：[甲]1816，[宮]1595，[甲]1736
性二是，[甲]1828 已下明，[甲]2219
住也十，[三]212 隻居亦，[原]1744
聖。

　　告：[宋]1809 諸比丘。

　　各：[明]305 諸佛如。

　　供：[宮]1509 處不垢，[明]228 當
互觀，[明]1425 比丘尼，[三][宮]2122
三寶然，[宋][元]1340 是威儀。

　　共：[甲]1705 生死有。

　　固：[甲][乙]2394。

　　絓：[甲][乙]2394。

　　國：[三]982。

　　果：[三][宮]313 佛言舍。

　　還：[元][明]476 彼國。

　　何：[元][明]1341 處有事。

　　恒：[甲][乙]2434 從本已。

　　會：[宮]1435 處般涅。

　　即：[三]1435 至。

　　集：[三]187，[原]、雜[原]904。

　　佳：[宮]461 想於諸，[甲]2299，
[甲]2195 矣云，[甲]2266 反謂本，[明]
1336 流手，[三][宮][聖]1428 不梵志，
[三][宮]2122，[宋][元]2061 句也素，
[宋]721 不動不。

　　堅：[甲]2290 故不能。

　　間：[甲]2337 修串習。

　　結：[三]1125 金剛薩。

　　戒：[三]1584。

　　近：[三][宮]327 於此證。

　　進：[三][宮]2060。

　　盡：[甲]1782 無爲後。

　　經：[甲][乙][丙]2397 中以青，
[甲][乙]1822 百年捨，[甲]895 止倚，
[甲]1111 師子面，[甲]1731 十地等，
[甲]1816 名壽者，[甲]2250 戒非指，
[甲]2266 之地故，[甲]2299 一切大，
[甲]2299 中卷文，[甲]2313 時節亦，
[聖]2157 之與地，[乙]1816 劫中，[乙]
2263 久，[原]、説[原]1818，[原]1749
宣説般，[原]1696 強南北，[原]1776
中説是。

　　俓：[甲]1816 中。

徑：[宮]225 無邊極，[宮]2121 樹上偶，[三][宮]401 者修無，[三][宮]2122 即謂曰，[三][聖]170 隨亂行。

居：[宮]656 有猗無，[甲]1969 三果報。

俱：[乙]2263 我此所，[原]2249 時之時。

捐：[宋][元][宮]2122 在。

空：[甲]1195 空性空，[甲]1778 修恒沙。

拄：[明]310 天宮心，[宋][元][宮]、枉[明]、桂[知]598 聖時已。

狂：[原]2221 亂心無。

類：[甲]2339 側住。

理：[甲]2313 今就順。

立：[甲]1733 法界下，[明]982，[三][宮]222 是定意，[三][宮]263 二十中，[三][宮]1431 令彼憶，[三][宮]1442 鋪主問，[三][宮]1442 時王告，[三]1463 極久比，[聖]1428 得衣者，[宋][宮]342，[乙][丁]865 諸門一，[元][明]161。

留：[聖][另]1435 佛自思。

陸：[三]672 一切衆。

滅：[三][宮]379 一劫未。

命：[甲]1092 智得。

念：[甲]1717 處乃至，[三][聖]210 住六更，[聖]221 般若波。

平：[三][宮]1565 等。

佉：[甲][乙]2390 依。

去：[三][宮]1443，[三]99。

然：[甲]1789 又言法。

人：[元][明]2106。

任：[宮]263 斯德報，[宮]721 他人隨，[宮]1562 起應，[宮]1648 爲觀初，[甲]1828 持所有，[甲]1833 持者謂，[甲]2339 此菩薩，[甲]2339 心已，[甲][乙]2254 情無法，[甲][乙]1822 持身可，[甲][乙]2397 持力云，[甲]1227 畫諸大，[甲]1709 持一切，[甲]1727 此法門，[甲]1733，[甲]1733 持萬德，[甲]1782 機成，[甲]1796 師位也，[甲]1799 心，[甲]1805 持實通，[甲]1828 持，[甲]1828 持最後，[甲]1828 趣入究，[甲]1828 自在是，[甲]1851 分三勝，[甲]1911 緣普現，[甲]2191 持所餘，[甲]2219 持義依，[甲]2263，[甲]2266，[甲]2266 持若助，[甲]2266 持增上，[甲]2266 放不羈，[甲]2266 靜慮二，[甲]2266 無相觀，[甲]2317 持故者，[甲]2337 持一切，[甲]2339 出初地，[甲]2376，[甲]2401 瑜伽師，[明][甲]997 法器皆，[明][甲]1988 無生即，[明]220 持諸妙，[明]585 說斯法，[明]1579 持未壞，[明]1598 即四無，[明]2034 持法藏，[三]、在[宮]263，[三][宮]402 猶如山，[三][宮]1545 持諸有，[三][宮]1562 持身故，[三][宮]1585 善惡業，[三][宮][甲]2087 持正法，[三][宮][聖]1579 持最後，[三][宮][聖][另]1459 彼須應，[三][宮][聖]410 大乘久，[三][宮][聖]566 應供大，[三][宮][聖]823 住受用，[三][宮][聖]1579 持，[三][宮]309 故菩薩，[三][宮]310，[三][宮]425 所觀普，[三][宮]618 生滅所，[三][宮]1451 情而

爲，[三][宮]1509 成佛何，[三][宮]1549 求，[三][宮]1562 持身可，[三][宮]1562 持所依，[三][宮]1563 持乃成，[三][宮]1579 持時，[三][宮]1594 持故謂，[三][宮]1594 持圓滿，[三][宮]1602 持讀，[三][宮]1674 持身，[三][宮]1692 是富豪，[三][宮]2043，[三][宮]2059，[三][宮]2059 持至掘，[三][宮]2060，[三][宮]2060 北臺昭，[三][宮]2122 持説法，[三][宮]2122 用久近，[三][宮]2123 杖不能，[三][聖]1579 持法，[三]55 彼不不，[三]100 魔所，[三]137 及，[三]154 法，[三]220 持一切，[三]220 持諸定，[三]220 性皆名，[三]397，[三]618 彼去留，[三]682 者皆諸，[三]885 大印相，[三]1007 婆樹木，[三]1229 種種大，[三]1340 持水界，[三]2034 持法藏，[三]2060 齊鄴盛，[三]2087 持正法，[三]2110 持，[三]2110 所以者，[三]2145 胸懷之，[聖]222，[聖]953 禁，[聖]953 三千大，[聖]1546 談論靜，[聖]1579 者，[聖]2157，[聖]2157 西太原，[另]1435 已持衣，[宋][宮][聖]476 持身諸，[宋][宮]1579 持故於，[宋][明][宮]411 持菩提，[宋][明][宮]1579 受用是，[宋][明][宮]1666 持過去，[宋][元]220 持一切，[宋][元]1545 持所作，[宋][元]1579 如來所，[宋][元]2149 持無絶，[宋]489，[宋]1605 持，[乙]2218 入大道，[乙]1821 持自在，[乙]1821 因性即，[乙]2396 是十地，[元]12，[元]190 持此身，[元][明]1579 持

其心，[元][明][宮]445 世界建，[元][明][宮]1545 持觸所，[元][明][宮]1571 持有爲，[元][明][宮]2123 之故智，[元][明]279 持諸菩，[元][明]310 持其，[元][明]675 持讀，[元][明]1071 婆，[元][明]2060 化，[元][明]2060 之爲寺，[元]1435 非受事，[元]1435 人若作，[元]1579 阿練若，[元]2060 寶明寺，[原]、[乙]1744 性無知，[原]2220 疏文以，[原]2339 少，[原]1797 持是身，[原]2196 放之功，[原]2220 運，[原]2303 言方之，[原]2339 持即是。

入：[明]、住[宮]285，[三][宮]657 云何，[三][宮]839，[乙]2228 悉地。

僧：[三]1441 諸佛祕。

剎：[甲]1742 佛。

甚：[石]1509 快樂似。

生：[宮]756 有暇者，[甲]1735 推後則，[甲][乙]1821 上界，[甲]1735 善友國，[甲]1735 中滿，[甲]1736 正法名，[甲]1805 善故非，[甲]1926 此無名，[甲]2035 處梵，[甲]2269 決擇爲，[甲]2339 者汝等，[明]1509 諸善根，[明]2131 故此譬，[明]294 境界，[明]1550 從共因，[明]1550 是故説，[明]1563 故契經，[明]1658 不二，[明]2149 荊楚少，[三][宮]351，[三][宮]1545 俱滅於，[三][宮]2122 如人無，[三]24 光音諸，[三]1562，[聖]190 是寂定，[聖]272，[宋][宮]1581 處一切，[乙]2396 解已了，[元]220，[元][明]1575 正心雖，[元][明][宮]614 離欲

處，[元][明]288 清淨謂，[元][明]658
處體性，[元]1340 處亦，[元]1546 衆
生必。

食：[三][宮]1428 聽與房。

識：[元][明]1545 住非識。

世：[聖]157，[原]1829 者四無。

事：[聖]1427。

授：[甲]1733 與第六。

漱：[元][明]1332。

說：[甲]1723 法此初，[明]1546
慈故令。

所：[元]、在[明]2016 觀無生。

他：[明]2076 處事涉。

嘆：[聖]663 一面。

聽：[宮]1435 者應禮。

停：[三][宮]383，[三][宮]801 不
久咸。

退：[宋][宮]223 處如是。

王：[元]186 衆德淨，[元]443 如
來南。

徃：[甲]895 著以正，[甲]1782 劫
亦有，[元][明]397 之處先。

往：[內]、在[內]973 菩提樹，[宮]
374 於波羅，[宮][甲]1804 比丘僧，
[宮][甲]1805 乃至百，[宮][聖]310 名，
[宮]263 教，[宮]270 故爾時，[宮]279
諸白淨，[宮]309 受，[宮]310 空靜處，
[宮]310 至佛所，[宮]322 在正次，[宮]
374 爾時佛，[宮]425 月號梵，[宮]585
哉爲自，[宮]823 其，[宮]839 念皆當，
[宮]1425 王舍城，[宮]1435 邊若有，
[宮]1464 續種繼，[宮]1548 禪時定，
[宮]1549 入要如，[宮]1566 於，[宮]

2025 兩序前，[甲]1736 於無礙，[甲]
1804 佛所佛，[甲][乙]2250 至中自，
[甲]1718 嫌住，[甲]1724 在第八，[甲]
1736，[甲]1736 自分但，[甲]1742 爾
所世，[甲]1780 智二泥，[甲]1781 彼
燈，[甲]1805 其家其，[甲]1826 生安
樂，[甲]1828 百界六，[甲]1922 無所
知，[甲]2036 見中觀，[甲]2261 復以
神，[甲]2266 大自在，[甲]2266 梵世
復，[甲]2339 之者，[甲]2395 初地等，
[甲]2901 於是普，[明]159 阿蘭若，
[明]671 諸國土，[明]1128 三界是，
[明]1336 夜於佛，[明]2016 耳又劉，
[明]2131 遠離處，[明][乙]1092 坐臥
喫，[明]158 彼見我，[明]190，[明]220
不還果，[明]293 皆悉不，[明]293 天
宮盡，[明]293 一切劫，[明]293 諸菩
薩，[明]309 將護，[明]352 林野於，
[明]384 亦無教，[明]549 長者舍，[明]
681 彼諸佛，[明]720 彼愚癡，[明]810
天王如，[明]1216 彼悖王，[明]1421
來出見，[明]1435 處死佛，[明]1435
待，[明]1458 房內應，[明]1459 若無
依，[明]1522，[明]1545 上界亦，[明]
1549 求欲壞，[明]1644 不，[明]1647
事因力，[明]1660 詣覺場，[明]1667
內心後，[明]1809 而相親，[明]2060
無再宿，[明]2076 隨州，[明]2121 侍
如來，[明]2145 子十卷，[三]、位[宮]
749 寺比丘，[三]210 者異近，[三]1340
處四大，[三]1421 聞米臭，[三][宮]
397 彼寺中，[三][宮]1648 餘處則，
[三][宮]2060 雍州創，[三][宮][聖]222

古三耶，[三][宮][聖][知]1579 六處修，[三][宮][聖]1470 有五事，[三][宮][聖]1523 不來復，[三][宮]225 乘發何，[三][宮]229 觀大海，[三][宮]263 造其所，[三][宮]263 至十方，[三][宮]266，[三][宮]310 須彌山，[三][宮]322 意爲不，[三][宮]342 所化無，[三][宮]381 亦無所，[三][宮]397 彼諸宮，[三][宮]403 見佛形，[三][宮]403 去者亦，[三][宮]425，[三][宮]425 和有聖，[三][宮]425 現安護，[三][宮]433 無數劫，[三][宮]461 世有兩，[三][宮]588 雖示現，[三][宮]603，[三][宮]606 世犯罪，[三][宮]606 在比國，[三][宮]632，[三][宮]656 形不滯，[三][宮]721 何處鬪，[三][宮]721 於廣大，[三][宮]810 度無能，[三][宮]1421，[三][宮]1421 塚間乞，[三][宮]1425 若有比，[三][宮]1425 虛空，[三][宮]1428，[三][宮]1428 彼汝等，[三][宮]1451 報諸釋，[三][宮]1462，[三][宮]1462 難陀園，[三][宮]1464，[三][宮]1464 耆闍崛，[三][宮]1470 行應請，[三][宮]1543 後心，[三][宮]1545 如是牆，[三][宮]1546 後心言，[三][宮]1546 之處，[三][宮]1547 問是法，[三][宮]1548 至如實，[三][宮]1549，[三][宮]1549 或作是，[三][宮]1549 乃，[三][宮]1549 義也設，[三][宮]1549 障者是，[三][宮]1549 之，[三][宮]1562 上又於，[三][宮]1583 菩薩所，[三][宮]1604 善供養，[三][宮]1648 空閑無，[三][宮]1648 親近禪，[三][宮]1648 婬處及，

[三][宮]2043 汝處而，[三][宮]2058 大慈，[三][宮]2060 楚國，[三][宮]2060 恒，[三][宮]2060 隨身未，[三][宮]2060 修理先，[三][宮]2060 鄴都大，[三][宮]2121 爲説法，[三][聖]125 村中，[三][聖]1441 偷盜犯，[三]1 語意，[三]5 止之曰，[三]23 還我欲，[三]99 沙門瞿，[三]99 之善趣，[三]99 至樂所，[三]100 處彎弓，[三]194 名曰樹，[三]199 而奉事，[三]202 處偏僻，[三]203 還食菓，[三]203 嚼禪延，[三]221 處以虛，[三]291 遊隨衆，[三]374 堂上復，[三]1340 事如是，[三]1435 已持衣，[三]1440 者墮作，[三]1441 北嚼單，[三]1441 居士出，[三]1546 處雌魚，[三]1644 彼還此，[三]1644 鳥王所，[三]2060 禪定斯，[三]2122 壞空未，[三]2150 性欲而，往[甲]1721 彼處一，[聖]172 山頭寂，[聖]1435，[聖]1442 時師子，[聖]1464 白衣家，[聖][另]342 世尊，[聖]26 安隱甘，[聖]26 遠離處，[聖]285 本心性，[聖]381 不可盡，[聖]425 設正法，[聖]481 如法教，[聖]481 宿世行，[聖]639 雖不説，[聖]1421，[聖]1425 欲令父，[聖]1458 處詣，[聖]1549 不過七，[聖]2157 詣諸稟，[宋]1562 即此作，[宋][宮]414 長者見，[宋][宮]425 長樹捨，[宋][宮]2060 翻譯而，[宋][明][宮]329 須賴前，[宋][元][宮]272 之處自，[宋][元][宮]1421，[宋][元][宮]1425 一自往，[宋][元][宮]1549 若無增，[宋][元][宮]1549 者亦

不，[宋][元][宮]1608 相住物，[宋][元]1549 劫此至，[宋]21，[宋]186 安，[宋]1694 受，[乙]1075 汝去某，[乙]1736 兜率，[乙]2782 涅槃是，[元][明][宮]310 其，[元][明][宮]322 處其人，[元][明][宮]614 後世非，[元][明]99，[元][明]152 消彼惡，[元][明]186 菩薩手，[元][明]224 壞復次，[元][明]1425 此耶不，[元][明]2121 生四天，[元]1 須我往，[元]99 緣眼色，[元]378，[元]397 教化衆，[元]2122 西市南，[原]1774 欲害佛，[原]1205 即其諸，[原]2196 如來所，[原]2199 三業畢。

唯：[甲]2801 有相二。

位：[甲]1816 在第八，[丙]1832 名字菩，[宮]1571 體能住，[宮][聖][石]1509，[宮]848，[宮]2102，[宮]2122，[宮]2122 娑竭龍，[甲]1733 方便二，[甲]1828 第三明，[甲]2266 文演，[甲]2290 生若爾，[甲]2290 文，[甲]2339 散心外，[甲][乙]1751 在三禪，[甲][乙][丙]2397 住行向，[甲][乙]1724 五，[甲][乙]1821 與所依，[甲][乙]1832 亦是利，[甲]1120，[甲]1201 四密門，[甲]1717 果報者，[甲]1717 見理故，[甲]1719 者且名，[甲]1731 十行十，[甲]1732 勝進德，[甲]1733 故十不，[甲]1733 則爲不，[甲]1736 亦障菩，[甲]1782 功德轉，[甲]1782 今獲此，[甲]1782 有尋思，[甲]1783 惑業，[甲]1816 不，[甲]1816 處是十，[甲]1816 第六，[甲]1816 法外令，[甲]

1816 前可退，[甲]1816 應説釋，[甲]1828 差別應，[甲]1828 所受境，[甲]1828 已得無，[甲]1848 壽不斷，[甲]1965 歡喜地，[甲]2176 樣一卷，[甲]2196 地唯佛，[甲]2207 次居之，[甲]2212 諸菩薩，[甲]2217 豈，[甲]2250 思護住，[甲]2261 地之所，[甲]2262 不退不，[甲]2263 也定能，[甲]2266 求戒，[甲]2266 勝解行，[甲]2266 心住地，[甲]2266 以來，[甲]2266 異滅三，[甲]2266 中於無，[甲]2270 謂證現，[甲]2284 地生滅，[甲]2290 地釋彼，[甲]2328 然今章，[甲]2335 正宗第，[甲]2339 但有三，[甲]2339 無常相，[甲]2396，[甲]2402 稱名號，[甲]2434 世間相，[甲]2434 心示天，[甲]2434 心中，[甲]2434 心中圓，[明][聖]475 正道者，[明]1595 解脱，[三]382 解脱一，[三]1545 應成無，[三][宮]1595 正意是，[三][宮][聖][石]1509 實際若，[三][宮][聖]1562 前言自，[三][宮]276 法雲地，[三][宮]279 不出平，[三][宮]665 處如蓮，[三][宮]1461 邊七斷，[三][宮]1559 先舊師，[三][宮]1559 修復與，[三][宮]1562 唯有尊，[三][宮]1562 在苦類，[三][宮]1579 能安住，[三][宮]1595 具，[三][宮]1626 故無染，[三][宮]1629 堅牢性，[三][甲]1007 能滿一，[三]159 三萬八，[三]1003 般，[三]1562 等或復，[三]1586 見道在，[三]2103 騰心淨，[聖]、住[聖]1733 等二即，[聖]1451 處王曰，[聖]1539 離色，[聖]1562 名即以，[聖]

1562 勝果道，[宋][宮]1545 現在一，[宋][宮]1562 欲界有，[宋][元][宮][聖][石]1509 實際是，[宋][元][宮]1545 有四念，[宋][元][宮]1545 增，[宋][元][宮]1558 有漏四，[宋][元][宮]1594，[宋][元]1563 法，[宋][元]1579 一緣，[乙]2393 座者皆，[乙]872 焉亦，[乙]1816 不退不，[乙]1816 前有十，[乙]1816 攝從初，[乙]1821，[乙]2391 處，[乙]2394 謂本尊，[乙]2397 信謂隨，[乙]2397 與此中，[乙]2408 即，[元][明]1123，[元]1563 無別有，[原]、[甲]1744 一出闡，[原]1695 三於一，[原]1744 舊説皆，[原]1851 分如是，[原]2248 持己陵，[原]2211，[原]2339 是習種，[知][甲]1734 各令善。

問：[宮]268 者。

息：[原]973 或觀己。

相：[宮][知]1579，[三][宮]273 不可思。

懈：[別]397 何以故。

信：[宮][聖]278 著心故，[宮]397 空三昧，[宮]741 在佛教，[宮]837 亦不爲，[宮]895 著以正，[宮]1509 定善知，[宮]1548 是名禪，[甲]952 汝若同，[甲]952 塔淨堂，[甲]1733 七斷疑，[甲]1816 處次爲，[甲]1816 前，[甲]1816 施設已，[甲]1828 五已信，[甲]1960 末心上，[甲]2299 種子即，[甲]2397 以上四，[甲]2434 根力及，[明][和]293 諸善法，[明]672，[明]1421 阿練若，[明下同]1656，[三][宮][聖]383 是生滅，[三][宮]305 般若根，

[三][宮]415 一世，[三][宮]657 佛法何，[三]489 菩提道，[聖][另]1451 戒故，[聖]626 即歎其，[聖]1509 無生法，[聖]1563 若寐若，[聖]1579 相續皆，[宋][元][宮]1521 空諸，[乙]1796 眞諦然，[元][明][宮]410 皆悉無，[元][明]210 安，[原]1776 清淨一，[原]2216 地者，[原]2339 不退清。

行：[丙]1075 爲無起，[宮]1662 殺，[宮][聖][石]1509 尸羅波，[宮]278 此堂諸，[甲]1816 施設已，[明]190 宮内心，[明]1581，[明]1581 決定，[三]847，[三][宮]273 不可思，[三][宮]743 亦極，[三][宮]1425 弟子汝，[三][宮]1435 法無有，[三][聖]、仁[宮]292 若象王，[三]144 已住便，[三]425 度無極，[宋][宮][聖]1509 供養恭，[宋][元]1581 禪樂饒，[元]175 王行，[元][明][石]1509 六波羅，[元]639 謂大慈。

性：[宮]309 何謂爲，[宮]1571 無有何，[宮]1808 世令正，[宮]2123 靜處燒，[甲]1735 中捨離，[甲][乙]2396 受用土，[甲]1735 無二性，[甲]1736 實際虛，[甲]1782 戒威德，[甲]1799 一切妄，[甲]1922 空當知，[甲]2297 二乘既，[甲]2299，[甲]2371 不下行，[明]220 捨性，[明]220 實，[明]397，[三]、往[宮]1521 三解脫，[三][宮]1558 若謂即，[三][宮]1563 世第一，[三][宮]1629 故以於，[三][宮]2121 深潛陸，[三]220 功德令，[宋][元]220 及作意，[宋]223 處不須，[宋]1599 處涅槃，[乙]2190，[元][明][宮]374 猶

如須，[元][明]357 一切有，[元][明]1566 無間而，[元][明]1579 此中最，[元][明]1579 法界如，[元]220 實際虛，[原]1840 故述曰。

休：[甲]1921 息。

修：[甲]1918 觀如密，[三][宮]272 方便波，[三]220 不得所。

依：[宮]1594 貪中由，[甲][乙]2223 於月輪，[甲]866 復請教，[甲]1733 依果此，[甲]2284 思應觀，[明]99 微細住，[明]261 句對治，[明]272 一切佛，[明]1545 謂前四，[三][宮][久]761 菩薩威，[三][宮]410 於十善，[三][宮]1595 欲中應，[三][宮]1646 善處二，[三]100 止者盡，[三]1522 此地中，[聖]99 彼林中，[另]1458 作如是，[宋]26 一面又，[宋]190 某處我，[乙]2223 月輪以，[元][明]1579 名善，[元][明]26 遠，[元][明]1547 名是謂，[元][明]1579 眼依彼，[元]1425 舍衞城，[原]2186 以下。

億：[甲]952 劫廣演。

娭：[三][宮]1505。

用：[三][宮]2122 國王水。

有：[甲]2434 云云又。

於：[甲]1728 空理理，[甲]1929 三昧中，[甲]2204 流轉生，[明]220 一切，[三][宮]223，[三][宮]1425 拘薩羅，[三]99 佛法僧，[三]125 如來前，[元][明]、作[宮]378 虛空雨，[元][明][石]1509 一切法。

語：[聖]1427。

曰：[明]293。

云：[甲]1705 無所住，[聖]1733 雖淨。

在：[宮]355 處出往，[宮]379 法忍我，[宮]616 是爲不，[宮]885，[甲]1805 上並古，[甲][乙]1822 彼而破，[甲]1736 巖穴振，[甲]1736 中流廣，[甲]1816 意其何，[甲]1912 王舍城，[甲]1969 聲聞之，[明]415，[明]1593 及安立，[明][甲][乙]1260 支那國，[明][甲]989 難陀，[明]99 舍衞國，[明]220 不動佛，[明]310 王舍城，[明]327 空，[明]566 王舍城，[明]587 定平等，[明]688 王舍城，[明]887 阿吠舍，[明]1050 耆，[明]1435 問世尊，[明]1519 王舍城，[明]1681 寂靜諸，[三][宮]1546 彼會中，[三][宮][聖]385 一面爾，[三][宮][聖]2042 和上臥，[三][宮]223 空閑山，[三][宮]309 是謂菩，[三][宮]382 施戒忍，[三][宮]397 世，[三][宮]397 中宣說，[三][宮]586 王舍城，[三][宮]630 慧處不，[三][宮]848 佛世尊，[三][宮]1425 俱薩羅，[三][宮]1425 舍衞城，[三][宮]1435 王舍城，[三][宮]1443 一房者，[三][宮]1451 可有，[三][宮]1496 舍衞國，[三][宮]1507，[三][宮]1543 心不入，[三][宮]1545 欲界欲，[三][宮]1550 於意，[三][宮]1808 十七日，[三][聖]125 一面坐，[三]99 東園鹿，[三]99 舍衞國，[三]100 王舍城，[三]190，[三]220 大眾前，[三]220 之處兵，[三]263 何三昧，[三]375 一面默，[三]1005 王舍大，[三]1340 此眾會，[三]1425

毘舍離，[三]2088 世五十，[聖]99 舍衞國，[聖]99 王舍城，[聖]663 王舍大，[宋][宮]1425 王舍城，[宋][宮]1509 阿鞞跋，[宋][宮]2121 以此木，[宋][元]220 菩薩位，[宋][元]1421 共，[宋][元][宮]1425 舍衞城，[宋][元]99 舍衞國，[宋][元]2061 於義不，[乙]1736 海水劫，[元][明]228 說法者，[元][明]99 舍衞國，[元][明]286 無上大，[元][明]397 蘭若三，[元][明]1451 園中每，[元][明]1525 五取陰，[元][明]1546 如是覺，[元]1462 三者出，[元]2122 坐臥四。

者：[元]1522 滅。

侄：[甲]2130 住處百。

值：[三][宮]414 彼諸世。

止：[甲][乙]1736 故於如，[三][宮][聖]1421 階道下，[三][宮][聖]1428 時六群，[三][宮]1463，[三][宮]1509 常坐不，[三][聖]157 無量無，[三][聖]157 於不盜，[元][明]658 處離於。

至：[甲]1828 二者或，[三]1 無動地，[三]100 此林，[宋]374 此，[元][明]、王[宮]816 波羅柰。

治：[明]1453 世若不，[明]2088 世還，[三][聖]125 處往觀。

智：[三][宮]399 慧所度，[乙]2408 佉住。

置：[宮]286 正見道。

中：[甲]1851 知無爲，[三][聖]125 爲阿闍。

種：[甲]2299 性成恒，[三][宮]

[聖][另]285，[原]1849 相初地。

諸：[三]1545 無靜行，[原]2396 佛世尊。

逐：[宮]278。

主：[宮]401 有所造，[甲]1786 可以保，[甲]1921 在我心，[甲]2036 倉惶未，[甲]1709 樂甚深，[明]2145 之實，[三][宮]1442 自稱芯，[三][宮][聖]1421 僧今與，[三][宮]323 行法施，[三][宮]1435 彼，[三][宮]1459 諸芯芻，[三]382 無盡何，[聖]1617 天住梵。

拄：[丁]1199 水下，[明][乙]1086 於禪智，[明]152 尾舉，[三]、柱[甲]1069，[三][宮]1425 地禮佛，[乙]1086 誦此祕。

助：[明]1463 道法所。

住：[甲]2266 無漏。

注：[宮]1549 或作是，[宮]2060 想豈非，[甲][乙]1821 當義若，[甲][乙]2263 與彼性，[甲][乙]2391 云外縛，[甲]955 意從明，[甲]1512 道解自，[甲]1512 涅槃不，[甲]1733 一境令，[甲]1736 下上約，[甲]1795 薩名義，[甲]1805 中顯示，[甲]1828 又若汝，[甲]2219 本謂尋，[甲]2305 不斷者，[甲]2837，[三][宮]398 解經十，[三][宮]613 空中復，[三][宮]1552 義是漏，[三][甲]1335 盧注路，[三]184 澄清十，[三]193 目於佛，[三]202 意觀見，[三]2122 心在婬，[三]2145 其心然，[聖][甲]1733 一心也，[聖]26 彼如是，[聖]223 二諦中，[聖]291 聖巍

巍，[聖]1733 一境故，[聖]2157 子之
類，[宋][宮]、馳[元][明]2121 流分身，
[宋]302 清淨莊，[乙]2370 流注下，
[乙]2390 一緣如，[元][明][甲]951 反
馳，[原]1248。

柱：[宮]895 念誦眞，[三][宮]
1546 時紅索，[三][聖]99 集衆供，[三]
436 吉祥如，[聖]421 戒修行，[宋]
[元]、拄[明][甲]1102 禪智故。

著：[明]2122 六魔王。

註：[甲]2129 國語云。

馳：[宮]322 廟門外，[三][宮]606
立或，[三][宮]743，[三][宮]2121 流
迴轉，[元][明]624 怛薩阿。

自：[明]2076 招慶初，[三][聖]
189 隨意佛。

佐：[宋][元][宮]1521 故名阿。

作：[宮]1548 心貪著，[宮]223 是
神通，[宮]223 是心，[宮]224 無所住，
[宮]636 字非求，[宮]866 禪定波，[宮]
1457 非處，[宮]1548 處亦如，[宮]1808
一人死，[宮]2042 處長者，[甲][己]
1958 受施第，[甲][乙][丙]908 成就
持，[甲]908 面向西，[甲]1227 若登
此，[甲]1828 內壞，[甲]1922 無行而，
[甲]2196 諸，[甲]2255 家意，[甲]2311
本願功，[甲]2792 處五，[明][甲][乙]
1174 忿怒三，[明]154 侍衛時，[明]
288 無所煩，[明]1441 不白入，[明]
1563 清淨尸，[三][宮]、聖本有傍註
作或本三字 1509 相云何，[三][宮]
1537 循身觀，[三][宮][聖]1442 者若
放，[三][宮][石]1509 菩薩，[三][宮]

222 者住無，[三][宮]272 心捨心，[三]
[宮]278 是念時，[三][宮]310 已辦究，
[三][宮]397 處復有，[三][宮]397 二
者護，[三][宮]397 六入六，[三][宮]
397 善惡復，[三][宮]397 之若有，[三]
[宮]626 法當所，[三][宮]649 大智具，
[三][宮]657 丹作作，[三][宮]813 此
經典，[三][宮]813 想皆如，[三][宮]
816 阿惟越，[三][宮]890，[三][宮]
1425 息向外，[三][宮]1428 一草屋，
[三][宮]1442 淨人聞，[三][宮]1462 故
或，[三][宮]1521 大，[三][宮]1537 苦
邊際，[三][宮]1537 由隨順，[三][宮]
1546 親族想，[三][宮]1584 因別相，
[三][宮]2122 如是說，[三][甲]1039
說，[三][聖]125 阿練若，[三][聖]225，
[三][聖]1579 毘鉢舍，[三]22 沙門道，
[三]75 此婆羅，[三]99 如是思，[三]
157，[三]842 無止，[三]1331 正臣，
[三]1341 相有何，[三]1568 故能作，
[三]1610 則無數，[聖]1435 處應一，
[聖][另]1509，[聖]157 一心無，[聖]278
持智慧，[聖]397 故名阿，[聖]1437 此
如是，[聖]1441 即作此，[聖]1462 中
及上，[聖]1509 畢竟空，[聖]1509 佛
能知，[聖]1733 持者常，[另]1428 處
鬥亂，[另]1435 處僧未，[宋]310，[宋]
[宮][聖]1509 何等善，[宋][明][宮]
1428，[宋][元]1603 乘空，[宋]212 止，
[宋]221 是處不，[乙]1723 四觀，[乙]
2232 清淨信，[乙]2425 此忍門，[元]
[明][宮]313，[元][明]26 而我此，[元]
[明]310 是願是，[元][明]397 三，[原]

860 摧伏諸，[知]1581 本親想。

坐：[宮]1425 一面時，[甲]1717 思惟作，[明]、住以作降伏事[甲][乙]908，[明]26 一面尊，[明][宮]279 其一切，[明]99 一，[明]99 一面時，[明]1509，[三][宮]357，[三][宮]463 一面，[三][宮]1428 一面佛，[三][宮]1428 一面世，[三][宮]1428 一面以，[三][宮]2121 若婦被，[三][聖]26 一面白，[三][另]1467 一面，[三]7 一面而，[三]26 一面世，[三]99 一面時，[三]99 一面以，[三]156 一，[三]1014 一面，[聖]200 一面佛，[聖]200 一，[聖]613 者中有，[聖]663 一面合，[元][明]1425 一面即。

座：[甲]2274 不臥十。

佇

宁：[元]2122。

侍：[甲]2053 立處次，[甲]2087。

停：[甲]2087 望來儀，[宋][元]2123 熏風。

行：[宋][乙]2087。

仰：[三][宮]2103 望來儀。

倚：[聖]1451 立門首。

佇：[宋]、守[元][明]1442 立而待。

竚：[明]1988 思問千，[三][宮]2060 願德音。

紵：[宋]1374 聽微言。

杼

柳：[甲]2274 道非無。

抒：[甲]1911 海乃，[元][明][宮]354 氣亦不。

朽：[甲][乙][丙][丁][戊]2187 故以下。

紵：[宋]205 著頭上。

佾

佇：[丙]2120 聞痊復。

迬

匡：[甲]2289 遠法師，[乙]2174 胤三藏。

注

出：[三][宮][甲]895 恒無休。

法：[甲]2128 句經已，[甲]2128 周易云，[甲]1821 中言和，[甲]1828 迹相者，[甲]2181 一卷，[明]2154 爲疑今，[宋]2122 曰雷之。

改：[甲]2400 兩相如。

害：[元][明]152 三思父。

疾：[宋]、霪[元][明]375 法雨彌。

經：[甲][乙]1822 別有，[甲][乙]2778 云心者，[甲]2167 未有祈，[甲]2231 云曼茶，[甲]2244 云所謂，[甲]2299 論，[甲]2299 論者安，[甲]2400 云謂寶，[乙]2231 云刀喻，[乙]2396 心上菩，[原]2196 文開之，[原]2231 云諸佛。

徑：[三][宮]2122 入遠。

具：[甲]2231 如。

渴：[元][明]2121 仰。

流：[三][宮]2060 疏解依，[三]

682 日夜歸。

內：[甲]1775 大海於。

澎：[三][宮]1442 此是第。

泣：[宋]2122 疏云胡。

入：[三][宮]1462 己田若。

生：[宮]310 不思議，[甲]2128 尚書圯，[原][甲]2039 炎皇娥。

釋：[甲]2183 清範律。

數：[聖]1721 經云。

澍：[三][宮]1442 彼，[三][宮]1442 流，[三][宮]1442 雨此即，[三][宮]397 惡雨惡，[三][宮]397 無上法，[三][宮]721 雨黑雲，[三][宮]1442 洪雨從，[三][宮]1442 瓶更相，[三][宮]1442 水，[三][宮]1442 水持以，[三][宮]1442 之物悉，[三][宮]2122 牧牛小，[三]375 大，[元][明]658 雲雨普。

水：[宮]1425 懸。

雖：[乙]2397 入論中。

汪：[甲]2296 功土塊，[三]1331 池魅鬼。

王：[三][宮]377 寫香瓶，[三][宮]2122 水。

往：[甲][乙]2296 收唯是，[甲]2792 大僧中，[甲]2837 隨其來，[三][宮]2041 法鏡云，[三][宮]2060 有若不，[原]1780。

位：[甲]2299 非名爲。

弦：[甲]1958 遠。

於：[三][宮]746 洋銅苦。

在：[乙]2408 之又。

中：[甲]2036 中國。

主：[甲]2748 一行，[三]2110 疏姓字。

拄：[明]228 隨意。

住：[丙]1076 觀行一，[宮]310 樂聽聞，[宮]616 念在緣，[宮]660 相續故，[宮]848 極清淨，[和]293 身心清，[已]1958 云由持，[甲]、注[甲]1781 心有在，[甲]2270 故但如，[甲]2299 三論家，[甲][乙][丙]938 念誦讚，[甲][乙]1816 以心住，[甲][乙]1822 想觀息，[甲][乙]1909，[甲]857 於等引，[甲]877，[甲]908 於爐，[甲]923 注二合，[甲]949 想於本，[甲]1211 一緣即，[甲]1709 觀察修，[甲]1736 一，[甲]1782 等，[甲]1805 本犯戒，[甲]1805 文雖不，[甲]1828 不死二，[甲]1828 滅無有，[甲]2035 家未，[甲]2128 國語云，[甲]2837 心心心，[明]628 離諸散，[三][宮]443 如來南，[三][宮]883，[三][宮][聖][另]1552 謂受生，[三][宮][乙][丙][丁]869 心於一，[三][宮]398 此有爲，[三][宮]672 不斷本，[三][宮]1549 者展轉，[三][宮]1563 想觀息，[三][宮]1605 一趣平，[三][宮]2060 想觀西，[三][宮]2122 咽喉中，[三]171 延壽命，[三]1545 生死不，[聖]99 於離，[聖]380 何以故，[聖]1421 仰佛爲，[宋]、註[元][明]186 箭即時，[宋]1545，[宋][明][宮]456 佛是時，[宋][元][宮]1544 胎不孕，[宋][元]1579 無，[乙]2263 之位惠，[乙]2362 任運從，[乙]2408 金，[元]1092 拏摩。

疰：[三]1336 鬼。

跰：[三]1347 准上切。

註：[宮]262 記券疏，[宮]1998 破了，[甲]1805 云等者，[甲]1805 云共盜，[甲]2128 云幅行，[甲]1724 故，[甲]1804 戒本，[甲]1804 云佛久，[甲]1805 示前後，[甲]1805 云，[甲]1805 云智用，[甲]1805 撰注，[甲]1884，[甲]2129 云今青，[甲]下同 1805 引，[甲]下同 2128 周禮云，[甲]下同 1804 撰非少，[甲]下同 1805，[甲]下同 1805 示之四，[甲]下同 1805 所顯四，[甲]下同 1805 中四句，[甲]下同 1820 翻梵從，[甲]下同 2128 論語扣，[甲]下同 2128 周禮云，[甲]下同 2128 左傳云，[明]2122 易七卷，[三][宮]1442 言知聖，[三]1331 錄精神，[三]1397 上去，[三]2110 淨名支，[原]1744 云蓋法。

霆：[甲][乙]1211 甘露八，[三]1440 大雨觀。

漬：[三][宮]2066 情俱舍。

堀：[明]1336 路摩孄。

柷

呪：[宋][元][宮]、祛[明]2121 所厭阿。

祝：[三][宮]2122 之祖也。

柱

岸：[三]212 崩。

柸：[乙]2092 高三尺。

幢：[三][宮]2104 忽崩仁，[三][乙]1008 從地。

抵：[乙]2309 受。

根：[三][宮]、住[聖]625 器正。

鈎：[乙]2390 舒二風。

挂：[明]2111 光明莫，[三]468 杖贏步。

桂：[宮]756 鐵山衆，[甲]1731 只於一，[明]2122 驚視乃，[元][明]2103 浮明月。

鏡：[明]293 中一一。

橛：[三][宮]1521 地獄刺。

拄：[甲][乙]2390 心放空，[明]26 杖而行，[三][宮]2121 地王念，[原]1065 如環此。

奎：[甲]、桂[甲]1782 輪盤傍。

姥：[甲]2006 上齶。

猛：[甲]1112 龍反字。

任：[三][宮]1545，[三]99 杖而行。

樹：[三][宮][丙][丁]848 皆行列。

枉：[甲]2012 受辛勤，[三]156 人民其，[原]1776 罰須教。

梧：[甲]893 及軍。

戊：[元][明]2034 元佛入。

性：[乙]1796 則不復。

照：[三][宮]2109 金樓百。

挃：[甲]2128 一夫之。

桎：[三]1336 多夜那，[乙]1816 處處皆。

拄：[明][乙]1225 地一掣，[明]1424 杖人扶，[三]、跓[甲]1033 如環是，[三][宮]221 不得令，[三][宮]721 杖而行，[三][宮]721 杖行此，[三][宮]1442，[三][宮]1548 杖贏步，[三][甲]

[乙]1200 二頭指，[三][聖]99 杖，[三]
[聖]190 頤頷而，[三][聖]190 杖人邊，
[三]1 杖呻吟，[三]75，[三]99 杖持鉢，
[三]100 杖戰慄，[三]152，[三]190 舌
築上，[三]191 杖革履，[三]1096 豎
二頭，[三]1096 著地上，[三]1428 地
持鉢，[宋][明]26 杖而行，[元][明]190
著於地，[原]、杖[原]1249 行一切，
[原]1212 二頭指。

住：[博]262，[宮]2060 雙建育，
[甲]974 迷婆嚩，[甲]2837 不令箭，
[明]278 莊嚴殊，[明]354 相應福，[三]
[宮]1644，[三][宮][聖]625 行於生，
[三][甲][乙][丙]1211 忍願，[聖]26 屋
造立，[聖]480 縱廣正，[元][明]26 無
所依。

柱：[三][宮]2066 林。

炷：[三][宮]2060 妹頂請，[三]
[宮][聖]223 比閻浮，[三][宮]1428 若
故不。

跓：[甲][乙]1211 結成，[甲]1112
如蓮禪。

駐：[三][宮]1650 僧尸沙。

炷

任：[三][宮]2103 丹得邪。

性：[三]159 燒然力。

祝

謹：[甲]1249 像前數。

抗：[三][宮]2122 詔官軍。

禮：[三][宮]2060 曰若必。

祕：[甲]2035 藏經詔。

祀：[三][宮]2122 不信真，[三]
805 天地山。

呪：[三][宮]1521 願故施，[三]
[宮]2122 所迷惑，[三][宮]2122 願無
敢，[三][宮][聖]224 行藥身，[三][宮]
403 願諸佛，[三][宮]2104 諸沙門，
[三][宮]2122，[三][宮]2122 得除慳，
[三][宮]2122 令不雨，[三][宮]2122 術
卜算，[三][宮]2122 文諸鬼，[三][宮]
2122 一百八，[三][宮]2122 願，[三]
[宮]2122 願復留，[三][宮]2122 願竟，
[三][宮]2122 願求，[三][宮]2122 願
言使，[三][宮]2122 願已然，[三][宮]
2122 曰，[三][宮]2122 曰但得，[三]
[宮]2122 曰君荼，[三][宮]2122 曰若
欲，[三][宮]2122 曰云云，[三][宮]
2122 之曰汝，[三][宮]2122 詛靈帝，
[三][聖]224 願是時，[三]206 願外持，
[三]2122 遂感而，[三]2123 邪遂使，
[聖][石]1509 術合藥，[聖]224 有聚
會，[宋][宮]2103 史受儌，[元]2122 術
祭祀。

咒：[三][宮][聖]225 入於宿，[聖]
224 般若。

蒭

鋤：[三][宮]234 眾穢盪。

筋：[三][宮]1549 力亦用。

竚

跱：[三][宮]285 立眾蓋，[宋]、
峙[元][明]、[宮][聖]425 立而安，[宋]
[明]、佇[元]156 立良久。

著

礙：[聖]440。

背：[丙]2392 但一麥，[宋][宮]2122 床。

并：[宮]1472 師鉢中。

差：[宮]263 則便講，[宮]901 於孔中，[甲]2290 有由止，[甲][乙]894 其右手，[甲]974 如心有，[甲]1709，[甲]1782 別贊曰，[甲]2299 爲五也，[甲]2400 別光明，[三][宮]329 異之，[三][宮]451 楊羯囉，[三][宮]630 別無厭，[聖]291 心是爲，[聖]1523 諸見及，[聖]1851 有之患，[宋][宮]403 是名曰，[宋][明][甲]、瘥[宮]901 者即，[乙]2385 戾，[乙]2391，[原][甲][乙]1796 也經云。

瞋：[聖]223 處復次。

籌：[甲]1828 慮義明。

畜：[宮]1435，[三][宮]1421 拘修羅，[三][宮]1648 爲味不。

打：[乙]2408 地。

等：[甲]2266 者法思，[三][宮]1525 境界以。

篤：[三]202 佛授其。

惡：[甲]2313 之念已。

放：[聖]1425 地嫌言。

復：[乙]2391 以右拳。

縛：[明]359 無稱量，[聖]278 無。

蓋：[三][宮]1546 智三無。

貫：[三][乙]1092 淨衣服。

貴：[聖][石]1509 是般若。

筋：[三][宮]1470 設橫當。

勁：[乙]1736 忽感髭。

眷：[三][宮]1650 此事故。

看：[甲]2036 箭咄寶，[甲][乙]2350 衣師堂，[甲]1805 我床座，[甲]1828，[三][宮]1428，[三][宮]1455 捨不捨，[三][宮]2121 夫人見，[三][宮]2122 列仙傳，[三][宮]2122 授，[三]25 心意惱，[聖]639 我宮人。

苦：[三][宮]228 無礙一。

流：[聖]200。

名：[聖]481 想二不。

內：[聖]1421 房中諸。

平：[三][宮]1435 板上手。

菩：[聖]1733 已去皆。

普：[宮]310 其一掌，[三]311 潤祇闍。

耆：[宋]1336 心福報。

取：[三]1532 不觸不。

却：[明]2076 七間僧。

染：[甲]2300 世間如。

入：[甲]2187 諸耶見。

若：[宮]1425 著時方，[宮]1509 不離自，[甲][乙]2194 名之爲，[甲]1512，[甲]1731 前被，[甲]1731 前種種，[甲]1782，[甲]2266 矣，[甲]2300 十八空，[甲]2313 不爾者，[三][宮]1425，[三][宮]1428 鉢床鉢，[三][宮]1509 起業業，[三]310 憂多羅，[三]1506 是一義，[三]1509 心顛，[聖]425，[另]1435 諸比丘，[宋][宮]1509 聽著價，[宋][元][宮]1470，[原]、苦[甲]1851。

唉：[三][宮]721 爪甲。

善：[宮]309 受五陰，[宮]588 而不爲，[甲][乙]2219 處者即，[甲]1007 瓶者亦，[甲]1733 於己何，[甲]1781 若能蕭，[甲]1873 心爲，[三][宮]1428 人不故，[聖]1509 可取無，[聖]1509 善，[知]414 於我，[知]1522 行以慚。

上：[聖]425 度無極。

奢：[甲]1783 是增上。

舍：[三]125 摩聞。

生：[聖]421 已心則。

識：[三][宮]、者[聖]1552。

是：[三][宮][石]1509 有不知。

嗜：[甲]1828 即是第，[甲]1828 外境感，[三]2103 臭穢無。

首：[甲][乙]2385 俱相。

署：[甲]2120 名爲記，[宋][元]2061 額號寶。

脫：[明]278 法門入。

爲：[聖]663。

希：[原]1744 世諦所。

昔：[三][宮]2121 汚染情。

習：[三][宮]1521 身見是。

喜：[明]310 不，[三][宮]411 陀羅尼。

相：[宋]1505 也。

羞：[甲]2196，[甲]2249 愧得離，[三][宮]329，[三][宮]703 之甚若，[三][宮]1550 此二上，[三]198 不受言，[三]1440 取非法，[聖]292 如來不，[原]2196。

亞：[三][宮]、俹[聖]2042 地頭未。

養：[宋][元][宮]743。

葉：[宋]2103 公子惡。

衣：[甲]2053 白，[甲]2089。

依：[乙]2249 義可有。

詠：[明]2060 集八卷。

有：[高]1668 門其相，[宮]282 七寶時，[三][宮]278 乃見眞，[三][宮]285 修無所，[三]2059，[三]2059 工恒日，[宋][宮]585。

於：[三][宮][聖][石]1509 甘露性，[三][宮]741 中其縱，[聖]125 地種人。

欲：[三]310 諸凡夫，[三][宮]2122 樂住情。

元：[宮][聖]425。

樂：[三][宮]383 色聲香，[三][宮]1509 是爲味。

在：[三][宮]、普[宮]292 無，[三]196 此坐爲。

造：[明]2154 菩薩造。

者：[宮]221 不著事，[宮]279，[宮]309 天樂四，[宮]310 法衣二，[宮]310 善住意，[宮]345，[宮]598，[宮]607 意憂便，[宮]616 樂心多，[宮]628 異生及，[宮]635 衆生類，[宮]657 當求佛，[宮]676 應捨發，[宮]901 火鑪胡，[宮]1421 木屐木，[宮]1425 他衣不，[宮]1509 畢竟空，[宮]1509 心分別，[宮]1509 願樂不，[宮]2060，[宮]2111 仲尼既，[宮]2122 其印綬，[宮]2123 墮不淨，[甲]、有[甲]1782 衣寶冠，[甲]2266 故言必，[甲]1289 云是，[甲]1733 此文七，[甲]1735 皆有二，[甲]1736，[甲]1780

初地以，[甲]1784 若墮二，[甲]1816 我等取，[甲]1830 綵色時，[甲]1830 即觸處，[甲]2036 猶不招，[甲]2217 破云神，[甲]2255 上半明，[甲]2339 飾宗亦，[明]310 智上白，[明]158 我頂上，[明]278 生死虛，[明]339 不發動，[明]1457 蘭若法，[明]1459，[明]2123，[明]2149 淨衣受，[三][宮]398 而依，[三][宮]671 可取無，[三][宮]1505 有九如，[三][宮][聖][石]1509 法無故，[三][宮][聖]1421 波逸提，[三][宮]285 巍巍無，[三][宮]309，[三][宮]341 此貪欲，[三][宮]403 是謂爲，[三][宮]415 如天妙，[三][宮]607 穿弊履，[三][宮]607 身從如，[三][宮]637 欲非法，[三][宮]672 以能所，[三][宮]839 乃所應，[三][宮]901，[三][宮]1425 入聚落，[三][宮]1428 或，[三][宮]1549 有二他，[三][宮]1604 故惡友，[三][宮]1650 妻子眷，[三][宮]2040 福度天，[三][宮]2122 爲樂，[三][宮]2123 起瞋癡，[三][乙]1075，[三]16 日中能，[三]23 月行十，[三]100，[三]154，[三]156 無人爲，[三]205 從是沒，[三]672 放逸，[三]1549，[聖]1509 是涅槃，[聖]223 涅槃，[聖]1421 僧，[聖]1421 水從下，[聖]1425，[聖]1425 行婬者，[聖]1460 尼，[聖]1463 爾時諸，[聖]1509 以，[聖]1549 塚間五，[聖]1595 無明二，[聖]2157 成，[聖]2157 茲辯，[宋][宮][聖][石]1509 何若諸，[宋][宮]403 二不説，[宋][元][宮]315 名諸名，[宋][元][宮]1428 革

屣持，[宋][元][宮]1810 用犯捨，[宋][元]896，[宋][元]1476 餘處復，[宋]1，[宋]21 佛善解，[宋]192，[宋]616 分別好，[宋]1076 淨衣嚴，[宋]1161 行此，[宋]1520，[宋]2087 大唐西，[宋]2122 須彌山，[乙]2218 等文此，[乙]1816 故下屬，[乙]2394 各隨本，[元]、在[明]1442 手即，[元]220 故念色，[元]1667 妄境不，[元][宮]810 於此，[元][明]357，[元][明]190 欲爲後，[元][明]384，[元][明]489 十者顯，[元][明]630 意感，[元][明]1339 淨潔衣，[元][明]1341 我如，[元][明]1443 何用淨，[元][明]1549，[元][明]1579 常論一，[元]202 佛跡處，[元]397，[元]589 一切所，[元]1442 白米及，[元]1451，[元]1521 名利養，[元]1545，[元]1547 及不染，[元]1579 過失二，[元]1810 倚杖下，[元]2103 矣所謂，[原]、看者[原]2431 具注言，[原]、者[甲]1782 執著能，[原]1289 我，[知]266 斯諸菩，[知]1581。

制：[三][宮]2122 述。

置：[三]2145 殿上香，[三][宮]1431 肩上而，[三][宮]1464 道頭，[三][宮]2121 水中女，[宋][元]1057 火中燒。

緻：[元][明]443 他一達。

擲：[三][宮]2042 籌窟中。

諸：[宮]1808 用犯捨，[宋]、著諸[元]223 不動故。

拄：[甲]1238。

助：[三][宮]464 道。

住：[三][宮]627 若如來。

注：[宋]、註[明][宮]2034 述漸
暢。

箸：[甲]2006 月，[甲]2129 白色
衣，[明]1517 是故於，[明]2087 德行
高，[明]2122 火中楸，[明]2122 頭上
曰，[乙]2408 投之，[元][明]2125 日
中餘。

撰：[三]2059 此高僧，[三]2154
其錄後。

捉：[宮]1435 角鵄翅。

足：[三][宮]278 欲度衆。

作：[明]1421 三。

紵

苧：[三]、茅[宮]1482 作經麻。

杼：[元][明]205。

紵：[另]1428 欲自。

貯：[三][宮]1435 屐氍。

貯

財：[聖]291 集雲遍，[聖]790 愚，
[宋]1442 畜何謂。

褚：[宮]1442 床學處。

眠：[三][宮]1644 赤鐵岸。

受：[三]196 佛。

絮：[三][宮]1459 雜綿。

褚：[宋][元][宮]、楮[明]1442 褥
二者。

佇：[甲]2130 龍反中，[三][宮]
2122 立待席，[聖][另]1451 果不。

紵：[聖]1421。

跓

並：[乙]2385 於眉間。

距：[甲]2386 當於臍，[乙]2385
之是無。

拄：[甲]2230 無名指，[甲][乙]
2390 私云儀，[甲][乙]2393 誦大眞，
[甲]1151 禪，[明]1058 先以左，[三]
1031 以，[三]1033 如環是，[乙]2390
令圓是，[乙]2390 令中窪，[乙]2390
三誦，[元][明]1058 合腕，[原]1212
以頭指。

柱：[甲]1298 二風豎，[宋][元]、
拄[明]1033 是心發，[乙]2390 也二
火。

筑

篍：[宋][元]、築[聖]1464 笛不
鼓。

註

法：[甲]2266 律。

許：[甲][乙]2194 今。

進：[原]1757 文之初。

經：[甲]2266 云蘊積，[甲]2426
釋尊弟，[原][甲]2408 稱云。

禮：[聖]1859 云。

詮：[甲]2339 第九有。

謂：[乙]2394 想樹遍。

語：[甲]2207 曰同門。

住：[甲]2404 云再灑。

注：[甲]1781 此維，[甲]1998 破
不，[甲]1786 云云，[甲]1828，[甲]
1884 亦得，[甲]2168 大佛頂，[甲]2266

緣境亦，[三]、法[宮]671 復重作。

筋

筋：[甲]2039。

著：[宮]1458 喫食著，[石]2125 合不。

箸：[明]2076 敲銅鑵，[明]2060 曰弟子。

箸

筋：[宮]670 不能算，[三][宮]1453 今時用，[三][宮]2123 貫穿其，[乙]1069 爲兩條。

看：[三]2125 隨句法。

著：[明]316 色等諸，[明]316 無心分，[三]2145 陀隣尼，[三]1440，[宋]2125 許可長。

筋：[三][宮]2122 貫穿其。

駐

拜：[元][明]2103 輦。

留：[甲]1961。

拄：[明][丁]1199 住空頭。

霆

澍：[宋][元][宮][聖]、樹[元]639 勝妙法。

注：[三][丙]、浴[甲][乙]1211 本尊，[三][宮]660 周遍彌，[三][宮]2060，[三][宮]2060 自斯厥。

築

集：[宮]2034 城北面。

竺：[甲]2089。

鑄

擣：[甲]1733 治心地。

鎔：[三]2110 金而模。

鑮：[甲]2128 也音義。

鐱：[宮]2048 黃金像。

著：[乙]2092 新瓶建。

抓

把：[三][宮]1462 之精出。

舠：[宋]、舠[元][明][東]643 分明一。

掐：[元][明]156 足跌上。

爪：[甲]1813 等，[三]、狐[宮]1421 共作親，[三][宮][聖]586 指間放，[三][宮]397 膿血筋，[三][宮]619，[三][宮]1549 梵志説，[三][宮]1690 共鬥諍，[三][宮]2121 迭相瞋，[三][宮]2121 摑擧聲，[三][宮]2121 甌其脇，[三][宮]2121 相攪，[三][宮]2123 摑擧聲，[三]1440 塔髮塔，[三]1534 挑自身，[宋][元]374 鏡芝，[元][明]721 鬥或以。

檛

撾：[甲]2035 陟瓜反。

拽

曳：[三][宮]2122 至石上，[三][宮]1459 去但麁，[三][宮]2121 置寒林，[三][宮]2122 打棒驅，[三][聖]211 出縛著。

曵：[明]1056 磋九薩。

專

惠：[聖]2157 知撿挍。

遵：[三][宮]、道[知]266 修于道。

專

禪：[三][宮]598 度無極。

等：[明]1459 希解脫，[三][宮]288。

奪：[三]152 之不亦。

惠：[三]152 婬心懷。

慧：[三][宮]397 無盡。

進：[甲]1911 求名進。

屢：[甲]2217 成四種。

某：[明]2076 甲與老。

妻：[知][甲]2082 及家人。

事：[三][宮]630 能備，[聖][甲]1763 在照。

守：[甲][乙]2263 顯文立。

壽：[甲]、旁[乙]2249 修現在，[聖]125 心一意。

思：[三][宮]433 惟是奉，[三][宮]810 惟受諸，[聖]292 惟有講。

寺：[宮]2060 自。

爲：[宋]2122 居禪思。

修：[三][宮]2122 精上士。

尋：[宮]1507 以略説，[明]220 於中，[三][宮]2103 信道士。

一：[三][宮][聖]823 心正念。

意：[三]143 一無有。

愚：[聖][另]790 愚小人。

宲：[三]1336 知哂摩。

重：[甲]1763。

顓：[元][明]152 愚。

轉：[明]399 精之行，[三][宮][聖][另]285 精，[聖]1425 修涅槃。

遵：[明]222 崇發起。

塼

博：[三][宮]1459 等。

博：[宮]2122 所。

軌：[甲]2087 石飾以。

摶：[明]374 所坐之，[三][宮]1466 泥未。

團：[聖]1440 飯。

塚：[三][宮]2121 臥形具。

甎：[宮]1435 作爾時，[宮]1435 作諸比，[明]190 重覆其，[三][宮]376 石如。

磚：[明]261 猶堪世，[明]2076 又問如，[三]、甎[宮]1442 石所及。

甄

塼：[宮]2060 累灰泥。

敷：[甲]2135 臺頻吒，[三][宮]1443 地或脚。

執：[三][宮]、軌[聖][另]1451 人即。

專：[三][宮][聖]下同 1425。

塼：[三][宮][聖]1425 者舍衞，[宋][元]2110。

膊

脯：[宋][宮]、[元][明]1579 間。

膞：[三][宮]1421，[三][宮]1548 骨因，[三][宮]1548 脾，[三][宮]1656 及聰明，[三]125 骨或腰。

磚

塼：[乙]1723 瓦涅土。

甄：[丙]2092 口如初，[甲]2006 打著連，[乙][丙]2092 還爲三。

顓

專：[三][宮]497 愚人俗，[三][宮]736 愚之人。

撰

集：[明]2103，[宋][元][宮]2103。

記：[甲]2219。

錄：[三]2149，[宋]2154 出内典。

拼：[乙][丁]2244 二反下。

誓：[甲]2299 疏。

述：[甲]1822，[甲]1841，[甲]2183。

梭：[三]14 往來。

選：[三]1 擇如火，[三][宮]657 擇菩薩，[三]1 擇，[三]1 擇深妙，[三]6 躬遠來，[三]99 擇者不，[三]201 擇賢王，[三]657 擇從坐，[宋]、提[元][明]187 履或有，[元][明]657 擇，[元][明]657 擇居士。

異：[三][宮]2034 出經。

譯：[明]2145 出，[明]2154，[元][明]2146 北涼世。

音：[甲]下同 2128。

造：[明]210，[三]210。

擇：[甲]859 地法竟。

製：[明]220，[三]220。

注：[三]2122。

僎：[明]2087，[明]2087 斯方志。

篆

炬：[三][宮][甲]901 其草。

象：[三]、氣[乙]950。

襈

緂：[宋][明][宮]、繡[元]2122 衣衣色。

縛

縛：[甲]1804 一見，[宋][明]264 不解不。

轉

薄：[三]2088 於其腰。

倍：[三][宮]1581 復輕微。

便：[宮]657 身生諸。

辨：[甲]2323。

變：[原]、識[甲]2290 文。

博：[甲]1709 折明空，[甲]2084 十方佛，[甲]1512 地前有，[甲]2290 施思，[甲]2298 明六十，[三][宮]1471 貿鉢時。

愽：[甲]1512 釋法佛。

煿：[三][宮]2123。

暢：[三]398 造所行。

持：[三][宮]656 清淨法，[三]23，[乙]2263 心有四。

觸：[三]99。

傳：[丙]2163 歎生民，[宮]1562 生因轉，[宮][聖]231 爲他說，[甲][丙]2397 牟利，[甲]2289 還滅法，[明]2131 依名法，[三]190 相授記，

[三]2063 始欲徙，[三]2145 集諸律，[三][宮]1545 相生故，[三][宮]1598 然，[三][宮]2122，[三][宮]2122 從他借，[三][宮]2122 義名之，[三][聖]190 爲彼，[三]2145 此經一，[三]2145 之盛日，[聖]1733 喻壁上，[宋]1582 苦十五，[乙]2263 救依勝，[原]1818 更爲他，[原]2410 相叶在。

擔：[明]2076 泥。

得：[宮]310 而説偈，[三]1563 是一福，[原]1818 不退。

等：[宮]411 爲欲，[三][宮]1547 生起等。

顛：[原]、[甲]1744 倒謂苦。

顚：[甲]2263 倒生。

點：[甲]2214 也是則，[元][明]2016 凡成聖。

迷：[宮]2008 相教授。

動：[宮]279，[明]626 搖阿閦，[三][聖]125 蠕蟲死，[宋]374 常有憂，[元][明]2122，[知]598 還所處。

而：[三][宮]1425。

反：[甲][乙]1822 至非異。

伏：[甲]2263 道故。

輔：[甲]1729 同聲聞，[原]、輔[甲]、轉[甲]1782 眞理今。

傅：[石][高]1668，[石][高]1668 言遣執。

縛：[宮]657 者，[宮]671 生，[宮]1558 法要處，[甲]1828 者於彼，[甲][乙]1822 故知惑，[甲][乙]1822 信隨解，[甲]1863 作於，[甲]2196 行謂取，[甲]2250 恐應是，[甲]2412，[明]1453

臂，[三][宮][久]485，[三][宮][聖]318 以無復，[三][宮][聖]1579 不可建，[三][宮]227 無著得，[三][宮]481 故曰，[三][宮]671 所轉，[三][宮]671 心能生，[三][宮]1549 諸根四，[三][宮]1551 爲當不，[三]99 諸，[聖]99 是故想，[聖]1462 戶扇者，[乙]1723 衆惡故，[乙]1822 增，[元][明]99 結縛，[元][明]423 衆生，[元][明]2145 形解，[原]2266 勝等文。

故：[三][宮]1579 是故説。

軌：[甲]1828 順都人。

訶：[三]193 所生化。

恒：[原]2339 隨轉法。

迴：[三]722 酸楚疼，[乙]1909 生死不。

漸：[三][宮]263 漸調柔，[三][宮]2042 少乃至，[三]26 凝厚重，[三]99 增長出，[聖]100 小漸得。

將：[甲][乙]2261 此九品。

精：[明][宮]425 進弘護。

就：[三][宮]2040 毀壞但。

浪：[原]2897 諸趣墮。

欒：[三]2121。

練：[甲][乙]1821 根捨果，[甲][乙]1822，[明]1563 根時必。

鍊：[甲]1821 根位必。

輪：[宮]411 不復隨，[宮][聖]278，[宮]848 而遍一，[宮]882 作妙旋，[和]293 法輪門，[甲]1918 無我只，[甲][乙]1822 變相生，[甲][乙]2259 迴因於，[甲][乙]2390 布次以，[甲][乙]2390 外，[甲][乙]2391 相三度，[甲]

859 加持白，[甲]1077 又手捧，[甲]
1969 迴是誰，[甲]2266 迴，[甲]2270
第二月，[甲]2296 答日本，[甲]2390
吽藍，[甲]2390 也，[甲]2777 此輪諸，
[明]220 三摩地，[明]293 藏唱，[三]
[宮][聖]278，[三][宮]440 法王佛，[三]
[宮]440 勝佛南，[三][宮]635 意識離，
[三][宮]636 無常處，[三][宮]901 摩
之日，[三][宮]1521 説法十，[三][宮]
1545 名爲梵，[三][宮]2058 見斯，[三]
[宮]2060 發信然，[三][宮]2102 之抱
規，[三][聖]99 九門充，[三]1 能飛遍，
[三]125 乘，[三]491，[聖]1509 者須
菩，[聖]1721 迴，[聖]1733 四深法，
[宋]194 法輪處，[乙]1032 更分明，
[乙]2228 字以爲，[乙]2390 散立定，
[乙]2390 之第三，[乙]2391 兩遍每，
[乙]2391 向左右，[乙]2394 種子字，
[元][明]220 虛空是，[原]、識轉[原]
905 鼻喉鼻，[原][甲]2412 菩薩故，
[原]1159 名，[原]1818 不絶故，[原]
1818 者攝上，[知]598 者大迦。

論：[甲]2362 時離生，[明][宮]
1579 如前邊，[三][宮]1520 大法，[聖]
268 者説名。

能：[三]2137 通。

軒：[宋][元][宮]2040 大動魔。

輕：[宮]397 諸煩惱，[宮]544 相
謗毀，[甲]1912 重王肉，[甲]2036，
[三][宮]1545 舉有餘，[三][宮]2059 諸
煩惱，[元][明]376 重是諸。

情：[甲]2266 易文義。

軟：[元]1545 得明盛，[知]1581

邪業。

身：[宮]1544。

時：[丁]2244，[甲]2263 貪顯，
[乙]2261 既云必。

殊：[甲][乙]2263 勝不可。

輪：[宮]1559 三陰物，[甲]2053
潔美志。

隨：[甲]2339 勝次第。

體：[甲]2269 二明後，[元][明]
2137 變我慢。

鐵：[三]2122。

退：[三][宮][聖]1509 不還故。

我：[宮]1596 無厭足。

繫：[三]721。

相：[宋][宮]224 自相度。

銷：[甲]2003 歸自己。

行：[甲][乙]1822 隨轉隨，[三]
[宮]657 退轉品。

旋：[乙]912 灑爐中。

異：[宮]1545。

憂：[明]376 無上輪。

有：[聖]1458。

於：[甲]2814。

緣：[乙]1822 不。

展：[甲]1795 轉覺於，[明]190 轉
無恐，[三]158 轉乃至，[元][明]125 轉
減少。

輾：[明]227 轉不便。

障：[三][宮]1598 有情所。

輒：[明][宮]318，[三][流]360 以
奉散，[三][宮][聖]285 便曉了，[三]
[宮][聖]1549 見形言，[三][宮]292 成
其行，[三][宮]318 得成所，[三][宮]

1421 反成，[三][宮]2121 當奉命，[三]
211 復事天，[三]212 能行惡，[三]2034
有損傷，[三]2063 如前咸，[三]2110
讀道經，[聖]1522 勝。

輾：[明]2121 滿如故，[三]199 度
於彼，[聖]225 却一劫。

之：[三][宮]397 心能施。

種：[甲]1736 之音疏，[三][宮]
721 行，[元][明]2016 一轉爲。

諸：[明]278 大法輪，[原]2266
識。

專：[三]、輾[宮]225 説本。

塼：[甲]2068 悶絶躄。

囀：[甲]1831 轉聲其，[甲]1816
約教菩，[甲]1821 謂世中，[甲]1833
聲者問，[甲]1833 者名爲，[甲]2196
聲一體，[甲]2266 言故如，[三][宮]
2053 然非彼，[三][宮]2060 鋪詞返，
[三][宮]2103，[三]1 直如，[三]2103，
[宋][元]2152 陀羅尼，[宋][元]991 舌
讀之。

最：[三]1596 勝者謂。

譔

撰：[宋][元]、録[宮]2040，[宋]
[元][宮]、撰號次行宋元明宮四本俱
有釋迦子羅云出家緣記第十三乃至
釋迦種滅宿業緣記第十八目録今略
之 2040，[宋][元][宮]2040。

饌

飯：[甲]1775 至白無。

膳：[三]1 供佛及，[宋][元][宮]、

饍[明]414 極世之。

饍：[宮][久]397 衆美味，[明]157
亦滿三，[三]201 不應生，[三][宮][聖]
639 飲食不，[三]26 種種豐，[三]157
食已行，[三]1331 蘇油，[聖]、[另]310
不乏也，[宋][明]157。

撰：[甲][乙][丙]1098 食等處。

囀

縛：[甲]2081 曰羅，[甲]2244 聲
及餘，[乙]2397 羅他悉。

轉：[甲]、[乙]2261 聲釋世，[甲]
1830 激河辨，[甲]2266 言故如，[甲]
2270 聲釋世，[明]2154 觀世音，[聖]
2157 等經三，[宋][宮]2103 音雖廣，
[宋]2154 陀羅尼。

籑

饌：[三][宮][聖]278 上味甘。

庄

莊：[甲]2181。

荘

華：[甲][丙]2397 嚴經釋。

裝：[三][宮]721 校隨其。

莊

比：[三]202 嚴辦具。

藏：[三][宮]828。

傳：[三]154 飾臂釧。

端：[明][聖]663 嚴相好，[三]
2121 嚴大德，[三][宮][聖]278 嚴，
[三]190 嚴殊特。

廣：[甲][乙]1822 嚴具。

華：[甲]2195 嚴攝論，[甲]1728 嚴城，[甲]2035 爲遠法，[明]165 嚴樹圓。

疾：[宮]2122，[三][宮]2102 不行坐，[三]1227，[宋][宮]2043 嚴爲佛。

菩：[明]486 嚴王菩。

茬：[甲]2130 子。

所：[宋]1024 嚴而莊。

相：[甲]923 嚴身。

校：[甲][乙]2087 飾有殊。

嚴：[甲]1733 土後攝，[三]187 之殿皆，[三][宮][石]1509 飾乳牛。

應：[聖]310 嚴是五。

在：[久]1452 證義，[三][宮]288 而尊大，[三]64 人詐言。

正：[甲]2270 至似立。

柱：[三]2154 金鋪，[乙]2391 嚴。

莊：[宋][宮]238 嚴成就。

裝：[明]1644 嚴，[三][宮]1644 飾脚踐，[三]2145 莊強伴。

粧：[明]、莊[聖]26 染於意，[明]1450，[明]1656 飾浣飲，[三][宮]1451 彩而爲，[三][宮]2060 都了道，[三][宮]2122 器忽見，[三][宮]2122 飾如經，[三][宮]2122 飾在於，[三][宮]2123 采女色，[宋][元][宮]1507 嚴，[元][明]310，[元][明]1579 眉。

裝：[明]、糚[宮]2103，[明]1428 飾具，[明]1459 束船車，[三][宮][聖]1428 嚴船已，[三][宮]300 身或純，[三][宮]378 挍爲樹，[三][宮]1428，

[三][宮]1435，[三][宮]1442 拂爲去，[三][宮]1443 飾八，[三][宮]1451 校阿難，[三][宮]1462 束此婬，[三][宮]2060，[三][宮]2122，[三][宮]2122 各八萬，[三][宮]2122 畫像在，[三][甲][乙]1069 嚴像成，[三][聖]190 束四種，[三]24 飾周遍，[三]154 物積載，[三]212 飾唯存，[三]264 校嚴飾，[三]1007 於其花，[三]1157 束像前，[聖]1421 嚴女人，[宋][元]2040 飾，[元][明]821 飾風吹，[元][明]1429 飾具指。

壯：[宮]1509 有言大，[宮]1545 年位無，[甲][乙][丙][丁][戊]2187 領上第，[甲][乙][丙][丁][戊]2187 以下六，[甲][乙]2219 羝羊觸，[甲]2128 狀反去，[明]316 士力乃，[明]1656 嚴，[乙][丁]2244。

裝

奘：[宮]2108 家寔資。

莊：[三][宮]2042 校一。

粧

籹：[甲]2035 飾佛像。

莊：[三][宮]310 藻飾於，[三]203 香塗眉。

裝：[元][明]2016 飾瑩治。

粃

莊：[宋][元][宮]2040 香塗眉。

裝

裴：[甲]2089 寫進奉。

裝：[甲][乙][丙][丁]2092。

速：[三]171 被白象。

奘：[宋][元][宮]、從[明]、莊[甲]2053 法師所，[宋][元]2061 三藏弟。

莊：[甲]2053 像二百，[明]1217 嚴如是，[明]165 嚴若金，[明]173 飾各求，[明]194 飾極，[明]310 校嚴，[明]891 嚴如是，[明]1217 裝嚴諸，[明]2063，[三]、[宮]606 即尋還，[三]、拂[宮]539 飾處處，[三]191 嚴用心，[三]1169 嚴又想，[三]1341 嚴年，[三][宮]、壯[聖]、荘[另]1442 挍悉皆，[三][宮][甲]2053 嚴遍，[三][宮][聖][中]223 治便持，[三][宮]231 飾或不，[三][宮]539 校，[三][宮]896 嚴騎乘，[三][宮]1421 嚴時四，[三][宮]1425 船，[三][宮]1442 軍見先，[三][宮]1442 軍耶答，[三][宮]1458 挍得惡，[三][宮]1459 兵力謂，[三][宮]1462 嚴亦名，[三][宮]2040 嚴時四，[三][宮]2053 辦幢幡，[三][宮]2053 兩船多，[三][宮]2053 嚴微妙，[三][宮]2121 嚴母及，[三]191，[三]191 鉸復令，[三]191 嚴其門，[三]1288 嚴復排，[三]2122 束同歸，[宋][元]896 裏如是，[元][明][宮]下同 890 嚴金剛。

粧：[三][宮]1451 飾喪輿。

椿

春：[宋]、春[元][明][宮]1462 杵句者。

椿：[宮]244 誐，[宮]1998 直饒緇，[明][宮]244 誐播。

状

拔：[宮]662 華輪十，[宮]1592 勢量施，[聖]200 白王王，[聖]2157 非常情，[聖]2157 努證梵，[石]1509 捨直十。

跋：[乙]2157 羅一十。

床：[宋][宮]1509 如臥人。

牀：[甲]1723 如臭屍，[三]186 侍者送。

法：[甲]2837 應當觀。

伏：[甲]2261 天力稍，[甲]2339 斷二障，[明]2122 如噉，[三][宮]2034，[三]1301，[三]2154 云抄略，[聖]613 如羅剎，[聖]2157 一日氣，[石]1509 愚不信，[宋][元]2108 一途永。

故：[宋][宮]730 是爲意。

將：[聖]200 似惡鬼。

林：[三][宮]720 觸於四。

然：[甲]、伏[乙]1246，[甲]2068 遙擲于，[聖]1509 十方諸。

識：[三]205 願恕重。

事：[宮]895 云何所。

收：[三][宮]458 念是便。

體：[三][宮]544。

象：[三]2112 可見於。

像：[甲]2410 種種事，[明]1199 以眞言。

形：[甲]966，[乙]2385 又開二。

姓：[元][明]20 本末各。

厭：[甲][乙]1833 唯有心。

異：[三][宮]817 如。

惱：[乙]2263 其意見。

扙：[甲]850 龍光龜。

杖：[宮]2121 天人。

枝：[三]292。

壯：[甲]1723 衆多見，[甲]2266。

壯

拔：[三][宮]2060 之姿聽。

𢾭：[三][宮]2060 寶塔七。

杜：[聖]231 老三種，[宋][元][宮]2053。

肚：[宮]720 以血塗。

牡：[甲][乙]2194 無能過，[甲]2128 曰説文，[明]1428，[三][宮]2103 柿柰爭，[三]682 獸名能，[宋][元]2110 其用武，[宋][元]2110 熱不可，[宋]415 言尊者。

牝：[元][明]2122 至。

起：[三][宮]2122 色力。

在：[宮]2045，[三][聖]125 盛，[三]125 盛時必，[三]186 盛時天。

庄：[石]1509 夫勁勇。

莊：[宮]1549 所繯者，[三][宮]2122 麗備盡，[三][宮]2122 麗臺樹。

狀：[甲]1239 如前，[甲]2036 道流不，[甲]2207 如，[明]2131 曰出大，[三][宮]310 年二十。

狀

形：[甲][乙]2263。

撞

舂：[三][宮]2121，[三]鐘[聖]190 擣戰。

捶：[宋]194 鐘鳴鼓。

摸：[甲]2006 著。

橦：[甲]2128 擊之聲，[甲]2128 角反廣。

戇

贅：[宮]1598 頑囂如。

戀

𢤱：[三]2122 者是衆。

恚：[三][宮]2122 頑執罕。

顛：[宮]817 所迷惑，[聖]285 之所。

佳

佳：[甲]2128 從火作。

錐：[甲]2128 刀曰劃。

追

呼：[宮]263 而止之。

進：[甲]1816 戀，[甲]2266 等如，[聖]790 雖久不，[聖]1788 求怖畏，[宋][元]1579 求種種，[乙]1822 成行三。

逈：[乙]2254。

迫：[宮]1579 損害他，[明]2153 計弘覺。

遣：[甲]1268 喚人一，[甲]2068 化悟大，[三]193 侍世尊，[三]493 人不置。

師：[甲]2035 慈室誚。

隨：[三][宮]1478 佛佛轉。

退：[宮]324 逐風住，[宮]738 世禮，[宮]1452 悔我爲，[宮]1460 訪獲斯，[甲]2814 著妄境，[明]261 悔若生，[三][宮]606 悔棄法，[三][宮]1458 悔不能，[三][宮]2103 悔慚，[三]198 念行致，[三]418 念，[宋]361 命所生，[乙]2250 等當知，[乙]2263 可。

違：[明]310 方便説。

尋：[宮]310 覓謝師。

遺：[三][宮]2103 短章無。

造：[宮]1548 車轢。

召：[甲]1718 憍梵憍。

逐：[三][宮]2104 末求教。

自：[三]100 到其城。

椎

杵：[三]55。

搥：[明]、推[聖]125 胸喚叫，[三][宮]278 壞散一，[三][宮]665 胸，[三][宮]721 打頭乃，[三][宮]2045 胸歡息，[三][宮]2058 濟昔日，[三][宮]下同 2121 胸自撲，[三]192 胸而呼，[三]643 鍾鳴鼓，[聖]643 胸，[石]2125 頭使碎，[宋][元]、槌[明]、推[聖]125 碎其，[宋][元]、槌[明]99 打聚落，[宋][元][宮]、槌[明]2123 集食食，[元][明]212 胸自摑。

槌：[宮]745 鍾鳴鼓，[甲]904 及跋，[甲]1912 三爲攝，[明]125 胸喚呼，[三]、推[聖]26 胸而發，[三]、推[聖]190 胸大哭，[三][宮]、推[聖]380 胸號叫，[三][宮]1443 胸報言，[三]53 自打而，[三]55 自打增，[三]2146 法一卷，[聖]、[另]1435 集比丘，[另]1428 打若食，[宋]、捬[元][明]1 胸，[宋]

155，[宋][元]125 至世尊。

錘：[三][宮]721 打之如。

鎚：[宮][聖]397 鳴乃當，[三][宮]2122 打破中，[三][聖]1579 鍛星流，[三]311 以鍛於，[元][明]26 打之迸，[元][明]153 打令如。

摧：[三]26 打，[聖]26 身懊惱，[聖]1428 打或以，[宋]23 擊。

堆：[三]、推[甲]2087 髻裳衣，[三][宮]2121 四曰叫，[宋]、推[甲]2087 髻露形，[宋][宮]2123 撲當墮。

飢：[宋][元]、搥[明]、推[聖]26 鐘皆能。

鑑：[甲]1924 朴器成。

遂：[三]、推[聖]125 諸有。

推：[宮]720 何所破，[宮]2122 打不碎，[甲]1804 打刀刺，[甲]1804 胸啼哭，[甲]2130 譯曰那，[甲]2035 於車上，[甲]2129 胸也，[三][宮]618 固知形，[三][宮]2123 之吐血，[三]152 之吐血，[三]192 長老阿，[三]193 胸向天，[三]945 前境可，[三]2122 注僧物，[聖]125，[聖]125 胸，[聖]125 鐘鳴鼓，[聖]514 鐘鳴鼓，[聖]1459 噎或時，[聖]1723 或，[另]1428 打肩臂，[宋]1341 胸叫喚，[宋][宮]、摧[元][明]2121 心哀，[宋][元][宮]1442 胸告曰，[宋][元]153 胸拔髮，[宋]152 胸吐血，[原]1026 打塔印。

唯：[宋]、稚[元]、推[聖]125 諸有比。

植：[三][宮][甲]2053 法鼓旗，[聖]下同 1440 二吹貝。

稚：[甲]1804 尼僧集，[甲]1805 時即誦，[甲][乙][丁]2092 將羽林，[甲]1806 打乃至，[三][宮]384 集衆卿，[三][宮]2122 今七月，[聖]125 於露地，[宋][宮]2122 大集衆，[宋][宮]2122 集僧起，[宋][宮]2122 音作大，[宋][元][宮][聖][另]1458 嚴香火，[宋][元][宮][聖]1451 言白告，[宋][元][宮][聖]1452 時禮制，[宋][元][宮][另]1442 俱至難，[宋][元][宮][另]1458 乃至令，[宋][元][宮]1442 授事問，[宋][元][宮]1458 誦三啓，[宋][元][宮]1810 集比丘，[宋][元][宮]1810 盡共集，[宋][元][宮]2122 集，[宋][元][宮]2122 説，[宋][元]2061 集僧稱，[宋][元]2122 適鳴已。

柱：[宋][明][宮]、推[聖]1452 髮及門。

錐

鑊：[元][明]721 身餓。

針：[三][宮]2122 上今錐。

硾

縋：[宮]2122 其足。

畷

畷：[元][明]2122 麻隣。

墜

隊：[宮]2122 侯之，[甲]1782 級者西，[三][聖]190 數數鑽，[原]、隧[甲]923 迦去南，[知]384 墮三塗。

墮：[宮]722 飛禽類，[明]1672 落，[三][宮]741 落堆盧，[三][宮]2060 此于時，[三][宮]2060 柯攉。

墮：[甲][乙]2426 三途三，[甲]952 惡，[明]1450 落，[明]1482 失則斷，[三][宮]345，[三][宮]639 於大惡，[三][宮]2122 三塗不，[三][宮][另]410 樹木及，[三][宮]286 於，[三][宮]385 三惡趣，[三][宮]616 落而不，[三][宮]657 於大坑，[三][宮]657 諸惡趣，[三][宮]721 坑陷，[三][宮]1425 地夫人，[三][宮]2121 三途是，[三][宮]2122 地，[三][宮]2122 地化成，[三][宮]2122 臥糞坑，[三][宮]2122 墜，[三][宮]2123 太山蠅，[三]212 落復使，[三]374 善男子，[三]2088 如故後，[聖]1421 取死。

嗣：[三][宮]2060。

隨：[三][宮]2123 流無人。

遂：[元][明]1 墮惡。

隧：[宮]2122 省己用，[宮]2122 一言有。

物：[三][宮]2103 嗚呼哀。

逐：[三]158 邪見林。

著：[甲]994 地者。

綴

補：[聖]1435 鉢若。

憁：[聖]125 男子或。

輟：[宮]310 以瓊籤，[宮]下同 1425 更乞新，[宋]375 衆生無。

掇：[三][宮]729 經妙旨，[宋][元][宮]1425 擲棄者。

縛：[三][聖]125 男子是。

結：[三][宮]2122 其骨柔。

經：[宮]2034 文曾無。

聯：[原]、聯[甲]2006 聯不已。

維：[三][宮]2122。

躓：[三][宮]630 礙憂惱。

餕

餂：[三]204 上。

肫

豚：[明]2103 犬夑。

准

辨：[原]2337 其果德。

純：[明]2088 陀故宅。

次：[甲]1227。

法：[甲]2281 准知有。

非：[原]1829 此亦唯。

復：[另]1459 問以酬。

孤：[三][宮]2103 儒墨分。

喉：[乙]2391。

淮：[甲]1730 釋如前，[甲]2128 反鄭注，[三][宮]2060 南學士。

佳：[明]1562 知有非。

難：[甲][乙]1822 此釋違，[甲]2266 者謂煩，[甲]2301 破相傳，[明]1451 陀今。

泥：[三][丙]1076 字安臍。

如：[甲]、－[乙]2261 前應。

誰：[甲]2281 言彼二。

順：[甲][乙]2254 境名樂，[甲][乙]2263 成此義，[乙]1822 此一生，[乙]2263 例可，[原]2410。

思：[甲]1733 之第六。

雖：[聖]1723 下經文。

同：[明]、－[丙]1056 上曩跓，[明][甲]989 上娜野，[明][乙]1100 上薩嚩，[明]1056，[明]1164 上日囉，[明]1243 吒音半。

推：[甲]2195，[明]2103 此而論，[原]1960 可知如。

望：[甲]1821 此相攝，[乙]1822 界應思。

唯：[丙]2231 化身菩，[宮]1452 此應作，[宮]1558 此又立，[宮]1585，[宮][甲][乙]1799 伺定力，[宮]1451 此應知，[宮]1451 法刑戮，[宮]1459 苾芻應，[宮]1558 義知，[宮]1558 應知通，[宮]1558 餘八非，[宮]1562 説心定，[宮]1808 義，[宮]2034 諸雜論，[宮]2103 古禮巡，[甲]1821 婆沙前，[甲]1830 他受用，[甲]1830 五，[甲]2249 顯，[甲]2259 還緣前，[甲]2270 此相違，[甲]2289 取不二，[甲]2370 聲，[甲]2391 理，[甲][乙]1822 經説欲，[甲][乙][丙]2396 佛界音，[甲][乙]1709 四根本，[甲][乙]1709 在人中，[甲][乙]1821 知五通，[甲][乙]1822 此，[甲][乙]1822 此諸地，[甲][乙]1822 二論釋，[甲][乙]1822 論有言，[甲][乙]1822 前所説，[甲][乙]1822 是擇滅，[甲][乙]1822 因中增，[甲][乙]1822 有婆沙，[甲][乙]1822 正，[甲][乙]2250 釋初，[甲][乙]2259 受小輕，[甲][乙]2309 色爲別，[甲][乙]2317 有依主，[甲][乙]2390 二風端，

[甲][乙]2391，[甲][乙]2391 有布八，[甲]893 護摩法，[甲]954 前蓮華，[甲]1512 上經文，[甲]1708 下結文，[甲]1709 分段無，[甲]1709 下經中，[甲]1709 於後得，[甲]1709 知，[甲]1709 知從此，[甲]1717，[甲]1723 論解經，[甲]1813 有無怨，[甲]1816 前十八，[甲]1816 十地論，[甲]1816 所知障，[甲]1816 天親論，[甲]1816 下解五，[甲]1816 知論文，[甲]1830 觸處亦，[甲]1830 此知，[甲]1830 就初二，[甲]1830 前應，[甲]1830 下第十，[甲]1832 既引經，[甲]1846 此也四，[甲]1863 妄可悉，[甲]1887 同，[甲]2128 車，[甲]2128 經義是，[甲]2249 望上地，[甲]2250 指前有，[甲]2266 可知，[甲]2266 婆沙，[甲]2266 爲趣大，[甲]2274，[甲]2288 思，[甲]2339 同，[甲]2366 聖歡釋，[甲]2391 此文且，[甲]2394 染作之，[甲]2399，[甲]2401 種子字，[甲]1733 有五，[明]1452 計今時，[明]1563 近分有，[明]1243 上竇瑟，[明]1453 義可知，[明]1482 主樹雜，[明]1562，[明]1562 前門此，[明]1562 前釋，[明]1562 知有順，[明]1563，[明]1585 苦應知，[明]2122 可知也，[明]2149 此而談，[明]2149 起重解，[明]2154 別録中，[明]2154 長房等，[三][丙]982 可依字，[三][宮]1453 五更當，[三][宮]1459 佛一張，[三][宮]1563 已成謂，[三][宮]1629 一能顯，[三][宮]2102 習世情，[三][宮]2122 用行，[三][宮]2123 佛可知，

[三]445 王如來，[三]1424 彼即亡，[三]1424 用無失，[三]1451 此即是，[三]2122 此無蟲，[三]2125 義除煩，[聖]1562 前菩提，[聖]1788 攝，[聖]2157 中有差，[另]1442 陀復白，[另]1451 憑遂使，[宋]1452 上應知，[宋][明][宮]2060 爲標擬，[宋][元]、惟[明]1559 此釋曰，[宋][元][宮]1559 得此心，[宋]1458 此應説，[乙]2249 此一坐，[乙]1723 此可知，[乙]1724 此即有，[乙]1821 此熾盛，[乙]1821 前第一，[乙]1822，[乙]1822 正理論，[乙]2228 可用四，[乙]2261 法於五，[乙]2261 同者向，[乙]2263 下論文，[乙]2394 俗，[乙]2394 有三問，[乙]2408 胡乃至，[元]、量準[甲]893 然念誦，[元]、惟[明]、準[甲]893 然於此，[元]1545 前門問，[元]2016 此可見，[元][明]2016 知色等，[元][明][宮]1562 知故令，[元][明][聖]1562 餘知此，[元][明]1458 前應作，[元][明]1558 成故如，[元][明]1602 義應知，[元][明]1808 准三人，[元][明]2060 至年四，[元]901 前唯，[元]1458 事當思，[元]1629，[元]2122，[原]1829 解兩施，[原]2319 執一等，[原]872 此而，[原]1863 取不定，[原]1863 天愛知，[原]2196，[原]2271 言陳外，[原]2431 湌受諸。

惟：[甲]1863，[甲]2266 此釋有，[甲]2348，[明]1558 此，[三][宮]1545 説謂若，[三][宮]1563 無漏但，[三]361 法大，[三]362 法大。

文：[甲]2195 疏。

行：[原]2126 在尚書。

依：[甲]、難[乙]2263 今此二，[甲]2263 此。

亦：[甲]、亦准[乙]2390 忍願相。

準：[明]606 閉目破。

稺

撑：[聖][另]1451 支頭若。

準

不：[甲]1828。

堆：[宋]、准[元][明]642 射大。

可：[甲][乙]1866 知又此。

路：[原]、路[甲]2006 擬向則。

若：[甲]1735 梵本。

雙：[甲]1805 結兩犯。

順：[甲]2068。

唯：[丙]1866 之遍計，[甲]2401 置地印，[甲]1273 前印改，[甲]1717 下感應，[甲]1828 此發三，[甲]1828 言前三，[聖]1451 擬既過，[聖]1733 前可知，[聖]1788 知，[乙]1866 之若依，[元]995 前誦三，[知]1785 須釋出。

惟：[甲]1828 有漏者。

錐：[宮][聖]1435。

准：[丙]862 此，[宮]1456 價，[甲]850 自在，[甲]2291 上三，[宋][元][宮]1670 如是曹。

佀

仙：[甲]2130 也賢愚。

拙

出：[甲][乙]2219 二醫譬。

杜：[甲]1178 憂拙。

柚：[甲]1728 無子既。

掘：[三]2122 取水，[乙]2296 經大集，[原]1059 具羅香。

握：[乙]2296。

捉

拔：[元][明]309 而。

把：[三]212，[三]1440 食九不。

持：[宮]1425 比丘尼，[三][宮]1425 弓箭爲，[三][宮]1428 杖，[三][宮]1435 餘食，[三][宮]2121 如是，[三]198 象有捉，[聖]1425 蓋。

從：[宮]1428 摩者摩，[聖]1427 戶鉤開，[聖]1435 上座手，[另]1428 頭語，[元][明]1442 苂。

促：[三][宮][聖]1464 起調達，[三][宮]2121 取殺之，[乙]1796。

撮：[三][聖]125 母頭右。

堤：[三]425 在手中。

短：[乙]2296 有何奇。

攓：[三][宮]606 持兵。

化：[聖]1547 持金銀。

齋：[聖]200 此花爲。

接：[元][明]1509 足而禮。

舉：[三][宮]1435 如是。

排：[三][宮]606 罪。

漆：[三][宮]1435 杖所。

取：[三][宮]1425 飲器佛。

摁：[宮]1425 其頭強。

拭：[宮]1428 革屣著。

拓：[明]1450 往詣衆。

提：[宮]1425，[宮]1425 生色似，[甲]2255 繩一頭，[甲]1728 赤旛韋，[甲]2223 具持輪，[甲]2255 赤幡騎，[明]99 不傷手，[明]100 母乳意，[明]1458，[明]2121 師鉢盂，[三][宮]1425 鉤牽挽，[三][宮]1810 乃至第，[三][宮]2122 僧繩床，[三]202 金澡罐，[三]2110 七寶瓶，[三]2122 書一卷，[聖]1723 狗足執，[聖]1723 蚖蛇含，[另]1428 衣，[另]1435 舉他，[宋][宮]2122 人頭捉，[宋]1462 得語相，[元][甲]901 石榴杖，[元][明]309 衣一角，[元][明]1463 食，[元][明]1476 刀若心，[元][明]2122 脚擲元，[原]1763 勝之劣。

投：[宮]2122 收縛將，[甲]2266，[甲][乙]2070 有路聊，[甲][乙]2194 錢生像，[甲][乙]2296 犀象之，[甲]1333 向於，[甲]1723，[甲]1785 火，[甲]1813，[甲]1813 壺者謂，[甲]2044 船顧言，[甲]2350 香爐，[甲]2879 此法我，[三][宮]310 火不燒，[三][宮][石]1509 引挽，[三][宮]1443 寶洗傍，[三][宮]2122 喚令人，[三][宮]2122 母乳身，[三][宮]2123 鍑中隨，[三]203 翅到水，[聖]272 此說不，[宋][宮]2123 即便割，[宋][明]1170 器仗謂，[乙]1796 縛無力，[乙]1821，[元]2016 月龐居。

校：[三]、挍[聖][知]1441 經不得。

旋：[聖]176 三鈴作，[元][明]155

隨佛行。

用：[三][宮]1425 拂復次。

責：[原][甲]1825 變在因。

執：[三][宮]1425。

著：[明]2076 物入迷。

追：[三][宮]2048 汝或當。

搜：[宋][宮]摡[元][明]2042 頭復嗽。

足：[元][明]2103 號馬屎。

作：[明]1463 扇扇比。

椴

掇：[甲]2191 土故能。

彴

徇：[甲]2128 同似遵。

犳

豹：[三]311 象馬。

忉

灼：[三][宮][甲]2053，[三][宮]2121 懼見屠，[宋][宮]541 歌答之。

灼

焯：[宋][元]1092 香王晝。

的：[宮]288 以琉璃。

火：[三]152 之明疑。

炯：[三][宮]2102 電之末。

欻：[甲][乙][丙]2163 然此像。

怊：[明]193 逃突奔，[三][宮]2121 歌答之。

酌：[明]2076 然言不。

卓

皀：[乙]2157。

車：[甲]2128 女革二，[元]2104。

牟：[宮]2122 然神正。

乾：[三]987。

榮：[元][明]、布[宮]309 見莫不。

早：[明]2149 興可不。

彰：[明]1526 離於惡。

貞：[宮]2060 不。

斫

彼：[宮]2123 舌也。

斷：[甲]2249 四處所，[三][宮]1428 教人。

漸：[宮]606。

截：[三][宮]1611 癡鎧山。

斤：[聖]26 治其身。

砍：[明]1648 離散相。

破：[宮]397 迦羅婆，[宮]721 身體碎，[宮]1425 樹採華，[宮]1435 我樹，[宮]2122 之因斷，[甲][乙]2223 是也揮，[甲]1065 乞羅金，[久]397 迦羅，[明]1450 樹頂禮，[三][宮]1432 教人，[三][宮][聖]222 害寧有，[三][宮][聖]754 水隨破，[三][宮]374 處可見，[三][宮]720 汝根本，[三][宮]721 吹一切，[三][宮]1425 種異語，[三][宮]2122 然之未，[三][宮]2122 一菩提，[三][聖]125，[三]375 其身不，[三]1440 大卑跋，[聖]272 伐何以，[聖]1509 可斷是，[聖]1509 殺害是，[聖]2157 毒樹復，[石]1509 截如是，[石]1509 故用，[宋][宮]1509 空，[宋]

[明]25 板小地，[宋][元][宮]720 尊者摩，[宋]125 殺取其，[宋]1341 初阿室。

娑：[甲][丙]、破[乙]2397 乞羅。

所：[明]1644 木，[三]1644 成板柱，[聖]823 伐分析，[宋][元]1442 得波逸，[宋][元]2122，[元][明]1058 毚伽羅，[元][明]1579，[元]1488 分離不。

研：[三]379 彼不堅，[聖]371 迦羅山。

欲：[三][宮]2042 伐法。

斬：[三][宮]1808 壞入庫，[三][宮]2104 之體無。

折：[三][宮]397 啾樹提，[原]1205 一切。

灼：[甲]2207 反說文。

作：[明]1466 突吉羅，[明]1566 是故非。

酌

的：[元][明]2149 歷代參。

無：[乙]2391 前後師。

灼：[明]1988 然不知，[明]1988 然代前，[明]1988 然有什，[三]2103 然。

浞

促：[明]2109 纂十二。

澆：[宮]2103 未肯若。

椓

橡：[甲][乙]1796 泥草人，[三][宮]1488 木地石，[三]212 難十四，

[三]2154 瓦正，[元]2122 樹葉惡。

斵：[三]64。

梲

棳：[宋][宮]480 諸雕飾。

啄

初：[宋][聖]、沮[元][明]375 壞是故。

喙：[明]1442 淨是，[明]2131，[三][宮]2122 睛噉，[三]86 如鐵頭，[宋][元]53 若鵄啄，[宋]26 豺狼所。

破：[宮]374 壞是故。

食：[甲]2882 魅人心。

啅

踔：[元][明]374。

啄：[三][宮]1674 心肝。

硺

琢：[三]2103 刻削頗。

斲

別：[三]2125 爲一孔。

濁

礙：[宋][宮]272 名不共。

觸：[明][乙]994，[三][宮]1472 中，[乙]973 及爲障，[元][明]397 惡第十。

得：[甲]952 惡世得。

獨：[宮]1548 行不，[甲]1805 差五推，[甲]2787 重偸蘭，[三][宮][聖][知]1579 行，[另]1458。

分：[宮]310 平等文。

穢：[三][宮]1563 者謂貪。

偈：[宮]2121 經，[聖]1818 之前經。

懼：[元][明]322 其。

渴：[宮]681，[甲]2266 不死以，[甲]2313，[聖]1562 作意此。

渴：[甲][乙]2309 得名地。

漏：[明]1 想八者，[三][宮]415 不雜成，[三][宮]606 在内是，[三][宮]1562 意定能。

冥：[宮][聖]1509 二事相。

欘：[甲]2128 睆目内。

蜀：[明]1341 者復言。

湯：[甲]2207 和氣不。

謂：[甲][乙]1822 作意引。

展：[三][宮]349 轉相食。

濯：[宋]、190 無。

擢

掉：[宮]1428 臂畫水。

懼：[聖]225 志大不。

躍：[三][宮]2122 入于深。

櫂：[甲]2395 樹下爲，[元][明]623 六度不。

擢：[乙]2207。

斵

擉：[聖]375 其頂即。

斷：[明]2145。

斫：[三][宮]2122 己舌是，[三][宮]2122 舌水中。

濯

灌：[甲]2128 也浣洗，[三][宮]
2066 八解而。

瞿：[乙]2391 一切黑。

曬：[三][宮]1462 人白諸。

洗：[三]2125 隨宜不。

擢：[三]212 一日爲。

讁

護：[三]2060。

庶：[三]2145 望賢哲。

藋

樵：[明]1462 鑽火。

篧

薥：[甲]2128 也郭注。

孜

敬：[三]2063。

茲

並：[宮]2060 異叙隨。

竝：[聖]1763 決難也。

慈：[宮]263 法眼諸，[宮]383 滅
度國，[宮]459 當説此，[宮]2122 敬
報恩，[甲]895 漑灌，[甲]2128 國至
今，[甲][乙]859 召一切，[甲]1512 即
生疑，[甲]1736 獨善思，[甲]2130 國
譯曰，[明]2087 四姓清，[明]2103 園，
[三][宮]2103 内外雖，[三]149 意於
佛，[三]196，[三]202 善心即，[聖][另]
342 設有念，[聖]2157 並訛謬，[聖]
2157 日也至，[聖]2157 往澤重，[宋]

2102 殆盡，[元][明]152 母終神，[元]
[明]2103 良然三，[知]598 開化衆。

此：[甲]1734 殿第五，[三][宮]
2109 起然吳，[乙]2192。

是：[三][宮]638 寶珠當，[三][宮]
810 汝等精。

斯：[宮]278 種種樂，[聖]627 等
倫處。

羨：[三]1082 道法發。

之：[甲]2291 言之。

終：[三][宮]2060。

滋：[宮]2122 五，[三][宮]263 殖
青蒼，[三][宮]1562 甚故諸，[三][宮]
2122 彰故佛，[聖][甲]1763 漫者深，
[聖]1428 戒。

尊：[知]598 乎。

咨

啓：[宮]460 嗟慧而。

語：[宮]460 講經法。

姿：[宋][元][宮]2123 嗟吟。

資：[甲]2053 謀於傅，[三][宮]
2102 於聖子，[三]2103 聖王之。

諮：[三][宮][聖]222 啓諸佛，[三]
186 受八日，[三]212 受恒以。

恣：[三][宮]460 汝心便，[原]
2409 矣。

姿

盜：[久]1486。

盗：[甲]2087 多智欲。

婆：[宮]541，[乙]2192 形者以。

姕：[甲]901 次。

資：[三][宮]2122 莫不即。

恣：[明]1644 態諸天，[明]2045 態，[三][宮][聖]1475 則憙好，[三][宮]1425 作，[三][宮]2122 態恌色，[三]76 則拂衣，[三]1478 育養媚，[聖]2157 高朗風，[宋][元]201 態狀若。

玆

緣：[宮]1912 而放諸。

之：[甲]2293 聊傾愚。

滋：[元][明]152 甚王不。

淄

溜：[元][明][甲]901。

渭：[宮]2059 人少出，[甲]2068 人少出。

婬：[三][宮]2102 爲大罰。

䔄：[三][宮]2102 城中有。

緇：[三][宮]2060 不涅寔，[三]2063 遇磨不。

孳

滋：[三][宮]2122 息日日，[三][宮]2060 多可。

滋

慈：[三][宮][知]384 潤悉周，[三][宮]2102 誘藻悅，[三]1003 生施者，[知]598 茂。

繁：[三]156 息其利。

絕：[三]2063 味清虛。

流：[乙]1723 所應化。

濕：[甲]1069 潤煥爛，[三][宮]1559 長故輕。

葉：[三][宮]606 茂。

諸：[三][宮]671。

玆：[明]2122 而滿必，[三][宮]、慈[聖]271，[三][宮]656 不離大，[三][宮]2108 多曾莫，[三]118 甚也，[三]186 茂覩母，[聖]291 茂稍漸，[另]1721 繁故云，[宋][宮]398 味，[宋][宮]2102 甚士女，[宋][元][宮]2102 深必福。

茲：[三][宮]1425 諸比丘，[宋]、次[宮]656 甚。

資：[甲]1723 潤體用，[三]202 後報如，[三][宮]397 潤彼人，[三][宮]2122 益因緣，[三]1982 益法界，[元][明]1003 生施故。

諮：[聖]1435 味四者。

恣：[三]186 其味。

貲

貨：[三]1340 財安隱。

履：[三][宮]1458 雜物直。

資：[明][聖][另]1458 財或出，[明]1458 財令無，[明]1644 生貿易，[三][宮]1442 財損失，[三][宮]1442 總，[三][宮]1443 財淨心，[三][宮][聖][另]1442 財隨有，[三][宮][聖][另]1458 財不，[三][宮][聖]231 財爲一，[三][宮]231 財而爲，[三][宮]1442 財並皆，[三][宮]1442 財豐足，[三][宮]1442 財珍寶，[三][宮]1442 奉施乃，[三][宮]1442 貨如毘，[三][宮]1443，[三][宮]1443 財，[三][宮]1451 財受用，[三][宮]1451 財無不，[三][宮]1453 財常樂，[三][宮]1453 雜物今，

[三][宮]2045 財設有，[三][宮]2060 財
百萬，[三][宮]下同 1442 財既被，[三]
2060 財皆此。

訾：[三][宮]263 計乃能，[三][宮]
345 量空汝，[三][宮]1547 輸可得，
[三][宮]2121 富。

資

資：[宮][聖]416 不得貪。

齎：[甲]850 財，[甲]1735 者以
菩。

表：[三][宮]1579 一貫於。

濱：[三]192。

次：[甲]2087，[知]1579 養故問。

盜：[甲]1733 約外財。

貨：[三][宮]2122 財巨萬。

齎：[元][明]152 財來買。

皆：[宋]2145 亡頃。

路：[三][宮][聖]1442 糧時彼。

貿：[甲]2394 無上法。

任：[乙]1092 運成。

生：[三][聖]190 生之業。

師：[甲]2089 相傳遍。

實：[甲]1864 糧加行，[聖]1851
助行人。

賢：[甲]2167 聖寺，[原]1782 咸。

項：[甲]2068 之隨母。

業：[三]190 既至彼。

移：[原]、得[甲]、資得[乙]2263
大師解。

贊：[甲]1805 剋猶究。

珍：[三][宮]1545 財以法。

質：[宮]532 諒神聞，[甲]1831 隨

機，[三][宮]2102 昧耶爲，[三][宮]
2103 體瘠力，[三]682 與身，[元]2016
生。

茲：[三][宮]730 來得福。

姿：[明]2103 天凝圓，[三][宮]
2122 質金曜，[三]76 相好神，[三]
2145。

貲：[宮]1545 身具，[甲]2036，
[明]379 生所，[明]1545，[明]1545 具
故得，[明]2102 仰追所，[明]下同
2102，[明]下同 2102 必資乎，[明]下
同 2102 乎正解，[明]下同 2102 生通
運，[明]下同 2102 實張空，[明]下同
2102 始於黔，[明]下同 2102 言，[三]
[宮][聖]1443 婢曰我，[三][宮][聖]
1452 時諸居，[三][宮]1452 財非常，
[三][宮]2122 財手索，[三][聖]211 財
不可，[三]152 財億載。

資：[甲]2748 資遠。

諮：[三]2145 受四輩，[聖]1428
相傳遂，[宋][宮]2034 傳五卷，[宋]
[宮]2034 相傳云。

恣：[三][聖]125 令施人。

緇

紬：[宮]2060 衣上下。

溜：[宮]2103 墜在。

絆：[三][宮]2059 鉢之王。

條：[三]2087 福則諸。

油：[三][宮]2059 素。

淄：[明]2105 服戒行。

錙：[丙]2092 流，[三][宮]2060
銖。

輶

輠：[三][宮]556 第五女。

輨：[宋][元][宮]2122 從八婢。

髟

鬓：[甲]2087 有城郭。

髦：[甲]2128 牛，[三][宮]、髮[知]598 也藏匿。

鬚：[三]397。

髟：[三][宮]2121 無敢。

趍

趍：[宋][元][宮]2103 趄。

諮

次：[三][宮]399 問眞諦，[三]196 受五戒，[宋]810 受不及。

害：[宮]434。

啓：[宮]398 受。

請：[三]220 問義。

師：[三]2063 受於是。

説：[三]1428 問迦。

問：[聖]1579 詢云何。

懿：[明]2053 禀曉夜。

語：[甲]1929 曰不眞，[三]1340 即以神，[三]190 父母捨，[聖]190 父母共，[另]1459 啓時一。

證：[另]1509 此人或。

質：[三]190 王言大。

諸：[元][明]292 問百千。

咨：[宮]2102 申王珍，[明]211 受無階，[明]2040 明者貢，[三][宮]403 講擁護，[三][宮]403 受奉敬，[三][宮]411 法主重，[三][宮]1421 問國事，[三][宮]2121 明者貢，[三]6 賢，[三]125 承必當，[三]152 衆疑靡，[另]1463 問應合。

資：[明]2122 説處爲，[明]2145 受，[三]2122 可久即，[聖]1509 受者菩，[宋][宮]656 受，[宋][宮]827 受法，[元][明]2122 義著在。

恣：[明]310 問佛，[三]、次[宮]810 受經典，[三][宮]285 入無量，[三][宮]337，[三]190 問悉爲。

鎡

瓷：[三][宮]1421 銅多羅，[三][宮]1435 小。

鎇：[三]1424 銅。

子

別：[甲][乙]1822 心身。

不：[宮]2123 實若唯，[甲]2036 落丹霞。

常：[宋]723 愛視衆。

成：[元]1605 成就得。

大：[三]228 衆爲敬，[宋][宮]816 衆説法。

當：[宮]496 如掃箒。

等：[三][宮][聖]397 寶國諸，[乙]912，[乙]2227 於諸根，[乙]2261 初通諸，[原]2264 亦據。

弟：[三][宮]2122 母子俱。

兒：[宮]263，[甲]1763 衣即出，[甲]2895 亦爲，[明]1450 爲立何，[三][宮]1425 當益，[三][宮]1435 言汝須，

[三]152 者乎路，[三]171。

二：[宮]279，[宮]1558 言，[甲]1795 菩薩唯，[明]489 而一一，[明]2123 親族朋，[明]2154 月婆首，[三][宮]2060 誠孝居。

方：[三]161 便今日。

分：[宮][甲]1804 齊之。

夫：[三][宮]2060。

弗：[甲][乙]1929 調達造，[甲]2300 弟子可，[三][宮]1451 來見相，[乙]2249 所作如，[元]310 此是不。

干：[宋]2121 來不唯，[元]2108 陵等尋。

根：[元][明][宮]374 既。

故：[宋][元]375 欲令得。

果：[甲][乙]2263 同時應，[甲]2262 隨，[三][宮][聖]649 右手取。

好：[甲]2778 詞。

號：[甲]1963 曰衆，[三][宮]2121 大名稱。

后：[甲][乙][丙][丁]2092 還總萬。

乎：[甲]1709 圓滿依，[甲]2261 撿，[三][宮]2060 不，[三]186 時識乾，[宋]2121。

花：[乙]2393 草蜀葵。

回：[甲]2261 老子。

及：[三][宮]721 諸天子，[三][宮]1425 女人越。

即：[三][宮]2104 余亡分。

子：[宮]2078 然故來，[明]2122 至，[三]418 身避。

可：[明]2066 高二尺。

了：[宮][甲]1912 今從勝，[甲]1782 知至大，[甲]1789 二我本，[甲]2266 導等異，[明]310 本牟尼，[明]660 是名菩，[明]2149 真無恨，[三][宮]671 四大外，[三][宮]1545 見起敬，[三]291 斯達法，[三]1566 以熏習，[三]2122 不見穀，[聖]292 勇住此，[聖]310 等於彼，[聖]1595 久滅此，[另]1451 我今渴，[宋][宮]292 欲知，[乙]2408 後珠，[元][明]199 於比丘。

力：[三][宮]278 一切諸。

利：[三]220 子。

兩：[乙]1816 段第二。

羅：[甲]2128 字轉舌。

矛：[甲]2039 嘗寓包。

名：[甲][乙]2263 果俱。

母：[明]1509 或為師，[三]2121 婿伯即，[聖]397 爾時以，[宋]143 是為母。

木：[原]1248 一百，[原]1249 一百八。

乃：[明]312 問其故。

男：[原]1248 童女問。

女：[甲]893 合線金，[甲]997 隨其城，[甲]2401 菩薩□，[甲]2401 菩薩△，[三]1，[三][宮]2059 為尼字，[三][宮][聖]1443 有欲心，[三][宮]263 所願衆，[三][宮]349 垢，[三][宮]407 等像而，[三][宮]721 相近欲，[三][宮]1545 俱能留，[三][宮]2121 携手遒，[三][宮]2122，[三][宮]2123 貪毒至，[三]125 大小皆，[三]125 五事功，[三]

125 之類，[三]158 時虛空，[三]159
爲說一，[三]1441 像施伎，[三]2122
五六千，[乙][丙]2812 爲男女，[元]
[明]212 殊，[原]1248 合。

千：[甲]2266 所舉有，[明][甲]
1177。

前：[甲]2035 便下一，[明]2076
時前言。

丘：[三][宮]2103 乎聖人。

人：[甲]1775 於諸法，[三]1644
以不淨，[三][宮][聖]1421 其子背，
[三][宮]635 神龍得，[三][宮]744 汝
骨朽，[三][宮]1428 或鬪童，[三][宮]
1464 來下教，[三][宮]2121 名阿凡，
[三][宮]2123 背母而，[三][宮]2123 小
人心，[三]202 年盛力，[宋][明]945 好
學出，[元][明][宮]374 有子復。

汝：[甲]2006 此土之，[三]202 相
見一。

蚋：[三][宮]、[聖]2042 欲移須。

若：[甲]1969 守一而。

薩：[元][明]2154 經一卷。

申：[明]2122 之歲始。

生：[三]1336 聰明甚，[聖]26 斷
種汝。

師：[乙]2263 義三者。

十：[宮]2121 六師若，[甲]1731
見木既，[元]1488 四天下。

士：[甲]2270 各動智，[甲][乙]
2227 者未。

氏：[甲]1929 明不可。

手：[宋]1442 掩，[宋]1485 成就
第。

守：[甲]2068 沈文龍。

司：[甲]2244 嗣位是。

孫：[宮]2121 耆婆學，[甲]2266
微果依，[明]2076 僧問。

天：[明]489 衆大梵。

童：[三][宮]2121 來尋。

陀：[三][宮]2042 弟子畫。

王：[宮]321 聞是事，[明]2 捧童
子，[明]156，[三]25 之邊到，[三][宮]
1509 寶幢恐，[三][宮]2121 各相違，
[三]125，[三]1331，[乙]1736 給侍亦。

爲：[三]2154 畜生王。

文：[宋][元][宮]、文子[明]1432
注次第。

我：[明]2016 子汝何。

兮：[三]1015 大光明，[三]1331，
[元][明]397 梨，[元][明]397 梨泥安，
[元][明]1331 字結明，[元][明]下同
1331 鳩羅羅。

息：[知]598 恐怖海。

下：[明]588，[明]2059 事具在。

孝：[宮]2103 儀。

心：[宮]263，[三]2103 云楚人。

行：[三]201。

性：[乙]1723 體類各。

學：[甲][乙][丁]2244，[原]2264
槃。

言：[三]156 今衰禍，[三]1485 地
名持。

一：[宮]2049 即刻石，[明]189 好
大王，[元]99 說隨喜。

義：[甲]2262 亦違聖。

又：[三]2149 立稱元，[元][明]

2122 受。

于：[甲]2128 所封從，[甲]2428 衆生是，[明]316 若有親，[明][乙]1092 白珠鬢，[明]203 羅睺羅，[明]261 之地云，[明]310 高位慧，[明]657 上方去，[明]2103 人人養，[明]2122 岸上游，[三][宮][聖][另]1451 時王子，[三][宮]263 一處安，[三][宮]309 善心是，[三][宮]2103 惟友脫，[三]189 兜婆而，[三]203 宮中舉，[三]2145 法龍，[三]2154 註不合，[聖]285，[宋][宮]2060 晃者閑，[宋][元]1451 過去，[宋]2122，[元][明]534 心伏，[元]2034 興立，[原]1849 根本智，[原]1898 岸上遊。

於：[明]456 外常於。

予：[甲]1778，[甲]2039 恐，[甲][乙]2194 計衆生，[甲]1913 實不裁，[甲]2128 見反通，[甲]2128 曰虫有，[甲]2128 則孥毉，[三][宮]2102 今據夢，[三][宮]2103 者豈不。

與：[甲]2339 果等謂，[甲]2339 有漏本。

豫：[三]1 彌都盧，[三]6 何心哉。

仔：[甲]1799 細度，[甲]1973 細眞實，[甲]2017 細，[明]2154 細尋。

者：[三][宮]2122 處在凡，[三]201，[三]413 有之而。

眞：[甲]2230 隨調伏。

之：[宮]553 曹皆，[宮]2108 範，[聖]566 所持故，[元][明]2016 功。

支：[明][甲]901 等諸天。

枝：[丙]1246 一呪火。

中：[三][甲]1227 麼沙。

種：[甲]2217 因緣。

主：[三][宮]384 修天眼。

呼：[甲]2128 虛賦云。

梓：[元][明]2060 材。

字：[宮]2123 慨正，[甲][乙]2391 等常持，[甲]850 印明如，[甲]1289 想是時，[甲]1512 句明法，[甲]1717 書云濁，[甲]2128 聲也，[甲]2244 大仙，[甲]2400 此字左，[明]1086，[三][宮]225 若在，[三]1096 應急呼，[三]2149，[三]2154 育恒品，[宋][元][宮]1432 注，[乙][丁]2244 非也此，[乙]912，[元]380 者喻。

姊

彼：[三]375 主人還。

弟：[宋][元]68 去也諸。

婦：[宮]1459 妹者姊，[三][宮]224 字，[三][宮]2121 俱爲變，[乙]2397。

嫁：[三][宮]2122 與縣北。

妹：[宮]2121 亦說無，[明]374 妹如諸，[三]125 名難陀，[乙]2092 壽陽，[元]2122 採華造。

姉

婦：[另]1431 莫作是。

妹：[三][宮][聖][另]1428 莫趣以。

肺

肺：[明]2016 樂根對，[明][聖]663 病及以。

批

批：[明]1674 或粉如，[元]221
答言度。

呰

此：[明][宋]311 苦諸謗，[宋]26
德各各。

甘：[宮]310 由自業。

皆：[甲]1736 不雜。

罵：[三]1。

貲：[三][宮]627 限百千，[三]
[宮]2121 吾違王，[三]193 今乃獲。

紫：[元]1500 退沒若。

訾：[宮][聖]下同 1442 語即便，
[甲]1786 亦訶也，[明]99 而不，[明]
220 誹謗爾，[明]1604，[明][甲]1094
而復擣，[明]80 輕賤十，[明]99 不恭
敬，[明]99 放逸者，[明]125 諸比，
[明]186 魔眾何，[明]1425 波夜提，
[明]1425 外道，[明]1425 言何等，
[明]1429 語者波，[三]187 十方三，
[三][敦]262 起隨喜，[三][宮]2122，
[三][宮][聖]1442 語意往，[三][宮]
[聖][另]310 事，[三][宮][聖][另]675
諸法輕，[三][宮][聖]660 深信大，
[三][宮][聖]1509 毀魔以，[三][宮]
[另]下同 1442 語學處，[三][宮]292
至未曾，[三][宮]318 佛説，[三][宮]
606 終始苦，[三][宮]630 呰貪名，
[三][宮]657 毀壞亂，[三][宮]660 父母
親，[三][宮]1421 本所事，[三][宮]
1421 不與取，[三][宮]1421 妄語之，
[三][宮]1425 殺生，[三][宮]1435 白

衣家，[三][宮]1455 食不填，[三][宮]
1458 於他無，[三][宮]1462 是名端，
[三][宮]1466 律犯二，[三][宮]1558
於他名，[三][宮]1597 如於布，[三]
[宮]2121 轉恐難，[三][明]193 計，
[三]187 魔王淨，[三]187 輕弄誹，
[三]220 誹謗，[三]375 當知是，[三]
375 女身，[三]375 輕賤言，[三]375
諸有，[三]721 放逸誠，[聖][甲]1733
尸羅及，[聖]125 他人是，[聖]223 毀
深般，[聖]223 行深般，[聖]278 有爲
讚，[聖]310 惡人好，[聖]397 以，[聖]
1509 般若，[聖]1509 老病等，[聖]1509
者受大，[聖]下同 1441 語波夜，[宋]
[元][宮]1425 者佛住，[元][明]328 計
須賴，[元][明]658 一切惡。

梓

粹：[三][宮]2102 神風清。

紫

柴：[丙]2120 莊將倍，[甲]2006
庭黃閣，[三][宮]2122 陌即虎，[元]
901 蓋。

出：[三][宮]456。

此：[和]293 金山光，[聖]613 金
光共。

累：[元]2109 極情契。

青：[明]2103 雲奪鴻。

聖：[三][宮]1548。

絮：[甲]1805 蒲臺即。

訾

此：[乙]2261 名者毀。

皆：[三][宮]2103 若夫蠶。

詀：[宮]2103 謗天地。

貲：[宮]513 生縛貲，[三][宮]393 名香好，[三][宮]744 計四部，[宋][宮]638，[元][明]2106 衆人許。

觜：[三]2034 至今開。

呰：[宮]263 計衆寶，[宮]616 五欲見，[宮]1509 不善所，[明][和]293 怖惡名，[明]220 輕蔑餘，[明]658 過患譬，[三]220 誹，[三][宮]1545 外道令，[三][宮][聖]1436 語波夜，[三][宮][聖]1454 食不填，[三][宮]459 大乘遏，[三][宮]653 食，[三][宮]1421 佛言汝，[三][宮]1425 多欲稱，[三][宮]1428 佛法僧，[三][宮]1431 語波逸，[三][宮]1509 毀如狂，[三][宮]1509 毀喜根，[三][宮]1521 他，[三][宮]1562 於他名，[三][宮]1581 訶責有，[三][宮]2123，[三][宮]下同 1421 比丘尼，[三][宮]下同 1421 與男子，[三][宮]下同 1428 得，[三][聖]1 他人是，[三][聖]125 餘人是，[三][聖]1441 云何沙，[三]1 以利求，[三]99 諸比丘，[三]186 波旬，[三]220 誹謗是，[三]220 餘菩薩，[三]410 不信，[三]410 而誹謗，[三]410 賢聖遠，[三]1441 檀越使，[聖][宮]1421 親近男，[石]1509 有答曰，[宋][宮]639 若有能，[宋][元][宮]1442 食不填，[宋][元]220 誹謗，[宋][元]220 諸餘菩，[元][明]658 菩薩忍。

滓

滓：[宮]397 無思惟，[宮]397 智三聚，[三]101 赤絮紺，[聖][另]1431 塗摩身，[原]1819 沫驚人。

濁：[三][宮]1488 故是故。

自

愛：[元][明]374 念子欲。

白：[宮][聖]834 諸弟子，[宮]397 洗浴，[宮]673 地從何，[宮]674 地從何，[宮]1809 言清淨，[宮]2102，[宮]2122，[宮]2122 勉可有，[和]293 見其身，[甲]、自[甲]1782 識異識，[甲]2083 塔寺道，[甲][丙]2397 言從是，[甲][乙]1821 及自性，[甲][乙]1822 面故，[甲][乙]1929 尋訪略，[甲][乙]2228 在文唯，[甲]1268 又一本，[甲]1512 下，[甲]1731 爲本迹，[甲]1782，[甲]1805 足勸有，[甲]1820 而，[甲]2128 爲黑污，[甲]2128 縱恣也，[甲]2191 蓮華是，[甲]2214 灰中出，[甲]2219 淨月圓，[甲]2261 在，[甲]2298 首之齡，[甲]2299 骨觀，[甲]2339 唯是一，[甲]2362 分性也，[甲]2401 眞言爲，[別]397 言我何，[明]293 業果心，[明]384 度，[明]1454 壞種子，[三][宮]1523 法對治，[三][宮][甲]2044 鐵輪鋒，[三][宮][久]761 淨行法，[三][宮]374 身者不，[三][宮]382 淨志欲，[三][宮]496 問大聖，[三][宮]721 業能滅，[三][宮]1424 結大界，[三][宮]1425 污灑治，[三][宮]1432 乞作小，[三][宮]1443 知，[三][宮]1464

世尊世，[三][宮]1545 骨已復，[三][宮]1604 分信謂，[三][宮]2122 相分狀，[三][甲]1080 生石蜜，[三]62 令竟所，[三]193 麁丁，[三]375 身其有，[三]394，[三]848 種子爲，[三]1132 莊嚴，[三]2103 一悟理，[聖]395 讀文字，[聖]1421 持取草，[聖]1562 説若於，[聖]1788 法自在，[另]1509 説諸法，[石][高]1668 佛經四，[宋]、目[元][明][聖]157 淨無有，[宋][宮]1522 身中，[宋][元]1462 供養作，[宋]99 然而，[宋]200，[宋]1428 稱所，[宋]2058，[乙]897 爲上若，[乙]1263 食當於，[乙]1796 淨種子，[乙]2192 淨月，[乙]2192 淨月輪，[乙]2309 露池側，[乙]2408 處尊是，[元]1522 在勝上，[元][明]669 法令人，[元]1435 手受，[元]2121 懇責解，[原]、[甲]1744 下是第，[原]、白[乙]1796 住處也，[原]1112 聖者發，[原]2230 淨信心，[原]2248 阿難言，[知]741 大種姓。

百：[宮]638 誤墮墜，[三][聖]643 寶，[三]607 剛鐵中，[聖]1488 不惡口，[宋][元][宮]、五百[明]329 如來見。

背：[明]2123 高如象。

本：[甲][乙]1822 性念生，[三][宮][聖]1544 性念生，[三][宮]397 方，[三]190 宮今爲。

必：[甲][乙]2232 四諦答。

便：[聖]223 還去何。

不：[三][宮]2103 然之理。

持：[甲][乙]2219 戒故即，[甲]

1816 説。

臭：[三]682 泥此中。

此：[甲]2266 性，[甲]2305 性淨德，[明]1507 覺悟故，[三][宮]1597 既成，[三][宮]654 爲行色，[三][宮]1552 身界方，[三]885 所説貪，[原]1248 想時行。

伺：[甲][乙]1822 度即堅。

從：[甲]2837 散適徐。

大：[三][宮]1545 乘功。

當：[甲][乙]1909 作我想，[三]1331 一心念。

倒：[甲]2250 人情演。

得：[宮]895，[甲]1736 心清淨，[三]202，[聖][另]790 解，[乙]1736 見釋曰。

地：[甲]2290 成就非。

多：[甲]、自在攝持[乙]1796 在。

恩：[三]2122 网已故。

而：[三][宮]664 言是實，[三]76 度尊身，[乙]2795 得若施，[元][明]624。

二：[甲]2274 悟。

法：[宮]1596 想者謂，[甲]2035 然得初。

反：[宋][元]1484 恣心快。

復：[宋][元][宮]2040 取鉢勑。

改：[甲]2036 年保。

感：[三]1549 意所生。

隔：[三][聖]211 不聞即。

共：[聖]、一[另]1428 相謂言。

故：[宋][元][宮]1484 作況教。

國：[甲]1733 土安立，[三]193 及

妻息。

合：[三]2122 死故受。

恒：[甲]2196 竝又十。

互：[三][宮]2122 相避，[乙]2215。

及：[三][宮]398 以其心。

即：[甲]1731 性異自。

疾：[宮]1646 壞身故，[三][宮]1425 成衆魔，[三]482 增長亦，[三]2145 進之路。

己：[宮]374 身有佛，[甲][乙]1929 修行力，[三][宮]1458 迴入己，[聖][甲]1733 身他身，[乙]2263 行，[原]2395 心中所。

泊：[三][宮]2122 夫六爻，[三]2103 夫六爻。

寂：[三][宮]425 然休息。

家：[三]1547 問内人。

甲：[甲][乙]930 相背。

見：[甲]923 他皆得，[甲]2269 性，[三][宮]1562 在等相，[石]1509 無有力，[元][明]202 利忘義。

近：[明]2087 數百年。

悶：[三]360 然不得。

句：[甲]1709 利中二，[甲]1715 有兩段，[乙]2186 有四第，[原]、[乙]1744 結也是。

具：[聖]211 陳曰昔。

可：[元][明]2060 裏。

來：[甲]1705 空非。

貌：[原]1780 名一切。

目：[宮]321 在，[宮]901 多去音，[宮]1545，[宮]1552 界四欲，[宮]1552 性也彼，[宮]1558 名説謂，[宮]2122，

[宮]338 所覩敢，[宮]386 活，[宮]403 通過如，[宮]461 念言我，[宮]476 少福慧，[宮]598 屈，[宮]633 生下心，[宮]811 見之剋，[宮]1435 接取與，[宮]1506 想作，[宮]1509 現前知，[宮]1548 見臺邊，[宮]1558 上苦集，[宮]1559 下地依，[宮]1562 所知增，[宮]1610 壞若汝，[宮]1911 行爲得，[宮]2058 覩世尊，[宮]2103 斯，[宮]2122 不飡采，[宮]2122 非功勤，[宮]2122 割脚肉，[宮]2122 誡國人，[宮]2122 歎，[宮]2123，[宮]2123 舉手眼，[甲]、因[甲]1913 起教化，[甲]1848 等覺爲，[甲]1963 如蓮華，[甲]2128 等也三，[甲]2299 前小苦，[甲][乙]1796 開敷得，[甲]970 見罪報，[甲]1306 專視其，[甲]1717 爲七門，[甲]1722 爲方便，[甲]1723 別名餘，[甲]1733 視明意，[甲]1733 驗見爲，[甲]1735 利次五，[甲]1782 能破四，[甲]1789 者言如，[甲]1816 明他故，[甲]1828，[甲]1828 法界，[甲]1828 貫在首，[甲]2035 云無救，[甲]2128 刑死也，[甲]2192 有五類，[甲]2204 作是念，[甲]2214 也故疏，[甲]2219 本有佛，[甲]2230 此山有，[甲]2250 性我，[甲]2266 他身種，[甲]2266 有二種，[甲]2897 兜菩薩，[明]1421 不，[明]1545 性見集，[明]2122 觀察太，[明][宮][聖]310 見諸佛，[明][宮]2103 應心以，[明][乙]1092 見一切，[明]64 言是，[明]193 軍，[明]203，[明]211 惟曰甘，[明]643 見身内，[明]721 身大勢，[明]1562 防

起惑，[明]1585 性爲所，[明]1596 正思惟，[明]1603 業等四，[明]1641 爲必是，[明]2034 卑絶妻，[明]2034 見自知，[明]2121 舉身投，[明]2123 外云云，[三][宮]656 見一一，[三][宮]1562 戲樂作，[三][宮]1587 三無性，[三][宮][聖][另]342，[三][宮][聖][另]1442，[三][宮][聖]481 以見緣，[三][宮][知]266 不可議，[三][宮]278 見曾於，[三][宮]340 多伊婆，[三][宮]425 離所瞻，[三][宮]461 所覩，[三][宮]646 未開已，[三][宮]656 無極，[三][宮]721 盲不爲，[三][宮]1470 用，[三][宮]2048 多動頗，[三][宮]2060 陳道合，[三][宮]2060 屬朗曰，[三][宮]2103 興仁非，[三][宮]2121 投身，[三][宮]2122 覩交臂，[三][宮]2122 對，[三][宮]2122 食背脇，[三][明]656 所見，[三][聖]291 觀諸十，[三]152 冥言是，[三]173 身血肉，[三]185 所見恩，[三]186 覩如幻，[三]186 所見意，[三]186 悦心不，[三]192 隨矚，[三]196 愛色爲，[三]198 見無綺，[三]212 不離前，[三]212 所經歷，[三]212 下私，[三]263 啓受，[三]671 識如是，[三]2034 不覩，[三]2060 兩明殷，[三]2088 云始皇，[三]2110 稱道家，[三]2154 云十卷，[聖]125 稱，[聖]225 擇取也，[聖]606 惑乎遂，[聖]1562 作意故，[聖]1595 義，[聖]2157 關中廬，[聖]2157 爲矛，[聖]2157 運，[石]1509 高知，[石]1668 極疑於，[東]721 心行是，[宋]、日[宮]624 歸於三，[宋]、

因[宮]2121 飛來行，[宋]628 性本眞，[宋]1428 稱言我，[宋]1430 奪若使，[宋][宮][聖]481 見色已，[宋][宮]1558 釋通如，[宋][宮]2060 見寺舍，[宋][元]1598 想，[宋][元][宮]285 無所亂，[宋][元][宮]1443 指難爲，[宋][元][宮]1515 下一切，[宋][元][宮]1552 事故問，[宋][元]185 覺悟願，[宋][元]1459 防於戒，[宋][元]1509 無定色，[宋][元]1546 在故名，[宋][元]1579 性若分，[宋][元]2059 像成之，[宋][元]2122 舉手眼，[宋]62 覺最賢，[宋]125 錄之，[宋]205 感傷前，[宋]285 在明最，[宋]382 稱譽不，[宋]440 在天菩，[宋]672 心分別，[宋]721 妨礙墮，[宋]1421 言人不，[宋]1428 以線貫，[宋]1509 説因緣，[宋]1545 性，[宋]1545 性問若，[宋]1546 害而死，[宋]1546 釋迦遷，[宋]1558 滅後不，[宋]1562 相惑故，[宋]1581 攝取其，[宋]1648 安八無，[宋]2040 專心勿，[宋]2060 案行可，[宋]2060 是來學，[宋]2122，[宋]2122 稱沙，[宋]2122 隨意反，[宋]2145 僥倖經，[乙]2408 二度拭，[乙]1709 能照心，[乙]1822 餘，[乙]2194 優婆塞，[乙]2397 今斯隣，[元]1525 活以諸，[元][宮]1458 餘輕重，[元][明]21 醫作女，[元][明]1358 澡浴著，[元][明]1509 見炷，[元][明]2060 送之曰，[元][明]2088 不定或，[元][明]2103 申勿廣，[元][明]2125 乞，[元]55 在不七，[元]263 憶念往，[元]440 在王佛，[元]896 入會中，[元]1102 被

堅固，[元]1435 恣當到，[元]1459 餘
諸長，[元]1566 體見，[元]1579 心隨，
[元]2122 號彌天，[元]2122 連繼用，
[原]1818 爲彼此，[原]1818 之爲報，
[原]2339 城大小。

内：[甲][乙]2186 結從摧，[甲]
2362 外所立，[明][宮]、明註曰自南
藏作白1543 造在後，[三][宮]2122 開
彼。

能：[三][宮]606 覺知有，[乙]
2263 持自性。

破：[乙]1816 在行住。

僕：[三]2108 雖庸暗。

其：[明]1571 宗亦爾，[三][宮]
402 境界奪，[元][明]210 然是身，
[原]、[甲]1744 所誓則。

且：[丙]2286 所，[甲]2219 如行
者，[三][宮]2102 強理有，[三][聖]1
不聞豈，[三]20 歸家善。

清：[聖]210。

日：[宮][甲]1805 故列爲，[宮]
761 力功德，[宮]2112 久非唯，[甲]
2044 代沙彌，[甲]2120 佛事時，[甲]
2120 滅，[明]24，[明]75，[明]202 出
聲而，[明]533 用無，[明]1425，[三]
[宮]2040 出火驚，[三][宮]2060，[三]
[宮]2122 南諸國，[三]152，[三]583 相
歸一，[三]2063 遠道俗，[三]2103 爲
悟，[三]2123 空談靡，[聖]200 過度，
[另]1435 洗浴莊，[宋][元]、山[明]
2058 處斯卑，[宋][元]1810 言清淨，
[乙]2261 他俱不，[元][明]2060 夢上
天，[元][明]2106 發誠悟，[元]271 言

不作。

肉：[明]2034 説人骨。

如：[明]414 然如虛，[三][宮][聖]
1552 色色不，[三][宮]1505 覺初也。

若：[三][宮]1552 性不自，[乙]
1909 非立弘，[乙]1909 非勤行。

善：[宋][元]2061 利利人。

申：[原]1853 諦故發。

身：[宮]1513 性故若，[宮][甲]
[乙]1799 心風力，[宮]1509 於五陰，
[甲]1828 識持自，[甲]2196 解縛不，
[甲]2266 者皆思，[甲]2290 性無生，
[甲][乙]1833 業故成，[甲][乙]2259 在
下地，[甲][乙]1250 額所向，[甲][乙]
1821 無故不，[甲]1782 下第三，[甲]
1792 既不仁，[甲]1816 體我是，[甲]
2261 居闇處，[甲]2261 相同相，[甲]
2266 語業答，[甲]2434 義也又，[明]
887 影像光，[明]1562，[明]1336，[三]
[宮]1558 根若，[三][宮]1648 體羸劣，
[三][宮]1810 於善法，[三]6 歸道法，
[三]201 既誑惑，[三]211 投，[三]2146
爲無有，[聖]、－[石]1509 失，[聖]26
歸乃至，[聖]210 解度覺，[乙]1796 然
智，[乙]1821，[元][明]202 足能消。

生：[三][宮]1521 體。

時：[乙]1821，[原]、自性[甲]1828
而隨決。

實：[甲][乙]2259 體故不。

似：[甲]2270 比違自。

是：[宮][聖][另]1435 念何時，
[宮][聖]1443 念已倍，[宮]263 思惟
其，[甲][乙][丙]1866 有，[甲]1736 心

來者，[甲]1913 他四教，[明]651 性印，[明]1463，[明]359 性空受，[明]407 莊嚴，[明]660 心有無，[明]1463 持之以，[明]1463 消息是，[明]1553 相六種，[明]1571 地業所，[明]1571 我雖他，[明]2122 厭患身，[明]2123 解言非，[三][宮]2102 以過隙，[聖]1549 識三惡，[宋][聖]375 不了何。

首：[甲]850 相竝而，[元][明]2122 執刀者。

思：[三][宮]569 省己身，[三][宮]2121 惟曰釋，[三]161 念我父，[三]809 惟。

巳：[高]1668 下皆是。

四：[甲]2397 會爲智，[三]、白[宮]2085 月一日，[三][宮]618 體。

寺：[三][宮]721 舍破壞。

俗：[甲]2018 本空或。

遂：[宮]2078 禮足尊。

所：[三][宮]263 歸又告，[聖]790。

他：[甲]1736 泯，[甲]2274 而不破。

台：[甲]1973 德韶禪。

天：[宋][宮]、我[元][明]2122 宮當其。

同：[甲][乙]1822 諦下不，[甲][乙]1822 類果者，[甲][乙]1822 異他無，[甲]2249 地云，[甲]2266 別六非，[甲]2367 他近代，[乙]2249。

亡：[宋]6。

爲：[甲]2263，[明]1450 愚癡故。

臥：[宮]895 在。

烏：[宮]2059 西平。

無：[三][宮]1459 餘諸雜。

勿：[甲]1782 恃此初。

息：[宮]618 相無堅，[宮]619 觀身若，[宮]2103，[甲]1782 心，[甲]2266 心或言，[甲]2837 亂智度，[明]151 思惟形，[明]2076 息抱暗，[三]26，[三][宮]1604 忍豈忍，[三][宮]730，[三][宮]760 意生三，[三][宮]1521 心善故，[三][宮]1646 惡厭身，[三][宮]2122 妄休，[三]26 心爲浴，[三]198 耗身無，[三]602 知意以，[三]611 意便守，[三]953 隱，[三]1340 止彼盲，[三]1604 心淨亦，[三]2110 堪任夜，[聖]125，[聖]125 慮此理，[聖]639 心行類，[聖]2157 西京至，[另]1428 念言譬，[宋][元]694，[宋]212 思惟行，[乙]2397 心故即，[元][明]345 煩惱者，[原]2248 不，[原]2196 惡救除。

悉：[三][宮]512 慶幸未，[三][宮]1462 當知佛。

下：[甲]1200 下語若，[甲]2219 身爲説。

相：[宮]1509 無方便，[宮]1808 恣如是，[甲][乙]1822 出家故，[甲]2250 計，[聖]626。

向：[甲]1811 父母師，[原]1776 者聞死。

心：[和]293 輕賤無，[甲]1924 身居在，[三][宮]、止[聖]1595 出三界。

尋：[三][宮]2122 開當於。

一：[三][宮]1509 身尚不，[三]

[宮]1470 飽飯來。

已：[甲]1863 無，[明]624 歸已得，[三][宮]1425 有座時。

以：[甲]1828 欲及勝，[明]997 安住正。

亦：[宮]1509 恣亦如，[甲]1846 有衆生，[明]670 爾，[三]220 能修得，[三][宮]1666 有衆生，[三]192 應然。

意：[宮]2121 當起或，[甲][乙]2263 思惟。

因：[丁]1831 中是，[丁]2244 已化，[宮]1659 利，[宮]1552 地一切，[宮]2104 柱下尊，[宮]2112 誠傳諸，[甲]1828 初修，[甲]2299 業見穢，[甲]1709 了矣從，[甲]1709 知已而，[甲]1721 歎二種，[甲]1813 致死便，[甲]1816 下當解，[甲]1851 不解，[甲]2195 乘行不，[甲]2195 行是以，[甲]2217，[甲]2254 與後念，[甲]2255 等者如，[甲]2261 受衆苦，[甲]2270 偏違所，[甲]2270 茲厥後，[甲]2271 喻於他，[甲]2296 性種子，[甲]2396，[甲]2396 此法説，[三][宮]1523 力及以，[三][宮]317 空，[三][宮]721 緣，[三][宮]1428 行教化，[三][宮]1546 種不與，[三][宮]1549 富者彼，[三][宮]1646 緣成故，[三][宮]2053 是子然，[三][宮]2121 問消息，[三][宮]2121 相謂言，[三]468 果除，[聖]190 知作何，[聖]1595 果，[宋]1568 無，[萬][聖]26 無賴所，[乙]2249 性故，[乙]1822 果名爲，[乙]2261 苦其身，[乙]2263 相果，[乙]2263 相等義，[乙]2396 願智力，

[元][明][宮]614 得又，[元][明]100 在，[原]2262 緣及等，[原]1851，[原]2262 性善根。

音：[宋]、息[宮]2103 然窮理。

英：[三]2060 言。

用：[甲]2223 此法説。

由：[甲]2274 口出，[三][宮]1459 斬愚癡，[元][明]1595 事得成。

有：[甲]1816 上心二，[宮]332 誠信敬，[甲][乙]1816 疑佛無，[甲][乙]1816 以彼法，[甲][乙]2393 心之，[甲]1736 爲者淨，[甲]1763 可救，[甲]1799 開自，[甲]1828 衆苦生，[甲]2281 法者共，[明]2123 剋責我，[明]606 覺言朦，[明]2016 開自，[三][宮]1606 威德我，[三]945 開自，[聖]1564 性故空，[聖]1723 在他所，[元][明][宮]670 性有一，[元][明]16 覺命過，[元][明]1096 形狀持，[原]1774 其五意。

右：[宋][元]2153 百喻等。

於：[甲]、于[乙]1736 京師，[乙]2092 他鄉皆。

圓：[甲]1863 宗但隨。

曰：[甲]872 佛已，[甲]1717 炳然所，[甲]2261 無故言，[明]210 損至終，[三][宮]607 身不，[三][宮]1421 殺彼欲，[三]425 覺意辯，[聖]1441 説犯云，[宋][宮]2121 歡，[元][明]26 歸尊者，[元][明]164 料一人，[元][明]201 打揵椎，[元]696 共分以，[元]1096 稱名五，[知]、白[甲]2082 官放汝，[知]1579 相差別。

月：[甲]1708 滿足生，[甲]2396 應是，[三][宮]2122 六齋奉，[原]2196 有三義。

在：[明]2102 中又匠，[三][宮]2104 在諸趣。

則：[甲]1795 歸寂。

者：[甲]1925 當，[甲]2274 宗有乖。

貞：[宮]687 歸朝奉。

眞：[聖]1595 內。

正：[三][宮]1618 思惟爲。

之：[明]2122。

旨：[甲][乙]2232 在斯而。

至：[甲][乙]917 諸佛下。

中：[元][明]1646 調伏心。

衆：[明]1344 見。

諸：[三][宮][聖]1579 體智境。

住：[甲]1512。

專：[知]741 用意著。

字：[甲][乙]850 體，[甲]867 發光，[甲]2214 體一字，[三]5 名屯屈。

坐：[三]125 禪。

字

安：[明]2110 民之術。

寶：[乙]2192 乘各各。

字：[甲]2128 音同上。

本：[甲]2174 二行策，[三]2034。

宸：[三][宮]2060 威加南。

慈：[甲]951 神次佛。

此：[丙]1199 祕密法。

道：[甲]2266 又云。

地：[甲][乙]2250 界義光。

定：[甲][乙]2228 言螺羯，[甲]1030 起身相，[三]2110 民出金，[三][宮]2122 世間，[聖][三][宮][石]1509 無語是，[宋][宮]385 聲響亦。

方：[甲]2412 羯磨印。

光：[甲][乙]2219 圍繞百。

號：[甲]2284，[三][宮]461 及佛神，[三][宮]629 釋迦文，[三][宮]2121 佛身能，[三][聖][宮]528 須彌加。

呼：[三][宮][聖]1435 名是中。

華：[三][宮]721。

家：[宮]223 亦如是，[宋][元][宮]、－[明]1428 珠髻語，[宋]1 不答曰，[原]2409 既不。

句：[甲]2261 不，[明][和]261 巧妙慈，[原]2396 文是屬。

開：[宋]682 分別入。

空：[甲][乙]2390 竝竪亦，[明]224 終不復。

窂：[甲]、罕[乙][丁]2244 跢喃或。

了：[三]1039 別誦十。

利：[三]423 不知於。

六：[三]2103 合之外。

名：[甲][乙]2250 乎又頌，[明]1669 法轉大，[三][宮]425 莫勝母，[三][宮]425 法意，[三]202 迦良那，[三]202 修越，[三]2153，[聖]200，[乙]2261 一句及。

摩：[三]、摩字[甲][乙]950 能禁口。

目：[三][宮]1435 名，[聖]1475 某言某。

平：[乙]2396。

切：[聖]953 奇特佛。

人：[甲]2323 修善之。

色：[甲]2402 次。

聲：[丙]2396 若離阿。

時：[甲][乙]2261 爲依名，[甲]2339 異唐經。

實：[原]1851 故地持。

事：[甲][乙]2397 字爲五，[甲]1719 者十界，[明]2153，[三]1459。

是：[三][宮]1425 名字，[聖][甲]1733 等亦應。

手：[甲]2128 旱聲正。

守：[宮]458 其如是，[甲]2128 或從人，[甲]2128 也謂，[三]1646 恒憶不，[聖]225 寧有盡，[聖]225 中學，[聖]1509 不爲稱，[宋]397 犁蛇囉，[宋]1694 爲甲玉，[西]1496 等劫若，[原]1887。

宛：[乙]2391 記者私。

爲：[聖]1428 比丘相。

位：[乙]2391 大略同。

味：[三][宮]1435 不足。

文：[甲]2129 從匕從，[甲]2339 後後慧，[三][宮][聖]1602 身如其。

小：[宋]2110 養無寄。

心：[甲][乙][丙]2394 以爲頂。

姓：[三][宮][聖]223 須菩提。

學：[甲]1782 者，[甲]1828，[甲]2250 上聲對，[甲]2266 明，[甲]2266 自性即，[三][宮][甲]895 勿令脱。

言：[甲][乙]1821 第二，[甲][乙]1822，[甲][乙]1822 顯，[甲]2270 以

簡除，[三][宮]1579 凡有五，[宋][宮]671 亦不已，[乙]2263 今此等，[乙]2263 爰知假。

也：[甲]2128，[甲]2129，[甲]2214 出過語，[三][宮]1545 爲。

一：[丁]2190 名句含，[甲]2261 字不成。

移：[甲][乙]、字移[丙]1211 珠齊畢。

義：[原]1818。

音：[甲]2207，[原]2271。

印：[乙]2408 之中隨。

又：[宋]、子[宮]866 放光焰。

于：[明]202 天竺作。

宇：[宮][甲]1804，[宮][甲]1804 敷床教，[宮][甲]1804 衣服，[宮]1428 象力善，[宮]1804 等，[宮]1805 況於逆，[甲]1983 宿睦，[甲]2067 文化及，[甲]2128 居也説，[甲]2128 俱反考，[甲]2193 長也肘，[明]2110 驗帝錄，[聖]375 彫文刻，[宋][元]1031 流，[宋][元]1227 觀，[宋][元]2110。

曰：[三][宮]425 施善志，[三][宮]425 以時侍，[元][明]224 爲佛諸。

月：[甲][乙]2192 輪能駕。

雲：[宋][明][宮]278 如因陀。

孕：[乙]2157 經同本。

章：[乙]2261。

者：[甲][乙][丙]973 阿字，[三][宮]2060 言信。

正：[原]2412 明瑜祇。

志：[甲]1771 梵。

中：[宮][甲]1805 但，[甲]1735
有此則。

種：[原]2393 念誦之。

住：[明]848 菩提心。

子：[宮]278 曰善財，[甲]1876
輪王之，[甲]2128 作此顧，[甲]2217
故子，[甲]2261 云名，[明][乙]1092，
[三][宮]2053 香，[三]908 於中三，
[三]2149，[聖]1763 形也佛，[宋][元]
2153，[乙]2394 也瑜，[知][乙]1785
者持水。

自：[宮]309，[宮]626 聲而不，
[和]293 輪際無，[甲]1736 別釋因，
[甲]1736 後後慧，[甲]1795 有三一，
[三]2145 子年隴，[宋][元]1075 安兩
目，[乙]954 句分明，[乙]1211 輪。

宗：[宮]2060 三枚云，[甲][乙]
2263 以鏡像，[甲]2261 支於所，[甲]
2281 第三，[甲]2296 理目無，[乙]
2192 即名所，[乙]2263 因既有。

最：[乙]2393 勝百明。

刬

串：[宮]、韓[甲]、事[乙][丙]2087
刃於腹。

事：[宮][聖][另]1442 刃非遠，
[宮]2122 刃於腹。

傳：[明]945 爲射歷。

牸

將：[聖][另]1451 牛百頭。

牝：[元][明]190。

特：[宮]1451 牛復得，[三][宮]

1425 牛邊當。

恣

暴：[宋]202 自。

彼：[聖]199 意所布。

瓷：[三][宮]、望[聖]1421 佛言
聽。

次：[聖]376 心極，[聖]1509 樂
說諸，[聖]1670 敢有違，[元][明]1579
衣服飲。

盜：[宮]376，[三]17 習酒舍。

盜：[三][宮]1435 心取如，[三]
[聖]1441 心取隨。

恐：[宮]263 佛，[甲]1781 奪國
位，[宋][聖]291 興造天，[原]1890 不
順文，[原]2196 繁故唯。

婆：[明]1341 馱瞿，[三]1341 十
阿奴。

奢：[三][宮][另]、放[聖]1428。

歲：[聖]、受歲[另]1435 佛知故。

委：[聖]291 於斯所。

悉：[宮]342 意在聲，[三]1340 意
問我。

益：[三][宮]2053 相酬勸。

逸：[三]186 不，[三]196 善惡隨，
[三]210 從是多，[聖]211。

慾：[宋][宮]2123 故惡道。

茲：[三][宮]653 口。

咨：[宮]598 聽一切，[宮]687 其
口天，[明]99 於五欲，[明]415 口長
歌。

姿：[博]262 於某年，[明]1478 態，
[三][宮]630 態六者，[三][宮]1478 態

惡有，[三][宮]1478 態嫈娱，[三][宮]2123 態恃色，[三]418 態甚迷，[聖][另]790 喜鬪，[宋][元]2061 制若老，[宋][元][宮]、盜[明]1557 態七爲，[宋][元][宮]443 態，[宋][元][宮]1478 態，[宋]2059。

資：[宮]579 汝所問，[三]2103 其愛智。

奏：[明]310 汝所問。

坐：[宮]2060 便訖覺。

眥

目：[甲]850 塢烏爲。

漬

浺：[聖][另]790 處故屋，[宋]、讀[宮]2103 風。

積：[三][宮]263 皆成佛。

浸：[三][宮]1435。

淨：[石]1509 火能。

潰：[元]2087 以塗額。

流：[三][宮]1462。

釀：[三][宮]1458 之成醋。

清：[三]1644 處與寶，[聖]1421 或爲虫，[聖]1421 諸比丘，[聖]1458，[另]1451 長者後，[另]1458，[宋][宮]2102 風流則，[宋]26，[知]1441 酢已清。

灑：[三]515 霜封支。

線：[甲]1000。

循：[甲]2261 也。

汙：[三]26 賢者迦。

濆：[三][宮]721 其池名。

牸：[三][宮][聖]1462 袈裟若。

宗

安：[甲]2037 秀二師。

寶：[甲][乙]2328 師代法。

本：[甲][乙]2263 計。

部：[甲][乙]2263 意可許。

常：[甲]1839 以電瓶。

承：[甲]1717 答本承。

乘：[甲]2214 竟等，[甲]2246 無相惠，[甲]2263 義，[甲]2300 宜前破，[甲]2313 實有生，[甲]2339 一教也，[原]1721 中道無，[原]2261 彼此相。

崇：[丙]2231 奉供養，[宮]279 重言必，[宮]1808 但依，[宮]2059 敬先是，[甲]1709，[甲]1775 故先命，[甲]2053 猶，[甲]2087，[甲]2087 重爲建，[甲]2270 重門人，[三][宮]1509 伏復次，[三][宮][乙]2087 信外道，[三][宮]1509 事若在，[三][宮]2104 尚義，[三]156 敬至心，[三]184 梵志相，[三]192 敬，[聖]1 奉禮敬，[聖]125 所謂月，[聖]1428 之法何，[原]2199。

處：[甲]2371 名爲畢。

當：[三]2103 同諸法。

等：[三][宮]1571 何不，[元][明]1562 若謂定。

定：[甲]2271 始成違，[甲]1973 則曰正，[甲]2217 相故名，[甲]2273 無之相，[甲]2274 有性此，[原]2208 還欲糾，[原]2208 論意與，[原]2270 今瓶上。

非：[乙]2250 謂經。

奉：[三][宮]2060 之。

宮：[明]2104 乃尹喜。

果：[明]1562 都無違，[原]1840 相違智。

寂：[甲]1781 具如正，[宋]657 敬。

家：[甲]1735 須知二，[甲]1828 因緣故，[甲][乙]1822 共，[甲][知]1785 體等故，[甲]2195 意得旨，[甲]2217 第八識，[甲]2289 舉旗所，[甲]2299 許都滅，[甲]2323 有二説，[三][宮]1442，[三][宮]1442 惡聲彰，[乙][丁]2190。

教：[甲][乙]2263 俱付攝。

京：[甲]、是[甲]1839 以似宗，[甲]2183 師判因，[甲]2261 師觀。

舉：[甲]1821 論曰。

客：[明]2110 侶一時。

空：[甲]1983 我淨，[甲][乙]1866 理等第，[甲]1709 非，[甲]1775 故現空，[甲]2270 兩宗共，[甲]2273 唯，[宋]1522 爰製，[元][明][宮]222 見。

禮：[明]2087 敬每至。

立：[宮]2060 控。

亮：[甲]1763 曰釋橫，[聖][甲]1763 曰譬破，[聖]1763 曰十地。

龍：[甲]2130 也第四。

末：[三][宮]2060 嗣將虧。

前：[原]2271 之宗故。

肉：[三]120。

僧：[知]384 五千人。

師：[甲]1795 既，[甲]2271 即文軌。

實：[甲]2262 云意成，[甲]2263

義依第，[甲]2266 等不言，[甲]2266 依大乘，[甲]2274 義相關。

示：[宮]2053 喻體喻，[甲]1735 涅槃而，[甲][乙][丙]1833 法作不，[甲]1912 無生第，[明]2060 四分聞，[乙]1736 耶即由。

室：[元][明]186。

守：[甲]2039 禮祀磨，[甲]2217 通要旨，[甲]2266 故須通，[聖]1509 親知識。

宋：[宮]2041 主十輪，[宮]2059，[宮]2060 可録施，[宮]2080 贊寧，[甲]1709 有法定，[甲]2052 公，[三][宮]2034 諱闕殆，[三][宮]2060 氏南郡，[三]2149 諱闕殆，[宋]2060 舊館，[宋]2110 案道教，[乙]2296 道場寺，[知]2082 公瑀及。

祟：[原]2196 仰當知。

所：[乙]1736。

網：[原]1849 要。

相：[甲]1829。

秀：[甲]1763 曰先説。

序：[甲]1758 不乖俗。

宣：[元][明]2110 伸尼之。

玄：[三][宮]2122 度弱喪。

言：[甲]2274 也云云。

意：[甲]2217，[乙]2263 不許別，[乙]2263 以即識。

因：[甲]2273，[甲]2274，[甲]2274 也所聞，[原]2271 後宗前。

應：[三][宮]2122 施戒忍。

餘：[甲]2274 六皆疎。

語：[原]2208 相違自。

增：[宋][明]374 敬各發。

寨：[宮]2034 之常以。

章：[甲]1736 中文文。

執：[甲]2274 故隨其。

旨：[丙]2396 又求賢。

中：[甲]2036 代宗三。

種：[原]2339 性決。

衆：[甲]1771 橫論之，[明]2104 曰上天。

主：[甲]2323 故云天。

住：[原]1840 故聲無。

字：[宮]2060 本習，[宮]2060 重行，[甲]2300 謂一説，[甲]2339 義唯是，[甲]2211 多義佛，[甲]2261 或分爲，[甲]2266 形誤，[甲]2275 乖反，[乙]2192 賀字是。

摋

總：[三][聖]100，[三]100，[元][明][聖]100 摵無。

縱：[聖]512 拔其髮。

棕

悖：[原]1205 牛。

椶：[原]、椶[甲]2006 櫚葉。

椶

菱：[宮]2122 櫚寺。

梭：[聖]1453 其果多。

縱

使：[三][宮][甲]901 竪各以。

綜

琮：[三]2149 屬詞八。

綷：[三][宮]2060 特蒙收。

紘：[三]2145 群問明。

統：[甲]2214 五部三。

習：[三][宮]1646 外典多。

佇：[三][宮]2103 玄範。

踪

蹤：[明]2076 迹聲色。

鏩

鏩：[明]249，[明]249 二合引。

蹤

跡：[三][宮]2121 而前億，[三]2145 罕得而。

徵：[三][宮]2122。

踪：[甲]2008 跡當別，[甲]2036 跡尚書，[甲]2036 跡一僧，[明]156 跡行伍，[明]2076 如何進。

縱：[宮]223 廣等如，[宮]1451，[明]2122 暴士女，[三]2154 橫因避，[聖]1522 馬鳴繼，[宋][元]309 迹，[元][明]2016 橫絶，[元][明]2122 互騁憍。

足：[三][宮]383 跡難尋。

騣

髮：[聖]1442 尾及以。

駿：[三][宮]2122 尾皆有。

鬘：[三][宮]1435 毛處。

鏾：[甲][乙]1796 四字皆。

鑁

　叭：[三][宮]2122 夜輸盧。

　梵：[三][甲][乙]1125 三合。

　吽：[乙]2391 字言説。

　鑁：[宋]882 一。

　韐：[乙]1171。

　挽：[乙]867。

　網：[三][甲]1125。

　鑁：[三]244 悉三。

揔

　互：[三][宮]425 曜照執。

總

　標：[甲]2801 二別分。

　別：[甲][乙]2192 明如來。

　並：[原]、並[聖]1818 導此七。

　初：[甲]1816 中羅，[甲]2195 指四行。

　純：[宋][宮]1664 一暗冥。

　聰：[甲][乙][丙]2394 明善綴，[甲]1736 名，[甲]1781 明博達，[甲]2339 律師初。

　答：[宋]1545 依覺所。

　大：[甲]2434。

　德：[甲]1782 相兼説，[甲]2266 之宗等，[甲]2266 指不局。

　定：[三]2145 持經一。

　都：[甲]2274，[宋][元]2155 計合大。

　惡：[乙]2263 報業耶。

　凡：[明]2151 二十三，[明]2151 三部合，[明]2151 五，[明]2151 五部合。

　故：[甲]2428 成三十。

　合：[明]2151 三百九。

　忽：[甲]2281 返給候，[三]2060 見梵僧。

　揔：[明]2145 衆經以，[宋][元]398 持品二，[宋][元]398 持爲何。

　或：[三][宮]1425 頭如麥。

　機：[乙]2218 人。

　即：[甲]1736 出。

　極：[甲][乙]1822 陷，[甲]1851 令純熟，[甲]2274 一，[聖]1442 沒其物。

　髻：[宮]2053 施無復。

　兼：[甲]1736 顯修。

　撿：[甲]2261 合字及。

　皆：[三]2154 誤也今。

　結：[甲]1830 立，[甲]1736 明後修，[乙]1736 非也疏。

　盡：[三][宮]1459 集從初。

　俱：[甲]2339 爲三乘。

　苦：[原]1776 從彼苦，[原]1776 今。

　歷：[甲]1799 值諸佛。

　聊：[三][宮][聖]703 無一人。

　略：[甲][乙]2309 顯善惡。

　滿：[甲]1736。

　祕：[宮]2034 攝，[甲]2400 法先以。

　目：[三]2146 録卷第。

　惱：[甲]1781 四大合，[三][宮][聖]1458 不，[聖]1509 相，[原]1776 稱損眞。

勠：[甲]2255 苦住立，[甲]2266 不。

全：[甲]2249。

然：[甲]2270 顯意者。

任：[甲]1733 持諸法。

摁：[聖]1421 淨於一。

攝：[甲][乙]2309，[三][宮][聖] 1579 若別所。

施：[甲]1851。

疏：[甲]1736 釋論然。

雙：[甲]1736 結上六。

説：[甲][乙]2261 名了境，[甲] 2250 説有體。

總：[宋][宮]、細[元][明]2102 委重軒。

聽：[明][甲]1988。

統：[三][宮]2121 御大國。

謂：[甲]2266 處轉故。

穩：[宮]1442 爲一色。

物：[丙]2777 舉喻也，[宮]848 如意，[甲]2299 無能壞，[甲]2323 類善男，[甲]1709，[甲]1719 束四明，[甲] 1792 信受經，[甲]1839 有總類，[明] 293，[三][宮][另]1463 有二種，[三] [宮]2122 奉，[聖]1443 爲一色，[原] 2271 依因生。

細：[甲]1816 結是故。

相：[甲]2339 合緣故，[甲][乙] 1821 遣故知，[甲]2305 別依總，[甲] 2339 合即有。

想：[丙]2218 身證十，[宮]309 持強記，[甲][乙]1822 舉八種，[甲][乙] 1822 恐有所，[甲]1512 持，[甲]1828

二由六，[甲]1841 貫諸法，[甲]2217 是衆緣，[甲]2218 如野馬，[甲]2266 有四種，[甲]2271 無此過，[甲]2287 相義邊，[甲]2339 有二種，[甲]2397 御衆德，[三][宮]847 無所益，[三][宮] 1548 持持界，[乙]2263 執，[乙]2391， [乙]2261 名爲生，[乙]2263 釋義，[乙] 2392 攝四真。

性：[甲]2255 亦爾今。

於：[甲][乙]2288 前門有。

喩：[原]1744 結也就。

緣：[甲]2266 以無體。

樂：[甲]1724 不定亦。

增：[聖]1851 相緣觀。

招：[乙]2296 三。

恣：[明]2123 觀五欲。

搜：[三][宮]512 拔其髮，[元] [明]、摁[宮]1425 其頭強。

縱：[甲]1795 有發意。

糭

糧：[宋][宮]、糗[元][明]2121 內佛鉢。

瘲

瘲：[甲]2244 皮上微。

縱

從：[明]2145 橫聚則，[三][宮] 724 意故，[原]1829。

從：[宮]721，[宮]1650 欲事時， [明]377 廣四十，[聖]371 廣十二，[元] [明]2145 其姦慝。

緞：[甲][乙]1821 於彼勝。

恣：[聖]1723 勝處可。

蹤：[三]、衆[明]2102 網天姿。

縱

彼：[聖]190 情受樂。

纏：[甲][乙]1822 破正量。

摐：[三][宮]2103 金飛旆，[元][明]2016 然無念。

從：[甲][乙]1822，[甲][乙]1822 汝觸起，[甲]1925 無明謬，[甲]2035 經飲酒，[甲]2266，[甲]2290 破初中，[甲]2300 而不同，[甲]2378 有聽聞，[三][宮]2060 橫，[三][宮]2060 或攬折，[三][宮]2060 容順俗，[三][宮]2060 容曰自，[三][宮]2103，[三][宮]2103 橫於言，[三][宮]2103 斜常不，[三][宮]2122 瞋恚怨，[三][聖]170 其心自，[三]1 容威光，[三]152 得，[三]152 惡心還，[聖]190 情無預，[聖]613 情狂惑，[聖]1463 逸無善，[聖]1536 心於入，[聖]下同 480 廣亦如，[另]613 骨亦滿，[宋][宮]2060 千餘里，[宋][明]213 容得脱，[宋][元][宮][聖][另]1463 廣皆自，[宋][元][宮][乙]866 橫下八，[宋][元]2103 意白雲，[宋]213 容暫覩，[元][明]212 容婇女。

殿：[宮]2121 廣。

假：[甲][乙]1822 計爲生，[甲]2299 説爲，[甲]2337 説爲斷，[甲]2337 雖教，[三][甲]1181 令遇之，[乙]1822 令界，[原]1851 於無量，[原]2339 名故。

絶：[三][宮]2060 來怨是。

雖：[甲]2266 許等無。

隨：[甲][乙]1822 説也或。

徒：[三][宮]425 使，[三]2104 有朱楹。

修：[原]2339 者此二。

縫：[甲]2128 冠上覆。

猶：[甲][乙]2397 如大唐。

緣：[另]1442 身而坐。

終：[宋]1657 爾何失。

蹤：[甲]1717 復歸相，[甲]2006 橫照用，[三][宮]1462 覆若一，[三][宮]1545 從西侵，[三]2105 曉示法，[宋][宮]1421 橫於時，[宋]152 橫踐殺，[宋]152 橫于地，[元]2122 橫相接。

陬

阪：[甲]2128 俗字。

梱

搊：[三]、持[宮]1546 杖執蓋。

鄒

鄉：[甲]2129 反考聲。

諏

敢：[甲]2128 音赫監。

趣：[三]118 群儒宗。

鄹

郭：[三][宮]322 邑郡縣。

阪：[宋][元][宮]2123 魯尚。

走

大：[三]193 哀。

赴：[甲]2035 長者歡，[三][宮]2122 彌，[三]2060 捷也餘，[三]2122 兒，[宋][宮][石]1509 行。

見：[甲]2006 盤良天。

來：[宋][宮]、求[元][明]2043 初無安，[原]904。

立：[甲]2339 是故不。

僕：[三][宮][聖]292 使悉能。

起：[甲]2266 准疏答，[三][宮]2122 不定當，[元][明]1425 詣祇洹。

去：[甲]1813 皆不犯，[三][宮]2121 之耳其，[三][聖]190 遠離於。

趣：[甲]2120 節度使，[宋]374 修八聖，[元][明]375 修八聖，[元][明]2145 五陰六。

犬：[三]1300 獸和合。

入：[另]1428 無犯無。

是：[宮]2122，[明]288 菩，[乙]2795 得脫逐。

踏：[甲]2879 蓮華背。

徒：[三][宮][聖][另]285 使。

堯：[原]2262 毫一筆。

乄：[甲]2128 召聲也。

踰：[甲]2879 地挽弩。

遠：[聖]210 五道無。

岳：[甲]1969 不敏探。

之：[甲]973 去行，[聖]99 逐觸人。

縱：[三]193 諸欲。

走：[三]1 持華鬼。

奏

表：[甲][丙]2120 明徵不，[三][宮]2053 曰沙門，[乙]1736 聞都維。

春：[三]2060 四方多。

湊：[宮]225 三界聖，[宮]639 擊相和，[三][宮]2060 業盡於，[三][宮]381 一切無，[三][宮]435，[三][宮]461 乎文殊，[三][聖]481 從行，[三]180 心自計，[元][明]285 知如審，[元][明]2103 秦女而。

奉：[甲]2036，[甲]2035 遂改元，[明]2102 以，[三][宮]2122 文帝，[聖]2157 微僧特，[宋][宮]、湊[元][明]461 七寶四，[宋][元]2149，[乙]2376 勅準，[元]2061 帝歡嗟。

令：[甲]2053 令。

末：[宮]2060 又造塔。

秦：[元]2104 言。

泰：[宋][元]2061 而。

謝：[聖]2157 以聞臣。

租

粗：[三][宮]2102 願混士，[宋]2121 稅穀帛。

祖：[宮][甲]1805 意若可，[甲]2035 曰反漢，[甲]2125 地與，[聖]26 阿難法，[元][明]2122 澤燕之。

蒩

蒩：[三][宮]2123 在山禽。

足

拜：[甲]2229 降。

變：[三][宮]1464 賓頭盧。

不：[甲]2323 若説理。

步：[明]1450 登彼門。

長：[宮]2111 即勅左。

成：[三]125 爲善逝。

蛆：[宮]729。

從：[三][宮]1425 令。

大：[三]982 神通能。

道：[三][宮]2123 不違聖。

得：[宮]222，[三][宮]1509 佛。

定：[宮]397 不安隱，[甲][乙]2207 四佛多，[明]1721 八願登，[甲]1736，[甲]1828 又釋前，[甲]2250 戒如是，[甲]2266 故此中，[甲]2266 一頌讃，[甲]2339 功德等，[甲]2339 今，[甲]2397 應滿，[三][宮]1509 今何以，[三][宮]1537 至頂離，[三][宮]1548 不勤進，[三][宮]2104 相奪可，[聖]210，[宋]190 勝彼，[乙]1821 知故不，[元][明]1562 爲至教，[元][明]1579 矯誑等，[元][明]2137 爲，[元]1536，[原]1895 在輕，[原]2270 得決定，[原]2339 界内界。

段：[乙]2408 曜宿段。

而：[另][倉]、－[石]1509 不蹈地。

乏：[明]2121，[三][宮][聖]425 其彼法。

法：[宋][元][宮]1521 亦以三。

工：[三]171 太子承。

股：[甲][乙]2390 上千手。

合：[原]1818 釋一句。

化：[三]196 五人身。

患：[三][宮][聖]1462。

及：[宋]1443。

己：[宋][元]、已[明]98 名爲最。

迹：[元][明]1552 一切有。

脚：[三][宮][石]1509 何以故，[三][宮]1425 乃至三，[三][宮]1435 與油塗，[三][宮]2122 掣車而，[三][宮]2122 蹈道人，[三][聖]643 戾。

接：[聖]172 太子還。

戒：[明]1421 人經竝，[三]1441 人殺人，[三]2063 禁行清，[三]2063 以後，[三]2063 之。

靜：[三][宮]2122。

具：[甲]1911 四假一，[明][和]293 十法證，[石]1509 故稱爲，[宋][元]360 誓不成。

詎：[三][宮]2122 可依委。

可：[三]203 縱。

力：[甲][乙]1822 又佛行。

六：[三][宮]397 波羅蜜，[三]1485 神通。

滿：[聖]200 時到將。

美：[三][宮]2028 或。

妙：[三][宮]1611 色聲等。

尼：[宮]374 等，[甲]1805 是佛，[甲]1921 能，[甲]2128 戔壘皆，[三][宮]1521 是故我。

泥：[明]2123 優婆塞。

其：[宮]657 法勤。

且：[甲]1816 乃至念。

取：[三][宮]2040 滿之。

趣：[明]220 地獄火。

倦：[宋][宮]、惓[元][明]657。

人：[宮]2058 入，[甲]1512 也聞

聲，[乙]2092 跡所履。

忍：[三][宮]1437 能得無。

申：[甲]2036 雍容。

是：[丙]2286 疑謗奇，[宮]659 十法善，[宮]659 十法以，[宮]659 十法喻，[宮]659 十法多，[宮]659 十法攝，[宮]659 十法受，[宮]659 十法行，[宮]659 十法與，[宮]895 鬚，[宮]1545 善住相，[宮]1808 求，[宮]2123 行，[甲]、足[甲]1876，[甲]1804，[甲]2196 名中道，[甲][乙]1822 能任持，[甲][乙]1822 心字所，[甲][乙]2261 樞要十，[甲][乙]2392 入堂也，[甲]1361 也若無，[甲]1512 信人故，[甲]1724 放眉間，[甲]1729 風爲八，[甲]1775 以始于，[甲]1816 何，[甲]1816 於中若，[甲]1821，[甲]1830 自，[甲]1834 東西方，[甲]1921 除疑，[甲]1921 即是形，[甲]1921 頭陀乞，[甲]2120 以暉，[甲]2129 聲也案，[甲]2195，[甲]2196 依，[甲]2250 論文品，[甲]2255 是緣覺，[甲]2259 是故爲，[甲]2271 爲理極，[甲]2271 知其隱，[甲]2299 言輕受，[甲]2301 第五義，[甲]2339 得常涅，[甲]2434 上所明，[明][丁]1199 印眞言，[明]313 故舍利，[明]721 故則得，[明]1435 數擯比，[明]1450 樹神聞，[明]1547 晝林有，[三]374 七想是，[三][宮]381 影所翳，[三][宮]606 隨，[三][宮]1488 二，[三][宮]1546 名煩惱，[三][宮]1552 爲奇淨，[三][宮]1579 勇猛，[三][宮]2040 何故異，[三]158 決定三，[三]374 二斷是，[三]375，

[三]1341 沙門之，[三]1582 五事則，[聖]1429 受，[聖]1522 菩薩十，[聖]1708 斑，[聖]1788 即歸誠，[乙]2249 一解文，[乙]2296 通破周，[乙]2393 臍，[乙]2408 生師，[元][明]76 丈夫尊，[元][明]2060 代簫管，[元][明]2108 爲希有，[元]675 故修行，[原]1776 其畢竟，[原]1780，[原]1841，[原]1936 假此之。

受：[三][宮]354，[聖]1425。

疋：[甲]2129 書寫人。

四：[三]397 如意無，[元][明][宮]310 無量得。

通：[明]157 變化放。

頭：[宮]2041 南首。

團：[三]212 樹中之。

退：[三][宮]1548 重悕望。

爲：[甲]2035 知性原。

尾：[明]2076 好與二。

位：[甲]1816 已前。

文：[乙]2296 殊不及。

無：[甲]1839，[乙]2309 邊菩。

五：[聖]2157 成六十。

須：[三][宮]534 更設貪。

雅：[三][宮]2060 爲稱首。

已：[三][宮]1439 右繞歡，[三][宮]1428 却，[三][宮]1428 却住一，[三][宮]1428 在一面，[三][宮]1547 顏貌端，[三]190 然後次，[三]202 自，[元]1809 食比丘。

矣：[三][宮]263 文殊師。

易：[甲]2006 觀一把。

異：[原]2248 也若依。

有：[甲]1709 生，[聖]1721 十二。

云：[甲]2128 蹀陽阿。

則：[宮]2112 明佛道，[原]2395 義操。

掌：[甲]1782。

正：[甲]2266 經也。

之：[丙]2286 存一百，[宮]310，[宮]322，[宮]374 覆身進，[宮]397 是菩薩，[宮]410 之法增，[宮]1602，[宮]2058 外來入，[宮]2121 若後得，[甲]1736 今當略，[甲][乙]1822 上而起，[甲][乙]1822 說彼說，[甲]893 下安置，[甲]1145 已置在，[甲]1238 不痛亦，[甲]1302 中尋時，[甲]1709 下放光，[甲]1723 糞，[甲]1733 五，[甲]1924 清涼是，[甲]2826 在家者，[三]153 譬如，[三][宮][聖]285 業七住，[三][宮][聖]639 及大勝，[三][宮]271 前諸天，[三][宮]403 故見人，[三][宮]798，[三][宮]1470 二者，[三][宮]1546，[三][宮]2102 以光揚，[三][宮]2102 因此而，[三]158 時於十，[三]189 跡故來，[三]643 無聲疾，[三]1562 中說，[聖]1442 下親承，[聖]158 下則下，[聖]200，[聖]481 白世尊，[聖]1442 作如是，[聖]1733 等第三，[另]310 法求滅，[宋][宮]310 跡在虛，[宋][宮]2060 遇見古，[宋][元]、乏[明]193 衣食疾，[宋]5 安何用，[宋]21 以頭面，[宋]125 教阿闍，[乙]1171 或以百，[元][明][宮]2102 天，[原]1819 異而智，[原]1821 用在，[原]2196 此即沼。

知：[三][宮]2123，[乙]2296 月俊英。

止：[三]212 也念修。

中：[甲]1782 意亦含。

捉：[甲]1763 頭譬之，[三][宮]420 刀，[三][宮]1501 塊石刀。

卒

奔：[宮]2058 起一旦，[聖]1425 下者當。

本：[宮]1549 亂彼一，[宮]1552 令富，[宮]2121 暴亂錯，[宮]2121 散亂執，[三]、平[宮]790 慈念垂，[三]57 五陰爲，[三]2110 所以集，[三][宮]397 暴，[三][宮]1547 不能離，[三][宮]1548，[三][宮]2103 無年世，[三]152 弘誓愼，[聖][另]342 不肯捨，[聖]1462 有水火，[聖]1547 如，[石]1509 皆，[宋][元]322 師之敬，[宋]322 法之。

曾：[三][宮]638。

仇：[元][明]、迅[聖]211 無赦生。

酬：[三]361 報父母。

萃：[三][宮]620 身內有。

悴：[三]16 乏令治。

撮：[三][宮][久]1486 起鐵嘴。

乖：[甲]2068 敵也又，[甲]2207 也罪，[甲]2266 故前釋，[原]2208 越諸教。

鬼：[三]1。

或：[三][宮]1425 止卒聲。

即：[另][石]1509。

寄：[甲][乙]1822 難論。

來：[甲]2207，[明]2145 於山中。

吏：[知]2082 失其姓。

率：[甲]1723 以黑繩，[甲]1796 心專檀，[甲]1828 如卒爾，[三][宮]、攣[聖][另]1458 爾生疲，[三][宮]2123，[元][明]411 呵舉能，[原]1776 官屬十。

年：[甲]2044 行怒今。

平：[宮]901 誦療病，[宮]1425 得中有，[宮]2122 不成經，[三][宮][聖]1421 之即持，[三][宮]309 賤自然，[三][宮]345 賤快樂，[聖][另]790，[聖]211 其業來，[聖]425，[聖]425 暴不相，[元][明][宮][聖]221 知善於，[原]1819 去楚越。

青：[三][宮]2060 煙涌出。

生：[元][明]2103 餘習上。

帥：[原]1239 無邊神。

窣：[丁]2244 堵波焉。

亡：[聖]1859 今作答。

辛：[甲]1735 互相怖，[元]2154 始經。

乍：[甲]1781 來死。

終：[甲]1717。

祖：[明]1169 字安兩。

呧

尼：[乙]2408 菩地。

峷

嵩：[宋][元]、嵬[明]2122 高峻城。

族

挨：[乙]2194 故言龜。

放：[甲]952 光明而，[宋][元]1092 祕密曼。

駮：[甲]1813 如是等，[元][明]2102 良由辭。

技：[元][明]1505 術爲首。

旌：[丁]2092 之長所。

隸：[三][宮]2102 隸乎金。

陸：[乙]2396 飛走冥。

祿：[三][宮]271。

俟：[宋]2122 姓。

強：[乙]897 姓家生。

親：[三]735。

施：[宮]2121，[聖]953 中堅。

授：[三]291 譬喩而。

竢：[原]2339 祖師而。

俗：[明]2123，[三]1435 中表内。

姓：[三][宮]1521，[三]187。

旋：[宮]896 説八洛。

遊：[宋][元][宮]2109 厭榮華。

右：[甲][乙]2087 咸皆集。

於：[宮]1443 多者於。

帙：[三][宮]2103 題篇披。

誅：[宋]、族誅[元][明]2103 崔浩何。

祚：[聖]1723 胤。

粹

梓：[甲]1969 樂邦文。

鏃

箭：[元][明][宮]374 我爲大。

莖：[宋][宮]2040 下向變。

鐵：[聖]643 奮身射。

鏃：[三][宮][聖]1458 成揩以。

阻

殂：[三]2121 遂之林。

斷：[甲]2195 壞四了。

惡：[三][宮]2122 凶毒流。

沮：[宮]2078 其心會，[甲]1816 壞終不，[明]1299 壞，[三][宮]2123，[三]187 善友四，[元][明][宮]614 易悅不。

俱：[三]196 棄我令。

陋：[明]220 穢惡。

岨：[宮]2102 而玄對，[元][明]152 君臣相。

俎：[甲][乙]、沮[丙]1211 礙，[甲][乙]1796 壞之者，[甲][乙]1796 壞也爾，[聖]俎[原][甲]1851 壞四最。

詛：[明]739 口初不。

俎

徂：[三]2145 謝而道。

殂：[三][宮]2102。

怚：[甲]1304 寧吉反。

沮：[明][宮]1463 壞得離，[宋][宮]、[明]2122 醢致使。

岨：[甲]2223 壞亦能。

菹：[三]152 骨脯肉。

阻：[甲]、廻[甲]1851 三昧如，[乙]1796 敗之第，[乙]1796 壞若不。

祖

禪：[宮]402 堨母谿。

臣：[聖]2157 等筆受。

初：[甲]2266 未至定，[三]2154 皇帝襲。

粗：[三][宮]2102 稟二儀。

怛：[甲]1736 王驚歎，[乙]1022 犁薩麼。

但：[甲]1805 依自然。

俎：[三]950 嚛挐二。

禮：[宋][元]1 右臂右。

母：[甲]1792 已上爲。

且：[甲]1912 是故但。

師：[宮]2008 一日喚。

世：[宮]2078 常又問，[三][宮]1425 財寶忿。

視：[三]2145 聽暨今。

祀：[甲]2036 祭申如。

祖：[宮][甲]1805 侍向佛，[甲]2128 臥反説，[明][宮]2059 行沙門，[明]1401 羅迦，[明]2131 拜繞禪，[三][宮]2104 形，[宋][明]374 者不知，[元][明]1169 攞木。

相：[乙]2092 瑩員外，[元][明]1507 父梵天，[知]384 信奉如。

祐：[聖]2157 錄。

祇：[宮]2034 宇文。

租：[甲]2039，[甲]2039 議曰師，[明]1234 嚕娑嚩，[三]2106 調拜爲，[三]下同 989 去曼挐。

祖：[宋][元]、但[明]1336 彌阿。

左：[三]1186 切野。

組

經：[甲]2036 白。

且：[甲]2128 魯反顧。

詛

祷：[三][乙]1022 不能得。

咀：[三]153 言遠去。

咀：[宮]492，[明][甲][乙][丙]1214，[三][宮]2103 寧忌湯，[三]2103 不可謂，[宋][元][宮]790 兩舌面，[宋][元][宮]1428 殺若自，[宋][元][宮]1428 言，[宋][元][宮]2122 部誹謗，[宋][元]1005 著身臥，[宋][元]1045 若作已，[宋][元]1333 惡口赤，[宋]1045 及與毒，[宋]1093 一切蠱，[宋]1096 悉能銷，[宋]1103 等事不，[乙]1821 必動身。

請：[三][宮]2103 之何益。

粗

撻：[明]1488 枷。

纂

篡：[明]1604 焉菩薩，[原]2425 紹王位。

等：[甲]2266 應非聖。

邁：[宋][元][宮]2053 承丕業。

撰：[三][宮]2122 集大法，[三][宮]2122 集好辭。

篹：[元][明]2059 如故無。

鑄：[元][明]1503 不得近。

纉

績：[宮]2060 異宗成。

纘：[甲]2120 承皇運，[三][宮]2060 前驅昌，[三][宮]2122 其燈照，

[三]2110 良弓之。

讚：[三]2110 述龍樹。

鑽

攢：[宮]620 兩脚下，[宮]721 燧，[甲]1765 搖漿猶，[甲][乙]2250 擲等業，[甲]1921 火求，[三]1522 穿七貫，[聖]1549，[聖]下同 1462 器覓鑽，[石][高]1668 轉木三，[宋][元]1101 淨火。

欑：[甲]1717 搖。

錯：[聖]、攢[另]1509 有母二。

鑽：[甲][乙]1822 器能辨。

毛：[三]192。

鎖：[明]616。

有：[元][明]1344 草人手。

讚：[明]2102 仰反復，[三]113 可得，[三][宮]2108 其要旨，[三]2145 訪才雖，[乙]2174 一卷不。

纘：[明]2060，[明]2060 注齊破。

鑽

於：[宋][元][宮]、千[明]721 須彌。

讚：[宮]721 頌過故。

嘬

嚼：[三]86 何等爲。

棌

柴：[三]2125 爲佳如。

嘴

策：[元]721 鐵鷲破。

最

寶：[三]193 器以精，[宋][宮]386 妙七庵，[乙]2385 救世諸。

本：[元][明]194 初受胎。

超：[甲][乙]2391 勝無比。

晨：[甲][乙]1796 勝至此。

澄：[甲]2176。

攝：[三]2149 都訖應。

定：[三]1547 後發聲。

而：[甲][乙]1822。

耳：[宮][聖]425 上，[三][宮]721 樂。

反：[元][明][宮]1509。

敢：[明]1657 初起心。

更：[甲][乙]2003 好分明。

果：[三]201 上功德。

過：[三][宮]1559 遠。

極：[原]1782 尊勝故。

寂：[甲]1512 勝若然，[甲]1828，[甲]2223 勝主謂，[甲]2266 上殊勝，[甲]2362，[明][甲]997 靜大菩，[三][宮]479 定心其，[三][宮]414 靜心三，[三][宮]1579 靜故不，[乙]2263 勝謗道。

家：[聖]2157 今屬閨。

劫：[乙]2207 初也若。

精：[三]26 妙也。

究：[甲]1828 竟，[甲]2434。

聚：[宮]1530 爲殊勝，[三]25 勝彼七。

量：[宮]263 頌尋應，[三][宮]1507，[聖]1509 可信者。

羅：[聖]1595 難可得。

曼：[宮]649 是菩薩。

窮：[甲]2044 後見一，[原]、窮[甲]2006 的要今。

取：[宮][聖]310，[宮]288 名聞菩，[宮]1585 勝眞如，[甲]2053 以，[甲]2270 是寬故，[甲]1816 要故如，[甲]1839 無，[甲]2837 正覺悉，[明]220 後作苦，[明]2043 勝大勇，[三][宮][聖]425 雜寶，[三][宮]1425 下鉢應，[三][宮]1549，[三][宮]2102 廓然唯，[三][宮]2122 爲清淨，[三]157 大世，[三]2108 也但既，[聖]225 正覺當，[乙]1821 後所捨，[元][明][聖]211 善象，[元][明]288 願，[元]2108 尊稽首。

三：[宮]721 大常住。

散：[元]222 尊有所。

身：[知]353 後身菩。

勝：[三][宮]479。

嗁：[三]、嗔[宮]1464 羅天子。

是：[宮]1530 勝善根，[甲]1771 上地各，[明]1428 初未制，[明]1538，[元][明]673 爲第一，[元][明]1530 勝光曜，[元][明]1552，[原]1780 有所無。

疏：[甲][乙]2219 初種子，[甲][乙]2219 上最勝。

術：[三]2110 第。

頭：[甲]1173 相合想。

微：[甲]2204 妙。

爲：[甲]1822 善論主。

聞：[乙][丙]2777 勝發心。

虛：[甲][乙]2309 妄由此。

薰：[明]1464 若以死。

言：[甲]2300 第一若，[甲]1821 疎遠故。

嚴：[宮]2123 極惡何。

厭：[聖]1509 近三里。

養：[三][宮][聖][另]285。

意：[元]197 重口行。

義：[明]221 空有爲。

尤：[甲]2217 可，[甲]1805 甚學者，[甲]2217 是密嚴，[甲]2263 不審皆。

則：[三]211 爲樂普。

輒：[三][宮]1425 初入者。

置：[宮]1604 勝彼無，[宮]268 勝法云，[宮]449 妙色香，[三][宮]1462 精妙者，[宋][宮]848 勝無能。

衆：[甲]1705 上故第，[甲]2231 善深忍，[明]1083 生降伏，[聖]285 勝演是。

宗：[甲]2274 初明。

罪：[另]765 爲下色。

尊：[甲]1007 一切信，[三][宮]1430，[三]192。

罪

礙：[三][宮]676 廣大智，[聖][甲]1733 廣大智。

報：[三][宮]2123 數見俗。

悲：[宮]2042 不信後。

病：[三][甲]1332 塵勞垢。

不：[聖][另]1442 同前此。

除：[聖]643 前五種。

地：[三][宮]741 獄者王。

等：[甲]2068 報。

底：[明]1442 是謂苰。

對：[三]1 所牽不。

惡：[明]2122 報難可，[三][宮]544 行誦習，[三][宮]1421，[三][宮]1435 故即便，[三][宮]1442 業殺，[三][宮]1459 謂波羅，[三][宮]1521 或以惡，[三][宮]1549 於此間，[三][宮]2123 盡乃得，[聖][另]1435 不捨惡，[宋]374 以爲無，[原]1819 人依止。

罰：[三]212 加者時。

犯：[三][宮]1459。

非：[宮]1428 無惡見，[宮]1435 教令如，[宮]1442 差限若，[甲]、罪即非非後是[乙]、非復是[原]2194 即，[甲]2299 唯緣有，[明]1459，[明]2122 不得，[明]156 人，[明]1116 悉皆除，[三][宮]330 或墮三，[三][宮]2122 祥不聽，[三]352 友於此，[聖]1435 如法懺，[宋]1331，[宋][元]1425 若比丘，[宋][元]1521 難除應，[乙]2263 不，[元][明]411 彼若聽，[元][明]614 福報故，[元][明]1454 若少一，[元][明]1509 之根若，[元]397 法汝可，[元]1458 其分齊，[元]1582 見，[元]2122 又四分，[原]2248。

福：[三]2122 所作，[宋][明][宮]765 不悔惱。

綱：[三]2059 目不無。

皐：[明]2102 亦爲惡。

果：[三][宮]268 報生處。

還：[三][宮]1458 苰芻應。

禍：[宮]2112 福報應，[三][宮]534

即，[三][宮]2111 源同影。

家：[三]20 佛説經。

禁：[三]375 謗方等。

苦：[宮][另]1428 是爲，[甲][乙]2070，[三][宮]267 不受如，[三][宮]2123 已出斤。

累：[三][宮]2103 是故慈。

罹：[三][宮]2034 重。

離：[三][宮]278 垢。

理：[三][宮][聖]310 作意相。

罸：[另]310 隨學忍。

羅：[丙]2381，[宮]221 處，[甲]1112 耶，[甲]1158 草護摩，[甲]1709 福處有，[甲]1781 縁爲外，[甲]1805 分齊中，[甲]1965 漢果等，[甲]2261 母他交，[甲]2261 業多故，[甲]2266 不現行，[甲]2299 聞此法，[三][宮]391 三惡一，[三][宮]443 魔王如，[三][宮]443 如來南，[三][宮]1455 百八十，[三][宮]1545 毘奈耶，[三]1 否符野，[聖][另]1442 若在界，[聖][另]1509 人鈍根，[聖]425，[聖]1425，[聖]1428，[聖]1428 不懺，[聖]1435 若，[聖]1458 作傍生，[聖]1462 中此罪，[聖]1509 故有三，[聖]2060 貧弱欲，[另]1442 而作妄，[乙]2263 聚中，[元]125 行非父，[元]653 深坑塹，[元]742 一也。

買：[三][宮]1458 俱有利，[聖]1425。

辟：[三][宮]、僻[石]1509 其父慈。

情：[三][宮][聖]1579 利益事。

取：[三][宮][另]790 誰。

生：[宮]664，[三][宮]1494 之本自。

失：[甲]2230 名不淨。

事：[宮]1425 僧中發，[明]1440，[三]153，[三][宮]657 已便自，[宋][宮]657。

説：[聖]1441。

死：[三][宮]1478 根堅當。

四：[甲]2792 與突。

畏：[乙]2309 事中應。

無：[知]567 亦無福。

相：[甲]2400 變成降。

行：[元][明]1012 又得親。

業：[明]638 難計量，[明]1442 若蕊茢，[三][宮]310 舉身皆，[三][甲]1085。

疑：[聖]1440。

亦：[甲]2261 重如仙。

語：[三][聖]1441 波夜提。

怨：[乙]1909 一切捨。

造：[甲]1736 消滅王。

遮：[三][宮]1425，[三][宮]1425，[三][宮]1425 骨。

者：[甲]1912 亦須合，[三][宮]2122 可。

諍：[三][宮]1428。

重：[三][宮]2122 故人見。

衆：[原]2215 生之助。

皐：[明]235 業應墮，[明]2102 佛法通，[明]2102 思臣所。

醉

解：[三]、懈[宮]741 三。

酒：[聖]99 放逸心。

明：[元][明]327 無正意。

洒：[聖][另]790 謂醉不。

獅：[明]293 象惡獸。

碎：[明]1428 時與夫。

醢：[宋]2121 然後脫。

懈：[宮]2123 歡。

醒：[元][明]2121 問汝可。

尊

寶：[甲]1816，[三][宮]1509 者少何，[三][宮]2121 父命子，[三][宮]2123 修身學，[三][聖]125 無所短，[三]2110 後於望。

悲：[甲][乙][丙]2381 哀愍護。

稟：[甲]2339 一乘不。

長：[甲]950。

處：[聖]1579 依於諸。

垂：[甲]2068 慈陰。

存：[三]、遵[宮]2066 五峯秀。

導：[宮]885，[甲]2219 師即普，[甲]2907 師願我，[三][宮]263 師，[三][宮]263 師之所，[三][宮]520 衆生宗，[三][宮]2060 啓行庶，[三][宮]2060 以德義，[三]192 師是則，[三]282 師於諸，[聖]125 爲人作，[宋][宮]415，[乙][丙]2777 然後爲，[乙]2261 轉法輪，[原]2339 三乘故。

道：[甲]、導[乙]1978，[三][宮]285 慧不貪，[元][明]221 意亦復。

德：[乙]2192 遍虛空。

等：[宮]848 以如來，[甲]、等尊[丙]2397 竝坐象，[甲][乙]2404 此中不，[甲]952 修羅宮，[甲]2214 者即字，[甲]2402 今只隨，[甲]2409 七正遍，[明]1187，[明]100，[三][宮][知]414，[三][宮]1579 教誨終，[三]199，[聖]1，[聖][另]1442 故，[乙]2254 問佛佛，[乙]2393 與，[乙]2397 是大日，[原]2196 還顯性，[原]1851 事以求，[原]罵[原]2362 辱不忍。

法：[乙]2391 通行法，[原]2411 也以彼。

佛：[甲][乙]981，[甲]1722 共呈嘉，[甲]2400 想於無，[明]420 願，[三]1982 故我頂，[聖]383 能令皆。

恭：[三][宮]657 敬，[三][宮]657 敬供，[三][宮]657 敬心供，[聖]223 敬若諸。

貴：[甲]1700 重義具，[三][宮]493 惡此實，[三][宮]657。

厚：[宮]323 令一切。

怙：[三][宮]414 奉持人。

會：[原]2396 則有胎。

雞：[明]2088 足也。

迦：[甲]2410 事，[甲]2410 也顯密。

間：[明]721 普示諸，[三][宮]292 極豪無，[三][宮]398 我堪任，[三]3 甚希有，[三]187 演說如，[三]193 冥所覆。

教：[原]913 自有次。

界：[甲]1267 俱發聲，[明]309 即得聞，[三][宮]268 亦守護，[三][宮]

414，[三][宮]1549 變易時，[三]865 毘盧遮。

淨：[甲]2035 行正用。

敬：[三]1532 重故以。

覺：[甲]952。

妙：[元][明]2122 法輪其。

普：[三][宮][知]266 興佛道，[聖]1733 法輪塵，[元]448 法雄佛，[原]、問[甲]2227。

起：[三][宮]627 若。

親：[宮][聖][另]310 除其疑，[三][宮][聖][另]303。

僧：[宮]1425 乞求。

上：[明]291 乘爲。

身：[甲]1175 眞言曰，[甲]1209 攝受，[甲]2391 自餘觀，[乙]2393 而上下，[原]904。

神：[三][宮]638。

勝：[乙]1772 故諸。

聖：[甲]2394 歡喜所。

師：[宋][元][宮]2104 居大羅。

世：[聖]663 師。

事：[明]416 彼輩如，[三][宮]385。

首：[明]627，[聖]1428 應在前。

俗：[宮]1549 諍。

所：[三][宮]397。

爲：[甲]2196 淨興云，[甲]2434。

我：[元][明]329 尚不發。

賢：[三]118 弟子亦。

相：[三]、相天人師調御[宮]671。

雄：[三][宮]534 天。

學：[三][宮][聖]285 元首顯，[三]186 未有得。

尋：[三][宮]397 其事與。

養：[宮]2058，[甲][乙]2391 二十一。

藥：[明]1647 曰宿藥。

葉：[甲]1724 何故但。

願：[元][明]125 時定覺。

增：[明]99 當起。

眞：[甲]1110 翳迦惹。

鄭：[甲]2128 又云冕。

智：[甲]2006 者一心。

衆：[乙]2394。

諸：[宮]2058 所説皆。

專：[乙]2408 觀法，[元][明]310 欲調伏。

最：[甲]2174 勝佛頂，[明]293 勝如來。

遵：[宮]2103 師則弗，[甲][乙]1225 奉，[甲][乙]2227 反比也，[甲]1973 一代彌，[甲]2075 百王不，[甲]2120 遺，[甲]2261 者，[明]310 精進學，[三][宮]557 行菩薩，[三][宮]2103 百，[三][宮][甲][乙][丙]2087 印度，[三][宮][甲]2053 愛有德，[三][宮][甲]2053 之朕今，[三][宮][聖]425 承重教，[三][宮][聖]425 戒法行，[三][宮][另]285 最上殊，[三][宮]222 於無想，[三][宮]263 戴諸所，[三][宮]263 奉億劫，[三][宮]263 修受，[三][宮]263 者爲受，[三][宮]285 此法住，[三][宮]285 習開化，[三][宮]309 法教終，[三][宮]338 習是法，[三][宮]345 所行無，[三][宮]398 道者不，[三]

[宮]398 其行，[三][宮]398 修五神，[三][宮]414 承法王，[三][宮]414 敬受持，[三][宮]415 奉，[三][宮]425 正見超，[三][宮]434 聚勘意，[三][宮]461 崇，[三][宮]477 行善思，[三][宮]585 修志慕，[三][宮]2045 此位，[三][宮]2102 於佛迹，[三][宮]2103 崇前帝，[三][宮]2103 法以興，[三][宮]2103 事帝不，[三][宮]2103 孝彼則，[三][宮]2108 崇是務，[三][宮]2108 故，[三][宮]2109 敬者凡，[三][宮]2122 大迦，[三][宮]2122 其法隋，[三][宮]2122 受五，[三][聖]100 崇三寶，[三][聖]190 彼國師，[三][另]310 道爲正，[三]99 仰成得，[三]193 奉孝養，[三]310 覺道成，[三]2105 百王不，[三]2145 行之不，[三]2149 崇至於，[聖]285 自嚴容，[聖]381 特貴聲，[聖]953 教令，[聖]1763 少欲則，[聖]2157 崇法音，[聖]下同 1451 者名稱，[宋][宮]、導[元][明]266 亦如是，[宋][宮]2059 崇正道，[元][明]152 奉相率，[元][明]158 遊三昧，[元][明]309 如來所，[元][明]2060 上業唐，[原]2369 法師疏，[知]418 佛道獲。

遵

達：[三]285 空脫門。

導：[宮]330，[宮]811 速疾取，[甲][丁]1830 亦無章，[甲]1963 一切諸，[甲]2087 習小乘，[甲]2087 印度諸，[甲]2128 反廣雅，[三][宮]2059 學有士，[三]360 普賢大，[宋][宮]285 行菩薩，[宋][宮]292 大哀力，[乙]2087 德，[乙]2227 一切智，[元][明]285 御若干。

道：[宮]263，[甲]1782 文而，[三][宮]263，[三][宮]817 行，[三][宮]2104 鍾會顧，[宋][元][宮]、尊[聖][另]285 習奉事。

過：[三][宮]2103 道業或。

勤：[三]200 修道業。

酉：[宋][元]2061 麗號富。

預：[三][宮]2102 奉天則。

增：[明]1012 修於佛。

助：[三][宮]425。

尊：[宮]309 其行生，[宮]425 無想行，[宮]2087 敬特深，[宮]2112 誰之教，[甲]1080 崇教命，[甲]2036 薄制刑，[甲]2125 敬何憂，[明]2103 風化爲，[三]、導[甲]2087 敬佛法，[三][宮][甲][丙]、導[乙]2087 道重學，[三][宮]263 崇修佛，[三][宮]345 耳目鼻，[三][宮]598 道心力，[三][宮]1464 焉諷之，[三][宮]1562 崇不能，[三][宮]2060 厚味道，[三][宮]2066 修上儀，[三][宮]2102 之當其，[三][宮]2108 承佛教，[三][宮]2123 典刀山，[三][聖]291 修於善，[三]99 崇佛法，[三]192 崇王速，[三]193 善調良，[三]2110 於解脫，[聖]26 奉持者，[聖][另]285 行悅豫，[聖]222 正見緣，[聖]291 修一切，[聖]425 慈心，[聖]425 修諸力，[聖]425 正眞是，[聖]627 於時化，[聖]953 奉其，[聖]1451 奉我

由，[宋][宮]292 法位，[宋][宮]425 四
等心，[宋][宮]425 一切法，[乙]895 崇
大金，[乙]1796 教命如，[乙]2087 崇
建靈，[乙]2087 奉時諸，[乙]2087 事，
[元][明]6 天致神，[元][明]187 婆羅
門，[元][明]425 無著，[元][明]2103
及乎晦，[知]266 行如是。

樽

層：[三][宮]2103 巢之居。
攝：[甲]2299 有利益。
鐏：[三]2111 奏鈞。
傅：[三][宮]2102 和南，[宋][元]
[宮]2102 答。

縛

罐：[三][宮][甲]901 受四五。
樽：[明]2060 而不。
鐏：[宮]1998 前唱鸝。

挊

婆：[三][宮]2043 底。

喔

嚊：[甲]2128 羅天子。
最：[聖]1464 羅阿男。

昨

伺：[宮]2122 見。
即：[三]1435 日受時。
皆：[乙]1736 因敷演。
今：[聖]663 夜何緣，[聖]1425 日。
近：[三]1 梵天王。
日：[明]1116 夜甚患。

時：[三][宮]2121，[宋][宮]534。
唯：[甲]2068 朗任犬。
作：[三]、五百祭具所以然者佛
母十一字[三]2040 五百除，[聖]1421
問，[宋][宮]383 日，[宋][元][宮]1421
須水水。

摔

猝：[甲][乙]2207 也薄報。
撮：[三]212 吾髻以。
埵：[甲]、挿[乙]1796 以寶。
碎：[三]118 委頓是。

琢

瑳：[甲]1912 玉謂之。
拯：[元][明]202 千釘剗，[元][明]
2121 首苟辱。
斲：[元][明][宮]、[聖]272 斫菩
薩。
斳：[三]212 石見火。

左

差：[乙]2393 宜審問。
大：[宋][元]198 右。
丁：[甲]2266，[甲]2266 云，[甲]
2266 云一。
定：[乙]973 手執索。
東：[乙][丙]2003 邊是觀。
方：[宋][元]1138 道盡，[元]1435
手作羊。
風：[原]851 差彼真。
府：[甲][乙]2296 遇一梵。
怪：[三][宮]2104。
互：[三][宮]2060 近諸僧。

尼：[三]1236 致祖引，[原]1223 娑嚩二。

七：[甲][乙]2391 勝安弓。

圣：[甲]2128。

手：[丙][丁]1141 執如。

太：[甲]2397 此云灌。

文：[三][宮]2104 僕射齊。

尤：[宮]405 反底，[明]1170 一百六，[三][甲]1335，[聖]1539 品彼於，[宋][元]1191 羅睺羅，[元]1191 互相憎。

右：[丙]1246 大指上，[丙]1246 手豎頭，[丙]2392 手作三，[丙]2396 觀，[丁]1146 旋一匝，[丁]2244 手爲西，[宮]459 路著，[宮]901 手執香，[宮]1435，[宮]1435 脇臥魁，[宮]2053 諸水亦，[宮]2059 人少出，[宮]2108 典戒徧，[宮]2122，[甲]、以左[丙]1246 手，[甲]、[乙]1204 手作拳，[甲]、左[甲]1796 手持，[甲]、左[甲]1796 置寶印，[甲]901 頭指側，[甲]2266 攝大乘，[甲]2266 爲如發，[甲]2387 手中把，[甲][乙]2250 文云二，[甲][乙]894 脚膝，[甲][乙]894 手中指，[甲][乙]901 邊安梵，[甲][乙]914，[甲][乙]973 手揚掌，[甲][乙]981 肩次印，[甲][乙]1239 腕以右，[甲][乙]2250，[甲][乙]2390 肩上索，[甲][乙]2391 蓋，[甲][乙]2391 股上，[甲][乙]2391 手仰置，[甲]850 無熱五，[甲]871 邊，[甲]893 邊置梧，[甲]893 脇而臥，[甲]893 置金剛，[甲]901，[甲]901 手，[甲]901 手大指，[甲]901 膝曲在，[甲]901 一如執，[甲]908 手仙杖，[甲]923 手執金，[甲]951，[甲]952 邊畫，[甲]952 手掌胸，[甲]952 相叉入，[甲]1031 手大拇，[甲]1039 畫跋難，[甲]1056 手，[甲]1065 肩如打，[甲]1101 絡白神，[甲]1102 足訶，[甲]1103 大指從，[甲]1103 手頭，[甲]1112 脇復當，[甲]1119 拳上，[甲]1232 執劍向，[甲]1238 手大指，[甲]1238 手三指，[甲]1238 手上右，[甲]1246 脚踏地，[甲]1287 手令持，[甲]1298 二手一，[甲]1728 手亦如，[甲]1846 解緩衣，[甲]2087 肩，[甲]2214 肩布，[甲]2214 作與願，[甲]2250 文彼云，[甲]2250 引此，[甲]2250 云非練，[甲]2250 云睒，[甲]2250 云問何，[甲]2250 云諸在，[甲]2266 此天人，[甲]2266 此約除，[甲]2266 對法十，[甲]2266 非等至，[甲]2266 非如修，[甲]2266 論皆似，[甲]2266 論所相，[甲]2266 問識問，[甲]2266 五衰名，[甲]2266 義顯所，[甲]2266 云此中，[甲]2266 云答此，[甲]2266 云何緣，[甲]2266 云論若，[甲]2266 云問俱，[甲]2266 云諸有，[甲]2387 二指捻，[甲]2390 手二指，[甲]2391 膝右，[甲]2392 邊次當，[甲]2392 大指入，[甲]2392 風，[甲]2392 手作怎，[甲]2392 轉，[甲]2399 旋作輪，[甲]2400，[甲]2400 膝角，[甲]2401 手執真，[甲]2412 手刀，[久]1452 領軍徧，[明]1097 邊二手，[明]1254 手作歡，[明][甲]1119 大指頭，[明][乙]1174 手持金，[明]870 邊月輪，[明]873 直，

[明]893 邊近門，[明]994 轉即成，[明]1007 手把蓮，[明]1056，[明]1086 吒，[明]1191 邊次第，[明]1199 眼半義，[明]1225 足指押，[明]1435 肩上，[明]1450 足生端，[明]2122 繞，[三][宮]2103 之標絕，[三][宮][甲][丙][丁]866 邊，[三][宮][甲]901，[三][宮][甲]901 頭指頭，[三][宮][甲]901 轉高擧，[三][宮]459 道其在，[三][宮]607 脇，[三][宮]821 手，[三][宮]882 手大指，[三][宮]901 手，[三][宮]901 手屈臂，[三][宮]901 手亦，[三][宮]1435 手取水，[三][宮]1462 肩上，[三][宮]1464 肘擁羅，[三][宮]1546 手轉之，[三][宮]2042 邊化作，[三][宮]2042 脚後放，[三][宮]2059 稱最州，[三][宮]2059 王，[三][宮]2103，[三][宮]2108 威衞議，[三][宮]2121 一人名，[三][宮]2122 脇倚腹，[三][甲][丙]1075 頭指屈，[三][甲][乙][丙]954 中指下，[三][甲][乙]901 手中指，[三][甲][乙]950 手持白，[三][甲][乙]1202 邊畫，[三][甲]951 畫佛眼，[三][甲]951 手背，[三][甲]951 手頭指，[三][甲]951 頭指頭，[三][甲]1003 踏烏摩，[三][甲]1101 手持金，[三][乙][丙]873 羽金剛，[三][乙]953 手，[三][乙]1008 邊，[三]125 手中，[三]159 拳拇指，[三]203 足邊立，[三]865 蓮右開，[三]873 脇密語，[三]901 轉轉至，[三]956 手執刀，[三]972 旋轉辟，[三]1005，[三]1132 與，[三]1191 邊，[三]1227 手仰掌，[三]1331，[三]1341 手抱持，[三]

2041 繞飛空，[三]2125 繞耶曾，[三]2149，[三]2154 沿路傳，[聖]397 肩上跋，[聖][乙][丁]1199 眼布怛，[聖]26 手攝衣，[聖]341 肩右膝，[聖]1199 手執罽，[聖]1421 手掩令，[另]613 脚大指，[宋][元][宮]2108 金吾衞，[宋][元]882 手如執，[宋][元]1092 焰摩天，[宋][元]2108 戒衞大，[宋]901 頭指屈，[宋]1096 赤眼，[乙][丙]873 耳眞言，[乙][丙]1201 轉三遍，[乙][丙]2397 手執金，[乙]850 方闍摩，[乙]912 方三角，[乙]1179 邊應畫，[乙]1239 手中指，[乙]1821 眼爲同，[乙]2223 邊月輪，[乙]2385 手風指，[乙]2390 方，[乙]2390 肩均等，[乙]2390 手仰，[乙]2390 轉爲小，[乙]2391 食指名，[乙]2391 肩右胯，[乙]2391 内，[乙]2391 手以空，[乙]2391 膝右拳，[乙]2391 想自身，[乙]2391 脇，[乙]2392 手食指，[乙]2392 轉，[乙]2392 轉三遍，[乙]2394 邊畫黑，[乙]2394 手相擬，[元][明][甲]901 臂之上，[元][明]901 臂腋下，[元]951 手當胸，[元]2125 繞理可，[原]、左手左右[乙]2408 手中，[原]2216 手執人，[原]2241 手持金，[原]2409 惠，[原]853 押右直，[原]923 手背，[原]1111 押，[原]1238 面白色，[原]1239 手四指，[原]1239 手執劍，[原]2408 方也，[原]2409 手又，[知]384 脇患風，[知]2082。

拶：[甲]1000 哩耶二。

在：[丙]2392 金拳按，[甲]2266 傳，[甲]2391 三誦想，[明]882 金剛

頭，[明]2060，[明]2122 脇下有，[三]
[宮]613，[三][宮]1458 手中右，[三]
[宮]2034 大沮渠，[三]1132 腰側持，
[聖]639 帝釋亦，[聖]1464 足墮，[聖]
1509 右，[乙]1239 中指下，[乙]2394
列，[元][明]2034 天街東。

者：[丙][丁]865，[明][甲]1175
銘，[乙]867 左，[乙]972 囊。

紙：[甲]2266，[甲]2266 云同慢，
[甲]2266 云謂禽。

佐：[甲][乙]1214 鉢左，[甲]1983
助，[明]1199，[三]939 鉢左，[聖]125
側極。

作：[三]1092 半拏羅，[三]2110
禮上白。

佐

德：[甲]1839 句義。

栰：[三]282 如船中。

估：[甲]2775 遊之東。

怪：[宮]2060 曰。

人：[元][明]26 助爾。

任：[聖]953 皆敬愛。

是：[三]1331 人四面。

位：[甲]2035 環遶其。

依：[甲]、佐[甲]1851 助方成。

佑：[甲]2036 武。

住：[三]1521 助定品。

左：[甲]868 字色及，[甲]2035
傳，[明][宮]405 反阿奢，[宋][元][宮]
2122 十八人。

作

把：[甲]、指把[乙]2385 拳又屈。

白：[三][宮]1453，[聖]1428 已然
後。

伴：[宋][元]1428 如是教。

辦：[三]223 地摩訶。

報：[乙]1816 他怨亦。

本：[甲]、一[乙]2227 此處作，
[明][甲]1177 成眞如。

彼：[明]1129 歡，[三]100 救拔
義。

辦：[三]99 離諸重。

並：[三]1096 捲以。

不：[甲]1816 別釋何，[三][宮]
[聖]425 復還墮，[三][宮]732 愧在生，
[宋][明]1170 輟其大，[宋]1546 大。

怖：[宋]1635。

側：[三][宮]2122 有槐樹。

成：[甲]2195 佛遠領，[甲][乙]
2228 悉地自，[甲]2400 智即是，[三]
125 裂，[三][宮]1425 敷具者，[三][聖]
200 佛，[三][聖]157 佛号快，[三]186
如來斷，[三]190 成亦知，[三]2063 像
燒香，[宋][宮]223 檀那波，[乙]2228
染欲諸，[乙]2228 五佛身，[乙]2263
也問付。

持：[甲]893 護身云，[乙]2394 謂
應如。

出：[宮]673 此念已，[甲][乙]
1822 違經難，[三][宮]1425 聲若大。

初：[三][宮]2104 謂。

畜：[三][宮]1452 當擇死。

處：[三][宮]2121 止宿糞。

此：[明][甲]1216 威怒，[三]1340 種種不。

次：[三][宮]1549。

從：[甲]1863 相，[甲]2128 足波寒，[三][宮]1522 是念發。

代：[另]1428 如是言。

但：[三][宮][知]741。

當：[三][宮]1425 等分彼。

得：[明]223 辟支佛，[明]1810 非法羯，[三][宮][聖]1425 不覆藏，[三][宮]587，[森]286 天人師，[聖]200 眼目無，[石]1509 諸佛自，[宋][元][宮]1428 句亦如，[宋]223 無得法，[原]923 安樂利。

德：[原]1816 地第二。

等：[明]896 鬼國之。

帝：[明]221 釋之殿。

斷：[三][宮]498 染耶。

鈍：[甲][乙]2390 凡夫雖。

而：[三][宮]650 分別。

爾：[宮]671，[三][宮]1435 世尊佛，[三][宮]1810 大姊所。

發：[甲][乙]1822 殺等亦，[乙]1909 是念唯。

法：[甲]2250 既久宗，[三]1532。

犯：[明]1808 能持不，[三][宮]1808 能持不，[三][聖]375 非法事。

方：[甲]1202 坑深一。

非：[宮]2060 絶，[甲]1841 必然之，[甲][乙]1821 後兩解，[甲]1806 法，[甲]1828 第六意，[甲]2035 初表受，[甲]2266 是言文，[甲]2274 青解心，[甲]2299 神通之，[明]220 是念

我，[明]458 可以廣，[明]721 集業道，[明]893 從黑月，[明]1216 是思惟，[明]1579 功用力，[三][宮]1509 正非，[三][宮]1646 鈴聲又，[三]20 賢不當，[三]682 能作，[三]1441 迦絺那，[聖]649 無量無，[聖]26 齋行施，[聖]210 當作令，[聖]231 是思惟，[宋][元]1579 業故，[宋]26 已辦，[宋]1523 無我觀，[元][明]1547 行受。

佛：[宮]2122 經像得，[甲]2195 滅理無，[甲]2397 故云無，[宋]、秉[元][明]1453 白四羯，[乙]2157 本行經，[乙]2393 然此五。

付：[甲]1816 此解十。

復：[三][宮][聖]1549 壞不以。

更：[聖]125 憶念汝。

供：[聖]1425 如是事。

故：[三][宮]1566 者爲當，[元][明]1545 是説得。

觀：[甲]1828 阿賴耶。

合：[宮]1998 無生會。

何：[宮]1577 福有嘗，[甲]899 留難，[三][宮]1558 用謂作，[聖]1421 呵責羯。

護：[元][明]1428 是念我。

化：[宮][聖]310 業復道，[宮]278 十方無，[宮]2122 轉輪王，[甲][乙][丙]2778 魔王掌，[甲][乙]1822 梵行，[甲][乙]1822 生想此，[甲][乙]2261 此次第，[甲]1287 勇猛鬪，[甲]1710 用因緣，[甲]1710 者常住，[甲]1733 十，[甲]1735 成滿十，[甲]1816 妙光明，[甲]1816 主寶，[甲]1851 外聲中，[甲]

1863 應化羅，[甲]2035 主久遠，[甲]
2195 二乘智，[甲]2255 爲人却，[甲]
2262 無色界，[甲]2362 神通駭，[甲]
2401 大虛空，[甲]2814 比量意，[甲]
2814 眞如大，[三][宮]384 佛形像，
[三][宮]1646 欲界變，[三][宮]2053 鎭
於彼，[三][宮]2121 當令田，[三]152
毒霧猴，[三]212 數重不，[三]279 身
蹈金，[三]2151 願念，[聖][甲]1733 用
是神，[聖]1582 應生，[聖]1733 正是
微，[宋]199 善甚少，[宋][宮]398，[乙]
2215 諸法時，[元][明]1509 變化業，
[原][乙]2263 香味，[原]1818 如此多，
[原]1851 涅槃以。

即：[明]1809 淨即日，[三][宮]
269 男佛即，[三][聖]1440 屠兒即。

集：[乙]1092 恭敬供。

記：[甲]2195〇云云。

加：[甲]1031 此句。

佳：[甲]1830 不還已，[三]152 刹
時有。

將：[明]2104 來今遂。

結：[乙]1909 之。

解：[原]2339 各。

戒：[三]2149 法。

經：[乙]2394 戒羯羅。

九：[三][宮]1462 初罪二。

空：[聖]1509。

苦：[三][宮]2085 行不惜。

括：[原]2339 始終故。

立：[宮]810，[明]1545，[三][宮]
1428 字名耆。

利：[三][宮]651 曼殊尸。

例：[甲]1778 易。

六：[三][宮]2109 樂。

輅：[乙]2392 法。

論：[原]1744 之六道。

滅：[宮]223 則遠離。

名：[甲]1912 匄瓦器，[宋][明]
1170 護摩至。

明：[甲]1751 自身往，[三]539 書
疏時。

恁：[明]2076 麼心。

能：[宮]1544 證時幾，[明]316 盡
諸苦，[三][宮][聖][石]1509 布施爲，
[三][宮]411 各持種，[三]26 起教起，
[三]1545 加行能，[聖]1425 明日孔。

你：[甲]2135 那。

儞：[甲]1238 呪，[原]1310 囉曩
乞，[原]1311 二合羅。

念：[甲]904 觀自在，[元][明]742
惡。

女：[乙][戊][己]2092 婿。

匹：[宋][明]、四[元]2122 偶彼
獸。

其：[三][宮]626 罪故乃，[三][宮]
1435 比坐以，[三][甲]1181 所怖者。

起：[甲]1863。

泣：[宮]2060 心。

遣：[三][宮]1425 書印若。

然：[三]154 擾動因，[三]1341 燈
如來。

人：[宮]2122 成就殺。

仁：[聖]1452 者。

任：[宮]1571 用此我，[宮]1530
一切有，[宮]2122 轉輪聖，[明][宮]

2034 俗官册，[三][乙]866 四方正，
[三]842 無滅於。

如：[甲]1736 蓮華從，[三]、作
如[宮]479 是言復，[三]26 是觀已，
[三][宮]397 是呵責，[三][宮]1451 隨
意事，[三][宮]225 美飯雜，[三][宮]
1425 是想方，[三][宮]1486，[宋]220
是説行，[原]973。

入：[三][宮]1810 道不汝。

若：[甲][乙]2392，[明]887 成就
是，[明]1440 次第與，[明]1458 無男
想，[三][宮]1546 阿羅漢。

薩：[三][宮]1435 陀説。

善：[三][宮]2122 本如何。

捨：[甲][乙]2394 斯位至，[三]
[宮]639。

設：[乙]2263 五難六。

生：[宮]415 饒益，[甲]1863 菩，
[明]559，[三][宮]476 男女從，[三][宮]
2043 王當知，[三]26 是念博，[三]375
色相是，[聖]1 是念。

施：[三]125 斯念一。

師：[甲]2183。

使：[明]2076，[另]1543 證九結。

似：[甲]2068 血色行。

是：[宮]1425 不淨語，[甲]1973
魔民致，[甲]2223 即具用，[明]1209
解脫法，[三]201 逼惱事，[聖]1509 實
際是。

試：[三][聖]1441 呪術佛。

受：[宮]1435 殘食法，[三]1332
鬼王身。

輪：[甲]2195 耶作郇。

述：[乙]2263 二釋一。

説：[三][宮]、一[聖]613 是語已。

四：[甲]1786 作。

雖：[乙]2393 知心性。

所：[宮]401 不作是，[宮]420，
[甲]、等[甲]2195 遍一切，[甲]2266 六
失念，[三][宮]1505 世間吉，[三][宮]
1546 解脫道，[三][宮]1581 依，[三]
99 方便問，[宋][宮]397 護。

他：[甲][乙]1822 遍行，[甲]2266
心總貫，[三][宮]1522 利益故，[知]26
復作。

土：[三][宮]2102 拭目神。

脫：[三]99 苦復有。

往：[甲]1076 阿蘇羅，[三]99，
[元][明][聖]224 問訊言。

惟：[三][宮]397 何法離。

爲：[和]293，[甲]2018 真修或，
[甲]1913 漸圓五，[甲]2230 丸丸如，
[明]2123 偷賊汝，[明]1440 女夫共，
[三][宮][聖]1471 禮十，[三][宮]263
佛，[三][宮]461 沙門求，[三][宮]635
佛號阿，[三][宮]695 飛行皇，[三][宮]
700 大長者，[三][宮]1421 迦絺那，
[三][宮]1451 掌器物，[三][宮]1458 私
記爲，[三][宮]1458 隨意我，[三][宮]
1458 委寄者，[三][宮]1464 一衣持，
[三][宮]1521 佛事與，[三][宮]1646 又
此離，[三][乙]1028 七分，[三]100 摩
納欲，[三]125，[三]125 道受具，[三]
185 儒林之，[三]186 禮，[三]202 要
令成，[三]375，[三]1440 七日藥，[三]
1564 天後作，[聖][另]1428，[聖]224

忍辱當，[聖]586 佛號普。

位：[甲]973 三昧耶，[甲]2087 七佛世，[甲]2391 亦皆承，[三][宮]1566 不失，[聖]1763 意作，[乙]1796 忿怒形，[原]1861 證通名。

聞：[甲]2274。

我：[聖]1428 如，[元]21 是。

臥：[甲]2396 水作火。

無：[宮]1451 時有眾。

物：[原]1141 如是悉。

現：[三][宮]402 樓觀。

詳：[三][宮]314 菩薩亦。

邪：[聖]1441 先已淨。

心：[宮]848，[三][宮]397 樂於寂，[聖]375 故。

信：[宮]397 罪，[甲]1736 栴檀香，[甲]2195 佛道，[三][宮]1487 功德悉，[聖]1421 又問以，[聖]1509 佛必不，[另]1435 欲飯佛。

行：[宮]1566 絹等亦，[宮]1593 他事無，[宮]221 是說者，[宮]223 如是行，[宮]223 者無受，[宮]225 是念如，[宮]624 是行爲，[宮]837 擁護，[宮]848 火生漫，[宮]1428 穢汚行，[宮]1656，[宮]2123，[宮]2123 非時漿，[甲]2219 大直道，[甲]1733 諂詐，[甲]1816 中知其，[甲]1925 之事是，[甲]2196 殺等不，[甲]2269，[明][宮]397 菩薩白，[明]1604 長時隨，[三]、一[宮]2103 化於三，[三]264 漸具大，[三][宮]1537 證行於，[三][宮][聖]272 布施集，[三][宮][聖]1421 惡行有，[三][宮]221 作行不，[三][宮]263 悉自然，[三][宮]288 是行者，[三][宮]397 施非我，[三][宮]606 不情不，[三][宮]1425 是語應，[三][宮]1428 不隨順，[三][宮]1428 惡行惡，[三][宮]1435 婬法是，[三][宮]1459 慈，[三][宮]1488 不求恩，[三][宮]1525，[三][宮]1547 不善根，[三][宮]1562 功用引，[三][宮]1563 三變化，[三][宮]1641 惡別有，[三][宮]2045 卒暴樂，[三]171 檀波羅，[三]223 二如，[三]386 六匝已，[三]1519 故，[三]2122 毀缺行，[聖]221 四禪行，[聖]1509 因緣至，[石]1509 皆是邪，[乙]1239 以成末，[乙]2394 佛事普，[元][明]201，[元][明]624 明慧不，[原]1782 名。

形：[知]741 者。

性：[三][聖]1582 力修。

修：[甲]2266 非，[甲]2266 異受斯，[甲]2266 者何者，[甲]2409 之亦無，[甲]2870 福如此，[三][宮]1545 所作事，[三][宮]1549 是觀空，[三][宮]1656 夜摩天，[三][宮]2053 不知稱，[三]397 諸善根，[原]1851 名眞熏。

須：[甲]1103，[甲]1103 燒種種。

學：[三]202 道還歸。

押：[甲]2275 能違時。

言：[三][宮]1809 大德僧。

仰：[甲][乙][丙]1833 也仆猶，[甲]1512 下偈明，[甲]1851 已辦欲，[甲]2135 上，[三]2122 如是白，[聖][明]26 沙門梵，[聖]1788 器善，[乙]2408 遍視諸，[原]2292 女伏其，[原]

2409 二掌十。

養：[三][宮]1484 者犯輕。

業：[甲]2801 用三結。

衣：[三][宮]1617，[聖]1458 衣學處。

依：[丙]2392 別印，[宮]761 是思惟，[宮]1545 所縁此，[甲]、位[甲]2183 師云云，[甲]2290 之義也，[甲][乙]1822 自身唯，[甲][乙]2317 諸戒開，[甲][乙]894 本部，[甲][乙]1822，[甲][乙]1822 差別説，[甲][乙]1822 同類因，[甲]950 制底正，[甲]1008 威怒形，[甲]1828 動轉差，[甲]1833 即有法，[甲]1839 性故因，[甲]1842 見彼無，[甲]2227，[甲]2266 如是説，[甲]2270 因亦，[甲]2273 四句故，[甲]2274 者一能，[甲]2290 現識等，[甲]2296 無常二，[甲]2299 俱，[甲]2299 業，[甲]2312 業追悔，[甲]2317 善惡多，[甲]2339 多人語，[甲]2396，[甲]2401 次也周，[明]1566 此，[三][宮][久]761 是思惟，[三][宮][聖]1549 黃色非，[三][宮]1443 三種染，[三][宮]1579 不應道，[三][宮]1648 東西壁，[三][宮]2122 聖教若，[三]159 涅，[三]1629 性故又，[聖][另]1442 衣但，[聖]190 衣，[宋][元][宮]1443 衣如是，[乙]2249，[乙]2249 此解各，[乙]2261 是救，[乙]2296，[乙]2394 天女形，[原][甲]1851 無礙，[原]1840 之法有，[原]1960，[原]2196 之入二，[原]2339 常爲一，[原]2339 用是變，[知]1579 故二大。

以：[宮]1435 方，[三]125 此方便，[三]397 諸妙喻，[三]2122 七寶珠，[聖]223 比丘形。

亦：[宮]1545，[明]1604 種種變，[三][宮]1509 如是取。

因：[三]203 何縁得。

音：[宮]2034 胡音。

應：[甲]2195 小乘因。

用：[明]1254 末利支。

友：[三][宮][聖]1579 依第五。

有：[宮]1566，[三][宮]1509 過罪亦，[乙]2263 三釋一，[元][明]1521 十或有。

於：[宮]626 故名曰，[甲]、所[原]2270 依猶豫，[甲][乙]1822 想詮法，[三][宮]1558 意行善，[三][宮]381 諸德，[三][宮]512 師子座，[三][宮]814 善於法，[三][宮]1521 便，[三][宮]1545 是希求，[三][宮]1546 受，[三]162 種種雜，[聖]1509 佛我供，[聖]1509 是思惟，[聖]1579 業禁戒，[另]1428 如是言，[宋][宮]1425 者基作，[宋][元][宮]、于[明]721 業我爲，[乙]973 壇中心。

與：[三][宮]1435。

語：[聖]190 是言若。

欲：[聖]1435 自，[聖]1440 惡法根。

喻：[三]1426。

御：[知]1785 見思則。

縁：[甲][乙]2397 境名自。

怨：[三]164 父母親。

願：[甲]2218 是名，[三][宮]657

八背，[三][宮]657 之聲諸，[三][宮]
1581 滅盡正。

曰：[甲]1736 象身用。

樂：[明]1650 劬勞業，[三][宮]
[聖]397 惡不住。

云：[三]2145 優填王，[三]2154
十二，[宋]2034 胡。

咋：[乙]2207 則反孔。

在：[宮]278 善業布，[宮]2060，
[宮]2085 小兒時，[甲]1123 加持竟，
[甲]2128 草中今，[甲]2837 禪定，
[明]1，[明]221 是事當，[三][宮]1599
正勤得，[三]199 微妙祠，[三]403 德
不以，[聖][甲]1733 現受名，[聖]26 魔
不墮，[宋][元][宮]2122 非法耶，[乙]
2394 灌頂等，[知]418 沙門。

造：[宮]397 業非愚，[甲][乙]
2070 五逆若，[甲]2289，[三][宮]1435
僧坊齊，[三][宮]2042 佛，[元][明][宮]
2121 惡今當。

則：[明]1549 淨相則，[三][宮]
1646 業不成。

乍：[甲]2274 二無，[三][宮]2122
同沃焦，[原]2299。

詐：[甲]1813 爲師範，[原]920 僞。

障：[三][宮]657 礙壞，[三][宮]
1632 諦如斯。

者：[甲][乙]1866 攝論等，[三]
[宮]1425 布薩者，[三][宮]1435 尼薩
耆。

之：[三][宮]1435 已持詣，[三]
824 恩爾時。

知：[明]220，[聖][知]1581 是知

是。

執：[甲]、作[甲]1782 用勝。

指：[甲]2263 論義也。

至：[甲]1806 全成瓦，[三][宮]
1421 如是苦。

治：[甲]1700 如經成，[三][宮]
1425 者當加。

中：[明]1551 受二三。

竹：[宮]1435 便燒手，[宮]1648
務與天。

住：[丙]2777 舉足下，[宮]223 難
行爲，[宮]309 是亦不，[宮]425 功德，
[宮]468 住家者，[宮]657 堪受法，
[宮]660 空解，[宮]848 一切火，[宮]
1435 第四人，[宮]1453，[宮]1549 是
說今，[甲][乙][丙]、在[原]1098 方處
當，[甲]866 一切如，[甲]1512，[甲]
1512 一爲條，[甲]1709 所，[甲]1733
阿練，[甲]1830 法此偏，[甲]1830 如
是執，[甲]1830 是念過，[甲]2362 意
內，[甲]2391 皆安穩，[明][宮]325，
[明]278 當來不，[明]1450 即以，[三]
1579 證道理，[三][宮]270 如是衆，
[三][宮]397 是，[三][宮]631 小福如，
[三][宮]1545 如斯善，[三][宮]1578 是
名靜，[三][宮][聖]397 誠實語，[三]
[宮][聖]816 復次天，[三][宮][石]1509
福德果，[三][宮]263，[三][宮]263 無
合無，[三][宮]300 現佛，[三][宮]397
外者，[三][宮]397 無處若，[三][宮]
397 無一無，[三][宮]397 知魔境，[三]
[宮]618 所縛，[三][宮]813 與不，[三]
[宮]1425 便指示，[三][宮]1435 羯磨

若，[三][宮]1487，[三][宮]1546 以同意，[三][宮]1548，[三][宮]1549 衆，[三][宮]1559 力強故，[三][宮]1566 者等譬，[三][宮]1584 心故以，[三][宮]1592 事成略，[三][宮]1611 心捨心，[三][宮]2040，[三][宮]2060 片無增，[三][宮]2122 利益正，[三][宮]2122 是名菩，[三][宮]2122 思十，[三]158 説未滿，[三]397 離受者，[三]398 無殃疊，[三]642 佛如是，[三]1015 者不可，[三]1335 呪，[三]1545，[三]1548 色爲境，[三]1569 處是虛，[三]1610 闡提時，[聖][另]1453 白言具，[聖][另]1442 何事，[聖]99 如是知，[聖]210 田溝近，[聖]223 天花散，[聖]953 供養誦，[聖]1421 房舍六，[聖]1425 十夜別，[聖]1427 是語世，[聖]1428 屋不犯，[聖]1435，[聖]1509 幻事遍，[聖]1509 三昧，[聖]1509 性無，[聖]1552 無作戒，[另]1428 惡行惡，[另]1435 衣是比，[另]1453，[石]1509 故名無，[石]1509 實際不，[宋][宮]222 亦，[宋][宮]397 者及以，[宋][元][宮]、生[明]374 尼拘陀，[宋][元][聖]1425 禮抄女，[宋][元]2103 深青色，[乙]912 者恐招，[乙]1141 處乃至，[乙]2390 此印誦，[乙]2391 左拳上，[乙]2396 八，[乙]2396 導言之，[乙]2397 是思惟，[元][明][宮]614 利智懃，[元][明][聖]397 菩薩若，[元][明][聖]1509 阿耨，[元][明]225，[元][明]278 法際住，[元][明]816 是見如，[元][明]1579 業相表，[原]973 三昧耶，[原]2196 生死得。

注：[三][宮]2034 經。

著：[明]658 者無知，[明]1421 糞掃衣，[三][宮]1436 新衣波。

足：[明]1458 餘食法，[明]1692 於難學。

祖：[三]2146。

昨：[甲]1891 夜松床，[三][宮]2121 命當出。

佐：[三][聖]157 衆事若，[原]1744 今且。

坐：[明]1435 禪帶佛。

作：[三][宮]2060 咫尺宮。

成：[乙]2393。

坐

常：[聖]1471。

嗔：[甲][乙][丙]1210 想我身。

出：[甲]877 廓周法，[三][宮]282 時心念，[三][聖]224 三，[三]553 口道。

處：[三][宮]1421 經行輒。

挫：[宋]1013 宗室起。

到：[三]205 佛邊目。

道：[三]291 場入如。

咄：[三][聖]26 此沙門。

而：[甲]2082。

法：[三][宮]1648 復更令，[三]1012 爲眞法。

犯：[甲]1811 重以。

共：[三][宮]1451 臥共作。

寒：[三][宮]743 亦極。

會：[三][宮]534 已定申。

急：[原]1238 以瞋怒。

將：[聖]26 於是其。

就：[宋]1421 上漏盡。

空：[明]359 非不，[元][明]626 作垢如。

立：[宮]1470 三者不，[明]100 白佛言，[三][宮]1421 一面問，[三][宮]1443 不得爲，[三][宮]2103，[三]186 能及天，[另]1428。

留：[三][宮]2040 於，[三][宮]2042 此空處。

滅：[甲]2255 時云。

末：[元][明][宮][甲][乙][丙][丁]848 互相加。

起：[三][宮]814 頃爾時，[三]125，[三]125 更取。

器：[三][宮]1428 洗足。

丘：[明]1421 説若口，[三][宮]1428 應借鉢，[三][宮]1808 有來不。

若：[三][宮]1435 食餘五。

身：[明][甲]1174 合口齒。

生：[宮]278 菩提樹，[宮]619 定意不，[宮][聖]292 何謂臥，[宮]278，[宮]397 諸花臺，[宮]398 佛樹下，[宮]1509 七，[宮]2121 前世，[宮]2121 趣三處，[甲]1512 能信爲，[甲]1736 妙菩提，[甲]2128 聲，[甲]2299 佛座，[甲]2792 觀尸不，[久]1452 安居親，[明][宮]374 處，[明][宮]2123 貪愛殘，[明][乙]1092 俱虛空，[明]184 汝令吾，[明]310 定得盡，[明]1435 問訊世，[明]1549 復次當，[三]190，[三][宮]402 微妙，[三][宮]674，[三][宮]2122 也行雖，[三][宮]2123 於勝天，[三][宮][聖]421 退出，[三][宮]481 色故曰，[三][宮]1425 蹲踞相，[三][宮]1546 二禪三，[三]26 臥地以，[三]151 心，[三]159 處是名，[三]204 愕然此，[三]721 若餘劣，[三]953，[三]984 非餘可，[三]1011 上道，[聖]1421 小息應，[聖][另]790 王，[聖]99 若起若，[聖]1440 清淨持，[聖]2042 禪之處，[另]1442 定即以，[宋][宮]2122 驚駭，[宋][明]2122 犯殺罪，[宋][元][宮]640 佛樹下，[宋]197 奢彌跋，[宋]220 妙菩提，[宋]292 樹下何，[乙]2795，[元]809 隨惡友，[元][明][乙]953 菩提，[元][明]1547 禪因宿，[元]721 已歡喜，[原]2126，[原]1724 之中，[知]598 趣三。

陞：[聖]2157 而説法。

笙：[三][宮]2122 席一領。

聖：[甲]2084 西明兩，[三]99 比丘於。

事：[甲]2068 與。

受：[三][宮]、－[聖]1425 先。

宿：[三][宮]1455 者波。

雖：[聖]1433 上覆蓋。

堂：[明]2076 主事徒。

田：[知]2082。

土：[明]1191。

吐：[丙]1246，[三]988 非法。

王：[三]2123 起惡意。

爲：[三][宮]768 分散而。

唯：[甲]2067 一人問。

問：[三][宮]2122 汝罪厨。

臥：[甲]1960 不定如，[三][宮]
1424 起須人，[三][宮]1435 處敷尼，
[三][宮]1435 具敷臥，[三]220 於石
或，[三]2103 以女。

昔：[三]2122 生不善。

行：[三]125 若我臥，[元][明]310
若臥止。

修：[甲]1736 禪。

虛：[宮]309。

也：[三][宮]1458 此中犯。

衣：[三][宮]1470。

因：[三][宮][聖]292 金剛座。

于：[聖]221 道場一。

與：[宮]1428 者方。

欲：[三][宮]345 敷説諦。

在：[明]816 其中，[三][宮]1425
一處，[三]26，[三]212 樹王下，[乙]
2394。

正：[宮]538 定意便。

幰：[三]2122 儼然如。

至：[宮]2060 以鎮之，[明]1463
問內人，[明]1547 一面彼，[三][宮]
1421 羯磨師，[三][宮]606，[三][宮]
1425，[三][宮]2059 塔下便。

中：[三][宮]1547 於是尊。

重：[宮]1435 處。

衆：[三][宮]425 會亦復。

住：[宮]386 一面爾，[甲]1110 一
面對，[甲]2075 山中更，[甲]2230，
[明]26 一面尊，[明]156 一面，[明]278
之處悉，[明]310 一面爾，[三][宮]374
一面，[三][宮]402 一面，[三][宮]1425
一面白，[三][聖]125 爾時釋，[三]99

一面白，[三]125 爾時阿，[三]200 一
面佛，[三]375 一面，[三]865，[另]
1428 一面白，[另]1428 一面佛，[宋]
[元]26，[元][明]190 一面白，[原]973
手持澡。

作：[宮]659 一處爾，[明]1435 是
處應，[明]1464 小木鉢，[明]2043 禪
不久，[聖][另]1435 種種。

唑：[甲]1717。

座：[丙][丁]866 起持誦，[丙][丁]
866 位君，[甲]、本尊座也坐[乙]894，
[甲]1721 云何問，[甲][乙][丙]862 嚼
面東，[甲][乙][宮]901 胡跪恭，[甲]
[乙]912 持本眞，[甲][乙]下同 901 主
蓮華，[甲]861，[甲]901 輪二十，[甲]
901 正面向，[甲]1705 前下二，[甲]
1705 之處若，[甲]1733 及經行，[甲]
1828 此論梵，[甲]1828 隨何等，[甲]
2186，[甲]2186 就中自，[甲]2266 終
不放，[甲]2792 具足誦，[甲]下同 1821
非理作，[明]26 起繞三，[明]26 起偏
袒，[明]32 起入，[明]99 起去，[明]
118，[明]125 是時迦，[明]186 即皆
就，[明]190 已輪頭，[明]196，[三]1
起不覺，[三]26 而起又，[三]26 起稽
首，[三]26 起去，[三]26 起捨之，[三]
26 起爲佛，[三]99 起，[三]122，[三]
125 起禮世，[三]135 起稽首，[三]144
中沒身，[三]183 起偏袒，[三]196 無
有覺，[三]212 起禮足，[三][宮]657 佛
移身，[三][聖]26 處耶婆，[三][聖]
125，[三][聖]125 上六十，[三]1 佛於
衆，[三]1 起長跪，[三]1 起頭面，[三]

阼

作：[宋][宮]2108。

怍

作：[甲]2128 曖誤也。

侳

矬：[三]1336 鬼名。

胙

鑿：[三]2110 土開家。

祚

德：[三][宮]683 壽盡。

祈：[三][宮]2103 斯俟定。

社：[甲]2087 亡滅雖。

位：[三]2060 後每顧。

祥：[三][宮]2122。

於：[元][明]656 十住行。

柞：[明]2110 短，[三]2112 宮。

祝：[三][宮]2122 天期水。

祖：[明]2110 令令便。

作：[元]531 集我之。

座

半：[甲][乙]1822 釋論。

塵：[甲]1700 起者爲，[甲]2266 論玄奘，[三][宮]2060 向經十，[原]、供[原]2406。

乘：[甲]2266 就余之。

處：[原]、處[甲][乙]1822。

床：[宮][久]1486 上，[三][宮]1443 時應高，[三][宮]2041 六反震，[三]55 上臥在，[聖]99 欲起尊。

矬：[三][宮]317 短吹其。

痤：[元][明]1336 利目句。

燈：[乙]901。

定：[甲]1705 起説。

度：[甲]2195 准凝小，[聖]1723 比丘謂，[原]2248 説法八。

敷：[三][宮]2123 臥具病。

復：[甲]1912 敬心不。

官：[原]2369 即俗五。

華：[三][乙]1092 左觀執，[元][明]2149。

頸：[甲]2036。

空：[三][宮]619 中自然。

立：[甲]2349 堂前敷。

靈：[三][宮]2122。

臍：[宮]2040 餘方悉。

上：[三]197 向佛叉。

生：[甲][乙]2261 處，[三]1562 色界立，[三][宮]1507 歡喜僉，[聖]125 五者天，[另]1451 可，[元][明]1011 但當正。

樹：[三]277 及與寶。

臺：[甲][乙]2263 云國土，[宋]365 想名第。

聽：[乙]1736 英每異。

土：[元][明]309 招引衆。

屋：[宋][元]11 起前向。

席：[三][甲][乙]2087 外道乃，[聖]1443 於世尊。

行：[宋][宮]656 演説。

虛：[甲][乙]2194 主答曰。

以：[聖]1421 六，[元][明]329 是善本。

應：[明]1435 答言。

至：[宮]1452 答言若，[三][甲]901 次外院。

中：[聖]227 説般。

字：[甲]914 納受護。

坐：[內][丁]866 先畫執，[德][聖]26 起入室，[德]26 已敷君，[德]26 衆多比，[甲]2792 懺向下，[甲][乙]901 金剛藏，[甲]874 臥常潔，[甲]1705 前下四，[甲]1733 廣，[甲]2084 花臺光，[甲]2195 如諸菩，[甲]2266，[甲]2266 部中以，[明]69 欲食時，[明]2122 而起飛，[三][宮]2122 得須陀，[三][宮]2122 世，[三][聖]26 第一，[三][聖]26 第一澡，[三][聖]125 具隨身，[三][聖]158 亦復不，[三][聖]190，[三][聖]190 次第差，[三][聖]190 而，[三][聖]190 而起還，[三][聖]190 而起捨，[三][聖]190 而起於，[三][聖]190 而起至，[三][聖]190 起，[三][聖]190 依法而，[三]26，[三]26 令坐彼，[三]26 起偏袒，[三]26 一面白，[三]62 度脱危，[三]68 中，[三]79 而不施，[三]99 斷除諸，[三]99 共相，[三]125，[三]125 具快樂，[三]125 是座下，[三]125 諸比丘，[三]129 諸菩薩，[三]144 佛爲摩，[三]154 起，[三]154 起出解，[三]156 處，[三]186，[三]186 各從座，[三]186 意定無，[三]189 爾時世，[三]190 而起欲，[三]190 而起整，[三]190 而起自，[三]190 恭敬起，[三]190 起語彼，[三]190 起整理，[三]190 以此因，[三]192 説法安，[三]197 比丘圍，[三]197 王問佛，[三]198 又，[三]198 共白目，[三]382 時之力，[三]397 而起偏，[聖]26，[聖]26 起奮頭，[聖]26 上見四，[聖]125 敷以好，[聖]125 具又白，[聖]125 起而不，[聖]125 起還詣，[聖]125 起繞佛，[聖]125 起頭面，[聖]125 起往至，[聖]125 起與王，[聖]125 上得三，[聖]125 時諸釋，[聖]125 四尺入，[聖]125 在如來，[聖]158 重敷茵，[宋]6 其殿四，[宋][德][聖]26 起繞尊，[宋][聖]26 起稽首，[宋][聖]26 起繞世，[宋][聖]99 住須，[宋][聖]125 起而，[宋][聖]125 上得辟，[宋][聖]125 者，[宋][元][聖]190 而起抱，[宋][元]1 縱廣半，[宋][元]6 机筵，[宋][元]128 起還詣，[宋]26 起偏袒，[宋]26 起欲稽，[宋]158 動其諸，[宋]186 上即時，[宋]186 現感應，[宋]189 或有，[乙][內][戊]1958 下聞經，[乙]897 若畫像，[原]2199 蓮宮四，[知]414 前作衆。

酢

醋：[宮]1562 淡等味，[甲][乙]1822 芽，[三]、－[宮]1549 穢如是，[三][宮]、酪[聖]1428 中水，[三][宮]1548 苦辛醶，[三][宮][聖]1428 若漬麥，[三][宮]397 漿中從，[三][宮]1545 等物至，[三][宮]1545 醶辛苦，[三][宮]1546 醶辛苦，[三][宮]1549 味，[三][宮]1558 日，[三][宮]1558 爲甘王，[三]187，[三]1548 苦，[三]1548 苦辛醶，[聖]375 能酢，[元][明]1563。

減：[三][宮]609 惡法增。

酵：[三]374 若。

酤：[宮]539 漿空水。

酥：[宮][甲]1805，[宮]2122 蟲此諸。

蘇：[聖]375，[元][明]1 油摩身。

酸：[三][宮]749 果澁菜，[三][宮]1559 是，[聖]663。